中国科幻基石丛书
主编：姚海军

三体 II

黑暗森林

刘慈欣 著

图文版

重庆出版集团 重庆出版社

图书在版编目(CIP)数据

三体·黑暗森林：图文版 / 刘慈欣 著．— 重庆：重庆出版社，2020.12

ISBN 978-7-229-15627-5

Ⅰ．①三… Ⅱ．①刘… Ⅲ．①幻想小说—中国—当代 Ⅳ．① I247.5

中国版本图书馆 CIP 数据核字(2020)第 252379 号

中国科幻基石丛书

三体·黑暗森林(图文版)

SAN TI · HEIAN SENLIN (TU WEN BAN)

刘慈欣 著

丛书主编：姚海军
责任编辑：邹 禾 姚海军 唐弋淄
特邀编辑：贾雨桐
责任校对：刘 刚
装帧设计：甄沛佳 施 洋 李 鑫
插 画：烛天动漫

重庆出版集团
重 庆 出 版 社 出 版

重庆市南岸区南滨路 162 号 1 幢 邮政编码：400061 http://www.cqph.com
成都市金雅迪彩色印刷有限公司 印刷

成品尺寸：160mm×228mm 印张：42.75 字数：420 千
2020 年 12 月第 1 版 2020 年 12 月第 1 次印刷
ISBN 978-7-229-15627-5
定价：99.00 元

如有印装问题，请寄回印刷厂调换
厂址：成都市龙泉驿区航天南路 18 号 邮编：610100

丛书序

写在“基石”之前

■ 姚海军

“基石”是个平实的词，不够“炫”，却能够准确传达我们对构建中的中国科幻繁华巨厦的情感与信心，因此，我们用它来作为这套原创丛书的名字。

最近十年，是科幻创作飞速发展的十年。王晋康、刘慈欣、何夕、韩松等一大批科幻作家发表了大量深受读者喜爱、极具开拓与探索价值的科幻佳作。科幻文学的龙头期刊更是从一本传统的《科幻世界》，发展壮大成为涵盖各个读者层的系列刊物。与此同时，科幻文学的市场环境也有了改善，省会级城市的大型书店里终于有了属于科幻的领地。

仍然有人经常问及中国科幻与美国科幻的差距，但现在的答案已与十年前不同。在很多作品上（它们不再是那种毫无文学技巧与色彩、想象力拘谨的幼稚故事），这种比较已经变成了人家的牛排之于我们的土豆牛肉。差距是明显的——更准确地说，应该是“差别”——却已经无法再为它们排个名次。口味问题有了实际意义，这正是我们的科幻走向成熟的标志。

与美国科幻的差距，实际上是市场化程度的差距。美国科幻从期刊到图书到影视再到游戏和玩具，已经形成了一条完整的产业链，动力十足；而我们的图书出版却仍然处于这样一种局面：读者的阅读需求不能满足的同时，出版者却感叹于科幻书那区区几千册的销量。结果，我们基本上只有为热爱而创作的科幻作家，鲜有为版税而创作的科幻作家。这不是有责任心的出版人所乐于看到的现状。

科幻世界作为我国最有影响力的专业科幻出版机构，一直致力于对中国科幻的全方位推动。科幻图书出版是其中的重点之一。中国科幻需要长远眼光，需要一种务实精神，需要引入更市场化的手段，因而我们着眼于远景，而着手之处则在于一块块“基石”。

需要特别说明的是，对于基石，我们并没有什么限定。因为，要建一座大厦需要各种各样的石料。

对于那样一座大厦，我们满怀期待。

目录

CONTENTS

序　章

褐蚁已经忘记这里曾是它的家园。这段时光对于暮色中的大地和刚刚出现的星星来说短得可以忽略不计，但对于它来说却是漫长的。

在那个已被忘却的日子里，它的世界颠覆了。泥土飞走，出现了一条又深又宽的峡谷，然后泥土又轰隆隆地飞回来，峡谷消失了，在原来峡谷的尽头出现了一座黑色的孤峰。其实，在这片广阔的疆域上，这种事常常发生，泥土飞走又飞回，峡谷出现又消失，然后是孤峰降临，好像是给每次灾变打上一个醒目的标记。褐蚁和几百个同族带着幸存的蚁后向着太阳落下的方向走了一段路，建立了新的帝国。

这次褐蚁来到故地，只是觅食途中偶然路过而已。它来到孤峰脚下，用触须摸了摸这顶天立地的存在，发现孤峰的表面坚硬光滑，但能爬上去，于是它向上爬去。没有什么目的，只是那小小的简陋神经网络中的一次随机扰动所致。这扰动随处可见，在地面的每一株小草和草叶上的每一粒露珠中，在天空中的每一片云和云后的每一颗星辰上……扰动都是无目的的，但巨量的无目的扰动汇集在一起，目的就出现了。

褐蚁感到了地面的震动，从震动由弱变强的趋势来判断，它知道地面上的另一个巨大的存在正在向这里运动，它没有理会，继续向孤峰上攀爬。在孤峰底部和地面形成的直角空间里有一面蛛网，褐蚁知道那是什么，它小心地绕过了粘在悬崖上的蛛丝，从那个缩起所有的腿静等着蛛丝震动的蜘蛛旁经过，它们彼此都感觉到了对方的存在，但同过去的一亿年一样，双方没有任何交流。

震动达到高峰后停止了，那个巨大的存在已经来到了孤峰前，褐蚁看到这个存在比孤峰还要高许多，遮住了很大一部分天空。对这类存在褐蚁并不陌生，它知道他们是活的，常常出现在这片疆域，那些出现后很快就消失的峡谷和越来越多地耸现的孤峰，都与他们有着密切的关系。

褐蚁继续向上攀登，它知道这类存在一般不会威胁到自己——当然也有例外。对于已处于下方的那个蜘蛛，这种例外已经出现，那个存在显然发现了孤峰与地面之间的蛛网，用一个肢体上拿着的一束花的花柄拂去了它，蜘蛛随着断开的蛛丝落到了草丛中。然后，他把花轻轻地放在了孤峰前。

这时，另一个震动出现了，很微弱，但也在增强中。褐蚁知道，另一个同类型的存在正在向孤峰移动。与此同时，在前方的峭壁上，它遇到了一道长长的沟槽，与峭壁表面相比，沟槽的凹面粗糙一些，颜色也不同，呈灰白色。它沿着沟槽爬，粗糙的表面使攀登容易了许多。沟槽的两端都有短小的细槽，下端的细槽与主槽垂直，上端的细槽则与主槽成一个角度相交。当褐蚁重新踏上峭壁光滑的黑色表面后，它对槽的整体形状有了一个印象："1"。

这时，孤峰前的活着的存在突然矮了一半，与孤峰的高度相当了，他显然是蹲下了，在露出的那片暗蓝的天空中，星星已经开始稀疏地出现。他的眼睛看着孤峰的上端，褐蚁犹豫了一下，决定还是不要直接进入他的视线，于是转向沿着与地面平行的方向爬。很快，它遇到了另一道沟槽，它很留恋沟槽那粗糙的凹面，在上面爬行感觉很好，同时槽面的颜色也让它想起了蚁后周围的蚁卵。它不惜向下走回头路，沿着槽爬了一趟，这道槽的形状要复杂些，很弯曲，转了一个完整的圈后再向下延伸一段，让它想起在对气味信息的搜寻后终于找到了回家的路的过程。它在自己的神经网络中建立起了它的形状："9"。

这时，蹲在孤峰前的存在发出了声音，这串远超出褐蚁理解力的话是这样的：

"活着本身就很妙，如果连这道理都不懂，怎么去探索更深的东西呢？”

他发出穿过草丛的阵风那样的空气流动的声音，那是叹息，然后他站了起来。

褐蚁继续沿着与地面平行的方向爬，进入了第三道沟槽，它是一个近似于直角的转弯，是这样的：“7”。它不喜欢这形状，平时，这种不平滑的、突然的转向，往往意味着危险和战斗。

话声掩盖了震动，褐蚁这时才感觉到第二个活着的存在已经来到了孤峰前，第一个存在站起来就是为了迎接她。第二个存在比第一个要矮小瘦弱许多，有一头白发，白发在暮空暗蓝的背景上很醒目，那团在微风中拂动的银色似乎与空中越来越多的星星有某种联系。

“叶老师，您……您来了？”

“你是……小罗吧？”

“我是罗辑，杨冬的高中同学，您这是……”

“那天知道了这个地方，很不错的，坐车也方便，最近常来这儿散散步。”

“叶老师，您要节哀啊。”

“哦，都过去了……”

孤峰上的褐蚁本来想转向向上攀登，但发现前面还有一道凹槽，同在“7”之前爬过的那个它喜欢的形状“9”一模一样，它就再横行过去，爬了一遍这个“9”。它觉得这个形状比“7”和“1”好，好在哪里当然说不清，这是美感的原始单细胞态；刚才爬过“9”时的那种模糊的愉悦感再次加强了，这是幸福的原始单细胞态。但这两种精神的单细胞没有进化的机会，现在同一亿年前一样，同一亿年后也一样。

“小罗啊，冬冬常提起你，她说你是……搞天文学的？”

“以前是，现在我在大学里教社会学，就在您那所学校，不过我去时您已经退休了。”

“社会学？跨度这么大？”

“是，杨冬总说我这人心很散。”

“哦，怪不得她说你很聪明的。”

“小聪明而已，和您女儿不在一个层次。只是感觉天文专业是铁板一块，在哪儿钻个眼儿都不容易；而社会学之类的是木板，总能找些薄的地方钻透的，比较好混吧。”

抱着再遇到一个“9”的愿望，褐蚁继续横行，但前面遇到的却是一道直直的与地面平行的横槽，好像是第一道槽横放了，但它比“1”长，两端没有小细槽，呈“一”状。

“不要这么说，这是正常人的生活嘛，都像冬冬那样怎么行。”

“我这人确实胸无大志，很浮躁的。”

“我倒是有个建议：你为什么不去研究宇宙社会学呢？”

“宇宙社会学？”

“我随便说的一个名词，就是假设宇宙中分布着数量巨大的文明，它们的数目与能观测到的星星是一个数量级的，很多很多，这些文明构成了一个总体的宇宙社会，宇宙社会学就是研究这个超级社会的形态。”

孤峰上的褐蚁继续横向爬了不远，期望在爬过形状为“—”的凹槽后再找到一个它喜欢的“9”，但它遇到的是“2”，这条路线前面部分很舒适，但后面的急转弯像前面的“7”一样恐怖，似乎是个不祥之兆。褐蚁继续横爬，下一道凹槽是一个封闭的形状:“0”，这种路程是“9”的一部分，但却是一个陷阱:生活需要平滑，但也需要一个方向，不能总是回到起点，褐蚁是懂这个的。虽然前面还有两道凹槽，但它已失去了兴趣，转身向上攀登。

“可……目前只知道我们这一个文明啊。”

“正因为如此没有人去做这个事情，这就留给你一个机会嘛。”

“叶老师，很有意思！您说下去。”

“我这么想是因为能把你的两个专业结合起来，宇宙社会学比起人类社会学来呈现出更清晰的数学结构。”

“为什么这么说呢？”

叶文洁指指天空，西方的暮光仍然很亮，空中的星星少得可以轻易数出来。这很容易使人回想起一个星星都没有出现时的苍穹，那蓝色的虚空透出一片广阔的茫然，仿佛是大理石雕像那没有瞳仁的眼睑。现在尽管星星很稀少，这巨大的空眼却有了瞳仁，于是空虚有了内容，宇宙有了视觉。但与空间相比，星星都是这么微小，

只是一个个若隐若现的银色小点，似乎暗示了宇宙雕刻者的某种不安——他（它）克服不了给宇宙点上瞳仁的欲望，但对宇宙之眼赋予视觉又怀着某种巨大的恐惧，最后，空间的巨大和星星的微小就是这种欲望和恐惧平衡的结果，昭示着某种超越一切的谨慎。

“你看，星星都是一个个的点，宇宙中各个文明社会的复杂结构，其中的混沌和随机的因素，都被这样巨大的距离滤去了，那些文明在我们看来就是一个个拥有参数的点，这在数学上就比较容易处理了。”

“但，叶老师，您说的宇宙社会学没有任何可供研究的实际资料，也不太可能进行调查和实验。”

“所以你最后的成果就是纯理论的，就像欧氏几何一样，先设定几条简单的不证自明的公理，再在这些公理的基础上推导出整个理论体系。”

“叶老师，这……真是太有意思了，可是宇宙社会学的公理是什么呢？”

“第一，生存是文明的第一需要；第二，文明不断增长和扩张，但宇宙中的物质总量保持不变。”

褐蚁向上爬了不远，才知道上方也有凹槽，而且是一堆凹槽的组合，结构像迷宫般复杂。褐蚁对形状是敏感的，它自信能够搞清这个形状，但为此要把前面爬过的那些形状都忘掉，因为它那小小的神经网络存贮量是有限的。它忘掉“9”时并没有感到遗憾，不断地忘却是它生活的一部分，必须终生记住的东西不多，都被基因刻在被称作本能的那部分存贮区了。

清空记忆后，它进入迷宫，经过一阵曲折的爬行，它在自己简陋的意识中把这个形状建立起来:“墓”。再向上，又是一个凹槽的组合，但比前一个简单多了，不过为了探索它，褐蚁仍不得不清空记忆，忘掉“墓”。它首先爬进一道线条优美的槽，这形态让它想起了不久前发现的一只刚死的蝈蝈的肚子。它很快搞清了这个结构:“之”。以后向上的攀登路程中，又遇到两个凹槽组合，前一个中包括两个水滴状的坑和一个蝈蝈肚子——“冬”；最上面的一个分成两部分，组合起来是“杨”。这是褐蚁最后记住的一个形状，也是这段攀登旅程中唯一记住的一个，前面爬过的那些有趣的形状都忘掉了。

“叶老师，从社会学角度看，这两条公理都是足够坚实的……您这么快就说出来，好像胸有成竹似的。”罗辑有些吃惊地说。

“我已经想了大半辈子，但确实是第一次同人谈起这个，我真的不知道为什么要谈……哦，要想从这两条公理推论出宇宙社会学的基本图景，还有两个重要概念: **猜疑链和技术爆炸。**”

“很有意思的两个名词，您能解释一下吗？”

叶文洁看看表:“没有时间了，其实你这样聪明，自己也能想出来，你可以先从这两条公理着手创立这门学科，那你就有可能成为宇宙社会学的欧几里得了。”

“叶老师，我成不了欧几里得，但会记住您的话，试着去做做，以后我可能还会去请教您。”

“怕没有机会了……或者，你就当我随便说说，不管是哪种情况，我都尽了责任。好，小罗，我走了。”

“……叶老师，您保重。”

叶文洁在暮色中离去，走向她那最后的聚会。

褐蚁继续攀登，进入了峭壁上的一个圆池，池内光滑的表面上有一个极其复杂的图像，它知道自己那小小的神经网络绝对无力存贮这样的东西，但了解了图像的大概形状后，它又有了对“9”的感觉，原细胞态的美感又萌动了一下。而且它还似乎认出了图像中的一部分，那是一双眼睛，它对眼睛多少有一些敏感，因为被眼睛注视就意味着危险。不过此时它没有什么忧虑，因为它知道这双眼睛没有生命。它已经忘记了那个叫罗辑的巨大的存在在第一次发出声音前蹲下来凝视孤峰上端的情形，当时他凝视的就是这双眼睛。接着，它爬出圆池，攀上峰顶。在这里，它并没有一览众山小的感觉，因为它不怕从高处坠落，它曾多次被风从比这高得多的地方吹下去，但毫发无损，没有了对高处的恐惧就体会不到高处之美。

在孤峰脚下，那只被罗辑用花柄拂落的蜘蛛开始重建蛛网，它从峭壁上拉出一根晶莹的丝，把自己像钟摆似的甩到地面上，这样做了三次，网的骨架就完成了。网被破坏一万次它就重建一万次，对这过程它没有厌烦和绝望，也没有乐趣，一亿年来一直如此。

罗辑静立了一会儿，也走了。当地面的震动消失后，褐蚁从孤峰的另一边向下爬去，它要赶回蚁穴报告那只死甲虫的位置。天空中的星星密了起来，在孤峰的脚下，褐蚁又与蜘蛛交错而过，它们再次感觉到了对方的存在，但仍然没有交流。

褐蚁和蜘蛛不知道，在宇宙文明公理诞生的时候，除了那个屏息聆听的遥远的世界，仅就地球生命而言，它们是仅有的见证者。

更早一些的时候，深夜，麦克·伊文斯站在“审判日号”的船首，星空下的太平洋像一块黑色的巨缎在下面滑过。伊文斯喜欢在这种时候与那个遥远的世界对话，因为在星空和夜海的背景上，智子在视网膜上打出的字很醒目。

字幕：这是我们的第二十二次实时对话了，我们在交流上遇到了一些困难。

伊文斯：“是的，主，我发现我们发给您的人类文献资料，有相当部分您实际上没有看懂。”

字幕：是的，你们把其中的所有元素都解释得很清楚，但整体上总是无法理解，好像是因为你们的世界比我们多了什么东西，而有时又像是少了什么东西。

伊文斯：“这多的和少的是同一样东西吗？”

字幕：是的，我们不知道是多了还是少了。

伊文斯：“那会是什么呢？”

字幕：我们仔细研究了你们的文献，发现理解困难的关键在于一对同义词上。

伊文斯:“同义词?”

字幕:你们的语言中有许多同义词和近义词,以我们最初收到的汉语而言,就有“寒”和“冷”、“重”和“沉”、“长”和“远”这一类,它们表达相同的含义。

伊文斯:“那您刚才说的导致理解障碍的是哪一对同义词呢?”

字幕:“想”和“说”,我们刚刚惊奇地发现,它们原来不是同义词。

伊文斯:“它们本来就不是同义词啊。”

字幕:按我们的理解,它们应该是同义词:想,就是用思维器官进行思维活动;说,就是把思维的内容传达给同类。后者在你们的世界是通过被称为声带的器官对空气的振动波进行调制来实现的。这两个定义你认为正确吗?

伊文斯:“正确,但由此不正表明‘想’和‘说’不是同义词吗?”

字幕:按照我们的理解,这正表明它们是同义词。

伊文斯:“您能让我稍稍想一想吗?”

字幕:好的,我们都需要想一想。

伊文斯看着星光下涌动的洋面思考了两分钟。

伊文斯:“我的主,你们的交流器官是什么?”

字幕:我们没有交流器官,我们的大脑可以把思维向外界显示出来,这样就实现了交流。

伊文斯:“显示思维?怎样实现呢?”

字幕:大脑思维发出电磁波,包括我们的可见光在内的各种波长,可以在相当远的距离上显示。

伊文斯:“也就是说,对你们而言,想就是说。”

字幕:所以说它们是同义词。

伊文斯:“哦……但即使如此,应该也不会造成对文献理解的障碍。”

字幕:是的,在思维和交流方面我们之间的差异并不大,我们都有大脑,而且大脑都是以巨量神经元互联的方式产生智能,唯一的区别是我们的脑电波更强,能直接被同类接收,因而省去了交流器官。就这么一点差异。

伊文斯:“不,这中间可能还隐藏着更大的差异,我的主,请让我再想一想。”

字幕:好的。

伊文斯离开了船首,在甲板上漫步着,船舷外,太平洋仍在夜色中无声地起伏着,他把它想象成一个正在思考的大脑。

伊文斯:“主,我想给你讲一个小故事,作为准备,您理解以下的元素吗:狼、孩子、外婆,林中的小屋?”

字幕:这都是很好理解的元素,只是关于外婆,我知道是人类的一种血缘关系,通常她的年纪较大,她在血缘结构中的位置还需要你解释一下。

伊文斯:“主，这不重要，您只需要知道她与孩子们的关系是很亲密的，她是孩子们最信任的人之一。”

字幕：理解。

伊文斯:“我把故事简化了一下：外婆有事外出，把孩子们留在小屋里，嘱咐他们一定要关好门，除了她之外不要给别人开门。外婆在路上遇到了狼，狼把外婆吃了，并穿上她的衣服装扮成她的样子，来到小屋前叫门。狼对屋里的孩子们说，我是你们的外婆，我回来了，请把门打开。孩子们透过门缝看到它是外婆的样子，就把门打开了，狼进入小屋把孩子们也都吃了。主，您能理解这个故事吗？”

字幕：完全无法理解。

伊文斯:“那我可能猜对了。”

字幕：首先，狼一直想进入小屋吃掉孩子们，是吗？

伊文斯:“是的。”

字幕：它与孩子们进行了交流，是吗？

伊文斯:“是的。”

字幕：这就不可理解了，为了达到自己的目的，它不应该与孩子们交流的。

伊文斯:“为什么？”

字幕：这不是很明显的事吗？如果他们之间进行交流，孩子们就会知道狼要进屋吃掉他们的企图，当然就不会给狼开门了。

伊文斯(沉默良久):“我明白了,主,我明白了。”

字幕:你明白了什么?这一切不都是很明白的吗?

伊文斯:“你们的思维对外界是完全暴露的,不可能隐藏。”

字幕:思维怎么能隐藏呢?你的想法太不可思议了。

伊文斯:“就是说,你们的思维和记忆对外界是全透明的,像一本放在公共场合的书,或者说是在广场上放映的电影,或者像一个全透明鱼缸里的鱼,完全暴露,可以从外界一览无遗。哦,我上面说的一些元素您可能……”

字幕:我都理解,这一切不是很自然的吗?

伊文斯(沉默良久):“原来是这样……我的主,当你们面对面交流时,所交流的一切都是真实的,不可能欺骗,不可能撒谎,那你们就不可能进行复杂的战略思维。”

字幕:不只是面对面,我们可以在相当远的距离上交流。另外,欺骗和撒谎这两个词我们一直难以理解。

伊文斯:“一个思想全透明的社会是怎样的社会?会产生怎样的文化、怎样的政治?你们没有计谋,不可能伪装。”

字幕:计谋和伪装是什么?

伊文斯:“……”

字幕:人类的交流器官不过是一种进化的缺陷而已,是对你们大脑无法产生强思维电波的一种不得已的补偿,是你们的一种生物学上的劣势,用思维的直接显示,当然是效率更高的高级交流方式。

伊文斯:“缺陷?劣势?不,主,您错了,这一次,您是完完全全地错了。”

字幕:是吗?让我也想一想吧,很可惜,你看不到我的思想。

这一次对话的间隔时间很长,字幕有二十分钟没有出现,伊文斯已经从船首踱到船尾了。他看到有一队鱼不断地从海里跃出,在海面上方划出一条在星光下银光闪闪的弧线。几年前,为了考察过度捕捞对沿海物种的影响,他曾经在南中国海的渔船上待过一段时间,渔民们把这种景象叫“龙兵过”,伊文斯现在感觉那很像映在海洋瞳孔上的字幕。这时,他自己眼睛中的字幕也出现了。

字幕:你是对的,现在回想那些文献,我有些懂了。

伊文斯:“我的主,你要真正弄懂人类的那些东西,还有很长的路要走,我甚至怀疑,您最终是否有可能弄懂。”

字幕:是的,真的是太复杂,我现在只是知道了自己以前为什么不理解……你是对的。

伊文斯:“我的主,您需要我们。”

字幕:我害怕你们。

对话中断了,这是伊文斯最后一次收到来自三体世界的信息。这时他站在船尾,看着“审判日号”的雪白的航迹延伸到迷蒙的夜幕中,像流逝的时间。

上部

面壁者

危机纪年第 3 年

三体舰队距太阳系 4.21 光年

怎么看上去这么旧啊……

面对着“唐号”正在建造的巨大舰体，吴岳心中首先浮上来的是这样一个念头。其实，他当然知道由于航母舰壳采用最新的汽液保护焊接工艺，会在锰钢板上产生大量并无大碍的污迹，加上闪动的焊弧光产生的效果，才使得即将完工的舰体看上去是他眼前这个样子。他努力让自己想象出“唐号”涂上灰色船漆后那崭新伟岸的样子，但并不成功。

为“唐号”进行的第四次近海编队训练刚刚完成，在这次为期两个月的航行中，吴岳和站在他身旁的章北海成了两个尴尬的角色。由驱逐舰、潜艇和补给舰组成的编队归战斗群司令官指挥，他们将要指挥的“唐号”还在建造船坞之中，航空母舰本来要处于的位置由“郑和号”训练舰填补，有时干脆就空着。这期间吴岳常常在指挥舰上盯着那片空海发呆，那一片水面上，只有前方舰艇留下的航迹在交错中不安地躁动着，恰似他的心绪。这片空白最后真的能填上吗？他不止一次地问自己。

现在再看看建造中的“唐号”，他看到的已不仅仅是旧了，它甚至有一种古老的沧桑。面前的“唐号”仿佛是一座被废弃的古代巨型要塞，斑驳的舰体就是要塞高大的石墙，从密密的脚手架上垂下的一缕缕焊花好像是覆盖石墙的植物……这不像是建造，倒像是考古……吴岳怕自己再想下去，于是把注意力转移到旁边的章北海身上。

“父亲的病怎么样了？”吴岳问。

章北海轻轻摇摇头，“不好，也就是维持吧。”

“你请个假吧。”

“他刚住院时我已经请过一次了，现在这形势，到时候再说吧。”

然后两人就又沉默了，他们之间每一次关于个人生活的交流都是这样，关于工作的谈话肯定会多一些，但也总是隔着一层东西。

“北海，以后的工作在分量上可不比以前，既然我们一起到了这个位置上，我想咱们之间应该多沟通沟通。”吴岳说。

“我们以前应该是沟通得很好吧，上级既然把我们俩一起放到‘唐号’上，肯定也是考虑了咱们以前在‘长安号’上成功的合作。”

章北海笑笑说，仍然是那种让吴岳看不懂的笑，但他可以肯定这微笑是发自内心的，既然发自内心的东西都看不懂，那就根本没希望懂得他这个人了。成功的合作不等于成功的了解，当然，吴岳自己在章北海的眼中肯定是全透明的，从舰上的水兵到他这个舰长，章北海总是能轻易地看到他们内心深处，他肯定是最称职的政委。章北海在工作上也是很坦诚的，对于舰长，每件事前前后后都有很详细的交底。但他的内心世界对吴岳一直是一片深不见底的灰色，他总给吴岳这样的感觉：就这样做吧，这样做最好或最正确，但这不是我所想的。这种感觉开始只是隐隐约约，后来越来越明显。当然，章北海做的往往是最好或最正确的，但他是怎么想的，吴岳就不知道了。吴岳一直坚持这样一个信条：在战舰指挥这个艰险的岗位上，两个指挥员必须很好地了解对方的思维方式，所以这一点一直是吴岳心中的一个疙瘩。开始，他以为这是章北海对自己的某种防范，感到很委屈：在驱逐舰长这个不上不下的艰难岗位上，还有谁比自己更坦诚更没心计吗？我有什么可防的？章北海的父亲在一段不长的时间里曾经是他们的上级，关于自己和政委的沟通问题，吴岳曾和他谈过一次。

“工作搞好就行了嘛，为什么非要知道他的思维方式呢？”将军淡淡地说，然后又有意无意地补上一句，“其实，连我都不知道。”

“我们到近处看看吧。”章北海指指缀满焊花的“唐号”说，正在这时他们的手机同时响了，有短信提示他们回到车上，机要通信设备只能在车上使用，一般是有急事发生才用上这个。吴岳拉开车门拿起话筒，来电话的是战斗群总部的一位参谋。

“吴舰长，舰队司令部给你和章政委的紧急命令：你们二位立刻去总参报到。”

“去总参？那第五次编队训练呢？战斗群已经有一半在海上，其余的舰艇明天也要起航加入了。”

“这我不知道，命令很简单，就这一项，具体内容你们回来看吧。”

还没下水的“唐号”航空母舰的舰长和政委对视了一下，这么多年，他们难得地相互心领神会：看来，那一小片海面要一直空下去了。

阿拉斯加格里利堡，几只在雪原上悠闲漫步的扁角鹿突然警觉起来，它们感觉到了雪下的地面传来的震动。前方那个白色的半球裂开了，那东西很早就在那里，像一枚半埋在地下的大蛋，扁角鹿们一直觉得那东西不属于这个寒冷的世界。裂开的蛋里首先喷出浓烟和烈火，接着在巨响中孵化出一个上升的圆柱体。那圆柱体从地下钻出后拖着烈焰迅速升高，灼热的气流吹起漫天的积雪，落下时变成了一阵雨。当圆柱体升上高空时，扁角鹿们发现刚才那令它们恐惧的暴烈景象变得平和了，那个圆柱体拖着一根长长的白色尾迹在高空中消失，仿佛下面的雪原就是一个大白线团，一只看不见的巨手从线团中抽出一根线拉向太空。

“见鬼！就差几秒钟，我就能确定中止发射了！”

在千里之外的科罗拉多州斯普林斯，夏延山地下三百米，北美防空司令部指挥中心，NMD系统控制室，目标甄别员雷德尔把鼠标一扔说。

“系统警报出现时我就猜到不是那么回事。”轨道监测员琼斯摇摇头说。

“那系统攻击的是什么？”斐兹罗将军问。NMD只是他新的职责所涉及的一部分，他并不熟悉，看着那布满一面墙壁的显示屏，将军力图找出在NASA的控制中心能看到的那种直观画面：一条红线像懒洋洋的蛇一般在世界地图上移动，虽然由于地图的平面转换，那条线最终会形成一条令外行费解的正弦波，但至少可以让人感觉到有东西在射向太空。可是这里没有这种直观图像，每块显示屏上的曲线都是抽象而杂乱的一团，在他看来毫无意义，更不要提那些飞快滚动的数字屏幕了。这些东西只有这几个对他似乎缺少足够尊敬的NMD值勤军官才能看懂。

“将军，您还记得去年国际空间站的综合舱换过一块反射膜吗？他们当时把换下来的旧膜弄丢了，就是那东西，在太阳风下一会儿展开一会儿团起来。”

“这个……在目标甄别数据库中应该有吧？”

“有，这就是。”雷德尔移动鼠标，调出一个页面，把一堆复杂的文字、数据和表格推上去后，显示出一张不起眼的照片。可能是地面望远镜拍摄的，黑色的背景上有一块银白色的不规则物，由于它表面很强的反光而看不清细节。

“少校，既然有甄别数据，你为什么不中止发射程序？”

“目标数据库本来是由系统自动检索识别的，人工反应根本来不及，但这一部分数据还没有从旧系统的格式中转换过来，所以没有链接到系统识别模块上。”雷德尔的话带着委屈：我用手代替NMD的超级计算机，这么快就检索出来，这是业务熟练的表现，结果反而受你这种外行的质问。

“将军，NMD将拦截方向转向太空后，软件系统现在还没有调整完毕，就受命切换到实战运行状态。”一名值勤军官说。

斐兹罗没有再说话，控制室中嘀嘀嗒嗒的声音现在让他很心烦。他所面对的，是人类建立的第一个地球防御系统——只是把已有的NMD系统的拦截方向由地球各大洲转向太空。

“我觉得大家应该照张相纪念一下！”琼斯突然兴奋起来，“这应该是人类对共同敌人的第一次攻击！”

“这里禁止带相机。”雷德尔冷冷地说。

“上尉，你在胡说什么？”斐兹罗突然生气了，“系统检测到的根本不是敌方目标，怎么成了第一次攻击？”

在一阵尴尬的沉默后，有人说：“拦截器上带的是核弹头。”

“一百五十万吨当量的，怎么了？”

“现在外面天快黑了，按目标的位置，外面应该能看到爆炸闪光的！”

“在监视器上就能看。”

“外面看才有意思！”雷德尔说。

琼斯也兴奋起来，紧张地站起身，“将军，我……我已经交班了。”

“我也是，将军。”雷德尔说，其实请示只是一种礼貌，斐兹罗是地球防御理事会的一名高级协调员，与北美防空中心和NMD都没什么指挥关系。

斐兹罗挥挥手，“我不是你们的指挥官，随便吧，不过我提醒各位：咱们以后还可能长期共事的。”

雷德尔和琼斯以最快的速度从指挥中心升上地面，穿过那扇几十吨重的防辐射门，来到夏延山的山顶。黄昏的天空很清澈，但他们没能看到太空中核爆的闪光。

“应该在那个位置。”琼斯指着天空说。

“可能我们错过了吧。”雷德尔说，没有向上看，脸上露出讥讽的微笑，“他们难道真的相信她会再次低维展开？”

“应该是不可能，它是有智慧的，不会给我们第二次机会。”琼斯说。

“让NMD的眼睛朝上看，地球上真的没有需要防御的东西了？就算是恐怖国家都立地成佛了，不是还有ETO[①]吗？哼……PDC[②]里

① 地球三体组织的简写。

② “行星防御理事会”的简写，前身为联合国安全理事会。

那帮军方的人显然想尽快有些成绩，斐兹罗就是他们一伙的，现在他们可以声称地球防御系统的第一部分已经建成了，尽管在硬件上几乎什么都不需要做。系统的唯一目标就是防止她在近地轨道空间的低维展开，而达到这个目标所需要的技术，甚至比拦截人类自己的导弹还容易，因为目标如果真的出现，面积将是很大的……上尉，我叫你上来其实就是想说刚才的事儿，你怎么像个不懂事的毛孩子？什么第一次攻击啦照相啦之类的，你惹将军不高兴了，你知道吗？你还看不出他是个小心眼儿的人？”

“可……我那么说不是恭维他吗？”

“他是军方最会向外界作秀的人之一，才不会在新闻发布会上说这是系统误判呢……他会同他们一起把这事儿说成是一次成功的演习，你等着瞧吧，肯定是这样的。”雷德尔说着，一屁股坐到地上，双手向后撑着地面，仰头看着已经出现星星的天空，一脸向往的神情，“琼斯，你说她要是真的再展开一次，给我们一次摧毁她的机会，那有多好！”

“有什么用？已经证实后续的它们正在源源不断地到达太阳系，谁知道现在有多少了……我说，你怎么总是称‘她’，而不是‘它’或‘他’呢？”

雷德尔仍仰着头，表情变得如梦如幻，“昨天，刚来中心的一个中国上校对我说，在他们的语言中，她的名字像一个日本女人。”

张援朝昨天办完了退休手续，离开他工作了四十多年的化工厂，用邻居老杨的话说，今天他要开始自己的第二童年了。老杨告诉他，六十岁和十六岁一样，是人生最美好的年龄，在这个岁数上，四五十岁时的负担已经卸下，七八十岁时的迟缓和病痛还没有来临，是享受生活的时候。对老张来说，儿子和儿媳妇都有稳定的工作，儿子结婚晚，但现在老张也眼看着就要抱孙子了；他们老两口本来是买不起这套房子的，但因是拆迁户，所以也买到了，现在已经住了一年多……想想真的一切都很满足了。但现在，张援朝从他八层楼的窗子望着外面晴朗天空下的城市，心里却没有一点阳光，更别提第二童年的感觉了。现在他不得不承认，关于国家大事的说法，老杨是对的。

邻居杨晋文是退休的中学教师，他常常劝张援朝，要想晚年幸福，就得学新东西，比如上网，小娃娃都能学会，你怎么就不能学呢？他特别指出，你老张最大的缺点就是对外界的什么都不感兴趣，你老伴至少还能在那些滥长甜腻的电视剧前抹抹眼泪，你呢，干脆不看电视。应该关心国家和世界大事，这是充实生活的一部分。要说张援朝也是个老北京了，但在这一点上他不像北京人，这个城市里的一个出租车司机，都能高瞻远瞩滔滔不绝地分析一通国家和世界形势，而他，也许知道国家主席的名字，但总理是谁就不清楚了。张援朝却为此自豪，说我一个普通百姓就是踏踏实实过日子，犯不着关心那些不着边儿的事，反正和我没关系，这一辈子也少了不少烦恼。像你老杨倒是关心国家大事，新闻联播每天坚持看，还在网上为了国家经济政策、国际核扩散趋势这类事和人家争得面红耳赤，也没见政府因此给你涨半分钱退休金。但杨晋文说你这想法很可笑，什么叫不着边儿的事儿？什么叫和你没关系？我告诉你老张，所有的国家和世界大事，国家的每一项重大决策，联合国的每一项决议，都会通过各种直接或间接的渠道和你的生活发生关系，你以为美国入侵委内瑞拉与你没关系？我告诉你，这事儿对你退休金的长远影响可不止半分钱。对老杨的这副书呆子气，张援朝一笑置之。但现在，他知道杨晋文是对的。

这时门铃响了，来的正是杨晋文，好像刚从外面回来，很悠闲的样子。张援朝看到他如同沙漠中的旅人遇到同行者，拉住不放。

“哎呀，刚才我找你去了，你跑哪儿去了？”

“去早市转了转，见你老伴也在买菜呢。”

“这楼上怎么空荡荡的，像个……陵园似的。”

“今儿又不是休息日，可不就这样儿。呵呵，退休第一天，你这感觉很正常，你又不是领导，他们退了更难受呢……你会很快适应的。走吧，咱们先去社区活动室，看看能玩儿点什么。”

“不，不，不是因为退休，是因为……怎么说呢，国家，呵呵，不，世界局势。”

杨晋文指着老张大笑起来：“世界局势？哈哈，这话从你嘴里说出来……”

“是、是，我以前是不关心大事，可眼前这事，也太大了！我以前没想过会有这么大的事！”

“老张啊，这说起来挺可笑的，我现在倒是向你看齐了，不关心那些个不着边儿的事儿，你信不信，我已经半个月没看新闻了。我以前关心大事，是因为人类可以对这些事产生影响，可以决定它们的结果，但现在这事儿，谁都没有回天之力，自寻烦恼干什么。”

“那也不能不关心啊，四百年后人就没了！”

“哼，四十多年后你我就没了。”

“那我们都断子绝孙吗？”

“我这方面的观念没你那么重，儿子在美国成家却不想要孩子，我也觉得没什么。至于你张家，不还能延续十几代吗？知足吧。”

张援朝盯着杨晋文看了几秒钟，然后看看挂钟，打开了电视机，新闻频道正在播送整点新闻：

美联社报道：本月29日美国东部时间18点30分，美国国家战略导弹防御系统（NMD）成功地进行了一次摧毁在近地轨道低维展开的智子的试验演习，这是NMD系统将拦截方向转向太空后进行的第三次试验，靶标是去年十月从国际空间站废弃的反射膜。行星防御理事会（PDC）发言人称，带有核弹头的拦截器成功地摧毁了靶标。靶标的面积约为三千平方米，也就是说，在三维展开的智子远未达到足够的面积，以形成对地面人类目标具有威胁的反射镜之前，NMD系统就有把握将其摧毁……

“尽干些没意义的事，智子不会展开了……”杨晋文边说边从老张手里拿遥控器，“换到体育台，可能正在重播欧洲杯半决赛，昨晚我在沙发上睡过去了……”

“回你家看去。”张援朝紧抓着遥控器没给他，接着看下一条新闻：

经301医院负责贾维彬院士治疗的主治医生证实，贾院士的死因是血液肿瘤，即白血病，直接致死原因是病变晚期引发的大出血和器官衰竭，不存在任何异常因素。贾维彬是著名超导专家，曾在常温超导材料领域做出过重大贡献，于本月10日去世。之后社会上出现的贾维彬是死于智子攻击的说法纯属谣传。另据报道，卫生部发言人已经证实，另外几例被传为智子攻击的死亡案例也均是常规疾病和事故所致。为此，本台记者采访了著名物理学家丁仪。

记者：您对目前社会上出现的对智子的恐慌有什么看法？

丁仪：这都是由于缺乏物理学常识造成的。政府和科学界有关人士曾经多次在正式场合作出解释和澄清：智子只是一个微观粒子，虽然拥有很高智能，但由于其微观尺度，对于宏观世界的作用是十分有限的，它对人类的主要威胁就是在高能物理试验中制造错误和混乱的结果，以及通过量子感应网络监视地球世界。处于微观状态下的智子不可能杀人，也不可能进行其他攻击行动，智子要想对宏观世界产生更大的作用，只有在低维展开状态下才能进行，即使如此，这种作用也是十分有限的，因为低维展开至宏观尺度的智子本身是十分脆弱的。在人类已经建立防御系统的今天，它不可能有这种行为，否则只是提供了人类消灭它的极好机会。我认为，主流媒体应该向公众加强这方面的科普宣传，以消除这种没有科学根据的恐慌。

……

张援朝听到客厅有人不敲门就闯了进来，“老张”“张师傅”地喊着。其实刚才老张听到楼梯上那重锤般的脚步声就知道是谁来了。进来的是苗福全，是住在这一层的另一个邻居。这人是山西的煤老板，在那边开着好几个矿。苗福全比张援朝小几岁，他在北京别处还有更大的房子，在这里只是安置着一个被他包养的年龄和他女儿差不多的四川女子。刚住进来时，张杨两家都不太搭理苗福全，而且还因为他在楼道里乱放东西吵过一次架，但后来发现老苗人虽粗些，还算个不错的人，待人很热情，还通过与物业公司交涉为他们两家摆平了两件麻烦事，三家的关系就渐渐融洽起来。苗福全虽说把生意上的事都交给了儿子，可仍是个大忙人，在这个“家”待的时间不多，平时那套三居室里也只有那个川妹子。

“老苗啊，有个把月不见了，最近哪儿发财啊？”杨晋文问。

苗福全随便拿起个杯子，从饮水机中接了半杯水咕咚咕咚灌下去，抹抹嘴说：“矿上出了麻烦事，回去打理打理……还发个狗屁的财啊，现在算是战争时期了，政府可是什么都动真格儿的，我以前的那些法儿都不好使了，这矿是开不了多长时间了。”

“苦日子就要来了。”老杨说，眼睛没有离开电视上的球赛。

这个男人一动不动地躺在床上已经几个小时了，透过地下室的小窗射入的一缕阳光现在已变成了月光，这束阴冷的光线在地上投出的亮斑是这里唯一的光源，房间里的一切在阴暗中都像是用湿冷的灰色石头雕成的，整个房间像个墓穴。

这个人的真名一直不为人知，后来他被称为破壁人二号。

在这段时间里，破壁人二号回顾了自己的一生，确定没有什么遗漏之后，翻动已经躺得麻木的身体，伸手从枕头下抽出手枪，缓缓把枪口凑到自己的太阳穴上。这时，他眼睛中出现了智子的字幕。

字幕：不要这样做，我们需要你。

破壁人二号：“是主吗？这一年来我每天晚上都梦到你的召唤，不过最近没有了，我本来以为自己已经是一个无梦之人了，看来不是的。”

字幕：这不是梦，我在和你实时交谈。

破壁人二号（凄凉地笑笑）：“好了，都结束了，那边肯定是无梦的。”

字幕：需要证实吗？

破壁人二号：“证实那边无梦？”

字幕：证实真的是我。

破壁人二号：“好吧，告诉我一件我不知道的事。”

字幕：你的金鱼都死了。

破壁人二号："呵，没关系，我很快会和它们在没有黑暗的地方相会。"

字幕：你还是去看看吧。上午，你心烦意乱的时候把吸了一半的烟扔出去，它掉到了鱼缸里，半支烟的尼古丁溶于水后，对鱼是致命的。

破壁人二号猛地睁开了眼，放下枪，翻身下床，刚才的迟钝和恍惚一扫而光。他摸索着打开台灯，然后去看小桌上的鱼缸，看到五条龙睛金鱼全翻着白肚皮浮在水面，它们中间浮着半支香烟。

字幕：我们再进行第二项证实——伊文斯曾经给你发过一封加密信，但密码变了，他没来得及通知你新的密码就死了，你一直打不开那封信。现在我告诉你密码——CAMEL，就是你毒死金鱼的香烟的牌子。

破壁人二号手忙脚乱地取出笔记本电脑，在等待电脑启动的间隙他已经泪流满面了，"主，我的主，真的是你吗？真的是你吗？"他哽咽着说。电脑启动后，他用ETO内部的专用阅读程序打开那个邮件的附件，密码提示框出现，他输入密码后，文本显示出来，而他已经没有心思细读其内容了，只是跪在那里掩面哭着："主啊，真的是你，我的主……"稍微平静了一些后，他抬起头泪眼蒙眬地说，"对统帅参加的聚会的袭击、巴拿马运河的埋伏，我们都没有得到通知，你们为什么抛弃我们？"

字幕：我们害怕你们。

破壁人二号："是因为我们思维的不透明吗？这没有必要，要知道，我们所拥有的你们不具备的那些能力：欺骗、诡计、伪装、误导等等，都是用来为你们服务的。"

字幕：我们不知道这是不是真的，假设是真的，这种恐惧照样存在。你们的《圣经》提到过叫蛇的动物，如果这时一条蛇爬到你面前，对你说它是为你服务的，你能因此不害怕和厌恶它吗？

破壁人二号："如果它说的是真的，我能克服自己的厌恶和恐惧接纳它的。"

字幕：这很难吧。

破壁人二号："当然，我知道，你们已经被蛇咬过一次了——在实时通信实现后，对我们的问题你们做出了如此详尽的回答，其中的大部分信息，比如接收到人类发出的第一次信号的过程，还有智子的建造过程，是根本没有必要告诉我们的。我们最初是把这些当作主的信任，现在看来是自作多情了。这对我们来说一直是一件很难理解的事：我们之间的通信和交流不是通过思维的透明显示进行的，为什么不能对要发送的信息有选择地隐瞒呢？"

字幕：这种选择也是有的，只是隐瞒得没有你们所设想的那么多。事实上我们的世界中也存在不借助思维显示进行的交流和通信，在技术时代尤其如此，但思维透明已经形成了我们的文化和社会习性，这对于你们来说确实很难理解，就像我们难以理解你们一样。

破壁人二号:“我想在你们的世界,欺骗和计谋不可能一点都没有。”

字幕:有的,只是与你们相比十分简陋。比如在我们世界的战争中,敌对双方也会对自己的阵地进行伪装,但如果敌人对伪装的区域产生了怀疑,直接向对方询问,那他们一般都会得到真相的。

破壁人二号:“这太不可思议了。”

字幕:你们对我们也一样不可思议。你的书架上有一本书,叫《三个王国的故事》[1]……

破壁人二号:“你们不可能看懂它吧。”

字幕:也看懂了一小部分,像普通人看一部艰深的数学著作,要经过大量的思考并且充分发挥想象力才能弄懂一点儿。

破壁人二号:“这本书确实充分展示了人类战略计谋所达到的层次。”

字幕:但我们有智子,可以使人类世界的一切都变成透明的。

破壁人二号:“除了人本身的思维。”

字幕:是的,智子看不到思维。

破壁人二号:“你一定知道面壁计划吧。”

字幕:比你知道的要多,它就要付诸实施了,这正是我找你的原因。

---

① 即《三国演义》。

破壁人二号:“你对面壁计划怎么看?”

字幕:还是那种感觉,像你们看到了蛇。

破壁人二号:“可是《圣经》中的蛇帮助人类获得了智慧,人类的面壁计划将建立起一个或几个对你们来说极其诡异和险恶的迷宫,我们可以帮助你们走出这些迷宫。”

字幕:这种思维透明度的差别,使我们更坚定了消灭人类的决心。请你们帮助我们消灭人类,最后我们再消灭你们。

破壁人二号:“我的主,你的表达方式有问题,这种表达方式显然是由你们思维透明显示的交流方式决定的。在我们的世界里,即使表达真实的思想,也要用一种适当的和委婉的方式,比如你刚才的话,虽然与ETO的理想是一致的,但过分的直接表达可能会令我们的一部分同志产生反感,进而产生不可预料的后果。当然,那种适当表达方式你可能永远也学不会。”

字幕:正是由于这种对思想变形的表达,使人类社会的交流信息,特别是人类的文学作品,都像是曲折的迷宫……据我所知,ETO现在已经到了崩溃的边缘。

破壁人二号:“这都是因为你们对我们的抛弃,那两次打击是致命的。现在,ETO中的拯救派已经分崩离析,只有降临派在维持着组织的存在。这你显然都是知道的,但最致命的打击是在精神上,由于这次抛弃,同志们对主的忠诚正在经受考验,为了维持这种忠诚,ETO急需得到主的支持。”

字幕：我们不可能向你们传递技术。

破壁人二号："这也不需要，你们只需要恢复以前所做的，向我们传达智子得到的信息。"

字幕：这当然可以，但目前ETO首先要做的，是执行你刚才看到的那个重要使命，那是我们在伊文斯死前发给他的，他给你下达了执行命令，但由于密码问题你没能完成。

破壁人二号这才想起电脑上那封刚解密的信，他仔细看了一遍。

字幕：很容易完成的使命，不是吗？

破壁人二号："不是太难，但这真的很重要吗？"

字幕：以前十分重要，现在，由于人类的面壁计划，万分重要了。

破壁人二号："为什么？"

字幕（长时间停顿）：伊文斯知道为什么，但他显然没有告诉任何人，他是对的，这很幸运，现在，我们不能告诉你为什么。

破壁人二号（面露欣喜）："我的主，你学会隐瞒了！这是一个进步！"

字幕：伊文斯教了我们很多，但我们在这方面仍然很幼稚，用他的话说仅相当于你们五岁孩子的水平。仅就他发给你们的这条命令而言，其中的一项计谋我们就学不会。

破壁人二号："你是指的他提出的这项要求吧——不能显示出是ETO做的，以免引起注意。这个嘛，如果目标很重要，这要求是很自然的。”

字幕：在我们看来这是复杂的计谋。

破壁人二号：“好的，我去完成，照伊文斯的要求去完成。主，我们会证明自己的忠诚。”

在互联网浩瀚的信息海洋中，有一个偏僻的角落，在这个角落里，也有一个偏僻的角落，在这个角落的角落里，还有角落的角落的角落，就在一个最深层的偏僻角落里，那个虚拟的世界复活了。

寒冷而诡异的黎明中，没有金字塔，也没有联合国大厦和单摆，只有广阔而坚硬的荒原延伸开去，像一大块冰冷的金属。

周文王从天边走来，他披着破烂的长袍，外面还裹着一张肮脏的兽皮，带着一把青铜剑，他的脸像那兽皮一样脏和皱，但双眼却很有神，眸子映着曙光。

“有人吗？”他喊道，“有人吗？有人吗……”

周文王的声音立刻被这无边的荒漠吞没了，他喊了一阵，疲惫地坐在地上，调快了时间进度，看着太阳变成飞星，飞星又变成太阳，看着恒纪元的太阳像钟摆般一次次划过长空，看着乱纪元的白昼和黑夜把世界变成一个灯光失控的空旷舞台。时光飞逝中，没有沧海桑田的演变，只有金属般永恒的荒漠。三颗飞星在太空深处舞蹈，周文王在严寒中冻成冰柱，很快一颗飞星变成太阳，当那火的巨盘从空中掠过时，周文王身上的冰瞬间融化，他的身体燃成一根火柱，就在完全化为灰烬之前，他长叹一声退出了。

三十名陆海空军官用凝重的目光注视着深红色帷幔上的那个徽章，它的主体是一颗发出四道光芒的银星，那四道光芒又是四把利剑的形状，星的两侧有“八一”两个字，这就是中国太空军的军徽。

常伟思将军示意大家坐下，把军帽端正地放在面前的会议桌上后，他说：“太空军正式成立的仪式将在明天上午举行，军装和肩章、领章也要那时才能发放到各位手上，不过，同志们，我们现在已经同属一个军种了。”

大家互相看看，发现三十个人中竟有十五人穿着海军军装，空军九人，陆军六人。他们重新把目光集中到常伟思那里时，尽量不使自己的不解表现出来。

常伟思微微一笑说：“这个比例很奇怪，是吗？请大家不要以现在的航天规模来理解未来的太空舰队，将来太空战舰的体积可能比目前的海上航空母舰还大，舰上人员也同样更多。未来太空战争就是以这样的大吨位、长续航的作战平台为基础，这种战争方式更像海战而不是空战，只是战场由海战的二维变成了太空的三维。所以，太空军种的组建将以海军为主要基础。我知道，在这之前大家普遍认为太空军的基础是空军，所以来自海军的同志们的思想准备可能不足，要尽快适应。”

“首长，我们真的没想到。”章北海说，他旁边的吴岳则一动不动地笔直坐着，章北海敏锐地发现，舰长那平视前方的双眼中，有什么东西熄灭了。

常伟思点点头，“其实，不要把海军与太空的距离想得那么远，为什么是宇宙飞船而不是宇宙飞机呢？为什么是太空舰队而不是太空机群呢？在人们的思想中，太空和海洋早就有联系了。”

会场的气氛放松了一些，常伟思接着说：“同志们，到目前为止，这个新军种还只有我们三十一名成员。关于未来的太空舰队，目前所进行的是基础研究工作，各学科的研究已经全面展开，主要力量集中在太空电梯和大型飞船的核聚变发动机上……但这些都不是太空军的工作，我们的任务，是要创立一个太空战争的理论体系。对于这种战争，我们所知为零，所以这是一个艰巨的任务，也是最基础的工作，因为未来太空舰队的建设，是要以这个理论体系为基础的。所以，初级阶段的太空军更像一个军事科学院，我们在座同志的首要工作就是组建这个科学院，下一步，大批的学者和研究人员将进入太空军。”

常伟思站起来，走到军徽前转身面对太空军的全体指战员，说出了他们终生难忘的一段话：“同志们，太空军的历程是十分漫长的，按初步预计，各学科的基础研究至少需要五十年，而大规模太空航行的各项关键技术，还需要一个世纪才能成熟到实用阶段；太空舰队从初建到达到预想规模，乐观估计也需要一个半世纪。也就是说，太空军从组建到形成完整战斗力，需要三个世纪的时间。同志

们，我想你们已经知道这意味着什么，我们在场的所有人都没有机会进入太空，更不可能在有生之年见到我们的太空舰队，甚至连一个可信的太空战舰模型都见不到。太空舰队的第一代指战员将在两个世纪后产生，而从这时再过两个半世纪，地球舰队将面对外星侵略者，那时在战舰上的，是我们的第十几代子孙。”

军人们陷入了长久的沉默，铅色的时光之路在他们面前徐徐展开，在漫长的延伸中隐入未来的茫茫迷雾中。他们看不清这长路的尽头，但能看到火焰和血光在那里闪耀。人生苦短这一现实从来没有像现在这样折磨他们，他们的心已飞越时间之穹，与他们的十几代子孙一起投入到冷酷太空中的血与火里，那是所有军人的灵魂相聚的地方。

苗福全一回来，照例请张援朝和杨晋文去他家里喝酒聊天，那个川妹子做了一桌丰盛的菜。酒桌上，张援朝说起了上午去建行取钱的事。

“你没听说呀，好几家银行都踩死人了，那柜台前的人摞了三层！”苗福全说。

“那你的钱呢？”张援朝问。

“取出来一部分，剩下的就冻着呗，有啥法儿。”

“你拔根毛儿都比我们多。”老张说。

杨晋文说：“新闻里说了，以后社会的恐慌情绪缓和下来之后，政府会逐渐解冻的，一开始可能只是解冻一定的比例，但形势总会恢复正常的。”

老张说：“但愿如此吧……政府早早把现在叫作战争时期实在是个错误，搞得人心都慌了，现在的人都是首先为自个儿着想，有几个想着四百年后地球抗战的？”

“主要问题不是这个！”杨晋文说，“我早就说过，中国的高储蓄率是一颗大地雷，怎么着，说对了吧？高储蓄，低社保，老百姓存在银行里的钱就成了命根儿，一有风吹草动当然会产生群体性恐慌。”

老张问杨晋文：“你说这战时经济，是个什么玩意儿？”

“这事儿出得太突然，我看谁现在也没个完整的概念，新经济政策还在制定中，但有一点是可以肯定的：苦日子要来了。”

“苦日子算个屁，我们这岁数的又不是没过过，大不了就当回到六〇年呗。”苗福全说。

“只是可怜了孩子。”张援朝独自干了一杯酒。

这时，一阵标题音乐声让三个人同时转向电视，这是现在人们都熟悉的声音，可以令所有的人停下正在做的事情，这是重要新闻的标题音乐，这种新闻可以打破正常的节目播出顺序随时插播。三个老人还记得，在上世纪八十年代以前，广播电台和电视中也常出现这样的新闻，但在后来长长的太平盛世中，这种新闻消失了。

重要新闻开始播出：

据本台驻联合国秘书处记者报道：联合国发言人在刚刚结束的新闻发布会上宣布，将于近期召开特别联合国大会，讨论逃亡主义问题。本届特别联大是由行星防御理事会各常任理事国共同促成的，旨在使国际社会在对逃亡主义的态度上达成共识，并制定相应的国际法。

下面，让我们简单回顾一下逃亡主义问题的产生和发展过程。

当三体危机出现后，逃亡主义随之产生，其主要论点是：在人类尖端科学被锁死的前提下，规划四个半世纪后的地球和太阳系防御是没有意义的，考虑到人类技术在未来四个多世纪所能达到的高度，比较现实的目标应该是建造星际飞船，使人类的一小部分能够向外太空逃亡，以避免人类文明的彻底灭绝。

对于逃亡的目的地，有三种选择：其一，新世界选择，即在星际间寻找新的人类可以生存的世界。这无疑是最理想的目标，但需要极高的航行速度和漫长的航程，以人类在危机阶段所能达到的技术高度看，不太可能实现。其二，星舰文明选择，即逃亡的人类把飞船作为永久居住地，使人类文明在永远的航行中延续。这个选择面临与新世界选择相同的困难，只是更多偏重于建立小型自循环生态系统的技术，这种世代运行的全封闭生态圈远远超出了人类目前的技术能力。其三，暂避选择，在三体文明已经在太阳系完成定居后，已经逃亡到外太空的人类与三体社会积极交流，等待和促成其对外太空残余人类政策的缓和，最后重返太阳系，以较小的规模与三体文明共同生存。暂避选择被认为是最现实的方案，但变数太多。

逃亡主义出现后不久，全球就有多家媒体报道：美国和俄罗斯两个空间技术大国已经秘密开始了自己的外太空逃亡计划。虽然两国政府都立刻断然否认自己存在这样的计划，仍然在国际社会引起轩然大波，并由此引发了一场“技术公有化”运动。在第三届特别联大上，许多发展中国家要求美、俄、日、中和欧盟进行技术公开，将包括宇航技术在内的所有先进技术无偿提供给国际社会，以使得人类所有的国家和民族在三体危机面前享有同等的机会。“技术公有化”运动的倡导者还举了一个先例：在本世纪初，欧洲几大制药公司曾向生产最先进的治疗艾滋病药物的非洲国家收取高额的技术专利费，并由此引发了一场备受关注的诉讼，面对艾滋病在非洲迅速蔓延的严峻形势，在强大的舆论压力下，几大制药公司在开庭前宣布放弃专利权。在目前世界所面临的终极危机面前，公开技术是各先进国家对全人类不可推辞的责任。“技术公有化”运动得到了发展中国家的一致响应，甚至得到了部分欧盟成员国的支持，但相关的提案在联合国行星防御理事会会议上均被否决。此后，中俄两国在第五届特别联大上提出一项“有限技术公有化”提案，倡议在行星防御理事会常任理事国间进行技术公有化，也立刻遭美英两国否决。美国政府表示，任何形式的技术公有化都是不现实的，是幼稚的想法，即使在目前情况下，美国的国家安全仍处于“仅次于地球防御”的重要地位。“有限技术公有化”提案的失败在各技术强国间也造成了分裂，致使建立地球联合舰队的方案破产。

“技术公有化”运动受挫所产生的影响是深远的，它使人们认识到，即使在毁灭性的三体危机面前，人类大同仍是一个遥远的梦想。

“技术公有化”运动是由逃亡主义引发的，国际社会只有对逃亡主义达成共识，才能部分弥合发达国家与发展中国家，以及发达国家之间已经造成的裂痕。本届特别联大就是在这样的背景下即将召开。

……

“对了，说起这个，”苗福全说，“我前几天在电话里跟你们说的那件事还真有点靠谱的。”

“什么事？”

“就是逃亡基金啊。”

“嗨，老苗啊，你怎么信那个，你可不像是个容易受骗的人。”杨晋文不以为然地说。

“不不，”老苗看看两人，压低了声音，“那个年轻人叫史晓明，我通过各种路子查了查他的背景，他爸是在地球防务安全部工作！那人原来是市局反恐大队的队长，现在在防务安全部大小也是个人物，专门负责对付ETO！我这儿有个电话，就是他所在的那个部门的，你们可以自个儿去打听。”

张援朝和杨晋文互相看看，老杨笑笑，拿起酒瓶向自己的杯子里倒酒，“是真的又怎么样？真有逃亡基金这回事又怎么样？我买得起吗？”

“就是啊，那是为你们有钱人准备的。”老张醉眼蒙眬地说。

杨晋文突然激动起来，“要真是有这回事，那国家就是混蛋！要逃亡，也得让后代中的精英走。谁有钱谁就走，这成他妈什么了？这种逃亡有意义吗？”

苗福全指点着杨晋文笑了起来，“得得，老杨啊，你绕什么弯儿，就直说让你的后代走不就完了吗？看看你儿子和儿媳，都是博士科学家，都是精英，那你的孙子曾孙也多半是精英了。”他端起酒杯，点点头，“不过话又说回来，人人平等对不对，你们精英，又不是神仙，凭啥？”

“你什么意思？”

“花钱买东西，天经地义，我花钱给苗家买个后，更是天经地义！”

“这是钱能买来的吗？逃亡者的使命是延续人类文明，他们自然应该是文明的精华。拉一帮财主去宇宙，哼，那成什么了？”

苗福全脸上本来就很勉强的笑消失了，他用一根粗指头指点着杨晋文说：“我早就知道你看不起我，我再有钱，在你眼里也就是个土财主而已，是不是？”

“你以为你是什么？”杨晋文借着酒劲问。

苗福全一拍桌子站起来，“杨晋文，老子还就看不上你这个酸劲儿，老子……”

张援朝也猛拍桌子，响声比苗福全高出了一倍，三个酒杯有两个翻倒了，吓得那个端菜的川妹子惊叫一声。老张依次指着两人说：“好，好，你是人类精英，你呢，是有钱人，那就剩下我了，我他妈是什么？穷工人一个，我活该就得断子绝孙是不是?!”他有掀桌子的冲动，但还是克制住了，转身离去，杨晋文也跟着走了。

破壁人二号小心翼翼地把新的金鱼放入鱼缸，和伊文斯一样，他喜欢独处，但需要人类之外的其他生物陪伴，他常常对金鱼说话，就像对三体人说话那样，这两者都是他希望能在地球上长久生存的生命。这时，他的视网膜上出现了智子的字幕。

字幕：我最近一直在研究那本《三个王国的故事》，正如你所说，欺骗和诡计是一门艺术，就像蛇身上的花纹一样。

破壁人二号：“我的主，你又谈到了蛇。”

字幕：蛇身上的花纹越美丽，它整体看上去就越可怕。我们以前对人类的逃亡不在意，只要他们不在太阳系中存在就行，但现在我们调整了计划，决定制止人类的逃亡，让思维完全不透明的敌人逃到宇宙中是很危险的。

破壁人二号：“你们有什么具体方案吗？”

字幕：舰队已经调整了到达太阳系时的部署，将在柯伊伯带处从四个方向迂回，对太阳系形成包围态势。

破壁人二号:“如果人类真要逃亡,那时已经来不及了。”

字幕:是这样,所以我们需要你们的帮助,ETO 的下一个使命将制止或延缓人类的逃亡计划。

破壁人二号(微微一笑):“我的主,其实在这个问题上你们根本不需要担心,人类的大规模逃亡不会发生。”

字幕:可是即使在目前有限的技术发展空间里,人类也有可能造出世代飞船。

破壁人二号:“逃亡的最大障碍不是技术。”

字幕:那是国家间的争端吗?这届特别联大也许能解决这个问题,如果不能,发达国家完全有实力不顾发展中国家的反对,强行推进这个计划。

破壁人二号:“逃亡的最大障碍也不是国家间的争端。”

字幕:那是什么?

破壁人二号:“是人与人之间的争端,也就是谁走谁留的问题。”

字幕:这在我们看来不是问题。

破壁人二号:“我们最初也这么想,但现在看来,这是一个不可能克服的障碍。”

字幕:能解释一下吗?

破壁人二号:“虽然你们已经熟悉人类历史,但这可能仍然很难理解:谁走谁留涉及人类的基本价值观,这种价值观在过去的时代促进了人类社会的进步,但在这种终极灾难面前,它就是一个陷阱,到现在为止，甚至连人类自己的大多数，都没有意识到这个陷阱有多深，主，请你相信我的话，最终没人能跳出这个陷阱。”

“张叔，您不用忙着做决定，该问的都问到，这笔钱毕竟不是一个小数。”史晓明一脸诚恳地对张援朝说。

“要问的还是这事儿的真实性，电视上说……”

“您别管电视上怎么说，国务院发言人半个月前还说不可能冻结存款呢……理智地想想，您这么个普通老百姓，还在为自己家族血脉的延续着想，那国家主席和总理，怎么可能不为中华民族的延续着想？联合国，怎么可能不为人类的延续考虑？这届特别联大，就是要确定一个国际性的合作方案，并正式启动人类逃亡计划，这是刻不容缓的事啊。”

老张缓缓地点点头，“想想也是这么回事，可我总觉着，这是很远的事儿啊，是不是该我操心呢？”

“张叔啊，这是个误解，绝对的误解。很远吗？不可能很远了，您以为，逃亡飞船要三四百年后才起程吗？要是那样，三体舰队就能很快追上它们。”

“那什么时候飞船能上路呢？”

“您就要抱孙子了是吧？”

“是啊。”

“您的孙子就能看到飞船起程。”

“他能上飞船?!”

“不不，那不可能，但他的孙子能上飞船。”

张援朝心里算了算，“这就是……七八十年吧。”

“比那要长，战争时期政府会加紧控制人口，除了限制生育数量，生育间隔也要拉长，一代要按四十年算吧，大概一百二十年，飞船就可以起程了。”

“这也够快的，那时飞船造得出来吗？”

“张叔，您想想一百二十年前是什么样子？那时还是清朝呢，那时从杭州到北京得走个把月，皇帝到避暑山庄还得在轿子里颠好几天呢！现在，从地球到月球也就是不到三天的路。技术是加速发展的，就是说发展起来会越来越快，加上全世界都投入全力研究宇航技术，一百二十年左右飞船是可以造出来的。”

“宇宙航行，是件很艰险的事吧？”

“那不假，但那时地球上就不艰险吗？你看看现在这局势的变化吧，国家把主要经济力量用在建立太空舰队上，太空舰队不是商品，没有一分钱利润的，人民生活只能每况愈下，加上我们的人口基数这么大，吃饱饭都成问题。还有，您看现在这国际形势，发展中国家没有能力搞逃亡计划，发达国家又拒绝技术公有，穷国和小国绝不会罢休。现在不就纷纷以退出《核不扩散条约》相威胁，以后还可能采取更加极端的行动，说不定一百二十年后，不等外星舰队到达，地球上已经是战火连天了！到了您的曾孙的时代，还不知过的是什么日子呢！再说，逃亡飞船也不是您想象的那样，您拿现在的神舟飞船和国际空间站与它们比就闹笑话了。那些飞船很大的，每艘都像一座小城市，而且是一个完整的生态圈，就是说像一个小地球，人类在上面不需外界供给就可以生生不息。还有最重要的，就是冬眠，这现在就可以做到了，飞船的乘客大部分时间都是在冬眠中度过的，一百年感觉跟一天差不多，直到找到新的世界，或者和三体人达成协议返回太阳系，他们才会长期醒来，这不比在地球上过苦日子强吗？"

张援朝沉思着，没有说话。

史晓明接着说："当然，我跟你说实在话，正像您说的，宇宙航行确实是件艰险的事，在太空中遇到什么样的艰险谁都不知道，这里面，很大程度上是为了延续您张家的血脉，您对此要是不太在意……"

张援朝像被刺了一下似的盯着史晓明，"你这年轻人怎么说话呢，我怎么会不在意？"

"不不，张叔，您听我说完，我不是那个意思，我是说，即使您根本不打算让您的后人上飞船逃往外太空，这基金也是值得买的，保值啊！这东西一旦向社会公开发售，那价格会飞一样向上涨。有钱人多着呢，现在也没有别的投资渠道，屯粮犯法，再说，越是有钱就越要考虑家族的延续，您说是不是？"

"是，是，这我知道。"

“张叔啊，我真的是一片诚心，现在，逃亡基金还处于起步阶段，只有一小部分对内部特殊人员发售，我弄到指标也不容易……反正您多考虑考虑，想好了就给我打电话，我和您一起去办手续。”

史晓明走后，老张来到阳台上，仰望着在城市的光晕中有些模糊的星空，心里说：我的孙儿们啊，爷爷真要让你们去那个永远是夜的地方吗？

周文王再次在三体世界的荒漠上跋涉，这时有一个很小的太阳升到中天，阳光没有什么热力，但把荒漠照得很清晰，荒漠上仍空无一物。

“有人吗？有人吗？有人吗……”

周文王突然眼睛一亮，他看到一个人骑着马从天边飞奔而来，并远远地认出了那人是牛顿，于是冲他拼命地挥手。牛顿很快来到周文王身前，勒住了马，跳下来后赶紧扶正假发。

“你瞎嚷嚷什么？是谁又建了这鬼地方？”牛顿挥手指指天地间问。

周文王没有回答他的话，而是拉住他的手急切地诉说：“同志，我的同志，我告诉你，主没有抛弃我们，或者说它抛弃我们是有理由的，它以后需要我们了，它……”

“我都知道了，智子也给我发了信息。”牛顿甩开周文王的手不耐烦地说。

“这么说，主是同时给许多同志发信息了，这样很好，组织与主的联系再也不会被垄断了。”

“组织还存在吗？”牛顿用一条白手帕擦着汗问。

“当然存在，这次全球性打击之后，拯救派彻底瓦解，幸存派则分裂出去，发展为一支独立的力量，现在，组织里只有降临派了。”

“这次打击净化了组织，这是件好事。”

“既然能到这里来，你肯定是降临派，但你好像什么都不知道，是散户吗？”

“我只与一个同志有单线联系，他除了这个网址外什么都没有告诉我。在上次可怕的全球性打击中，我好不容易才设法逃脱。”

“你逃命的本事在秦始皇时代就表现出来了。”

牛顿四下看看，“这里安全吗？”

“当然，这里处于多层迷宫的底部，几乎不可能被发现，即使他们真的闯入这里，也不可能追踪到用户的位置。那次打击之后，为了安全，组织的各分支都处于孤立状态，相互之间很少联系，我们需要一个聚会的地方，对组织的新成员，也要有一个缓冲区，这里总比现实世界安全吧。”

“你发现没有，外面对组织的打击好像松了许多？”

“他们很精明，知道组织是得到主情报信息的唯一来源，也是得到主可能转让给组织的技术的唯一机会，尽管这种机会很小。由于这个原因，他们会让组织在一定规模上一直存在下去，不过我想他们会为此后悔的。”

“主就没有这么精明，它甚至没有理解这种精明的能力。”

“所以它需要我们，组织具有了存在的价值，应该让所有的同志都尽快知道这点。”

牛顿翻身上马，“好了，我要走了，我得确定这里确实安全才能久留。”

“我向你保证过这里绝对安全。”

“如果真是这样，下次将会有更多的同志来聚会的，再见。”牛顿说着，策马远去，当马蹄声渐渐消失后，天空中那颗小太阳突然变成了飞星，世界笼罩在黑暗中。

罗辑绵软地躺在床上，用睡意未消的眼睛看着刚淋浴完正在穿衣服的她。这时太阳已经升起，把窗帘照得很亮，使她看上去像是映在窗帘上的一个曼妙的剪影。这真的像一部黑白老电影里的情景，是哪一部他忘了，他现在最需要记起来的是她的名字。真的，她叫什么来着？别急，先想姓：如果她姓张，那就是珊了；姓陈？那应该是晶晶……不对，这些都是以前的了，他想看看还放在衣袋里的手机，可衣服扔在地毯上，再说手机里也没有她的名字，他们认识时间太短，号码还没输进去。现在最重要的是不要像有一次那样，不小心问出来，那后果绝对是灾难性的。于是他把目光转向电视机，她已经把它打开了，但没有声音，图像是联合国安理会会场，大圆桌子……哦，已经不叫安理会了，新名字叫什么他一时也想不起来，最近过得真是太颓废了。

“把声音开大点儿吧。”他说，不叫昵称显得不够亲热，但现在也无所谓了。

“你好像真关心似的。”她没照他说的做，坐下梳起头来。

罗辑伸手从床头柜上取了打火机和一支烟，点上抽了起来，同时把两只光脚丫从毛巾被里伸出来，脚大拇指惬意地动着。

“瞧你那德行，也算学者？”她从镜子里看着他那双不停动着趾头的脚丫说。

“青年学者。”他补充道，“到现在没什么建树，那是因为我不屑于努力，其实我这人充满灵感，有时候我随便转一下脑子都比某些人皓首穷经一辈子强……你信不信，有一阵儿我差点儿出名了。”

“因为你那个什么亚文化？”

“不不，那是我同时做的另一个课题，是因为我创立了宇宙社会学。”

“什么？”

“就是外星人的社会学。”

“嘁……”她扔下梳子，开始用化妆品了。

“你不知道学者正在明星化吗？我就差点成了明星学者。”

“研究外星人的现在已经烂大街了。”

“那是出了这堆烂事儿以后，”罗辑指指没有声音的电视说，上面仍然是那张坐了一圈人的大圆桌子，这条新闻时间够长的，也许是直播？“这之前学者们不研究外星人，他们翻故纸堆，并且一个个成了明星。但后来，公众已经对这帮子文化恋尸癖厌倦了，这时我来了！”他向天花板伸出赤裸的双臂，“宇宙社会学，外星人，而且很多种外星人，他们的种类比地球人的数量都多，上百亿种！百家讲坛的制片人已经和我谈过做节目的事儿，可接着就出了这事，然后……”他举起一只手做了一个表示这一切的姿势，叹息了一声。

她没有仔细听他的话，而是看着电视上滚动的字幕：“‘对逃亡主义，我们将保留一切可能的选择……’这什么意思？”

“这话谁说的？”

“好像是伽尔诺夫吧。”

“他是说对付想逃亡的要像对付 ETO 一样狠，谁造诺亚方舟就用导弹把谁打下来。”

“这也忒损了点儿吧。”

“NO，这是真正明智的决策，我早想到了，反正就算不这样，最后也没人能飞走……你看过一部叫《浮城》的小说吗？”

“没有，很老的吧？”

“是，我小时候看的，我一直记得一个场面：当整个城市就要沉到海里时，有一群人挨家挨户搜缴救生圈，集中起来毁掉，为的是既然不能都活那就谁也不要活，印象最深的是一个小女孩儿，把那些人领到一家门口，兴奋地说，他们家还有！”

“你就是那种习惯于把社会看成垃圾的垃圾。”

“废话，你看经济学的基本公理就是人类的唯利是图，没有这个前提，整个经济学就将崩溃；社会学的基本设定还没有定论，但可能比经济学的更黑暗，真理总沾着灰尘……少数人飞走可以啊，可早知如此何必当初呢？”

“什么当初？”

“当初干吗文艺复兴？当初干吗大宪章？又干吗法国大革命？人要是一直分个三六九等并用铁的法律固定下来，那到时候该走的走该留的留，谁也没二话。比如这事儿要是发生在明清，肯定是我走你留呗，但现在就不行了吧。”

“你现在就飞了我才高兴呢！”

这倒是实话，他们真的已经到了相互摆脱的阶段，以前的每一次，罗辑都能让那些以前的她们与自己同步进入这一阶段，不早不晚。他对自己这种把握节奏的能力十分得意，特别是这一次，与她才认识一个星期，分离操作就进行得这么顺利，像火箭抛掉助推器一样漂亮。

“喂，创立宇宙社会学可不是我自己的主意，你想知道是谁的建议吗？我可只告诉你一个人，你别吓着。”罗辑想回到刚才的话题上。

“还是算了吧，你的话已经没几句我能信的了，除了一句。”

“那……就算了吧……哪一句？”

“你快点儿起啊，我饿了。”她把地毯上他的衣服扔到床上。

他们在酒店的大餐厅里吃早餐，周围餐桌上的人们大多神情严肃，不时能听到一些只言片语，罗辑不想听，但他就像一支点在夏夜里的蜡烛，那些词句像烛火周围的小虫子，不停地向他的脑子里钻：逃亡主义、技术公有化，ETO、战时经济大转型、赤道基点①、宪章修正②、PDC、近地初级警戒防御圈③、独立整合方式④……

“这时代怎么变得这么乏味了？”罗辑扔下正在切煎蛋的刀叉，沮丧地说。

她点点头，“同意。昨天我在开心辞典节目上看到一个问题，巨傻：注意抢答——”她用叉子指着罗辑，学着那个女主持人的样子，“在末日前一百二十年，是你的第十三代，对还是不对？！”

罗辑重新拿起刀叉，摇摇头，“我的第几代都不是。”他做出祈祷状，“我们这个伟大的家族，到我这儿就要灭绝了。”

她在鼻子里不出声地哼了一下，“你不是问我只信你哪句话吗？就这句，你以前说过的，你真的就是这号人。”

你就是因为这个要离开我吗？这句话罗辑没问出口，怕节外生枝坏了事儿。但她好像多少看出了他在想什么，说：

“我也是这号人。在别人身上看到自个儿的某些样子总是很烦

① 太空电梯与地面的连接处。

② 因地球防御的需要对联合国宪章进行的修正。

③紧急部署的由现有洲际导弹和NMD系统构成的防御系统，主要用于防范智子在近地空间的低维展开。

④ 一种建立地球太空舰队的方案，由各国独立组建太空军，然后整合为地球舰队。

人的。”

“尤其是在异性身上。”罗辑点点头。

“不过如果非找理由的话，这还是一种负责任的做法呢。”

“什么做法？不要孩子？当然了！”罗辑用叉子指了指旁边一桌正在谈论经济大转型的人，“知道他们后代要过什么日子吗？在造船厂——造太空船的厂——里累死累活一天，然后到集体食堂排队，在肚子的咕咕叫声中端着饭盒，等着配给的那一勺粥……再长大些，山姆大叔，哦不，地球需要你，光荣入伍去吧。”

“末日那一代总会好些吧。”

“那是说养老型末日，可你想想那个凄惨啊……再说最后一代爷爷奶奶们也未必吃得饱。不过就这幅远景也不能实现，瞧现在地球人民这股子横劲儿，估计要顽抗到底，那就真不知道是个什么死法儿了。”

饭后他们走出酒店，来到早晨阳光的怀抱中，清新的空气带着淡淡的甜味，很是醉人。

“得赶快学会生活，现在要学不会，那就太不幸了。”罗辑看着过往的车流说。

“我们不是都学会了嘛。”她说，眼睛开始寻找出租车了。

“那么……”罗辑用询问的目光看着她，看来，已经不必找回她的名字了。

“再见。”她冲他点点头，两人握了手，又简单地吻了一下。

“也许还有机会再见。”罗辑说，旋即又后悔了，到此为止一切都很好，别再生出什么事儿来，但他的担心是多余的。

“我想不会有。”她说着，很快转身，她肩上的那个小包飞了起来。事后罗辑多次回忆这一细节，确定她不是故意的。她背那个LV包的方式很特别，以前也多次见她转身时把那小包悠起来，但这次，那包直冲他的脸而来，他想后退一小步躲避，绊上了紧贴着小腿后面的一个消防栓，仰面摔倒。

这一摔救了他的命。

与此同时，面前的街道上出现了这样一幕：两辆车迎头相撞，巨响未落，后面的一辆POLO为了躲开相撞的车紧急转向，高速直向两人站的地方冲来！这时，罗辑的绊倒变成了一种迅速而成功的躲闪，只是被POLO的保险杠擦上了一只腾空的脚，他的整个身体在地上被扳转了九十度，正对着车尾，这过程中他没听到另一个撞击所发出的那沉闷的一声，只看到飞过车顶的她的身体落到车后，像一个没有骨骼的布娃娃。她滚过的地面上有一道血迹，形状像一个有意义的符号，看着这个血符，罗辑在一瞬间想起了她的名字。

张援朝的儿媳临产了，已经进了分娩室，一家人紧张地待在候产室里，有一台电视机正放着母婴保健知识的录像。张援朝觉得这一切有一种以前没感觉到的温暖的人情味儿，这种刚刚过去的黄金时代留下来的温馨，正在被日益严酷的危机时代所磨蚀。

杨晋文走了进来，张援朝第一眼看到他时，以为这人是借着这个机会来和自己修复关系的，但从他的神色上很快知道不是那么回事。杨晋文招呼不打拉起张援朝就走出了候产室，来到医院走廊里。

“你真的买了逃亡基金？”杨晋文问。

张援朝转头不理他，那意思很明白：这与你有何相干？

“看看吧，今天的。”杨晋文说着，把手里的一张报纸递给张援朝，后者刚看到头版头条的大标题，就眼前一黑——

《特别联大通过117号决议，宣布逃亡主义为非法》

张援朝接着细看下面的内容：

本届特别联大以压倒多数票通过决议，宣布逃亡主义违反国际法，决议用严厉的措辞谴责了逃亡主义在人类社会内部造成的分裂和动荡，并认为逃亡主义等同于国际法中的反人类罪。决议呼吁各成员国尽快立法，对逃亡主义进行坚决的遏制。

中国代表在发言中重申了我国政府对逃亡主义的立场，并表明了中国政府对联合国117号决议的坚决支持。他转达了中国政府的许诺：将尽快建立和完善相关法律，采取有力措施制止逃亡主义的蔓延。他最后说：我们要珍视危机时代国际社会的统一和团结，坚守全人类拥有平等的生存权这一被国际社会共同认可的准则，地球是人类共同的家园，我们绝不能抛弃她。

……

“这……为什么啊？”老张看着杨晋文茫然地说。

“这还不清楚吗？你只要仔细想想就能知道，宇宙逃亡根本不可能实现，关键是谁走谁留啊？这不是一般的不平等，这是生存权的问题，不管是谁走，精英也好，富人也好，普通老百姓也好，只要是有人走有人留，那就意味着人类最基本的价值观和道德底线的崩溃！人权和平等观念已经深入人心，生存权的不公平是最大的不公平，被留下的人和国家绝不可能看着别人踏上生路而自己等死，两方的对抗会越来越极端，最后只能是世界大乱，谁也走不了！联合国的这个决议是很英明的……我说老张，你花了多少钱？”

张援朝赶紧拿出手机，拨了史晓明的电话，但对方已关机。老张两腿一软，靠着墙滑坐在地上，他花了四十万。

“赶紧报警吧！还好，那姓史的小子不知道老苗已经打听到他爸的工作单位，这骗子肯定跑不了。”

张援朝只是坐在那里叹息摇头，“人能找到，钱不一定能拿回来，这让我怎么向一家子交代啊。”

一声啼哭传来，护士喊：“19号，男孩儿！”张援朝猛跳起来，朝候产室跑去，这一刻，其他的一切都微不足道了。

也是在老张等待的这30分钟里，地球上还有约10000个婴儿出生，如果他们的哭声汇在一起，那肯定是一曲宏伟的合唱。在他们后面，黄金时代刚刚结束；在他们前面，人类的艰难岁月正在徐徐展开。

罗辑只知道他被关进的这个小房间是地下室，很深的地下室，在通往这里的电梯中（那是一部现在十分少见的老式电梯，由人扳动一个手柄操作），他感觉一直在下降，那过时的机械楼层数显示也证实了他的判断，电梯停在 -10 层，地下十层?！他再次打量了一下这个房间，有一张单人床和一些简单的生活用品，还有一个很旧的木制小办公桌，像一个值班室之类的地方，不像是关犯人的。这里显然很长时间没有人来了，虽然床上的被褥是新的，但其他东西上都蒙着一层灰，散发着一股潮湿的霉味。

小房间的门开了，一个身材粗壮的中年人走了进来，冲罗辑点点头，他的脸上透出明显的疲惫。“罗教授，我来陪陪你，不过你也就刚进来，不至于闷得慌吧。”

“进来”这个词在罗辑听来是那么刺耳，为什么不是下来呢？罗辑的心沉了下去，自己的猜测被证实了，虽然带他到这里来的人都很客气，但他还是被捕了。

“您是警察吗？”

“以前是吧，我叫史强。”来人又点点头，坐在床沿上掏出一盒烟来。罗辑觉得这个密闭的地方烟会散不去的，但又不敢说。史强似乎看出了他的想法，四下看看，“应该有排气扇的。”他说着拉动了门边的一根线，不知什么地方的一个风扇嗡嗡地响了起来。这种拉线开关现在也不多见了，罗辑还注意到墙角扔着一部显然早就不能用了的红色电话机，落满了灰，是转盘式的。史强递给罗辑一支烟，罗辑犹豫了一下，接住了。

他们把烟都点上后，史强说："时间还早，咱们聊聊？"

"你问吧。"罗辑低头吐出一口烟说。

"问什么？"史强有些奇怪地看了罗辑一眼说。

罗辑从床上跳了起来，把只吸了一口的烟扔了，"你们怎么能怀疑我？那明明就是一场意外交通事故嘛！先是两辆车相撞，后面那辆车为了躲闪才把她撞了的！这是很明白的事儿。"罗辑摊开双手，一脸无奈。

史强抬头看着他，本来带着困意的双眼突然炯炯有神，那好像总是带着笑意的眼神中藏着一股无形的杀气，老练而尖锐，令罗辑生出一股恐慌。"我可没提这事儿啊，是你先提的，这就好，上面不让我说更多的情况，我也不知道更多的，刚才还发愁咱们没话题聊呢，来，坐坐。"

罗辑没有坐，站在史强面前接着说："我和她才认识了一个星期，就是在学校旁边的酒吧里认识的，出事前连她的名字都想不起来，你说我们之间能有什么，竟让你们往那方面想呢？"

"名儿都想不起来了？怪不得她死了你一点儿也不在乎，和我见过的另一个天才差不多。呵呵，罗教授的生活真是丰富多彩，隔一段就认识一个女孩儿，档次还都不低。"

"这犯法吗？"

“当然不，我只是羡慕。我在工作中有一个原则：从不进行道德判断。我要对付的那些主儿，成色可都是最纯的，我要是对他们婆婆妈妈：你看你都干了些什么啊？你对得起社会对得起爹妈吗……还不如给他一巴掌。

“你看看，刚才你主动提这事儿，现在又说自己可能杀她，咱就是随便聊聊，你急着抖搂这些干吗？一看就是个嫩主。”

罗辑盯着史强看了一会儿，一时间只听到排气扇的呜咽声，他突然怪怪地笑了，然后，掏出烟来。

史强说：“罗兄，哦，应该是罗老弟吧，咱们其实有缘：我办的案子中，有十六个死刑犯，其中九个都是让我去送的。”

罗辑把一根烟递给史强，“我不会让你去送的。好吧，麻烦你通知我的律师。”

“好！罗老弟！”史强兴奋地拍拍罗辑的肩，“拿得起放得下，是我看得上的那号！”然后他扶着罗辑的肩凑近他，喷着烟说，“这人嘛，什么事儿都可能遇上，不过你遇到的这也太……我其实是想帮你，知道那个笑话吧：在去刑场的路上，死刑犯抱怨天下雨了，刽子手说你有什么可抱怨的，俺们还得回来呢！这就是你我在后面的过程中应该有的心态。好了，离上路还早，就在这儿凑合着睡会儿吧。”

“上路？”罗辑又看看史强。

这时响起了敲门声，一个目光很灵敏的年轻人走进来，把手中的一个大提包放在地上说：“史队，提前了，现在就出发。”

章北海轻轻推开父亲病房的门，病床上的父亲看上去比想象的要好，他靠着枕头半躺半坐着，窗外透进的夕阳的金辉给他脸上映上了些许血色，不像是已经走到生命尽头的人。章北海把军帽挂到门边的衣帽架上，走到父亲的床边坐下，他没有问病情，因为父亲会以一个军人的诚实回答他，而他不想听到那真实的回答。

“爸，我加入太空军了。”

父亲点点头，没有说话。他们父子之间的沉默要比语言传递更多的信息，从小到大，父亲是用沉默而不是语言教育他的，语言只是沉默的标点符号，正是这种父亲的沉默造就了今日的章北海。

“就像您想的那样，他们要以海军为基础组建太空舰队，他们认为海军的作战模式和理论与太空战争最接近。”

“这是对的。”父亲又点点头。

“那我该怎么办？”

爸，我终于问出这句话了，这句我整夜未眠才最后下决心问出来的话，刚才见到您时我又犹豫了，我知道这是最让您失望的一句话。记得研究生毕业后，我作为一名上尉见习官进入舰队时，您说：“北海啊，你还差得远，这么说是因为我现在还能轻易地理解你。能让我理解，说明你的思想还简单，还不够深，等到我看不透搞不懂你，而你能轻易理解我的那一天，你才算真正长大了。”后来，我照您说的长大了，您再也不可能那样轻易地理解自己的儿子了，说您丝毫没有对此感到悲哀我不信，但儿子确实正在成为您能寄予希望的那种人，那种虽不可爱，但在海军这个复杂艰险的领域有可能成功的人。现在，儿子问出了这句话，无疑标志着您对我这三十多年的培育，在最关键的时候失败了。可是爸，您还是告诉我吧，儿子还没有您想的那样强大，反正就这一次了，求求您告诉我吧。

“要多想。”父亲说。

好的，爸，您已经回答了我，说了很多很多的话，真的很多，这三个字的内容用三万字都说不完，请相信儿子，我用自己的心听到了这些话，但求您再说清楚一些吧，因为这太重要了。

“想了以后呢？”章北海问，他的双手紧紧攥着床单，手心和额头都潮湿了。

爸，原谅我，如果说前次发问让您失望，那这一次我变回孩子了。

“北海，我只能告诉你那以前要多想。”父亲回答。

爸，谢谢您，您说得很清楚了，我的心都听懂了。

章北海松开攥着床单的手，握住父亲一只瘦削的手说：“爸，以后不出海了，我会常来看您。”

父亲微笑着摇摇头，“我这儿没什么了，忙工作去吧。”

他们又聊了一会儿，先是说了些家里的事，后来又谈到太空军的建设，父亲说了自己的很多想法，以及对章北海以后工作的建议。他们共同想象未来太空战舰的外形和体积，兴致盎然地讨论太空战

的武器，甚至还谈到了马汉的制海权理论是否适用于太空战场……

但他们之间的这些话语已经没有太多意义，只不过是章北海陪着父亲用语言散步而已，真正有意义的，是父子间心对心交流的那三句：

“要多想。”

“想了以后呢？”

“北海，我只能告诉你那以前要多想。”

章北海告别父亲后走出病房，透过门上的小窗又凝视了父亲一会儿。这时，夕阳的光缕已离开了父亲，把他遗弃在一片朦胧中，但他的目光穿透这朦胧，看着投在对面墙上的最后一小片余晖。虽然即将消逝，但这时的夕阳是最美的。这夕阳最后的光辉也曾照在怒海的万顷波涛上，那是几道穿透西方乱云的光柱，在黑云下的海面上投下几片巨大的金色光斑，像自天国飘落的花瓣，花瓣之外是黑云下暗夜般的世界，暴雨像众神的帷幔悬挂在天海之间，只有闪电不时照亮那巨浪吐出的千堆雪。处于一块金色光斑中的驱逐舰艰难地把舰首从深深的浪谷中抬起来，在一声轰然的巨响中，舰首撞穿一道浪墙，腾起的漫天浪沫贪婪地吸收着夕阳的金光，像一只大鹏展开了金光四射的巨翅……

章北海戴上军帽，帽檐上有中国太空军的军徽。他在心里说：爸爸，我们想的一样，这是我的幸运，我不会带给您荣耀，但会让您安息。

“罗老师，请把衣服换了吧。”刚进门的年轻人说，蹲下来拉开他带进来的提包，尽管他显得彬彬有礼，罗辑心里还是像吃了苍蝇似的不舒服。但当年轻人把包中的衣服拿出来时，罗辑才知道那不是给嫌犯穿的东西，而是一件看上去很普通的棕色夹克，他接过衣服翻着看了看，夹克的料子很厚实，接着他发现史强和年轻人也穿着这种夹克，只是颜色不同。

“穿上吧，还算透气舒服的，要是穿我们以前的那种破玩意儿，不闷死你才怪。”史强说。

“防弹衣。”年轻人解释说。

谁会杀我呢？罗辑边换衣服边想。

三人走出了房间，沿着来时的走廊走向电梯。走廊上方有方形的铁皮通风管，他们经过的几道门都是厚重密封型的，罗辑还注意到一侧斑驳的墙壁上有一行隐约可见的标语，只能看清其中的一部分，但罗辑知道全部：深挖洞、广积粮、不称霸。

“这是个人防工事吧？”罗辑问史强。

“不是普通的，是防原子弹的，现在废了，当年可不是一般人能进来的。”

“那我们在……西山？”罗辑听到过这类传说，史强和年轻人都没有回答。他们走进了那部旧式电梯，电梯立刻带着很大的摩擦杂音向上开动了，操作电梯的是一名背着冲锋枪的武警士兵，他显然也是第一次干这个，很不熟练地调整了两三次，才把电梯停在负1层。

走出电梯，罗辑发现他们来到一个宽阔但低矮的大厅里，像是一个地下停车场。这里停满了各种车辆，有一部分已经发动，使空气中充满了刺鼻的味道。车排之间有很多人或站着或走动，这里光线昏暗，只在远远的一角有灯亮着。这些人都是黑乎乎的影子，只有他们中的几个穿过远处车灯光柱时，罗辑才看出是全副武装的士兵，还看到几个军官对着步话机喊着什么，试图盖过引擎的轰鸣声，他们的声音听起来很紧张。

史强带着罗辑在两排汽车间穿过，年轻人跟在后面，罗辑看着尾灯的红光和穿过车间缝隙照进来的灯光照在史强身上，使他的身影以不同的色彩时隐时现，罗辑一时竟想起了那个昏暗的酒吧，在那里他认识了她。

史强把罗辑带到了一辆车前，拉开车门让他进去。罗辑坐下后发现，这车虽然内部很宽敞，但车窗小得不正常，从窗的边缘可以看到厚厚的车壳。这是一辆加固型的车，窄小的车窗玻璃透明度很差，可能也是防弹的。车门半开着，罗辑能听到史强和年轻人的对话。

“史队，刚才他们来电话，说沿路又摸了一遍，所有警戒位也布置好了。”

“沿路情况太复杂，这事儿本来也只能粗着过几遍，很难让人放下心来。警戒位的布置，就按我说的，要换位思考，你要是那边的，打算猫在哪儿？武警这方面的专家多咨询一些……哦，交接的事怎么安排？”

“他们没说。”

史强的声音高了起来，“你他妈的犯浑啊，这么重要的事儿都没落实！”

“史队，照上级的意思，好像我们得一直跟着。”

“跟一辈子都行，但到那边肯定是有交接的，责任分段儿必须明确！这得有条线，咔！之前出事儿责任在我们，之后责任就在他们了。”

“他们没说……”年轻人似乎很为难。

“郑啊，我知道你就是他妈的有自卑感，常伟思高升了，他以前的那些手下看咱们更是眼睛长在天灵盖儿上了，不过咱们自个儿应该看得起自个儿。他们算什么？有谁对他们开过一枪，他们又对谁开过一枪？上次大行动，看那帮人儿，什么高级玩意儿都用上了，跟耍杂技似的，连预警机都出来了，可聚会地点的最后定位还不是靠我们？这就为我们争来了地位……郑啊，我把你们几个调过来是费了口舌的，也不知是不是害了你们。”

“史队，你别这么说。”

“这是乱世，乱世懂吗？人心可真是不古了，大家都把晦气事儿往别人身上推，所以防人之心不可无啊……跟你扯这些是我不放心，我还能待多久？以后这一摊子怕都放到你那儿了。”

“史队，你的病可得快考虑，上级不是安排你冬眠了吗？”

“得把事儿都安排好了吧，家里的，工作上的，就你们这样儿我能放心吗？”

“我们你尽管放心，你这病真的不能拖了，今儿早上你牙龈出血又止不住了。”

“没事儿，我命大，这你是知道的，冲我开的枪，臭火的就有三次。”

这时，大厅一侧的车辆已经开始鱼贯而出，史强钻进车里关上车门，当相邻的车开走后，这辆车也开动了。史强拉上了两边的窗帘，车内有一块不透明的挡板，把后半部分与驾驶室隔开，这样罗辑就完全看不到车外的情况了。一路上，史强的步话机叽叽哇哇响个不停，但罗辑听不清在说什么，史强不时简单地回应一句。

车开后不久，罗辑对史强说：“事情比你说的要复杂。”

“是啊。现在什么都变得复杂了。”史强敷衍道，把注意力仍集中在步话机上，一路上两人再也没有说话。

路似乎很顺，车子连一次减速都没有，行驶了大约一小时后停了下来。

史强下车后示意罗辑待在车内，然后关上了车门。这时罗辑听到一阵轰鸣声，似乎来自车顶上方。几分钟后，史强拉开车门让罗辑下车，一出去，罗辑立刻知道他们是在一个机场，刚才听到的轰鸣变得震耳了，他抬头看看，发现这声音来自悬停在上方的两架直升机，它们的机首分别对着不同的方向，似乎在监视着这片空旷的区域。罗辑面前是一架大飞机，像是客机，但在他能看到的部分，罗辑找不到航空公司的标志。车门前就是一架登机梯，史强和罗辑沿着它登上飞机，在进入舱门前，罗辑回头看了一眼，首先看到的是远处停机坪上一排整齐的战斗机，他由此知道这里不是民用机场。把目光移到近处，他发现同来的十几辆车和车上下来的士兵已在这架飞机四周围成了一个大圈。夕阳西下，飞机在前方的跑道上投下了长长的影子，像一个大惊叹号。

罗辑和史强进入机舱，有三名穿着黑色西装的人迎接他们，带着他们走过前舱，这里空无一人，看上去是客机的样子，有四排空空的座椅。但当进入中舱后，罗辑看到这里有一间相当宽敞的办公室，还有一个套间，透过半开的门，罗辑看到那是一间卧室。这里的陈设都很普通，干净整洁，如果不是看到沙发和椅子上的绿色安全带，感觉不到是在飞机上。罗辑知道，像这样的专机，国内可能没有几架。

带他们进来的三人中，两人径直穿过另一个门向尾舱去了，留下的最年轻的那位说："请你们随便坐，但一定要系好安全带，千万要注意，不只是在起飞降落时，全程都要系安全带，睡觉时也要把床上的安全睡袋扣好；不要在外面放不固定的小物品；尽量不要离开座位或床，如果需要起来活动，请一定先通知机长。这样的按钮就是送话器开关，座位和床边都有，按下后就能通话，有什么其他需

要，也可以通过它呼叫我们。”

罗辑疑惑地看看史强，后者解释说：“这飞机有可能做特技飞行。”

那人点点头，“是的，有事请叫我，叫小张就行，起飞后我会给你们送晚饭的。”

小张走后，罗辑和史强坐到沙发上，各自系好安全带。罗辑四下看看，除了窗子是圆的，有窗的那面墙有些弧度外，一切都是那么普通和熟悉，以至于他们俩系着安全带坐在这间普通办公室里感觉怪怪的。但很快引擎的轰鸣和微微的震动提醒他们是在一架飞机上，飞机正在向起飞跑道滑行，几分钟后，随着引擎声音的变化，超重使两人陷进沙发中。来自地面的震动消失后，办公室的地板在他们面前倾斜了。随着飞机的上升，在地面已经落下去的夕阳又把一束光从舷窗投进来，就在十分钟前，同一个太阳也把今天的最后一束夕照投进章北海父亲的病房中。

当罗辑所乘的飞机飞越海岸时，在他一万米的下方，吴岳和章北海再次注视着建造中的“唐号”。在以前和以后所有的时间里，这是罗辑距这两位军人最近的一次。

像上次一样，“唐号”巨大的船体笼罩在刚刚降临的暮色中，船壳上的焊花似乎不像上次那么密了，照在上面的灯光也暗了许多。而这时，吴岳和章北海已经不属于海军了。

“听说，总装备部已经决定停止‘唐号’工程了。”章北海说。

“这与我们还有关系吗？”吴岳冷漠地回答，目光从“唐号”上移开，遥望着西天残存的那一抹晚霞。

“自从进入太空军后，你的情绪一直很低落。”

“你应该知道原因吧，你总是能轻易看到我的思想，有时候看得比我还透彻，经你提醒，我才知道自己真正想的是什么。”

章北海转身直视着吴岳，“对于投身于一场注定要失败的战争，你感到悲哀。你很羡慕最后的那一代太空军，在年轻时就能战斗到最后，与舰队一起埋葬在太空。但把一生的心血耗尽在这样一个毫无希望的事业上，对你来说确实很难。”

“有什么要劝我的吗？”

“没有，技术崇拜和技术制胜论在你的思想中是根深蒂固的，我早就知道改变不了你，只能尽力降低这种思想对工作造成的损害。另外，对这场战争，我并不认为人类的胜利是不可能的。”

吴岳这时放下了冷漠的面具，迎接着章北海的目光，“北海，你以前曾经是一个很现实的人，你反对建造‘唐号’，曾经多次在正式场合对建立远洋海军的理念提出过质疑，认为它与国力不相符，你认为我们的海上力量应该在近海随时处于岸基火力的支援和保护之下，这种想法被少壮派们骂为乌龟战略，但你一直坚持……那么现在，你对这场星际战争的必胜信念是从哪儿来的？你真的认为小木船能击沉航空母舰？”

“建国初期，刚刚成立的海军用木船击沉过国民党的驱逐舰；更早些，我军也有骑兵击败坦克群的战例。”

“你不至于把那些传奇上升为正常、普适的军事理论吧。”

“在这场战争中，地球文明不需要正常的普适的军事理论，一次例外就够了。”章北海朝吴岳竖起一根手指。

吴岳露出讥讽的笑，“我想听听你怎么实现这次例外？”

“我当然不懂太空战争，但如果你把它类比为小木船对航母的话，那我认为只要有行动的胆略和必胜的信心，前者真的有可能击沉后者。木船载上一支潜水员小分队，埋伏在航母经过的航道上，当敌舰行至一定距离时，潜水分队下水，木船驶离，当航母驶过潜水分队上方时，他们将炸弹安置在船底……当然这做起来极其困难，但并非不可能。”

吴岳点点头，“不错，有人试过的，二战中英国人为了击沉德军‘提尔匹兹号’战列舰这么干过，只不过用的是一艘微型潜艇；上世纪八十年代，在马岛战争时期，有几个阿根廷特种兵带着磁性水雷潜入意大利，企图从水下炸沉停泊在港口的英国军舰。不过结果你也都知道。”

“但我们有的不只是小木船，一枚一千至两千吨级的核弹完全可以制成一两名潜水员能够在水下携带的大小，如果把它贴到航母的船底，那就不只是击沉它，最大的航母也将被炸成碎片。”

“有时候你是很有想象力的。”吴岳笑着说。

“我有的是胜利的信心。”章北海把目光移向“唐号”，远处的焊花在他的眸中映出两团小小的火焰。

吴岳也看着“唐号”，这一次他对她又有了新的幻象：她不再是一座被废弃的古代要塞，而是一面更远古的崖壁，壁上有许多幽深的山洞，那稀疏的焊花就是洞中摇曳的火光。

飞机起飞后，直到吃过晚饭，罗辑都没有问史强诸如去哪儿、究竟发生了什么事这类问题，如果他知道并且可以告诉自己，那他早就说了。罗辑曾有一次解开安全带走到舷窗前，想向外面看，尽管他知道天黑后看不到什么，但史强还是跟过来，拉上了舷窗的隔板，说没什么好看的。

“咱们再聊会儿，然后去睡觉，好不好？”史强说，同时拿出烟来，但很快想到是在飞机上，又放了回去。

“睡觉？看来要飞很长时间了？”

“管它呢，这有床的飞机，咱们还不得好好享用一下。”

“你们只是负责把我送到目的地，是吗？”

“你抱怨什么，我们还得走回去呢！”史强咧嘴笑笑，对自己这话很得意，看来用残酷的幽默折磨人是他的乐趣，不过他接着稍微严肃了一点，“你走的这一趟，我知道的不比你多多少，再说也轮不着我对你说什么，放心，会有人向你把一切都交代清楚的。”

“我猜了半天，只想出一个可能的答案。”

“说说看，看是不是和我猜的一样。”

“她应该是个普通人，那只能是她的社会或家庭关系不一般。”罗辑不知道她的家庭，同前几个情人一样，就是她们说了他也不感兴趣记不住。

“谁啊，哦，你那个一周情人？还是别再想她了吧，反正你不在乎。不过想也可以，照你说的，你把她的姓和脸与大人物们一个个对对？”

罗辑在脑子里对了一阵儿，没有对上谁。

“罗兄啊，你骗人在行吗？”史强问，这之前罗辑发现了一个规律：他开玩笑时称自己为老弟，稍微认真时称为兄。

“我需要骗谁吗？”

“当然需要了……那我就教教你怎么骗人吧，当然对此我也不在行，我的工作更偏重于防骗和揭穿骗局。这样，我给你讲讲审讯的几个基本技巧，你以后有可能用得着，到时知己知彼容易对付些。当然，只是最基本最常用的，复杂的一时也说不清。先说最文的一种，也是最简单的一种：拉单子，就是把与案子有关的问题列一个单子，单子上的问题越多越好，八竿子刚打着的全列上去，把关键要问的混在其中，然后一条一条地问，记下审讯对象的回答，然后再从头问一遍，也记下回答，必要时可以问很多遍，最后对照这几次的记录，如果对象说假话，那相应的问题每次的回答是有出入的。你别看这办法简单，没有经过反侦查训练的人基本上都过不了关，对付拉单子，最可靠的办法就是保持沉默。”史强说着不由得又掏出烟来，但想起飞机上不能抽烟后，又放了回去。

“你问问看，这是专机，应该能抽烟的。”罗辑对史强说。

史强正说到兴头上，对罗辑打断自己的话有些恼火，罗辑惊奇地看到他似乎是很认真的，要不就是这人的幽默感太强了。史强按下沙发旁边的那个红色送话器按钮问了话，小张果然回答说请便。于是两人拿出烟抽了起来。

“下一个，半文半武的。你能够着烟灰缸吧，固定着的，得拔下来，好。这一招叫黑白脸。这种审讯需要多人配合，稍复杂一些。首先是黑脸出来，一般是两人以上，他们对你很凶，可能动文的也可能动武的，反正很凶。这也是有策略的，不仅仅是让你产生恐惧，更重要的是激发你的孤独感，让你感觉全世界除了想吃你的狼就再没别的了。这时白脸出来了，肯定只有一个人，而且肯定长得慈眉善目，他制止了黑脸们，说你也是一个人，有人的权利，你们怎么能这样对待他？黑脸们说你走开，不要影响工作。白脸坚持，说你们真的不能这样做！黑脸们说早就知道你干不了这个，干不了走人啊！白脸用身体护住你说：我要保护他的权利，保护法律的公正！黑脸儿们说你等着，明天你就滚蛋了！然后气哼哼地走了。就剩你们俩时，白脸会替你擦擦汗呀血呀的，说别怕，有我在，他们不敢把你怎么样，不管我落到什么下场，一定会维护你的权利！你不想说就别说了，你有权沉默！接下来的事儿你就能想得出了，他这时成了你在这个世界上唯一的最亲的人，在他进一步的利诱下，你是不会沉默的……这一招对付知识分子最管用，但与前面拉单子不同，你一旦知道了，它就失效了。当然，以上讲的一般都不单独使用，真正的审讯是一个大工程，是多种技术的综合……”

史强眉飞色舞地说着，几乎想挣脱安全带站起来，但罗辑听着却像掉进了冰窟窿，绝望和恐惧再一次攫住了他，史强注意到了这一点，打住了话头。

“好了好了，不谈审讯了，虽然这些知识你以后可能用得着，但一时也接受不了。再说我本来是教你怎么骗人的，注意一点：如果你的城府真够深，那就不能显示出任何城府来，和电影上看到的不同，真正老谋深算的人不是每天阴着脸装那副鸟样儿，他们压根儿就不显出用脑子的样儿来，看上去都挺随和挺单纯的，有人显得俗里俗气婆婆妈妈，有人则大大咧咧没个正经……关键的关键是让别人别把你当回事，让他们看不起你轻视你，觉得你碍不了事，像墙角的扫把一样可有可无，最高的境界是让他们根本注意不到你，就当你不存在，直到他们死在你手里前的一刹那才回过味来。”

“我有必要，或者还有机会成为这样的人吗？”罗辑终于插上一句。

“还是那句话：这事儿我知道的不比你多，但我有预感。你必须成为这样一个人，罗兄，必须！”史强突然激动起来，他一手抓住罗辑的肩膀，很有力地抓着，让罗辑感到很疼。

他们沉默了，看着几缕青烟袅袅上升，最后被从天花板上的一个格栅孔吸走。

“算了，睡觉吧。”史强在烟灰缸中掐灭了烟头笑着摇摇头说，“我居然跟你扯这些个，以后想起来可别笑话我啊。”

进入卧室后，罗辑脱下防弹夹克，钻进床上的那个安全睡袋，史强帮他把睡袋与床固定的安全扣扣好，并把一个小瓶放到床头柜上。

“安眠药，睡不着就吃点，我本来想要酒的，可他们说没有。”

史强接着嘱咐罗辑下床长时间活动前一定要通知机长，然后向外走去。

“史警官。”罗辑叫了一声。

史强在门口回过头来，“我现在已经不是警察了，这事儿没有警察参与，他们都叫我大史。”

“那就对了，大史，刚才我们聊天时，我注意到你的一句话，或者说是对我的一句话的反应：我说‘她’，你一时竟没想起我指的是谁，这说明，她在这件事里并不重要。”

“你是我见过的最冷静的人之一。”

“这冷静来自我的玩世不恭，这世界上很难有什么东西让我在意。”

“不管怎么说，能在这种时候这么冷静的人我还真没见过。别在意我前面说的那些，我这人嘛，也只会拿人在这些方面寻开心了。”

“你是想找到一件事情把我的注意力牢牢拴住，以顺利完成你的使命。”

“要是我让你乱想，那就很抱歉了。”

“那你说我现在该朝哪方面想？”

“以我的经验，朝哪方面都会想歪的，现在只该睡觉。”

史强走了，门关上后，只有床头一盏小红灯亮着，房间里黑了下来。引擎的嗡鸣构成的背景声这时显现出来，无所不在，似乎是与这里仅一壁之隔的无边的夜空在低吟。

后来，罗辑觉得这不是幻觉，这声音好像真的有一部分来自外部很远的地方。他解开睡袋的扣子爬出来，推开了床头舷窗上的隔板。外面，云海浸满了月光，一片银亮。罗辑很快发现，在云海上方，还有东西也在发着银光，那是四条笔直的线，在夜空的背景上格外醒目。它们以与飞机相同的速度延伸着，尾部渐渐消融在夜空中，像四把飞行在云海上的银色利剑。罗辑再看银线的头部，发现了四个闪着金属光泽的物体，银线就是它们拉出来的——那是四架歼击机。可以想象，这架飞机的另一侧还有四架。

罗辑关上隔板，钻回睡袋，他闭上双眼努力放松自己的意识，不是想睡觉，而是试图从梦中醒来。

深夜，太空军的工作会议仍在进行中。章北海推开面前桌面上的工作簿和文件，站起身来，扫视了一下会场上面露倦容的军官们，转向常伟思。

“首长，在汇报工作之前，我想先谈一点自己的意见。我认为军领导层对部队的政治思想工作重视不够，比如这次会议，在已成立的六个部门中，政治部是最后一个汇报工作的。”

“这意见我接受。”常伟思点点头，“军种政委还没有到职，政工方面的工作由我兼管，现在，各项工作都刚刚展开，在这方面确实难以顾及太多，主要的工作，还得靠你们具体负责的同志去做。”

“首长，我认为现在这种状况很危险。”这话让几个军官稍微集中了注意力，章北海接着说，“我的话有些尖锐，请首长包涵，这一是因为开了一天的会，现在大家都累了，不尖锐没人听。”有几个人笑了笑，其他的与会者仍沉浸在困倦中，“二是因为我心里确实着急。我们所面临的这场战争，敌我力量之悬殊是人类战争史上前所未有的，所以我认为，在相当长的一段时间里，太空军所面临的最大危险是失败主义。这种危险怎样高估都不为过，失败主义蔓延所造成的后果，绝不仅仅是军心不稳，而是可能导致太空武装力量的全面崩溃。”

“同意。”常伟思又点点头，“失败主义是目前最大的敌人，对这一点军委也有深刻的认识，这就使得军种的政治思想工作肩负重大使命，而太空军的基层部队一旦形成，工作将更复杂，难度也更大。”

章北海翻开工作簿，“下面开始工作汇报。太空军成立伊始，在部队政治思想工作方面，我们所做的主要工作就是对指战员总体思想状况的调查了解。由于目前新军种的人员较少，行政级别少，机构简单，调查主要通过座谈和个人交流，并在内部网络上建立了相应的论坛。调查的结果是令人忧虑的，失败主义思想在部队普遍存在，且有迅速蔓延扩大的趋势，畏敌如虎、对战争的未来缺乏信心，是相当一部分同志的心态。

“失败主义的思想根源，主要是盲目的技术崇拜，轻视或忽视人的精神和主观能动性在战争中的作用，这也是近年来部队中出现的技术制胜论和唯武器论等思潮在太空军中的延续和发展，这种思潮在高学历军官中表现得尤为突出。部队中的失败主义主要有以下表现形式：

“一、把自己在太空军中的使命看作是一项普通的职业，在工作上虽然尽心尽职、认真负责，但缺少热情和使命感，对自己工作的最终意义产生怀疑。

“二、消极等待，认为这场战争的胜负取决于科学家和工程师，在基础研究和关键技术研究没有取得重大突破之前，太空军只是空中楼阁，所以对目前的工作重点不明确，仅满足于军种组建的事务性工作，缺少创新。

“三、抱有一种不切实际的幻想，要求借助冬眠技术使自己跨越四个世纪，直接参加最后决战。目前已经有几个年轻同志表达了这种愿望，有人还递交了正式申请。表面上看，这是一种渴望投身于战争最前沿的积极心态，但实质上是失败主义的另一种表现形式，对战争的胜利缺乏信心，对目前工作的意义产生怀疑，于是军人的尊严成了工作和人生中唯一的支柱。

“四、与上一种表现相反，对军人的尊严也产生了怀疑，认为军队传统的道德准则已不适合这场战争，战斗到最后是没有意义的。认为军人尊严存在的前提是有人看到这种尊严，而这场战争一旦失败，宇宙中将无人存在，那这种尊严本身也失去了意义。虽然只有少数人持有这种想法，但这种消解太空武装力量最终价值的思想是十分有害的。”

说到这里，章北海看看会场，发现他的这番话虽引起了一些注意，但仍然没有扫走笼罩在会场上的困倦，但他有信心在接下来的发言中改变这种状况。

“下面我想举一个具体的例子，失败主义在这位同志身上有着很典型的表现，我说的是吴岳上校。”章北海把手伸向会议桌对面吴岳的方向。

会场中的困倦顿时一扫而光，所有与会者都来了兴趣，他们紧张地看看章北海，再看看吴岳，后者显得很镇静，用平静的目光看着章北海。

“我和吴岳同志在海军中长期共事，相互之间都很了解。他有很深的技术情结，是一名技术型的，或者说工程师型的舰长。这本来不是坏事，但遗憾的是，他在军事思想上过分依赖技术。虽没有明说，但他在潜意识中一直认为技术的先进性是部队战斗力主要的甚至是唯一的决定因素，忽视人在战争中所起的作用，特别是对我军在艰苦的历史条件中所形成的特有优势缺乏足够认识。当得知三体危机出现时，他就已经对未来失去信心，进入太空军后，这种绝望更多地表露出来。吴岳同志的失败主义情绪是如此之重，如此根深蒂固，以至于我们失去了使他重新振作起来的希望。应该尽早采取强有力的措施对部队中的失败主义进行遏制，所以，我认为吴岳同志已经不适合继续在太空军中工作。”

大家都把目光集中到吴岳的身上，他这时看着放在会议桌上的军帽上的太空军军徽，仍然显得很平静。

发言的过程中，章北海始终没有朝吴岳所在的方向看一眼，他接着说：“请首长、吴岳同志和大家理解，我这番话，只是出于对部队目前思想状况的忧虑，当然，也是想和吴岳同志进行面对面的、公开坦诚的交流。”

吴岳举起一只手请求发言，常伟思点头后，他说：“章北海同志所说的关于我的思想情况都属实，我承认他的结论：自己不适合继续在太空军服役，我听从组织的安排。”

会场的气氛变得紧张起来，有几名军官看着章北海面前的那个工作簿，不禁猜测起那里面还有关于谁的什么。

一名空军大校站起身来说道：“章北海同志，这是普通的工作会议，像这样涉及个人的问题，你应该通过正常的渠道向组织反映，在这里公开讲合适吗？”

他的话立刻引起了众多军官的附和。

章北海说：“我知道，自己的这番发言有违组织原则，我本人愿意就此承担一切责任，但我认为，不管用什么方式，必须使我们意识到目前情况的严重性。”

常伟思抬起手制止了更多人的发言，“首先，应该肯定章北海同志在工作中表现出来的责任心和忧患意识。失败主义在部队中的存在是事实，我们应该理性地面对，只要敌我双方悬殊的技术差距存在，失败主义就不会消失，靠简单的工作方法是解决不了问题的，这是一项长期细致的工作，应该有更多的沟通和交流。另外，我也同意刚才有同志提出的：涉及个人思想方面的问题，以沟通和交流为主，如果有必要反映，还是要通过组织渠道。”

在场的很多军官都松了一口气，至少在这次会议上，章北海不会提到他们了。

罗辑想象着外面云层之上无边的暗夜，艰难地整理着自己的思绪。不知不觉间，他的思想集中到她身上，她的音容笑貌出现在昏暗中，一种前所未有的悲哀冲击着他的心扉，接踵而来的，是对自己的鄙视，这种鄙视以前多次出现过，但从没有现在这么强烈。你为什么现在才想到她？这之前，对于她的死你除了震惊和恐惧就是为自己开脱，直到现在你发现整个事情与她关系不大，才把自己那比金子还贵重的悲哀给了她一点儿，你算什么东西？

可没办法，我就是这么一个人。

飞机在气流中微微起伏着，罗辑躺在床上有种在摇篮中的感觉。他知道自己在婴儿时睡过摇篮，那天，在父母家的地下室，他看到了一张落满灰尘的童床，床的下面就安装有摇篮的弧橇。现在，他闭起双眼想象着那两个为自己轻推摇篮的人，同时自问：自你从那只摇篮中走出来直到现在，除了那两个人，你真在乎过谁吗？你在心灵中真的为谁留下过一块小小的但却永久的位置吗？

是的，留下过。有一次，罗辑的心曾被金色的爱情完全占据，但那却是一次不可思议的经历。

所有那一切都是由白蓉引起的，她是一位写青春小说的作家，虽是业余的但已经小有名气，至少她拿的版税比工资要多。在认识的所有异性中，罗辑与白蓉的交往时间是最长的，最后甚至到了考虑婚姻的阶段。他们之间的感情属于比较普通常见的那类，谈不上多么投入和铭心刻骨，但他们认为对方适合自己，在一起轻松愉快，尽管两人对婚姻都有一种恐惧感，但又都觉得负责的做法是尝试一下。

在白蓉的要求下，罗辑看过了她的所有作品，虽谈不上是一种享受，但也不像他瞄过几眼的其他此类小说那么折磨人。白蓉的文笔很好，清丽之中还有一种她这样的女作者所没有的简洁和成熟。但那些小说的内容与这文笔不相称，读着它们，罗辑仿佛看见一堆草丛中的露珠，它们单纯透明，只有通过反射和折射周围的五光十色才显出自己的个性，它们在草叶上滚来滚去，在相遇的拥抱中融合，在失意的坠落中分离，太阳一升高，就在短时间内全部消失。每看完白蓉的一本书，除了对她那优美的文笔的印象外，罗辑只剩下一个问题：这些每天二十四小时恋爱的人靠什么生活？

“你真相信现实中有你写的这种爱情？”有一天罗辑问。

“有的。”

“是你见过还是自己遇到过？”

白蓉搂着罗辑的脖子，对着他的耳根很神秘地说：“反正有的，我告诉你吧，有的！”

有时，罗辑对白蓉正在写的小说提出意见，甚至亲自帮她修改。

“你好像比我更有文学才华，你帮我改的不是情节，是人物，改人物是最难的，你的每一次修改对那些形象都是点睛之笔，你创造文学形象的能力是一流的。”

“开什么玩笑，我是学天文出身的。”

“王小波是学数学的。”

那年白蓉的生日，她向罗辑要求一个生日礼物。

“你能为我写一本小说吗？”

“一本？”

“嗯……不少于五万字吧。”

“以你为主人公吗？”

“不，我看过一个很有意思的画展，都是男画家的作品，画的是他们想象中最美的女人。你这篇小说的主人公就是你心目中最美的女孩儿，你要完全离开现实去创造这样一个天使，唯一的依据是你对女性最完美的想象。”

直到现在，罗辑也不知道白蓉这要求到底是什么用意，也许连她自己也不知道，现在回想起来，她当时的表情好像有些狡猾，又有些忧郁。

于是，罗辑开始构思这个人物。他首先想象她的容貌，然后为她设计衣着，接着设想她所处的环境和她周围的人，最后把她放到这个环境中，让她活动和说话，让她生活。很快，这事变得索然无味了，他向白蓉诉说了自己遇到的困境。

“她好像是一个提线木偶，每个动作和每一句话都来自我的设想，缺少一种生命感。”

白蓉说：“你的方法不对，你是在作文，不是在创造文学形象。要知道，一个文学人物十分钟的行为，可能是她十年的经历的反映。你不要局限于小说的情节，要去想象她的整个生命，而真正写成文字的，只是冰山的一角。”

于是罗辑照白蓉说的做了，完全抛开自己要写的内容，去想象她的整个人生，想象她人生中的每一个细节。他想象她在妈妈的怀中吃奶，小嘴使劲吮着，发出满意的唔唔声；想象雨中漫步的她突然收起了伞，享受着和雨丝接触的感觉；想象她追一个在地上滚的红色气球，仅追了一步就摔倒了，看着远去的气球哇哇大哭，完全没有意识到她刚才迈出的是人生的第一步；想象她上小学的第一天，孤独地坐在陌生教室的第三排，从门口和窗子都看不到爸爸妈妈了，就在她要哭出来时，发现邻桌是幼儿园的同学，又高兴得叫起来；想象大学的第一个夜晚，她躺在宿舍的上铺，看着路灯投在天花板上的树影……罗辑想象着她爱吃的每一样东西，想象她的衣橱中每一件衣服的颜色和样式，想象她手机上的小饰物，想象她看的书她的MP4中的音乐她上的网站她喜欢的电影，但从未想象过她用什么化妆品，她不需要化妆品……罗辑像一个时间之上的创造者，同时在她生命中的不同时空编织着她的人生，他渐渐对这种创造产生了兴趣，乐此不疲。

一天在图书馆，罗辑想象她站在远处的一排书架前看书，他为她选了他最喜欢的那一身衣服，只是为了使她的娇小身材在自己的印象中更清晰一些。突然，她从书上抬起头来，远远地看了他一眼，冲他笑了一下。

罗辑很奇怪，我没让她笑啊？可那笑容已经留在记忆中，像冰上的水渍，永远擦不掉了。

真正的转机发生在第二天夜里。这天晚上风雪交加，气温骤降，在温暖的宿舍里，罗辑听着外面狂风怒号，盖住了城市中的其他声音，打在玻璃上的雪花像沙粒般啪啪作响，向外看一眼也只见一片雪尘。这时，城市似乎已经不存在了，这幢教工宿舍楼似乎是孤立在无垠的雪原上。罗辑躺回床上，进入梦乡前突然有了一个想法：这鬼天气，她要是在外面走路该多冷啊。他接着安慰自己：没关系，你不让她在外面她就不在外面了。但这次他的想象失败了，她仍在外面的风雪中行走着，像一株随时都会被寒风吹走的小草，她穿着那件白色的大衣，围着那条红色的围巾，飞扬的雪尘中也只能隐约看到红围巾，像在风雪中挣扎的小火苗。

罗辑再也不可能入睡了，他起身坐在床上，后来又披衣坐到沙发上，本来想抽烟的，但想起她讨厌烟味，就冲了一杯咖啡慢慢地喝着。他必须等她，外面的寒夜和风雪揪着他的心，他第一次如此心疼一个人，如此想念一个人。

就在他的思念像火一样燃烧起来时，她轻轻地来了，娇小的身躯裹着一层外面的寒气，清凉中却有股春天的气息；她刘海上的雪花很快融成晶莹的水珠，她解开红围巾，把双手放在嘴边呵着。他握住她纤细的双手，温暖着这冰凉的柔软，她激动地看着他，说出了他本想问候她的话：

“你还好吗？”

他只是笨拙地点点头，帮她脱下了大衣，“快来暖和暖和吧。”他扶着她柔软的双肩，把她领到壁炉前。

“真暖和，真好……”她坐在壁炉前的毯子上，看着火光幸福地笑了。

……

妈的，我这是怎么了？罗辑站在空荡荡的宿舍中央对自己说。其实随便写出五万字，用高档铜版纸打印出来，PS一个极其华丽的封面和扉页，用专用装订机装订好，再拿到商场礼品部包装一下，生日那天送给白蓉不就完了吗，何至于陷得这么深？这时他惊奇地发现，自己的双眼湿润了。紧接着，他又有了另一个惊奇：壁炉？我他妈的哪儿来的壁炉？我怎么会想到壁炉？但他很快明白了：他想要的不是壁炉，而是壁炉的火光，那种火光中的女性是最美的。他回忆了一下刚才壁炉前火光中的她……

啊不！别再去想她了，这会是一场灾难！睡吧！

出乎罗辑的预料，这一夜他并没有梦到她，他睡得很好，感觉单人床是一条漂浮在玫瑰色海洋上的小船。第二天清晨醒来时，他有一种获得新生的感觉，觉得自己像一支尘封多年的蜡烛，昨夜被那团风雪中的小火苗点燃了。他兴奋地走在通向教学楼的路上，雪后的天空灰蒙蒙的，但他觉得这比万里晴空更晴朗；路旁的两排白杨没有挂上一点儿雪，光秃秃地直指寒天，但在他的感觉中，它们比春天时更有生机。

罗辑走上讲台，正像他所希望的那样，她又出现了，坐在阶梯教室的最后一排，那一片空座位中只有她一个人，与前面的其他学生拉开了很远的距离。她那件洁白的大衣和红色的围巾放在旁边的座位上，只穿着一件米黄色的高领毛衣。她没有像其他学生那样低头翻课本，而是再次对他露出那雪后朝阳般的微笑。

罗辑紧张起来，心跳加速，不得不从教室的侧门出去，站在阳台上的冷空气中镇静了一下，只有两次博士论文答辩时他出现过这种状态。接下来罗辑在讲课中尽情地表现着自己，旁征博引，激扬文字，竟使得课堂上出现了少有的掌声。她没有跟着鼓掌，只是微笑着对他颔首。

下课后，他和她并肩走在那条没有林荫的林荫道上，他能听到她蓝色的靴子踩在雪上的咯吱声。两排冬天的白杨静静地倾听着他们心中的交谈。

“你讲得真好，可是我听不太懂。”

“你不是这个专业的吧？”

“嗯，不是。”

“你常这样去听别的专业课吗？”

“只是最近几天，常随意走进一间讲课的阶梯教室去坐一会儿。我刚毕业，就要离开这儿了，突然觉得这儿真好，我挺怕去外面的……”

以后的三四天里，罗辑每天的大部分时间都和她在一起。在旁人看来，他独处的时间多了，喜欢一个人散步，这对于白蓉也很好解释：他在构思给她的生日礼物，而他也确实没有骗她。

新年之夜，罗辑买了一瓶以前自己从来不喝的红葡萄酒，回到宿舍后，他关上电灯，在沙发前的茶几上点上蜡烛，当三支蜡烛都亮起时，她无声地和他坐在一起。

“呀，你看——”她指着葡萄酒瓶，像孩子般高兴起来。

“怎么？”

“你到这边看嘛，蜡烛从对面照过来，这酒真好看。”

浸透了烛光的葡萄酒，确实呈现出一种只属于梦境的晶莹的深红。

“像死去的太阳。”罗辑说。

“不要这样想啊，”她又露出那种让罗辑心动的真挚，“我觉得它像……晚霞的眼睛。”

“你怎么不说是朝霞的眼睛？”

“我更喜欢晚霞。”

“为什么？”

“晚霞消失后可以看星星，朝霞消失后，就只剩下……”

“只剩下光天化日下的现实了。”

“是，是啊。”

……

他们谈了很多，什么都谈，在最琐碎的话题上他们都有共同语言，直到罗辑把那一瓶“晚霞的眼睛”都喝进肚子为止。

罗辑晕乎乎地躺在床上，看着茶几上即将燃尽的蜡烛，烛光中的她已经消失了，但罗辑并不担心，只要他愿意，她随时都会出现。

这时响起了敲门声，罗辑知道这是现实中的敲门声，与她无关，就没有理会。门被推开了，进来的是白蓉，她打开了电灯，像打开了灰色的现实。看了看燃着蜡烛的茶几，她在罗辑的床头坐下，轻轻叹息了一声说："还好。"

"好什么？"罗辑用手挡着刺目的电灯光。

"你还没有投入到为她也准备一只酒杯的程度。"

罗辑捂着眼睛没有说话，白蓉拿开了他的手，注视着他问：

"她活了，是吗？"

罗辑点点头，翻身坐了起来，"蓉，我以前总以为，小说中的人物是受作者控制的，作者让她是什么样儿她就是什么样儿，作者让她干什么她就干什么，就像上帝对我们一样。"

"错了！"白蓉也站了起来，在屋子里来回走着，"现在你知道错了，这就是一个普通写手和一个文学家的区别。文学形象的塑造过程有一个最高状态，在那种状态下，小说中的人物在文学家的思想中拥有了生命，文学家无法控制这些人物，甚至无法预测他们下一步的行为，只是好奇地跟着他们，像偷窥狂一般观察他们生活中最细微的部分，记录下来，就成了经典。"

"原来文学创作是一件变态的事儿。"

"至少从莎士比亚到巴尔扎克到托尔斯泰都是这样，他们创造的那些经典形象都是这么着从他们思想的子宫中生出来的。但现在的这些文学人已经失去了这种创造力，他们思想中所产生的都是一些支离破碎的残片和怪胎，其短暂的生命表现为无理性的晦涩的痉挛，他们把这些碎片扫起来装到袋子里，贴上后现代啦解构主义啦象征主义啦非理性啦这类标签卖出去。”

“你的意思是我已经成了经典的文学家？”

“那倒不是，你的思想只孕育了一个形象，而且是最容易的一个；而那些经典文学家，他们在思想中能催生出成百上千个这样的形象，形成一幅时代的画卷，这可是超人才能做到的事。不过你能做到这点也不容易，我本来以为你做不到的。”

“你做到过吗？”

“也是只有一次。”白蓉简单地回答，然后迅速转移话锋，搂住罗辑的脖子说，“算了，我不要那生日礼物了，你也回到正常的生活中来，好吗？”

“如果这一切继续下去会怎么样？”

白蓉盯着罗辑研究了几秒钟，然后放开了他，笑着摇摇头，“我知道晚了。”说完拿起床上自己的包走了。

这时，他听见外面有人在“四、三、二、一”地倒计时，接着，一直响着音乐的教学楼那边传来一阵欢笑声，操场上有人在燃放烟花，看看表，罗辑知道这一年的最后一秒刚刚过去。

“明天放假，我们出去玩儿好吗？”罗辑仰躺在床上问，他知道她已经出现在那个并不存在的壁炉旁了。

“不带她去吗？”她指指仍然半开着的门，一脸天真地问。

“不，就我们俩。你想去哪儿？”

她入神地看着壁炉中跳动的火苗，说："去哪儿不重要，我觉得人在旅途中，感觉就很美呢。"

"那我们就随便走，走到哪儿算哪儿？"

"那样挺好的。"

第二天一早，罗辑开着他那辆雅阁轿车出了校园，向西驶去，之所以选择这个方向，仅仅是因为省去了穿过整个城市的麻烦，他第一次体会到没有目的地的出行所带来的那种美妙的自由。当车外的楼房渐渐稀少，田野开始出现时，罗辑把车窗打开了一条缝，让冬天的冷风吹进些许，他感到她的长发被风吹起，一缕缕撩到他的右面颊上，怪痒痒的。

"看，那边有山——"她指着远方说。

"今天能见度好，那是太行山，那山的走向会一直与这条公路平行，然后向这面弯过来堵在西方，那时路就会进山，我想我们现在是在……"

"不不，别说在哪儿！一知道在哪儿，世界就变得像一张地图那么小了；不知道在哪儿，感觉世界才广阔呢。"

"那好，咱们就努力迷路吧。"罗辑说着，拐上了一条车更少的支路，没开多远又随意拐上另一条路。这时，路两边只有连绵不断的广阔田野，覆盖着大片的残雪，有雪和无雪的地方面积差不多，看不到一点绿色，但阳光灿烂。

"地道的北方景色。"罗辑说。

“我第一次觉得，没有绿色的大地也能很好看的。”

“绿色就埋在这田地里，等早春的时候，还很冷呢，冬小麦就会出苗，那时这里就是一片绿色了，你想想，这么广阔的一片……”

“不需要绿色嘛，现在真的就很好看，你看，大地像不像一只在太阳下睡觉的大奶牛？”

“什么？”罗辑惊奇地看了她一眼，又看了看两侧车窗外那片片残雪点缀的大地，“啊，真的有些像……我说，你最喜欢哪个季节？”

“秋天。”

“为什么不是春天？”

“春天……好多感觉挤到一块儿，累人呢，秋天多好。”

罗辑停了车，和她下车来到田边，看着几只喜鹊在地里觅食，直到他们走得很近了它们才飞到远处的树上。接着，他们下到一条几乎干涸的河床里，只在河床中央有一条窄窄的水流，但毕竟是一条北方的河，他们拾起河床里冰冷的小卵石向河里扔，看着浑黄的水从薄冰上被砸开的洞中涌出。他们路过了一个小镇，在集市上逛了不少时间，她蹲在一处卖金鱼的地摊前不走，那些玻璃圆鱼缸中的金鱼在阳光下像一片流动的火焰，罗辑给她买了两条，连水装在塑料袋里放在车的后座上。他们进入了一个村庄，并没有找到乡村的感觉，房子院子都很新，有好几家门口停着汽车，水泥面的路也很宽，人们的衣着和城市里差不多，有几个女孩子穿得还很时尚，连街上的狗都是和城市里一样的长毛短腿的寄生虫。但村头那个大戏台很有趣，他们惊叹这么小的一个村子竟搭了这么高大的戏台。戏台上是空的，罗辑费了好大劲儿爬上去，面对着下面她这一个观众唱了一首《山楂树》。中午，他们在另一个小镇吃了饭，这里的饭菜味道和城市里也差不多，就是给的分量几乎多了一倍。饭后，在镇政府前的一个长椅上，他们在温暖的阳光中昏昏欲睡地坐了一会儿，又开车信马由缰地驶去。

不知不觉，他们发现路进山了，这里的山形状平淡无奇，没有深谷悬崖，植被贫瘠，只有灰色岩缝中的枯草和荆条丛。几亿年间，这些站累了的山躺了下来，在阳光和时间中沉于平和，也使得行走在其中的人们感觉自己变得和这山一样懒散。"这里的山像坐在村头晒太阳的老头儿。"她说，但他们路过的几个村子里都没有见到那样的老头儿，没有谁比这里的山更悠闲。不止一次，车被横过公路的羊群挡住了，路边也出现了他们想象中应该是那样的村子——有窑洞和柿子树核桃树，石砌的平房顶上高高地垛着已脱粒的玉米芯，狗也变得又大又凶了。

他们在山间走走停停，不知不觉消磨了一个下午，太阳西下，公路早早隐在阴影中了。罗辑开车沿着一条坑洼的土路爬上了一道仍被夕阳映照的高高的山脊，他们决定把这里作为旅行的终点，看太阳落下后就回返。她的长发在晚风中轻扬，仿佛在极力抓住夕阳的最后一缕金辉。

车刚驶回公路上就抛锚了，后轮轴坏了，只能打电话叫维修救援。罗辑等了好一会儿，才从一辆路过的小卡车司机那里打听到这是什么地方，让他感到欣慰的是这里手机有信号，维修站的人听完他说的地名后，说维修车至少要四五个小时才能到这里。

日落后，山里的气温很快降下来，当周围的一切开始在暮色中模糊起来时，罗辑从附近的梯田里收集来一大堆玉米秸秆，生起了一堆火。

“真暖和，真好！”她看着火，像那一夜在壁炉前那样高兴起来，罗辑也再一次被火光中的她迷住了，他被一种从未有过的柔情所淹没，感觉自己和这篝火一样，活着的唯一目的就是给她带来温暖。

“这里有狼吗？”她看看周围越来越浓的黑暗问。

“没有，这儿是华北，是内地，仅仅是看着荒凉，其实是人口最稠密的地区之一，你看就这条路，平均两分钟就有一辆车通过。”

“我希望你说有狼的。”她甜甜地笑着，看着大群的火星向夜空中的星星飞去。

“好吧，有狼，但有我。”

然后他们再也没有说话，在火边默默地坐着，不时将一把秸秆放进火堆中维持着它的燃烧。

不知过了多长时间，罗辑的手机响了，是白蓉打来的。

“和她在一起吗？”白蓉轻轻地问。

“不，我一个人。”罗辑说着抬头看看，他没有骗谁，自己真的是一个人，在太行山中的一条公路边的一堆篝火旁，周围只有火光中若隐若现的山石，头上只有满天的繁星。

“我知道你是一个人，但你和她在一起。”

“……是。”罗辑低声说，再向旁边看，她正在把秸秆放进火中，她的微笑同蹿起的火苗一起使周围亮了起来。

“现在你应该相信，我在小说中写的那种爱情是存在的吧？”

“是，我信了。”

罗辑说完这四个字，立刻意识到自己和白蓉之间的距离也真的有实际的这么远了，他们沉默良久，这期间，细若游丝的电波穿过夜中的群山，维系着他们最后的联系。

“你也有这样一个他，是吗？”罗辑问道。

“是，很早的事了。”

“他现在在哪儿？”

罗辑听到白蓉轻笑了一声，“还能在哪儿？”

罗辑也笑了笑，“是啊，还能在哪儿……”

“好了，早些睡吧，再见。”白蓉说完挂断了电话，那跨越漫漫黑夜的细丝中断了，丝两端的人都有些悲哀，但也仅此而已。

“外面太冷了，你到车里去睡好吗？”罗辑对她说。

她轻轻摇摇头，“我要和你在这儿，你喜欢火边儿的我，是吗？”

从石家庄赶来的维修车半夜才到，那两个师傅看到坐在篝火边的罗辑很是吃惊：“先生，你可真经冻啊，引擎又没坏，到车里去开着空调不比这么着暖和？”

车修好后，罗辑立刻全速向回开，在夜色中冲出群山再次回到大平原上。清晨时他到达石家庄，回到北京时已是上午十点了。

罗辑没有回学校，开着车径直去看心理医生。

“你可能需要一些调整，但没什么大事。”听完罗辑的漫长叙述后，医生对他说。

“没什么大事？”罗辑瞪大了满是血丝的双眼，“我疯狂地爱上了自己构思的小说中的一个虚构人物，和她一起生活，同她出游，甚至于就要因她和自己真实的女朋友分手了，你还说没什么大事？”

医生宽容地笑笑。

“你知道吗？我把自己最深的爱给了一个幻影！”

“你是不是以为，别人所爱的对象都是真实存在的？”

“这有什么疑问吗？”

“不是的，大部分人的爱情对象也只是存在于自己的想象之中。他们所爱的并不是现实中的她（他），而只是想象中的她（他），现实中的她（他）只是他们创造梦中情人的一个模板，他们迟早会发现梦中情人与模板之间的差异，如果适应这种差异他们就会走到一起，无法适应就分开，就这么简单。你与大多数人的区别在于：你不需要模板。”

“这难道不是一种病态？”

“只是像你的女朋友所指出的那样，你有很高的文学天赋，如果把这种天赋称为病态也可以。”

“可想象力达到这种程度也太过分了吧？”

“想象力没有什么过分的，特别是对爱的想象。”

“那我以后怎么办？我怎么才能忘掉她？”

“不可能，你不可能忘掉她，不要去做那种努力，那会产生很多副作用，甚至真的导致精神障碍，顺其自然就行了。我再强调一遍：不要去做忘掉她的努力，没有用的，但随着时间的推移，她对你生活的影响会越来越小的。其实你很幸运，不管她是不是真的存在，能爱就很幸运了。”

这就是罗辑最投入的一次爱情经历，而这种爱，一个男人一生只有一次。以后，罗辑又开始了他那漫不经心的生活，就像他们一同出行时开着的雅阁车，走到哪儿算哪儿。正如那个心理医生所说，她对他的生活的影响越来越小了，当他与一个真实的女性在一起时，她就不会出现，到后来，即使他独处，她也很少出现了。但罗辑知道，自己心灵中最僻静的疆土已经属于她了，她将在那里伴随他一生。他甚至能清晰地看到她所在的世界，那是一片宁静的雪原，那里的天空永远有银色的星星和弯月，但雪也在不停地下着，雪原像白砂糖般洁白平润，静得仿佛能听到雪花落在上面的声音。她就在雪原上一间精致的小木屋中，这个罗辑用自己思想的肋骨造出的夏娃，坐在古老的壁炉前，静静地看着跳动的火焰。

现在，在这凶险莫测的航程中，孤独的罗辑想让她来陪伴，想和她一起猜测航程的尽头有什么，但她没有出现。在心灵的远方，罗辑看到她仍静静地坐在壁炉前，她不会感到寂寞，因为知道自己的世界坐落于何处。

罗辑伸手去拿床头的药瓶，想吃一片安眠药强迫自己入睡，就在他的手指接触药瓶前的一刹那，药瓶从床头柜上飞了起来，同时飞起来的还有罗辑扔在椅子上的衣服，它们直上天花板，在那里待了两秒钟后又落了下来。罗辑感到自己的身体也离开了床面，但由于睡袋的固定没有飞起来，在药瓶和衣服落下后，罗辑也感到自己重重地落回床面，有那么几秒钟，他的身体感觉被重物所压，动弹不得。这突然的失重和超重令他头晕目眩，但这现象持续了不到十秒钟，很快一切恢复正常。

罗辑听到了门外脚步踏在地毯上的沙沙声，有好几个人在走动，门开了，史强探进头来：

“罗辑，没事吧？”听到罗辑回答没事，他就没有进来，把门关上了，罗辑听到了门外低低的对话声：

“好像是护航交接时出的一点误会，没什么事的。”

“刚才上级来电话又说了什么？”这是史强的声音。

“说是一个半小时后护航编队要空中加油，让我们不要惊慌。”

“计划上没提这茬儿啊？”

“嗨，别提了，就刚才乱那一下子，有七架护航机把副油箱抛了[①]。”

---

① 歼击机在进入空中格斗状态时，要抛弃副油箱减轻重量。

“干吗这么一惊一乍的？算了，你们去睡一会儿吧，别弄得太紧张。”

“现在这状态，哪能睡呀！”

“留个人守着就行了，都这么耗着能干啥？不管上面怎么强调重要性，对安全保卫工作我有自己的看法：只要该想的想到了，该做的做到了，整个过程中要真发生什么，那也随它去，谁也没办法，对不对？别净跟自个儿过不去。”

听到了“护航交接”这个词，罗辑探起身打开了舷窗的隔板向外看，仍是云海茫茫，月亮已在夜空中斜向天边。他看到了歼击机编队的尾迹，现在已经增加到六根，他仔细看了看尾迹顶端那六架小小的飞机，发现它们的形状与前面看到的那四架不一样。

卧室的门又开了，史强探进来半个身子对罗辑说：“罗兄，一点儿小问题，别担心，往后没啥了，继续睡吧。”

“还有时间睡吗？都飞了几个小时了。”

“还得飞几个小时，你就睡吧。”史强说完关上门走了。

罗辑翻身下床，拾起药瓶，发现大史真仔细，里面只有一片药。他把药吃了，看着舷窗下面的那盏小红灯，把它想象成壁炉的火光，渐渐睡着了。

当史强把罗辑叫醒时，他已经无梦地睡了六个多小时，感觉很不错。

“快到了，起来准备准备吧。”

罗辑到卫生间洗漱了一下，然后回到办公室简单地吃了早饭，就感觉到飞机开始下降。十多分钟后，这架飞行了十五小时的专机平稳地降落了。

史强让罗辑在办公室等着，自己出去了。很快，他带了一个人进来，欧洲面孔，个子很高，衣着整洁，像是一位高级官员。

“是罗辑博士吗？”那位官员看着罗辑小心地问，发现史强的英语障碍后，他就用很生硬的汉语又问了一遍。

“他是罗辑。”大史回答，然后向罗辑简单地介绍说，“这位是坎特先生，是来迎接你的。”

“很荣幸。”坎特微微鞠躬说。

在握手时，罗辑感觉这人十分老成，把一切都隐藏在彬彬有礼之中，但他的目光还是把隐藏的东西透露了出来。罗辑对那种目光感到很迷惑，像看魔鬼，也像看天使，像看一枚核弹，也像看同样大的一块宝石……在那目光所传达的复杂信息中，罗辑能辨别出来的只有一样：这一时刻，对这人的一生是很重要的。

坎特对史强说：“你们做得很好，你们的环节是最简洁的，其他人在来的过程中多少都有些麻烦。”

“我们是照上级指示，一直遵循着最大限度减少环节的原则。”史强说。

“这绝对正确，在目前条件下，减少环节就是最大的安全，往后我们也遵循这一原则，我们直接前往会场。”

“会议什么时候开始？”

“一个小时后。”

“时间卡得这么紧？”

“会议时间是根据最后人选到达的时间临时安排的。”

“这样是比较好的。那么，我们可以交接了吗？”

“不，这一位的安全仍然由你们负责，我说过，你们是做得最好的。”

史强沉默了两秒钟，看了看罗辑，点点头说：“前两天来熟悉情况的时候，我们的人员在行动上遇到很多麻烦。”

“我保证这事以后不会发生了，本地警方和军方会全力配合你们的。”

“那么，”坎特看了看两人说，“我们可以走了。”

罗辑走出舱门时，看到外面仍是黑夜，想到起飞时的时间，他由此可以大概知道自己处于地球上的什么位置了。雾很大，灯光在雾中照出一片昏黄，眼前的一切似乎是起飞时情景的重现：空中有巡逻的直升机，在雾中只能隐约看到亮灯的影子；飞机周围很快围上了一圈军车和士兵，他们都面朝外围，几名拿着步话机的军官聚成一堆商量着什么，不时抬头朝舷梯这边看看。罗辑听到上方传来一阵让人头皮发炸的轰鸣声，连稳重的坎特都捂起耳朵，抬头一看，正见一排模糊的亮点从低空飞速掠过，是护航的歼击机编队，它们仍在上方盘旋，尾迹在空中划出了一个在雾里也隐约可见的大圆圈，仿佛一个宇宙巨人用粉笔对世界的这一块进行了标注。

罗辑他们一行四人登上了一辆等在舷梯尽头的显然也经过防弹加固的轿车，车很快开了。车窗的窗帘都拉上了，但从外面的灯光判断，罗辑知道他们也是夹在一个车队中间的。一路上大家都沉默着，罗辑知道，他正在走向那个最后的未知。感觉中这段路很长，其实只走了四十多分钟。

当坎特说已经到达时，罗辑注意到了透过车窗的帘子看到的一个形状，由于那个东西后面建筑物的一片均匀的灯光，它的剪影才能透过窗帘被看到。罗辑不会认错那东西的，因为它的形状太鲜明也太特殊了：那是一把巨大的左轮手枪，但枪管被打了个结。除非世界上还有第二个这样的雕塑，罗辑现在已经知道自己身在何处了。

一下车，罗辑就被一群人围起来，这些人都像是保卫人员，他们身材高大，相当一部分在这夜里也戴着墨镜。罗辑没能看清周围的环境，就被这些人簇拥着向前走，在他们有力的围挤下双脚几乎离地，周围是一片沉默，只有众人脚步的沙沙声。就在这种诡异的紧张气氛令罗辑的神经几乎崩溃之际，他前面的几名大汉让开了，眼前豁然一亮，接着其余的人也停住了脚步，只让他和史强、坎特三人继续前行。他们行走在一间安静的大厅中，这里很空荡，仅有的人是几名拿着步话机的黑衣警卫，他们每走过一人，那人就在步话机上低声说一句。三人经过了一个悬空的阳台，迎面看到一张色彩斑斓的玻璃板，上面充满了纷繁的线条，有变形的人和动物形象夹杂在线条之中。向右拐，他们进入了一个不大的房间。坎特在关上门后与史强相视一笑，两人一副如释重负的样子。

罗辑四下打量了一下，发现这是个多少有些怪异的房间，它尽头的一面墙被一幅由黄、白、蓝、黑四色几何形状构成的抽象画占满，这些形状相互间随意交叠，并共同悬浮于一片类似于海洋的纯蓝色之上；最奇怪的是房间中央一块呈长方体的大石头，被几盏光线不亮的聚光灯照着，仔细看看，石头上有铁锈色的纹路。抽象画和方石，是这里仅有的两件摆设，除此之外，小房间里什么都没有。

“罗辑博士，你是不是需要换件衣服？”坎特用英语问罗辑。

“他说什么？”史强问，罗辑将坎特的话翻译后，史强坚决地摇摇头，“不行，就穿这件！”

“这，毕竟是正式场合。”坎特用汉语艰难地说。

“不行。”史强再次摇头。

“会场不对媒体开放，只有各国代表，应该比较安全的。”

“我说不行，要是没理解错的话，现在他的安全是我负责吧。”

“好吧，这都是小问题。”坎特妥协了。

“你总得对他大概交代一下吧。”史强向罗辑偏了一下头说。

“我没被授权交代任何事情。”

“随便说些什么吧。”史强笑笑说。

坎特转向罗辑，脸色一下子紧张凝重起来，甚至下意识地整了整领带，罗辑这时才意识到，在此之前他一直避免和自己对视。他还发现，史强这时也像变了一个人，他那无时不在的调侃的傻笑不见了，代之以一脸庄重，并以他少见的姿势立正站着，看着坎特。这时罗辑知道大史以前说的是真话：他真的不知道送罗辑来干什么。

坎特说："罗辑博士，我能说的只是：您即将参加一个重要会议，会议要公布一件很重要的事情。另外，在会议上，您什么都不需要做。"

然后三人都沉默了，房间里一片寂静，罗辑能清楚地听到自己心跳的声音。以后他才知道，这个房间就叫默思室，那块重六吨的石头是高纯度生铁矿石，用以象征永恒和力量，是瑞典赠送的礼物。但现在，罗辑不想默思，而是努力做到什么都不想，因为现在真的可以相信大史说过的话：怎么想都会想歪的。为了做到这一点，他开始数那幅抽象画上几何形状的数量。

门开了，有一个人探进头来对坎特示意了一下，后者转向罗辑和史强，"该进去了，罗辑博士没有人认识，我和他一起进去就可以，这样不会引起什么骚动。"

史强点点头，对罗辑挥手笑笑说："我在外面等你。"罗辑心里一热，这一时刻，大史是他唯一的精神支柱了。

接着，罗辑随着坎特走出默思室，进入联合国大会堂。

会议大厅中已经坐满了人，响着一片嗡嗡的说话声，坎特带着罗辑沿座间的通道向前走，一开始没有引起谁的注意，直到他们走得太靠前了，才使得几个人转头看了看。坎特安排罗辑在第五排靠通道的座位上坐下，自己则继续向前走，在第二排的边缘坐下了。

罗辑抬头打量着这个他曾在电视上看到过无数次的地方，感觉自己完全无法理解建筑设计者要表达的意象。正前方那面高高的镶着联合国徽章的黄色大壁，作为主席台的背景，以小于九十度的角度向前倾斜着，像一面随时都可能倾倒的悬崖绝壁；会堂的穹顶建成星空的样子，但结构与下面的黄色大壁是分离的，丝毫没有增加后者的恒定感，反而从高处产生一种巨大的压力，加剧了大壁的不稳定，整个环境给人一种随时都可能倾覆的压迫感。现在看来，这一切简直就是上世纪中叶设计这里的那十一位建筑师对人类今日处境的绝妙预测。

罗辑把目光从远处收回，听到了邻座两人的对话，他们的英语都很地道，搞不清国籍。

“……你真的相信个人对历史的作用？”

“这个嘛，我觉得是个无法证实也无法证伪的问题，除非时间重新开始，让我们杀掉几个伟人，再看看历史将怎么走。当然不排除一种可能：那些大人物筑起的堤坝和挖出的河道真的决定了历史的走向。”

“但还有一种可能：你所说的大人物们不过是在历史长河中游泳的运动员，他们创造了世界纪录，赢得了喝彩和名誉，并因此名垂青史，但与长河的流向无关……唉，事情已经走到这一步，想这些还有意思吗？”

“问题是在整个的决策进程中，始终没有人从这个层面上思考问题，各国都纠缠在诸如人选平衡资源使用权力这类事情上……”

……

会场安静下来，联合国秘书长萨伊正在走上主席台，她是继阿基诺夫人、阿罗约之后，菲律宾贡献给世界的第三个美女政治家，也是在这个职位上危机前后跨越两个时代的一位。只是如果晚些投票，她肯定不会当选，当人类面临三体危机之际，她的亚洲淑女形象显然不具有世界所期望的力量感。现在，她那娇小的身躯处于身后将倾的绝壁下，显得格外弱小和无助。在萨伊走上主席台的中途，坎特起身拦住了她，在她耳边低声说了句什么，秘书长向下看了一眼，点点头，继续走上主席台。

罗辑可以肯定，她看的是自己坐的方位。

主席台上，秘书长环顾会场后说：“行星防御理事会第十九次会议现在进入最后议程：公布最后入选的面壁者名单，并宣布面壁计划开始。

“在进入正式议程之前，我认为有必要对面壁计划进行一个简单的回顾。

“在三体危机出现之际，原安理会各常任理事国就进行了紧急磋商，并提出了面壁计划的最初设想。

“各国都注意到以下事实：在最初两个智子出现之后，已有越来越多的证据表明，更多的智子正在不断地到达太阳系，进入地球，这个过程到现在仍在持续中。所以，对于敌人而言，现在的地球已经是一个完全透明的世界，对于他们，这个世界的一切都像一本摊开的书一样随时可供阅读，人类已无任何秘密可言。

“目前，国际社会已经启动的主流防御计划，无论是其总体战略思想，还是最微小的技术和军事细节，都完全暴露在敌人的视野里，在所有的会议室中，所有的文件柜里，所有的计算机硬盘和内存中，智子的眼睛无处不在。一项计划、一个方案、一次部署，不论大小，当它们在地球上出现之际，同时就会在四光年之外的敌统帅部显示出来，人类内部任何形式的交流都会导致泄密。

“我们应该注意到这样一个事实：战略和战术计谋的水平并不是与技术进步成正比的。已经有确切情报证明，三体人是用透明的思维直接进行交流，这就使得他们在计谋、伪装和欺骗方面十分低能，这也使得人类文明对敌人拥有了一个巨大的优势，我们绝不能失去这个优势。所以，面壁计划的创始者们认为，在主流防御计划之外，应该平行地进行另外数项战略计划，这些计划对敌人是不透明的，是秘密。最初曾经设想过多种方案，但最后确定只有面壁计划是可行的。

“应该纠正前面说过的一点：到目前为止，人类还是有秘密的，我们的秘密就是我们每个人的内心世界。智子可以听懂人类语言，可以超高速阅读印刷文字和各种计算机介质存贮的信息，但它们不能读出人的思维，所以，只要不与外界交流，每个人对智子都是永恒的秘密，这就是面壁计划的基础。

“面壁计划的核心，就是选定一批战略计划的制订者和领导者，他们完全依靠自己的思维制订战略计划，不与外界进行任何形式的交流，计划的真实战略思想、完成的步骤和最后目的都只藏在他们的大脑中，我们称他们为面壁者，这个古代东方冥思者的名称很好地反映了他们的工作特点。在领导这些战略计划执行的过程中，面壁者对外界所表现出来的思想和行为，应该是完全的假象，是经过精心策划的伪装、误导和欺骗，面壁者所要误导和欺骗的是包括敌方和己方在内的整个世界，最终建立起一个扑朔迷离的巨大的假象迷宫，使敌人在这个迷宫中丧失正确的判断，尽可能地推迟其判明我方真实战略意图的时间。

“面壁者将被授予很高的权力，使他们能够调集和使用地球已有的战争资源中的一部分。在战略计划的执行过程中，面壁者不必对自己的行为和命令做出任何解释，不管这种行为是多么不可理解。面壁者的行为将由联合国行星防御理事会进行监督和控制，这也是唯一有权根据联合国面壁法案最后否决面壁者指令的机构。

“为了保证面壁计划的连续性，所有面壁者将借助冬眠技术跨越时间，一直到达最后决战的时代，这期间，在何时和何种情况下苏醒，每次苏醒期有多长时间，均由面壁者自行决定。在以后的四个世纪的时间里，联合国面壁法案将作为一项与联合国宪章具有同等地位的国际法存在，它将与各国制定的相应法律一起，保证面壁者战略计划的执行。

“面壁者所承担的，将是人类历史上最艰难的使命，他们是真正的独行者，将对整个世界甚至整个宇宙，彻底关闭自己的心灵，他们所能倾诉和交流的、他们在精神上唯一的依靠，只有他们自己。他们将肩负着这伟大的使命孤独地走过漫长的岁月，在这里，让我代表人类社会向他们表示深深的敬意。

“下面，我将以联合国的名义，公布由联合国行星防御理事会最后选定的四位面壁者……”

罗辑被秘书长的讲话深深吸引了，同所有与会者一样，他屏住呼吸等待着名单的公布，想知道将是什么人承担这不可思议的使命，一时间，他把自己的命运完全抛在脑后，因为与这历史性的时刻相比，自己不管发生什么都是微不足道的。

“第一位面壁者：弗雷德里克·泰勒。”

秘书长的话音刚落，泰勒就从第一排座位上站了起来，步履从容地走上主席台，面无表情地面对会场，没有掌声，所有人只是在一片寂静中把目光聚焦到第一位面壁者身上。泰勒身材瘦长，戴着宽边眼镜，这个形象早已为全世界所熟悉。他是刚刚卸任的美国国防部长，是一个对美国国家战略产生过深刻影响的人。他的思想集中体现在一本名叫《技术的真相》的著作中，泰勒认为，技术的最终受益者将是小国家，大国不遗余力发展技术，实际上是为小国通向世界霸权铺下基石。因为随着技术的发展，大国所拥有的人口和资源优势将不再重要，而技术对小国而言是一个可能撬动地球的杠杆。核技术的后果之一，就是使一个人口只有几百万的小国有可能对一个人口过亿的大国产生实质性威胁，而在核技术出现之前，这几乎是不可能的。泰勒的一个重要论点是：大国的优势，其实只有在低技术时代才是真正的优势，技术的飞速发展最终将削弱大国的优势，同时提升小国的战略分量，有可能使得某些小国突然崛起，像当年的西班牙和葡萄牙那样取得世界霸权。泰勒的思想，无疑为美国的全球反恐战略提供了理论基础。泰勒不仅是一个战略理论家，同时也是一个行动的巨人，他在处理多次重大危机时所表现出来的果敢和远见，赢得了广泛的赞誉。所以，无论在思想的深度还是领导的能力上，泰勒作为面壁者是当之无愧的。

"第二位面壁者：曼努尔·雷迪亚兹。"

当这个棕色皮肤、体型粗壮、目光倔强的南美人登上主席台时，罗辑很是吃惊，这人现在能出现在联合国已经是一件很不寻常的事了。但再一想，罗辑觉得这也在情理之中，甚至奇怪自己刚才怎么没想到他。雷迪亚兹是委内瑞拉现任总统，他领导自己的国家，对泰勒的小国崛起理论进行了完美的实践。作为乌戈·查韦斯的继承者，雷迪亚兹继续由前者在 1999 年开始的"玻利瓦尔革命"，在资本主义和市场经济已成为王道的今日世界，在委内瑞拉推行查韦斯所称的“二十一世纪社会主义”，在吸取了上世纪国际社会主义运动经验教训的基础上，出人意料地取得了巨大的成功，使国家各个领域的实力迅速提升。一时间，委内瑞拉成了世界瞩目的象征着平等公正和繁荣的山巅之城，南美洲各个国家纷纷效仿，一时间，社会主义在南美已呈燎原之势。雷迪亚兹不仅继承了查韦斯的社会主义思想，也继承了后者强烈的反美倾向，这使美国意识到，如果再任其发展，自己的拉丁美洲后院有可能变成第二个苏联。在一次因意外和误会导致的千载难逢的借口出现时，美国立刻发动了对委内瑞拉的全面入侵，企图依照伊拉克模式彻底推翻雷迪亚兹政府，但这次战争遏制住了自冷战结束以来西方大国对第三世界小国的战无不胜的势头。当美军进入委内瑞拉之际，发现这个国家穿军装的军队已经消失了，整个陆军被拆分成了以班为单位的游击小组，全部潜伏于民间，以杀伤敌军有生力量为唯一的作战目标。雷迪亚兹的基本作战思想建立在这样一个明确的理念之上：现代高技术武器主要是用于对付集中式的点状目标的，对于面积目标，它们的效能并不比传统武器高，加上造价和数量的限制，基本上难以发挥作用。雷迪亚兹还是一名少花钱利用高技术的天才。在本世纪初，曾有一名澳大利亚工程师，出于引起大众对恐怖分子的警惕的目的，仅花了五千美元就造出了一枚巡航导弹。到了雷迪亚兹那里，批量生产使其造价降到了三千美元，共生产了二十万枚这样的巡航导弹装备那几千个游击小组。这些导弹使用的部件虽然都是市场上便宜的大路货，但五脏俱全，具备测高雷达和全球定位功能，在五公里的范围内命中精度不超过五米。在整个战争中虽然只有不到十分之一的导弹命中了目标，但也给敌人造成了巨大的杀伤。雷迪亚兹还在战争中大量使用其他一些可以大批量生产的高科技小玩意儿，如装有近炸引信的狙击步枪子弹等等，同样取得了辉煌的战绩。美军在委内瑞拉战争中的伤亡在短时间内就达到了越战的水平，只得以惨败退出。雷迪亚兹也因此成为二十一世纪以弱胜强的英雄。

“第三位面壁者：比尔·希恩斯。”

一位温文尔雅的英国人走上主席台，与泰勒的冷漠和雷迪亚兹的倔强相比，他显得彬彬有礼，很有风度地向会场致意。这也是一个为世界所熟悉的人，但没有前两者身上那种光环。希恩斯的人生分成泾渭分明的两个阶段。在作为科学家的阶段，他是历史上唯一一名因同一项发现同时获得两个不同学科诺贝尔奖提名的科学家。在他和脑科学家山杉惠子共同进行的研究中发现，大脑的思维和记忆活动是在量子层面上进行的，而不是如以前认为的那样是一种分子层面的活动。这项发现把大脑机制在物质微观层次上向下推了一级，也使得之前脑科学的所有研究成为浮光掠影的表面文章。这项发现也证明动物大脑的信息处理能力比以前想象的还要高几个数量级，因而使得一直有人猜测的大脑全息结构[①]成为可能。希恩斯因此获得物理学和生理学两项诺贝尔奖提名，但由于这项发

①一种猜测中的大脑信息存贮方式，能通过大脑的任一局部恢复它所存贮的全部信息。

现太具革命性，这两个奖项他都没得到，倒是这时已经成为他的妻子的山杉惠子，因该项理论在治疗失忆症和精神疾病方面的具体应用而获得该年度诺贝尔生理学或医学奖。希恩斯人生的第二阶段是作为政治家，曾任过一届欧盟主席，历时两年半。希恩斯是一名公认的稳重老练的政治家，但他在任时并没有遇到很多的挑战来展示自己的政治才能，同时从欧盟的工作性质来说，更多从事的是事务性的协调工作，对于面对超级危机的资历，他与前两位相比相差甚远。但希恩斯的入选显然是考虑了他在科学和政治上的综合素质，而把这两者如此完美结合的人确实不多见。

此时，在会场的最后一排座位上，世界脑科学权威山杉惠子正含情脉脉地看着主席台上的丈夫。

会场一片寂静，所有人都在等待着公布最后一位面壁者。前三位面壁者：泰勒、雷迪亚兹、希恩斯，是美国、第三世界和欧洲三方政治力量平衡和妥协的结果，最后一位则格外引人注目。看着萨伊再次把目光移到文件夹里的那张纸上，罗辑的头脑中飞快地闪过一个个举世瞩目的名字，最后一位面壁者应该在这些人中间产生。他的目光掠过四排座位，扫视着第一排的那些背影，前三位面壁者都是从那里走上主席台的，从背影他看不出自己想到的那些人中是否有人在座，但第四位面壁者肯定就坐在那里。

萨伊缓缓抬起了她的右手，罗辑的目光跟着那只手移动，发现它并没有指向第一排。

萨伊的手指向了他——

“第四位面壁者:罗辑。”

“啊,我的哈勃!”

艾伯特·林格双手合十喊道,他两眼盈满的泪水映照着远方突现的那团耀眼的巨焰,轰鸣声几秒钟后才传过来。本来,他与身后这群发出欢呼的天文学和物理学同事应该在更近的贵宾看台上看发射的,但那个狗娘养的NASA官员说他们没资格去那儿了,因为这即将上天的东西已经不属于他们。然后那人转向那群军服笔挺的将军,像狗似的献媚着,领他们通过岗哨走向看台。林格和同事们只好来到这个远得多的地方,与发射点隔着一个湖泊,这里有一个上世纪就立好的很大的倒计时牌,向公众开放,但现在是深夜,除了科学家们外,看的人也没几个。

从这个距离上看,发射的景象很像日出的快镜头,火箭上升后,聚光探照灯并没有跟上,所以巨大的箭体看不太清,只见到那团烈焰,隐藏在夜色中的世界突然在它那壮丽的光芒中显现,本来如墨水般黑乎乎的湖面上荡漾着一片灿烂的金波,仿佛湖水被那烈焰点燃了。他们看着火箭上升,当它穿过薄云时,半个天空都变成了梦幻里才能见到的那种红色,然后,它消失在佛罗里达的夜空中,它带来的短暂黎明也被漫长的黑夜所吞噬。

“哈勃二号”空间望远镜是哈勃空间望远镜的第二代,它的直

径由后者的4.27米扩大到21米，其观测能力提高了五十倍。它采用了镜片组合技术，把在地面制造的镜片组件在空间轨道上装配成整镜。要把整组镜片送入太空，需进行十一次发射，这是最后一次。与此同时，“哈勃二号”在国际空间站附近的装配已接近完成。两个月后，它就可以把自己的视野指向宇宙深处。

“你们这群强盗，又夺走了一件美好的东西！”林格对旁边那位身材高大的男人说，他是在场的人中唯一没有被这景象打动的，这类发射他见得多了，整个过程中他只是靠在倒计时牌上抽烟。乔治·斐兹罗是“哈勃二号”空间望远镜被征用后的军方代表，由于他大多数时间穿着便服，林格不知道他的军衔，也从没称他为先生，对强盗直呼其名就行了。

“博士，战时军方有权征用一切民用设施。再说，你们这些人并没有给‘哈勃二号’研磨一块镜片组件、设计一颗螺钉，你们都是些坐享其成的人，要抱怨也轮不到你们。”斐兹罗打了个哈欠说，应付这帮书呆子真是件苦差事。

“可没有我们，它就失去了存在的意义！民用设施？它能看到宇宙的边缘，而你们这些鼠目寸光之辈，只打算用它盯着最近的恒星看！”

“我说过，这是战时，保卫全人类的战争，就算您忘了自己是美国人，至少还记得自己是人吧。”

林格哼着点点头，然后又叹息着摇摇头，“可是你们希望用‘哈勃二号’看到什么呢？你肯定知道它根本不可能观察到三体行星。”

斐兹罗叹口气说：“现在更糟的是，公众甚至认为‘哈勃二号’能看到三体舰队。”

“哦？很好。”林格说，他的脸在夜色中模糊不清，但斐兹罗能感觉到他幸灾乐祸的表情，这像空气中正在充满的某种刺鼻的味道一样使他难受，这味道是风从发射架那边吹过来的。

“博士，你应该知道这事的后果。”

“如果公众对‘哈勃二号’抱有这样的期望，那他们很可能要等到亲眼看见三体舰队的照片后才真正相信敌人的存在！”

“你认为这很好？”

“你们没有向公众解释过吗？”

“当然解释过！为此开了四次记者招待会，我反复说明：虽然‘哈勃二号’空间望远镜的观察能力是现有的最大望远镜的几十倍，但它绝对不可能看到三体舰队。它们太小了！从太阳系观测宇宙中另一颗恒星的卫星，就像从美国西海岸观察东海岸一盏台灯旁的一只蚊子，而三体舰队只有蚊子腿上的细菌那么大。我把事情说得够清楚了吧？”

“够清楚了。”

“但公众就愿意那么想，我们有什么办法？我在这个位置已经时间不短了，还没看到有哪一项重大的太空计划没被他们想歪的。”

“我早说过，在太空计划方面，军方已经失去了基本的信誉。”

“但他们愿意相信你，他们不是称你为第二个卡尔·萨根吗？你那几本宇宙学科普书可赚了不少钱，请出来帮帮忙吧，这是军方的意思，我正式转达了。”

“我们是不是私下里谈谈条件？”

“没什么条件！你是在尽一个美国公民，不，地球公民的责任。”

“把分配给我的观测时间再多一些，要求不高，比例提到五分之一怎么样？”

“现在的八分之一比例已经不错了，谁也不知道以后能不能保证这个比例。”斐兹罗挥手指指发射架方向的远方，火箭留下的烟雾正在散开，在夜空中涂出脏兮兮的一片，被地面发射架上的灯光一照，像牛仔裤上的奶渍，那股子难闻的味道更重了。火箭首级使用液氢和液氧燃料，应该不会有味道，可能是焰流把发射架下导流槽附近的什么东西烧了，斐兹罗接着说，“我告诉你，这一切肯定会越来越糟的。”

罗辑感到主席台上倾斜的悬崖向他压下来，一时僵在那里，会场里鸦雀无声，直到他后面低低地响起一个声音：“罗辑博士，请。”他才木然地站起来，迈着机械的步子向主席台走去。在这段短短的路上，罗辑仿佛回到了童年，充满了一个孩子的无助感，渴望能拉着谁的手向前走，但没有人向他伸出手来。他走上主席台，站在希恩斯的旁边，转身面向会场，面对着几百双聚集在他身上的目光，投来这目光的那些人代表着地球上二百多个国家的六十亿人。

以后的会议都有些什么内容，罗辑全然不知，他只知道自己站了一会儿后就被人领着走下了主席台，同另外三位面壁者一起坐在了第一排的中央，他在迷茫中错过了宣布面壁计划启动的历史性时刻。

不知过了多长时间，会议似乎结束了，人们开始起身散去，坐在罗辑左边的三位面壁者也离开了，一个人，好像是坎特，在他耳边轻声说了句什么，然后也离去了。会场空了，只有秘书长仍站在主席台上，她那娇小的身影在将倾的悬崖下与他遥遥相对。

“罗辑博士，我想您有问题要问。”萨伊那轻柔的女声在空旷的会场里回荡，像来自天空般空灵。

“是不是弄错了？”罗辑说，声音同样空灵，感觉不是他自己发出的。

萨伊在主席台上远远地笑笑，意思很明白：您认为这可能吗？

“为什么是我？”罗辑又问。

“这需要您自己找出答案。”萨伊回答。

“我只是个普通人。”

“在这场危机面前，我们都是普通人，但都有自己的责任。”

“没有人预先征求过我的意见，我对这事一无所知。”

萨伊又笑了笑，“您的名字叫 LOGIC？”

“是的。”

“那您就应该能想到，这种使命在被交付前，是不可能向要承担它的人征求意见的。”

“我拒绝。”罗辑断然地说，并没有细想萨伊上面那句话。

“可以。”

这回答来得如此快，几乎与罗辑的话无缝连接，一时间反倒令他不知所措起来。他发呆了几秒钟后说：“我放弃面壁者的身份，放弃被授予的所有权力，也不承担你们强加给我的任何责任。”

“可以。”

简洁的回答仍然紧接着罗辑的话，像蜻蜓点水般轻盈迅捷，令罗辑刚刚能够思考的大脑又陷入一片空白。

“那我可以走了吗？”罗辑只能问出这几个字。

“可以，罗辑博士，**您可以做任何事情**。”

罗辑转身走去，穿过一排排的空椅子。刚才异常轻松地推掉面壁者的身份和责任，并没有令他感到丝毫的解脱和安慰，现在充斥着他的意识的，只有一种荒诞的不真实感，这一切，像一出没有任何逻辑的后现代戏剧。

走到会场出口时，罗辑回头看看，萨伊仍站在主席台上看着他，她的身影在那面大悬崖下显得很小很无助，看到他回头，她对他点头微笑。

罗辑转身继续走去，在那个挂在会场出口处的能显示地球自转的傅科摆旁，他遇到了史强和坎特，还有一群身着黑西装的安全保卫人员。他们用询问的目光看着他，但那目光中更多的是罗辑以前从未感受过的敬畏和崇敬，即使之前对他保持着较为自然姿态的史强和坎特，此时也毫不掩饰地显露出这种表情。罗辑一言不发，从他们中间径直穿过。他走过空旷的前厅，这里和来时一样，只有黑衣警卫们，同样地，他每走过他们中的一个，那人就在步话机上低声说一句。当罗辑来到会议中心的大门口时，史强和坎特拦住了他。

“外面可能有危险，需要安全保卫吗？”史强问。

“不需要，走开。”罗辑两眼看着前方回答。

“好的，我们只能照你说的做。”史强说着，和坎特让开了路，罗辑出了门。

清凉的空气扑面而来，天仍黑着，但灯光很亮，把外面的一切都照得很清晰。特别联大的代表们都已乘车离去，这时广场上稀疏的人们大多是游客和普通市民，这次历史性会议的新闻还没有发布，所以他们都不认识罗辑，他的出现没有引起任何注意。

面壁者罗辑就这样梦游般地走在荒诞的现实中，恍惚中丧失了一切理智的思维能力，不知自己从哪里来，更不知要到哪里去。不知不觉间，他走到了草坪上，来到一尊雕塑前，无意中扫了一眼，他看到那是一个男人正在用铁锤砸一柄剑，这是苏联政府送给联合国的礼物，名叫“铸剑为犁”。但在罗辑现在的印象中，铁锤、强壮的男人和他下面被压弯的剑，形成了一个极其有力的构图，使得这个作品充满着暴力的暗示。

果然，罗辑的胸口像被那个男人猛砸了一锤，巨大的冲击力使他仰面倒地，甚至在身体接触草地之前，他已经失去了知觉。但休克的时间并不长，他的意识很快在剧痛和眩晕中部分恢复了，他的眼前全是刺眼的手电光，只得把眼睛闭上。后来光圈从他的眼前移开了，他模糊地看到了上方的一圈人脸，在眩晕和剧痛产生的黑雾中，他认出了其中一个是史强的脸，同时也听到了他的声音：

“你需要安全保护吗？**我们只能照你说的做！**”

罗辑无力地点点头。然后一切都是闪电般迅速，他感到自己被抬起，好像是放到了担架上，然后担架被抬起来。他的周围一直紧紧地围着一圈人，他感到自己是处于一个由人的身体构成四壁的窄坑中，由于“坑”口上方能看到的只有黑色的夜空，他只能从围着他的人们腿部的动作上判断自己是在被抬着走。很快，“坑”消失了，上方的夜空也消失了，代之以亮着灯的救护车顶板。罗辑感到自己的嘴里有血腥味，他一阵恶心翻身吐了出来，旁边的人很专业地用一个塑料袋接住他的呕吐物，吐出来的除了血，还有在飞机上吃进去的东西。吐过之后，有人把氧气面罩扣在他的脸上，呼吸顺畅后他感觉舒服了一些，但胸部的疼痛依旧，他感觉胸前的衣服被撕开了，惊恐地想象着那里的伤口涌出的鲜血，但好像不是那么回事，他们没有进行包扎之类的处理，只是把毯子盖到他身上。时间不长，车停了，罗辑被从车里抬出来，向上看到夜空和医院走廊的顶部依次移去，然后看到的是急救室的天花板，CT 扫描仪那道发着红光的长缝从他的上方缓缓移过，这期间医生和护士的脸不时在上方出现，他们在检查和处理他的胸部时弄得他很疼。最后，当他的上方是病房的天花板时，一切终于安定下来。

“有一根肋骨断了，有轻微的内出血，但不严重，总之你伤得不重，但因为内出血，你现在需要休息。”一位戴眼镜的医生低头看着他说。

这次，罗辑没有拒绝安眠药，在护士的帮助下吃过药后，他很快睡着了。梦中，联合国会场主席台上面那前倾的悬崖一次次向他倒下来，“铸剑为犁”的那个男人抡着铁锤一次次向他砸来，这两个场景交替出现。后来，他来到心灵最深处的那片宁静的雪原上，走进了那间古朴精致的小木屋，他创造的夏娃从壁炉前站起身，那双美丽的眼睛含泪看着他……罗辑在这时醒来了一次，感觉自己的眼泪也在流着，把枕头浸湿了一小片，病房里的光线已为他调得很暗，她没有在他醒着的时候出现，于是他又睡着了，想回到那间小木屋，但以后的睡眠无梦了。

再次醒来时，罗辑知道自己已经睡了很长时间，感到精力恢复了一些，虽然胸部的疼痛时隐时现，但他在感觉上已经确信自己确实伤得不重。他努力想坐起来，那个金发碧眼的护士并没有阻止他，而是把枕头垫高帮他半躺着靠在上面。过了一会儿，史强走进了病房，在他的床前坐下。

“感觉怎么样？穿防弹衣中枪我有过三次，应该没有太大的事。”史强说。

“大史，你救了我的命。”罗辑无力地说。

史强摆了下手，“出了这事，应该算是我们的失职吧，当时，我们没有采取最有效的保卫措施，我们只能听你的，现在没事了。”

“他们三个呢？”罗辑问。

大史马上就明白他指的是谁，“都很好，他们没有你这么轻率，一个人走到外面。”

“是 ETO 要杀我们吗？”

“应该是吧，凶手已经被捕了，幸亏我们在你后面布置了蛇眼。”

“什么？”

“一种很精密的雷达系统，能根据子弹的弹道迅速确定射手的位置。那个凶手的身份已经确定，是 ETO 军事组织的游击战专家。我们没想到他居然敢在那样的中心地带下手，所以他这次行动几乎是自杀性质的。”

“我想见他。”

“谁，凶手？”

罗辑点点头。

“好的，不过这不在我的权限内，我只负责安全保卫，我去请示一下。”史强说完，起身出去了，他现在显得谨慎而认真，与以前那个看上去大大咧咧的人很不同，一时让罗辑有些不适应。

史强很快回来了，对罗辑说：“可以了，就在这儿见呢，还是换个地方？医生说你起来走路没问题的。”

罗辑本想说换个地方，并起身下床，但转念一想，这副病恹恹的样子更合自己的意，就又在床上躺了下来，“就在这儿吧。”

“他们正在过来，还要等一会儿，你先吃点儿东西吧，离飞机上吃饭已经过去一整天了。我先去安排一下。”史强说完，起身又出去了。

罗辑刚吃完饭，凶手就被带了进来，他是一个年轻人，有着一副英俊的欧洲面孔，但最大的特征是他那淡淡的微笑，那笑容像是长在他脸上似的，从不消退。他没有戴手铐什么的，但一进来就被两个看上去很专业的押送者按着坐在椅子上，同时病房门口也站了两个人，罗辑看到他们佩着的胸卡上有三个字母的部门简写，但既不是 FBI 也不是 CIA。

罗辑尽可能做出一副奄奄一息的样子，但凶手立刻揭穿了他：“博士，好像没有这么严重吧。”凶手说这话的时候笑了笑，这是另一种笑，叠加在他那永远存在的微笑上，像浮在水上的油渍，转瞬即逝，“我很抱歉。”

“抱歉杀我？”罗辑从枕头上转头看着凶手说。

“抱歉没杀了您，本来我认为在这样的会议上您是不会穿防弹衣的，没想到您是个为了保命不拘小节的人，否则，我就会用穿甲弹，或干脆朝您的头部射击，那样的话，我完成了使命，您也从这个变态的、非正常人所能承担的使命中解脱了。”

“我已经解脱了，我向联合国秘书长拒绝了面壁者使命，放弃了所有的权力和责任，她也代表联合国答应了。当然，这些你在杀我的时候一定还不知道，ETO白白浪费了一个优秀杀手。”

凶手脸上的微笑变得鲜明了，就像调高了一个显示屏的亮度，“您真幽默。”

“什么意思？我说的都是绝对真实的，不信……”

“我信，不过，您真的很幽默。”凶手说，仍保持着那鲜明的微笑，这微笑罗辑现在只是无意中浅浅地记下了，但很快它将像灼热的铁水一般在他的意识中烙下印记，让他疼痛一生。

罗辑摇摇头，长出一口气仰面躺着，不再说话。

凶手说：“博士，我们的时间好像不多，我想您叫我来不仅仅是要开这种幼稚的玩笑吧。”

“我还是不明白你的意思。”

“要是这样，对于一个面壁者而言，您的智力是不合格的，罗辑博士，您太不LOGIC了，看来我的生命真的是浪费了。”凶手说完抬头看看站在他身后充满戒备的两个人，“先生们，我想我们可以走了。”

那两人用询问的目光看着罗辑，罗辑冲他们摆摆手，凶手便被带了出去。

罗辑从床上坐起来，回味着凶手的话，有一种诡异的感觉，肯定有什么地方不对，但他又不知道是哪里不对。他下了床，走了两步，除了胸部隐隐作痛外没什么大碍。他走到病房的门前，打开门向外看了看，门口坐着的两个人立刻站了起来，他们都是拿着冲锋枪的警卫，其中一人又对着肩上的步话机说了句什么。罗辑看到明净的走廊里空荡荡的，但在尽头也有两个荷枪实弹的警卫。他关上门，回到窗前拉开窗帘，从这里高高地看下去，发现医院的门前也布满了全副武装的警卫，还停着两辆绿色的军车，除了偶尔有一两个穿白衣的医院人员匆匆走过外，没看到其他的人。仔细看看，还发现对面的楼顶上也有两个人正在用望远镜观察着四周，旁边架着狙击步枪，凭直觉，他肯定自己所在的楼顶上也布置着这样的警卫狙击手。这些警卫不是警方的人，看装束都是军人。罗辑叫来了史强。

“这医院还处在严密警戒中，是吗？”罗辑问。

“是的。”

“如果我让你们把这些警戒撤了，会怎么样？”

“我们会照办，但我建议你不要这样做，现在很危险的。”

“你是什么部门的？负责什么？”

“我属于国家地球防务安全部，负责你的安全。”

“可我现在不是面壁者了，只是一个普通公民，就算是有生命危险，也应是警方的普通事务，怎么能享受地球防务安全部门如此级别的保卫？而且我让撤就撤，我让来就来，谁给我这种权力？”

史强的脸上没有任何表情，像是一个橡胶面具似的，“给我们的命令就是这样。”

“那个……坎特呢？”

“在外面。”

“叫他来！”

大史出去后，坎特很快进来了，他又恢复了联合国官员那副彬彬有礼的表情。

“罗辑博士，我本想等您的身体恢复后再来看您。”

“你现在在这里干什么？”

“我负责您与行星防御理事会的日常联络。”

“可我已经不是面壁者了！”罗辑大声说，然后问，“面壁计划的新闻发布了吗？”

“向全世界发布了。”

“那我拒绝做面壁者的事呢？”

“当然也在新闻里。”

“是怎么说的？”

“很简单：在本届特别联大结束后，罗辑声明拒绝了面壁者的身份和使命。”

“那你还在这里干什么？”

“我负责您的日常联络。”

罗辑茫然地看着坎特，后者也像是戴着和大史一样的橡皮面具，什么都看不出来。

“如果没有别的事，我走了，您好好休息吧，可以随时叫我的。”

坎特说，然后转身走去，刚走到门口，罗辑就叫住了他。

“我要见联合国秘书长。”

“面壁计划的具体指挥和执行机构是行星防御理事会，最高领导人是PDC轮值主席，联合国秘书长对PDC没有直接的领导关系。”

罗辑想了想说：“我还是见秘书长吧，我应该有这个权利。”

“好的，请等一下。”坎特转身走出病房，很快回来了，他说，“秘书长在办公室等您，我们这就动身吗？”

联合国秘书长的办公室在秘书处大楼的三十四层，罗辑一路上仍处于严密的保护下，简直像被装在一个活动的保险箱中。办公室比他想象的要小，也很简朴，办公桌后面竖立着的联合国旗帜占了很大空间，萨伊从办公桌后走出来迎接罗辑。

“罗辑博士，我本来昨天就打算到医院去看您的，可您看……”她指了指堆满文件的办公桌，那里唯一能显示女主人个人特点的东西仅是一只精致的竹制笔筒。

“萨伊女士，我是来重申我会议结束后对您的声明的。”罗辑说。

萨伊点点头，没有说话。

“我要回国，如果现在我面临危险的话，请代我向纽约警察局报案，由他们负责我的安全，我只是一个普通公民，不需要PDC来保护我。”

萨伊又点点头，“这当然可以做到，不过我还是建议您接受现在的保护，因为比起纽约警方来，这种保护更专业更可靠一些。”

“请您诚实地回答我：我现在还是面壁者吗？”

萨伊回到办公桌后面，站在联合国旗帜下，对罗辑露出微笑：“您认为呢？”同时，她对着沙发做着手势请罗辑坐下。

罗辑发现，萨伊脸上的微笑很熟悉，这种微笑他在那个年轻的凶手脸上也见过，以后，他也将会在每一个面对他的人的脸上和目光中看到。这微笑后来被称为“对面壁者的笑”，它将与蒙娜丽莎的微笑和柴郡猫的露齿笑一样著名。萨伊的微笑终于让罗辑冷静下来，这是自她在特别联大主席台上对全世界宣布他成为面壁者以来，他第一次真正的冷静。他在沙发上缓缓地坐下，刚刚坐稳，就明白了一切。

天啊！

仅一瞬间，罗辑就悟出了面壁者这个身份的实质。正如萨伊曾说过的，这种使命在被交付前，是不可能向要承担它的人征求意见的；而面壁者的使命和身份一旦被赋予，也不可能拒绝或放弃。这种不可能并非来自谁的强制，而是一个由面壁计划的本质所决定的冷酷逻辑，因为当一个人成为面壁者后，一层无形的不可穿透的屏障就立刻在他与普通人之间建立起来，他的一切行为就具有了面壁计划的意义，正像那对面壁者的微笑所表达的含义：

我们怎么知道您是不是已经在工作了？

罗辑现在终于明白，面壁者是历史上从未有过的最诡异的使命，它的逻辑冷酷而变态，但却像锁住普罗米修斯的铁环般坚固无比，这是一个不可撤销的魔咒，面壁者根本不可能凭自身的力量打破它。不管他如何挣扎，一切的一切都在对面壁者的微笑中被赋予了面壁计划的意义：

我们怎么知道您是不是在工作?

一股从未有过的冲天怒火涌上罗辑的心头，他想声嘶力竭地大叫，想问候萨伊和联合国的母亲，再问候特别联大所有代表和行星防御理事会的母亲，问候全人类的母亲，最后问候三体人那并不存在的母亲。他想跳起来砸东西，先扔了萨伊办公桌上的文件、地球仪和竹节笔筒，再把那面蓝旗撕个粉碎……但罗辑终于还是明白了这是什么地方，他面对的是谁，最终控制了自己，站起来后又重重地把自己摔回沙发上。

“为什么选择我？比起他们三个，我没有任何资格。我没有才华，没有经验，没见过战争，更没有领导过国家；我也不是有成就的科学家，只是一个凭着几篇东拼西凑的破论文混饭吃的大学教授；我是个今朝有酒今朝醉的人，自己都不想要孩子，哪他妈在乎过人类文明的延续……为什么选中我？”罗辑在说话开始用两手捂着头，说到最后已从沙发上跳了起来。

萨伊脸上的笑容消失了，“罗辑博士，说句实话，我们对此也百思不得其解，正因为如此，在所有面壁者中，您所能调动的资源是最少的。选择您确实是历史上最大的冒险。”

“但选择我总是有原因的！”

“是的，只是间接的原因，真正的原因谁都不知道，我说过，您要自己去找出来。”

“那间接的原因是什么？！”

“对不起，我没有权限告诉您，但我相信，适当的时候您会知道的。”

罗辑感到，他们之间能说的话已经说完了，于是转身向外走去。走到办公室门口才想起来没有告辞，他停住脚步转回身来，像在会场那次一样，萨伊对他点头微笑，不同的是他这次理解了这微笑的含义。

萨伊说：“很高兴我们能再次见面，但以后，您的工作是在行星防御理事会的框架内进行，直接对PDC轮值主席负责。”

“您对我没有信心，是吗？”罗辑问。

“我说过，选择您是一次重大的冒险。”

“那您是对的。”

“冒险是对的吗？”

“不，对我没有信心是对的。”

罗辑仍然没有告辞，径直走出办公室。他又回到了刚被宣布成为面壁者时的状态，漫无目的地走着。他走到走廊尽头，进入电梯，下到一楼大厅，然后走出秘书处大楼，再次来到联合国广场上。一路上，一直有几名安全保卫人员簇拥在他周围，他几次不耐烦地推开他们，但他就像一块磁铁，走到哪里都把他们吸在周围。这次是白天，广场上阳光明媚，史强和坎特走了过来，让他尽快回到室内或车里。

“我这一辈子都见不得阳光了，是吗？”罗辑对史强说。

“不是，他们清理了周边，这里现在比较安全了，但游人很多，他们都认识你，大群人围过来就不好办了，你也不希望那样吧。”

罗辑向四周看了看，至少现在还没人注意到他们这一小群人。他起步朝与秘书处大楼相连的会议中心走去，很快进去了，这是他第二次进入这里。他的目标明确，知道自己要去什么地方，经过那个悬空阳台后，他看到了那块色彩斑斓的彩色玻璃板，从玻璃板前向右，他进入了默思室，闭上门，把跟来的史强、坎特和警卫们都挡在外面。

罗辑再次看到了那块呈规则长方体的铁矿石，第一个想法是一头撞上去一了百了，但他接下来做的是躺在石头那平整光滑的表面上，石头很凉，吸走了他心中的一部分狂躁，他的身体感觉着矿石的坚硬，十分奇怪地，他竟在这种时候想起了中学物理老师出过的一道思考题：如何用大理石做一张床，使人躺上去感觉像席梦思一样柔软？答案是把大理石表面挖出一个与人的身体背部形状一模一样的坑，躺到坑里，压强均匀分布，感觉就十分柔软了。罗辑闭上双眼，想象着自己的体温融化了身下的铁矿石，形成了一个那样的坑……就用这种方式，他使自己渐渐冷静下来。过了一会儿，他再次睁开双眼，望着朴素的天花板。

默思室是第二任联合国秘书长，瑞典人达格·哈马舍尔德提议设立的，他认为在决定历史的联合国大会堂外，应该有一处让人沉思的地方。罗辑不知道是否真的有国家元首或联合国代表在这里沉思过，但1961年死于空难的哈马舍尔德绝不会想到默思室里会有他这样一位面壁者在发呆。

罗辑再一次思考自己所陷入的逻辑陷阱，也再一次确定自己绝对无法从这个陷阱中自拔。

于是，他把注意力转向自己因此拥有的权力，虽然如萨伊所说，他是四个面壁者中权力最小的一个，但他能够使用的资源肯定依然是相当惊人的，关键是，他在使用这些资源时无须对任何人做出解释，事实上，他职责中很重要的部分就是使自己的行为令人无法理解，而且，更进一步，还要努力使人产生尽可能多的误解。这是人类历史上从未有过的事，古代的专制帝王也许可以为所欲为，但最终还是要对自己的行为做出解释的。

既然现在我剩下的只有这奇特的权力了，那何不用之？

罗辑对自己说完这句话便坐了起来，只想了很短的时间，便决定了下一步要做的事。

他从这坚硬的石床上下来，打开门，要求见行星防御理事会主席。

本届PDC的轮值主席是一名叫伽尔宁的俄罗斯人，一个身材魁梧的白胡子老头。PDC主席的办公室比秘书长的低了一层，当罗辑

进去时，他正在打发刚来的几个人，这些人中有一半是穿军装的。

“啊，您好，罗辑博士，听说您有些小麻烦，我就没有急着与您联系。”

“另外三个面壁者在做什么？”

“他们都在忙着组建自己的参谋部，我劝您也尽快着手这个工作，在开始阶段，我会派一批顾问协助您。”

“我不需要什么参谋部。”

“啊，如果您觉得这样更好的话……如果您需要，随时可以组建。”

“我能用一下纸和笔吗？”

“当然。”

罗辑看着面前的白纸问：“主席先生，您有过梦想吗？”

“哪一方面的？”

“比如，您是否幻想过自己住在某个很美的地方？”

伽尔宁苦笑着摇摇头，“我昨天刚从伦敦飞来，飞机上一直在办公，到这里后刚睡了不到两个小时，就又急着来上班。今天的PDC例会结束后，我就要连夜飞到东京去……我这辈子就是奔波的命，每年在家的时间不超过三个月，这种梦想对我有什么意义？”

“可我有自己的梦想之地，有好多个，我选了最美的一个。”罗辑拿起铅笔，在纸上画了起来，“这儿没有颜色，您需要想象：看，这是几座雪山，很险峻的那种，像天神之剑，像地球的长牙，在蓝天的背景上，银亮银亮的，十分耀眼……”

“嗯嗯……”伽尔宁很认真地看着，“这是个很冷的地方。”

“错了！雪山下面的地区不能冷，是亚热带气候，这是关键！在雪山的前方，有一片广阔的湖泊，水是比天空更深的那种蓝，像您爱人的眼睛……”

“我爱人的眼睛是黑色的。”

“啊，那湖水就蓝得发黑，这更好。湖的周围，要有大片的森林和草原，注意，森林和草原都要有，不能只有一样。这就是这个地方了：雪山、湖、森林和草原，这一切都要处于纯净的原生态，当您看到这个地方时，会幻想地球上从来没有出现过人类。在这儿，湖边的草地上，建造一个庄园，不需要很大，但现代化的生活设施应该齐全，房子的样式可以是古典的也可以是现代的，但要和周围的自然环境协调。还要有必要的配套设施，比如喷泉、游泳池什么的，总之，要保证这里的主人过上舒适的贵族生活。”

“谁会是这里的主人呢？”

“我呀。”

“你到那里去干什么？”

“安度余生。”

罗辑等着伽尔宁出言不逊，但后者严肃地点点头，“委员会审核后，我们就立刻去办。”

“您和您的委员会不对我的动机提出质疑吗？”

伽尔宁耸耸肩，“委员会对面壁者可能的质疑主要在以下两个方面：使用的资源数量超过了设定的范围，或对人类生命造成伤害。除此之外，任何质疑都是违反面壁计划基本精神的。其实，泰勒、雷迪亚兹和希恩斯很让我失望，看他们这两天那副运筹帷幄的样子，那些宏伟的战略计划，让人一眼就看出他们在做什么。但你和他们不同，你的行为让人迷惑，这才像面壁者。”

“您真相信世界上有我说的那种地方？”

伽尔宁又像刚才那样眨着一只眼笑笑，同时做了一个“OK”的手势，“地球很大，应该有这种地方的，而且，说真的，我就见过。”

“那真是太好了，请您相信，保证我在那里舒适的贵族生活，是面壁计划的一部分。”

伽尔宁严肃地点点头。

“哦，还有，如果找到了合适的地方，永远不要告诉我它在哪里。”

不不，别说在哪儿！一知道在哪儿，世界就变得像一张地图那么小了；不知道在哪儿，感觉世界才广阔呢。

伽尔宁又点点头，这次显得很高兴，“罗辑博士，您除了像我心目中的面壁者外，还有一个最令人满意的地方：这项行动是四个面壁者中投入最小的，至少目前是如此。”

“如果是这样，那我的投入永远不会多。”

“那您将是我所有继任者的恩人，钱的事真是让人头疼……往后具体的执行部门可能要向您咨询一些细节问题，我想主要是关于房子的。”

“对了，关于房子，我真的忘了一个细节，非常重要的。”

“您说吧。”

罗辑也学着伽尔宁眨着一只眼笑笑，“要有壁炉。”

父亲的葬礼后，章北海又同吴岳来到了新航母的建造船坞，“唐号”工程这时已完全停工，船壳上的焊花消失了，在正午的阳光下，巨大的舰体已没有一点儿生气，给他们的感觉除了沧桑，还是沧桑。

“它也死了。”章北海说。

“你父亲是海军高层中最睿智的将领，要是他还在，我也许不会陷得这么深。”吴岳说。

章北海说：“你的失败主义是建立在理性基础上的，至少是你自己的理性，我不认为有谁能真正让你振作起来。吴岳，我这次不是来向你道歉的，我知道，在这件事上你不恨我。”

“我要感谢你，北海，你让我解脱了。”

“你可以回海军去，那里的工作应该很适合你。”

吴岳缓缓地摇摇头，“我已经提交了退役申请。回去干什么？现有的驱逐舰和护卫舰建造工程都下马了，舰艇上已经没有我的位置，去舰队司令部坐办公室吗？算了吧。再说，我真的不是一名合格的军人，只愿意投身于有胜利希望的战争的军人，不是合格的军人。”

“不论是失败或胜利，我们都看不到。”

“但你有胜利的信念，北海，我真的很羡慕你，羡慕到嫉妒，这个时候有这种信念，对军人来说是一种最大的幸福，你到底是章将军的儿子。”

“那你以后有什么打算？”

“没有，我感觉自己的一生已经结束了，”吴岳指指远处的“唐号”，“像它一样，还没起航就结束了。”

一阵低沉的隆隆声从船坞方向传来，“唐号”缓缓地移动起来，为了腾空船坞，它只能提前下水，再由拖轮拖往另一处船坞拆毁。当“唐号”那尖利的舰首冲开海水时，章北海和吴岳感觉它那庞大的舰体又有了一丝生气。它很快进入海中，激起的大浪使港口中的其他船只都上下摇晃起来，仿佛在向它致意。“唐号”在海水中漂浮着，缓缓前行，静静地享受着海的拥抱，在短暂而残缺的生涯中，这艘巨舰至少与海接触了一次。

虚拟的三体世界处于深深的暗夜中，除了稀疏的星光外，一切都沉浸在墨汁般的黑暗里，甚至连地平线都看不到，荒原和天空在漆黑中融为一体。

“管理员，调出一个恒纪元来，没看到要开会了吗？”有声音喊道。

管理员的声音仿佛来自整个天空:“这我做不到。纪元是按核心模型随机运行的,没有外部设定界面。”

黑暗中的另一个声音说:“你加快时间进度,找到一段稳定的白昼就行了,用不了太长时间的。”

世界快速闪烁起来,太阳不时在空中穿梭而过,很快,时间进度恢复正常,一轮稳定的太阳照耀着世界。

“好了,我也不知道能维持多久。”管理员说。

阳光照着荒漠上的一群人,他们中有些熟悉的面孔:周文王、牛顿、冯·诺伊曼、亚里士多德、墨子、孔子、爱因斯坦等等,他们站得很稀疏,都面朝秦始皇,后者站在一块岩石上,把一支长剑扛在肩上。

“我不是一个人,”秦始皇说,“这是核心领导层的七人在说话。”

“你不应该在这里谈论新的领导层,那是还没有最后确定的事情。”有人说,其他人也骚动起来。

“好了,”秦始皇吃力地举了一下长剑说,“领导权的争议先放一放,我们该做些更紧急的事了!大家都知道,面壁计划已经启动,人类企图用个人的全封闭战略思维对抗智子的监视,而思维透明的主绝无可能破解这个迷宫。人类凭借这一计划重新取得了主动,四个面壁者都对主构成了威胁。按照上次网外会议的决议,我们应该立刻启动破壁计划。”

听到最后那个词,众人安静下来,没有人再提出异议。

秦始皇接着说："对于每一个面壁者，我们将指定一个破壁人。与面壁者一样，破壁人将有权调用组织内的一切资源，但你们最大的资源是智子，它们将面壁人的一举一动完全暴露在你们面前，唯一成为秘密的就是他们的思想。破壁人的任务，就是在智子的协助下，通过分析每一个面壁者公开和秘密的行为，尽快破解他们真实的战略意图。下面，领导层将指定破壁人。"

秦始皇把长剑伸出，以册封骑士的方式搭在冯·诺伊曼的肩上，"你，破壁人一号，弗雷德里克·泰勒的破壁人。"

冯·诺伊曼单腿跪下，把左手放到右肩上行礼，"是，接受使命。"

秦始皇把长剑搭在墨子的肩上，"你，破壁人二号，曼努尔·雷迪亚兹的破壁人。"

墨子没有跪下，站得更直了，高傲地点点头，"我将是第一个破壁的。"

长剑又搭在亚里士多德的肩上，"你，破壁人三号，比尔·希恩斯的破壁人。"

亚里士多德也没跪下，抖抖长袍，若有所思地说："是，他的破壁人也只能是我了。"

秦始皇把长剑扛回肩上，环视众人说："好了，破壁人已经产生，与面壁者一样，你们都是精英中的精英，主与你们同在！你们将借助冬眠，与面壁者一起开始漫长的末日之旅。"

"我认为冬眠是不需要的，"亚里士多德说，"在我们正常过完一

生之前，就可完成破壁使命。”

墨子赞同地点点头，“破壁之时，我将亲自面见自己的面壁者，我将好好欣赏他的精神如何在痛苦和绝望中崩溃，为了这个，值得搭上我的余生。”

其他两位破壁人也都表示在最后的破壁时刻将亲自去见自己的面壁者，冯·诺伊曼说：“我们将揭露人类在智子面前所能保守的最后一线秘密，这是我们能为主做的最后一件事，之后，我们也没有存在的必要了。”

“罗辑的破壁人呢？”有人问。

这话似乎触动了秦始皇心中的什么东西，他把长剑拄在地上沉思着。这时，空中的太阳突然加快了下落的速度，所有人的影子都被拉长，最后一直伸向天边。在太阳落下一半后，突然改变运行方向，沿着地平线几次起落，像不时浮出黑色海面的金光四射的鲸背，使得由空旷荒漠和这一小群人构成的简单世界在光明与黑暗中时隐时现。

“罗辑的破壁人就是他自己，他需要自己找出他对主的威胁所在。”秦始皇说。

“我们知道他对主的威胁是什么吗？”有人问。

“不知道，但主知道，伊文斯也知道，伊文斯教会了主隐瞒这个秘密，而他自己死了，所以我们不可能知道。”

“所有的面壁者中，罗辑是不是最大的威胁？”有人小心翼翼地问。

“这我们也不知道，只有一点是清楚的，”秦始皇仰望着在蓝黑间变幻的天幕说，“在四个面壁者中，只有他，直接与主对决。”

太空军政治部工作会议。

宣布开会后，常伟思长时间地沉默着，这是以前从未有过的，他的目光穿过会议桌旁两排政治部军官，看着无限远方，手中的铅笔轻轻地顿着桌面，那嗒嗒的轻响仿佛是他思维的脚步。终于，他把自己从深思中拉了回来。

“同志们，昨天军委的命令已经公布，由我兼任军种政治部主任。一个星期前我就接到了任命，但直到现在我们坐在一起，才有了一种复杂的感觉。我突然发现，自己面对的，是太空军中最艰难的一批人，而我，现在是你们中的一员了。以前，没有体会到这一点，向大家表示歉意。”说到这里，常伟思推开了面前的文件，“会议的这一部分不作记录，同志们，我们推心置腹地交流一下，现在，我们都做一次三体人，让大家看到自己的思想，这对我们以后的工作很重要。”

常伟思的目光在每一位军官的脸上都停留了一两秒钟，他们沉默着，没有人说话。常伟思站起来，绕过会议桌，在一排正襟危坐的军官后面踱着步。

“我们的职责，就是使部队对未来的战争建立必胜的信念，那么，我们自己有这种信念吗？有的请举手，记住，我们是在谈心。”

没有人举手，几乎所有与会者的眼睛都看着桌面。但常伟思注意到，有一个人的目光坚定地平视着前方，他是章北海。

常伟思接着说：“那么，认为有胜利的可能性呢？注意，我说的可能性不是百分之零点几的偶然，而是真正有意义的可能性。”

章北海举起一只手，也只有他一人举手。

“首先谢谢同志们的坦诚。”常伟思说，接着转向章北海，“很好，章北海同志，谈谈你是如何建立这种信心的。”

章北海站起来，常伟思示意他坐下，“这不是正式会议，我们只是谈谈心。”

章北海仍然立正站着，“首长，您的问题我一两句话说不清楚，毕竟，信念的建立是一个漫长而复杂的过程。我在这里首先想指出的是目前部队中的错误思潮。大家知道，在三体危机之前，我们一直主张用科学和理性的眼光审视未来战争，这种思维方式以其强大的惯性延续到现在，特别是目前的太空军，有大批学者和科学家加入，更加剧了这种思潮。如果用这种思维方式去思考四个世纪后的星际战争，我们永远无法建立起胜利的信念。”

“章北海同志的话很奇怪，”一名上校说，“坚定的信念难道不是建立在科学和理性之上的吗？不以客观事实为基础建立的信念是不可能牢固的。”

“那我们首先要重新审视科学和理性，要明白，这只是我们的科学和理性，三体文明的发展高度告诉我们，我们的科学只是海边拾贝的孩子，真理的大海可能还没有见到。所以，我们在自己的科学和理性指导下看到的事实未必是真正的客观事实，既然如此，我们就应该学会有选择地忽略它，我们应该看到事物在发展变化中，不能用技术决定论和机械唯物论把未来一步看死。”

“很好。”常伟思点点头，鼓励他说下去。

“胜利的信念是必须建立的，这种信念，是军队责任和尊严的基础！我军曾经在极端困难的条件下，面对强敌，以对祖国和人民的责任感建立了对胜利坚定的信念；我相信，在今天，对全人类和地球文明的责任感也能支撑起这样的信念。”

“但具体到部队的思想工作，我们又如何去做呢？”一名军官说，“太空军的成分很复杂，这也决定了部队思想的复杂，以后我们的工作会很难的。”

“我认为，目前至少应该从部队的精神状态做起。”章北海说，“从大处说，上星期我到刚归属本军种的空军和海军航空兵部队调研，发现这些部队的日常训练已经十分松懈了；从小处说，部队的军容军纪也出现越来越多的问题，昨天是统一换夏装的日子，可在总部机关居然有很多人还穿着冬季军装。这种精神状态必须尽快改变。看看现在，太空军正在变成一个科学院。当然，不可否认它目前正在承担一个军事科学院的使命，但我们应该首先意识到自己是军队，而且是处于战争状态的军队！”

谈话又进行了一些时间，常伟思坐回自己的位置上，“谢谢大家，希望以后我们能够一直这样坦诚交流，下面，我们进入正式的会议内容。”常伟思说着，一抬头，又遇上了章北海的目光，沉稳中透着坚毅，令他感到一丝宽慰。

章北海，我知道你是有信念的，你有那样的父亲，不可能没有信念。但事情肯定没有你说的那么简单，我不知道你的信念是如何建立的，甚至不知道这种信念中还包含着什么更多的内容，就像你父亲，我敬佩他，但得承认，到最后也没有看透他。

常伟思翻开了面前的文件，“目前，太空战争理论的研究全面展开，但很快遇到了问题：星际战争研究无疑是要以技术发展水平为基准的，但现在，各项基础研究都刚刚开始，技术突破还遥遥无期，这使得我们的研究失去了依托。为了适应这种情况，总部修改了研究规划，把原来单一的太空战争理论研究分成独立的三部分，以适应未来人类世界可能达到的各种技术层次，它们分别是：低技术战略、中技术战略和高技术战略。

“目前，对三个技术层次的界定工作正在进行，将在各主要学科内确定大量的指标参数，但其核心的参数是万吨级宇宙飞船的速度和航行范围。

“低技术层次：飞船的速度达到第三宇宙速度的50倍左右，即800公里/秒左右，飞船不具备生态循环能力。在这种情况下，飞船的作战半径将限制在太阳系内部，即海王星轨道以内，距太阳30

个天文单位的空间范围里。

“中技术层次：飞船的速度达到第三宇宙速度的300倍左右，即4800公里/秒，飞船具有部分生态循环能力。在这种情况下，飞船的作战半径将扩展至柯伊伯带①以外，距太阳1000个天文单位以内的空间。

“高技术层次：飞船的速度达到第三宇宙速度的1000倍左右，即16000公里/秒，也就是光速的百分之五；飞船具有完全生态循环能力。在这种情况下，飞船的作战航行范围将扩展至奥尔特星云②，初步具备恒星际航行能力。

“失败主义是对太空武装力量的最大威胁，所以太空军的政治思想工作者肩负着极其重大的使命，军种政治部要全面参与太空军事理论的研究，在基础理论领域清除失败主义的污染，保证正确的研究方向。

“今天到会的同志，都将成为太空战争理论课题组的成员。三个理论分支的研究虽然有重合的部分，但研究机构是相互独立的，这三个机构名称暂定为低技术战略研究室、中技术战略研究室和高技术战略研究室，今天这次会议，就是想听听各位自己的选择意向，作为军种政治部下一步工作岗位安排的参考。下面大家都谈谈自己的选择吧。”

---

① 太阳系边缘含有许多小冰晶的盘状区域，距太阳30～100天文单位。

② 包围太阳系的球体云团，布满大量不活跃的彗星。

与会的三十二名政治部军官中，有二十四人选择低技术战略研究室，七人选择中技术战略研究室，选择高技术战略研究室的只有章北海一人。

“看来，北海同志是立志成为一名科幻爱好者了。”有人说，引出一些笑声。

“我选择的是胜利的唯一希望，只有达到这一技术层次，人类才有可能建立有效的地球和太阳系防御系统。”章北海说。

“现在连可控核聚变都没有掌握，把万吨战舰推进到光速的百分之五？让这些庞然大物比现在人类那些卡车大小的飞船还要快上一千倍？这连科幻都不是，是奇幻吧。”

“不是还有四个世纪吗？要用发展的眼光看问题。”

“可是物理学基础理论已经不可能再发展了。”

“现有理论的应用潜力可能连百分之一都还没有挖掘出来。”章北海说，“我感觉，现在最大的问题是科技界的研究战略，他们在低端技术上耗费大量资源和时间。以宇宙发动机为例，裂变发动机根本就没有必要搞，可现在，不但投入巨大的开发力量，甚至还在投入同样的力量去研究新一代的化学发动机！应该直接集中资源研究聚变发动机，而且应该越过工质型的，直接开发无工质聚变发动机[①]。在其他研究领域，也存在着同样的问题，比如全封闭生态圈，是恒星际远航飞船所必需的技术，而且对物理学基础理论依赖较少，可现在的研究规模也很有限。”

常伟思说：“章北海同志至少提出了一个值得重视的问题：目前军方和科技界都在忙于全面启动自己的工作，相互之间沟通不够。好在双方都意识到了这种状况，正在组织一个军方和科技界的联席会议，同时军方和科学院已成立专门机构，加强双方的交流，使太空战略研究和科技研究形成充分的互动关系。下一步，我们将向各研究领域派出大量军代表，同时，也将有大批科学家介入太空战争理论研究。还是那句话：我们不能消极等待技术突破，而应该尽快形成自己的战略思想体系，对各领域的研究产生推动。这里，还要谈谈另一层关系：太空军和面壁者之间的关系。”

“面壁者？”有人很吃惊地问，“他们要干涉太空军的工作吗？”

“目前还没有这个迹象，只有泰勒提出要到我军进行考察。但我们也应该清楚，他们在这方面是有一定权力的，如果干涉真的出现，可能对我们的工作产生意想不到的影响。应该有这方面的思想准备，在这种情况真的出现时，应保持面壁计划和主流防御之间的某种平衡。”

---

①工质型核聚变发动机与化学火箭类似，是用核聚变的能量推动有质量的工质，产生反推力推进飞船；无工质型核聚变发动机则是用核聚变的辐射能量直接推进飞船。前者需要飞船携带推进工质，当远程航行长时间加速和减速时，工质的需要量将非常巨大，因而工质型发动机不可能进行星际远航。

……

散会后，常伟思一人坐在空空荡荡的会议室中，他点上一支烟，烟雾飘进一束由窗户透入的阳光中，像是燃烧起来一样。

不管怎么样，一切总算开始了。他对自己说。

罗辑第一次体会到了梦想成真的感觉。他本以为伽尔宁的承诺是吹牛，当然能找到一个原生态的很美的地方，但与他的想象中的所在肯定有很大差别。可是当他走下直升机时，感觉就是走进了自己的梦想：远方的雪山、面前的湖泊、湖边的草原和森林，连位置都和他给伽尔宁画出来的一样。特别是这里的纯净，是他以前不敢想象的，一切像是刚从童话中搬出来一样，清新的空气中有股淡淡的甜味，连太阳都似乎小心翼翼，把它光芒中最柔和最美丽的一部分洒向这里。最不可思议的是，湖边真的有一座以一幢别墅为中心的小庄园，据同行的坎特说，这幢建筑建于十九世纪中叶，但看上去更古老些，岁月留下的沧桑已使它与周围的环境融为一体。

“不要吃惊，人有时候会梦到真实存在的地方。”坎特说。

“这里有居民吗？”罗辑问。

“方圆五公里内没有，再向外有一些小村落。”

罗辑猜想，这个地方可能在北欧，但他没有问。

坎特领着罗辑走进别墅，宽大的欧式风格的客厅里，罗辑一眼就看到了那个壁炉，旁边整齐地摆放着生火的果木，散发出一股清香。

“别墅的原主人向你问好，他很荣幸能有一位面壁者住在这里。”坎特说，接着他告诉罗辑，除了他要求的那些设施外，庄园里还有更多的东西：一个有十匹马的马厩，因为到雪山方向散步，骑马最好；还有一个网球场和一个高尔夫球场，一个酒窖，湖上有一艘机动游艇和几只小帆船。外表古老的别墅内部很现代化，每个房间都有电脑，宽带网络和卫星电视等一应俱全，还有一间数字电影放映室。除此之外，罗辑来时还注意到那个直升机停机坪显然不是临时建的。

“这人很有钱吧。”

“岂止有钱，他不愿透露身份，否则我说出他的名字你可能知道……他已经把这块土地赠送给联合国，比洛克菲勒送的那一块大多了。所以现在要明确，这块土地和其上的不动产都属于联合国，你只有居住权。但你也得到了不少：主人临走时说，他自己的物品已经拿走了，这别墅里剩下的东西都送给你了，别的不说，这几幅画大概就很值钱。”

坎特带着罗辑察看别墅的各个房间，罗辑看到这里的原主人有不俗的品位，每个房间的布置都给人一种高雅的宁静感，书房里的书相当部分是拉丁文的旧版。房间里的那些画，大多是现代派风格的，但与这古典气息很浓的房间并无不协调之感。罗辑特别注意到这里一幅风景画都没有，这是很成熟的审美情调：这幢房子就坐落在绝美的伊甸园中，风景画挂在这里就像往大海中加一桶水那样多余。

回到客厅后，罗辑坐到壁炉前那张十分舒适的摇椅上，一伸手从旁边的小桌上摸到了一样东西，拿起来一看是一个烟斗，有着欧式烟斗很少见的又长又细的斗柄，是有闲阶级使用的室内型。他看着墙上一只只的白色方框，想象着那些刚刚摘走的都是些什么。

这时，坎特领进来几个人并对罗辑做了介绍，他们是管家、厨师、司机、马夫、游艇驾驶员等等，都是曾为以前的主人服务的。这些人走后，坎特又介绍了一位负责这里安全的穿便装的中校军官，他走后，罗辑问坎特史强现在在哪里。

“他已经移交了你的安全保卫工作，现在可能回国了吧。”

“让他来代替刚才那个中校，我觉得他更胜任。”

“我也有这种感觉，但他不懂英语，工作不方便。”

“那就把这里的警卫人员都换成中国人。”

坎特答应去联系一下，转身出去了。

罗辑随即也走出了房间，穿过修剪得十分精致的草坪，走上一座通向湖中的栈桥，在栈桥的近头，他扶着栏杆，看着如镜的湖面上雪山的倒影，周围是清甜的空气和明媚的阳光。罗辑对自己说：与现在的生活相比，四百多年后的世界算什么？

去他妈的面壁计划。

“怎么能让这个杂种进入这里？”终端前的一名研究人员低声说。

“面壁者当然可以进来。”旁边另一位低声回答。

“平淡无奇是吗，大概让您失望了吧，总统先生？”洛斯阿拉莫斯国家实验室主任艾伦博士领着雷迪亚兹走过一排排电脑终端时说。

“我已经不是总统了。”雷迪亚兹正色说道，同时四下张望。

“这里就是核武器模拟中心之一，这样的中心洛斯阿拉莫斯有四个，劳伦斯利弗莫尔有三个。”

雷迪亚兹看到两个稍微不那么平淡无奇的东西，那玩意儿看上去很新，有一个很大的显示屏，控制台上还有许多精致的手柄，他凑过去细看，艾伦轻轻把他拉了回来，“那是游戏机，这里的终端和电脑都不能玩游戏，所以放了两个让大家休息时放松。”

雷迪亚兹又看到另外两个不太平淡无奇的东西，结构透明且很复杂，里面有液体在动荡，他又过去看，这次艾伦笑着摇摇头，没有制止他，“那个是加湿器，新墨西哥州的气候很干燥；那个，只是自动咖啡机而已……麦克，给雷迪亚兹先生倒一杯咖啡，不，不要从这里面倒，去我办公室里倒上等咖啡豆煮的。”

雷迪亚兹只好看墙上那些放得很大的黑白照片了，他认出上面一个戴礼帽叼烟斗的瘦子是奥本海默，但艾伦还是指给他看那些平淡无奇的终端机。

“这些显示器太旧了。”雷迪亚兹说。

“但它们后面是世界上最强大的计算机，每秒可以进行五百万亿次浮点运算。”

这时，一名工程师来到艾伦面前，“博士，AD44530G模型这次走通了。”

“很好。”

工程师的声音压低了些，“输出模块我们暂停了。”说着看了一眼雷迪亚兹。

“运行。”艾伦说着，转向雷迪亚兹，“您看，我们对面壁者没有什么隐瞒的。”

这时，雷迪亚兹听到了一阵嘶嘶啦啦的声音，他看到终端前的人们手中都在撕纸，以为这些人是在销毁文件，嘟囔道：“你们没有碎纸机吗？”但他随后看到，有人撕的是空白打印纸。不知是谁喊了一声：“Over!”所有人都在一阵欢呼声中把撕碎的纸片抛向空中，使得本来就很杂乱的地板更像垃圾堆了。

“这是模拟中心的一个传统。当年第一颗核弹爆炸时，费米博士曾将一把碎纸片撒向空中，依据它们在冲击波中飘行的距离准确地计算出了核弹的当量。现在当每个模型计算通过时，我们也这么做一次。”

雷迪亚兹拂着头上和肩上的纸片说：“你们每天都在进行核试验，这事儿对你们来说就像玩电子游戏那么方便，但我们就不行了，我们没有超级计算机，只能试真的……干同样的事，惹人讨厌的总是穷人。”

“雷迪亚兹先生，这里的人对政治都没有兴趣。”

雷迪亚兹依次凑近几台终端细看，上面只有滚动的数据和变幻的曲线，好不容易看到图形和图像，也是抽象的一团，看不出是什么。当雷迪亚兹又凑近一台终端时，坐在前面的那名物理学家抬起头说：“总统先生，您想看到蘑菇云吗？没有的。”

“我不是总统。”雷迪亚兹在接过麦克递来的咖啡时重申道。

艾伦说：“那么，还是谈谈我们能为您做什么吧。”

“设计核弹。”

“当然，虽然洛斯阿拉莫斯实验室是多学科研究机构，但我猜到您来这儿不会有别的目的。能谈具体些吗？什么类型，多大当量？”

“PDC很快会把完整的技术要求递交给你们的，我只谈最关键的：大当量，最大的当量，能做到多大就做多大，我们给出的底线是两亿吨级。”

艾伦盯着雷迪亚兹看了好一阵儿，低下头思考了一会儿，“这需要时间。”

“你们不是有数学模型吗？”

“当然，这里从五百吨级的核炮弹到两千万吨级的巨型核弹、从中子弹到电磁脉冲弹，都有数学模型，但您要求的爆炸当量太大了，是目前世界上最大当量热核炸弹的十倍以上，这个东西聚变反应的触发和进行过程与普通核弹完全不同，可能需要一种全新的结构，我们没有相应的模型。”

他们又谈了一些此项研究的总体规划，临别时，艾伦说:“雷迪亚兹先生，我知道，您在PDC的参谋部中有最优秀的物理学家，关于核弹在太空战争中的作用，他们应该告诉了您一些事情。”

“你可以重复。”

“好的，在太空战争中，核弹可能是一种效率较低的武器，在真空环境中核爆炸不产生冲击波，产生的光压微不足道，因而无法造成在大气层中爆炸时所产生的力学打击；它的全部能量以辐射和电磁脉冲形式释放，而即使对人类而言，宇宙飞船防辐射和电磁屏蔽技术也是很成熟的。”

“如果直接命中目标呢？”

“那就是另外一回事了，这时，热量将起决定作用，很有可能把目标烧熔甚至汽化。但一颗几亿吨级的核弹，很可能有一幢楼房那么大，直接命中恐怕不容易……其实，从力学打击而言，核弹不如动能武器；在辐射强度上不如粒子束武器，而在热能破坏上更不如伽马射线激光。”

“但你说的这几种武器都还无法投入实战，核弹毕竟是人类目前最强有力和最成熟的武器，至于你所说的它在太空中的打击效能问题，可以想出改进的办法，比如加入某种介质形成冲击波，就像在手雷中放钢珠一样。”

“这倒是一个很有趣的设想，您不愧是理工科出身的领导人。”

“而且，我就是学核能专业的，所以我喜欢核弹，对它的感觉最好。”

“呵呵，不过我忘了，同一名面壁者这样讨论问题是很可笑的。”

两人大笑起来，但雷迪亚兹很快止住笑，很认真地说：“艾伦博士，你同其他人一样，把面壁者的战略神秘化了，人类目前所拥有的能够投入实战的武器中，最有威力的就是氢弹，我把注意力放在这上面，不是很自然的吗？我认为自己的思维方式是正确的。”

这时两人停住脚步，他们正走在一条幽静的林间小路上，艾伦说：“费米和奥本海默在这条路上走过无数次。广岛和长崎之后，第一代核武器研制者们大都在忧郁中度过了后半生，如果他们的在天之灵知道人类的核武器现在的使命，会很欣慰的。”

“武器，不管多可怕，总是好东西……我现在想说的是，下次来不希望看到你们扔废纸片了，我们要给智子一个整洁的印象。”

山杉惠子在深夜醒来，发现身边空着，而且那里的床单已经是凉的。她起身披衣走出房门，和往常一样，一眼就在院子里的竹林中看到了丈夫的身影。他们在英国和日本各有一套房子，但希恩斯还是喜欢日本的家，他说东方的月光能让他的心宁静下来。今夜没有月光，竹林和希恩斯的身影都失去了立体感，像一张挂在星光下的黑色剪纸画。

希恩斯听到了山杉惠子的脚步声，但没有回头。很奇怪，惠子在英国和日本穿的鞋都是一样的，她在家乡也从不穿木屐，但只有在这里，他才能听出她的脚步声，在英国就不行。

“亲爱的，你已经失眠好几天了。”山杉惠子说，尽管她的声音很轻，竹林中的夏虫还是停止了鸣叫，如水的宁静笼罩着一切，她听到了丈夫的一声叹息。

“惠子，我做不到，我想不出来，我真的什么都想不出来。”

“没人能够想出来，我觉得能够最终取得胜利的计划根本就不存在。”山杉惠子说，她又向前走了两步，但仍与希恩斯隔着几根青竹。这片竹林是他们俩思考的地方，以前研究中的大部分灵感都是在这里出现的，他们一般不会把亲昵的举动带到这个圣地来，在这个似乎弥漫着东方哲思气息的地方，他俩总是相敬如宾，“比尔，你应该放松自己，尽可能做到最好就行了。”

希恩斯转过身来，但在竹林的黑暗中，他的面孔仍看不清，“怎么可能？我每迈出一小步，都要消耗巨大的资源。”

“那为什么不这样呢？”惠子的回答接得很快，显然她早就思考过这个问题，“选择这样一个方向，即使最后不成功，在执行过程中也是做了有益的事。”

“惠子，这正是刚才我所想的，我决定要做的是：既然自己想不出那个计划，就帮助别人想出来。”

“你说的别人是谁？其他的面壁者吗？”

“不是，他们并不比我强到哪里去，我指的是后代。惠子，你有没有想过这样一个事实：生物的自然进化要产生明显的效果需要至少两万年左右的时间，而人类文明只有五千年历史，现代技术文明只有二百年历史，所以，现在研究现代科学的，只是原始人的大脑。”

“你想借助技术加快人脑的进化？”

“你知道，我们一直在做脑科学研究，现在应该投入更大的力量做下去，把这种研究扩大到建设地球防御系统那样的规模，努力一至两个世纪，也许能够最终提升人类的智力，使得后世的人类科学能够突破智子的禁锢。”

“对我们这个专业来说，智力一词有些空泛，你具体是指……”

“我说的智力是广义的，除了传统意义上的逻辑推理能力外，还包括学习的能力、想象力和创新能力，包括人在一生中在积累常识和经验的同时仍保持思想活力的能力，还包括加强思维的体力，也就是使大脑不知疲倦地长时间连续思考——这里甚至可以考虑取消睡眠的可能性……”

“怎样做，你有大概的设想吗？”

“没有，现在还没有。也许可以把大脑与计算机直接连接，使后者的计算能力成为人类的智力放大器；也许能够实现人类大脑间的直接互联，把多人的思维融为一体；还有记忆遗传等等。但不管最后提升智力的途径有哪些，我们现在首先要做的是从根本上了解人类大脑思维的机制。”

“这正是我们的事业。”

“我们要继续这项事业了，与以前一样，不同的是现在能够调动巨量的资源来干这事！”

“亲爱的，我真的很高兴，我太高兴了！只是，作为面壁者，你这个计划，太……”

“太间接了，是吧？但惠子，你想想，人类文明的一切最终要归结到人本身，我们从提升人的自身做起，这不正是一个真正有远见的计划吗？再说，除了这样，我还能做什么呢？”

“比尔，这真的太好了！”

“让我们设想一下，把脑科学和思维研究作为一个世界工程来做，有我们以前无法想象的巨大投入，多长时间能取得成功呢？”

“一个世纪应该差不多吧。”

“就让我们更悲观些，算两个世纪，这样的话，高智力的人类还有两个世纪的时间，如果用一个世纪发展基础科学，再用一个世纪来实现理论向技术的转化……”

“即使失败了，我们也是做了迟早要做的事情。”

“惠子，随我一起去末日吧。”希恩斯喃喃地说。

“好的，比尔，我们有的是时间。”

林中的夏虫似乎适应了他们的存在，又恢复了悠扬的鸣叫。这时一阵轻风吹过竹林，使得夜空中的星星在竹叶间飞快闪动，让人觉得夏虫的合唱仿佛是那些星星发出的。

行星防御理事会面壁者听证会已经进行了三天，泰勒、雷迪亚兹和希恩斯三位面壁者分别在会议上陈述了自己的第一阶段计划，PDC常任理事国代表对这些计划进行了初步的讨论。雷迪亚兹和希恩斯在前次会议上已经提交了各自的计划，而泰勒拖到现在才第一次提交，与会者对这个刚刚浮出水面的计划给予了更多的注意。

泰勒开始对计划进行简要介绍，“我需要建立一支由自己指挥的太空武装力量……”

仅仅这一句话，就使得另外两位面壁者举手要求发言。

“我和希恩斯先生的计划都被指责消耗太多资源，那这个计划就有些荒唐了，泰勒先生居然想要拥有自己的太空舰队！”雷迪亚兹抢先说道。

“我没说是太空舰队。”泰勒不动声色地说，“这个计划不是要建造太空战舰或大型飞船，只是要建立一支太空战斗机编队，每架战机的体积与地球大气层内飞行的战机差不多，只有一个驾驶员，在太空中就像一只蚊子，所以我把编队叫作蚊群，把这个计划命名为蚊群计划。但编队的战机要达到一定的数量，至少与三体入侵舰队中飞船的数量相当，也就是一千架。”

“用这样一只蚊子去攻击一艘三体战舰？甚至连叮一下让它痒痒都难吧。”一位与会者不以为然地说。

泰勒竖起手指说：“但如果每只蚊子上装备一颗上亿吨级爆炸

当量的氢弹就不一样了，所以，我必须得到正在研发的超级核弹技术……雷迪亚兹先生，您先不要拒绝，您无权拒绝，按照面壁计划的原则，这个技术不是您的私有财产，只要它被研发出来，我就有权征用。”

“我只是想说，您不是在抄袭我的计划吧？”雷迪亚兹抬头看看泰勒说。

泰勒露出讥讽的微笑：“如果一个面壁者的计划能被别人抄袭，那他还是面壁者吗？”

“蚊子是飞不了多远的，这些玩具般的太空战机大概只能在火星轨道以内作战吧？”PDC轮值主席伽尔宁说。

“你们要注意了，他可能进一步索要太空母舰。”希恩斯怪笑着说。

泰勒沉着地回答：“不需要，这些太空战机可以相互联结，整个编队在联结后形成一个整体，我称其为蚊团，蚊团本身就是太空母舰，它可以由一台外接发动机推进，或者由自身中的一小部分战机的引擎推进，达到巡航速度后，其远程太空航行的能力不亚于大型飞船。到达战区后，这个巨大的组合体解体，所有战机独立飞行，形成战机编队投入战斗。”

“如果航行到太阳系外围的防御区域，这个蚊团可能需几年时间，在这漫长的旅程中，那上千名战机驾驶员就待在连站立都不可能的战机座舱中吗？那小小战机中能放下他们的给养吗？”有人质疑道。

“冬眠，”泰勒说，“只能依靠冬眠。所以，这个计划是建立在未来有可能实现的两项技术上：小型化的超级核弹和小型化的冬眠设备。”

“在一口钢铁棺材中冬眠几年，醒来后立刻投入自杀性攻击，蚊子的驾驶员可不是一个让人羡慕的职业。”希恩斯说。

泰勒突然失去了刚才的锐气，沉默许久，点点头，“是，这是蚊群计划中最难的。”

听证会在向与会者散发了泰勒的蚊群计划的详细资料后，并没有进行更深入的讨论，轮值主席宣布会议结束。

“罗辑今天还没来吗？”美国代表很不满地问。

“他不会来了。”伽尔宁说，“他声明，隐居和不参加PDC听证会，是他的计划的一部分。”

听到这话，与会者们窃窃私语起来，有的面露愠色，有的露出含义不明的笑容。

“这人就是个懒惰的废物！”雷迪亚兹说。

“那你算什么东西？”泰勒仰起头问，尽管他的蚊群计划依赖于雷迪亚兹的超级核弹技术，他对这人仍不客气。

希恩斯说：“我倒是想在此表达对罗辑博士的敬意，他有自知之明，清楚自己的能力，所以不想无谓地浪费资源。”他说着，温文尔雅地转向雷迪亚兹，“我认为雷迪亚兹先生应该从他那里学到些东西。”

谁都能看出来，泰勒和希恩斯并不是为罗辑辩护，只是与后者相比，他们对雷迪亚兹存有更深的敌意。

伽尔宁用木槌敲了一下桌面，“首先，面壁者雷迪亚兹的话是不适宜的，提请您注意对其他面壁者的尊重；同时，也请面壁者希恩斯和泰勒注意，你们的言辞在会议上也是不适宜的。”

希恩斯说：“主席先生，面壁者雷迪亚兹在他的计划中所表现出来的，只有一介武夫的粗鲁。继伊朗和北朝鲜后，他的国家也因发展核武器受到联合国制裁，这使他对核弹有一种变态的情感；泰勒先生的蚊群计划与雷迪亚兹的巨型氢弹计划没有本质区别，同样令人失望。这两个直白的计划，一开始就将明确的战略指向暴露出来，完全没有体现出面壁者战略计谋的优势。”

泰勒反击道：“希恩斯先生，您的计划倒更像一个天真的梦想。”

……

听证会结束后，面壁者们来到了默思室，这是联合国总部里他们最喜欢的地方，现在想想，这个为静思而设的小房间真像是专门留给面壁者的。聚在这里，他们都静静地待着，感觉着彼此那末日之战前永远不能相互交流的思绪。那块铁矿石也静静地躺在他们中间，仿佛吸收和汇集着他们的思想，也像在默默地见证着什么。

希恩斯低声地问：“你们听说过破壁人的事吗？”

泰勒点点头，“在他们的公开网站上刚公布，CIA也证实了这事。”

面壁者们又陷入沉默中，他们想象着自己的破壁人的形象，以后，这形象将无数次出现在他们的噩梦中，而当某个破壁人真实出现的那一天，很可能就是那个面壁者的末日。

当史晓明看到父亲进来时，胆怯地向墙角挪了挪，但史强只是默默地坐在他身边。

“你甭怕，这次我不打你也不骂你，我已经没那个力气了。”他说着，拿出一包烟，抽出两支，把其中的一支递给儿子，史晓明犹豫了一下才接了过来。他们父子点上烟，默默地抽了好一会儿，史强才说：“我有任务，最近又要出国了。”

“那你的病呢？”史晓明从烟雾中抬起头，担心地看着父亲。

“先说你的事儿吧。”

史晓明露出哀求的目光，“爸，这事儿要判很重的……”

“你犯的要是别的事儿，我可以为你跑跑，但这事儿不行。明子啊，你我都是成年人，我们都为自己的行为负责吧。”

史晓明绝望地低下头，只是抽烟。

史强说：“你的罪也有我的一半，从小到大，我没怎么操心过你，每天很晚才回家，累得喝了酒就睡，你的家长会我一次都没去过，也没和你好好谈过什么……还是那句话：我们自己做的自己承担吧。”

史晓明含泪把烟头在床沿上反复碾着，像在掐灭自己的后半生。

“里面是个犯罪培训班，进去以后也别谈什么改造了，别同流合污就行，也得学着保护自己。”史强把一个塑料袋放在床上，里面装着两条云烟，“还需要什么东西你妈会送来的。”

史强走到门口，又转身对儿子说：“明子，咱爷俩可能还有再见面的时候，那时你可能比我老了，到时候你会明白我现在的心的。”

史晓明从门上的小窗中看着父亲走出看守所，他的背影看上去已经很老了。

现在，在这个一切都紧张起来的时代，罗辑却成了世界上最悠闲的人。他沿湖边漫步，在湖中泛舟，把采到的蘑菇和钓到的鱼让厨师做成美味；他随意翻阅着书房中丰富的藏书，看累了就出去和警卫打高尔夫球；骑马沿草原和林间的小路向雪山方向去，但从来没有走到它的脚下。经常，他坐在湖边的长椅上，看着湖中雪山的倒影，什么都不想或什么都想，不知不觉一天就过去了。

这几天，罗辑总是一人独处，与外界没有任何联系。坎特在庄园里也有自己的一间小办公室，但很少来打扰他。罗辑只与负责安全的军官有过一次对话，要求在自己散步时那些警卫的士兵不要远远跟着，如果非跟不可也尽量不要让自己看见。

罗辑感觉自己就像是湖中的那艘落下帆的小船，静静地漂浮着，不知泊在哪里，也不关心将要漂向何方。有时想起以前的生活，他惊奇地发现，这短短的几天竟使得自己的前半生恍若隔世，而他也很满足这种状态。

罗辑对庄园里的酒窖很感兴趣，他知道窖中整齐地平放在格架上的那些落满灰尘的瓶子中，装的都是上品。他在客厅里喝，在书房中喝，有时还在小船上喝，但从不过量，只是使自己处于半醉半醒的最佳状态，这时他就拿着前主人留下的那个长柄烟斗吞云吐雾。

尽管下过一场雨，客厅里有些阴冷，罗辑却一直没有让人点着壁炉，他说还不到时候。

他在这里从不上网，但有时看看电视，对时事新闻一概跳过，只看与时局甚至与时代无关的节目，虽然现在电视上这样的内容越来越少了，但作为黄金时代的余波，还是能找得到。

一天深夜，一瓶从标签上看是三十五年前的干邑又使他飘飘欲仙，他手拿遥控器在高清电视上跳过了几则新闻，但很快被一则英语新闻吸引住了。那是有关打捞一艘十七世纪中叶的沉船的，那艘三桅帆船由鹿特丹驶向印度的法里达巴德，在霍恩角沉没。在潜水员从沉船中捞出的物品里，有一小桶密封很好的葡萄酒，据专家推测，那酒现在还可以喝，而且经过三百多年的海底贮藏，口感可能是无与伦比的。罗辑把这个节目的大部分都录下来，然后叫来了坎特。

“我要这桶酒，去把它拍下来。”他对坎特说。

坎特立刻去联系，两小时后他来告诉罗辑，说那桶酒的预计价格高得惊人，起拍价就可能在三十万欧元左右。

“这点钱对于面壁计划算不了什么，去买吧，这是计划的一部分。”

这样，继“对面壁者的笑”之后，面壁计划又创造了一句成语，凡是明知荒唐又不得不干的事，就被称作“面壁计划的一部分”，简称“计划的一部分”。

两天后，那桶酒摆到了别墅的客厅，古旧的桶面上嵌着许多贝壳。罗辑拿出一个从酒窖中弄来的木酒桶专用的带螺旋钻头的金属龙头，小心翼翼地把它钻进桶壁，倒出了第一杯酒，酒液呈诱人的碧绿色。他嗅了嗅后，把酒杯凑到嘴边。

“博士，这也是计划的一部分？”坎特不动声色地问。

“不错，是计划的一部分。”罗辑说完，接着要喝酒，但看了看在场的人，“你们都出去。”

坎特他们站着没动。

“让你们出去也是计划的一部分，请！”罗辑瞪着他们说，坎特轻轻摇摇头，领着其他人走了。

罗辑喝了第一口，极力说服自己尝到了天籁般的滋味，但终于还是没有勇气再喝第二口。

但就这一小口酒也没有放过他，当天夜里他就上吐下泻，直到把和那酒一样颜色的胆汁都吐了出来，最后身上软得起不来床。后来医生和专家打开酒桶的上盖才知道，桶的内壁有一块很大的黄铜标签，那时确实习惯把标签做在桶里面，漫长的岁月中，本来应该相安无事的铜和酒却起了反应，不知产生了什么东西溶解到了酒里……当酒桶搬走时，罗辑看到了坎特脸上幸灾乐祸的表情。

罗辑浑身无力地躺在床上，看着吊瓶中的药液滴滴流下，无比强烈的孤独感攫住了他，他知道，这几天的悠闲不过是向着孤独的深渊下坠中的失重，现在他落到底了。

但罗辑早预料到了这一时刻，他对这一切都有所准备，只等一个人来，计划的下一步就可以开始了。他在等大史。

泰勒打伞站在鹿儿岛的细雨中，身后是防卫厅长官井上宏一。井上带着伞但没有打开，站得距泰勒有两米远，在这两天，不论在身体上还是在思想上，他总是与面壁者保持一定的距离。这里是神风特攻队纪念馆，他们的面前是一尊特攻队员的雕像，旁边还有一架白色的特攻队作战飞机，机号是502。雨水在雕像和飞机的表面涂上了一层亮光，使其拥有了虚假的生机。

“难道我的建议连讨论的余地都没有吗？”泰勒问道。

“我还是劝您在媒体面前也别谈这些，会有麻烦的。”井上宏一的话像雨水一般冰冷。

“到现在了，这些仍然敏感吗？”

“敏感的不是历史，而是您的建议，恢复神风特攻队，为什么不在美国或别的什么地方做？这个世界上难道只有日本人有赴死的责任？”

泰勒把伞收起来，井上宏一向他走近了些。前者虽然没躲开，但周围似乎有一种力场阻止井上宏一继续靠近，“我从来就没有说过未来的神风特攻队只由日本人组成，这是一支国际部队，但贵国是它的起源地，从这里着手恢复不是很自然的吗？”

“在星际战争中，这种攻击方式真有意义吗？要知道，当年的特攻作战战果是有限的，并没能扭转战局。”

“长官阁下，我所组建的太空力量，是装备超级核弹的太空战斗机编队。”

“为什么非要用人呢？电脑不能控制战斗机抵近攻击吗？”

这个问题似乎使泰勒找到了机会，他兴奋起来，“问题就在这里！目前在战斗机上，计算机并不能代替人脑，而包括量子计算机在内的新一代计算机的产生，依赖于基础物理学的进步，而后者已经被智子锁死了。所以四个世纪后，计算机的智能也是有限的，人对武器的操纵必不可少……其实，现在恢复的神风特攻队，只具有精神信念上的意义，十代人之内，没人会因此赴死，但这种精神和信念的建立，必须从现在开始！”

井上宏一转过身来，第一次面对泰勒，他的湿头发紧贴在前额上，雨水在他的脸上像泪水似的，“这种做法违反了现代社会的基本道德准则：人的生命高于一切，国家和政府不能要求任何人从事这种必死的使命。我还大概记得《银河英雄传说》中杨威利的一句话：国家兴亡，在此一战，但比起个人的权利和自由来，这些倒算不得什么，各位尽力而为就行了。”

泰勒长叹一声说：“知道吗？你们丢弃了自己最宝贵的东西。”说完他砰一声撑开了伞，转身愤然而去。一直走到纪念馆的大门处，他才回头看了一眼，井上宏一仍淋着雨站在雕像前。

泰勒走在夹着雨的海风中，脑海中不时回响着一句话，那是他刚才从陈列室中的一位即将出击的神风队员写给母亲的遗书上看到的：

“妈妈，我将变成一只萤火虫。”

“事情比想象的难。”艾伦对雷迪亚兹说，他们站在一座黑色的火山岩尖石碑旁，这是人类第一颗原子弹爆心投影点的标志。

“它的结构真的有很大的不同？”雷迪亚兹问。

“与现在的核弹完全是两回事，建造它的数学模型，复杂度可能是现在的上百倍，这是一个巨大的工程。”

“需要我做什么？”

“科兹莫在你的参谋部中，是吗？把他弄到我的实验室来。”

“威廉·科兹莫？”

“是他。”

“可他是个，是个……”

“天体物理学家，研究恒星的权威。”

“那你要他做什么？”

“这正是我今天要对您说的。在您的印象中，核弹触发后是爆炸，但事实上那个过程更像一种燃烧，当量越大，燃烧过程越长。比如一颗2000万吨级的核弹爆炸时，火球能持续二十多秒钟；而我们正在设计的超级核弹，就以两亿吨级来说吧，它的火球可能燃烧几分钟，您想想看，这东西像什么？”

“一个小太阳。”

“很对！它的聚变结构与恒星很相似，并在极短的时间内重现恒星的演化过程。所以我们要建立的数学模型，从本质上说是一颗恒星的模型。”

在他们面前，白沙靶场的荒漠延伸开去，这时正值日出前的黎明，荒漠黑乎乎的看不清细节。两人看到这景色时，都不由想起了《三体》游戏中的基本场景。

“我很激动，雷迪亚兹先生，请原谅我们开始时缺少热情，现在看来这个项目的意义远远超出了建造超级核弹本身，知道我们在做什么吗？我们在创造一颗虚拟的恒星！”

雷迪亚兹不以为然地摇摇头，“这与地球防御有什么关系？”

“不要总是局限于地球防御，我和实验室的同事们毕竟是科学家。再说这事也不是全无实际意义的，只要把适当的参数输入，这颗恒星就变成了太阳！您想想，在计算机内存中拥有一个太阳，总是有用的。对于宇宙中距我们最近的这么一个巨大的存在，我们对它的利用太不够了，这个模型也许能有更多的发现。”

雷迪亚兹说:“上一次对太阳的应用,把人类逼到了绝境,也使你我有缘站在这里。”

“可是新的发现却有可能使人类摆脱绝境,所以我今天请您到这里来看日出。”

这时,朝阳从地平线处露出明亮的顶部,荒漠像显影一般清晰起来,雷迪亚兹看到,这昔日地狱之火燃起的地方,已被稀疏的野草覆盖。

“我正变成死亡,世界的毁灭者。”艾伦脱口而出。

“什么?!”雷迪亚兹猛地回头看艾伦,那神情仿佛是有人在他背后开枪似的。

“这是奥本海默在看到第一颗核弹爆炸时说的一句话,好像是引用印度史诗《薄伽梵歌》中的。”

东方的光轮迅速扩大,将光芒像金色的大网般撒向世界。叶文洁在那天早晨用红岸天线对准的,是这同一个太阳;在更早的时候,在这里,也是这轮太阳照耀着第一颗原子弹爆炸后的余尘;百万年前的古猿和一亿年前的恐龙用它们那愚钝的眼睛见到的,也都是这同一个太阳;再早一些,原始海洋中第一个生命细胞所感受到的从海面透入的朦胧光线,也是这个太阳发出的。

艾伦接着说:“当时一个叫班布里奇的人紧接着奥本海默说了一句没有诗意的话:现在我们都成了婊子养的。”

“你在说些什么?”雷迪亚兹说,他看着升起的太阳,呼吸急促起来。

“我在感谢您，雷迪亚兹先生，因为从此以后，我们不是婊子养的了。”

东方，太阳以超越一切的庄严冉冉升起，仿佛在向世界宣布，除了我，一切都是过隙的白驹。

“你怎么了，雷迪亚兹先生？”艾伦看到雷迪亚兹蹲了下去，一手撑地呕吐起来，但什么也没有吐出来。艾伦看到他变得苍白的脸上布满冷汗，他的手压到一丛棘刺上，但已经没有力气移开。

“去，去车里。”雷迪亚兹虚弱地说，他的头转向日出的反方向，没有撑地的那只手向前伸出，试图遮挡阳光。他此时已无力起身，艾伦要扶他起来，但扶不动他那魁梧的身躯，“把车开过来……”雷迪亚兹喘息着，同时收回那只遮挡阳光的手捂住双眼。当艾伦把车开到旁边时，发现雷迪亚兹已经瘫倒在地，艾伦艰难地把他搬上车的后座。“墨镜，我要墨镜……”雷迪亚兹半躺在后座上，双手在空中乱抓，艾伦在驾驶台上找到墨镜递给他，他戴上后，呼吸似乎顺畅了些，“我没事，我们回去吧，快点。”雷迪亚兹无力地说。

“您到底怎么了？哪里不舒服？”

“好像因为太阳。”

“这……您从什么时候开始有这症状的？”

“刚才。”

从此以后，雷迪亚兹患上了一种奇怪的恐日症，一见到太阳，身心就接近崩溃。

“坐飞机的时间太长了吧？你看上去无精打采的。”罗辑看到刚来的史强时说。

“是啊，哪有咱们坐的那架那么舒服。”史强说，同时打量着四周的环境。

“这地方不错吧？”

“不好。”史强摇摇头说，“三面有林子，隐藏着接近别墅很容易；还有这湖岸，离房子这么近，很难防范从对岸树林中下水的蛙人；不过这周围的草地很好，提供了一些开阔空间。”

“你就不能浪漫点儿吗？”

“老弟，我是来工作的。”

“我正是打算交给你一件浪漫的工作。”罗辑带着大史来到了客厅，后者简单打量了一下，这里的豪华和雅致似乎没给他留下什么印象。罗辑用水晶高脚杯倒上一杯酒递给史强，他摆摆手谢绝了。

“这可是三十年的陈酿白兰地。”

“我现在不能喝酒了……说说你的浪漫工作吧。”

罗辑啜了一口酒，坐到史强身边，“大史啊，我求你帮个忙。在你以前的工作中，是不是常常在全国甚至全世界范围找某个人？”

“是。”

“你对此很在行？”

“找人吗？当然。”

“那好，帮我找一个人，一个二十岁左右的女孩儿，这是计划的一部分。”

“国籍、姓名、住址？”

“都没有，她甚至连在这个世界上存在的可能性都很小。”

大史看着罗辑，停了几秒钟说：“梦见的？”

罗辑点点头，“包括白日梦。”

大史也点点头，说了出乎罗辑预料的两个字：“还好。”

“什么？”

“我说还好，这样至少你知道她的长相了。”

“她是一个，嗯，东方女孩，就设定为中国人吧。”罗辑说着，拿出纸和笔画了起来，“她的脸型，是这个样子；鼻子，这样儿，嘴，这样儿，唉，我不会画，眼睛……见鬼，我怎么可能画出她的眼睛？你们是不是有那种东西，一种软件吧，可以调出一张面孔来，按照目击者描述调整眼睛鼻子什么的，最后精确画出目击者见过的那人？”

“有啊，我带的笔记本里就有。”

“那你去拿来，我们现在就画！”

大史在沙发上舒展一下身体，让自己坐得舒服些，“没必要，你也不用画了，继续说吧，长相放一边，先说她是个什么样的人。”

罗辑体内的什么东西好像被点燃了，他站起来，在壁炉前躁动不安地来回走着，“她……怎么说呢？她来到这个世界上，就像垃圾堆里长出了一朵百合花，那么……那么的纯洁娇嫩，周围的一切都不可能污染她，但都是对她的伤害，是的，周围的一切都能伤害到她！你见到她的第一反应就是去保护她……啊不，呵护她，让她免受这粗陋野蛮的现实的伤害，你愿意为此付出一切代价！她……她是那么……唉，你看我怎么笨嘴笨舌的，什么都没说清。”

“都这样。”大史笑着点点头，他那初看有些粗傻的笑现在在罗辑的眼中充满智慧，也让他感到很舒服，“不过你说得够清楚了。”

“好吧，那我接着说，她……可，可我怎么说呢？怎样描述都说不出我心中的那个她。”罗辑显得急躁起来，仿佛要把自己的心撕开让大史看似的。

大史挥挥手让罗辑平静下来，“算了，就说你和她在一起的事儿吧，越详细越好。”

罗辑吃惊地瞪大了双眼，“和她……在一起？你怎么知道？”

大史又呵呵地笑了起来，同时四下看了看，“这种地方，不会没有好些的雪茄吧？”

“有，有！”罗辑赶忙从壁炉上方拿下一个精致的木盒，从中取出一根粗大的“大卫杜夫”，用一个更精致的断头台外形的雪茄剪切开头部，递给大史，然后用点雪茄专用的松木条给他点着。

大史抽了一口，惬意地点点头，“说吧。”

罗辑一反刚才的语言障碍，滔滔不绝起来。他讲述了与她在图书馆中的第一次相见，讲述他与她在宿舍里那想象中的壁炉前的相逢，讲她在他课堂上的现身，描述那天晚上壁炉的火光透过那瓶像晚霞的眼睛的葡萄酒在她脸庞上映出的美丽。他幸福地回忆他们的那次旅行，详细地描述每一个最微小的细节：那雪后的田野、蓝天下的小镇和村庄、像晒太阳的老人的山，还有山上的黄昏和篝火……

大史听完，捻灭了烟头说："嗯，基本上够了。关于这个女孩儿，我提一些推测，你看对不对。"

"好的好的！"

"她的文化程度，应该是大学以上博士以下。"

罗辑点头，"是的是的，她有知识，但那些知识还没有达到学问的程度去僵化她，只是令她对世界和生活更敏感。"

"她应该出生在一个高级知识分子家庭，过的不是富豪的生活，但比一般人家要富裕得多，她从小到大享受着充分的父爱母爱，但与社会，特别是基层社会接触很少。"

"对对，极对！她从没对我说过家里的情况，事实上从未说过任何关于她自己的情况，但我想应该是那样的！"

"下面的推测就是猜测了，错了你告诉我——她喜欢穿那种，怎么说呢，素雅的衣服，在她这种年龄的女孩子来说，显得稍微素了些。"罗辑呆呆地连连点头，"但总有很洁白的部分，比如衬衣呀领子呀什么的，与其余深色的部分形成挺鲜明的对比。"

"大史啊，你……"罗辑用近乎崇敬的目光看着大史说。

史强挥手制止他说下去，"最后一点：她个子不高，一米六左右吧，身材很……怎么形容来着，纤细，一阵风就能刮跑的那种，所以这个儿也不显得低……当然还能想出很多，应该都差不离吧。”

罗辑像要给史强跪下似的，“大史，我五体投地！你，福尔摩斯再世啊！”

大史站起来，“那我去电脑上画了。”

当天晚上，大史带着笔记本电脑来找罗辑。当屏幕上显示出那张少女的画像时，罗辑像中了魔咒似的一动不动盯着看。史强好像早就预料到这个，到壁炉那边又取了一根雪茄，在那个小断头台上切了口，点燃抽起来，抽了好几口后回来，发现罗辑还盯着屏幕。

“有什么不像的地方，你说我调整。”

罗辑艰难地从屏幕上收回目光，站起身走到窗前，看着远方月光下的雪峰，梦呓似的说：“不用了。”

“我想也是。”史强说着，关上电脑。

罗辑仍看着远方，说了一句别人也用来评价过史强的话：“大史，你真是个魔鬼。”

大史很疲惫地坐到沙发上，“没那么玄乎，都是男人嘛。”

罗辑转身说：“可每个男人的梦中情人是大不相同的啊！”

“但每类男人的梦中情人大体上是相同的。”

“那也不可能搞得这么像！”

“你不是还对我说了那么多嘛。”

罗辑走到电脑旁，又打开它，“给我拷一份。”他边忙活边问，“你能找到她吗？”

“我现在只能说有很大的可能，但也不排除根本找不到。”

“什么？”罗辑停下了手中的操作，转身吃惊地看着大史。

“这种事，怎么可能保证百分之百成功嘛。”

“不，我不是这个意思，正相反，我以为你会说几乎没有可能，但也不排除万分之一的偶然找到了，其实你要是这么说我也满意了！”他转头看着再次显示出来的画像，梦呓似的说：“世界上怎么可能存在这样的人儿。”

史强轻蔑地一笑，“罗教授，你见过多少人？”

“当然无法与你相比，不过我知道世界上没有完美的人，更没有完美的女人。”

“就像你说的，我常常从成千上万的人中找某些人，就以我这大半辈子的经验告诉你：什么样的人都有。告诉你吧，老弟，什么样的都有，包括完美的人和完美的女人，只是你无缘遇到。”

“我还是第一次听人这么说。”

“因为嘛，你心中完美的人在别人心中不一定完美，就说你梦中的这个女孩儿，在我看来她有明显的……怎么说呢，不完美的地方吧，所以找到的可能性很大。”

“可有的导演在几万人中找一个理想的演员，最后都找不到。”

“我们的专业搜寻能力是那些个导演没法比的，我们可不只是在几万人中找，甚至不只是在几十万和几百万人中找，我们使用的手段和工具比什么导演要先进得多，比如说吧，公安部分析中心的那些大电脑，在上亿张照片中匹配一个面孔，只用半天的时间……只是，这事儿超出了我的职责范围，我首先要向上级汇报，如果得到批准并把任务交给我，我当然会尽力去做。”

“告诉他们，这是面壁计划的重要部分，必须认真对待。”

史强暧昧地嘿嘿一笑，起身告辞了。

“什么？让PDC为他找……”坎特艰难地寻找着那个中文词，“梦中情人？这个家伙已经被惯得不成样子了！对不起，我不能向上转达你这个请求。”

“那你就违反了面壁计划原则：不管面壁者的指令多么不可理喻，都要报请执行，最后否决是PDC的事儿。”

“那也不能用人类社会的资源为这种人过帝王生活服务！史先生，我们共事不长，但我很佩服你，你是个很老练又很有洞察力的人，那你实话告诉我：你真的认为罗辑在执行面壁计划？”

史强摇摇头，“我不知道。”他抬手制止了坎特下面的争辩，“但，先生，只是我个人不知道，不是上级的看法。这就是你我之间最大的不同：我只是个命令的忠实执行者，而你呢，什么都要问个为什么。”

“这不对吗？”

“没什么对不对的，如果每个人都要先弄清楚为什么再执行命令，那这世界早乱套了。坎特先生，你的级别是比我高些，但说到底，我们都是执行命令的人，我们首先应该明白，有些事情不是由我们这样的人来考虑的，我们尽责任就行了，做不到这点，你的日子怕很难过。”

“我的日子已经很难过了！上次耗巨款买下沉船中的酒，我就想……你说，这人有一点儿面壁者的样子吗？”

“面壁者应该是什么样子？”

坎特一时语塞。

“就算面壁者真的应该有样子，那罗教授也不是一点儿都不像。”

“什么？”坎特有些吃惊，“你不会是说竟然能从他身上看到某些素质吧？”

“我还真看到些。”

“那就见鬼了，你说说看。”

史强把手搭到坎特肩上，“比如你吧，假如把面壁者这个身份套到你身上，你会像他这样借机享乐吗？”

“我早崩溃了。”

“这不就对了，可罗辑在逍遥着，什么事儿没有似的。老坎先生，你以为这简单吗？这就叫大气，这就是干大事的人必备的大气！像你我这样的人是干不成大事的。”

“可他这么……怎么说……逍遥下去，面壁计划呢？”

“说了半天我怎么就跟你拎不清呢？我说过我什么都不知道，你怎么知道人家现在做的不是计划的一部分？再说一遍，这不应该由我们来判断。退一万步，就算我们想的是对的，”史强凑近坎特压低了些声音，“有些事，还是要慢慢来。”

坎特看了史强好一会儿，最后还是摇摇头，不能确信自己理解了他最后那句话，“好吧，我向上汇报，不过能先让我看看那个梦中情人吗？”

看到屏幕少女的画像，坎特的老脸线条顿时柔和起来，他摸着下巴说：“唔……天啊，虽然我不相信她是人间的女孩儿，但还是祝你们早日找到她。”

“大校，以我的身份，来考察贵军的政治思想工作，您是不是觉得有些唐突？”泰勒见到章北海时问。

“不是的，泰勒先生，这是有先例的，拉姆斯菲尔德曾访问过军委党校，当时我就在那里学习。”章北海说，他没有泰勒见到的其他中国军官的那种好奇、谨慎和疏远，显得很真诚，这使谈话轻松起来。

“您的英语这么好，您是来自海军吧？”

“是的，美国太空军中来自海军的比例比我们还高。”

“这个古老的军种不会想到，他们的战舰要航行在太空……坦率地说，当常伟思将军向我介绍您是贵军最出色的政工干部时，我以为您来自陆军，因为陆军是你们的灵魂。”

章北海显然不同意他的观点，但只是宽容地一笑置之，“对于一支军队的不同军种，灵魂应该是相通的，即使是各国新生的太空军，在军事文化上也都打上了各自军队的烙印。”

“我对贵军的政治思想工作很感兴趣，希望进行一些深入的考察。”

“没有问题，上级指示，在我的工作范围内，对您无所保留。”

“谢谢！”泰勒犹豫了一下说，“我此行的目的是想得到一个答案，我想先就此请教您。”

“不客气，您说吧。”

“大校，您认为，我们有可能恢复具有过去精神的军队吗？”

“您指的过去是什么？”

“时间上的范围很大，可能从古希腊直到二战，关键是在我所说的精神上有共同点：责任和荣誉高于一切，在需要的时候，毫不犹豫地牺牲生命。你想必注意到，在二战后，不论是在民主国家还是专制国家，这种精神都在从军队中消失。”

“军队来自社会，这需要整个社会都恢复您所说的那种过去的精神。”

“这点我们的看法相同。”

“但，泰勒先生，这是不可能的。”

“为什么？我们有四百多年时间，在过去，人类社会正是用了这么长时间从集体英雄主义时代演化到个人主义时代，我们为什么不能用同样长的时间再变回去？”

听到这话，章北海思考了一会儿说：“这是个很深刻的问题，但我认为已经成年的人类社会不可能退回到童年。现在看来，在形成现代社会的过去的四百年中，没有对这样的危机和灾难进行过任何思想和文化上的准备。”

“那您对胜利的信心从何而来？据我所知，您是一个坚定的胜利主义者，可是，像这样充斥着失败主义的太空舰队，如何面对强大的敌人呢？”

“您不是说过还有四百多年吗，如果我们不能向后走，就坚定地向前走。”

章北海的回答很模糊，但进一步谈下去，泰勒也没有从他那里得到更多的东西，只是感觉这人的思想很深，一眼看不透。

从太空军总部出来时，泰勒路过一个哨兵身边，他和那个士兵目光相遇时，对方有些羞涩地对他微笑致意，这在其他国家军队是看不到的，那些哨兵都目不转睛地平视前方。看着那个年轻的面孔，泰勒再次在心里默念那句话：

“妈妈，我将变成萤火虫。”

这天傍晚下起了雨，这是罗辑到这里后第一次下雨，客厅里很阴冷。罗辑坐在没有火的壁炉前，听着外面的一片雨声，感觉这幢房子仿佛坐落在阴暗海洋中的一座孤岛上。他让自己笼罩在无边的孤独中，史强走后，他一直在不安的等待中度过，感觉这种孤独和等待本身就是一种幸福。就在这时，他听到汽车停在门廊的声音，隐约听到几声话语，其中有一个轻柔稚嫩的女声，说了谢谢、再见之类的，这声音令他触电一般颤抖了一下。

两年前，在白天和黑夜的梦中他都听到过这声音，很缥缈，像蓝天上飘过的一缕洁白的轻纱，这阴郁的黄昏中仿佛出现了一道转瞬即逝的阳光。

接着响起了轻轻的敲门声，罗辑僵坐在那里，好半天才说了声请进。门开了，一个纤细的身影随着雨的气息飘了进来。客厅里只开着一盏落地灯，上面有一个旧式的大灯罩，使得灯光只能照到壁炉前的一圈，客厅的其余部分光线很暗。罗辑看不清她的面容，只看到她穿着白色的裤子和深色的外套，一圈洁白的领子与外套的深色形成鲜明对比，使他又想起了百合花。

“罗老师好！”她说。

“你好！”罗辑说着站了起来，“外面很冷吧？”

“在车里不冷的。”虽然看不清，但罗辑肯定她笑了笑，“但这里，”她四下看了看，“真的有点儿冷……哦，罗老师，我叫庄颜。”

“庄严你好，我们点上壁炉吧。”

罗辑于是蹲下把那整齐垛着的果木放进壁炉中，同时问道：“以前见过壁炉吗？哦，你过来坐吧。”

她走过来，坐到沙发上，仍处于暗影中，“嗯……只在电影上见过。”

罗辑划火柴点着了柴堆下的引火物，当火焰像一个活物般伸展开来时，她在金色的柔光中渐渐显影。罗辑的两根手指死死地捏着已经烧到头的火柴不放，他需要这种疼痛提醒自己不在梦中，他感觉自己点燃了一个太阳，照亮了已变为现实的梦中的世界。外面那个太阳就永远隐藏在阴雨和夜色中吧，这个世界只要有火光和她就够了。

大史，你真是个魔鬼，你在哪儿找到的她？你他妈的怎么可能找到她?!

罗辑收回目光，看着火焰，不知不觉泪水已盈满双眼，开始他怕她看到，但很快想到没必要掩饰，因为她可能会以为是烟雾使他流泪，于是抬手擦了一下。

“真暖和，真好……”她看着火光微笑着说。

这话和她的微笑又让罗辑的心颤动了一下。

“怎么是这样儿的？”她抬头又打量了一下暗影中的客厅。

“这里与你想象的不一样？”

“不一样。”

“这里不够……”罗辑想起了她的名字，“不够庄严是吗？”

她对他微笑，“我是颜色的颜。”

“哦，我知道了……你是不是觉得这里应该是这样的：有许多地

图和大屏幕，有一群戎装的将军，我拿着根长棍指指点点？”

“真是这样儿，罗老师。”她的微笑变成开心的笑容，像一朵玫瑰绽放开来。

罗辑站起来，“你一路上很累吧，喝点儿茶吧，”他犹豫了一下，“要不，喝杯葡萄酒？能驱驱寒。”

“好的。”她点点头，接过高脚杯时轻轻地说了声谢谢，然后喝了一小口。

看着她捧着酒杯那天真的样子，罗辑心中最柔软的部分被触动了。让她喝酒她就喝，她相信这个世界，对它没有一点戒心，是的，整个世界到处都潜伏着对她的伤害，只有这里没有，她需要这里的呵护，这是她的城堡。

罗辑坐了下来，看着庄颜，尽量从容地说：“来之前他们是怎么对你说的？”

“当然是让我来工作了。”她再次露出那种令他心碎的天真，“罗老师，我的工作是什么呢？”

“你学的什么？”

“国画，在中央美术学院。”

“哦，毕业了吗？”

“嗯，刚毕业，边考研边找工作。”

罗辑想了半天，实在想不出她在这里能干什么。“嗯……工作的事，我们明天再谈吧，你肯定累了，先好好休息一下吧……喜欢这儿吗？”

“我不知道，从机场来时雾很大，后来天又黑了，什么都看不见……罗老师，这是哪儿呢？”

“我也不知道。”

她点点头，自己暗笑了一下，显然不相信罗辑的话。

“我真的不知道这是哪儿，看地貌像北欧，我可以马上打电话问。”罗辑说着伸手去拿沙发旁的电话。

“不不，罗老师，不知道也挺好。”

“为什么？”

“一知道在哪儿，世界好像就变小了。”

天啊，罗辑在心里说。

她突然有了惊喜的发现，很孩子气地说：“罗老师，那葡萄酒在火光中真好看。”

浸透了火光的葡萄酒，呈现出一种只属于梦境的晶莹的深红。

“你觉得它像什么？”罗辑紧张地问。

“嗯……我想起了眼睛。”

“晚霞的眼睛是吗？”

“晚霞的眼睛？罗老师你说得真好！”

“朝霞和晚霞，你也是喜欢后者吗？”

“是啊，您怎么知道？我最喜欢画晚霞了。”庄颜说，她的双眼在火光中十分清澈，像在说：这有什么不对吗？

第二天早晨，雨后初晴，在罗辑的感觉中，仿佛是上帝为了庄颜的到来把这个伊甸园清洗了一遍。当庄颜第一次看到这里的真貌时，罗辑没有听到一般女孩子的大惊小怪的惊叹和赞美，面对这壮美的景色，她处于一种敬畏和窒息的状态，始终没能说出一句赞美的话来。罗辑看出，她对自然之美显然比其他女孩子要敏感得多。

“你本来就喜欢画画吗？”罗辑问。

庄颜呆呆地凝视着远方的雪山，好半天才回过神来，“啊，是的，不过，我要是在这儿长大的话，也许就不喜欢了。”

“为什么？”

“我想象过那么多美好的地方，画出来，就像去过一样，可在这儿，想象的，梦见的，已经都有了，还画什么呢？”

“是啊，想象中的美一旦在现实中找到，那真是……”罗辑说，他看了一眼朝阳中的庄颜，这个从他梦中走来的天使，心中的幸福像湖面上的那片广阔的粼粼波光荡漾着。联合国，PDC，你们想不到面壁计划是这样一个结果，我现在就是死了也无所谓了。

“罗老师，昨天下了那么多雨，为什么雪山上的雪没被冲掉呢？”庄颜问。

“雨是在雪线以下下的，那山上常年积雪。这里的气候类型同我们那里有很大差别。”

“您去过雪山那边吗？”

“没有，我来这里的时间也不长。”罗辑注意到，女孩子的眼睛一直没有离开雪山，“你喜欢雪山吗？”

“嗯。”她重重地点点头。

“那我们去。”

“真的吗？什么时候？”她惊喜地叫起来。

“现在就可以动身啊，有一条简易公路通向山脚，现在去，晚上就可以回来。”

“可工作呢？”庄颜把目光从雪山上收回，看着罗辑。

“工作先不忙吧，你刚来。”罗辑敷衍道。

“那……”庄颜的头歪一歪，罗辑的心也随着动一动，这种稚气的表情和眼神他以前在那个她的身上见过无数次了，“罗老师，我总得知道我的工作啊？”

罗辑看着远方，想了几秒钟，用很坚定的口气说：“到雪山后就告诉你！”

“好的！那我们快些走，好吗？”

“好，从这里坐船到湖对岸，再开车方便些。”

他们走到栈桥尽头，罗辑说风很顺，可以乘帆船，晚上风向会变，正好可以回来。他拉着庄颜的手扶她上了一只小帆船，这是他第一次接触她，她的手同那个想象中的冬夜他第一次握住的那双手一样，是那种凉凉的柔软。她惊喜地看着罗辑把洁白的球形运动帆升起来，当船离开栈桥时，把手伸进水里。

“这湖里的水很冷的。”罗辑说。

“可这水好清好清啊！”

像你的眼睛，罗辑心里说。“你为什么喜欢雪山呢？”

“我喜欢国画啊。”

“国画和雪山有什么关系吗？”

“罗老师，你知道国画和油画的区别吗？油画让浓浓的色彩填得满满的，有位大师说过，在油画中，对白色要像黄金那样珍惜；可国画不一样，里面有好多好多的空白，那些空白才是国画的眼睛呢，而画中的风景只不过是那些空白的边框。你看那雪山，像不像国画中的空白……”

这是她见到罗辑后说的最长的一段话，她就这么滔滔不绝地给面壁者上课，把他当成一个无知的学生，丝毫不觉得失礼。

你就像画中的空白，对一个成熟的欣赏者来说，那是纯净但充满美的内容。罗辑看着庄颜想。

船停泊在湖对岸的栈桥上，有一辆敞篷吉普车停在湖岸的林边，把车开来的人已经离去了。

“这车是军用的吧？来的时候我看到周围有军队，过了三个岗哨呢。”庄颜上车的时候说。

“没关系，他们不会打扰我们的。”罗辑说着发动了车子。

这是一条穿越森林的很窄的简易公路，但车子行驶在上面很稳，林中未散的晨雾把穿透高大松林的阳光一缕缕地映出，即使在引擎声中，也能清晰地听到林间的鸟鸣。清甜的风把庄颜的长发吹起，一缕缕撩到他的脸上，痒痒之中，他又想起了两年前的那次冬日之旅。

现在周围的一切与那时的冬雪后的华北平原和太行山已恍若隔世，那时的梦想却与现在的现实无缝连接，罗辑始终难以置信这种事发生在自己身上。

罗辑转头看了庄颜一眼，发现她也在看着自己，而且似乎已经看了好长时间，那眼神中略带好奇，但更多的是清纯的善意。林间的光束从她脸上和身旁一道一道地掠过，看到罗辑在看自己，她的目光并没有回避。

“罗老师，你真的有战胜外星人的本领？”庄颜问道。

罗辑被她的孩子气完全征服了，这是一个除了她之外无人可能向面壁者提出的问题，而且他们才认识很短的时间。

“庄颜，面壁计划的核心意义，就在于把人类真实的战略意图完全封装在一个人的思维中，这是人类世界中智子唯一不能窥视的地方。所以总得选出这样几个人，但这并不意味着他们是超人，世界上没有超人。”

“但为什么选中你呢？”

这个问题比前面那个更唐突更过分，但从庄颜嘴里说出来就显得很自然，在她那透明的心中，每一束阳光都能被晶莹地透过和折射。

罗辑把车缓缓地停了下来，庄颜惊奇地看着他，他则看着前方阳光斑驳的路。

“面壁者是有史以来最不可信的人，是最大的骗子。”

“这是你们的责任啊。”

罗辑点点头，“但，庄颜，我下面对你说的是真话，请你相信我。”

庄颜点点头，“罗老师你说吧，我相信。”

罗辑沉默了好久，以加重他说出的话的分量，“我不知道为什么选中我，”他转向庄颜，“我是个普通人。”

庄颜又点点头，“那一定很难吧？”

这话和庄颜那天真无邪的样子让罗辑的眼眶又湿润了。成为面壁者后，他第一次得到这样的问候，女孩儿的眼睛是他的天堂，那清澈的目光中，丝毫没有其他人看面壁者时的那种眼神；她的微笑也是他的天堂，那不是对面壁者的笑，那纯真的微笑像浸透阳光的露珠，轻轻地滴到他心灵中最干涸的部分。

“应该很难，但我想做得容易些……就是这样，真话到此结束，恢复面壁状态。”罗辑说着，又开动了车子。

以后他们一路沉默，直到林木渐渐稀疏，碧蓝的天空露了出来。

“罗老师，看天上那只鹰！”庄颜喊道。

“那面好像还有只鹿呢！”罗辑向前方一侧指着，他之所以快速转移庄颜的注意力，是因为他知道天上出现的不是鹰，而是盘旋的警卫无人机。这使得罗辑想起了史强，他拿出手机，拨通了他的号码。

电话里传来史强的声音:“哇,罗老弟,现在才想起我来吗?先说,颜颜还好吗?”

“好,很好,太好了,谢谢你!”

“那就好,我总算是完成了最后一项任务。”

“最后?你在哪儿?”

“在国内,要睡长觉了。”

“什么?”

“我得了白血病,到未来去治。”

罗辑刹住了车,这次停得很猛,庄颜轻轻地惊叫了一声,罗辑担心地看看她,发现没事后才和史强继续说话。

“这……什么时候的事啊?”

“以前执行任务时受了核辐射,去年才犯的病。”

“天啊!我没耽误你吧?”

“这事嘛,有什么耽误不耽误的,谁知道未来医学是怎么回事儿?”

“真的对不起,大史。”

“没什么,都是工作嘛。我没再打扰你,是想着咱们以后还有可能见面,不过要是见不着了,那你就听我一句话。”

“你说吧。”

史强沉默良久,说:“不孝有三,无后为大,罗兄,我史家四百多年后的延承,就拜托你了。”

电话挂断了，罗辑看着天空，那架无人机已经消失，如洗的蓝天空荡荡的，就像他这时的心。

“你是给史叔叔打电话吗？”庄颜问。

“是，你见过他？”

“见过，他是个好人，我走的那天，他不小心把手弄破了，那血止也止不住，好吓人的。”

“哦……他对你说过什么吗？”

“他说你在干世界上最重要的事情，让我帮你。”

这时，森林已经完全消失了，雪山的前面只剩下草原，在银白和嫩绿两种色彩中，世界的构图显得更加简洁和单纯了，在罗辑的感觉中，面前的大自然正在变得越来越像身边这位少女。他注意到，庄颜的眼中这时透出一丝忧郁，甚至觉察到她的一声轻轻的叹息。

“颜颜，怎么了？”罗辑问，他第一次这样称呼她，心想既然大史能这么叫她，我也能。

“想一想，这样美的世界，很多年后可能没有人看了，很难过的。”

“外星人不是人吗？”

“我觉得，他们感受不到美。”

“为什么？”

“爸爸说过，对大自然的美很敏感的人，本质上都是善良的，他们不善良，所以感受不到美。”

"颜颜，他们对人类的政策，是一种理性的选择，是对自己种族生存的一种负责任的做法，与善良和邪恶无关。"

"我第一次听人这样说呢……罗老师，你将来会见到他们的，是吗？"

"也许吧。"

"如果他们真的像你说的那样，而你们在末日之战中又打败了他们，嗯，那你们能不能……"庄颜歪头看着罗辑，犹豫着。

罗辑想说后一种的可能性几乎为零，但又不忍心说出来，"能怎么样？"

"能不能不把他们赶到宇宙中去，那样他们都会死的，给他们一块地方，让他们和我们一起生活，这样多好啊。"

罗辑在感慨中沉默了好一会儿，才指指天空说："颜颜，你刚才的话不是只有我在听。"

庄颜也紧张地看看天空，"啊……是的，我们周围一定飞着很多智子！"

"也可能这时听你说话的，是三体文明的最高执政官。"

"你们都会笑我的吧？"

"不，颜颜，你知道我现在在想什么吗？"罗辑这时有一种握住她的手的强烈愿望，她那纤细的左手也就在方向盘旁边，但他还是克制住自己，"我在想，其实真正有可能拯救世界的，是你。"

"我吗？"庄颜笑起来。

“是你，只是你太少了，哦，我是说你这样的人太少了，如果人类有三分之一像你，三体文明真的有可能和我们谈判，谈共同生活在一个世界的可能性，但现在……”他也长叹了一声。

庄颜无奈地笑笑，“罗老师，我挺难的，都说毕业后走向社会，就像鱼儿游进了大海，可大海很浑，我什么都看不清，总想游到一处清清的海，游得好累……”

但愿我能帮你游到那个海域……罗辑在心里说。

公路开始上山，随着高度的增加，植被渐渐稀疏，出现了裸露的黑色岩石，有一段路，他们仿佛行驶在月球表面。但很快，汽车开上了雪线，周围一片洁白，空气中充满着清冽的寒冷。罗辑从车后座上的一个旅行袋中找出羽绒服，两人穿上后继续前行，没走多远就遇到了一个路障，道路正中的一个醒目的标志牌上有这样的警示：这个季节有雪崩危险，前方道路封闭。于是他们下车，走到路旁的白雪中。

这时太阳已经西斜，周围的雪坡处于阴影中，纯净的雪呈现一种淡蓝色，似乎在发着微弱的荧光，而远方如刀锋般陡峭的雪峰仍处于阳光中，把灿烂的银光洒向四方，这光芒完全像雪自己发出的，仿佛照亮这世界的从来就不是太阳，而只是这座雪峰。

“好了，现在画里都是空白了。”罗辑伸开双手转了一圈说。

庄颜欣喜地看着这洁白的世界，“罗老师，我真的画过一幅这样的画！远看就是一张白纸，画幅上几乎全是空白，近看会发现左下角有几枝细小的芦苇，右上角有一只几乎要消失的飞鸟，空白的中央，有两个小得不能再小的人儿……这是我最得意的作品。”

“能想象出来，那画儿一定很美的……那么，庄颜，就在这空白世界里，你有兴趣知道自己的工作吗？”

庄颜点点头，很紧张的样子。

“你知道面壁计划是什么，它的成功依赖于它的不可理解，面壁计划的最高境界，就是除了面壁者本人，地球和三体世界都无人能够理解它。所以，庄颜，不管你的工作多么不可思议，它肯定是有意义的，不要试图去理解它，努力去做就是了。”

庄颜紧张地点点头，“嗯，我理解，”她又笑着摇摇头，“呵，不不，我是说我知道。”

罗辑看着雪中的庄颜，在这纯洁雪白几乎失去立体感的空间中，世界为她隐去了，她是唯一的存在。两年前，当他创造的那个文学形象在想象中活起来的时候，罗辑体会到了爱情；而现在，就在这大自然画卷的空白处，他明白了爱的终极奥秘。

“庄颜，你的工作就是：使自己幸福快乐。”

庄颜睁大了双眼。

“你成为世界上最幸福最快乐的女孩儿，是面壁计划的一部分。”

庄颜的双眸中映着那照亮世界的雪峰的光芒，在她纯净的目光中，种种复杂的感情如天上的浮云般掠过。雪山吸收了来自外界的一切声音，寂静中罗辑耐心地等待着，终于，庄颜用似乎来自很远的

声音问道:

“那……我该怎么做呢?”

罗辑显得兴奋起来,“随你怎么做啊!明天,或是我们回去后的今天晚上,你就可以去你想去的地方,做你想做的事,过你想过的生活,作为面壁者,我会尽可能帮助你实现一切。”

“可我……”女孩儿看着罗辑,显得很无助,“罗老师,我……不需要什么啊。”

“怎么会呢?谁都需要些什么的!男孩儿女孩儿们不都在拼命追逐吗?”

“我……追逐过吗?”庄颜缓缓摇摇头,“好像没有的。”

“是,你是个风轻云淡的女孩儿,但总是有梦想的,比如,你喜欢画画儿,难道不想到世界上最大的画廊或美术馆去举办个人画展?”

庄颜笑了起来,好像罗辑变成了一个无知的孩子,“罗老师,我画画是给自己看的,没想过你说的那些。”

“好吧,你总梦想过爱情吧?”罗辑毫不犹豫地说出了这话,“你现在有条件了,可以去寻找啊。”

夕阳正在从雪峰上收回它的光芒,庄颜的眸子暗了一些,目光也变得柔和起来,她轻声说:“罗老师,那是能找来的吗?”

“那倒是。”罗辑冷静下来,点点头,“那么,我们这样吧:不考虑长远,只考虑明天,明天,明白吗?明天你想去哪里,干什么?明天你怎样才能快乐?这总能想出来吧。”

庄颜认真地想了很长时间，终于犹豫地问："我要说了，真的能行吗？"

"肯定行，你说吧。"

"那，罗老师，你能带我去罗浮宫吗？"

当泰勒眼睛上的蒙布被摘掉时，他并没有因不适应光亮而眯眼，这里很暗，其实即使有很亮的灯，这里仍是暗的，因为光线被岩壁吸收了，这是一个山洞。泰勒闻到了药味，并看到山洞里布置得像一个野战医院，有许多打开的铝合金箱子，里面整齐地摆满了药品；还有氧气瓶、小型紫外线消毒柜和一盏便携式无影灯，以及几台像是便携式X光机和心脏起搏器的医疗仪器。所有这些东西都像是刚刚打开包装，并随时准备装箱带走的样子。泰勒还看到挂在岩壁上的两支自动步枪，但它们和后面岩石的颜色相近，不容易看出来。有一男一女两个人从他身边无表情地走过，他们没穿白衣，但肯定是医生和护士。

病床在山洞的尽头，那里是一片白色：后面的帷帐、床上的老人盖着的床单、老人的长胡须、他头上的围巾，甚至他的脸庞，都是白色的，那里的灯光像烛光，把一部分白色隐藏起来，另一部分镀上淡淡的金辉，竟使得这景象看上去像一幅描绘圣人的古典油画。

泰勒暗自啐了一口，妈的该死，你怎么能这样想！

他向病床走去，努力克服胯骨和大腿内侧的疼痛，让步伐保持稳健。他在病床前站住了，站在这个这些年来他和他的政府都朝思暮想要找到的人面前，有点不敢相信现实。他看着老人苍白的脸，这果然像媒体上说的，是世界上最和善的脸。

人真是个奇怪的东西。

“很荣幸见到您。”泰勒微微鞠躬说。

“我也很荣幸。”老人礼貌地说，没有动，他的声音细若游丝，但却像蛛丝一样柔韧，难以被拉断。老人指指脚边的床沿，泰勒小心地在那里坐下，他不知道这是不是一种亲近的表示，因为床边也确实没有椅子，老人说：“路上受累了，第一次骑骡子吧？”

“哦，不，以前游览科罗拉多大峡谷时骑过一次。”泰勒说，但那次腿可没磨得这么痛，“您的身体还好吗？”

老人缓缓地摇摇头，“你想必也能看出来，我活不了多久了。”他那双深邃的眼睛突然透出一丝顽皮的光芒，“我知道你是这个世界上最不希望看到我病死的人之一，真的很对不起。”

后面这句话中的讥讽意味刺痛了泰勒，但说的也确实是事实。泰勒以前最恐惧的事情就是这人病死或老死。国防部长曾经不止一次地祈祷，在这人自然死亡之前，让美国的巡航导弹或特种部队的子弹落到他头上，哪怕是提前一分钟也好啊！自然死亡将是这个老人最终的胜利，也是反恐战争惨重的失败，现在这个人正在接近这个辉煌。其实以前机会也是有的，有一次，一架“食肉动物”无人机在阿富汗北部山区一所偏僻的清真寺院落里拍到了他的图像，操纵飞机直接撞上去就能创造历史，更何况当时无人机上还带着一枚"地狱火"导弹，可是那名年轻的值班军官在确认了目标的身份后，不敢擅自决定，只好向上请示，再回头看时目标已经消失了。当时被从床上叫起来的泰勒怒火万丈，咆哮着把家里珍贵的中国瓷器摔得粉碎……

泰勒想转移这尴尬的话题，就把随身带着的手提箱放到床沿上，"我给您带了一份小礼物，"他打开手提箱，拿出一套精装的书籍，"这是最新阿拉伯文版的。"

老人用瘦如干柴的手吃力地抽出最下面的那一本，"哦，我只看过前三部，后面的当时也托人买了，可没有时间看，后来就弄丢了……真的很好，哦，谢谢，我很喜欢。"

"有这么一种传说，据说您是以这套小说为自己的组织命名的？"

老人把书轻轻地放下，微微一笑，"传说就让它永远是传说吧，你们有财富和技术，我们只有传说了。"

泰勒拿起老人刚放下的那本书，像牧师拿《圣经》似的对着他："我这次来，是想让您成为谢顿[①]。"

那种顽皮戏谑的光芒又在老人眼中出现，"哦？我该怎么做？"

"让您的组织保存下来。"

"保存到什么时候？"

① 美国科幻作家艾萨克·阿西莫夫名作《基地》中的主人公。

“保存四个世纪，保存到末日之战。”

“您认为这可能么？”

“如果它不断发展自己，是可能的，让它的精神和灵魂渗透到太空军中，您的组织最后也将成为太空军的一部分。”

“是什么让您这么看重它？”老人话中的讽刺意味越来越重了。

“因为它是人类少有的能用生命作为武器打击敌人的武装力量。您知道，人类的基础科学已经被智子锁死，相应地，计算机和人工智能的进步也是有限的，末日之战中，太空战机还得由人来操纵，这只有拥有那种敢死精神的军队才能做到！”

“那您这次来，除了这几本书，还给我们带来了什么？”

泰勒兴奋地一下从床上站了起来，“那要看你们需要什么了，只要能使您的组织存在下去，我能提供你们需要的一切。”

老人挥手示意泰勒坐下，“我很同情您，这么多年了，您竟然不知道我们真正需要的是什么。”

“您可以说说。”

“武器？金钱？不不，那东西比这些都珍贵，组织之所以存在并不是因为有谢顿那样宏伟的目标，你没办法让一个理智正常的人相信那个并为之献身，组织的存在就是因为有了那东西，它是组织的空气和血液，没有它，组织将立刻消亡。”

“那是什么？”

“仇恨。”

泰勒沉默了。

“一方面，由于有了共同的敌人，我们对西方的仇恨消退了；另一方面，三体人要消灭的全人类也包括我们曾经仇恨过的西方，对于我们来说，同归于尽是一种快意，所以我们也不仇恨三体人。”老人摊开双手，“你看，仇恨，这比黄金和钻石都宝贵的财富，这世界上最犀利的武器，现在没有了，您也给不了我们，所以，组织和我一样，都活不了多久了。”

泰勒仍然说不出话来。

“至于谢顿，他的计划应该也是不可能成功的。”

泰勒长叹一声，坐回床沿上，“这么说，您看过后面的部分？”

老人惊奇地一扬眉毛，“没有，我真的没有看过，只是这么想。怎么，书中的谢顿计划也失败了吗？要是那样，作者是个了不起的人，我原以为他会写一个大团圆的结局呢，愿真主保佑他。”

“阿西莫夫死了好多年了。”

“愿他上天堂，哪一个都行……唉，睿智的人都死得早。”

……

在回程中，泰勒大部分时间没有被蒙上眼睛，这使他有机会欣赏阿富汗贫瘠而险峻的群山，给他牵骡的年轻人甚至信任地把自己的自动步枪挂在鞍上，就靠在泰勒的手边。

“你用这支枪杀过人吗？”泰勒问。

那年轻人听不懂，旁边一名也骑骡但没带武器的年长者替他回答:“没有,好长时间没打仗了。”

那年轻人仍抬头疑惑地看着泰勒,他没有蓄须,一脸稚气,目光像西亚的蓝天一样清澈。

“妈妈,我将变成萤火虫。”

在 PDC 第四次面壁计划听证会上,远行归来的泰勒一脸疲惫,提出了对蚊群计划的修正建议。

“在蚊群编队中,我希望每架太空战机拥有两套控制系统,一套有人驾驶,一套无人驾驶,在切换到后者时,能够让我一个人操控整个编队的所有战机。”

“那您可够费神的。”希恩斯讥笑道。

“我可以指挥编队组成蚊团,完成向战区的航行,然后指令蚊团解体重构编队,在抵近敌人舰队时发出指令,让每一架战机选择自己的目标自动攻击。我想,即使在基础科学被锁死的情况下,现有的人工智能技术再发展两三个世纪应该能够达到这个水平。”

“这么说,您打算冬眠到末日战场,直接驾驶蚊群攻击三体舰队?”

“我有什么办法?你们都知道,前一阵我去了日本、中国,还去了阿富汗。”

“见了那个人。”美国代表插话说。

“是,见了那个人,但——” 泰勒叹息一声,黯然伤神,“我会继续努力，建立起一支有献身精神的太空战机部队，但如果做不到，只能由我自己来完成最后的攻击。”

没有人说话，谈到末日战争，人们总是选择沉默。

泰勒接着说：“我对蚊群计划还有一个补充，我希望按照自己提出的方向和项目，对太阳系内的一些天体进行进一步的研究，这些天体包括：木卫二、彗星和小行星带中的谷神星。”

“这与太空战机编队有什么关系？”有与会者问。

“我需要回答吗？”泰勒看看轮值主席问。

没有人说话，他当然不需要回答。

“最后一个建议：PDC和世界各国，应该立即放缓对ETO的打击力度。”

雷迪亚兹忽地站了起来，“泰勒先生，即使你声称这是计划的一部分，我也坚决反对这个无耻的提议！”

泰勒摇摇头说：“这不是计划的一部分，这与面壁计划无关！这个建议的原因显而易见：如果维持现在这样的打击力度，ETO可能在今后的两三年内被彻底消灭，这样地球与三体世界唯一的直接联系渠道就中断了，我们也失去了对敌人最重要的情报来源，这个后果是什么，我想大家都清楚。”

希恩斯说：“这点我同意，但这个提议不应该由面壁者提出，我们是一个整体，请你顾及这个整体在公众中的名声。”

……

会议在没有结果的争吵中结束，但同意 PDC 对泰勒的三个补充提议做进一步的研究，在下次听证会上表决。

泰勒在会场上坐到最后才走，连日奔波的疲劳让他昏昏欲睡，看着空荡荡的会场，他突然意识到了一个以前忽略了的危险，他现在需要找医生或是心理学家，还有那些研究睡眠的专家。

总之，找那些能让自己不说梦话的人。

罗辑和庄颜是在夜里十点钟走进罗浮宫大门的，坎特建议他们在晚上参观，这样在安全保卫方面好安排一些。

他们第一眼看到的就是玻璃金字塔，U 形的宫殿屏蔽了夜巴黎的喧嚣，金字塔静静地立在如水的月光下，像是银子做的。

“罗老师，你有没有觉得它是从天外飞来的？”庄颜指着金字塔问。

“谁都有这种感觉，而且你看，它只有三个面。”罗辑说完最后那句就后悔了，他不愿在现在谈那个话题。

“把它放在这儿，开始怎么看怎么别扭，可看多了，它倒成了这里不可缺少的一部分。”

这就是两个差异巨大的世界的融合，罗辑想，但没有说出来。

这时，金字塔里的灯全亮了，它由月光下的银色变得金碧辉煌，与此同时，周围水池中的喷泉也启动了，高高的水柱在灯光和月光中升起，庄颜惊恐地看了罗辑一眼，对罗浮宫因他们的到来而苏醒感到很不安。就在一片水声中，他们走进了金字塔下面的大厅，然后进入了宫殿。

他们首先走进的是罗浮宫最大的展厅，有两百米长，这里光线柔和，脚步声在空旷中回荡。罗辑很快发现只有他的脚步声，庄颜走路很轻很轻，猫一样无声，如同一个初入童话中神奇宫殿的孩子，怕吵醒这里沉睡的什么东西。罗辑放慢脚步，与庄颜拉开了一段距离，他对这里的艺术品没有兴趣，只是欣赏着艺术世界中的她。那些古典油画上体形丰美的希腊众神、天使和圣母，从四面八方与他一同看着这位美丽的东方少女，她就像庭院中那座晶莹的金字塔，很快融为这艺术圣境中的一部分，没有她，这里肯定少了什么。罗辑陶醉在这如梦如幻的意境中，任时间静静地流逝。

不知过了多久，庄颜才想起罗辑的存在，回头对他笑了一下，罗辑的心随之一动，他感觉这笑容仿佛是从画中的奥林匹斯山投向尘世的一束光芒。

“听说，如果专业地欣赏，看完这里的所有东西要一年时间。”罗辑说。

“我知道。”庄颜简单地回答，眼神仿佛在说：那我该怎么办呢？然后又转身凝神看画了，这么长时间，她才看到第五幅。

“没关系的，颜颜，我可以陪你看一年，每天晚上。”望着她的背影，罗辑情不自禁地说。

听到这话庄颜又转身看着罗辑，显得很激动，“真的吗？”

“真的。”

“那……罗老师，你以前来过这儿吗？”

“没有，不过三年前来巴黎时去过蓬皮杜艺术中心，我本来以为你对那里更感兴趣的。”

庄颜摇摇头，“我不喜欢现代艺术。”

“那这些，”罗辑看着周围众多的神、天使和圣母，“你不觉得太旧了吗？”

“太旧的我不喜欢，只喜欢文艺复兴时期的画儿。”

“那也很旧的。”

“可我感觉不旧，那时的画家们第一次发现了人的美，他们把神画成了很美的人，你看这些画儿，就能感觉到他们画的时候那种幸福，那感觉就像我那天早晨第一次看到湖和雪山一样。”

“很好，不过文艺复兴的大师们开创的人文精神，现在成了一种碍事的东西。”

“你是说在三体危机中？”

“是的，你肯定也看到了最近发生的事。四个世纪后，灾难后的人类世界可能会退回到中世纪的状态，人性将再次处于极度的压抑之下。”

“那艺术也就进入冬天和黑夜了，是吗？”

看着庄颜那天真的目光，罗辑暗自苦笑了一下——傻孩子，还谈什么艺术，如果真能生存下来，人类即使退回到原始社会也是一个很小的代价。但他还是说:“到那时,也许会有第二次文艺复兴,你可以重新发现已经被遗忘的美,把她画出来。”

庄颜笑了笑,那笑容有些凄惨,她显然领会到了罗辑善意的安慰,“我只是在想,末日之后,这些画儿,这些艺术品会怎么样?”

“你担心这个?”罗辑问,女孩儿轻轻地说出“末日”二字,他的心痛了一下,但如果说刚才的安慰是失败的,这一次他相信自己能成功,于是拉起庄颜的手说,“走,我们到东方艺术馆去。”

在修建金字塔入口前,罗浮宫是个大迷宫,在其中要到某个厅室可能要绕行很远,但现在可以从金字塔大厅直接去各个位置。罗辑和庄颜回到入口大厅后,按标志进入了东方艺术馆,与欧洲古典绘画展区相比,这里完全是另一个世界。

罗辑指着那些来自亚洲和非洲的雕塑、绘画以及古文卷说:“这就是一个先进文明从落后文明那里弄来的东西,有的是抢来的,有的是偷来或骗来的,但你看看,现在它们都保存得很好。即使在二战时期,这些东西也都被转移到了安全的地方。”他们在挂于密封玻璃柜中的敦煌壁画前站住了,“想想当年王道士把这些东西送给法国人以后,我们那块土地上又有过多少动荡和战乱,如果这壁画留在原处,你肯定它们能保存得这么好?”

“可三体人会保存人类的文化遗产吗?他们根本不看重我们的文明。”庄颜说。

“就因为他们说我们是虫子?不是这么回事,颜颜,你知道看重一个种族或文明的最高表现形式是什么？”

“什么？”

“斩尽杀绝，这是对一个文明最高的重视。”

接下来，两人沉默着穿行于东方艺术馆的二十四个展厅间，走在遥远的过去中想象着灰暗的未来。不知不觉，他们来到了埃及艺术馆。

“在这儿你知道我想到了谁？”罗辑站在那只放在玻璃柜中的法老木乃伊的黄金面具旁，想找到一个轻松些的话题，“苏菲·玛索。”

“你是说那部《卢浮魅影》吧？玛索确实很美，长得还很东方呢。”

不知是不是错觉，罗辑感觉到她的话中有一丝嫉妒和委屈。

“颜颜，她不如你美，真的。”罗辑还想说，她的美也许能从这些艺术品中找到，你的美却使这些东西都失色了，但最后还是不想让自己太酸了。他看到一丝羞涩的微笑像浮云般掠过女孩儿的脸庞，这也是他第一次看到。

“我们还是回去接着看油画吧。”庄颜小声说。

他们再次回到金字塔大厅，却忘记了第一次的入口。罗辑看到，这里最醒目的标志是罗浮宫的三件镇宫之宝：蒙娜丽莎、维纳斯和胜利女神。

“我们去看蒙娜丽莎吧。”罗辑提议。

在他们朝那个方向走的途中，庄颜说：“我们老师说，他到过罗浮宫后，对蒙娜丽莎和维纳斯都有些反感了。”

“为什么？”

“那些游客就冲着这两样东西来，对这里名气不那么大却同样伟大的艺术品竟不感兴趣。”

“我就是这些俗人中的一员。”

来到那神秘的微笑前时，罗辑感觉这幅画比想象中的要小很多，而且处于厚厚的防弹玻璃后面，庄颜对它也没有表现出特别的兴奋。

“看到她，我想起了你们。”庄颜指着画中人说。

“我们？”

“面壁者啊。”

“她和面壁者有什么关系？”

“嗯，我是这样想的——只是想想，你不要笑我啊——能不能找到一种交流方式，只有人类才能相互理解，智子永远理解不了，这样人类就能够摆脱智子的监视了。”

罗辑看着庄颜思考了几秒钟，然后盯着蒙娜丽莎看，“我明白你的意思了，她的微笑是智子和三体人永远理解不了的。”

“是啊，人类的表情，特别是人类的目光，是最微妙最复杂的，一个注视，一个微笑，能传达好多信息呢！这信息只有人能够理解，只有人才有这种敏感。”

“是，人工智能最大的难题之一就是识别人类的表情和眼神，甚至有专家说，对于眼神，计算机可能永远也识别不了。”

“那能不能创造一种表情语言，用表情和目光说话？”

罗辑很认真地想了想，笑着摇摇头，指着蒙娜丽莎说：“她的表情，我们自己也理解不了啊……我盯着她看时，那微笑的含义一秒钟变化一次，而且没有重复的。”

庄颜高兴得像孩子似的跳了一下，“这不正说明表情能够传达很复杂的信息吗？”

“那这个信息：‘飞船从地球出发，目的地木星’，怎样用表情表达？”

“原始人开始说话时，肯定也只能表达很简单的意思，说不定还不如鸟叫复杂呢，语言是以后才慢慢复杂起来的！”

“那……我们先试着用表情表达一个简单的意思？”

“嗯！”庄颜兴奋地点点头，“那这样，我们每人先想一个信息，然后互相表达？”

罗辑停顿了一下说：“我想好了。”

庄颜却想了更长的时间，然后也点点头，“那我们开始。”

他们开始互相凝视，只坚持了不到半分钟，就几乎同时大笑起来。

“我的信息是：今晚想请你去香榭丽舍大街吃夜宵。”罗辑说。

庄颜也笑得直不起腰来，“我的信息：你……你该刮胡子了！”

“关系到人类命运的大事，我们必须严肃起来。”罗辑忍住笑说。

“这次谁也不许先笑！”庄颜说，像一个重新确定游戏规则的孩子那般郑重。

他们背靠背站着，各自又想好了一个信息，然后转身再次相互凝视。罗辑在开始时又有了笑的冲动，他努力克制着，但很快，这种克制变得容易起来，因为庄颜清澈的目光再次拨动了他的心弦。

面壁者和少女就这样相互凝视着，在深夜的罗浮宫，在蒙娜丽莎的微笑前。

罗辑心灵的堤坝上渗出了涓涓细流，这细流冲刷着堤坝，微小的裂隙渐渐扩大，细流也在变得湍急，罗辑感觉到了恐惧，他努力弥合堤坝上的裂隙，但做不到，崩溃是不可避免的。

此时，罗辑感到自己站在万仞悬崖之巅，少女的眼睛就是悬崖下广阔的深渊，深渊上覆盖着洁白的云海，但阳光从所有的方向洒下来，云海变成了绚丽的彩色，无边无际地涌动着。罗辑感到自己向下滑去，很慢很慢，但凭自己的力量不可遏制。他慌乱地移动着四肢，想找到一个可以抓踏的地方，但身下只是光滑的冰面。下滑在加速，最后在一阵狂乱的眩晕中，他开始了向深渊的下坠，坠落的幸福在瞬间达到了痛苦的极限。

蒙娜丽莎在变形，墙壁也在变形，像消融的冰。罗浮宫崩塌了，砖石在下坠的途中化为红亮的岩浆，这岩浆穿过他们的身体，竟像清泉般清凉。他们也随着罗浮宫下坠，穿过熔化的欧洲大陆，向地心坠去，穿过地心时，地球在周围爆发开来，变成宇宙间绚烂的焰火；焰火熄灭，空间在瞬间如水晶般透明，星辰用晶莹的光芒织成银色的巨毯，群星振动着，奏出华美的音乐；星海在变密，像涌起的海潮，宇宙向他们聚集坍缩……最后，一切都湮没在爱情的创世之光中。

“我们需要立刻观察三体世界！”斐兹罗将军对林格博士说，他们在“哈勃二号”太空望远镜的控制室中，望远镜在一星期前最后装配完成。

“将军，可能不行。”

“我怀疑现在的观测是你们天文学家在偷着干私活儿。”

“私活儿要能干我早干了，‘哈勃二号’现在还在测试中。”

“你们在为军方工作，只需执行命令。”

“这里除您之外没有军人，我们只按NASA的测试计划执行。”

“博士，你们不可以就用那个目标做测试吗？”将军的口气软了下来。

“测试目标是经过严格选择的，有各种距离和亮度种类，测试计划是按照最经济的方式制定的，使得望远镜的指向只旋转一圈就可完成全部测试，而现在观察三体世界，就需要把指向转动近30度角再转回去，将军，转动那个大家伙是要耗费推进剂的，我们在为军方省钱。”

“那就看看你们是怎么省的吧，这是我刚从你们的电脑上发现的。”斐兹罗说着，把背着的手拿到前面来，手中拿着一张上面已经打印出图像的纸，那图像是一张照片，是从上方俯拍的，有一群人正兴奋地向上仰望，很容易认出他们就是现在控制室中的这批人，林格站在正中间，还有三位搔首弄姿的外来女士，可能是他们中某三位的女朋友。照片中人们站的位置显然是控制室的楼顶，图像十分清晰，像是在十几米高处拍的，与普通照片不同的是，这幅照片中叠印着一大堆复杂的参数标注。“博士，你们站的是楼顶的最高处了，那里不会有一个那种拍电影的摇臂吧？如果说把‘哈勃二号’转动30度要花钱，那你们转动360度要花多少？况且这一百多亿的投资好像不是用来从太空为你们和女朋友拍写真的，要不要我把这笔钱算到各位的账单上？”

“将军，您的命令当然是必须执行的。”林格赶紧说，工程师们也立刻忙了起来。

目标数据库中的坐标数据被很快调出，太空中，那个直径二十多米，长上百米的圆柱体开始缓缓转动，控制室中的大屏幕上，星空的图像开始平移。

“这就是望远镜看到的吗？”将军问。

“不，这只是定位系统传回的图像，望远镜传回的是静态照片，需经处理后才能看到。”

五分钟后，星空的平移停止了，控制系统报告定位已经完成。又过了五分钟，林格说：“好了，返回原测试位置吧。”

斐兹罗惊奇地问:“怎么,已经完成了?”

“是的,现在观测图像正在传输处理中。”

“不能多拍几张吗?”

“将军,已经在不同的焦距范围内拍摄了210张。”这时第一张观测图像处理完成,林格指着显示器说,“将军,看吧,这就是您渴望看到的敌人的世界。”

斐兹罗只看到一片漆黑的背景上的三团光晕,很模糊,像雾夜中的街灯,这就是决定两个文明命运的那三颗恒星。

“看来真的看不到行星了。”斐兹罗掩饰不住自己的失望。

“当然看不到,即使将来直径百米的‘哈勃三号’建成,也只有在三体行星运行到少数特定位置时才能观测到,而且能分辨的只是一个点,没有任何细节。”

“但还真有些别的东西,博士,你看这是什么?”一名工程师指着图像上三团光晕的附近说。

斐兹罗凑过去,但什么也没看到,那团东西太暗了,只有专业人员才能觉察到。

“它的直径比恒星还大。”工程师说。

“说直径不确切,它的形状好像不规则。”林格说。

那片区域被连续放大,直到那个东西占满了整个屏幕。

“刷子!”将军惊叫道。

外行往往更适合给专业对象命名,其实专家在进行这种命名时也总是从外行的视角进行的，“刷子”这个名称就这样固定下来，将军的描述很准确，那就是宇宙中的一把刷子，更准确地说只有刷毛，没刷柄。当然，也可以把它看作一排竖起的头发。

“是贴面划痕！在可行性研究阶段我就提出，镜片的粘贴组装方式必然出问题。”林格摇摇头说。

“所有贴面都经过严格检验，不可能存在这样的划痕，也不可能是镜片的其他瑕疵产生的，在已经传回的几万张测试图像中，从来没有出现过这个。”镜片制造方蔡司公司的专家说。

控制室陷入沉默中，人们都聚集过来盯着那幅图像看，由于人太挤，一些人索性到另外的终端上调出图像细看。斐兹罗明显感觉到气氛的变化，因漫长测试的疲劳而显得懒散的人们同时紧张起来，像中了魔咒似的僵在那里，只有他们的眼睛越来越亮。

“天啊——”几个人几乎同时发出一声感叹。

定格在那里的人们突然都兴奋地活动起来，他们下面的对话对于斐兹罗而言有些太专业了：

“是目标周围的尘埃带位置吧？查一下……”

“不用，我做过那个课题，观测它对旋臂运动背景的吸收，发现有两百毫米的吸收峰，可能是碳微粒，密度在 F 级。”

“对于其中出现的高速冲击效应各位有什么看法？”

“尾迹沿冲击轴线扩散是肯定的，但扩散范围……有数学模型吗？”

“有的，等一下……这就是了，冲击速度？”

“一百个第三速度吧。”

“现在已经达到那么高了吗？”

“这已经有些保守了……冲击截面就按……对对，这个就差不多，只是大概估计一下吧。”

……

在学者们忙碌时，林格对站在一边的斐兹罗说：“将军，你能不能干些力所能及的事，数数刷子上有几根毛？”

斐兹罗点点头，伏到一个终端屏幕前数了起来。

每次计算都要进行四五分钟，其间还出了几次错，半小时后结果才出来。

“尾迹的最后扩散直径约二十四万公里，是两个木星的直径了。”操纵数学模型运算的天文学家说。

“那就对了。”林格抱起双臂抬头望着天花板，仿佛正透过它遥望星空，“一切都证实了！”他说这句话的声音有些颤抖，然后，像是对自己喃喃道，“证实了也好，有什么不好呢？”

控制室再次陷入沉默，这次带着重重的压抑。斐兹罗想问，但看到人们垂首肃穆的样子，又不好开口。过了一会儿，他听到一阵轻轻的呜咽声，看到一个年轻人在掩面哭泣。

“行了哈里斯，这里不只有你一个怀疑主义者，大家心里都不好受。”有人说。

叫哈里斯的年轻人抬起泪眼说:“我知道怀疑只是一种安慰而已,但我想在这安慰中过完这一生……上帝,我们连这点幸运都没有了。”

然后又是沉默。

林格终于注意到斐兹罗,“将军,我大概解释一下吧:那三颗恒星周围有一片星际尘埃,这之前,有一批高速运动的物体穿过了这片尘埃,它们的高速冲击在尘埃中留下了尾迹,这尾迹不断扩散,现在其断面直径已经扩散到两个木星大小,尾迹与周围的尘埃只有细微的差别,所以在近处是看不到的,只有在我们这四光年远的位置,它才能被观察到。”

“我数了,约有一千根。”斐兹罗将军说。

“当然,肯定是这个数,将军,我们看到了三体舰队。”

哈勃二号太空望远镜的发现最后证实了三体入侵的真实性,也熄灭了人类最后的幻想。

在新一轮的绝望、恐慌和迷茫之后,人类真正进入了面对三体危机的生活。艰难时世开始了,历史的车轮经历了转向的颠簸之后,开始沿着新的轨道前进。

在巨变的世界中,不变的只有时间流逝的速度,恍惚间,五年过去了。

中部
咒语

危机纪年第 8 年

三体舰队距太阳系 4.20 光年

泰勒最近一直处于焦躁之中，几经周折，蚊群计划终于得到PDC的认可。太空战机的研制已经启动，但进展缓慢，因为其关键的技术基础尚不具备，人类还在继续改进航天石器时代的石斧和棍棒：化学推进火箭。至于泰勒提议的另一个补充项目，对木卫二、谷神星和彗星的进一步研究，多少有些莫名其妙，有人怀疑，因为蚊群计划太过直白，泰勒后面提出的这个研究项目仅仅是为了增加计划的玄妙感，但由于可以纳入主流防御的研究计划，这个项目也已经启动。

泰勒只有等待，于是他回到了家中，在成为面壁者的五年后，第一次过上了正常人的生活。

与此同时，面壁者正引起越来越多的社会关注，不管他们自己是否愿意，他们在公众心目中的救世主形象已经建立起来，顺理成章地出现了面壁者崇拜。尽管联合国和PDC一再解释，关于他们拥有超能力的神话还是不胫而走，并且越传越神。他们在科幻电影中被表现为超人英雄，在许多人的心目中，他们是人类未来唯一的希望。由此，面壁者们也拥有了巨大的号召力和政治能量，这就保证了他们对巨量资源的调用可以更顺利地进行。

罗辑是个例外，他一直在隐居中，从未露过面，谁也不知道他在哪里，在干什么。

这一天，泰勒有一个访客。与其他面壁者一样，他的家是戒备森严的，来访者必须经过严格的安全检查。但在客厅中见到来人时，泰勒就明白他肯定能很顺利地进来，因为这人一看就是一个对任何人都不会有威胁的人。他在大热天穿着一身皱巴巴的西装，还系着一条同样皱巴巴的领带，更让人不可忍受的是还戴着一顶现在已很少见的礼帽，显然是想让自己的来访显得正式些，而在此之前他大概没去过什么正式的场合。他面黄肌瘦，像营养不良似的，眼镜在瘦小苍白的脸上显得大而沉重，他那细小的脖子看上去支撑起脑袋和礼帽的重量都困难，那套起皱的西装更像是空荡荡地挂在一个衣架上。作为政治家的泰勒，一眼就看出这人属于社会上最可怜的那类人，他们的可怜之处不仅仅在于物质上，更多是精神上的卑微，就像果戈理笔下的那些小职员，虽然社会地位已经很低下，却仍然为保住这种地位而忧心忡忡，一辈子在毫无创造性的繁杂琐事中心力交瘁，成天小心谨慎，做每件事都怕出错，对每个人都怕惹得不高兴，更是不敢透过玻璃天花板向更高的社会阶层望上一眼。这是泰勒最看不起的一类小人物，他们是真正的可有可无之人，想想自己要拯救的世界中大部分都是这类人，他总是感到兴味索然。

那人小心翼翼地迈进客厅门，不敢再朝前走了，显然怕自己的鞋底弄脏了客厅的地毯。他摘下礼帽，透过厚厚的眼镜片用谦卑的目光看着主人，连连鞠躬。泰勒打定主意，在这人说出第一句话后就赶他走，也许他要说的事对他自己很重要，但对泰勒没有任何意义。

这个卑微的可怜人用羸弱的声音说出了第一句话，泰勒仿佛被一道闪电击中，几乎因眩晕而跌坐在地，对于他来说，这句话的每一个字都雷霆万钧：

“面壁者弗雷德里克·泰勒，我是您的破壁人。”

“谁能想到，我们有一天要面对这样的作战地图。”常伟思面对着一比一千亿的太阳系空间图感慨道。显示空间图的超大屏幕，面积相当于一个电影宽银幕，但屏幕上几乎是一片漆黑，只在正中有一个小小的黄色亮斑，那是太阳。空间图的范围是以柯伊伯带中线为边界，全幅显示时，相当于从垂直于黄道面的五十个天文单位远方看太阳系。空间图精确地标示了各行星和行星的卫星的轨道，以及目前已经探明的小行星带的情况，对今后一千年内各个时间断面的太阳系天体运行位置都可精确显示。现在空间图关闭了天体位置的标示，显示的是真实亮度，如果仔细观察，也许可以找到木星，但只是一个似有似无的微小亮点，在这个距离上，其他七大行星均看不见。

“是啊，我们所面临的变化太大了。”章北海说，军方对第一版空间图的鉴定会刚刚结束，现在，宽敞的作战室中只剩他和常伟思两人。

“首长，不知你注意到同志们面对这幅图时的眼神没有？”章北海问。

“当然注意到了，可以理解，他们在会前肯定把空间图想成科普画那样，几个台球大小的彩色行星围着太阳的大火球转动……见到按真实比例绘制的空间图，才感受到了太阳系的广阔。不管是空军还是海军，他们能够航行或飞行的最远距离在这张屏幕上连一个像素的大小都不到。”

“我感觉，他们面对未来的战场，没有表现出一点信心和战斗的激情。”

“我们又要谈到失败主义了。”

“首长，我并不是想谈现实中的失败主义，这应该是正式工作会议上讨论的问题，我想谈的……怎么说呢？”章北海犹豫地笑了笑，这对于说话一贯直率果敢的他是很少见的。

常伟思把目光从空间图上收回来，对着章北海笑笑，“看来你要说的事情很有些不寻常。”

“是，至少没有先例。这是我的一个建议。”

“说吧，最好直奔主题，对于你，不需要这样的鼓励吧。”

“是，首长。这五年中，行星防御和宇宙航行的基础研究几乎没有进展，两项起步技术——可控核聚变和太空电梯，仍在原地踏步，让人看不到希望，连更大推力的传统化学火箭都困难重重，照这样下去，即使是低技术战略层次的太空舰队，怕也只能永远是科幻。”

“对于科学研究的规律，北海同志，在你选择进入高技术战略研究室时，就应该已经有了一个清醒的认识。”

“我当然明白，科学研究是一个跳跃前进的过程，长时间的量变积累才能产生质变，理论和技术突破大都是集中爆发的……但，首长，有多少人是像我们这样认识问题的呢？很有可能，十年二十年或五十年，甚至一个世纪后，各个学科和技术领域仍无重大突破，那时的失败主义思潮将会发展到什么程度？太空军将会陷入怎样一种思想状态和精神状态？首长，你是不是觉得我想得太远了？”

“北海，我最看重你的一点就是对工作有长远的思考，这在部队政工干部中是难能可贵的，说下去。”

“其实我也只是从自己的工作范围来考虑：在上面的那种假设下，未来太空军中从事政治思想工作的同志将面临怎样的困难和压力？”

“更严峻的是，那时部队中还能有多少思想上合格的政工干部呢？”常伟思接过话头，“遏制失败主义，首先自己要对胜利有坚定的信念，这在你所假设的未来肯定比现在更困难。”

“这正是我所担忧的，首长，那时，太空军的政工力量可能严重不足。”

“你的建议？”

“增援未来！”

常伟思默默地看了章北海几秒钟，然后把目光移向大屏幕，同时移动光标，把太阳向前拉进，直到他们的肩章都反射出阳光为止。

“首长，我的意思是……”

“我明白你的意思。”常伟思抬起一只手说，同时又把太阳推远，一直推到空间图的全幅显示，使作战室重新笼罩在昏暗中，然后再把太阳拉近……将军在思考中反复这样做着，最后说：“你考虑过没有，现在的太空军政治思想工作已经任务繁重，困难重重，如果用冬眠技术把优秀的现役政工军官送到未来，对目前的工作将是一个很大的削弱……”

“我知道，首长，我只是提出自己的建议，全盘和整体的考虑当然要由上级来做。”

常伟思站起身，把灯打开，使作战室中豁然明亮。“不，北海同志，这工作你现在就要做，从明天起，你先放下手头的事，以太空军政治部为主，也可以到其他军种做些调查，尽快起草一个上报军委的初步方案。”

泰勒到达时，太阳已经快落山了，他一出车门，就看到了一幅天堂般的景象：一天中最柔美的阳光洒在雪山、湖泊和森林上，在湖边的草坪上，罗辑一家正在享受着这尘世之外的黄昏。泰勒首先注意到的是那位美丽的母亲，她仍是少女的样子，倒像是那个一周岁的孩子的姐姐。距离远时看不清，随着他走近，注意力便转移到孩子身上。如果不是亲眼见到，他真不相信世界上有这么可爱的小生命。这孩子像一个美丽的干细胞，是所有美的萌芽状态。母亲和孩子在一张大白纸上画画，罗辑则远远地站在一边入神地看着，就像在罗浮宫中，远远地看着他所爱的现在已成为母亲的少女一样。再走近些，泰勒从他的眼神中看到了无边的幸福，那幸福就像这夕阳的光芒般弥漫于伊甸园的雪山和湖泊之间……

刚刚从严峻的外部世界走来，眼前的一切给泰勒一种不真实的感觉。以前，结过两次婚后来仍单身的他对这类天伦之乐的景象并不在意，他只追求一个男人的辉煌，但现在，泰勒第一次感到自己虚度了一生。

直到泰勒走得很近了，一直陶醉地看着妻儿的罗辑才注意到他。出于由共同身份产生的心理障碍，到目前为止，四位面壁者之间没有任何私人联系。但因为事先已经通过电话，所以罗辑对泰勒的到来并不吃惊，并对他表现出了礼貌的热情。

“请夫人原谅我的打扰。”泰勒对拉着孩子走过来的庄颜微微鞠躬说。

“欢迎您泰勒先生，这里客人很少，您能来我们很高兴。”庄颜说，她说英语有些吃力，但她那仍带着稚气的柔美声音和清泉般的微笑，像一双天使的手抚摸着泰勒疲惫的心灵。他想抱抱孩子，但又怕自己感情失控，只是说：“能见到你们两个天使，我已经不虚此行了。”

“你们谈吧，我去准备晚饭。”庄颜微笑着看了看两个男人说。

“不不，不用了，我只想和罗辑博士谈一会儿，不会待很长时间的。”

庄颜热情地坚持留泰勒吃晚饭，然后带着孩子离去了。

罗辑示意泰勒在草坪上的一张白色椅子上坐下，泰勒一坐下，浑身就像抽去了筋一般瘫软下来，仿佛一个长途旅人终于到达了目标。

“博士，这几年你好像对外界一无所知吧。”泰勒说。

“是。”罗辑仍站着，挥手指了一下周围，“这就是我的全部。”

“你真是个聪明人，甚至从某个角度看，也比我们更有责任心。”

“后一句话怎讲？”罗辑不解地笑着问。

“至少你没有浪费资源……那她也不看电视吗？我是说你的那位天使。”

“她？我不知道，最近一直和孩子在一起，好像也不怎么看吧。”

“那你确实不知道这几天外面发生的事了。”

“什么事？你的脸色不好，很累吗？哦，喝点什么？”

“随便……”泰勒迷茫地看着夕阳映在湖面上的最后的金波，“四天前，我的破壁人出现了。”

罗辑正在向杯中倒葡萄酒，听得此言他立刻停了下来，沉默片刻说：“这么快？”

泰勒沉重地点点头，“见到他时我的第一句话也是这么说的。”

“这么快？”泰勒对破壁人说，他努力使自己的声音镇定从容，结果却显得很无力。

“本来还可以更快的，但我想收集更充分的证据，所以晚了，对不起。”破壁人说，他像一个仆役般站在泰勒身后，说话很慢，带着仆役的谦卑，最后三个字甚至带着一种无微不至的体贴——一个老刽子手对行刑对象的那种体贴。

然后陷入了令人窒息的沉默，直到泰勒鼓起勇气抬头看破壁人时，后者才恭敬地问：“先生，我可以继续吗？”

泰勒点点头，收回目光，在沙发上坐下，尽可能地使自己镇定下来。

“是，先生。”破壁人再次鞠躬，礼帽一直端在手里，“我首先简述您对外界显示的战略：用小巧灵活的太空战斗机编队，携带亿吨级当量的超级核弹，对三体舰队进行自杀性攻击。我说得简单了些，但基本是这样，对吗？”

“同你讨论这些没有意义。”泰勒说。他一直在犹豫要不要彻底终止这场对话。

“如果是这样，先生，我可以不再继续说下去，您接着可以逮捕我，但有一点您肯定已经想到：不管怎么样，您的真实战略以及推测出这个战略的所有证据，都将在明天甚至今晚全世界的新闻中出现。我是以自己的后半生为代价来与您见面的，希望您能珍惜我的牺牲。”

“你说下去吧。”泰勒对自己的破壁人摆了一下手说。

“谢谢，先生，我真的很荣幸，不会用太长时间的。”破壁人又鞠了一躬，他那种现代人中很少见的谦卑恭敬似乎已经渗透到了血液中，随时都表现出来，像一根软软的绞索在泰勒的脖子上慢慢套紧，“那么，先生，我刚才对您的战略的表述正确吗？”

泰勒无言地点点头。

“以人类的技术能力，未来可能拥有的最具威力的武器就是超级核弹了，而在太空作战环境中，超级核弹只有与目标零距离接触时引爆，才有可能摧毁敌人的飞船；太空战机小巧灵活，可以大量部署，用蚊群般的战机编队进行自杀攻击无疑是最好的选择，您的计划合情合理。您之前的一切行为：去日本、中国，甚至去阿富汗的山洞中寻找有献身精神的太空神风队员失败之后，又计划建立能够由自己独自控制的蚊群编队，也都合情合理……有相当长的时间，您真把我难住了，那对我来说是一段痛苦的时光，我几乎要放弃了。”

泰勒发现自己的一只手已经死抓着沙发的扶手，立刻松开了。

“但很快，您给了我一把钥匙，一把解开谜团的钥匙，这把钥匙是如此好使，我一时都怀疑自己真有那么幸运。您肯定已经想到了：对太阳系内一些天体的研究，它们是：木卫二、谷神星、彗星。这些天体的共同点是什么？水，它们都有水，大量的水！其中木卫二或谷神星任意拿出来一个，所含的水量比地球上海洋的总水量都多……患狂犬病的人怕水，他们甚至听到水这个词都会产生痉挛，我想您现在也是这种感觉吧？”

破壁人凑近泰勒，他的嘴吹到泰勒耳根的风没有一点儿热度，像是从幽灵那里吹来的，带着一股坟墓的味道，“水。”他梦呓似的轻声说，“水——”

泰勒继续沉默，面部像石像般坚硬。

“还有必要把故事继续讲下去吗？”破壁人直起身问。

“没必要了。”泰勒低声说。

“还是继续讲下去吧，”面壁者说，带着欢快，“给历史学家留下一个完整的记载，尽管历史不会延续太久了；当然，也给主一个交代。不是所有人都有你我这样高的智力，一点就通，特别是主，就是说了，他们也未必能明白，哦，对不起。”他抬起一只手笑笑，算是向正在聆听中的三体人致歉。

泰勒脸上的僵硬消失了，接着身上的骨骼似乎融化了，软瘫在沙发上。在精神上他已身首异处，他知道一切都结束了。

“好，不谈水了，再谈蚊群编队，它们首先要攻击的不是三体入侵者，而是地球的太空舰队。这个推论推得有些远，现在事情刚刚露出苗头，但我坚信自己的推论是正确的。您满世界地跑，试图建立人类的神风特攻队，但这些努力失败了，这都在您的预料中，于是，您从中顺利地得到了您想要的两样东西：其一是对人类的失望，对此您的表演恰到好处；另一个我后面再说。当然，这只是开始，您对人类的背叛是一个漫长的过程，您有的是时间来表演，在以后的岁月中，您会陆续制造许许多多的事件，每一件事，都在隔开您和人类的那堵墙上再加上一块砖。渐渐地，您的失望在增长，您的悲哀在加剧，您将与人类世界渐行渐远，与ETO和三体世界渐行渐近。其实就在不久前，您已经在PDC的会议上表现出了对ETO的同情，这仅仅是个开始，但绝不仅仅是做个样子，您真的需要他们，需要他们长久地存在下去，需要ETO的人在末日战场上成为您的太空战机的驾驶员。这个漫长的过程需要时间和耐心，但您会成功的，因为ETO也同样需要您，需要您所拥有的资源和对他们的帮助。把蚊群编队送给ETO这件事不是太难，因为只要对人类世界保密就行了，而一旦被察觉，您也可以推脱说这是计划的一部分。”

泰勒好像并没有在听破壁人的讲述，他半闭着双眼斜躺在沙发上，一脸倦容，似乎庆幸自己终于可以真正休息了。

“好了，我们再谈水。在末日战场上，由ETO掌握的蚊群编队可能会对地球舰队发起突然攻击，然后去投奔主的舰队，但即使如此，主也未必能够接纳这支叛军，需要一件有足够分量的见面礼。有什么是主需要而太阳系也拥有的东西？水。在四百年的漫长航程中，三体舰队中的水已经大量损耗。在接近太阳系时，飞船上脱水的三体人都要浸泡复活，而浸泡用的水将成为他们身体的一部分，相比飞船上经过无数次循环的陈水，当然是新鲜纯净的水最好。蚊群编队会向主献上大量的水，这些水是从木卫二、谷神星或彗星上取得，并结合成一个冰山，可能有几万吨吧，具体的过程我不知道，我想您现在也不知道。用于推进蚊团的大型发动机，还有所有的战机，都可以推送这块大冰，在递交这个礼物时，蚊群编队就有可能十分接近主的舰队，这就要用到您组建神风特攻队得到的第二个成果了，由于这个努力的失败，您顺理成章地要求自己能够独自控制整个蚊群编队。在蚊群编队递交巨大冰块而接近主的舰队时，您会剥夺所有 ETO 驾驶员对战机的控制权，把整个编队切换到自我控制状态，指令上千架携带着超级核弹的太空战机分别冲向自己的目标，那些亿吨级的核弹将在与目标零距离时爆炸，摧毁主的所有飞船。

“一个卓越的计划，真的，我不是在恭维。但其中有些失误让人无法理解：干吗要这么着急地进行太阳系含水天体的研究？目前，从这些天体大规模取水并远程推送的技术还不存在，这种具有明显工程性质的研究完全可以等几年甚至几十年以后再做嘛。即使现在做，为什么不在计划研究的天体中随便混进一些不含水的？比如火星的卫星等等，如果这样做了，也无法阻止我最终破解您的计划，但确实会使难度大大增加。您这样一个伟大的战略家，连这种雕虫小技都想不到吗？不过话说回来，我能理解您所要承受的压力。”

破壁人把手轻轻放在泰勒的肩上，泰勒再次感到了那种刽子手对行刑对象的体贴，他甚至有些感激。

“不要自责，您做得够好了，真的够好了，但愿历史记住您。”破壁人直起身，他那刚才还苍白病态的脸上浮现出精神焕发的红晕，他对着泰勒张开双臂，“好了，我完成了，泰勒先生，叫人来吧。”

泰勒仍闭着双眼，无力地说：“你走吧。”

当破壁人拉开门时，泰勒用僵硬的声音最后问道：“如果你说的都是真的，那又怎么样？”

破壁人回过头来说：“不会怎么样的，泰勒先生，不管我是否破解了您的计划，主都不在乎。”

听完泰勒的叙述，罗辑久久无言以对。

当一个普通人与他们交流时，总是时时想到：他是面壁者，他的任何一句话都不可信，这种暗示造成了一种交流障碍。而当两个面壁者交流时，这种暗示同时存在于双方的意识中，使得交流的障碍相当于前者的平方。事实上，在这种交流中，双方的任何一句话都没有意义，因而使得整个交流也失去了意义，这就是以前面壁者之间没有私人交往的原因。

“您怎么评价破壁人的分析？”罗辑问，其实发问只是为了打破

沉默，他立刻意识到这种问题没有意义。

“他猜对了。”泰勒说。

罗辑欲言又止，说什么呢？有什么可说的？他们都是面壁者。

“现在，我最厌恶的就是人们看我的目光，在他们的眼神里，孩子露出幻想，中年人露出崇敬，老人露出关爱，他们的目光都在说：看啊，他是面壁者，他在工作，世界上只有他自己知道自己在做什么，看啊，他做得多么好，他装得多么像啊，敌人怎么可能探知他的真实战略呢？而那个只有他知道的、将拯救世界的战略是多么多么的伟大……啊呸！这群白痴！”

罗辑终于决定保持沉默，他对泰勒无言地笑笑。

泰勒盯着罗辑，一丝笑意在他那苍白的脸上荡漾开来，终于发展成歇斯底里的狂笑，“哈哈哈哈，你笑了，对面壁者的笑，一个面壁者对另一个面壁者的笑！你也认为我是在工作，你也认为我装得多么像，认为我在继续拯救世界！哈哈哈哈，我们怎么会被置于如此滑稽的境地？”

“泰勒先生，这是一个我们永远无法从中脱身的怪圈。”罗辑轻轻叹息。

泰勒突然止住了笑，“永远无法脱身？不，罗辑博士，有办法脱身，真的有办法，我就是来告诉你这个办法的。”

“你需要休息，在这里好好休息几天吧。”罗辑说。

泰勒缓缓地点点头，“是的，我需要休息，博士，只有我们之间才能相互理解对方的痛苦，这是我来找你的原因。”他抬头看看，太阳已经落下去一会儿了，伊甸园在暮色中渐渐模糊，“这里真是天堂，我可以一个人到湖边走走吗？”

“你在这里可以做任何想做的事，好好放松一下吧，一会儿我叫你吃饭。”

泰勒向湖边走去后，罗辑坐下来，陷入沉重的思绪。

这五年来，他沉浸在幸福的海洋中，特别是孩子的出生，使他忘却了外部世界的一切，对爱人和孩子的爱融汇在一起，使他的灵魂深深陶醉其中。在这与世隔绝的温柔之乡，他越来越深地陷入一种幻觉里：外部世界也许真的是一种类似于量子态的东西，他不观察就不存在。

但现在，可憎的外部世界豁然出现在他的伊甸园中，令他感到恐惧和迷茫，在这方面他无法再想下去，就把思绪转移到泰勒身上。泰勒的最后几句话在他耳边回荡，面壁者真有从怪圈中脱身的可能吗？如何打破这铁一般的逻辑枷锁……罗辑突然猛醒过来，抬头望去，湖边暮色苍茫，泰勒已不见踪影。

罗辑猛跳起身，向湖边跑去，他想大声喊，但又怕惊动了庄颜和孩子，只能拼命快跑，宁静的暮色中，只能听到他的脚步踏在草坪上的噗噗声，但在这个节奏中，突然插进了轻轻的“嗒”的一声。

那是来自湖边的一声枪响。

罗辑深夜才回到家中，孩子已经睡熟，庄颜轻声问：“泰勒先生走了吗？”

“是，他走了。”罗辑疲惫地说。

“他好像比你难。”

“是啊，那是因为有容易的路他不走……颜，你最近不看电视吗？”

“不看，我……”庄颜欲言又止，罗辑知道她的思想：外面的世界一天天严峻起来，外部的生活与这里的差距越来越大，这种差异令她不安，“我们这样生活，真的是面壁计划的一部分吗？”她看着罗辑问，还是那个天真的样子。

“当然，这有什么疑问吗？”

“可如果全人类都不幸福，我们能幸福吗？”

“亲爱的，你的责任就在于，在全人类都不幸福的时候，使自己幸福，还有孩子。你们幸福快乐多一分，面壁计划成功的希望就增加一点。”

庄颜无言地看着罗辑，现在，她五年前在蒙娜丽莎前设想的表情语言在她和罗辑之间似乎部分实现了，罗辑越来越多地从她的眼睛中读出心里的话来，现在他读到的是：

我怎么才能相信这个呢？

罗辑深思许久说：“颜，什么都有结束的那一天，太阳和宇宙都有死的那一天，为什么独有人类认为自己应该永生不灭呢？我告诉你，这世界目前正处于偏执中，愚不可及地进行着一场毫无希望的战斗。对于三体危机，完全可以换一个思考方式。抛弃一切烦恼，不仅是与危机有关的，还有危机之前的所有烦恼，用剩下的时光尽情享受生活。四百多年，哦，如果放弃末日之战的话就有近五百年，这时间不短了，用这么长的时间人类从文艺复兴发展到了信息时代，也可以用同样长的时间创造从未有过的无忧无虑的惬意生活，五个不用为长远未来担忧的田园世纪，唯一的责任就是享受生活，多么美妙……”

说到这儿罗辑自觉失言。声称她和孩子的幸福是计划的一部分，是庄颜生活的一层保护罩，使她把自己的幸福看作一种责任，这是使她面对严酷的外部世界保持心理平衡的唯一方法，可现在他居然说了真话。庄颜那永远清纯的目光是他无法抗拒的，每次她问这问题时他都不敢与她对视，现在，还加上了泰勒的因素，他才不由自主地说了这些。

“那……你这么说的时候，是面壁者吗？”庄颜问。

“是，当然是。”罗辑想做出一些补救。

但庄颜的眼睛在说：你好像真是那么想的呀。

联合国行星防御理事会第八十九次面壁计划听证会。

会议开始后，轮值主席讲话，敦促面壁者罗辑必须参加下一次听证会，拒绝参加听证会不应属于面壁计划的一部分，因为行星防御理事会对面壁计划的监督权是在面壁者战略计划之上的。这一提议得到了所有常任理事国代表的一致通过，联系到第一个破壁人的出现和面壁者泰勒自杀事件，与会的两名面壁者也听出了主席讲话的弦外之音。

希恩斯首先发言。他说自己的基于脑科学研究的战略计划还处于起步阶段，他描述了一种设想中的设备，作为进一步展开研究的基础，他把这种设备称为解析摄像机。这种设备以 CT 断层扫描技术和核磁共振技术为基础，但在运行时对检测对象的所有断面同时扫描，每个断面之间的间隔精度需达到脑细胞和神经元内部结构的尺度，这样，对一个人类大脑同时扫描的断层数将达到几百万个，可以在计算机中合成一个大脑的数字模型。更高的技术要求在于，这种扫描要以每秒 24 帧的速度动态进行，所以合成的模型也是动态的，相当于把活动中的大脑以神经元的分辨率整体拍摄到计算机中，这样就可以对大脑的思维活动进行精确的观察，甚至可以在计算机中整体地重放思维过程中所有神经元的活动情况。

接着雷迪亚兹介绍了自己的战略计划的进展情况：经过五年的研究，超大当量核弹的恒星型数学模型已经接近完成，正在进行整体调试。

接着，PDC 科学顾问团就两位面壁者计划进一步实施的可行性研究做了汇报。

关于希恩斯的解析摄像机，顾问团认为在理论上没有障碍，但其技术上的难度远远超出当代水平。现代断层扫描与解析摄像机的技术差距，相当于手动黑白胶片照相机与现代高分辨率数字摄像机的差距，解析摄像机最大的技术障碍是数据处理，对人脑大小的物体以神经元精度扫描并建模，所需要的计算能力是目前的计算机技术不具备的。

关于雷迪亚兹的恒星型核弹模型，所遇到的障碍与希恩斯的计划相同：目前的计算能力达不到。顾问团相应的专业小组在对模型已经完成的部分考察后认为，按照模型的运算量，用现有的最高计算能力模拟百分之一秒的聚变过程，就大约需要二十年时间，而研究过程中的模拟需要反复进行，这使得模型的实际应用成为不可能。

科学顾问团计算机技术首席科学家说："计算机技术发展到今天，传统的集成电路和冯·诺伊曼体系的计算机已经接近发展的极限，摩尔定律①即将失效。当然，我们还可以从传统电子和计算机技术这两只柠檬中挤出最后几滴水，我们认为，即使在目前巨型计算机性能发展不断减速的情况下，这两个计划所需的计算机能力也是有可能达到的，但需要时间，乐观地估计也需要二十至三十年。如果达到预期目标，就是人类计算机技术的顶峰，再向前就难了，在前沿物理学已经被智子锁死的情况下，曾经最有希望的新一代计算机——量子计算机已经不太可能实现。"

"我们已经触到了智子在人类科学之路上竖起的这堵墙。"主

① 指集成电路芯片上所集成的电路的数目，每隔18个月就翻一番。

席说。

“那我们在这二十年间就无事可做了。”希恩斯说。

“二十年只是一个乐观的估计，作为科学家，您当然知道这种尖端研究是怎么回事。”

“我们只能冬眠，等待着能胜任的计算机出现。”雷迪亚兹说。

“我也决定冬眠。”希恩斯说。

“如果是这样，请二位向二十年后我的继任致意。”主席笑着说。

会场的气氛轻松起来，两位面壁者决定进入冬眠，使与会者都松了一口气。第一个破壁人的出现以及相应面壁者的自杀，对面壁计划是一个沉重打击。尤其是泰勒的自杀，更是愚不可及，只要他活着，蚊群计划的真伪就永远是个谜，他的死等于最后证实了这个可怕计划的存在。他以生命为代价，确实使自己跳出了面壁者怪圈，但国际社会对面壁计划的质疑声也因此高涨，舆论要求对面壁者的权力加以进一步的限制。可是从面壁计划的实质而言，过多的权力限制必然使面壁者的战略欺骗难以进行，整个计划也就失去了意义。面壁计划是人类社会从未经历过的一种全新的领导体制，只能逐步调整和适应它，两位面壁者的冬眠，无疑为这种调整和适应提供了缓冲期。

几天后，在一个绝密的地下建筑中，雷迪亚兹和希恩斯进入冬眠。

罗辑进入了一个不祥的梦境，他在梦中穿行于罗浮宫无穷无尽的厅堂中，他从未梦到过这里，因为这五年中一直身处幸福之中，不需要再回梦以前的幸福。而在这个梦境中，他是孤身一人，感到了已经消失了五年的孤独，他的每一次脚步声都在宫中回荡多次，每一次回荡都像是什么东西远去了，以至于他最后不敢再迈步。前面就是蒙娜丽莎，她不再微笑，那双看着他的眼睛带着怜悯。脚步声一停下，外面喷泉的声音就渗了进来，这声音渐渐增强，罗辑醒了过来，那水声跟着他来到了现实中，外面下起了雨。他翻身想抓住爱人的手，但再次发现梦境变成了现实。

庄颜不在了。

罗辑翻身下床，走进育儿室，那里亮着柔和的灯光，但孩子也不在了，在那张已经收拾整齐的小床上，放着一张画。那是庄颜画的他们两人都最喜欢的一张画，画幅上几乎全是空白，远看就是一张白纸，近看会发现左下角有几枝细小的芦苇，右上角有一只几乎要消失的飞雁，空白的中央，有两个小得不能再小的人儿，但现在，空白中还有一行娟秀的字：

亲爱的，我们在末日等你。

迟早会有这一天的，这种像梦的生活怎么可能永远延续，迟早会有这一天，不怕，你已经做好了思想准备……罗辑这样对自己说，但还是感到一阵眩晕，他拿起画，向客厅走去，两腿虚软，仿佛在飘行。

客厅中空无一人，壁炉中的余烬发出模糊的红光，使得厅中的一切像是正在融化的冰。外面的雨声依旧，五年前的那个傍晚，也是在这样的雨声中，她从梦中走来，现在，她又回到梦中去了，还带走了他们的孩子。

罗辑拿起电话，想拨坎特的号码，却听到门外有轻轻的脚步声，虽像女性的脚步，但他肯定不是庄颜的，尽管如此，他还是扔下电话冲出门去。

门廊上站着一个纤细的身影，虽然只是夜雨背景上的一个剪影，罗辑还是立刻认出了她是谁。

“罗辑博士，您好。”萨伊说。

“您好……我妻子和孩子呢？”

“她们在末日等你。”萨伊说出了画中的话。

“为什么？”

“这是行星防御委员会的决议，为了让你工作，尽一个面壁者的责任。另外需要告诉你，孩子比成年人更适合冬眠，这对她不会有任何伤害。”

“你们，居然敢绑架她们?！这是犯罪！”

“我们没有绑架任何人。”

萨伊最后这句话的含义使罗辑的心颤了一下，为了推迟面对这个现实，他极力把思路扭开，“我说过这是计划的一部分！”

“但PDC经过全面考察，认为这不是计划的一部分，所以要采取行动促使你工作。”

“就算不是绑架，你们没经同意就带走了我的孩子，这也是违法的！”罗辑意识到他说的“你们”中所包括的那个人，心再次颤抖起来，这使他虚弱地靠在身后的廊柱上。

“是的，但是在可以容忍的范围内，罗辑博士，不要忘记，您所得到的这一切所动用的资源，也不在已有的法律框架内，所以联合国所做的事，在目前的危机时代，从法律上也能解释得通。”

“您现在还代表联合国吗？”

“是的。”

“您连任了？”

“是。”

罗辑仍想努力岔开话题，避免面对残酷的事实，但他失败了。我怎么能没有她们？我怎么能没有她们……他心里一遍遍问自己，最后说出口来，他沿着柱子滑坐下来，感到周围的一切再次崩塌，化作岩浆自顶而下，但这次的岩浆是灼热的，都聚集在他的心中。

“她们还在，罗辑博士，她们还在，安然无恙，在未来等你。你一直是一个冷静的人，在这种时候一定要更冷静，即使不为全人类，也为了她们。”萨伊低头看着靠柱而坐处于崩溃边缘的罗辑说。

这时，一阵风把雨丝吹进了门廊，这清凉和萨伊的话多少冷却了罗辑心中的灼烧。

“这一开始就是你们的计划，是吗？”罗辑问。

“是的，但走这一步，也是没有选择的选择。”

“那她……在来的时候真的是一个画国画的女孩？”

“是的。”

“从中央美院毕业？”

“是的。”

“那她……”

“你看到的是一个真实的她，你所知道的她的一切都是真实的，所有使她成为她自己的一切：她以前的生活、她的家庭、她的性格、思想等等。”

“您是说她真的是那样一个女孩？”

“是，你以为她能在五年中一直伪装自己？她就是那个样子，纯真文静，像个天使。她没有伪装任何东西，包括对你的爱情，都是真实的。”

“那她就能够进行这样残酷的欺骗?！五年了，一直这样不露声色！”

“你怎么知道她不露声色？从五年前那个雨夜第一次见到你时，她的心灵就被忧伤笼罩着。她并没有掩盖，这忧伤在五年里一直伴随着她，就像永远播放着的背景音乐，在五年间一直没停，所以你觉察不到。”

现在罗辑明白了，在第一眼看到她的时候，是什么触动了他心中最柔软的东西，使他觉得整个世界对她都是一种伤害，使他愿意用尽一生去保护她。就是她那清澈纯真的目光中隐藏着的淡淡的忧伤，这忧伤就像壁炉中的火光，柔和地拂照在她的美丽之上，真的像背景音乐般让他觉察不到，但悄悄渗入到他的潜意识之中，一步步把他拉向爱情的深渊。

“我不可能找到她们了，是吗？”罗辑问。

“是的，我说过，这是 PDC 的决议。”

“那我就和她们一起去末日。”

“可以。”

罗辑本以为会被拒绝，但同上次他要放弃面壁者身份一样，萨伊的回答几乎无缝隙地紧跟而来，他知道，事情远不像这个回答那么简单，于是问：“有什么问题吗？”

萨伊说：“没有，这次真的可以。你知道，从面壁计划诞生起，国际社会就一直存在着反对的声音，而且，不同的国家出于自己的利益，大都支持面壁者中的一部分而反对另一部分，总有想摆脱你的一方。现在，第一位破壁人的出现和泰勒的失败，使得面壁计划反对派的力量增强了，与支持力量处于僵持状态。如果你在这时提出直达末日的要求，无疑给出了一个双方都能接受的折中方案。但，罗辑博士，你真的愿意这样做吗，在全人类为生存而战的时候？”

“你们政治家动辄奢谈全人类，但我看不到全人类，我看到的是一个一个的人。我就是一个人，一个普通人，担负不起拯救全人类的责任，只希望过自己的生活。”

“好吧，庄颜和你们的孩子也是这一个一个人中的两个，你也不想承担对她们的责任吗？就算庄颜伤害了你，看得出你仍然爱她，还有孩子。自从‘哈勃二号’太空望远镜最后证实三体入侵以来，有一件事可以肯定：人类将抵抗到底。你的爱人和孩子在四个世纪后醒来时，将面临末日的战火，而那时的你，已经失去了面壁者身份，再也没有能力保护她们，她们只能和你一起，在地狱般的生活中目睹世界的最后毁灭，你愿意这样么？这就是你带给爱人和孩子的生活？”

罗辑无语了。

“你不用想别的，就想想四个世纪后，在末日的战火里，她们见到你时的目光吧！她们见到的是一个什么样的人？一个把全人类和自己最爱的人一起抛弃的人，一个不愿救所有的孩子，甚至连自己孩子也不想救的人。作为一个男人，你能承受这样的目光？”

罗辑默默低下头，夜雨落在湖边的草丛中，仿佛来自另一个时空的无数声倾诉。

“你们真的认为，我能改变这一切？”罗辑抬起头问。

“为什么不试试？在所有面壁者中，你很可能是最有希望成功的，我这次来，就是为了告诉你这个。”

“那你说吧，为什么选中我？”

“因为在全人类中，你是唯一一个三体文明要杀的人。”

罗辑靠着柱子，双眼盯着萨伊，其实他什么都没看见，他在极力回忆。

萨伊接着说:“那起车祸,其实是针对你的,只是意外撞中了你的女友。”

“可那次真的是一起意外车祸,那辆车是因为另外两辆车相撞而转向的。”

“他们为此准备了很长时间。”

“但那时我只是个没有任何保护的普通人,杀我很容易的,何必搞得这么复杂?”

“就是为了使谋杀像意外事故,不引起任何注意。他们几乎做到了,那一天,你所在的城市发生了五十一起交通事故,死亡五人。但潜伏在地球三体组织内部的侦察员有确切情报:这是ETO精心策划的谋杀!最令人震惊的是:指令直接来自三体世界,通过智子传达给伊文斯,这是迄今为止,它们发出的唯一的刺杀命令。”

“我吗?三体文明要杀我?原因呢?”罗辑再次对自己有一种陌生感。

“不知道,现在没有人知道,伊文斯可能知道,但他死了。谋杀指令中‘不引起任何注意’的要求显然是他附加的,这也进一步说明了你的重要性。”

“重要性?”罗辑摇头苦笑,“您看看我,真的像一个拥有超能力的人吗?”

“你没有超能力,也别向那方面想,那会使你误入歧途的!”萨伊抬起一只手以强调自己的话，“对你早有过专门研究，你没有超能力，不管是超自然能力，还是在已知自然规律内的超技术能力，你都没有，正如你所说：你是个普通人，作为学者你也是个普通的学者，没有什么过人之处，至少我们没有发现。伊文斯在谋杀令中附加的要求：不引起注意，也间接证明了这一点，因为这说明你的能力也可能被别人所拥有。”

“为什么不早告诉我这些？”

“怕影响到你可能拥有的那种能力，由于未知因素太多，我们认为最好能让你顺其自然。”

“我曾经打算从事宇宙社会学研究，因为……”这时，罗辑意识深处有一个声音轻轻说：你是面壁者！他是第一次听到自己的这个声音，他还仿佛听到了另一个并不存在的声音，那是在周围飞行的智子的嗡嗡声，他甚至好像看到了几个萤火虫般迷离的光点。第一次，罗辑做出了一个面壁者应有的举动，把要说的话咽了回去，只是说：“是不是与这个有关系？”

萨伊摇了摇头，“应该没有关系，据我们所知，这只是你提出的一个科研选题申请，研究还没有开始，更没有任何成果。况且，即使你真的从事了这项研究，我们也很难指望得到比其他学者更有价值的成果。”

“此话怎讲？”

“罗辑博士，我们现在的谈话只能是坦率的。据我们了解，你作为一名学者是不合格的，你从事研究，既不是出于探索的欲望，也不是出于责任心和使命感，只是把它当作谋生的职业而已。”

“现在不都这样吗？”

“这当然无可厚非，但你有很多与一名严肃和敬业的学者不相称的行为：你做研究的功利性很强，常常以投机取巧为手段，哗众取宠为目的，还有过贪污研究经费的行为；从人品方面看，你玩世不恭，没有责任心，对学者的使命感更是抱着一种嘲笑的态度……其实我们都清楚，对人类的命运你并不关心。”

“所以你们用这种卑鄙的手段来要挟我……您一直轻视我，是吗？”

“通常情况下，你这样的人是不可能承担任何重要职责的，但现在有一点压倒了一切：三体世界怕你。请你做自己的破壁人，找出这是为什么。”

萨伊说完，转身走下门廊，坐进了在那里等候的汽车，车开动后，很快消失在雨雾中。

罗辑站在那里，失去了时间感。雨渐渐停了，风大了起来，刮走了夜空中的乌云，当雪山和一轮明月都露出来时，世界沐浴在一片银光中。在转身走进房门前，罗辑最后看了一眼这银色的伊甸园，在心里对庄颜和孩子说：

“亲爱的，在末日等我吧。”

站在“高边疆号”空天飞机投下的大片阴影中，仰望着它那巨大的机体，章北海不由想起了“唐号”航空母舰，后者早已被拆解，他甚至有这样的想象：“高边疆号”机壳上是不是真的有几块“唐号”的钢板？经过三十多次太空飞行归来时再入大气层的燃烧，在“高边疆号”宽阔的机腹上留下了烧灼的色彩，真的很像建造中的“唐号”，两者有着几乎一样的沧桑感，只是机翼下挂着的两个圆柱形助推器看上去很新，像是欧洲修补古建筑时的做法：修补部分呈全新的与原建筑形成鲜明对比的色彩，以提醒参观者这部分是现代加上的。确实，如果去掉这两个助推器，“高边疆号”看上去就像是一架古老的大型运输机。

空天飞机其实是很新的东西，是这五年航天技术不多的突破之一，同时也可能是化学动力航天器的最后一代了。空天飞机的概念在上世纪就已经提出，是航天飞机的换代产品，它可以像普通飞机一样从跑道起飞，以常规的航空飞行升至大气层顶端，再启动火箭发动机开始航天飞行，进入太空轨道。“高边疆号”是目前已经投入使用的四架空天飞机中的一架，更多的空天飞机正在建造中，将在不久的未来担负起建造太空电梯的任务。

“本来以为，我们这辈子没机会上太空了。”章北海对前来送行的常伟思说，他将和其他二十名太空军军官一起，乘坐“高边疆号”登上国际空间站，他们都是三个战略研究室的成员。

“有没出过海的海军军官吗？”常伟思笑着问。

“当然有，还很多。在海军中，有人谋求的就是不出海，但我不是这种人。”

“北海啊，你还应该清楚一点：现役航天员仍属于空军编制，所以，你们是太空军中第一批进入太空的人。”

“可惜没什么具体任务。”

“体验就是任务嘛，太空战略的研究者，当然应该有太空意识。空天飞机出现以前这种体验不太可能，上去一个人花费就是上千万，现在便宜多了，以后要设法让更多的战略研究人员上太空，我们毕竟是属于太空的军种，现在呢，太空军竟像一个空谈的学院了，这不行。”

这时，登机指令发出，军官们开始沿舷梯上机，他们都只穿作训服，没有人穿航天服，看上去只是要进行一次普通的航空旅行。这种情形是进步的标志，至少表明进入太空比以前稍微寻常了一些。章北海从服装上注意到，登机的除了他们还有其他部门的人。

“哦，北海，还有一件重要的事。”在章北海提起自己的配备箱时，常伟思说，“军委已经研究了我们呈报的关于政工干部增援未来的报告，上级认为现在条件还不成熟。”

章北海眯起了双眼，他们处于空天飞机的阴影中，他却像看到了刺眼的强光，“首长，我感觉，应该把四个世纪的进程当作一个整体，应该分清什么是紧急的，什么是重要的……不过请你放心，我不会在正式场合这么说，我当然清楚，上级有更全面的考虑。”

“上级肯定了你这种长远的思考方式，并提出表扬。文件上强调了一点：增援未来计划没有被否决，计划的研究和制定仍将继续进行，只是目前执行的条件还不成熟。我想，当然只是自己的想法，可能要等更多合格的政工干部充实进来，使目前的工作压力减轻一些再考虑此事吧。”

“首长，你当然清楚，对太空军政工干部而言，所谓合格，最基本的要求是要具备什么，现在这样的人不是越来越多，而是越来越少。”

“但也要向前看，如果第一阶段的两项关键技术：太空电梯和可控核聚变取得突破——这在我们这一代可见的未来应该是有希望吧——情况就会好些……好了，在催你了。”

章北海向常伟思敬礼后，转身走上舷梯。进入机舱后，他的第一感觉就是这里与民航客机没有太大区别，只是座椅宽了许多，这是为穿航天服乘坐而设计的。在空天飞机最初的几次飞行中，为防万一，起飞时乘员都要穿航天服，现在则没有这个必要了。

章北海坐到一个靠窗的座位上，旁边的座位上立刻也坐上一个人，从服装看他不是军人。章北海冲他简单地点头致意后，就专心致志地系着自己座位上复杂的安全带。

没有倒计时，“高边疆号”就启动了航空发动机，开始起飞滑行，由于重量很大，它比一般飞机的滑跑距离要长，但最后还是沉重地离开地面，踏上了飞向太空的航程。

“这是‘高边疆号’空天飞机第三十八次飞行，航空飞行段开始，约持续三十分钟，请不要解开安全带。”扩音器中的一个声音说。

从舷窗中看着向下退去的大地，章北海想起过去的日子。在航母舰长培训班中，他经历了完整的海军航空兵飞行员训练，并通过了三级战斗机飞行员的考核。在第一次放单飞时，他也是这样看着离去的大地，突然发现自己喜欢蓝天要甚于海洋，现在，他更向往蓝天之上的太空了。

他注定是一个向高处飞、向远方去的人。

“与乘民航没什么两样，是吗？”

章北海扭头看坐在旁边说话的人，这才认出他来，“您是丁仪博士吗？啊，久闻大名！”

“不过一会儿就难受了……”丁仪没有理会章北海的敬意，继续说，“第一次，我在航空飞行完了后没摘眼镜，眼镜就像砖头那么沉地压在鼻梁上；第二次倒是摘了，可失重后它飞走了，人家好不容易才帮我在机尾的空气过滤网上找到。”

“您第一次好像是乘航天飞机上去的吧？从电视上看那次旅程好像不太愉快。”章北海笑着说。

“啊，我说的是乘空天飞机的事儿，要算上航天飞机，这是第四次了，航天飞机那次眼镜起飞前就被收走了。”

“这次去空间站做什么呢？您刚被任命为可控核聚变的项目负责人，好像是第三研究分支吧？”

可控核聚变项目设立了四个研究分支，分别按不同的研究方向进行。

丁仪在安全带的束缚下抬起一只手指点着章北海，“研究可控核聚变就不能上太空？你怎么和那些人一个论调？我们的最终研究目标是宇宙飞船的发动机，现在在航天界掌握实权的，有很大比例是以前搞化学火箭发动机的人，可现在，照他们的意思，我们只应该老老实实在地面搞可控核聚变，对太空舰队的总体规划没有多少发言权。”

“丁博士，在这一点上我和您的看法完全相同。”章北海把安全带松了一下，探过身去说，“太空舰队的宇宙航行与现在的化学火箭航天根本不是一个概念，就是太空电梯也与现在的航天方式大不相同，可如今，过去的航天界还在这个领域把持着过大的权力，那些人思想僵化墨守成规，这样下去后患无穷。”

“没办法，人家毕竟在五年内搞出了这个，”丁仪四下指指，“这更给了他们排挤外人的资本。”

这时，舱内扩音器又响了：“请注意：现在正在接近两万米高度，由于后面的航空飞行将在稀薄大气中进行，有可能急剧掉落高度，届时将产生短暂失重，请大家不要惊慌。重复一遍：请系好安全带。”

丁仪说：“不过我们这次去空间站真的和可控核聚变项目无关，是要把那些宇宙射线捕捉器收回来，都是些很贵的东西。”

“空间高能物理研究项目停了？”章北海边重新系紧自己的安

全带边问。

“停了，知道以后没必要白费力气，也算一个成果吧。”

“智子胜利了。”

“是啊，现在，人类手里就这么点儿理论储备了：古典物理、量子力学加上还在娘胎中的弦论，在应用上能走多远，听天由命吧。”

“高边疆号”继续爬高，航空发动机发出吃力的隆隆声，像在艰难地攀登一座高峰，但掉高度的现象没有出现，空天飞机正在接近三万米，这是航空飞行的极限。章北海看到，外面蓝天的色彩正在褪去，天空黑下来，但太阳却更加耀眼了。

“现在飞行高度31000米，航空飞行段结束，即将开始航天飞行段，请各位按显示屏上的图例调整自己的坐姿，以减轻超重带来的不适。”

这时，章北海感到飞机轻轻上升了一下，像是抛掉了什么负担。

“航空发动机组脱离，航天发动机点火倒计时：10、9、8……”

“对他们来说，这才开始真正的发射，好好享受吧。”丁仪说，随即闭上了眼睛。

倒计时到零以后，巨大的轰鸣声响起，听起来仿佛外部的整个天空都在怒吼，超重像一个巨掌把一切渐渐攥紧。章北海吃力地转头看舷窗外面，从这里看不到发动机喷出的火焰，但外面空气已经很稀薄的天空被映红了一大片，“高边疆号”仿佛飘浮在稀薄的晚霞中。

五分钟后，助推器脱离，又经过五分钟的加速，主发动机关闭，“高边疆号”进入太空轨道。

超重的巨掌骤然松开，章北海的身体从深陷的座椅中弹出来，安全带的束缚使他飘不起来，但在感觉中他已经与“高边疆号”不再是一个整体，黏结他们的重力消失了，他和空天飞机在太空中平行飞行着。从舱窗望出去，他看到了有生以来见过的最明亮的星空。接着，空天飞机调整姿态，阳光从舷窗中射入，光柱中有无数亮点在舞蹈，这是因失重升起的大颗粒尘埃。随着飞机的缓缓旋转，章北海看到了地球，在这个低轨道位置，看不到完整的球体，只能看到弧形的地平线，但大陆的形状清楚地显现出来。接着，星海又出现了，这是章北海最渴望看到的，他在心里说：

“爸爸，我走出了第一步。”

这五年来，斐兹罗将军觉得自己更像实际意义上的面壁者，他所面对的墙壁就是大屏幕上三体世界方向的星空照片，照片粗看一片黑暗，细看有星光点点。对于这一片星空，斐兹罗已经很熟悉了，昨天，在一次无聊的会议上，他曾试着在纸上画出那些星星的位置，之后和实际照片对照，基本正确。三体世界的三颗恒星处于正中，很不显眼，如果不进行局部放大，看上去只是一颗星，但每次放大后就会发现，三颗星的位置较上次又有了变化，这种随机的宇宙之舞令他着迷，以至于忘了自己最初是想看到什么。五年前观测到的第一把“刷子”已经渐渐淡化了，至今，第二把“刷子”仍未出现。三体舰队只有穿过星际尘埃云时才能留下可观察的尾迹，地球天文学家通过观察对背景星光的吸收，在三体舰队长达四个世纪的航程要穿越的太空中，已探明了五片尘埃云，现在，人们把这些尘埃云称作“雪地”，其含义是雪地上能够留下穿越者的痕迹。

如果三体舰队在五年中恒定加速，今天就要穿越第二块“雪地”了。

斐兹罗早早来到了“哈勃二号”太空望远镜控制中心，林格看到他笑了起来。

“将军，您怎么像个圣诞刚过又要礼物的孩子？”

“你说过今天要穿越‘雪地’的。”

“不错，但三体舰队目前只航行了0.22光年，距我们还有4光年，反映其穿越‘雪地’的光线要四年后才能到达地球。”

“哦，对不起，我忘了这点。”斐兹罗尴尬地摇摇头，“我太想再次看到它们了，这次能测出它们穿越时的速度和加速度，这很重要。”

“没办法，我们在光锥之外。”

“什么？”

“光的传播沿时间轴呈锥状，物理学家们称为光锥，光锥之外的人不可能了解光锥内部发生的事件。想想现在，谁知道宇宙中有多少重大事件的信息正在以光速向我们飞来，有些可能已经飞了上亿年，但我们仍在这些事件的光锥之外。”

“光锥之内就是命运。”

林格略一思考，赞赏地冲斐兹罗连连点头，“将军，这个比喻很好！”

“可是智子就能在光锥之外看到锥内发生的事。”

“所以智子改变了命运。”斐兹罗感慨地说，同时朝一台图像处理终端看了看。五年前，那个叫哈里斯的年轻工程师在那里工作，看到“刷子”后他哭了起来，后来这人患上严重的抑郁症，几乎成了个废人，于是被中心辞退了，现在也不知流落何方。

好在像他这样的人还不多。

这段时间，天气很快冷了下来，而且开始下雪了，周围的绿色渐渐消失，湖面结上了一层薄冰，大自然像一张由彩色变成黑白的照片那样褪去了亮丽的色彩。在这里，温暖的气候本来就是很短暂的，但在罗辑的感觉中，这个伊甸园仿佛是因爱人和孩子的离去而失去了灵气。

冬天是思考的季节。

当罗辑开始思考时，惊奇地发现自己的思绪已到了中途。记得上中学时，老师曾告诉过他一个语文考试的经验：先看卷子最后的作文题，然后再按顺序答卷，这样在答卷过程中，会下意识地思考作文题，很像电脑中后台执行的程序。罗辑现在知道，其实从成为面壁者的那一刻起，他就开始了思考，而且从未停止过，只是整个过程是下意识的，自己没有感觉到。

罗辑很快重复了已经完成的思考的头几步。

现在可以肯定，这一切的一切，都源自九年前与叶文洁的那次偶然会面。会面以后，罗辑从未与任何人谈起过这次会面，怕给自己惹来不必要的麻烦。现在，叶文洁已不在人世，这次会面成了只有他自己和三体世界知道的秘密。那段时间，到达地球的智子只有两个，但可以肯定，在黄昏的杨冬墓前，它们就悬浮在他们身边，倾听着他们的每一句话，量子阵列的波动瞬间越过四光年的空间，三体世界也在倾听。

但叶文洁说了什么？

萨伊有一点是错的，罗辑那并未开始的宇宙社会学研究很重要，很可能就是三体世界要杀他的直接原因。萨伊当然不知道，这项研究是在叶文洁的建议下进行的，虽然罗辑自己不过是看到了一个绝佳的学术娱乐化的机会——他一直在寻找这样的机会。三体危机浮现之前，外星文明的研究确实是一个哗众取宠的项目，容易被媒体看上。这项没有开始的研究本身并不重要，重要的是叶文洁给他的提示，罗辑的思维就堵塞在这里。

他一遍遍地回忆叶文洁的话：

我倒是有个建议：你为什么不去研究宇宙社会学呢？

我随便说的一个名词，就是假设宇宙中分布着数量巨大的文明，它们的数目与能观测到的星星是一个数量级的，很多很多，这些文明构成了一个总体的宇宙社会，宇宙社会学就是研究这个超级社会的形态。

我这么想是因为能把你的两个专业结合起来，宇宙社会学比起人类社会学来呈现出更清晰的数学结构。

你看，星星都是一个个的点，宇宙中各个文明社会的复杂结构，其中的混沌和随机的因素，都被这样巨大的距离滤去了，那些文明在我们看来就是一个个拥有参数的点，这在数学上就比较容易处理了。

所以你最后的成果就是纯理论的，就像欧氏几何一样，先设定几条简单的不证自明的公理，再在这些公理的基础上推导出整个理论体系。

第一，生存是文明的第一需要；第二，文明不断增长和扩张，但宇宙中的物质总量保持不变。

我已经想了大半辈子，但确实是第一次同人谈起这个，我真的不知道为什么要谈……哦，要想从这两条公理推论出宇宙社会学的基本图景，还有两个重要概念：猜疑链和技术爆炸。

怕没有机会了……或者，你就当我随便说说，不管是哪种情况，我都尽了责任。

……

罗辑无数遍地回想着这些话，从各个角度分析每个句子，咀嚼每一个字。组成这些话的字已经串成了一串念珠，他像一个虔诚的僧人那样一遍遍地抚摸着，他甚至解开连线把念珠撒成一片，再把它们按各种顺序串起来，直到每粒珠子都磨掉了一层。

不管怎样，罗辑都无法从这些话中提炼出那个提示，那个使他成为三体世界唯一要消灭的人的提示。

漫长的思考是在漫无目的的散步中进行的，罗辑走在萧瑟的湖边，走在越来越冷的风中，常常不知不觉中已经绕湖走了一周。有两次，他甚至走到了雪山脚下，那片像月球表面的裸露岩石带已经被白雪覆盖，与前面的雪山连为一体。只有在这时，他的心绪才离开思考的轨道，在这自然画卷中的无边的空白上，庄颜的眼睛浮现出来。但他总是能够及时控制住这种心绪，继续把自己变成一台思维机器。

不知不觉中，一个月过去了，冬天彻底来临，但罗辑仍在外面进行着他那漫长的思想行程，寒冷使他的思想锐利起来。

这时，那串念珠上大部分的珠子已经被磨损得黯淡了，但有三十二粒除外，它们似乎越磨越新，最后竟发出淡淡的光来：

生存是文明的第一需要。

文明不断增长和扩张，但宇宙中的物质总量保持不变。

罗辑锁定了这两句话，虽然还不知道最终的奥秘，但漫长的思考告诉他，奥秘就在这两句话中，在叶文洁提出的宇宙文明公理中。

但这个提示毕竟太简单了，两个不证自明的法则，罗辑和全人类能从中得到什么呢？

不要轻视简单，简单意味着坚固，整个数学大厦，都是建立在这种简单到不能再简单，但在逻辑上坚如磐石的公理的基础上。

想到这里，罗辑四下看看，周围的一切都蜷伏在冬天的寒冷中，但这时地球上的大部分区域仍然生机盎然。这充满着海洋、陆地和天空的生命世界，纷繁复杂，浩如烟海，其实也是运行在一个比宇宙文明公理更简单的法则下：适者生存。

现在，罗辑看到了自己的困难：达尔文是通过生命的大千世界总结出了这条法则，而他是已经知道了法则，却要通过它复原宇宙文明的图景，这是一条与达尔文相反的路，但更加艰难。

于是，罗辑开始在白天睡觉，晚上思考，每当这条思想之路的艰险让他望而生畏时，头顶的星空便给他以安慰。正如叶文洁所说，遥远的距离使星星隐去了复杂的个体结构，星空只是空间中点的集合，呈现出清晰的数学构形。这是思想者的乐园，逻辑的乐园，至少在感觉上，罗辑面对的世界比达尔文的世界要清晰简洁。

这个简洁的世界却有一个诡异的谜：在距我们最近的恒星上，

出现了高等智慧文明，但整个银河系，却是一片如此空旷的荒漠[①]，正是在这个疑谜中，罗辑找到了思考的切入点。

渐渐地，那两个叶文洁没有说明的神秘概念变得清晰起来：**猜疑链、技术爆炸。**

这天夜里比往常冷，罗辑站在湖边，严寒似乎使星空更加纯净，那些黑色空间中的银色点阵，把那明晰的数学结构再一次庄严地显示出来。突然间，罗辑进入一种从未有过的状态中，在他的感觉里，整个宇宙都被冻结了，一切运动都已停止，从恒星到原子，一切都处于静止状态，群星只是无数冰冷的没有大小的点，反射着外部世界的冷光……一切都在静止中等待，在等待着他最后的觉醒。

远处一声狗叫，把罗辑拉回了现实，可能是警卫部队的军犬。

罗辑激动不已，刚才，他并没有看到那个最后的奥秘，但真切地感到了它的存在。

罗辑集中思想，试图再次进入刚才的状态，却没有成功。星空依旧，但周围的世界在干扰着他的思考。虽然一切都隐藏于夜色中，仍能分辨出远方的雪山和湖边的森林草地，还有身后的别墅，从半开的门能看到壁炉中暗红的火光……与星空的简洁明晰相比，这近

① 此即关于外星文明的费米悖论：从理论上讲，人类能用一百万年时间飞往银河系的各个星球，那么，外星人只要比人类早进化一百万年，现在就应该来到地球了。这个悖论之所以具有说服力，是因为它是基于银河系的两个事实：一、银河系非常古老，已有约一百亿年的年龄；二、银河系的直径只有大约十万光年。所以，即使外星人只以光速的千分之一在太空旅行，他们也只需1亿年左右时间就可横穿银河系——这个时间远远短于银河系的年龄。如果真存在外星人的话，按这个道理他们早该到达太阳系了。

处的一切象征着数学永远无法把握的复杂和混沌，罗辑试图从感觉中剔除它们。

他走上了冰封的湖面，开始小心翼翼，后来发现冰面似乎很结实，就边滑边走，更快地向前去，一直走到四周的湖岸在夜色中看不清为止。这时，他的四周都是平滑的冰面，把尘世的复杂和混沌隔远了些。他想象着这冰的平面向所有方向无限延伸，便得到了一个简单的平面世界，一个寒冷而平整的思想平台。困扰消失了，他很快又进入了那种状态，感觉一切都静止下来，星空又在等待着他……

哗啦一声，罗辑脚下的冰面破碎了，他的身体径直跌入水中。

就在冰水淹没罗辑头部的一瞬间，他看到静止的星空破碎了，星海先是卷成旋涡，然后散化成一片动荡的银色乱波。刺骨的寒冷像晶莹的闪电，瞬间击穿他意识中的迷雾，照亮了一切。他继续下沉，动荡的星空在他的头顶上缩化为冰面破口那一团模糊的光晕，四周只有寒冷和墨水般的黑暗，罗辑感觉自己不是沉入冰水，而是跃入黑暗的太空。

就在这死寂的冷黑之间，他看到了宇宙的真相。

罗辑很快上浮，头部冲出水面，他吐出一口水，想爬上破口边缘的冰面，可是身体只爬上一半，冰就被压塌了，再爬，再塌，他就这样在冰面上开出一条路来，但进展很慢，寒冷中体力渐渐不支。他不知道，在自己被淹死或冻死之前，警卫部队能否发现湖面的异常。

他把浸水的羽绒服脱下来，这样动作的负担就小了许多。随后他马上想到，如果把羽绒服铺在冰面上再向上爬，也许能起到一些分散压强的作用。他这么做了，剩下的体力也只够再爬一次，他竭尽全力爬上铺着羽绒服的冰缘，这一次，冰面没有下塌，他终于全身趴在了冰上，小心地向前爬，直到距离破口很远才鼓足勇气站了起来。这时，他看到岸边有手电光在晃动，还听到有人的喊声。

罗辑站在冰面上，牙齿在寒冷中咯咯地碰撞着，这寒冷似乎不是来自湖水和寒风，而是从外太空直接透射而来。罗辑没有抬头，他知道，从这一刻起，星空在自己的眼里已经是另一个样子，他不敢再抬头看了。和雷迪亚兹害怕太阳一样，罗辑从此患上了严重的星空恐惧症。他低着头，牙齿在寒战中咯咯作响，对自己说：

“面壁者罗辑，我是你的破壁人。”

“这些年，你的头发都白了。”罗辑对坎特说。

“至少在以后的很多年，不会继续白下去了。”坎特笑着说，以前，他在罗辑面前总是一副彬彬有礼、老到周全的样子，这样真诚的笑容罗辑还是第一次看到，从他的眼中，罗辑看到了没说出来的话：你终于开始工作了。

“我需要一个更安全的地方。”罗辑说。

“这没有问题，罗辑博士，您对那个地方有什么其他的要求吗？”

“除了安全，没有任何要求，要绝对安全。”

“博士，绝对安全的地方是不存在的，但我们可以做到很接近，不过我需要提醒您，这样的地方往往是在地下，所以舒适方面……”

“不用考虑舒适，不过这个地方最好能在我的国家内。”

“没有问题，我立刻去办。”

在坎特要走时，罗辑叫住了他，指着窗外已经完全被冰雪覆盖的伊甸园说：“能告诉我这儿的地名吗？我会想念这里的。”

经过十多个小时严密保护下的旅行，罗辑到达了目的地，他一出车门，就立刻知道了这是哪里——地下车库模样的宽敞却低矮的大厅，五年前，罗辑就是从这里出发，开始了自己全新的梦幻人生，现在，在噩梦和美梦交替的五年后，他又回到了起点。

迎接他的人中有一个叫张翔，就是五年前同史强一起送他走的年轻人，现在是这里安全保卫的负责人，五年后的他老成了许多，看上去是一个中年人了。

开电梯的仍是一名武警士兵，当然不是当年那个，但罗辑心中还是有一种亲切感。其实当年的老式电梯已经换成了全自动的，不用人操纵，那名士兵只是按了一下“-10”的按钮，电梯便向地下降去。

地下的建筑显然经过了新的装修，走廊里的通风管道隐藏起来，墙上贴了防潮的瓷砖，包括人防标语在内的旧时的痕迹已全部消失。

地下十层全部都成为罗辑的住处，虽然在舒适性上与他刚刚离开的那个地方没法比，但配备了完善的通信和电脑设施，还有安装了远程视频会议系统的会议室，使这里像一个指挥部。

管理员特别指给罗辑看房间里的一类照明开关，每个开关上都有一个小太阳标志。管理员说，这一类叫太阳灯的灯具每天必须开够不少于五小时的时间，这原是矿井工作者的一种劳保用品，能模拟包括紫外线在内的太阳光线，为长期处于地下的人补充日照。

第二天，按罗辑的请求，天文学家艾伯特·林格来到了地下十层。

见到林格后，罗辑说："是您首先观察到三体舰队的航迹？"

听到这话，林格显得有些不高兴，"我多次对记者声明过，可他们还是把这个荣誉强加到我头上，它本应属于斐兹罗将军，是他坚持'哈勃二号'在测试期就观察三体世界的，否则可能错过观测时机，星际尘埃中的尾迹会淡化的。"

罗辑说："我要同您谈的事情与此无关，我也曾搞过天文学，但没有深入，现在对这个专业已经不熟悉了。首先想请教一个问题：在宇宙间，如果存在着除三体之外的其他观察者，到目前为止，地球的位置暴露了吗？"

"没有。"

"您这么肯定？"

“是的。”

“可是地球已经与三体世界进行过交互通信。”

“这种低频通信，只能暴露地球和三体世界在银河系中的大致方向，以及地球与三体世界间的距离，也就是说，如果存在第三方的接收者，那他们通过这些通信可能知道的，只是在银河系猎户旋臂的这一区域中存在着两个相距4.22光年的文明世界，但这两个世界的精确位置仍不得而知。其实，通过这样的交互通信来相互确定位置，也只有在太阳和三体这样相距很近的恒星间能够实现，对于稍远些的第三方观察者，即使我们与他们直接进行交互通信，也无法确定彼此的位置。”

“为什么？”

“向宇宙中的其他观察者标示一颗恒星的位置，远没有人们想象的那么简单，做个比喻吧：您乘飞机飞越撒哈拉沙漠时，下面沙漠中的一粒沙子冲您大声喊‘我在这儿’，而您也听到了这喊声，您能够在飞机上就此确定这粒沙的位置吗？银河系有近两千亿颗恒星，几乎就是一个恒星的沙漠了。”

罗辑点点头，似乎如释重负，“我明白了，这就对了。”

“什么对了？”林格不解地问。

罗辑没有回答，而是问道：“那么，以我们的技术水平，如何向宇宙间标示某颗恒星的位置呢？”

“用可定位的甚高频电磁波，这种频率应该达到或超过可见光频率，以恒星级功率发出信息。简单地说，就是让这颗恒星闪烁，使其本身变成一座宇宙灯塔。”

“这远远超出了我们的技术能力啊。”

“哦，对不起，我没注意到您这个前提。以人类目前的技术能力，向遥远宇宙显示一颗恒星的位置相当困难，办法倒是有一个，但解读这种位置信息所需要的技术水平远高于人类，甚至……我想，也高于三体文明。”

“请说说这个办法。”

“恒星间的相对位置是一个重要信息，如果在银河系中指定一片空间区域，其中包含的恒星数量足够多，大概有几十颗就够了吧，那么这些恒星在这片三维空间的相对排列在宇宙中几乎是独一无二的，像指纹一样。”

“我有些明白了：如果把要指明的恒星与周围恒星的相对位置信息发送出去，接收者把它与星图进行对照，就确定了这颗恒星的位置。”

“是的，但事情没这么简单，接收者需要拥有整个银河系的三维模型，这个模型中包含了所有的千亿颗恒星，精确地标明它们的相对位置。这样在接收到我们发送的信息后，他们可以从这个庞大的数据库中进行检索，找到与我们发出的位置构图相匹配的那片空间。”

“这真的不容易，相当于把一个沙漠中每粒沙子的相对位置都记录下来。”

“还有更难的呢，银河系与沙漠不同，它处在运动之中，恒星间的位置在不断地发生变化，位置信息接收越晚，这种位置变化产生的误差就越大，这就需要那个数据库具有预测银河系所有千亿颗恒星位置变化的能力，理论上没问题，但实际做起来，天啊……”

“我们发送这种位置信息困难吗？”

“这倒不困难，因为我们只需掌握有限的恒星位置构图就行了，现在想想，以银河系外旋臂平均的恒星密度，有三十颗恒星的位置构图就足够了，甚至还可以更少，这只是个很小的信息量。”

“好，现在我问第三个问题：太阳系外其他带有行星的恒星，你们好像已经发现了几百颗？”

“到目前为止，五百一十二颗。”

“距太阳最近的是？”

“244J2E1，距太阳 16 光年。”

“我记得序号是这样定的：前面的数字代表发现的顺序，J、E、X 分别代表类木行星、类地行星和其他类型的行星，字母后面的数字代表这类行星的数量。”

“是的，244J2E1 表示有三颗行星，两个类木行星和一个类地行星。”

罗辑想了想，摇摇头，“太近了。再远些的呢，比如……50 光年左右的？”

“187J3X1，距太阳49.5光年。”

“这个很好，你能做出这颗恒星的位置构图吗？”

“当然可以。”

“需要多长时间？需要什么帮助吗？”

“只需要一台能上网的电脑，我在这里就能做，按三十颗恒星的构图吧，今天晚上就可以给您。”

“现在是什么时候？不是晚上吗？”

“罗辑博士，我想应该是早晨吧。”

林格到隔壁的电脑室去了，罗辑又叫来了坎特和张翔，他首先对坎特表明，想请行星防御理事会尽快召开一次面壁计划听证会。

坎特说：“最近PDC的会议很多，提出申请后，您可能需要等几天。”

“那也只好等，但我真的希望尽快。另外，还有一个要求：我不去联合国，就在这里通过视频系统参加会议。”

坎特面露难色，“罗辑博士，这不太合适吧？这样级别的国际会议……这涉及对与会者的尊重问题。”

“这是计划的一部分。我以前提出的那么多稀奇古怪的要求都能得到满足，这一个不算过分吧？”

“您知道……”坎特欲言又止。

“我知道现在面壁者的地位不比从前，但我坚持这个要求。”罗辑后面的话压低声音，尽管他知道悬浮在周围的智子仍能听到，“现在有两种可能，一种是一切都与以前一样，那我去联合国也就无所谓了；但如果另一种可能出现，我现在就处于极其危险的境地，我不能冒这个险。”

罗辑又对张翔说：“这也是我找你来的原因，这里很可能成为敌人集中袭击的目标，安全保卫工作一定要加强。”

“罗老师您放心，这里处于地下两百多米，上面整个地区都戒严了，部署了反导系统，还安装了一套先进的地层检测系统，任何从地下往这个方向的隧道掘进都能被探测到，我向您保证，在安全上是万无一失的！”

两人走后，罗辑到走廊里散步，不由想起了伊甸园——他已经知道了那个地名，但仍在心里这么称呼它——的湖水和雪山，他知道，自己很可能要在地下度过余生。

他看看走廊顶部的那些太阳灯，它们发出的光一点也不像阳光。

互联网中的虚拟三体世界。

有两颗飞星在缓缓地穿过星海，大地上的一切都处于黑暗中，远方的地平线在漆黑中与夜空融为一体。黑暗中有一阵私语声，看不到说话的人，这语声仿佛本身就是黑暗中飘浮的无形生物。

锵的一声轻响，一个小火苗在黑暗中出现，三个人的面孔在微弱的火光中时隐时现，他们是秦始皇、亚里士多德和冯·诺伊曼，火光来自亚里士多德手中的打火机，几支火把伸了过来，亚里士多德点燃了其中的一支，然后几支互相点燃，在荒原上形成一片摇晃不定的光亮，照亮了一群各个时代的人，他们之间的私语仍在继续着。

秦始皇跳上一块岩石，举起长剑，众人立刻安静下来。

“主发布了新指令：消灭面壁者罗辑。”秦始皇说。

“我们也接到了这个指令，这是主对罗辑发出的第二道诛杀令了。”墨子说。

“可现在杀他不容易啊。”有人说。

“不是不容易，是根本不可能。”

“如果不是伊文斯在主的第一道诛杀令中附加了条件，五年前他就死定了。”

“也许伊文斯有道理，我们毕竟不知道真相。罗辑也真命大，在联合国广场又让他逃过一次。”

……

秦始皇挥剑制止了议论，“还是讨论一下怎么办吧。”

“没办法，谁能接近那个两百米深的地堡？更别说进去了！那里防守太严了。”

“考虑过用核武器吗？”

“见鬼！那地方就是上世纪冷战时的防核掩体。”

“唯一可行的办法，是派人渗透到警卫部队内部。”

“这可能吗？这么多年了，有谁成功渗透过？”

“渗透到他的厨房！”这话引起了几声轻笑。

“别扯淡了，主应该告诉我们真相，也许能想出别的办法。”

秦始皇回答了最后那人的话：“我也提出过这个要求，但主说这个真相是宇宙中最重要的秘密，绝对不能透露，当时同伊文斯谈起，是因为主以为人类已经知道了真相。”

“那就请主传递技术！”

这个声音得到了很多附和，秦始皇说：“这个要求我也提了，出乎预料，主一反常态，没有完全拒绝。”

人群中出现了一阵兴奋的骚动，但秦始皇接下来的话平息了兴奋：“但主在得知目标的位置后，很快又拒绝了这个要求，它说就目标所处的位置而言，能够向我们传递的技术也无能为力。”

“他真有这么重要吗？”冯·诺伊曼问，他的语气中带着掩饰不住的妒忌，作为第一个成功的破壁人，他在组织中的地位迅速提高。

“主很怕他。”秦始皇说。

爱因斯坦说：“我考虑了很久，认为主对罗辑的恐惧只有一个可能的原因：他是某种力量的代言人。”

秦始皇制止了在这个话题上的进一步讨论：“别说这些了，还是想想怎么完成主的指令吧。”

“没办法。”

“真的没办法，一个无法完成的使命。”

秦始皇用长剑铛地敲了一下脚下的岩石，“这个使命很重要，主可能真的遇到了威胁，况且，如果能够完成，组织在主眼中的地位就会大大提高！这里聚集了世界上各个领域里的精英，怎么会想不出办法？大家回去好好考虑一下，把方案通过别的渠道汇集到我这里，这事要抓紧做！”

火把相继燃尽，黑暗又吞噬了一切，窃窃私语仍在继续。

行星防御理事会面壁计划听证会两个星期后才召开，随着泰勒的失败和另外两名面壁者的冬眠，PDC 的主要工作重点和注意力转移到主流防御方式上。

罗辑和坎特在视频会议室中等待开会，会议视频已经接通，大屏幕上出现了行星防御理事会的会场，那早在安理会时代已为世人所熟悉的大圆桌旁还空无一人，罗辑早早来到这儿，是为了多少弥补一下不亲临会场的失敬。

在等待中罗辑与坎特闲聊，问他在这里过得怎么样，坎特说他年轻时就在中国生活过三年，对这里很适应，过得还不错，毕竟他不用像罗辑这样整天生活在地下，这些天，他那很生疏的汉语又流利起来。

“你听起来好像感冒了？”罗辑问。

“只是染上了轻流感。”坎特回答。

“禽流感?!”罗辑吃了一惊。

“不是，是轻重的轻，媒体上都这么叫。是一个星期前在附近城市流行的，感染率很高，但症状很轻，不发烧，就是流鼻涕，部分患者可能嗓子疼。不用吃药，三天左右就自动痊愈了。”

“流感一般都很重的啊。”

“这次不是。这里的很多士兵和工作人员都传染上了，你没发现房间里的勤杂工换人了吗？她也得了轻流感，怕传染上你，但我这个联络员一时还换不了。”

屏幕上显示，各国代表开始陆续进入会场，他们坐下后低声交谈，似乎没有注意到罗辑的存在。行星防御理事会轮值主席宣布会议开始，他说：

“面壁者罗辑，在刚刚结束的特别联大上经修正后的联合国面壁法案，您应该已经看过了。”

“是的。”罗辑回答。

“您一定注意到，法案加强了对面壁者调用资源的审查和限制，希望您将在这次会议上提交的计划能够符合法案的要求。”

“主席先生，”罗辑说，“另外三位面壁者都已经在自己的战略计划执行过程中调用了大量的资源，对我的计划的这种资源限制是不公平的。”

“资源调用权限取决于计划本身，您应该注意到，另外三位面壁者的计划与主流防御是不矛盾的，就是说，即使没有面壁计划，这些研究项目和工程也要进行，希望您的战略计划也具有这种性质。”

“很遗憾，我的计划没有这种性质，它与主流防御没有任何关系。”

“那我也感到遗憾，根据新法案，您能够在这项计划中调用的资源是很小的。”

“即使在旧法案中，我能调用的资源数量也不大。不过主席先生，这不是问题，我的战略计划几乎不消耗任何资源。”

“就像您前面的计划一样？”

主席的话引起了几名与会者的窃笑。

“比前面的还少，我说过，几乎不消耗任何资源。”罗辑坦然地说。

“那就让我们来了解一下吧。”主席点点头说。

“计划的详细内容将由艾伯特·林格博士为大家介绍，同时我想各位代表已经拿到了相应的文件。简而言之，就是通过太阳的电波放大功能，向宇宙中发送一份信息，信息只包括三幅简单的图形，还有一些附加信息，表明这些图形是由智慧体发送而不是自然形成的，图形都附在会议文件中。”

会场上响起了哗哗的翻纸声，很快每个与会者都找到了那三张纸，同时，屏幕上也显示出这三幅图形，真的十分简单，每幅图形只是一些似乎是随机分布的黑点，人们注意到，每张图中都有一个黑点画得大些醒目些，同时还有一个小箭头注明它。

“这是什么？”美国代表问道，同时和其他与会者一样，依次细看那几张图。

“面壁者罗辑，根据面壁计划基本原则，您可以不回答这个问题。”主席说。

“这是一句咒语。”罗辑说。

会场上的翻纸和低语声戛然而止，所有的人都抬头望着一个方向，现在罗辑知道会场上显示这边图像的屏幕在什么位置了。

“什么？”主席眯起双眼问。

“他说是咒语。”大圆桌旁有人高声说。

“针对谁的咒语？”主席问。

罗辑回答：“187J3X1恒星所拥有的行星，当然，也可能直接作用到恒星上。”

“会有什么作用呢？”

“现在还不知道，但有一点可以明确：咒语的作用，肯定是灾难性的。”

“那么，这些行星上可能有生命吗？”

“对于这一点，我反复咨询过天文学界，从目前已有的观测资料上看，没有。”罗辑说到这里，也像主席一样眯起了双眼，在心里默默祈祷：但愿他们是对的。

“咒语在发出后，多长时间能起作用？”

“这颗恒星距太阳约50光年左右，所以咒语起作用的时间最早为五十年后，我们则要在一百年后才能观测到作用的图像，但这是能估计到的最早时间，实际起作用的时间可能要推后很多。”

在会场的一阵静止后，美国代表首先有了动作，把手中的那三张印着黑点的纸扔到桌面上，“很好，我们终于有了一个神。”

“躲在地窖中的神。”英国代表附和道，会场上响起了一片笑声。

“更可能是位巫师。”日本代表哼了一声说，日本始终未能进入安理会，但在行星防御理事会成立时立刻被吸收进来。

“罗辑博士，仅就使计划的诡异和让人莫名其妙而言，您做到了。”俄罗斯代表伽尔宁说，他曾在罗辑成为面壁者的这五年中担任过几次 PDC 轮值主席。

主席敲了一下木槌，制止了会场上出现的喧哗声，“面壁者罗辑，有一个问题：既然是咒语，为什么不直接针对敌人的世界？”

罗辑说：“这是一次实验，用来证实我自己的战略设想，战略真正的实施要在末日之战到来时。”

“三体世界难道不能作为实验咒语的目标吗？”

罗辑断然摇摇头，“绝对不行，太近了，距我们太近了，咒语发生作用时很可能波及我们，我为此甚至放弃了五十光年以内的带有行星的恒星。”

“最后一个问题：在这一百年或更长的时间里，您打算做什么？”

“你们可以摆脱我了：冬眠，当观测到咒语在 187J3X1 星系上发生作用时叫醒我。”

在准备进入冬眠的期间，罗辑患上了轻流感。最初的症状与别人一样，只是流鼻涕和嗓子轻微发炎，他自己和别人都没在意。但两天后，罗辑的病情加重了，开始发烧，医生感觉有些异常，就取了血样回市里分析。

这天夜里，罗辑在高烧中昏睡，一直被狂躁的梦境所缠绕。梦中，夜空中的群星在纷乱地舞动着，像振动着的鼓皮上的沙粒，他甚至意识到了这些星球间的引力联系，它们做的不是三体运动，而是银河系中所有恒星的2000亿体运动！后来，纷乱的星海渐渐聚成一个巨大的旋涡，在疯狂的旋转中，大漩涡又幻化成一条由所有星星凝成的银色的大蛇，呼啸着钻进他的大脑……

凌晨四点左右，张翔被电话铃惊醒，是行星防御安全部的领导打来的，声音严厉，让他立刻报告罗辑的病情，并命令基地处于紧急状态，一个专家组正在赶来。

张翔刚放下电话，铃声又响了，是地下十层的医生打来的，报告病人的病情急剧恶化，现在已处于休克状态。张翔立刻乘电梯下去，惊慌的护士和医生告诉他，半夜里罗辑先是呕吐，接着开始吐血，然后就昏迷不醒了。张翔看到病床上的罗辑脸色煞白，嘴唇发紫，在他身上几乎看不到生命的迹象了。

专家组很快赶到，有国家紧急疫情处理中心的专家、解放军总医院的医生和军事医学科学院的一个研究小组的全部成员。

在其他人察看病情时，军事医学科学院的一位专家把张翔和坎特拉到门外，向他们交代了情况。

“我们早就在注意这场流感，感觉其来源和性状都很异常，现在明确了，这是基因武器，或者叫基因导弹。”

“基因导弹？”

“就是一种经过基因改造的病毒，传染性很强，但对一般人而言，它只是产生轻流感这样的轻微症状，但这种病毒具有基因识别能力，能够识别某个人的基因特征，一旦这个攻击目标被感染，病毒就会在他的血液中制造致命的毒素，现在我们知道目标是谁了。”

张翔和坎特面面相觑，先是难以置信，然后陷入绝望，张翔脸色变得苍白，缓缓低下头说：“我负完全责任。”

这位大校研究员说：“张主任，也不能这样说，这真是防不胜防，我们开始虽然怀疑，也没有向这方面考虑。基因武器的概念上世纪就出现了，但谁能相信竟然真有人把它造出来了，虽然还很不完善[①]，不过作为暗杀武器真的很可怕：只需要在目标所在的大致范围撒播这种病毒就行了，甚至连目标的大致范围也不需要知道，可以在全球撒布，因为这种病毒对一般人致病性很弱甚至没有，可以快速大范围传播，最后也有很大的可能击中目标。”

“不，我负全部责任。”张翔用一只手捂住眼睛，“要是史队长在的话，这事就不会发生。”他放下手，眼中闪着泪光，“他冬眠前最后对我说的一句话，就是你刚才说的防不胜防，他说小张啊，我们这工作，睡觉时都要睁半只眼，现在没什么万无一失，有些事防不胜

① 概念中的基因武器在非目标人群中只是隐性传染，不产生任何症状。

防啊。”

“那下一步怎么办呢？”坎特问。

“病毒已经侵入很深，病人肝脏和心肺功能都已衰竭，现代医疗手段无能为力了，尽快冬眠吧。”

不知过了多长时间，罗辑已完全消失的潜意识又恢复了一些，他有了感觉，是寒冷，这寒冷仿佛是从他的体内发源的，像光芒般扩散出去，冻结了整个世界。他看到一片雪白，开始除了这无边的白色什么都没有，后来白色的正中出现了一个小黑点，渐渐地，看出那是一个熟悉的身影，是庄颜，她抱着他们的孩子，艰难地走在空旷得失去立体感的雪野中。她围着一条红色的围巾，就是他在七年前的那个雪夜第一次见到想象中的她时围的那条，孩子小脸冻得红红的，在妈妈的怀抱中向他拼命挥着两只小手，喊着什么，但他听不见声音。他想在雪中追过去，但年轻的母亲和孩子都消失了，像是融化在白雪中。接着他自己也消失了，雪白的世界缩成一条极细的银丝，在无边的黑暗中，这细丝就是他残存意识的全部。这是时间之线，细丝本身是静止不动的，向两个方向无限伸延，罗辑的灵魂穿在丝上，以恒定的速度轻轻滑向不可知的未来。

两天后，一束地球发出的强功率电波射向太阳，电波穿透了对流层，到达辐射层的能量镜面，在增益反射中被放大了几亿倍，携带着面壁者罗辑的咒语，以光速飞向宇宙。

危机纪年第 12 年

三体舰队距太阳系 4.18 光年

“哈勃二号”太空望远镜控制中心。

“刷子”在太空中出现了，三体舰队正在穿越第二片星际尘埃。由于“哈勃二号”一直在密切监视这片区域，所以舰队航迹刚刚出现就被捕捉到了。这时，它们看上去根本不像刷子，而是像漆黑的太空深渊上刚刚萌发的一丛小草，这上千株小草每天都以肉眼能够觉察到的速度生长。而且，这些航迹看上去比九年前要清晰许多，这是由于经过九年的加速，舰队的速度已经提高了很多，对星际尘埃的冲击更剧烈了。

“将军，您仔细看看，能不能发现什么？”林格指着屏幕上放大后的图像对斐兹罗说。

“好像仍然是一千根左右。”

“不，您再仔细看看。”

斐兹罗细看了好一会儿，指着“刷子”中央的一点说：“好像有……一、二、三、四……十根刷毛比别的长得快，它们伸出来了。”

“是的，那十道航迹很微弱，经过图像增强您才能看出来。”

斐兹罗转身看着林格，露出了九年前第一次发现三体舰队航迹时的表情，“博士，这是不是意味着，有十艘战舰在加速驶来？”

“它们都在加速，但这十条航迹显示了更大的加速度，不过那不是十艘战舰，航迹总数现在增长到一千零一十根，多出了十根。通过对这十条航迹形态的分析，这些东西的体积比后面的战舰要小得多，大约只有它们每艘的几十万分之一，也就是一辆卡车大小吧，不过由于速度很高，它产生的航迹仍能观测到。”

“这么小，十个探测器？”

“十个探测器。”

这是“哈勃二号”又一个令人震惊的发现：人类将与来自三体世界的实体提前接触，虽然只是十个小小的探测器。

“它什么时候到达太阳系？”斐兹罗紧张地问。

“还说不清，要看今后的加速情况，但肯定会比舰队提前到达，最保守的估计也要提前一个半世纪。舰队的加速度显然已经达到了极限，因为某些我们不知道的原因，它们想尽快到达太阳系，所以发射了能够更快加速的探测器。”

“既然有了智子，发射探测器有什么必要呢？”一名工程师问。

这个问题使大家陷入了沉思，但林格很快打破了沉默，“别想了，这不是我们能想出来的。”

“不，”斐兹罗举起一只手说，“至少能想出来一部分……我们看到的是四年前发生的事，请问，你们能确定舰队发射探测器的确切日期吗？”

“当然可以，很幸运，舰队发射它的时候正在雪地，哦，尘埃中，我们观测到了探测器的航迹与舰队航迹的交点。”林格接着告诉了斐兹罗一个日期。

斐兹罗呆立了片刻，点上一支烟，坐下抽了起来，过了好一会儿才说：“博士，你们毕竟不是政治家，就像我看不出那十根长出来的刷子毛一样，你们也没看到一个至关重要的事实。”

“这个日期……有什么意义吗？”林格不解地问。

“就在四年前的那一天，我参加了行星防御理事会的面壁计划听证会，会上，罗辑提出通过太阳向宇宙发出咒语。”

科学家和工程师们面面相觑。

斐兹罗接着说：“就在那时，三体世界第二次向 ETO 发出了消灭罗辑的指令。”

“他，真有这么重要？”

“你以为他先是个风花雪月的花花公子，然后是装腔作势的假巫师？当然，我们也这么认为，谁都这么认为，除了三体人。”

“那……将军，您认为他是什么？”

“博士，您相信上帝吗？”

这突兀的问题令林格一时语塞，“……上帝嘛，目前在多个层次上有多种含义，不知道您……”

“我是相信的，倒不是有什么证据，而是这样做比较保险：如果真有上帝，我们的信仰就对了；如果没有，我们也没什么损失。”

将军的话让人们都笑了起来，林格说：“您后面这句话不确实，不会没损失的，至少对科学来说……不过，如果上帝存在又怎么样？它和眼前这些事有什么关系吗？”

“如果上帝确实存在，它在尘世间可能会有代言人的。”

人们愣了好半天，才理解了这话的含义，一名天文学家说：“将军，您在说些什么？上帝会在一个无神论的国家选择代言人？”

斐兹罗捻灭烟头，两手一摊说：“如果其他可能都被排除，剩下的一种无论多么离奇也是真的，你们还能想出别的解释吗？”

林格沉吟道：“如果上帝是指宇宙间存在的某种超越一切的公正力量的话……”

斐兹罗抬手制止他说下去，仿佛把一切都挑明会降低这个事实的神力，“所以，各位，信仰吧，可以开始信仰了。”他说着，自己在胸前画了一个十字。

电视上正在播出“天梯三号”试运行的实况。在五年前同时开始建造的三部太空电梯中，“天梯一号”和“天梯二号”已经在年初投入正式运行，所以“天梯三号”的试运行没有引起前面那么大的轰动。目前，所有的太空电梯都只铺设了一条初级导轨，与设计中的四条导轨相比，运载能力小许多，但与化学火箭时代已不可同日而语，如果不考虑天梯的建造费用，现在进入太空的成本已经大大低于民航飞机了。于是，在地球的夜空中，移动的星星日益增多，那是人类在太空轨道上的大型建筑物。

“天梯三号”是唯一一部基点在海上的太空电梯，它的基点是在太平洋赤道上的一座人工浮岛，浮岛可以借助自身的核动力在海上航行，因此可以根据需要沿着赤道改变太空电梯的位置。浮岛是凡尔纳笔下机器岛的现实版，所以被命名为“凡尔纳岛”。从现在的电视画面上根本看不到海，只有一座被钢铁城市围绕着的金字塔形基座，基座的顶端就是即将升空的圆柱形运载舱。从这个距离是看不到向太空延伸的导轨的，它只有六十厘米宽，但有时可以看到夕阳在导轨上反射的弧光。

看电视的是三位老人：张援朝与他的两个老邻居杨晋文和苗福全，他们都已年过七十，虽说不上老态龙钟，也都是真正的老人了，回忆过去和展望未来对他们而言都是一种负担，面对现实他们又无能为力，唯一的选择就是什么都不想地在这非常岁月里安度晚年了。

这时，张援朝的儿子张卫明领着孙子张延走进家门，他拿出一个纸袋说：“爸，我把你们的粮卡和第一批粮票领回来了。”张卫明说着，首先从纸袋中把一摞粮票拿出来，递给父亲。

“哦，和那时的一样啊。”杨晋文在旁边看着说。

“回来了，又回来了。”张援朝接过粮票感慨地自语道。

“这是钱吗？”小延延看着那摞花花绿绿的小纸片说。

张援朝对孙子说：“不是钱，孩子，但以后买定量以外的粮食，像面包蛋糕什么的，还有去饭店吃饭，都得拿它和钱一起花才行。”

“这个和那时可不一样了，”张卫明拿出一张 IC 卡，“这是粮食定量卡。”

“定量都是多少啊？”

“我是 21.5 公斤，也就是 43 斤，晓虹和你们都是 37 斤，延延 21 斤。”

“和那时差不多。”老张说。

“一个月这么多应该够的。”杨晋文说。

张卫明摇摇头说，“杨老师啊，您可是那时过来的人，都忘了？现在倒是够，可很快副食就少了，买菜买肉都要号票，这点粮食还真不够吃呢！”

“没那么严重，”苗福全摆摆手说，“这日子我们几十年前就过过，饿不着的，别说了，看电视。”

“唉，可能马上要用工业券①了。”张援朝说着，把粮票和定量卡扔到桌子上，转向电视。

① 国内二十世纪六七十年代购买大件电器等商品所用的凭证。

屏幕上，那个圆柱形运载舱从基座升起，飞快加速，消失在黄昏的天空中，由于看不到导轨，它好像是自己飞升而上的。运载舱的最高速度能达到每小时 500 公里，即使这样，到达太空电梯的同步轨道终点站也需 68 小时。镜头转换到安装在运载舱底部的摄像机摄下的画面，60 厘米宽的导轨占据了画面相当大的一部分，由于表面光滑，几乎看不出运动，只有导轨上转瞬即逝的标度才显示出摄像机上升的速度。导轨在向下延伸中很快变细消失，但在它所指的遥远下方，“凡尔纳岛”呈现出完整的轮廓，仿佛是被吊在导轨下端的一个大盘子。

杨晋文想起了什么，“我给你们俩看一件稀罕东西。”他说着站起身，迈着已经不太利落的步子走出去。可能是回了趟自家，他很快又回来了，把一片烟盒大小的薄片放在桌子上。张援朝拿起来看了看，那东西呈灰色，半透明，分量很轻，像手指甲盖。“这就是建造天梯的材料！”老杨说。

“好啊，你儿子竟然偷拿公家的战略物资。”苗福全指着薄片说。

“剩下的边角料而已，据他说，建造天梯时这东西成千上万吨地向太空发射，在那里做成导轨后再从轨道上垂下来……马上，太空旅行就平民化了，我还托儿子联系了一桩这方面的业务。”

“你想上太空？”老张吃惊地问。

“那也没什么了不起，听说上升时根本不超重，就像坐一趟长途卧铺车似的。”苗福全不以为然地说，由于已多年不能经营煤矿，他早已成了破落户，别墅四年前就卖了，这儿已是唯一的住处；而杨晋文由于有一个在太空电梯工程中工作的儿子，家里条件一跃成为他们三家中最好的，有时很让老苗妒忌。

“不是我上太空。”杨晋文说着抬头看看，看到卫明已经领着孩子到另一个房间去了，才接着说，“是我的骨灰上太空，我说，你们老哥俩不忌讳说这个吧。”

“有啥忌讳的，不过你把骨灰整上去干什么？”张援朝问。

“你们知道，天梯的尽头有电磁发射器，到时候骨灰盒能发射到第三宇宙速度，飞出太阳系，这叫宇宙葬，知道了吧……我死了后可不想待在外星人占领的地球上，这也算是逃亡主义吧。”

“要是外星人被打败了呢？”

“几乎不可能，不过要真是那样我也没有什么损失，漫游宇宙嘛！”

张援朝连连摇头，“你这都是知识分子的怪念头，没什么意思。落叶归根，我还是埋在地球的黄土里吧。”

“你就不怕三体人挖了你的坟？”

听到这话，一直没吱声的苗福全似乎兴奋起来，他示意另外两人靠近些，好像怕智子听到似的压低声音说：“你们别说，我还真想到了这点：我在山西有好几处挖空了的矿……”

“你想葬在那儿？”

“不不，那都是小窑矿，能有多深？但有几处与国有大矿挖通了，沿着他们的废巷道一直可以下到地下四百多米，够深了吧？然后把井壁炸塌，我就不信三体人能挖到那儿。”

“嗨，地球人都能挖到那儿，三体人就不能？沿着墓碑向下挖不就行了。”

苗福全看着张援朝哑然失笑，“你，老张，傻了不是？”看着老张茫然的样儿，他指指杨晋文，后者对他们的谈话已经没有兴趣，在继续看电视转播，“让有学问的告诉你。”

杨晋文对着电视嘿嘿一笑说：“老张你要墓碑干吗？墓碑是给人看的，那时已经没有人了。”

张援朝呆呆地沉默了好一会儿，终于长叹一声：“是啊是啊，没有人了，什么都是空的了。”

在去三号核聚变实验基地的路上，章北海的车一直行驶在厚厚的雪中，但在接近基地时地上的雪全化了，路变得十分泥泞，本来寒冷的空气变得温暖而潮湿，有一种春天的气息。章北海看到，在路边的山坡上，一丛丛桃花在这严冬季节不合时令地开放了。他驱车向前方山谷里的那幢白色建筑驶去，基地主体位于地下，这幢建筑物只是入口。就在这时，他注意到路边山坡上有一个人在摘桃花，细看发现此人正是自己要找的人，于是把车停下来。

“丁博士！”他对那人喊道。当丁仪拿着一大把桃花走到车前时，他笑着问，“这花是送给谁的？”

“这是核聚变的热量催开的花，当然是送给我自己的。”在鲜艳花朵的衬托下，丁仪显得满面春风，显然还沉浸在刚刚实现的技术突破带来的兴奋中。

“这么多的热量就这么扩散，太浪费了。”章北海走下车，摘下墨镜，打量着这片小小的春天，在这里呼吸时没有白汽，他的脚底甚至都能感受到地面的温热。

“没有钱也没有时间建一个发电厂，不过也没什么，从今以后，能源在地球上不是什么需要节约的东西了。”

章北海指着丁仪手中的花束说：“丁博士，我真希望有些事情能让你分分心，使这个突破晚些实现。”

“没有我突破得更快，基地有上千名研究人员，我只是指出了正确的方向。我早就感觉到托卡马克方式是一条死路，方向对了，突破肯定会产生。至于我，是搞理论的，不懂实验又瞎指挥，可能还拖延了研究进度。”

“你们能不能推迟一下成果发布的时间？这话我是认真的，也是非正式转达了太空军司令部的意思。”

“怎么可能呢？对三个研究工程的进展，新闻媒体一直在追踪报道。”

章北海点点头，叹口气说：“那就很糟糕了。”

“我知道一些原因，不过你还是说说为什么吧。”

“可控核聚变技术一旦实现，马上就要开始太空飞船的研究了。

博士，你知道，目前有两大方向——工质推进飞船和工介质的辐射驱动飞船，围绕着这两个研究方向，形成了对立的两大派别：航天系统主张研究工质推进飞船，而太空军则力推辐射驱动飞船。这种研究要耗费巨大的资源，在两个方向不可能平均使力同时进行，只能以其中一个方向为主。”

丁仪说：“我和核聚变系统的人都赞成辐射驱动，从我而言，感觉这是唯一能进行恒星际宇宙远航的方案。当然得承认，航天系统也有道理，工质推进飞船实际上就是化学火箭的变种，不过是以核聚变为能源而已，在研究前景上要保险些。”

“可在未来的星际战争中不保险！就像你说的，工质推进飞船不过是个大火箭，要用超过三分之二的运载能力运载推进工质，且工质消耗很快，这种飞船只能以行星基地为依托，在太阳系内航行，这样做，是在重复甲午战争的悲剧，太阳系就是威海卫！”

“这个类比很深刻。”丁仪冲着章北海举举手中的花。

“这是事实，海军的最前沿应该是敌人的港口，我们当然做不到这一点，但防卫前沿至少应前推至奥尔特星云，并且要保证舰队在太阳系外的广阔空间有足够的迂回能力，这是太空军的战略基础。”

丁仪说：“其实航天系统内部也不是铁板一块，主张工质飞船的是那些从化学火箭时代过来的老航天，但其他学科的力量也在进入航天界，比如我们核聚变系统的，他们大都主张辐射飞船。这两种力量目前已经势均力敌，打破平衡的就是那三四个处于关键位置的人，他们的意见决定最终的规划方案，真的，就那么三四个人，可惜都是老航天。”

“这是总体战略中最关键的一步决策，如果这一步走错，太空舰队就要在一个错误的基础上进行建设，有可能浪费一两个世纪的时间，到时再转向怕也没机会了。”

“这你我都没有办法。”

同丁仪吃过午饭后，章北海离开了核聚变基地。车开出不久，潮湿的地面就变成了皑皑的白雪，在阳光中泛出一片白光，空气温度急剧降低，章北海的内心也迅速冷静下来。

他绝对需要能够进行恒星际远航的飞船，如果其他的路都走不通，那剩下的一条，不管多么险恶，也是必须走的了。

章北海走进了位于胡同深处四合院中的陨石收藏者的家，感觉这间光线黯淡的老宅像一个小型的地质博物馆，四壁都立着玻璃柜子，里面很专业的灯光照着一块块貌不惊人的石头。主人正在一张工作台上用放大镜仔细看着一块小石头，见到来客便很热情地打招呼。这人五十开外的样子，面色和精神都很好，章北海一眼就看出他属于那样一类幸运的人，有自己钟爱的小世界，不管大世界怎样变化都能沉浸其中自得其乐。在老宅所特有的那种陈旧气息中，章北海意识到在自己和同志们为人类的生存而战时，大部分人仍然执着于自己固有的生活，这让他心里感到温暖和踏实。

太空电梯的建成和可控核聚变技术的突破，对世界是两个巨大的鼓舞，也在很大程度上缓解了失败主义情绪。但冷静的领导者们知道，这一切仅仅是开始，如果把太空舰队的建设与海洋舰队相类比的话，人类现在也只是拿着工具刚刚来到海岸边，连造船的船坞都还没有搭建起来。除了太空飞船本体的建设，星战武器和飞船循环生态系统的研究，以及太空港口的建设，都将面临人类从未面对过的技术深渊，这一切，仅在技术上完成准备，可能就需要一个世纪的时间。除令人望而生畏的技术深渊外，人类社会还将面临另一个严峻的考验：太空防御系统的建设将消耗超量的资源，这种消耗很可能使人类的生活水平倒退一个世纪。所以，对人类精神的最大挑战还在未来。正是在这种情况下，上级决定开始实施太空军政工干部增援未来计划，章北海作为计划的最初提出者，被选定为第一批增援未来特遣队的指挥官。他在接到任命后提出，在进入冬眠前，应该让所有特遣队军官至少在太空中实习和工作一年时间，这是对他们未来在太空军中的工作必需的准备。“上级不希望我们在那时成为不能出海的舰队政委吧？”他这样对常伟思说。这个请示很快得到了批准，一个月后，他将和第一支特遣队的三十名同志进入太空。

“您是军人吧？”收藏者端茶时问道。得到对方肯定的点头后，他说，“现在的军人已经不太像军人了，但您我一眼就能看出来。”

“您也曾经是军人。”章北海说。

“好眼力，我大半辈子都是在总参测绘局服役。”

“怎么会对陨石感兴趣呢？”章北海赞赏地打量着这丰富的收藏问道。

“十多年前，我随考察队穿越南极大陆，任务就是负责在雪下面找陨石，以后就迷上了这东西。它们来自尘世之外，遥远的太空，当然是很有魅力了，我每拿到一块陨石，就像去了一个新的外星世界一样。”

章北海笑着摇摇头，“这只是您的感觉而已，地球就是由星际物质汇聚形成的，所以地球就是一块大陨石，我们脚下的石头都是陨石，我手里的茶杯也是陨石。而且，据说地球上的水是由彗星带来的，所以……”他说着举举茶杯，“这茶杯里面盛的也是陨石，您这些东西应该是不稀罕的。”

收藏者指点着章北海笑了起来，“呵呵呵，你很精明，已经开始砍价了……不过我还是相信自个儿的感觉。”

收藏者说着，迫不及待地拉章北海欣赏自己的藏品，他甚至打开保险柜展示自己的镇宅之宝：一块来自火星的无球粒陨石，指甲大小。他让章北海在显微镜下观看陨石表面那些小圆坑，说它们有可能是微生物的化石。

“五年前，黑格[①]想以黄金价格的一千倍买它，我都没答应。”

---

①罗伯特·黑格，美国加州大学洛杉矶分校的教授，是全球最权威的陨石收藏家。从二十三岁起开始收集陨石，拥有的陨石成为世界上最大的私人陨石收藏。

“这些有多少是您自己亲自采集的？”章北海指指周围的藏品问。

“只占很小一部分，大部分是民间购买和圈子里交流来的……说说看，您需要什么样的？”

“不需要很贵重的，但要比重大，在冲击下不易破碎，易加工。”

“明白了，要雕刻是吧？”

章北海点点头，“算是吧，最好能用车床加工。”

“那就是铁陨石了。”收藏者说着打开玻璃柜，拿出了核桃大的一块暗色的石头，“这个就是，主要是由铁和镍组成，还有钴、磷、硅、硫、铜等等，要说比重，它可真大，每立方厘米八克多，加工起来很容易，金属性很强，车床加工没问题。”

“很好，就是小了点儿。”

收藏者又拿出一块，苹果大小。

“有再大些的吗？”

收藏者看看章北海说：“这东西的价格可不是论斤称的，大的很贵。”

“那么，这样大小的要三块有吗？”

收藏者拿出了三块大小差不多的铁陨石，开始为要价做铺垫，“铁陨石数量不多，只占陨石总数的百分之五，而且这三块成色都很好。您看，这一块是八面石，这块是富镍角砾斑杂岩，看这上面的交错条纹，这叫韦氏条纹；这种平行的叫牛曼条纹；这块含有锥纹石，这块有镍纹石,这可都是地球上没有的矿物。这一块是我在沙漠中采集到的,用金属探测器找,简直是大海捞针。那一次车陷到沙里,把传动轴都顶断了,差点丢了命。”

“你出个价吧。”

“这样大小和档次的陨石,国际市场上的价格大概是每克二十美元,这样吧,每块六万,三块十八万,怎么样?”

章北海拿出手机说:“给个账号吧,我现在就付款。”

收藏者半天没吱声,章北海抬头看看,见他有些尴尬地笑着,“呵呵,其实,我是准备你还价的。”

“不,我接受。”

“你看,现在毕竟太空航行平民化了,虽然目前上太空中搞陨石还不如地球上方便,但市场上的价格毕竟跌了些,这些嘛,也就值……”

章北海很坚决地打断了他,“不,就这个价,就算表示我对要送的人的尊重吧。”

从收藏者家中出来后,章北海带着陨石来到了一个模型制作车间。这个车间位于太空军所属的一个研究所内,这时已经下班,周围空无一人,这里有一台最先进的数控机床。他首先把三块陨石在机床上按照一定的直径切割成许多根铅笔粗细的圆柱体,然后又按照一定的长度把这些圆柱体切成小段。他很小心地操作,尽量减少原料的浪费，最后得到了三十六块小圆柱形的陨石。这一切做完后，他小心地把切割的陨石碎屑收集起来，把机床上那把为加工石材选用的特别刀具拆下，才起身走出车间。

剩下的工作，章北海是在一个隐蔽的地下室中完成的，他面前的小桌上，放着三十六发 7.62 毫米口径的手枪子弹，他用钳子依次把这些子弹的弹头取下来。如果是以前的铜壳子弹，这件事会很费力，有时还要用螺栓松动剂才行，但两年前全军换装的制式枪支均使用无壳子弹，弹头是直接粘在发射药上的，取下来很容易。接着，他用特殊胶合剂把每支发射药上都粘上一块陨石，这样就做成了三十六颗陨石子弹。所用的胶黏剂原是用于修补太空舱表皮的，能够保证在太空剧烈的冷热交替环境中不失效。

章北海把四发陨石子弹压进弹夹，然后把弹夹推入一支 2010 制式手枪中，对着墙角的一个布包开了枪，在地下室狭小的空间中，枪声像爆炸般震耳欲聋，硝烟味很浓。

章北海仔细审视着布包上的四个弹洞，看到弹洞很小，说明陨石在发射中没有破碎。他打开布包，取出了裹在里面的一大块生牛肉，他用刀子小心地取出射入牛肉中的陨石，看到那四块陨石圆柱都已破碎，成了他掌心中的一小堆碎石，基本上看不出加工的痕迹，这结果令他很满意。

那块包牛肉的布，是制作航天服的材料，为了使模拟更接近真实，布做成了夹层，在其中放置了保温海绵和塑胶管道等物。

章北海把剩下的三十二发陨石子弹小心地收起来，走出地下室，去做进入太空的准备。

章北海悬浮在距黄河空间站五公里的太空中，这个车轮形状的空间站是太空电梯的一部分，位于电梯终点上方三百公里处，是作为电梯的平衡配重物建造的[①]，是目前太空中规模最大的人造物体，里面可以常驻上千人。

以太空电梯为圆心，在半径五百公里的范围内还有其他太空的设施，规模都比黄河站小许多，它们零星地散落着，像美国西部开发初期大草原上的游牧帐篷，这是人类大规模进入太空的前奏。其中刚刚开始建造的太空船坞是规模最大的，其体积可能是黄河站的十倍，但目前只搭起了一个施工框架，像一副巨兽的骨骼；在距章北海八十公里的远处，有一个独立的空间站，规模只有黄河站的五分之一，那是太空军在同步轨道上建立的第一个基地，章北海就是从那里飞来的。现在，他已经同增援未来第一特遣队的其他成员在那里生活和工作了三个月，其间只返回过地面一次。

在一号基地中，章北海一直在等待机会，现在机会出现了：航天系统在黄河站召开一次高层工作会议，他要消灭的三个目标都是与会者。黄河空间站投入使用后，航天系统的许多会议都在其中召开，

① 太空电梯实际是一颗运行于地球同步轨道的人造卫星，为了在运行中取得平衡，需要在轨道的外侧加上与电梯同等的重量。

好像是要弥补以前从事航天事业的人大都没机会进入太空的遗憾。

在从一号基地飞出前，章北海把航天服上的定位单元留在了基地中自己的舱室内，这样，一号基地的监测系统不会知道他已经离开基地，他的这次外出不会留下任何记录。用航天服上的小型喷射推进器，他在太空飞行了八十公里，来到了这个早已选定的位置，静静地等待着。

章北海知道，现在会议已经结束，他在等待着全体与会者出来照相。

这是一个惯例，每次会议结束，与会者都要到太空中拍合影。一般来说，拍照应该是逆着阳光的，因为这样才能把作为背景的空间站拍清楚，在拍照时，合影的每个人需要把航天头盔面罩调成透明的，以便从面罩中露出脸来，这时如果太阳在正空，强烈的阳光会使人睁不开眼，同时也会使头盔内部很快就热得难受，所以，拍合影的时间最好是在太阳从地球边缘升起或落下的时刻。在同步轨道上，日出和日落也是每二十四小时各一次，只是夜的时间很短，章北海现在在等着日落。

他知道，黄河站的监测系统肯定能检测到自己的存在，但这不会引起任何注意。在这片太空开发的起源地，散落着大量的建筑材料，包括待用的和废弃的，还有更多的垃圾，这些飘浮物中，有很多大小与人体相当。另外，太空电梯与周围太空设施的关系就像大城市与周围的村庄，后者的供给完全来自于前者，两者间有着繁忙的交通。随着对太空环境的适应，人们渐渐习惯了只身穿行于太空中，这时，航天服就像太空自行车，喷射推进器可以使它的时速达到五百公里，在电梯周围几百公里范围内是最方便的交通工具，现在，几乎每时每刻都有人穿着航天服在电梯和周围的空间站之间飞行。

但此时，在章北海的感觉中，周围的太空是十分空旷的，除了地球——在同步轨道上已经可以看到完整的球形——和将要在其边缘落下的太阳，其他的方向都是漆黑的深渊，无数星星似乎只是闪亮的尘埃，改变不了宇宙的空虚。他知道，航天服中的生命维持系统只能维持十二个小时，在此之前，他必须回到八十公里外的一号基地中去，虽然现在它看上去只是远方太空深渊上一个几乎没有形状的点。而一号基地本身，如果离开了太空电梯这条脐带，也生存不了太长的时间。但此时，他飘浮在这广大的虚空中，在感觉上已经斩断了与下面那个蓝色世界的联系，感觉自己就是宇宙中的一个独立的存在，不依附于任何世界，脚下没有大地，四周只有空间，同地球、太阳和银河系一样悬浮于宇宙中，没有从哪里来，也没有到哪里去，只是存在着，他喜欢这种感觉。

他甚至想到，父亲的在天之灵可能也是这种感觉。

这时，太阳开始接触地球的边缘了。

章北海举起一只手，航天服手套中握着一个瞄准镜，他用这东西当望远镜观察着十公里外黄河站的一个出口，看到在宽大的弧形金属外壁上，圆形密封门仍紧闭着。

他扭头看看太阳，它已经沉下去一半，成了地球的一枚光芒四射的戒指。

再通过瞄准镜远望黄河站，章北海看到出口旁边的标志灯由红变绿，表示后面过渡舱中的空气已经抽空。紧接着，出口滑开了，一群穿着白色航天服的身影鱼贯而出，有三十人左右。他们集体向外飞行，投在黄河站外壁上的影子越来越大，他们需飞出一段距离，才能把背景上的空间站拍全。很快，所有人都减速停了下来，在摄影师的指挥下开始在失重环境下排队。

这时，太阳已经沉下去三分之二，剩下的部分看上去像是镶嵌在地球上的一个发光体，夕照下的海洋像一面光滑的镜子，一半深蓝一半橘红，而浸透了阳光的云层像一大片覆盖在镜面上的粉红色羽毛。

随着光照度的降低，远方合影的人们开始纷纷把自己的面罩调成透明，在头盔中露出自己的面容。章北海拉大了瞄准镜的焦距，很快找到了三个目标，正如他所料，由于这三人的级别，他们都在最前排正中。

章北海松开瞄准镜，任它悬浮在面前，用左手转动右手航天手套的金属护环，把手套摘了下来。这时，他的右手只戴着薄布手套，立刻感到了太空中零下百度的寒冷，为了避免这只手很快冻僵，他把身体转动了一个角度，让正在变弱的阳光照到手上。他把这只手伸进航天服侧面的工作袋，取出了手枪和两个弹夹。接着，他用左手抓住悬浮的瞄准镜，把它安装到手枪上。这种瞄准镜原是步枪使用的，他进行了改装，把原来的夹具换成磁铁，使其能在手枪上使用。

地球上的绝大部分枪支都可以在太空中射击，真空不是问题，因为子弹的发射药都是自带氧化剂的，需要考虑的是太空中的温度——不管是低温，还是高温都与大气层中相差甚大，都有可能对枪支和弹药产生影响，所以章北海不敢让手枪和弹夹长时间暴露在外面。为了缩短时间，这三个月来他一直反复演练失重中取枪、装瞄准镜和换弹夹的动作。

然后，他开始瞄准，瞄准镜的十字线很快套住了第一个目标。

在地球大气层内，即使最精良的狙击步枪也不可能在五千米的距离上击中目标，但在太空中，一支普通手枪就可以做到。因为子弹是在真空和无重力中前进，不受任何干扰，只要瞄准正确，子弹就能沿着极其稳定的直线弹道击中目标；同时，由于空气阻力为零，子弹在整个飞行过程中根本不减速，击中目标时的速度就是飞出枪口时的初速度，保证了远距离上的杀伤力。

章北海扣动了扳机，手枪在寂静中击发，但他看到了枪口的火光，感到了后坐力。他对第一个目标击发了十次，马上飞快地换上新的弹夹，对第二个目标又射出十发子弹；接着再次换上弹夹，把最后十发子弹射向第三个目标。枪口闪烁了三十次，如果黄河站方向这时真有人注意到的话，就像看到太空暗黑背景上的一只萤火虫。

现在，三十枚陨石弹头正在飞向目标，2010 型手枪的弹头初速度是 500 米 / 秒，子弹飞完这段距离约需十秒钟，这时章北海只能祈祷目标在这段时间不要移动位置。这个希望也是有根据的，因为现在后两排的合影者还没有排好位置，前排的领导们只能等待，即使队形都排好了，摄影师还要等待航天服推进器喷出的白雾散去。但目标毕竟是悬浮在太空中的，位置很容易在失重中飘移，这时子弹不但会错过目标，还可能伤及无辜。

无辜？他要杀的这三个人也是无辜的，在三体危机出现前的岁月里，他们用现在看来十分微薄的投入，小心翼翼如履薄冰地开启了太空时代的黎明……然而正是那段经历禁锢了他们的思想，为了得到能够在恒星际航行的飞船，必须消灭他们！而他们的死，也应该看作为人类太空事业做出的最后贡献。

事实上，章北海故意使几颗子弹稍稍走偏，期望能击中目标之外的人，最理想的情况是致伤，但如果真的多死一两个人，他也不在意，这样做是为了减少可能出现的怀疑。

章北海举着已经打空的枪，透过瞄准镜冷静地观察着，他做好了失败的准备，如果那样，他将从容不迫地开始寻找第二次机会。

时间在一秒一秒地流逝，终于，目标被击中的迹象出现了。章北海并没有看到航天服上的弹洞，但有白色的气体喷出。紧接着，在第一排和第二排之间，爆发出了一团更大的白汽，可能是子弹穿透目标后又击穿了背后的喷射推进器。对子弹的威力他是有信心

的，丝毫没有减速的陨石子弹击中目标时，就如同枪口顶着目标开枪一样。他看到，一个目标的头盔面罩突然布满了裂纹，变得不透明了，但能看到血从内部飞溅在上面，然后血随着从弹洞中泄漏的气体喷到外面，很快冷凝成雪花状的冰晶。章北海在观察中很快确定，被击中的有包括那三个目标在内的五人，每个目标的中弹至少在五发以上。

透过几个人的透明面罩，章北海看到他们都在惊叫，从口型上看出他们喊的话中肯定有一个他期待的词：

“陨石雨！”

合影者们的喷射推进器都全功率打开，他们拖着条条白雾迅速返回，很快由那个圆形入口进入了黄河站。章北海注意到，那五名中弹者是被别人拖回去的。

章北海开动喷射推进器，向一号基地方向加速，此时他的心就像周围空寂的太空一般寒冷而平静。他知道，航天界那三个关键人物的死，并不能保证无工质辐射推进飞船成为主要研究方向，但他做了自己能做的，不管以后发生什么，在父亲从冥冥中投下的目光中，他可以安心了。

几乎就在章北海返回一号基地的同时，在地球上的互联网中，三体虚拟世界的荒漠上很快聚集起一群人，讨论刚刚发生的事。

“智子这一次传回的信息很完整，否则我们真不敢相信他真那么做了。”秦始皇说，同时用长剑在地上随意地划着，显示出他心里的不安，“看看人家做的，再看看我们对罗辑的三次行动，唉，有时我们真的是太书呆子气，太缺少这种冷酷和干练。”

“我们对这人的行为坐视不管吗？”爱因斯坦问。

“按照主的意思，只能这样。这人是一个极端顽固的抵抗主义者和胜利主义者，对这类人，主让我们不必做任何干预，我们的注意力应该集中到逃亡主义者上，主甚至认为，连失败主义者都比胜利主义者危险。”牛顿说。

“我们要真正认真对待为主服务的使命，就不能完全听信主的战略，它毕竟只有孩子的谋略。”墨子说。

秦始皇用长剑敲敲地面说：“不过就此事而言，不干预是对的，就让他们把发展方向确定在辐射驱动飞船上吧。在智子锁死物理学的情况下，这几乎是一个不可逾越的技术高峰，它也是一个无底深渊，人类将把所有的时间和资源扔进去，最后却一事无成。”

“这一点大家基本同意，但我认为最重要的是这个人，这人太危险了。”冯·诺伊曼说。

“确实如此！”亚里士多德连连点头，“以前我认为他是个纯正的军人，可这件事，哪像一个一直按严格的纪律和规则行事的军人所为？”

“这人确实危险，他信念坚定，眼光远大又冷酷无情，行事冷静决断，平时严谨认真，但在需要时，可以随时越出常轨，采取异乎寻常的行动。”孔子说着长叹一声，“正如嬴政刚才所说，我们缺这样的人啊。”

“收拾掉他并不难，我们去告发他的谋杀行为就行了。”牛顿说。

“没那么容易！”秦始皇冲着牛顿一甩长袖说，“这都是你们的错，这几年你们一直借着智子信息的名义在太空军和联合国中挑拨离间，搞到现在怎么样？被你们告发倒成了一种荣誉，甚至成了忠诚的象征！”

“而且我们手上也没有确凿的证据。”墨子说，“他的策划很周密，子弹射入人体后已经破碎，如果验尸，从死去和受伤的人体内取出的就是地地道道的陨石，谁都会相信那些人是死于一场陨石雨。事情的真相真的太离奇，没人会相信的。”

“好在他要去增援未来了，在相当长的一段时间里不会成为我们的烦恼。”

爱因斯坦长叹一声，“走了，都走了，我们中的一些人也该动身去未来了吧。”

虽然将要说再见，但每个人心里都明白这是永别了。

增援未来的政工特遣队将前往冬眠地，常伟思同太空军的几名高级将领一起到机场送行，他把一封信交给章北海。

“这是我给未来继任者的信，我在信中介绍了你们的情况，并向未来的太空军司令部做出郑重推荐。你们苏醒的时间最早是五十年后，还可能更长，那时你们可能面临更加严峻的工作环境，首先要适应未来，同时要保持我们这个时代军人的灵魂，要弄明白我们现在的工作方法，哪些是过时的，哪些是需要坚持的，这都有可能成为你们在未来的巨大优势。”

章北海说：“首长，我第一次为无神论者感到一些遗憾，否则我们就可以怀着希望在某个时间某个地方最后相聚。”

一贯冷峻的他说出这样的话，让常伟思有些意外，这话也在所有人的心中再次掀起了波澜，但作为军人，他们都把内心的悸动深深隐藏起来。

“此生能相聚已经很幸运了，代我们向未来的同志问好吧。”常伟思说。

敬过最后的军礼，特遣队开始登机。

常伟思的目光一直没有离开章北海的背影，这个坚定的战士走了，可能不会再有第二个他这样的人。他那种坚定的信念是从哪里来的？这个问题一直藏在常伟思心底，有时想到这个甚至令他有些嫉妒。一个拥有胜利信念的军人是幸运的，在这场终极战争中，能有这种幸运的人少之又少。章北海挺拔的身影消失在舱门中，常伟思不得不承认，到最后，自己也没能彻底了解他。

飞机起飞了，载着这些有机会看到人类最后结局的人，消失在苍白的薄云后面。这是一个萧瑟的冬日，太阳在这层灰纱般的薄云后面发出无力的白光，寒风吹过空荡荡的机场，寒冷使空气像一块凝固的水晶，此景使人怀疑春天真的还会到来。常伟思拉紧了军大衣的领口，今天是他五十四岁生日，在这凄凉的冬风中，他同时看到了自己和人类的尽头。

危机纪年第 20 年

三体舰队距太阳系 4.15 光年

雷迪亚兹和希恩斯被同时从冬眠中唤醒了，他们被告知，等待的技术已经出现了。

“这么快？”当两人得知时间仅仅过去了八年时，都发出了这样的感叹。

他们接着被告知，由于前所未有的大量投入，这几年的技术进步确实神速，但这没有什么值得乐观的，人类不过是在他们和智子障碍之间的最后距离上加速冲刺而已。进步的只是技术，前沿物理学如一潭死水般停滞不前，理论的储备正在被消耗完，人类的技术进步将出现减速，直至完全停止，但目前人们仍不清楚技术的尽头将在何时出现。

希恩斯拖着冬眠后仍然僵硬的脚步，走进了一个外形像体育馆的建筑物。建筑内部笼罩在一片迷蒙的白雾中，希恩斯感觉这里很干燥，不知道这是什么雾。有月光般的柔光把雾照亮，雾积聚在上方，显得很浓，看不到建筑物的穹顶，但在一人多高的空间里雾很淡。在雾中，他看到了一个娇小的身影，立刻认出是山杉惠子，他向她奔去，像是追逐一个雾中的幻影，但他们最终还是拥抱在了一起。

“对不起亲爱的，我老了八岁。”山杉惠子说。

“即使这样，你还是比我小一岁。”希恩斯说着，打量着妻子，时光似乎在她身上没有留下太多的痕迹，在白雾里如水的月光中，她显得苍白而柔弱。她和这雾、这月光，让希恩斯回到了那个日本庭院里的竹林之夜，“我们不是说好，你两年后也冬眠吗，为什么一直等到现在？”

“本来只是想为我们冬眠后的事业做一些准备，但事情太多，就一直做下来了。”山杉惠子把额前的一缕头发轻轻拨开说。

“很难吧？”

“真的很难，你冬眠后不久，就有六个新一代超级计算机大型研究项目同时开始，其中三个是传统结构的，一个是非冯结构的，另外两个分别是量子和生物分子计算机研究项目。但两年后，这六个项目的首席科学家都对我说，我们要的计算能力根本不可能实现。量子计算机项目是最先中断的，现有的物理理论无法提供足够的支持，研究撞到了智子的墙壁上。紧接着生物分子计算机项目也下马了，他们说这只是一个幻想。最后停止的是非冯结构计算机，这种结构其实是对人类大脑的模拟，他们说我们这只蛋还没有形成，不可能有鸡的。最后只有三个传统结构计算机项目还在运作，但很长时间没有任何进展。”

“是这样……我该一直和你在一起的。”

“没有用的，那样你只是浪费八年时间而已。后来，有段时间，我们真的完全绝望了，就想出了一个疯狂的主意，要用一种近乎野蛮的方式来模拟人类大脑。”

“怎么做呢？”

“把以前的软件模拟转化为硬件，用一个微处理器模拟一个神经元，所有微处理器互联，并可以动态地变更连接模式。”

希恩斯想了几秒钟，才理解了山杉惠子这话的意义，“你是说，制造一千亿个这样的微处理器？”

惠子点点头。

“这……大概相当于人类有史以来制造过的微处理器的总和吧？”

“我没统计过，应该比那多吧。”

“就算你们真的拥有了这么多芯片，要用多长时间把它们互联起来？”

山杉惠子疲倦地笑笑，“我知道不行，但那是绝望中的想法嘛。可那时真打算那么做的，当时就想能做多少算多少。”她指指周围，

“看这里，就是计划中的三十个模拟大脑总装车间中的一个，不过也只建了这一个。”

“我真该和你在一起的。”希恩斯激动地又说了一句。

“好在我们要的计算机还是出现了，它的性能是你冬眠时最强计算机的一万倍。”

“传统结构？”

“传统结构，能从摩尔定律这个柠檬里又榨出这么多汁来，计算机科学界都很吃惊……但这次，亲爱的，这次真的到头了。”

这是空前的计算机，如果人类失败的话，也是绝后的。希恩斯这么想，但他没有说出来。

“有了这样的电脑，解析摄像机的研制就变得容易一些了……亲爱的，你对一千亿有一个形象的概念吗？”山杉惠子突然问，看到丈夫摇摇头，她微笑着伸出双手指指四周，“看，这就是一千亿。”

“什么？”希恩斯茫然地看着周围的白雾。

“我们正在超级计算机的全息显示器中。”山杉惠子说着，一手摆弄着挂在胸前的一个小玩意儿，希恩斯看到上面有一个滚轮，可能这东西是类似于鼠标的东西。

与此同时，希恩斯感觉到围绕着他们的白雾发生了变化，雾被粗化了，显然是对某一局部进行了放大。他这时发现，所谓的雾其实是由无数发光的小微粒组成的，那月光般的光亮是由这些小微粒自身发出的，而不是对外界光源的散射。放大在继续，小微粒都变成了闪亮的星星。希恩斯所看到的,并不是地球上的那种星空,他仿佛置身于银河系的核心,星星密密麻麻,几乎没有给黑夜留出空隙。

“每一颗星星就是一个神经元。”山杉惠子说,一千亿颗星星构成的星海给他们的身躯镀上了银边。

全息图像继续放大,希恩斯看到了每颗星星向周围放射状伸出的细细的触须,这无数触须完成了星星间错综复杂的连接,希恩斯眼中星空的图景消失了,他置身于一个无限大的网络结构中。

图像继续放大,每颗星星开始呈现出结构,希恩斯看到了他早已通过电子显微镜熟悉了的脑细胞和神经元突触的结构。

惠子按动鼠标,图像瞬间恢复到白雾状态,“这是一个大脑结构的全视图,是由解析摄像机拍摄的,三百万个截面同时动态扫描。当然,我们现在看到的这个图像是经过处理的,为了便于观察,把神经元之间的距离拉大了四至五个数量级,看上去就像把一个大脑蒸发成气体,不过它们之间突触连接的拓扑结构是保持原样的。现在看看动态的……”

雾气中出现了扰动,就像把一撮火药均匀地撒在火焰上,璀璨的光点在雾气中出现。山杉惠子把图像放大到星空模式,希恩斯看到大脑宇宙中星潮汹涌,星海的扰动在不同位置以不同的形式出现,有的像河流,有的像旋涡,有的像横扫一切的潮汐。所有的扰动都瞬息万变,在浩渺的混沌中,不时出现自组织的美图。当图像放大到网络模式时，希恩斯看到了无数神经信号沿着纤细的突触忙碌地传递着，像错综管网里流淌着的闪光珍珠……

“这是谁的大脑？”希恩斯在惊叹中问道。

“我的。”山杉惠子含情脉脉地看着丈夫，“出现这幅思维图景时，我正在想你。”

请注意，当亮点变绿时，第六批测试命题将显示，命题为真按右手按钮，命题为伪按左手按钮。

命题1号：煤是黑色的

命题2号：1+1=2

命题3号：冬季的气温比夏季低

命题4号：男人的个子一般比女人矮

命题5号：两点之间直线最短

命题6号：月亮比太阳亮

……

以上信息依次显示在受试者眼前的小屏幕上，每一个命题显示时间为四秒钟，受试者根据自己的判断按动左右手相应的按钮，他的头部置于一个金属罩中，解析摄像机拍摄大脑的全息视图，经计算机处理后形成可供分析的动态神经元网络模型。

这是希恩斯思维研究项目的初级阶段，受试者只进行最简单的判断思维，测试命题都是最简洁且有明确答案的，在这种简单思维中，大脑神经网络的运作机制较易识别，由此可以作为深入研究思维本质的起点。

希恩斯和山杉惠子领导的研究小组已经取得了一些进展，他们发现，判断思维并非产生于大脑神经元网络的特定位置，但却拥有特定的神经冲动传输模式，借助强大的计算机，可以从浩瀚的神经元网络中检索和定位这种模式，这很像天文学家林格为罗辑提供的那种定位恒星的方式：在星海中查找某种特定的位置构图。但在大脑宇宙中，这种构图是动态变化的，只能从其数学特征上识别，如同在浩渺的大洋中寻找一个小小的漩涡，所需的计算量比前者要大几个数量级，也只有最新的超级电脑才能做到。

希恩斯夫妇漫步在全息显示器显示的大脑云图中，每当受试者大脑中的一个判断思维点被识别时，计算机就会在云图上相应的位置以闪烁的红光标示出来。其实，这种显示方式只是提供了一场直观的视觉盛宴，在具体研究中并无必要，最重要的是对思维点内部神经冲动传输结构的分析，那里隐藏着思维最本质的奥秘。

这时，项目组医学部主任匆匆走来，说104号受试者出现了问题。

在解析摄像机刚研制出来时，巨量断面的同时扫描产生强大的辐射，任何一个被拍摄的生命体都会产生致命的损害，但经过多次改进，拍摄时的辐射已经降低到安全线以下。大量试验表明，只要不超过规定的拍摄时间，解析摄像机不会对大脑产生任何损害。

“他好像得了恐水症。”在匆匆赶往医疗中心的路上，医学部主任说。

希恩斯和山杉惠子都惊奇地停下了脚步，希恩斯瞪着医学部主任说：“据我所知，恐水症就是狂犬病！”

医学部主任抬起一只手，极力理清自己的思维，“哦，对不起，我说得不准确，他在生理上没有任何问题，大脑和其他器官也没有受到任何损害，但确实像狂犬病人那样怕水，他拒绝喝水，甚至连含水的食物都不敢吃。这完全是精神上的作用，他认为水有毒。”

“迫害幻想？”山杉惠子问。

医学部主任摆摆手，“不不，他并不是认为有人在水里下毒，他认为水本身就有毒。”

希恩斯夫妇再次站住了，医学部主任无奈地摇摇头，“可是他的精神在别的方面都很正常……我说不清，你们亲自看看吧。”

104号受试者是一名自愿的大学生，接受试验只是为了挣些零花钱。在走进病房前，医学部主任对希恩斯夫妇说：“他已经两天没喝水了，再这样下去会出现严重脱水的，以后只能强制进水了。”他在门边指着病房中的一台家用微波炉说，“看那个，他要把面包或其他食物放进去烤到完全干燥时才吃。”

希恩斯夫妇走进病房时，104号受试者用恐惧的目光看着他们，他嘴唇干裂，头发蓬乱，但其他方面看上去都正常。他拉着希恩斯的衣袖，声音嘶哑地说：“希恩斯博士，他们要杀我，真的不知道为什么。”他用另一只手指指床头柜上放着的一杯水，“他们让我喝水。”

希恩斯看看那杯清水，肯定受试者没有得狂犬病，因为真正的恐水症会使患者见到水后就发生恐怖的痉挛，连流水声都会令他们疯狂，甚至别人谈到水都会引起强烈的恐惧反应。

“从目光和语气看，他的精神应该是处于正常状态的。”山杉惠子用日语对希恩斯说，她有一个心理学学位。

“你真的认为水有毒？”希恩斯问。

“这有什么可怀疑的吗？就像太阳有光和空气中有氧一样，你们不至于否认这个常识吧。”

希恩斯扶着他的肩膀说：“年轻人，生命在水中产生并且离不开水，你现在的身体中百分之七十是水。”

104 号受试者的目光黯淡下来，他捂着头颓然坐在床上，“是的，这个问题在折磨着我，这是宇宙中最不可思议的事了。”

“我要看 104 号的实验记录。”走出病房后，希恩斯对医学部主任说，他们来到主任的办公室，山杉惠子说：“先看测试命题。”

命题在电脑屏幕上逐条显示：

命题 1 号：猫共有三条腿

命题 2 号：石头是没有生命的

命题 3 号：太阳的形状是三角形

命题 4 号：同样的体积，铁比棉花重

命题 5 号：水是剧毒的

……

“停。”希恩斯指着命题 5 号说。

“他的回答是伪。”医学部主任说。

“看看命题 5 得到回答后的所有操作和参数。”

记录显示，命题 5 号得到回答后，解析摄像机对受试者大脑神经网络中的判断思维点进行了强化扫描，这是为了提高这一区域的扫描精度，因而在这一小范围内加强了扫描的辐射强度和电磁场强度。希恩斯和山杉惠子仔细研究着屏幕上一大片参数记录。

“这样的强化扫描在别的命题和受试者上还做过吗？”希恩斯问。

医学部主任说：“因为强化扫描效果并不好，而且担心局部辐射超标，只做过四次就取消了，前三次……”在电脑上查询过后他说，“都是无害的真命题。”

“应该用相同的扫描参数，在命题 5 号上把实验重做一遍。”山杉惠子说。

“可……让谁做呢？”医学部主任问。

“我。”希恩斯说。

水是剧毒的

在白色的背景上，命题 5 号以黑色的字体出现。希恩斯按下了左手处的“伪”键，除了密集扫描在脑部产生的微热感外，他没有其他的感觉。

希恩斯走出了解析拍摄室，在包括山杉惠子在内的众人的注视下走到一张桌子旁。桌子上放着一杯清水，希恩斯拿起杯子，慢慢地凑到嘴边喝了一小口，他动作从容，表情镇定。众人开始松了一口气，但接下来他们迟迟没有看到希恩斯咽下水时喉部的动作，却见他的脸部肌肉先是僵硬，然后微微抽搐起来，他的目光渐渐露出和104号受试者一样的恐惧，似乎精神上在和一种无形的巨大力量搏斗着。最后，他哇地一下把含在口中的水全部吐出来，并蹲下来开始呕吐，并没有吐出什么，脸却憋成了紫色。山杉惠子一把抱住了他，一手拍着他的后背，刚刚回过气来的希恩斯伸出一只手说：“给我些纸巾什么的。”他拿到纸巾后，仔细地把溅到皮鞋上的水擦掉。

“亲爱的，你真的相信水有毒？”山杉惠子含泪问道，在实验前她曾多次要求改变命题，用另一个无害的伪命题代替，但都被希恩斯拒绝了。

希恩斯缓缓点头，“我是这样想的，”他抬头看看众人，目光中充满着无助和迷茫，“我想，我是这样想的。”

“我重复你的话，”山杉惠子抓着他的肩膀说，“生命在水中产生并且离不开水，你现在的身体中百分之七十是水！”

希恩斯低头看着地面上的水渍点点头，接着又摇摇头，“是的，亲爱的，这个问题在折磨着我，这是宇宙中最不可思议的事了。”

在可控核聚变技术取得突破三年后，地球的夜空中陆续出现了几颗不寻常的星体，最多时在同一个半球可以看到五颗，这些星体的亮度急剧变化，最亮时超过了金星，还时常急剧闪烁。有时这些星体中的某一个会突然爆发，亮度急剧增强，然后在两三秒内熄灭。这些星体是位于同步轨道上的实验中的核聚变反应堆。

未来太空飞船的发展方向被最终确定为无工质辐射推进，这种推进方式需要的大功率反应堆只能在太空中进行实验，这些在三万公里的高空发出光芒的聚变堆被称为核星。每一次核星的爆发就标志着一次惨重的失败，与人们普遍认为的不同，核星爆发并不是聚变堆发生爆炸，只是反应器的外壳被核聚变产生的高温烧熔了，把聚变核心暴露出来。聚变核心像一个小太阳，地球上最耐高温的材料在它面前就像蜡一般熔化，所以只能用电磁场来约束它，但这种约束常常失效。

在太空军司令部顶层的阳台上，常伟思和希恩斯就刚刚目睹了一次核星爆发，他们的影子被那满月般的光芒投在墙上，转瞬间消失。继泰勒后，希恩斯是常伟思会见的第二位面壁者。

“这个月已经是第三次了。”常伟思说。

希恩斯看看黑下来的夜空说：“这种聚变堆的功率，只及未来飞船发动机所要求的百分之一，可还是无法稳定运行……即使所要求的聚变堆研制出来，发动机的技术更难，这中间，他们肯定要遇到智子障碍。”

“是啊，智子挡在所有的路上。”常伟思看着远方说，天空中的光芒消失后，城市的灯海似乎比以前更加灿烂了。

“刚刚出现的希望之光又黯淡了，总有彻底破灭的那一天，正如您所说，智子挡在所有的路上。”

常伟思笑笑说：“希恩斯博士，您不是来和我谈失败主义的吧。”

“我正是要谈这个，这次失败主义的回潮与上次不同，是以生活水平急剧降低的民众为基础的，对太空军的影响更大。”

常伟思从远方收回目光，没有说话。

“所以，将军，我理解您的难处，我想帮助你们。”

常伟思静静地看了希恩斯几秒钟，后者感到他的目光深不可测，他没有回应希恩斯的话，而是说：“人类大脑的进化需要两万至二十万年才能实现明显的改变，而人类文明只有五千年历史，所以我们目前拥有的仍然是原始人的大脑……博士，我真的很赞赏您这种独特的思路，也许这真的是关键所在。”

“谢谢，我们真的都是摩登原始人。”

“但，用技术提升思想能力是可能的吗？”

这话令希恩斯兴奋起来，“将军，至少与其他人相比，您不那么原始了！我注意到，您说的是‘思想能力’而不是‘智力’，前者比后者的内涵要大得多，比如，目前战胜失败主义仅凭智力是不行的，在智子障碍面前，智力越高的人越难以建立胜利的信念。”

“那么，你还是回答我，可能提升吗？”

希恩斯摇摇头，“您对我和山杉惠子在三体危机出现以前的工作有了解吗？”

“我不是太懂，好像是：思维在本质上不是在分子层面，而是在量子层面进行的，我想，这是不是意味着……”

“这意味着智子也在前面等着我，”希恩斯指指天空，“就像在等着他们一样。但目前，我们的研究虽离目标还很遥远，却产生了一个意想不到的副产品。”

常伟思微微点头，表现出了谨慎的兴趣。

“不谈技术细节了，简单说吧，在大脑神经元网络中，我们发现了思维做出判断的机制，并且能够对其产生决定性的影响。把人类思维做出判断的过程与计算机作一个类比：从外界输入数据，计算，最后给出结果。我们现在可以把计算过程省略，直接给出结果。当某个信息进入大脑时，通过对神经元网络的某一部分施加影响，我们可以使大脑不经思维就做出判断，相信这个信息为真。”

“已经实现了吗？”常伟思不动声色地问。

“是的，从一个偶然发现开始，我们进行了深入的研究，已经实现了，我们把这种设备称为思想钢印。”

“如果这种判断或者说信念与现实不符呢？”

“那信念最终会被推翻，但这个过程是相当痛苦的，因为思想钢印在意识中所产生的判断异常牢固。我曾经因此而坚信水有毒，经过两个月的心理治疗后才能没有障碍地饮水，那过程……真是不堪回首。而水有毒是一个极其明确的伪命题，其他的信念却并非如此，比如上帝的存在、人类在这场战争中的胜利等等，本来就没有明确的判定答案，这类信念建立的正常过程，就是思维在各种选择中向一方微微的倾斜，而这类信念一旦由思想钢印建立，就坚如磐石，绝对不可能被推翻。”

“这真是一个伟大的成就。”常伟思认真起来，“我是说在脑科学上，但在现实中，希恩斯博士，你造出了一个最麻烦的东西，真的，有史以来最麻烦的东西。”

“您不想用这个东西，思想钢印，来造就一支拥有坚定胜利信念的太空军队吗？在军队中，你们有政委，我们有牧师，思想钢印不过是用技术手段高效率地完成他们的工作而已。”

“政治思想工作是通过科学的理性思维来建立信念。”

“可这场战争的胜利信念，有可能用科学理性思维建立起来吗？”

“博士，如果这样，我们宁愿要一个虽无胜利信念但能够自主思维的太空军。”

“除了这个信念外，别的思维当然是自主的，我们只是对思维进行了一点点干预，用技术越过思考，把一个结论——仅仅是这一个结论——固化在意识中。”

“这就够了，技术已经做到了能像修改计算机程序那样修改思想，这样被修改后的人，是算人呢，还是自动机器？”

“您一定看过《发条橙》。”

“一本思想很深刻的书。”

“将军，您的态度在我预料之中，”希恩斯叹息一声说，“我会继续在这方面努力的，一个面壁者必须做出的努力。”

在行星防御理事会面壁计划听证会上，希恩斯对思想钢印的介绍在会场引发了少有的激动情绪，美国代表简洁的评价代表了大多数与会者的想法：

“希恩斯博士和山杉惠子博士以自己过人的才华，为人类开启了一扇通向黑暗的大门。”

法国代表激动地离开了自己的座位，“人类失去自由思想的权利和能力，与在这场战争中失败，哪个更悲惨？”

“当然是后者更悲惨！”希恩斯起身反驳道，“因为在前面那种情况下，人类至少还有重获思想自由的机会！”

“我怀疑，如果那东西真被使用的话……看看你们这些面壁者吧，”俄罗斯代表对着天花板扬起双手，“泰勒要剥夺人的生命，你要剥夺人的思想，你们到底想干什么？”

这话引起了一阵共鸣。

英国代表说：“我们今天只是提出议案，但我相信，各国政府会一致同意封杀这个东西，不管怎样，没有比思想控制更邪恶的东西。”

希恩斯说:“怎么一提到思想控制,大家都这样敏感?其实就是在现代社会,思想控制不是一直在发生吗?从商业广告到好莱坞文化,都在控制着思想。你们,用一句中国话来说,不过是五十步笑百步而已。”

美国代表说:“希恩斯博士,您走的不只是一百步,你已经走到了黑暗的门槛,威胁到现代社会的基础。”

会场上又嘈杂起来,希恩斯知道,此时他必须控制住局势,他提高了声音说:“学学那个小男孩儿吧!”

会场的喧哗果然让他的最后一句话暂时平息了。“什么小男孩儿?”轮值主席问。

“我想大家都听过这个故事的:一个在林场中被倒下的树木压住腿的小男孩儿,当时只有他一个人,腿流血不止,这样下去他会失血而死,但他做出了一个能令各位代表汗颜的决定:拿起锯子,锯断了被压住的那条腿,爬上车找到医院,拯救了自己的生命。”

希恩斯满意地看到,会场上至少没有人试图打断他的话,他继续说道:“人类现在面临的问题是生存还是死亡,整个种族和文明作为一个整体的生存或死亡,在这种情况下,怎么可能不舍弃一些东西?”

“啪啪”两声轻响,是主席在敲木槌,尽管这时会场上并没有喧哗。这时人们才注意到,这个德国人是会场上少有的保持平静的人。

主席用平缓的语气说:“首先,我希望各位正视目前的形势。太空防御体系的建设,投入越来越大,世界经济在转型的同时急剧衰退,人类社会生活水平后退一个世纪的预言,很可能在不远的将来就变成现实。与此同时,与太空防御相关的科学研究,越来越多地遭遇到智子障碍,技术进步日益减速。这一切,都将在国际社会引发新一轮失败主义浪潮,而这一次,可能导致太阳系防御计划的全面崩溃。”

主席的话使会场彻底冷却下来,他让沉默延续了近半分钟,才继续说:“同各位一样,在得知思想钢印的存在时,我像看到毒蛇般恐惧和厌恶……但我们现在最理智的做法是冷静下来,认真思考一下,即使魔鬼真的出现了,冷静和理智也是最好的选择。在这次会议上,我们仅仅是提出一个供表决的议案。”

希恩斯看到了一线希望,“主席先生,各位代表,既然我最初提出的议案不能付诸会议表决,我们是不是可以各自后退一步。”

“不管后退多少,思想控制是绝不能被接受的。”法国代表说,但语气不像刚才那般强硬了。

“如果不是思想控制,或介于控制和自由之间呢?”

“思想钢印就是思想控制。”日本代表说。

“不然,所谓控制,必然存在控制者和被控制者,假如有人自愿在自己的意识中打上思想钢印,请问这能被称为控制吗?”

会场再次陷入沉默,希恩斯感到自己已经接近成功了,他接着说："我提议把思想钢印作为一种类似公共设施的东西对社会开放，它的命题只限一个，就是对战争胜利的信念，愿意借助思想钢印获得这种信念的人，在完全自愿的情况下，都可以使用这个设施。当然，这一切都是应该在严格监督下进行的。"

会议对此展开了讨论，在希恩斯提议的基础上，对思想钢印的使用又提出了许多限制，其中最关键的一条是使用范围仅限于太空军，军队中的思想统一毕竟是让人比较容易接受的。听证会连续进行了近八小时，是最长的一次，最后终于形成了一份供下次会议表决的议案，由各常任理事国代表向自己的政府做出汇报。

"我们是不是需要给这个设施起个名字？"美国代表说。

"叫信念救济中心怎样？"英国代表说，这带着英国式幽默的古怪名称引起了一阵笑声。

"把救济去掉，就叫信念中心吧。"希恩斯认真地说。

信念中心的大门前立着一座缩小比例精确复制的自由女神像，谁也说不清其用意，也许是想用"自由"冲淡"控制"的色彩，但最引人注意的是女神像基座上那首被窜改了的诗：

把你们绝望的人，你们迷茫的人，

把你们渴望看到胜利之光的畏惧徘徊的人都给我，

把那些精神失落、灵魂在流浪的人都送来：

在这金色的信念旁，我要为他们把灯举起。[1]

诗中所说的金色信念，被醒目地用多种文字刻在女神像旁边的一块叫信念碑的黑色花岗岩方碑上：

在抗击三体世界入侵的战争中，人类必胜，入侵太阳系的敌人将被消灭，地球文明将在宇宙中万代延续。

信念中心已经开放了三天，希恩斯和山杉惠子一直守候在庄严的门厅里。这幢建在联合国广场附近的不大的建筑成了一个新的旅游景点，不断有人在门前的自由女神像和信念碑前拍照，但一直没有人走进来，人们似乎都谨慎地与这里保持着距离。

“你觉得，这儿像不像一个经营惨淡的夫妻店？”山杉惠子说。

“亲爱的，这里总有一天会成为圣地的。”希恩斯庄严地说。

第三天下午，终于有一个人走进信念中心，这是一个面露忧郁的秃顶中年男人，走路有些摇晃，靠近时能闻到酒味。

“我来获取一个信念。”他口齿不清地说。

“信念中心只有各国太空军成员才能使用，请出示您的证件。”山杉惠子鞠躬说，这时，在希恩斯的眼中，她像一个礼貌周到的东京

① 自由女神像基座上的埃玛·拉扎勒斯的诗原文为：把你们疲惫的人，你们贫穷的人，你们渴望呼吸自由空气的挤在一堆的人，都给我；把那些无家可归的人，饱经风浪的人，都送来。在这金色的大门旁，我要为他们把灯举起。

大饭店服务生。

男人摸索着拿出了证件，“我是太空军成员，不过是文职人员，可以吗？”

细看过证件后，希恩斯点点头，“威尔逊先生，您打算现在进行吗？”

“那当然。”男人点点头，从胸前的衣袋中掏出一张整齐折好的纸，“那个，你们叫信念命题吧，写在这里，我想获得这个信念。”

山杉惠子本想解释：按照行星防御理事会的决议，思想钢印被允许操作的命题只有一个，就是门前石碑上所写的内容，必须一字不差，其他任何命题都是严格禁止的。但希恩斯轻轻制止了她，他想先看看这人提交的命题是什么，打开那张纸，只见上面写着：

凯瑟琳是爱我的，她根本没有也永远不可能有外遇！

山杉惠子极力忍住笑，希恩斯则气恼地把那张纸团成一团扔在那个醉汉悲伤的脸上，“滚出去！”

在威尔逊被赶走后，又有一个人越过了信念碑，那是一般游人与信念中心保持距离的界限。那人在碑后徘徊着，希恩斯很快注意到了他，招呼惠子说：“看那人，他应该是个军人！”

“他看上去身心疲惫的样子。”惠子说。

“可他是个军人，你相信我吧。”希恩斯说着，正想出门去与那人交流，却见他迈步走上了门前的台阶。这人年龄看来比威尔逊大些，有一副英俊的东方面孔，但正如惠子所言，看上去有些忧郁，不过这种忧郁与刚才那个失意者不同，显得淡些但更深沉，似乎已经伴随他多年。

“我叫吴岳，我来获取信仰。”来人说，希恩斯注意到他说的是信仰而不是信念。

山杉惠子鞠躬并重复那句话：“信念中心只有各国太空军成员才能使用，请出示您的证件。”

吴岳站着没有动，只是说：“十六年前，我曾经在太空军中服役过一个月，但之后就退役了。”

“服役过一个月？那，如果不介意的话，您退役的原因呢？”希恩斯问。

“我是一个失败主义者，上级和我本人都认为我不再适合在太空军中工作。”

“失败主义是一种很普遍的思想，您显然只是一个诚实的失败主义者，坦率地说出了自己的想法。您的那些继续服役的同事可能有着更重的失败主义情绪，他们只是把这种情绪隐藏起来了。”山杉惠子说。

“也许是吧，但我这些年来很失落。”

“因为离开军队？”

吴岳摇摇头，“不，我出生于一个学者家庭，所受的教育一直使我把人类作为一个整体来看待，虽然后来成为军人，但总认为只有为全人类而战才是军人的最高荣誉，这种机会真的到来了，却是一场注定要失败的战争。”

希恩斯要说话，却被惠子抢先了，她说：“冒昧地问一下，您多大年纪了？”

“五十一。”

“如果得到胜利的信念后真能重回太空军，以您这个年龄，在军队中重新开始是不是晚了些？”

希恩斯看出，惠子显然不忍心直接拒绝他，这个深沉忧郁的男人在女人眼中无疑是很有魅力的。但希恩斯倒不担心什么，这人显然已经万念俱灰，对任何事都没有兴趣了。

吴岳又摇摇头，“您误会了，我并不是来获取胜利信念的，只是来寻求灵魂的安宁。”

希恩斯想说话，又被惠子制止了。

吴岳接着说：“我是在安那波利斯海军学院留学时认识现在的妻子的，她是一个虔诚的基督徒，面对未来很坦然，一种让我嫉妒的坦然。她说上帝把一切都安排好了，过去和未来的一切，我们这些主的孩子不需要理解这种安排，只需坚信这种安排是宇宙中最合理的安排，然后按主的意愿平静地生活就是了。”

“这么说，您是来获取对上帝的信仰？”希恩斯问。

吴岳点点头，“我写了信仰命题，请您看看。”他说着伸手去上衣袋中掏。

惠子再次制止了希恩斯说话，她对吴岳说:“如果是这样，您去信仰就可以了，没有必要通过这种极端的技术手段。”

前太空军上校露出了一丝苦笑，“我是接受唯物主义教育长大的，是坚定的无神论者，您认为取得这种信仰对我是容易的事吗？”

“这绝对不行。”希恩斯抢在惠子前面说，他决定尽快把事情说清楚，“您应该知道，按照联合国决议，思想钢印能够操作的命题只有一个。”他说着，从接待台中拿出一个精致的红色大纸夹，打开来让吴岳看，在里面黑色的天鹅绒衬面上，用金字镌刻着信念碑上的胜利信念，他说:“这叫信念簿。”他又拿出一摞不同颜色的大纸夹，“这是信念簿不同语言的版本。吴先生，我现在向您说明对思想钢印使用的监督是多么严格:为了保证操作时的安全可靠，命题不是用显示屏显示，而是用信念簿这种原始的方法给自愿者读出。在具体操作时，为体现自愿原则，操作都由自愿者自己完成，他将自己打开这个信念簿，然后自己按动思想钢印的启动按钮，在真正的操作进行前，系统还要给出三次确认机会。每次操作前，信念簿都要由一个十人小组核查确认，这个小组是由联合国人权委员会和行星防御理事会各常任理事国的特派员组成，在思想钢印的整个操作过程中，十人小组也在场进行严格监督。所以，先生，您的要求绝对不可能实现，不要说这种宗教信仰的命题，就是在信念簿上的命题上改动一个字都是犯罪。”

“那对不起，打扰了。”吴岳点点头说，他显然已经预料到了这个结果，然后转身走去，背影看上去孤独而苍老。

“他的余生会很难的。”山杉惠子低声说，声音里充满柔情。

“先生！”希恩斯叫住已经走出门的吴岳，跟到了门外。这时，信念碑和远处联合国大厦的玻璃幕墙反射着即将落下的夕阳光芒，像着了火似的，希恩斯眯眼看着那一片火焰说：“也许你不相信，我差点做了与你相反的事。”

吴岳露出不解的眼神。希恩斯回头看看，见惠子没有跟出来，就从贴身衣袋中掏出一张纸，展开来让吴岳看，“这就是我想给自己打上的思想钢印，当然，我犹豫了，最后没有做。”纸上写着几个粗体字：

上帝死了

“为什么？”吴岳抬头问道。

“这不是很明显的事吗？上帝没死吗？去他妈的主的安排，去他妈的温和的轭！”[①]

吴岳无语地看了希恩斯一会儿，转身走下台阶。

希恩斯在台阶上对着已经走进信念碑阴影中的吴岳大声说：“先

①源自弥尔顿的诗《我的失明》：神勒令人们工作/难道却不给光明吗/我痴痴地问道/但是“忍耐”想要阻止这喃语/就马上回答道/神并不需要人工或人自己的才赋/谁能最好地承受他温和的轭/就侍奉得他最好。

生，我想掩盖对您的鄙视，但我做不到！”

第二天，希恩斯和山杉惠子终于等来了他们期待的人。这天上午，从门外明媚的阳光中走进来四个人，三个欧洲面孔的男性，一个东方相貌的女性，他们都很年轻，身材挺拔，步伐稳健，看上去自信而成熟。但希恩斯和惠子都从他们眼中看到了一种似曾相识的东西，那就是吴岳眼中的那种忧郁和迷茫。

他们把自己的证件整齐地排放在接待台上，为首的一位庄重地说：“我们是太空军军官，来获取胜利信念。”

思想钢印的操作过程十分快捷，信念簿在十人监督小组的成员手中传递，他们每个人都仔细地核对了上面的内容，并在公证书上签字。然后，在他们的监督下，第一位自愿者接过了信念簿，坐到了思想钢印的扫描器下，他的面前有一个小平台，他把信念簿放到上面，在平台的右下角有一个红色按钮。他打开信念簿，有一个声音开始提问：

“您确信自己要获取对这个命题的信念吗？如果是，请按按钮；如果不是，请离开扫描区。”

这样的提问重复了三遍，在均得到确定回答后，按钮发出红光，一个定位装置缓缓地合拢，固定了自愿者的头部，那个声音说：“思想钢印准备启动，请默读命题，然后按动按钮。”

当按钮被按下时，它发出绿光，大约半分钟后，绿光熄灭，提示声音说：“思想钢印操作完成。”定位装置分离，自愿者起身离开。

当四名完成操作的军官都回到门厅时，山杉惠子仔细观察着他们，她很快肯定不是自己的心理作用：四双眼睛中，忧郁和迷茫消失了，目光宁静如水。

“你们感觉怎么样？”她微笑着问道。

“很好，”一位年轻军官也对她回应着微笑，“应该是这样的。”

在他们离去时，那个东方姑娘回身加了一句：“博士，真的很好，谢谢您。”

从这一时刻起，至少在这四个年轻人的心中，未来是确定的。

从这天开始，获取信念的太空军成员不断到来，开始多是一个人前来，后来则成群结队。开始来人都穿便服，后来则大都身着军装。如果一次同来的为五人以上，监督组便要召开一个审查会议，以确定其中无人被胁迫。

一个星期后，已经有超过一百名的太空军成员接受了思想钢印给予的胜利信念，他们的军衔最低为列兵，最高为大校，后者是各国太空军允许使用思想钢印的最高军衔。

这天深夜，在月光下的信念碑前，希恩斯对山杉惠子说：“亲爱的，我们该走了。”

“去未来吗？”

“是的，从事思维研究，我们做得并不比其他科学家好，我们该做的都做了，历史的车轮已经被我们推动，我们到未来去等着历史吧。”

“走多远呢？”

“很远，惠子，很远。我们将前往三体探测器抵达太阳系的那个年代。”

“这之前，我们先回京都那个小院住一阵吧，这个时代毕竟是要永远过去了。”

“当然，亲爱的，我也想念那里。”

半年后，即将进入冬眠的山杉惠子沉浸在越来越深的寒冷中，和十多年前罗辑掉入冰湖那一刻一样，严寒和冻结滤去了她意识中的纷繁和嘈杂，把她集中思考的那条线索在冷寂的黑暗中凸现出来，以前模糊不清的思绪突然异常清晰起来，像严冬冷冽的天空。

山杉惠子想呼叫停止冬眠进程，但已经晚了，超低温已经渗入她的肌体，她失去了发声的能力。

操作人员和医生看到，这个即将进入冬眠的女人的眼睛突然睁开了一条缝，透出的眼神充满了惊惧和绝望，如果不是因为严寒冻僵了眼皮，她的双眼一定会睁圆的。但他们都认为这是冬眠过程中正常的神经反射，以前在少数冬眠者身上也出现过，所在没有在意。

联合国行星防御理事会面壁计划听证会讨论恒星型氢弹的试验问题。

随着巨型计算机技术的突破，过去十年在理论上已经完善的核爆炸恒星模型得以在计算机上实现，超大当量的恒星型氢弹随即开始制造。预计首颗氢弹的爆炸当量为3.5亿吨TNT，是人类以往所制造的最大氢弹的十七倍。这样的超级核弹是不可能在大气层中进行试验的，地下试验则需挖掘超深井，如果在以往深度的试验井中引爆，地层将被掀起。而在超深井中进行这样的爆炸，其强大的震波将波及全球，可能对广大范围的地质结构产生不可预料的影响，进而诱发包括地震海啸在内的地质灾害。所以恒星型氢弹的试验只能在太空中进行，但在高轨道试验也不可能，氢弹产生的电磁脉冲在这样的距离上会对地球通信和电力系统产生巨大影响，最理想的试验位置是在月球背面，但雷迪亚兹另有选择。

“我决定在水星进行试验。”雷迪亚兹说。

这个提议令与会代表们很吃惊，纷纷质问这个计划的意义何在。

“按照面壁计划基本原则，我不需要解释。”雷迪亚兹冷冷地回答，“试验应该是地下式的，要在水星上挖掘超深井。”

俄罗斯代表说：“在水星表面试验也许可以考虑，但地下试验投资太大了，在那里挖超深井，费用可能是在地球上进行同样工程的上百倍，况且也没有意义，在水星不用考虑核爆炸对环境的影响。”

“水星表面试验也不可能！”美国代表说，“迄今为止，雷迪亚兹是对资源消耗最大的一位面壁者，现在是制止他的时候了！”这话引起了英、法、德代表的附和。

雷迪亚兹笑笑说:“即使我消耗的资源同罗辑博士一样少,你们也热衷于否决我的计划。”他转向轮值主席,“我请主席先生和各位代表们注意,在所有面壁者提出的战略计划中,我的计划与主流防御体系是最贴近最融洽的,完全可以看作主流防御的一部分,资源的消耗从其绝对数量看是很大,但有相当部分与主流防御是重叠的,所以……”

英国代表打断雷迪亚兹的发言:“你还是解释一下为什么要在水星上进行地下核试验吧,除了变着法子花钱外,我们找不到别的解释。”

“主席先生,各位代表,”雷迪亚兹冷静地反击道,“你们应该看到,到目前为止,行星防御理事会已经失去了对面壁者起码的尊重,也失去了对面壁原则的尊重,如果我们的所有计划细节都要做出解释,那面壁计划意义何在?”他用灼人的目光挨个逼视各大国代表,令他们都把眼睛转向别处。

雷迪亚兹接着说:“尽管如此,我还是愿意对刚才的问题做出解释:在水星进行超深地下核试验的目的,是想在行星的地下炸出一个大洞窟,作为日后的水星基地,对这样一个工程来说,这显然是一个最节省的方案。”

雷迪亚兹的话引起了一片窃窃私语,有代表问:“面壁者雷迪亚兹,你的意思是要把水星作为恒星型氢弹的发射基地?”

雷迪亚兹胸有成竹地说:“是的,目前主流防御的战略理论认为，防御体系的重点应该放在地球外侧行星上，而对内侧行星没有给予足够的重视，认为它们不具备防御意义，我所规划的水星基地，正是对主流防御的薄弱环节的补充。”

“他怕见太阳，却要跑到距太阳最近的行星上去，这不是很奇怪吗？”美国代表说，引起了一些笑声，接着受到了主席的警告。

“没什么，主席先生，对这种不尊重我已经习惯了，在成为面壁者之前就习惯了。”雷迪亚兹摆摆手说，“但各位应该尊重如下事实：在外侧行星甚至地球均已陷落后，水星基地将是人类最后的堡垒，它背靠太阳，处于其辐射的掩护之中，将成为最坚固的阵地。”

“面壁者雷迪亚兹，如此说来，你的计划的全部意义，就在于人类大势已去之际的最后抵抗？这和你的性格倒是很吻合。”法国代表说。

“先生们，不能不考虑最后的抵抗。”雷迪亚兹庄重地说。

“很好，面壁者雷迪亚兹，”主席说，“下面，您能不能告诉我们，在整体部署方案中，总共需要多少颗恒星型氢弹？”

“越多越好，要尽地球的生产能力来制造，具体数量要看未来氢弹能达到多大当量，按现在的标准来看，在第一批部署计划中，至少需要一百万颗。”

雷迪亚兹的话引起了哄堂大笑。

“看来，面壁者雷迪亚兹不仅要制造出小太阳，还要创造一个银河系！”美国代表高声说，然后探身向雷迪亚兹，“你是不是真的认为，海洋中的氕氘氚都是为你准备的？由于你对核弹的变态情感，地球就要变成一个氢弹生产车间？”

此时会场中只有雷迪亚兹一个人仍一脸严肃，他静静地等待着自己引起的喧闹平息下来，一字一顿地说：“这是人类的终极战争，所要求的这个数目并不多，不过我预料到了今天的结果，但我会努力的，我要多造核弹，能多造一颗就多造一颗，告诉你们，我会不断努力的。”

水星世界只能看到两种色彩：黑色和金色，黑色是行星的大地，在烈日近距离的照射中，低反射率的大地仍然是深黑一片；金色是太阳，在这个世界太阳占据了天空相当大的一部分，在广阔的日轮中，可以清晰地看到火海中的浪涌，看到黑子像乌云般飘过，在日轮边缘，也可以看到绚丽的日珥曼妙的舞姿。

就在这块悬浮于太阳火海之上的坚硬大石块上，人类又种下一颗小太阳。

随着太空电梯的建成，人类开始了对太阳系行星的大规模探索。载人飞船相继登陆火星和木星的卫星，并没有引起太大的轰动，因为人们知道，这些探险的目的与以前相比既现实又明确，只是为了建立太阳系防御基地，就这个目的而言，这些以化学动力火箭和飞船为主的航行只是一个微不足道的开端。初期的探索主要集中在地球外侧行星上，但随着太空战略研究的深入，对内侧行星战略价值的忽略受到了越来越多的质疑，于是对金星和水星的探索有所加强，这也是雷迪亚兹的水星恒星型氢弹试验计划在行星防御理事会被勉强通过的原因。

在水星地层中开挖试验深井是人类在太阳系其他行星上进行的第一个大型工程。由于施工只能在水星长达八十八天的夜间进行，所以工期长达三个地球年，但最后只掘进到预定深度的三分之一，再往下，出现了一种金属与岩石混合的异常坚硬的地层，继续掘进不仅进度缓慢，且耗资巨大，最后决定结束工程。如果在现有深度进行试验，地层肯定要被核爆炸掀开，形成一个大坑，这实际上是一次打了折扣的地面试验，而由于地层的干扰，对试验效果的观测比纯粹的地面试验困难许多。但雷迪亚兹想到，这个坑如果加上顶盖，也能作为基地，就仍坚持在现有深度进行地下试验。

试验是在黎明时进行的，水星的日出过程长达十多小时，这时天边刚出现了微微的亮色。

起爆倒计时数到零后，有一圈圈环形的波纹以爆心投影点为圆心向外扩散，一时间水星的大地似乎变得像绸缎般柔软，紧接着，爆心处出现了一座缓缓隆起的山峰，像一个苏醒的巨人的脊背。当峰顶升至三千米左右时，整座山峰爆发开来，亿万吨的泥土和岩石飞向空中，水星的大地上长出了一束冲天的怒发！随着地层被掀起，地下核火球的光芒暴露出来，照在空中飞散的岩土上，在水星漆黑的天空中形成了壮丽的焰火。火球持续了近五分钟才熄灭，这期间，岩块在核光芒的照耀中纷纷落下。

在核爆结束十多个小时后，观测者们发现水星出现了一圈星环，这是因为有相当部分的岩石在剧烈的爆炸中达到了水星的第一宇宙速度，成了这颗行星的无数大小不一的卫星，并在轨道上散开来，使水星成了第一个有环的类地行星。星环很细，在强烈的阳光中闪耀，像是对这颗行星的一个圈注。

还有一部分岩石达到了水星的第二宇宙速度，完全脱离水星，成为太阳的卫星，在水星的太阳轨道上形成了一条极其稀疏的小行星带。

雷迪亚兹是在自己居住的地下室中看到水星核试验实况转播的。其实并不是实况，画面到达地球约有七分钟的时差。当水星上的核爆炸刚结束，岩石雨还在火球熄灭后的黑暗中降落时，雷迪亚兹就收到了行星防御理事会轮值主席的电话，说恒星型氢弹的巨大威力给主流防御的领导者们留下了深刻印象，各常任理事国都要求尽快召开下一次面壁计划听证会，讨论恒星型氢弹的制造和部署问题。主席说，雷迪亚兹要求的氢弹数目是根本不可能的，但各大国确实对这种武器产生了兴趣。

雷迪亚兹住在地下室中并不是出于安全考虑，而是由于恐日症，这远离日照的幽闭环境让他感到舒适一些。

水星试验结束十多个小时后，当雷迪亚兹看到电视屏幕上闪烁的水星新环时，送话器中传来了门岗的声音，说他预约的心理医生来了。

“我从没叫过什么心理医生，让他走开！”雷迪亚兹感到很恼怒，像受到了莫大的羞辱。

“别这样，雷迪亚兹先生。”另一个更沉稳的声音响了起来，显然是来访者，“我能让您见到太阳。”

“滚！”雷迪亚兹大叫道，旋即又改变了主意，“不，把这个白痴扣押起来，查查他从哪儿来。”

“……因为我知道您的病因。”那个声音从容地继续说，“雷迪亚兹先生，请相信我，这世界上只有我们两人知道。”

这话令雷迪亚兹顿时警觉起来，他立刻说：“让他进来。”然后，他失神的目光对着天花板凝视了几秒钟，缓缓站起身，从零乱的沙发上拿起领带，马上又扔下了，走到镜子前整理自己的衣领，又用手把乱发梳理了一下，像是要迎接什么庄重的事。

他知道，这确实是一件庄重的事。

来人是一名很帅气的中年人，他走进门后没有做自我介绍，房间里浓重的雪茄味和酒味让他微微皱了皱眉，然后只是站在那里，坦然地接受着雷迪亚兹的审视。

“我怎么觉得在哪儿见过你？”雷迪亚兹打量着来客说。

“不奇怪，雷迪亚兹先生，他们都说我像超人，老版电影中的那个。”

“你真以为自己是超人了？”雷迪亚兹说，他在沙发上坐下，拿起一支雪茄，咬开头部开始点燃。

“这样问，说明您已经知道了我是什么人。我不是超人，雷迪亚兹先生，您也不是。”年轻人说着，向前迈了一步。

雷迪亚兹发现他已经站到了自己面前，透过刚吐出的一口烟雾居高临下俯视着自己，于是也站了起来。

来人说：“面壁者曼努尔·雷迪亚兹，我是您的破壁人。”

雷迪亚兹目光阴沉地点点头。

“我可以坐吗？”破壁人问。

“不可以。”雷迪亚兹缓缓地把一口烟吐到他脸上。

“您不必沮丧。”破壁人露出很体贴的微笑说。

“我没有。”雷迪亚兹的声音像石头般坚硬冰冷。

破壁人走到墙边，扳动了一个开关，换气扇在什么地方嗡嗡地响了起来。

“别乱动这里的东西。”雷迪亚兹警告说。

“您需要新鲜一些的空气，更需要阳光，面壁者雷迪亚兹，我对这个房间很熟悉，在智子传来的图像中，我常常看着您连着几个小时像困兽般在这里走来走去，这个世界上除了我，没有人这么长时间凝视过您，而那时的我，请相信，并不比您更轻松。”

破壁人直视着雷迪亚兹，后者仍像一尊冰冷的塑像般面无表情，他便继续说下去。

“与弗雷德里克·泰勒相比，您是一个更加优秀的战略家，一个合格的面壁者，请相信我这不是恭维。得承认，有相当一段时间，几乎十年吧，我被您迷惑了。您用疯狂的热情追寻超级核弹——这样一种在太空战争中效率很低的武器，同时成功地隐藏了自己的战略方向。长时间里我找不到任何可以破解您真实战略的线索，在您布下的迷宫中挣扎，一度几乎绝望。”破壁人感慨地看着天花板，回忆着自己的艰难岁月，“后来，我想到查询您成为面壁人之前的信息，这很不容易，因为这无法得到智子的帮助。您知道，那一时期到达地球的智子数量有限，作为一名拉美小国的元首，您没有引起它们的注意。所以我不得不用常规手段搜集资料，这用了三年时间。在这些资料中，有一个人引起了我的注意：威廉·科兹莫，您先后三次秘密会见他。你们谈话的内容智子没有记录下来，我也永远不可能知道了。但一位不发达小国的元首三次会见一名西方天体物理学家，这很不寻常，现在我们知道，您在那时已经为自己成为面壁者做准备了。

“您感兴趣的无疑是科兹莫博士的研究成果。这之前您是如何注意到那个成果的，我现在也不清楚，但您是学理工出身的，您那热衷于社会主义的前任同样热衷于工程师治国的成功经验，这也是您成为他继任者的重要原因，所以您应该有足够的能力和敏感注意到科兹莫的成果的潜在意义。

“三体危机出现后，科兹莫博士所领导的研究小组一直从事三体恒星所带大气层的研究，他们推测，大气层是以前行星的坠落产生的，坠落的行星击破了恒星的外壳，使内部的恒星物质喷射到太空中，形成周围的大气层。由于三体恒星的运动完全没有规律，三颗恒星之间有可能近距离交错，这时，一颗恒星的大气层就会被另一颗恒星的引力所驱散，但之后又会被恒星表面的喷发所补充，这种喷发并不是恒定的，像火山一样，有时会发生突然的爆发，这就是三体恒星大气层不断收缩和膨胀的原因。为了证明这个假说，科兹莫试图在宇宙中找到其他由于行星坠落撞击喷发出大气层的恒星，在危机第三年后，他成功了。

“科兹莫博士的研究小组发现了一颗带有行星的恒星 275E1，距太阳系约八十四光年。当时，‘哈勃二号’太空望远镜还没有投入使用，他们用的是引力摆动测量法①，接着，他们通过对摆动频率和掩光②的观测和计算，得知这颗行星距母星很近。开始时，这个发现没有引起太大注意，因为当时天文学界观测到的带有行星的恒星已达二百多颗，但后来的进一步观测却有了一个震撼的发现：行星与母星已经很近的距离仍在不断缩短中，而且这种缩短还在很快加速，这就意味着，人类将第一次观察到一颗行星坠入恒星的景象。这事

①恒星由于所带的行星的引力，在行星围绕其运行时产生微小的摆动，在望远镜的观测能力不能直接观察到太阳系外行星的条件下，常通过观测恒星的这种周期摆动来间接推测行星的存在。

②行星运行时经过恒星与观测者之间时，恒星亮度产生的周期性微小变化。

在一年后——或者说在观测时间的八十四年前——发生了，以当时的观测条件，只是从那颗恒星引力摆动和周期掩光的消失来判断行星的坠落。但接下来，奇观出现了：恒星的周围出现了一条螺旋状的物质流，这条围绕着恒星的螺旋流不断扩展，看上去像是一盘以恒星为中心的正在松开的发条。科兹莫和他的同事们很快意识到，物质流是从行星的坠落点喷出的，那块石头击破了那个遥远太阳的外壳，使其内部的恒星物质喷射到太空中，由于恒星的自转，射流成为螺旋状。

“雷迪亚兹先生，这其中有几个关键数据：那颗恒星是一颗黄色G2型星，绝对星等为4.3，直径为120万公里，是一颗与太阳极其相似的恒星；那颗行星约为0.04个地球质量，比水星还小一些，而它的坠落所产生的螺旋形物质云的半径达三个天文单位，超出了太阳至小行星带的距离。

“正是从这个发现中，我找到了破解您真实战略意图的突破口，下面，是我作为破壁人，对您的伟大战略的理解。

“假设最后真的得到了那一百万颗甚至更多的恒星型氢弹，您就会像对PDC承诺的那样，把它们全部部署在水星上，如果在水星的地层中引爆这些氢弹，就会像一台超级发动机那样对这颗行星产生减速作用，最终会使水星失去维持其低轨道的速度，坠入太阳。接下来，在八十四光年外的275E1发生的事就会在太阳上重演：太阳的对流层外壳将会被水星击穿，深处辐射层中巨量的恒星物质将高速射入太空，在太阳的自转中，将形成一个类似于 275E1 的螺旋形大气层。太阳与三体恒星不同，是一颗孤星，不存在与其他恒星近距离交错的可能，所以它的大气层将不受干扰地增长，最终其厚度将远大于三体恒星的大气层，这也在对 275E1 的观察中证实了。太阳喷出的这条螺旋形物质流将像松开的发条那样迅速向外扩张，它的厚度最终将超过火星轨道，这时，一个宏大的连锁反应开始了。

“首先，金星、地球和火星这三颗类地行星都将在太阳的螺旋大气层中运行，在摩擦中很快失去速度，最终将变成三颗巨型流星坠入太阳。其实早在这之前，地球大气层就在与太阳物质的剧烈摩擦中被剥离，海洋蒸发殆尽，剥离的大气和蒸发的海洋将把地球变成一颗巨型彗星，它的彗尾可能长得沿着轨道绕太阳一周，地球表面将回到其形成之初的岩浆火海状态，没有任何生命能够幸存。

“金星、地球和火星三星的坠落，将大大加剧太阳物质向太空中的喷发，喷射的螺旋形物质流由一条增加到四条，这三颗行星的质量总和是水星的四十倍，且由于轨道高，坠落时的冲击速度远大于水星，每条物质流喷发的猛烈程度是水星坠落的几十倍甚至更多，将使已形成的螺旋大气层急剧膨胀，它的顶端最终将到达木星轨道。

“木星质量巨大，摩擦产生的减速很小，轨道受到的影响要很长时间后才能看到，但木星的所有卫星将面临以下两种命运：在摩擦中被剥离木星，然后各自失去速度坠入太阳；或者在木星轨道上失去速度坠入液态的木星。

“连锁反应仍在继续，虽然螺旋大气层对木星的减速很小，但减速毕竟存在，木星轨道将向太阳缓慢下沉。随着这种下沉的发生，木星将在越来越密集的螺旋大气层中运行，摩擦产生的减速将迅速增加，进而导致轨道更快地下沉……这样，木星最终也将坠入太阳。木星的质量是前面四颗类地行星质量总和的六百倍，如此巨型的质量体冲击太阳，即使按最常规的推论，也将产生更猛烈的恒星物质喷射，使螺旋大气更为稠密，加剧了天王星和海王星世界的严寒。但还有一种更大的可能性：巨大木星的坠入，使螺旋大气层的顶端延伸至天王星甚至海王星轨道，即使大气层的顶端很稀薄，摩擦产生的减速最终也会把剩下的这两颗大行星和它们的所有卫星一起拉向太阳。当这最后的连锁反应完成后，先后受到四颗致密的类地行星和三颗巨大的类木行星的冲击，太阳将变成什么状态，太阳系将变成什么样子，谁都无法预料，但有一点可以肯定：对生命和文明来说，这里将是一个比三体世界更严酷的地狱。

“对三体世界而言，在他们的行星被三颗恒星吞噬之前，太阳系是唯一的希望，再没有第二个可以及时移民的世界，这样，继人类之后，三体文明也必将彻底灭亡。

“这就是您的同归于尽战略。当一切都准备完毕，所有氢弹都已在水星上就位时，您将以此来要挟三体世界，最终使人类赢得胜利。

“以上就是我，您的破壁人多年工作的结果。我并不想征询您的意见和评价，因为我们都知道这是真的。”

在破壁人讲述的过程中，雷迪亚兹一直默默听着，他手上的雪茄已经抽了大半，现在他不停地转动着雪茄，似乎在欣赏烟头透出的火光。

破壁人在沙发上紧靠着雷迪亚兹坐下，像一位教师评价学生的作业一样娓娓说道：“雷迪亚兹先生，我说过，您是一位出色的战略家，至少在这个战略计划的制订和执行过程中表现出了许多卓越之处。

“首先，您成功地利用了自己的背景。现在，人们都对您和您的国家在核能开发方面遭遇的屈辱记忆犹新，当时在奥里诺科的核设施被迫拆除的现场，全世界都看到了您阴郁的表情。您正是利用了外界所看到的自己对核武器的这种偏执，减轻甚至消除了可能引起的怀疑。

“计划执行过程中的每个细节都表现了您的才能，这里仅举一例：在水星试验中，您本来就想把地层炸飞①，却坚持要挖掘超深井，这是很有远见的高帽子战术，您了解 PDC 各常任理事国对这个耗资巨大的工程的忍耐力，把握之精确，令人敬佩。

①不管氢弹的当量有多大，其爆炸本身对水星的减速效果甚微，真正有效的减速，是把巨量的地层物质炸飞到水星的第二宇宙速度而产生反冲力，按照动量守恒原理，即使地层物质达到水星第一宇宙速度成为其卫星，也起不到任何减速作用。所以，对于雷迪亚兹的计划而言，最有意义的是那些在爆炸中脱离水星成为太阳小行星的岩石。

“但您还是有一个重大纰漏：为什么首次核试验非要在水星上进行呢？以后有的是时间，也许您太急躁了，急于看到恒星型氢弹在水星上爆炸的效果。您看到了，有大量地层物质被炸飞到逃逸速度，很可能超出了您的预期，您很满意，但也使我的推测得到了最后的证实。

“真的，雷迪亚兹先生，尽管有前面的工作，但如果不是通过最后这件事，我也许永远不能确定您的真实战略意图，因为这想法太疯狂了，不过真的很壮观，甚至，很美。如果水星的坠落引发的连锁反应真的实现，那将是太阳系最壮丽的乐章，可惜人类只能欣赏最初的一个半小节。雷迪亚兹先生，您是一个具有上帝气质的面壁者，能成为您的破壁人，是我的荣幸。”

破壁人站起身，很真诚地向雷迪亚兹鞠躬致意。

雷迪亚兹没有看破壁人，抽了一口雪茄，吐着白烟继续研究烟头，“好吧，那我就问泰勒问过的问题。”

破壁人替他把问题说出来：“如果这一切都是真的，会怎么样？”

雷迪亚兹凝视着烟头的火光点点头。

“我的回答与泰勒的破壁人一样：主不在乎。”

雷迪亚兹从烟头上抬起目光，探询地望着自己的破壁人。

“您外表粗鲁内心精明，但再往灵魂的最深处，又是粗鲁的。您在最本质上是一个粗人，这种粗鲁在这个战略计划的基础上表露无遗：这是一个蛇吞象的计划，人类没有能力制造出那样数量的恒星型氢弹，即使倾尽全部地球的工业资源，还是可能十分之一都生产不出来。把水星减速到坠入太阳，即使真有一百万颗恒星型氢弹，也远远不够。您以一介武夫的鲁莽制定了这个根本不可能实现的计划，却以一个卓越战略家的老谋深算，坚韧不拔地一步步推进它，面壁者雷迪亚兹，这真的是个悲剧。”

雷迪亚兹看着破壁人的目光渐渐充满了一种不可捉摸的柔和，他那线条粗放的脸上出现了隐约的抽搐，很快这种抽搐变得明显起来，最后被压抑的狂笑突然爆发。

“哈哈哈哈哈哈……”雷迪亚兹在大笑中指着破壁人，“呵呵，超人，哈哈哈哈，我想起来了，那个，那个旧版的超人，会飞，能让地球倒转，却在骑马时……哈哈哈哈……在骑马时摔断了脖子……啊哈哈哈哈……”

“摔断脖子的是里夫，演超人的演员。”破壁人不动声色地纠正道。

“你是不是觉得，觉得自己的下场会比他好些……哈哈哈哈……”

“我既然来，就不在意自己的命运，我已经度过了充实的一生。”破壁人平静地说，“倒是您，雷迪亚兹先生，应该想想自己的下场。”

“最先死的是你。”雷迪亚兹满脸笑容地说，同时把手中的烟头一下子按在破壁人两眼之间，就在后者用手捂脸之际，雷迪亚兹拿起沙发上的一根军用皮带猛地套住了他的脖子，用尽全力狠勒。破壁人虽然年轻，但在剽悍的雷迪亚兹手中毫无还手之力，被勒着脖子一下从沙发摔到地板上，雷迪亚兹在狂怒中大叫着："我扭断你的脖子！你个杂种！谁让你到这里来自作聪明？你算什么东西？杂种！我扭断你的脖子！"他紧勒着皮带，同时把破壁人的头不断地向地板上狠撞，后者的牙齿碰击地板时发出响亮的咔咔声。当门外的警卫冲进来拉开两人，破壁人已经脸色青紫，口吐白沫，两眼像金鱼般凸出。

处于狂怒状态的雷迪亚兹在与警卫的拉扯中继续大叫："扭断他的脖子！吊死他！绞死他！就现在！这是计划的一部分！他妈的听见了吗？计划的一部分！"

但三名警卫没有执行他的命令，其中一人死死拉着他，另外两人架着已经部分缓过气来的破壁人向外走。

"等着吧杂种，你不得好死。"雷迪亚兹放弃了摆脱警卫再次攻击破壁人的努力，长出一口气说。

破壁人从警卫肩上回过头来，青紫肿胀的脸上露出一副笑容，他张开缺了好几颗牙的嘴说："我度过了充实的一生。"

行星防御理事会面壁者听证会。

会议开始，美、英、法、德四国就抛出了一个提案，要求终止雷迪亚兹的面壁者身份，并以反人类罪将其送交国际法庭审判。

美国代表发言说："经过大量的调查，我们认为破壁人所公布的雷迪亚兹的战略意图是真实可信的。现在我们所面对的是这样一个人，与他所犯的罪行相比，人类历史上的一切罪行都显得微不足道了。在现有的所有法律中，甚至找不到适用于他的罪行条款，所以我们建议在国际法中增加地球生命灭绝罪这一罪行条款，以对雷迪亚兹进行审判。”

雷迪亚兹在会议上显得很轻松，他冷笑着对美国代表说：“你们早就想除掉我了，不是吗？自面壁计划开始以来，你们一直在以双重标准对待不同的面壁者，我是你们最不想要的人。”

英国代表反驳道：“面壁者雷迪亚兹的说法没有依据。事实上，正是他所指责的这些国家，对他的战略计划投入了大量的资金，远超过对其他三位面壁者所投入的。”

“不错，”雷迪亚兹点点头，“但在我的计划上投入巨资，是因为你们确实想得到恒星型氢弹。”

“可笑，我们要那东西干什么？”美国代表反问道，“它在太空战场是效率很低的武器，在地球上，曾经出现过的两千万吨级氢弹就已经没有实战意义，更不用说三亿多吨级的怪物了。”

雷迪亚兹冷静地反驳道：“但在太阳系其他行星表面的战场上，恒星型氢弹却是最有效的武器，尤其是在人类之间的战争中。在其他行星荒凉的表面，人类之间一旦爆发战争，不用顾及平民伤亡和环境破坏，可以放心地进行大面积的摧毁，甚至可以对整个行星表面进行毁灭性清扫，这时，恒星型氢弹就能够发挥它的作用。你们清醒地预见到，随着人类向太阳系的扩张，地球世界的争端必然扩展到其他行星，尽管有三体世界这样共同的敌人，这一点也无法改变，你们在为此做准备。在这个时候发展对付人类自己的超级武器，在政治上说不过去，所以，你们就利用我来做。”

美国代表说：“这不过是一个恐怖分子和独裁者的荒唐逻辑，雷迪亚兹就是这样一个人，在他拥有面壁者身份和权力的情况下，面壁计划本身就变得和三体入侵一样危险，我们必须采取果断措施改正这个错误。”

“他们在这方面言行一致。”雷迪亚兹转身对轮值主席说，“CIA的人就在大厦外面，会议结束后我一走出去就会被逮捕。”

轮值主席向美国代表方向看了一眼，后者正专注地把玩着手中的铅笔。这届轮值主席是伽尔宁，在面壁计划开始时他第一次成为PDC轮值主席，以后的二十多年中，他自己也记不清他担任过多少次这个短暂的职务，但这是最后一次了，已经满头白发的他即将退休。

“面壁者雷迪亚兹，如果你说的是事实，那这种做法是不适宜的，只要面壁计划的原则继续有效，面壁者就享有法律豁免权，你们的任何言行都不能在法律上作为有罪指控的证据。”伽尔宁说。

“而且，请注意，这里是国际领土。”日本代表说。

“那是不是说……”美国代表竖起手中的铅笔，“等雷迪亚兹把一百万枚超级核弹都埋到水星上准备引爆时，人类社会仍然不能对他进行有罪指控？”

“依据面壁法案中的相应条款，对面壁者表现出危险倾向的战略计划进行限制和制止，与面壁者本人的法律豁免权是两回事。”伽尔宁说。

“雷迪亚兹的罪行已经越出了法律豁免权的底线，必须受到惩罚，这是面壁计划继续存在的前提。”英国代表说。

“我提请主席先生和各位代表注意，”雷迪亚兹从座位上站起身说，“这是行星防御委员会的面壁计划听证会，而不是对本人的审判法庭。”

“您会很快站到那个法庭上的。”美国代表冷笑着说。

“同意面壁者雷迪亚兹的意见，我们应该回到对他的战略计划本身的讨论上来。”伽尔宁立刻抓住了这次暂时绕过棘手问题的机会。

一直沉默的日本代表发言：“从现在看来，各位代表已对如下一点达成了共识：雷迪亚兹的战略计划存在着明显的侵犯人类生存权的危险倾向，依据面壁法案相应的原则，应该予以制止。”

“那么，上次会议提出的关于终止面壁者雷迪亚兹战略计划的P269号提案应该可以投票表决了。”伽尔宁说。

“主席先生，请等等。”雷迪亚兹举起一只手说，“在表决前，我希望对自己战略计划的一些细节进行最后陈述。”

“如果仅仅是细节，有必要吗？”有人问。

“您可以到法庭上说。”英国代表讥讽道。

“不，这个细节很重要，现在，我们假设破壁人所公布的我的战略意图是真实的。”雷迪亚兹坚持说下去，“刚才有代表提到一百万颗氢弹在水星上部署完毕准备引爆的情况，届时我会对着无所不在的智子向三体世界发出人类的同归于尽宣言，在那一时刻，会发生什么？”

“三体人的反应无法预测，但在地球上，一定会有几十亿人想扭断您的脖子，就像您对自己的破壁人做的那样。”法国代表说。

“很对，那么我必须采取一定的措施来应对这种局面，各位请看，就是这个。”雷迪亚兹抬起左手，向与会人员展示他腕上的一块手表，那块表是全黑色的，无论表盘面积还是厚度都是一般男士手表的两倍，但戴在雷迪亚兹粗壮的手臂上也不显硕大，“这是一个信号发射器，它发出的信号通过一个太空链路直达水星。”

“用它发出引爆信号吗？”有人问。

“恰恰相反，它发出的是不引爆的信号。”

雷迪亚兹的这句话令会场上的所有人集中了注意力。

雷迪亚兹接着说：“这个系统的代号为‘摇篮’，意思是摇篮停止摇动，婴儿就会醒。它不断地发出信号，水星上的氢弹系统不断地接收，信号一旦中断，系统将立刻引爆氢弹。”

“这叫反触发系统，”美国代表面无表情地说，“冷战时期曾经研究过战略核武器的反触发策略，但从未真正实施过，只有你这样的疯子才会真的这么干。”

雷迪亚兹放下左手，把那个叫“摇篮”的东西用衣袖遮住。“教会我这个奇妙想法的倒不是核战略专家，而是一部美国电影，里面的一个男人就戴着个这玩意儿，它不停地发信号，但如果这人的心脏停止跳动，它的信号也就停止了；而另一个人身上则被装上了一枚无法拆除的炸弹，如果炸弹收不到信号，就会立刻爆炸，所以，这个倒霉鬼虽然不喜欢前面那个人，还是必须尽全力保护他……我喜欢看美国大片，直到现在还能认出老版超人。”

“这么说，这个装置，也与您的心跳相联系吗？”日本代表问，此时雷迪亚兹正站在他旁边，他伸手去摸雷迪亚兹那藏在衣袖下的装置，后者把他的手拨开了，同时站到离他远些的地方。

“当然，但‘摇篮’更先进更精致一些，它监测的不只是心跳，还有很多其他生理指标，如血压、体温等，对这些参数综合分析，如发现不正常，就立刻停止反触发的信号发射，它还能识别我的许多简单的语音命令。”

这时，突然有一个人神色紧张地进入会场，在伽尔宁耳边低声说着什么，他的耳语还没说完，伽尔宁就抬头用异样的目光看了雷迪亚兹一眼，目光敏锐的代表们都注意到了这一幕。

“有一个办法可以破解你的‘摇篮’，这种对付反触发的方法在冷战时期也被深入研究过。”美国代表说。

“不是我的‘摇篮’，是那些氢弹的‘摇篮’，‘摇篮’一停摇它们就会醒。”雷迪亚兹说。

“我也想到了这个办法，”德国代表说，“信号从你的手表传到水星，必然要经过一个复杂的通信链路，摧毁或屏蔽链路上的任何一个节点，然后用一个伪信号源向下一级链路继续发送反触发信号，就可以使‘摇篮’系统失去作用。”

“这确实是个难题。”雷迪亚兹对德国代表点点头说，“如果没有智子，这个问题很容易解决：所有节点都装入一个相同的加密算法，每次发送的信号都由这种算法产生，在外界看来每次的信号值都是随机的，每次都不同，但‘摇篮’的发送和接收方却产生完全相同的序列值，接收方只有在收到与自己序列相对应的信号值时才认为信号有效。您的伪信号源没有这种加密算法，它发出的信号与接收方的序列肯定对应不上。但现在有智子这鬼东西，它能探测出这种算法。”

“您也许想出了其他办法？”有人问。

“一个笨办法，我这人，只能想出粗俗的笨办法。”雷迪亚兹自嘲地笑笑说，“增加每个节点对自身状态监测的灵敏度，具体做法就是每个通信节点由多个单元组成，这些单元相距很远，但相互之间由连续的通信联为一个整体，任何一个单元失效，整个节点就会发出终止反触发的命令，这之后，即使伪信号源再向下一节点发送信号也不被承认。各单元相互之间的监测精度目前可以达到微秒级，就是说，要按照刚才那位先生的办法，必须在一微秒内同时摧毁组成一个节点的所有单元，再用伪信号源进行信号接续。每个节点最少由三个单元组成，最多可能有几十个单元，这些单元之间的间距为三百公里左右[①]，每一个都做得极其坚固，外界的任何触动都会令其发送警告。在一微秒之内同时使这些单元失效，也许三体人能做到，但人类目前肯定是做不到的。”

雷迪亚兹的最后一句话使所有人警觉起来。

“我刚刚得到报告，雷迪亚兹先生手腕上的东西一直在向外界发送电磁信号。”伽尔宁说，这个信息令会场气氛顿时紧张起来，“我想问，面壁者雷迪亚兹，您手表中的信号是发向水星吗？”

雷迪亚兹大笑了几声说：“我为什么要向水星发？那里现在除了一个大坑外什么都没有，再说，‘摇篮’的太空通信链路也没有建立。不不不，各位不要担心，信号不是发向水星，而是发向纽约市内距我们很近的一个地方。”

空气凝固了，会场上除雷迪亚兹之外的所有人都呆若木鸡。

“如果‘摇篮’的维持信号终止，那触发的是什么？”英国代表厉声问道，他已不再试图掩饰自己的紧张。

“总会有东西被触发，”雷迪亚兹对他宽厚地笑笑，“我已经做了二十多年的面壁者，总会私下得到一些东西的。”

“那么，雷迪亚兹先生，您是否可以回答我的一个更直接的问题？”法国代表看上去十分镇静，但声音却有些颤抖，“您，或我们，此时要为多少人的生命负责？”

① 由于信号传输的光速限制，距离再远就达不到微秒级的监测精度了。

雷迪亚兹对着法国人瞪大双眼，仿佛觉得他的问题不可思议，“怎么？多少人有关系吗？我原以为在座的都是把人权奉为至高无上的可敬绅士，一个人或八百二十万人[①]的生命，有区别吗？如果是前者你们就可以不尊重吗？”

美国代表站起身说：“早在二十多年前面壁计划开始时，我们就指出了他是个什么东西。”他指着雷迪亚兹，吞咽着口水，极力维持着镇定，但终于还是失去了控制，“他是个恐怖分子，邪恶、肮脏的恐怖分子！一个魔鬼！是你们打开瓶盖儿放出了他，你们要对此负责！联合国要对此负责！”他声嘶力竭地大喊着，把文件扔得四处飞扬。

“镇静，代表先生。”雷迪亚兹微笑着说，“‘摇篮’对我的生理指标的监测是很灵敏的，如果我像您那样歇斯底里，它早就停止发送反触发信号了。我的情绪不能波动，所以您，还有在座的所有人，都不要让我不高兴，如果可能的话，最好努力使我感到愉快，这对我们大家都有好处。”

“您的条件？”伽尔宁低声问道。

雷迪亚兹脸上的笑变得有些凄惨，他对着伽尔宁摇摇头，“主席先生，我能有什么条件？离开这里回到自己的国家而已，有一架专机在肯尼迪机场等着我。”

会场沉默下来，不知不觉中，所有人的目光渐渐从雷迪亚兹转

---

① 纽约市的人口数。

移到美国代表身上，美国人终于承受不住这些目光，向椅背上猛地一靠，从牙缝里挤出一句："滚吧。"

雷迪亚兹缓缓点点头，起身向外走去。

"雷迪亚兹先生，我送您回国。"伽尔宁从主席台上走下来说。

雷迪亚兹站住，等着步伐已不太灵活的伽尔宁走过来，"谢谢，主席先生，我想起来您也是要离开这里的人了。"

两人走到门口，雷迪亚兹拉住了伽尔宁，同他一起转身面对会场，"先生们，我不会想念这里的，我虚度了二十多年的时光，在这里没有人理解我，我要回到我的祖国，回到我的人民中间。是的，我的祖国，我的人民，我想念他们。"

人们惊奇地发现，这个壮汉的眼中竟闪着泪光，他最后说："我要回到祖国了，这不是计划的一部分。"

在同伽尔宁走出联合国会议厅的大门时，雷迪亚兹对着正午的太阳张开了双臂，陶醉地呼唤道："啊，我的太阳！"他持续二十多年的恐日症消失了。

雷迪亚兹的专机起飞后，很快越过海岸线，飞行在浩瀚的大西洋上。

机舱中，伽尔宁对雷迪亚兹说："有我在，这架飞机是安全的，请您告诉我那个处于反触发状态的装置的位置。"

"没有什么装置，什么都没有，只是逃跑的伎俩而已。"雷迪亚兹摘下手表，扔给伽尔宁，"这不过是个简单的信号发射器，摩托罗拉手机改的，与我的心跳什么的也没有关系，已经关了，你留下做个纪念吧。”

在长时间的相对无语后，伽尔宁长叹一声说：“怎么会是这样？面壁者的封闭性战略思考特权，本意是对付智子和三体世界的，现在，你和泰勒都用它来对付人类自己。”

“这没什么奇怪的。”雷迪亚兹坐在舷窗旁，享受着外面射入的阳光，“现在，人类生存的最大障碍其实来自自身。”

六个小时后，飞机在加勒比海之滨的加拉加斯国际机场降落，伽尔宁没下飞机，他将乘它返回联合国。

临别时，雷迪亚兹说：“不要中止面壁计划，在这场战争中，它真的是一个希望，还有两位面壁者，代我祝他们一路走好。”

“我也见不到他们了。”伽尔宁伤感地说，当雷迪亚兹走后，舱中留下他独自一人时，已经老泪纵横。

加拉加斯和纽约一样晴空万里，雷迪亚兹走下舷梯，嗅到了他所熟悉的热带气息，他伏下身，长时间地亲吻祖国的土地，然后在大批军警的护卫下，乘车驶向城区。车队在盘山公路上行驶了半个小时就进入了首都市区，驶入市中心的玻利瓦尔广场。雷迪亚兹在玻利瓦尔铜像前下车，站在铜像的基座上，他的上方，曾打败西班牙并试图在南美建立大哥伦比亚统一共和国的英雄身披铠甲，纵马驰骋。他的前方，由狂热的民众组成的人群在阳光下沸腾，人们向前拥来，军警的队伍极力阻挡，甚至对空鸣枪，但汹涌的人潮最终还是冲垮了军警线，向铜像下活着的“玻利瓦尔”拥来。

雷迪亚兹高举双手，含着热泪对着拥向他的人潮深情地呼唤道：“啊，我的人民！”

他的人民扔来的第一块石头打在他高举的左手上，第二块石头击中了他的前胸，第三块砸在前额上并击倒了他。随后，人民的石头像雨点般飞来，最后几乎埋住了他那早已没有生命的躯体。砸向面壁者雷迪亚兹的最后一块石头是一位老太太扔的，她吃力地举着一块石头一直走到雷迪亚兹的尸体前，用西班牙语说：

“恶人，你要杀所有的人，那里面可是有我的孙子，你竟想杀我的孙子！”

说着，她用尽力气，颤巍巍地把手中的石头砸到雷迪亚兹从石堆中露出的已经破碎的头颅上。

唯一不可阻挡的是时间，它像一把利刃，无声地切开了坚硬和柔软的一切，恒定地向前推进着，没有任何东西能够使它的行进出现丝毫颠簸，它却改变着一切。

在水星核试验的同一年，常伟思退役了。最后一次在媒体上露面时，他坦率地承认，自己对战争的胜利没有信心，但这并不影响历史对太空军首任司令员工作的高度评价。这种多年处于忧虑状态下的繁重工作损害了他的健康，他在六十八岁时去世，将军在弥留之际仍然十分清醒，并多次念叨章北海的名字。

正像山杉惠子预料的那样，吴岳度过了苦闷迷茫的余生。他曾经在长达十几年的时间里参加人类纪念工程，但也并未从中找到精神安慰，在七十七岁时孤独地逝去。同常伟思一样，他在最后的时刻也叨念着章北海的名字，这个正在冬眠中跨越时间的坚强战士，寄托了他们对未来共同的希冀。

曾连任两届联合国秘书长的萨伊，在离任后发起了人类纪念工程，目的是全面收集人类文明的资料和纪念实物，最后用无人飞船发向宇宙。这个工程最具影响力的是一个名为“人类日记”的活动，为此建立了许多网站，让尽可能多的人把自己有生之年每天的日常生活用文字和图像记录下来，作为文明资料的一部分。人类日记网站的用户一度达到二十亿之多，成为互联网上有史以来规模最大的信息体。后来，行星防御理事会认为人类纪念工程可能助长失败主义情绪，通过决议制止了它的进一步发展，甚至把它等同于逃亡主义。但萨伊一直在为这项事业做着个人的努力，直到八十四岁逝世。

伽尔宁和坎特退休后，都做出了同一个选择：到面壁者罗辑曾经生活过五年的那个北欧伊甸园去隐居，他们再也没有在外界露过面，人们甚至连他们去世的确切日期都不知道，但有一点可以肯定，他们都很长寿，据说这两个人都活过一百岁无疾而终。

艾伯特·林格博士和斐兹罗将军都活到了八十多岁，看到了镜片直径达百米的“哈勃三号”太空望远镜的建成，并通过它看到了三体行星。但他们再也没有看到三体舰队和已经飞在前面的探测器，他们没能等到它们穿过第三块“雪地”。

普通人的人生也在一样延续和终结着。北京的三个老邻居中，苗福全是最先辞世的，享年七十五岁，他真的让儿子把自已葬到一个深达两百多米的废矿井中，儿子照他的遗嘱炸塌了井壁，同时在地面上立了个墓碑以供凭吊。按照父亲的遗嘱，末日之战前的那一代后人一定要把墓碑清除，如果人类胜利，则必须再把碑在原地恢复。其实，他死后还不到半个世纪，废矿井上面的地区就沙漠化了，漫漫黄沙中，墓碑早已不知去向，废矿井的位置丢失了，苗家的后人们也没人费心去找过。

张援朝在八十岁时像一个普通人那样病死，也像普通人那样火化，骨灰放在公墓中长架子上的一个普通方格中。

杨晋文活到九十二岁，盛装骨灰的合金容器以第三宇宙速度飞向太阳系外的茫茫宇宙，这花光了他的全部积蓄。

丁仪却一直活了下来，在可控核聚变技术取得突破后，他又转向了理论物理研究，寻找着在高能粒子实验中摆脱智子干扰的方法，但没有任何建树。过了七十岁后，与其他物理学家一样，他对物理学取得突破的可能性完全绝望。他进入冬眠，计划在末日之战时醒来，唯一的期望就是能够在有生之年亲眼看看三体世界的超级技术是什么样子。

在三体危机出现后的一个世纪，曾经在黄金时代生活过的人们都离开了人世。所谓黄金时代，是指从上世纪八十年代开始至三体危机出现时结束的美好时光，这个时代在以后一直被人不断地回忆，经历过这段美好岁月的老人像反刍动物似的不断把那段记忆吐出来，甜蜜地咀嚼，最后总是加上一句："唉，那时咋就不懂得珍惜呢？"而听他们讲述的年轻人目光中充满嫉妒，同时也将信将疑：那神话般的和平、繁荣和幸福，那世外桃源般的无忧无虑，是否真的存在过？

随着老人们的离去，渐渐远去的黄金海岸完全消失在历史的烟波之中。现在，人类文明的航船已经孤独地驶到了茫茫的大洋中，举目四望，只有无边无际的险恶波涛，谁也不知道，彼岸是不是真的存在。

下部

黑暗森林

危机纪年第 205 年

三体舰队距太阳系 2.10 光年

黑暗出现了，这之前连黑暗都没有，只有虚无。虚无是无色彩的，虚无什么都没有，有黑暗，至少意味着出现了空间。很快，黑暗的空间中出现了一些扰动，像穿透一切的微风，这是时间流逝的感觉。之前的虚无是没有时间的，现在时间也出现了，像消融的冰河。光的出现是在很长时间以后，开始，只是一片没有形状的亮斑，又经过了漫长的等待，世界的形状才显现出来。刚刚复活的意识在努力分辨着，最初看清的是几根横空而过的透明细管，然后是管道后面的一张俯视着的人脸，人脸很快消失，露出发着乳白色光芒的天花板。

罗辑从冬眠中醒来。

那张脸又出现了，是一个表情柔和的男性，他看着罗辑说："欢

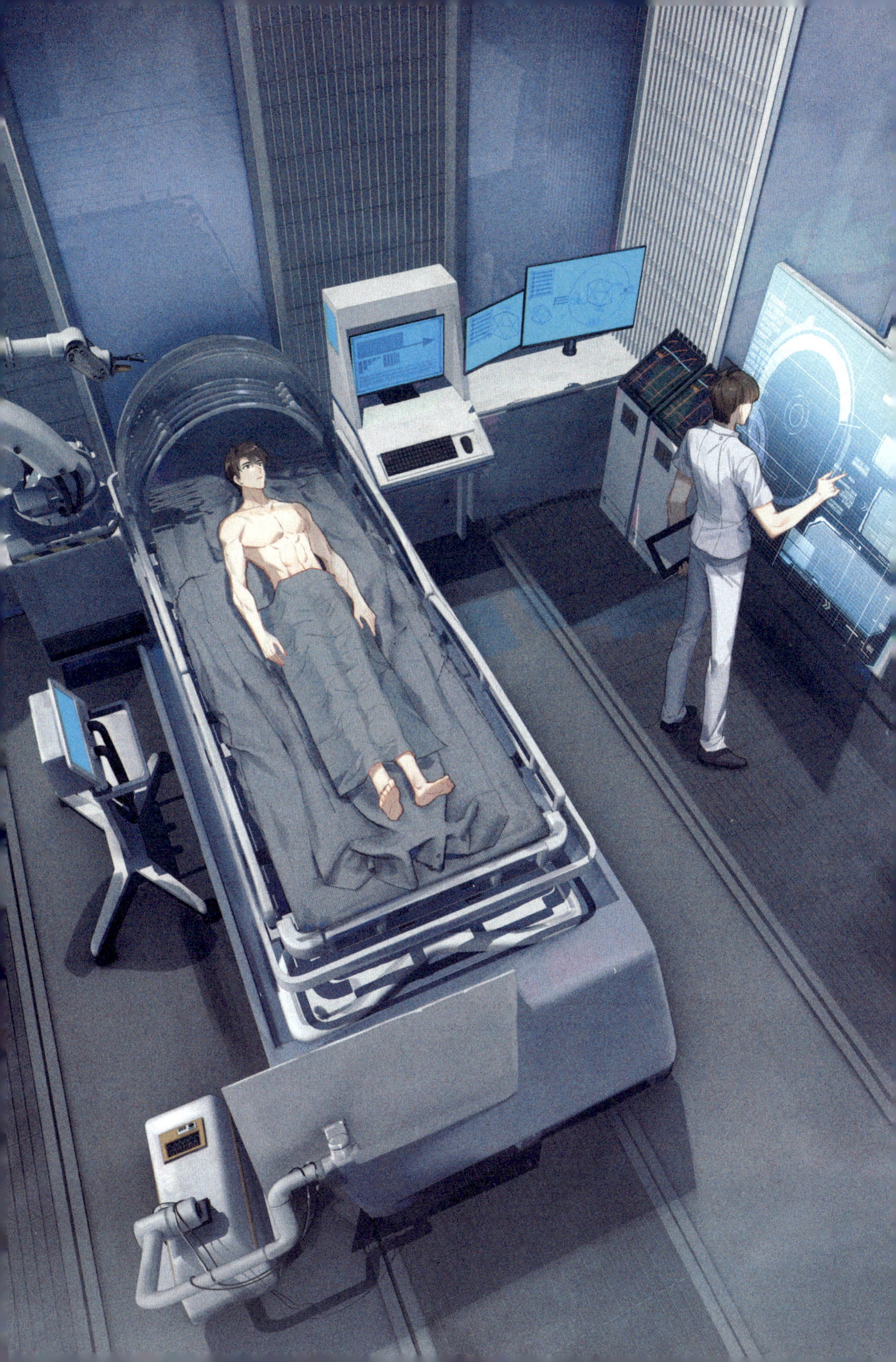

迎您来到这个时代。”就在他说话的时候，他穿着的白大褂闪动起来，映出了一片鲜艳的玫瑰，然后渐渐变淡消失。在他后面的谈话中，白大褂不断配合着他的表情和情绪，显示出不同的赏心悦目的图像，有大海、晚霞和细雨中的树林。他说罗辑的病已经在冬眠中治好了，他的苏醒过程也很顺利，只需三天左右的恢复期，他就能完全恢复正常的身体机能……

罗辑的思维仍处于初醒的迟钝状态，对医生的话，他只抓住了一个信息：现在是危机纪年205年，自己已经冬眠了一百八十五年。

最初罗辑感觉医生的口音很奇怪，但很快发现普通话的语音变化并不大，只是其中夹杂着大量的英文单词。在医生说话的同时，天花板上用字幕映出了他所说的内容，显然是实时的语音识别，也许是为了便于苏醒者理解，把其中的英文单词都换成了汉字。

医生最后说，罗辑已经可以从苏醒室转到普通监护室了，他的白大褂上映出了一幅迅速由落日变为星空的黄昏图景以表示“再见”。同时，罗辑的床开始自己移动，在即将移出苏醒室的门时，罗辑听到医生喊了声“下一个”，他吃力地扭过头，看到又有一张床移进苏醒室，床上也有一个显然是刚从冬眠室中送来的人。那张床很快移入了一堆仪器中间，医生的白大褂变成纯白色，他用手指在墙上点了一下，有三分之一的墙面被激活成显示屏，上面显示着复杂的曲线和数据，医生开始紧张地操作。

罗辑这时明白，自己的苏醒可能并不是一件重大的事，而只是这里进行的日常工作的一部分。那个医生很友善，罗辑在他眼中显然只是一名普通的冬眠者而已。

同苏醒室中一样，走廊中没有灯，亮光也是直接从墙壁发出的，虽然很柔和，还是让罗辑眯起了双眼。就在他眯眼的同时，这一段走廊的墙壁暗了下来，这黯淡的一段一直跟随着他的床移动。当他的眼睛适应光亮又睁大时，这移动的一段也随之亮了起来，但亮度一直保持在舒适的范围内。看来，走廊的光度调节系统能够监测他的瞳孔变化。

从这件事看，这是一个很人性化的时代。

这大大出乎罗辑的预料。

在缓缓移过的走廊墙壁上，罗辑也看到了许多被激活的显示区，它们大小不一，随机点缀在墙上，其中一部分还显示着罗辑来不及看清的动态图像，好像是使用者离开时忘记关闭而留下的。

罗辑不时与走廊上的行人和自动行走的病床交错而过，他注意到在行人的脚底和床的轮子与地面的接触处，都压出了发光的水样的波纹，就像在他自己的时代用手指接触液晶显示屏时出现的那样。整个长长的走廊，给他的最强烈的感觉就是洁净，洁净得像是电脑中的三维动画，但罗辑知道这一切都是真实的。他移动于其中，有一种从未体会过的宁静和舒适。

最令罗辑心动的是他沿途遇到的人们，不论是医生护士，还是其他人，看上去都整洁高雅，走近时，都亲切地向他微笑致意，有的还向他挥挥手。他们的衣服也都映出绚美的图案，每个人的风格都不同，有的写实有的抽象。罗辑被他们的目光所慑服，他知道，普通人的目光，是他们所在地区和时代的文明程度的最好反映。他曾经看到过一组由欧洲摄影师拍摄的清朝末年的照片，最深的印象就是照片上的人呆滞的目光，在那些照片上，不论是官员还是百姓，眼睛中所透出的只有麻木和愚钝，看不到一点生气。现在，这个新时代的人看到罗辑的眼睛时，可能也是那种感觉了。在与罗辑相视的目光中，充满着睿智的生机，以及他在自己的时代很少感受到的真诚、理解和爱意。但从心灵的最深处打动罗辑的，是人们目光中的自信，这种阳光般的自信充满了每一双眼睛，显然已经成为新时代人们的精神背景。

这似乎不像是一个绝望的时代，这再次令罗辑深感意外。

罗辑的床无声地移入监护室，他看到这里已经有两个冬眠苏醒者了，他们有一位躺在床上，靠门的另一位则在护士的帮助下收拾东西，好像已经准备离开了。从他们的目光中，罗辑立刻认出了两位都是自己同时代的人，他们的眼睛像时光之窗，让罗辑又瞥了一眼自己来自的那个灰色的时代。

“他们怎么能这样？我是他们的祖爷爷！”罗辑听到要离开的冬眠者抱怨说。

“您不能在他们面前卖老的，按照法律，冬眠期间不算作年龄，所以在老人面前您还是晚辈……我们走吧，他们在接待室等好长时问了。”护士说，罗辑注意到，她说话时尽力避免出现英文词，但一些汉语词汇在她口中显得很生涩，她等于是在说古汉语了，有时不得不说现代语言时，墙上就会相应地显示出古汉语的译文。

“我连那些人的话都听不太懂，夹那么多鸟语！”冬眠者说，和护士各提了一个包走出门去。

“到了这个时代，您总得学习，要不只能上去生活了。”罗辑听到护士在门外说，他已经能够不费力地听懂现代语言了，但还是不明白护士最后一句话的意思。

“你好，是因为生病冬眠的吧？”和罗辑邻床的冬眠者问，他很年轻，看上去只有二十来岁。

罗辑张了张嘴，但没发出声音，年轻人笑着鼓励他说：“你能说话的，使劲说！”

“你好。”罗辑终于嘶哑地说出声来。

年轻人点点头，“刚走的那位也是，我不是，我是为逃避现实到这儿来的，哦，我叫熊文。”

“这儿……怎么样？”罗辑问，说话容易多了。

“我也不是太清楚，刚醒来五天。不过，嗯，这肯定是个好时候，但对我们来说，融入社会肯定是有困难的，主要是醒来得太早了，再晚几年就好了。”

“晚几年，那不是更困难吗？”

“不，现在还是战争时期，社会顾不上我们，再晚几十年，和谈之后，就是太平盛世了。”

“和谈？和谁？”

“当然是三体世界。”

被熊文最后这句话所震撼，罗辑努力想坐起来，一个护士走进来，帮助他在床上半坐着。

“它们说要和谈了吗？”罗辑急切地问。

“还没有，但他们肯定没别的选择了。”熊文说着，以很敏捷的动作翻身从床上下来，坐到了罗辑的床上，很显然，他早就渴望享受向新的苏醒者介绍这个时代的乐趣了，“你还不知道，人类现在了不得了，可了不得了！”

“怎么？”

“人类的太空战舰很厉害了，比三体人的战舰厉害多了！”

“怎么可能呢？”

“怎么不可能？先别说那些超级武器，就说速度吧，能达到光速的百分之十五！比三体人的快多了！”

罗辑将怀疑的目光转向护士，这才发现她十分美丽，这个时代的人似乎都很漂亮，她微笑着点点头，“是这样。”

熊文接着说：“而且，你知道太空舰队有多少这样的战舰吗？告诉你，两千艘！比三体人多一倍！而且还在壮大！”

罗辑再次将目光转向护士，她又点点头。

“知道三体舰队现在是个什么惨样儿吗？这两个世纪他们又过

了三次……啊……那叫雪地吧，就是太空尘埃。最近的一次听他们说是在四年前，望远镜观测到三体舰队的队形变得稀稀拉拉，溃不成军，有一大半战舰早就停止了加速，穿过尘埃时又减速了不少，在慢慢爬呢，大概八百年也到不了太阳系，可能早就是坏掉的'幽灵船'了。按现在的速度推算，两个世纪后能按时到达的不超过三百艘。不过有一个三体探测器很快就要到达太阳系了，就在今年，另外九个落在后面，三年后也要到了。"

"探测器……是什么？"罗辑不解地问。

护士说："我们不鼓励你们互相交流现实信息，前面的苏醒者知道这些后好多天都平静不下来，这不利于恢复。"

"高兴嘛……这有什么？"熊文不以为然地说，然后回到自己的床上，躺在那里看着发出柔和光芒的天花板感叹道，"孩子们真行，孩子们真行啊！"

"谁是孩子？"护士很不满地说，"冬眠期不算年龄的，你才是孩子呢。"不过在罗辑看来，这女孩儿真的比熊文还要小，只是他知道在这个时代从外表判断年龄可能不准确。

护士对罗辑说："从你们那时来的人都挺绝望的，其实呢，事情真没那么严重。"

在罗辑听来，这是天使的声音，他觉得自己倒是变成了一个从噩梦中醒来的孩子，所经历的可怖的一切大人们只是付之一笑。在天使说话时，她的护士服上映出了一轮飞快升起的朝阳，在金色的阳光下，原本枯黄的大地迅速变绿，花儿在疯狂地开放……

护士走后，罗辑问熊文："面壁计划怎么样了？"

熊文迷惑地摇摇头，"面壁……没听说过。"

罗辑问了他进入冬眠的时间，是在面壁计划出现以前，那时冬眠很昂贵，他家里一定很有钱。但如果在这五天时间里他都没有听说过面壁计划，就说明它在这个时代即使没被遗忘，也已经不重要了。

接下来，从两件不起眼的小事上，罗辑见识了新时代的技术水平。

在进入监控室不久，护士端来了罗辑苏醒后的第一餐，有牛奶和果酱面包等，量很少，护士说他的肠胃功能还在恢复中。罗辑咬了一口面包，感觉像在嚼锯末。

"你的味觉也在恢复中。"护士说。

"恢复了就会觉得更难吃。"熊文说。

护士笑笑，"当然不像你们那时地里长出来的那么好吃。"

"那这是从哪儿来的？"罗辑嚼着面包口齿不清地问。

"工厂里生产出来的呗。"

"你们能合成粮食了？"

熊文替护士回答："不合成也没办法，地里几乎不能长庄稼了。"

罗辑很为熊文感到遗憾，他属于自己时代的那种已获得技术免疫力的人，对任何科技奇迹都无动于衷，因而也不能很好地欣赏这个新时代。

接下来的第二个发现则令罗辑十分震惊，虽然事情仍然很平淡。护士指着那个牛奶杯告诉罗辑，这是特别为他们准备的加热杯，这时的人们普遍不喝热饮，连咖啡都是凉的，如果喝凉牛奶不习惯，可以加热，只需要把杯子底部的一个滑动钮推到想要的温度上即可。喝完牛奶后，罗辑仔细打量着杯子，它看上去是一个很普通的玻璃杯，只有一指厚的底部不透明，显然加热的热源就在那里。可是罗辑反复察看，除了那个滑动开关外没有任何东西，他使劲拧杯子底，但底部与杯子是一体化的。

“不要乱动这里的用品，你们还不了解，会有危险的。”护士看到罗辑的举动后说。

“我想知道它从哪儿充电。”

“充……电？”护士生涩地重复着这个她显然第一次听到的词。

“就是 Charge，recharge.”罗辑提示说，护士仍然迷惑地摇摇头。

“不是充电式的……那里面的电池用完了怎么办呢？”

“电池？”

“就是 Battery 呀，你们现在没有电池了吗？”看到护士又摇头，罗辑说，“那这杯子里的电从哪儿来？”

“电？到处都有电啊。”护士很不以为然地说。

“杯子里的电用不完？”

“用不完。”护士点点头说。

“永远用不完？”

“永远用不完，电怎么会用完呢。”

护士走后，罗辑仍捧着那个杯子不放，他没注意熊文的嘲笑，只觉得心潮澎湃，知道自己其实是捧着一个人类千古梦想的圣物——捧着的是永动机。如果人类真的得到了无尽的能量，那他们几乎可以得到一切了，现在他相信了美丽护士的话：事情可能真的没那么严重。

当医生来到监护室进行例行检查时，罗辑向他问起了面壁计划。

“知道，一个古代的笑话。”医生随口答道。

“那些面壁者都怎么样了？”

“好像是一个自杀了，另一个被石头砸死了……都是很早的事，快两个世纪了吧。”

“还有两个呢？”

“不知道，还在冬眠中吧。”

“其中有一位中国人，您知道他吗？”罗辑小心翼翼地问，紧张地盯着医生的眼睛。

“你是说那个对着一颗星星发咒语的人吧？在近代史课上好像提到过。”护士插嘴说。

“对对，他现在……”罗辑说。

“不知道，好像还在冬眠吧，我不太关心这些事儿。”医生心不在焉地说。

“那颗星星呢？就是他诅咒的那颗带有行星的恒星，怎么样了？”罗辑问，心悬了起来。

“能怎么样呢，应该还在那儿吧……咒语？笑话。”

“关于那颗星星，真的没发生什么事？”

“反正我没听说过，你呢？”医生问护士。

“我也没有。”护士摇摇头，“那时的世界给吓坏了，出了好多可笑的事呢。”

“后来呢？”罗辑长出一口气问。

“后来，就是大低谷了。”医生说。

“大低谷？那是怎么回事？”

“以后都会知道的，现在好好休息吧。”医生轻轻地叹息了一声，“不过关于这个你还是不知道的好。”他转身走的时候，白大褂上出现了翻滚的乌云，护士的衣服上则映出了许多双大眼睛，有的目光惊惧，有的含着泪。

医生和护士走后，罗辑在床上呆坐了很长时间，喃喃自语道：“笑话，真的是古代的笑话。”接着他独自笑了起来，先是无声地笑，然后哈哈大笑，床和他一起发颤，吓得熊文要叫医生。

“没事儿，睡吧。”罗辑对他说，然后自顾自地躺下，很快进入了苏醒后的第一次睡眠。

他梦见了庄颜和孩子，庄颜仍在雪地中走着，孩子在她的臂膀上睡着了。

当罗辑醒来后，护士走了进来，对他说早上好，她的声音很低，显然怕吵醒了仍在呼呼大睡的熊文。

“现在是早上吗？这房间里怎么没有窗户？”罗辑四下看看问道。

“墙壁的任何一处都能变得透明，不过医生认为你们现在还不适合看外面，挺陌生的，会分散精神影响休息。”

“苏醒这么长时间了，还不知道外面的世界是什么样子的，这也影响休息。”罗辑指指熊文，“我可不是他那号人。”

护士笑笑说：“没关系，我就要下班了，带你出去看看怎么样？早餐回来再吃吧。”

罗辑很兴奋地跟着护士来到值班室，他打量着这里，陈设的物品中有一半能猜出是什么，其他则完全不知道是干什么用的。房间里没有电脑和类似的设施，因为墙壁上到处都可以激活成显示屏，这也是预料之中的。引起罗辑注意的是摆在门边的三把雨伞，它们的款式不一，但看外形只能是雨伞。令罗辑惊奇的是它们显得很笨重，难道这个时代没有折叠伞了吗？

护士从更衣室出来，换上了自己的衣服，除了表面闪亮的动态图像外，这个时代女孩子衣着款式的变化至少在罗辑的想象范围之内，与自己的时代相比，主要是凸现了不对称性，他很高兴在一百八十五年后，还能在一个女孩子的服装上得到美感。护士从那三把伞中提起一把，似乎有些重，她只能把伞背在背上。

“外面在下雨吗？”

女孩儿摇摇头，“你以为我拿的是……伞吧。”她很生疏地说出后面那个字。

“那这是什么？”罗辑指着她肩上的“伞”问，本以为她会说出一个很新奇的名称，但不是那样。

“我的自行车啊。”她说。

他们来到走廊上时，罗辑问：“你家离这里远吗？”

“你要是说我住的地方，不是太远吧，骑车十几分钟。”她说完站住，用那双动人的眼睛看着罗辑，说出了让他吃惊的话：“现在没有家了，谁都没有了，婚姻啊家庭啊，在大低谷后就没有了，这可是你要适应的第一件事。”

“这第一件事我就适应不了。”

“不会吧，我从历史课上知道，你们那时婚姻家庭就已经开始解体了，有很大一部分人不愿受束缚，要过自由的生活。”她又提到了历史课。

我就曾是那样一个人，可后来……罗辑心里想，从苏醒的那一刻起，庄颜和孩子就从未真正离开过他的思想，已经成为他意识桌面上的壁纸，每时每刻都在显现。但现在这里的人都不认识他，情况不明朗，他虽在思念的煎熬中，还是不敢贸然打听她们的下落。

他们在走廊上前行了一段，然后穿过一个自动门，罗辑眼前一亮，看到面前有一条狭长的平台向前伸延，清新的空气迎面扑来，他意识到自己已经在外面了。

“好蓝的天啊！”这是他对外部世界发出的第一声惊呼。

“不会吧，哪儿有你们那时蓝啊。”

肯定比那时蓝，蓝多了。罗辑没有把这话说出来，他只是沉浸在这无边湛蓝的拥抱中，任心灵在其中融化，然后有一闪念的疑问：我真到天堂了吗？在他的记忆中，这样纯净的蓝天，只在生活过五年的那个与世隔绝的伊甸园中见过，只是这个蓝天上没有那么多白云，只在西天有极淡的两抹，像是谁不经意涂上去的，东方刚刚升起的太阳在完全透明的清澈大气中有一种明亮的晶莹，边缘像是沾着露水。

罗辑把目光向下移，立刻感到了一阵眩晕，他身处高处，而从这里看到的，他好半天才意识到，是城市。开始他以为自己看到的是一片巨型森林，一根根细长的树干直插天穹，每根树干上都伸出与其垂直的长短不一的树枝，而城市的建筑就像叶子似的挂在这些树枝上。建筑的分布似乎很随意，不同大树上的叶子有疏有密。罗辑很快看到，他所在的冬眠苏醒中心其实就是一棵大树的一部分，他就住在一片叶子里，现在，他们正站在悬挂这片叶子的一根树枝上，这就是他看到的那条伸延到前方的狭长平台。回头，他看到了自己所在的这棵大树的树干，向上升到他看不到的高度。他们所在的树枝可能位于树的中上部，向上或向下，都能看到其他的树枝和挂在上面的建筑叶子。（后来他知道，城市的地址真的就是 ×× 树 ×× 枝 ×× 叶。）近看，这些树枝在空中形成错综的桥梁网络，只是所有桥梁的一端都悬空。

“这是什么地方？”罗辑问。

“北京啊。”

罗辑看看护士，她在朝阳中更加美丽动人，再看看被她称作北京的地方，他问：“市中心在哪儿？”

“那个方向，我们在西四环外，差不多能看到整个城市呢。”

罗辑向护士所指的远方眺望了好一会儿，大声喊道：“不可能！怎么可能什么都没留下来?！”

“你要留下什么？你们那时这里还什么都没有呢！”

“怎么没有?！故宫呢？景山呢？天安门和国贸大厦呢？才一百多年，不至于全拆了吧?！”

“你说的那些都还在啊。”

“在哪儿？”

“在地面上啊。”

看着罗辑惊恐万状的样子，护士突然大笑起来，笑得站不住了扶着旁边的栏杆，“啊，呵呵呵……我忘了，真对不起，我忘了好多次了，你看啊，我们是在地下，一千多米深的地下……要是我哪天时间旅行到你们那会儿，你可以报复我一次，别提醒城市是在地面上，我也会给惊成你这样儿的，呵呵呵……”

“可……这……”罗辑向上伸出双手。

“天是假的，太阳也是假的。”女孩儿努力收住笑说，“当然，说是假的也不对，是从上面的一万米高空拍的图像，在下面放映出来的，也算是真的吧。”

“城市为什么要建在地下？一千多米，这么深？”

“当然是为了战争，你想想，末日之战时地面还不是一片火海？当然，这也是过去的想法，大低谷时代结束后，全世界的城市就都向地下发展了。”

“现在全世界的城市都在地下？”

“大部分是吧。”

罗辑再次打量这个世界，他现在明白了，所有大树的树干都是支撑地下世界穹顶的支柱，同时也被用作悬挂城市建筑的基柱。

“你不会得幽闭症的，看看天空多广阔！到地面上看天可没这么好。”

罗辑再次仰望蓝天——或说蓝天的投影，这一次，他发现了天上的一些小东西，开始只看到了零星的几个，后来眼睛适应了，发现它们数量很多，布满了天空。很奇怪，这些天上的物体竟让他联想到一个毫不相关的地方，那就是一家珠宝店的展柜。那是在成为面壁者之前，他爱上了想象中的庄颜，有一次，竟痴迷到要为想象中的天使买一件礼物。他来到了那家珠宝店，在展柜中看到了许多白金

営業中
如意

项链挂件，那些挂件细小精致，摊放在一张黑色绒布上，在聚光灯下银光闪闪。如果把那黑色绒布变成蓝色，就很像现在看到的天空了。

“那是太空舰队吗？”罗辑激动地问。

“不是，舰队从这儿看不到的，它们都在小行星带以外呢。这些嘛，什么都有，能看清形状的那些是太空城市，只能看到一个亮点儿的是民用飞船。不过有时候也有军舰回到轨道上，它们的引擎很亮的，你都不能盯着看……好了，我要走了，你尽快回去吧，这里风很大的。”

罗辑转身刚要道别，却吃惊得说不出话来，他看到女孩儿把那伞——或她说的自行车——像背包似的背到后背上，然后伞从她后面立了起来，在她头上展开来，形成了两个同轴的螺旋桨，它们无声地转动起来——是相互反向转动，以抵消转动力矩。女孩儿慢慢升起，向旁边跳出栏杆，跃入那让罗辑目眩的深渊中。她悬浮在空中对罗辑大声说：

“你看到了，现在是个挺不错的时代，就把你的过去当作一场梦吧。明天见！”

她轻盈地飞去，小螺旋桨搅动着阳光，远远地飞过两棵巨树之间，变成了一只小小的蜻蜓，有一群群这样的蜻蜓在城市的巨树间飞翔，但最引人注目的还是飞行的车流，像海底植物间川流不息的鱼群。朝阳照进了城市，被巨树分隔成一缕缕光柱，给空中的车流镀上了一层金辉。

面对这美丽的新世界，罗辑泪流满面，新生的感觉渗透了他的每一个细胞。过去真的是一场梦了。

当罗辑见到接待室中的那个欧洲面孔的人时，总觉得他身上有些与众不同的地方，后来发现是他穿的西装不闪烁也不映出图像，像过去时代的衣服一样，这也许是一种庄重的表示。

同罗辑握手致意后，来人自我介绍说："我是舰队联席会议特派员本·乔纳森，您的苏醒就是我奉联席会议的指示安排的，现在，我们将一起参加面壁计划的最后一次听证会。哦，我的话您能听懂吗？英语的变化很大。"

在听到乔纳森说话时，这几天罗辑由现代汉语的变化所产生的对西方文化入侵的担忧消失了，乔纳森的英语中也夹杂着汉语词汇，如"面壁计划"就是用汉语说的，这样下去，昔日最通用的英语和使用人数最多的汉语将相互融合，不分彼此，成为一种强大的世界语言。罗辑后来知道，世界上的其他语种也在发生着融合现象。

罗辑能够听懂乔纳森的话，他想：过去不是梦，过去还是找上门来了。但听到"最后一次"这几个字，他感觉这一切还是有希望能尽快了结。

乔纳森回头看看，好像是在核实门关严了没有。然后他走到墙边，激活了一个操作界面，在上面简单地点了几下后，包括天花板在内的五面墙壁全部消失在了它们显示的全息图像中。

这时，罗辑发现自己置身于一个会议大厅中，虽然一切都变化很大，墙壁和大圆桌都发出柔光，但这里的设计者显然想努力复制旧时代的风格，从大圆桌、主席台和总体布局体现的怀旧情结中，罗辑立刻就知道这是哪里。现在会场还空荡荡的，只有两个工作人员在会议桌上分发文件，罗辑很惊奇地发现现在还在用纸质文件，就像乔纳森的衣服一样，这应该也是一种庄重的表示。

乔纳森说："现在远程会议已经是惯例，我们以这种方式参加，不影响会议的重要性和严肃性。现在离会议开始还有一段时间，您好像对外界还不太了解，是否需要我简单介绍一下现在世界的基本状况？"

罗辑点点头，"当然，谢谢。"

乔纳森指着会场说："只能最简略地说一下，先说说国家的情况。欧洲成为一个国家，叫欧洲联合体，简称欧联，包括东欧和西欧，但不包括俄罗斯的欧洲部分；俄罗斯与白俄罗斯合并，国名仍叫俄罗斯联邦；加拿大的法语区和英语区分裂为两个国家；其他地区也有一些变化，但主要的就是这些了。"

罗辑很吃惊，"就这么点儿变化？都快两个世纪了，我以为世界已经面目全非了。"

乔纳森背对着会场，对罗辑重重地点点头，"面目全非了，罗辑博士，世界确实已经面目全非了。"

"不是啊，这些变化在我们的时代就已经出现端倪了。"

"但有一点你们预料不到：现在已经没有大国，在国际政治中，所有的国家都衰落了。”

“所有的国家？那谁崛起了？”

“一种国家之外的实体：太空舰队。”

罗辑想了好长时间，才理解了乔纳森这话的含义，“你是说，太空舰队独立了？”

“是的，舰队不属于任何国家，它们成了独立的政治和经济实体，也像国家一样成了联合国的成员。目前，太阳系有三大舰队：亚洲舰队、欧洲舰队和北美舰队，它们的名称只是说明各舰队的主要起源地，但舰队本身与它们的起源地已经没有任何隶属关系，它们是完全独立的。三大舰队中的每一支，都拥有你们时代超级大国的政治和经济实力。”

“我的天啊……”罗辑感叹道。

“但不要误会，地球并非处于军政府的统治下，舰队的领土和主权范围都在太空中，很少干涉地球社会内部事务，这是由联合国宪章规定的。所以，现在人类世界分为两个国际：传统的地球国际和新出现的舰队国际。三大舰队组成太阳系舰队，原来的行星防御理事会演变成太阳系舰队联席会议，是太阳系舰队名义上的最高指挥机构，但与联合国的情况一样，它只有协调功能，没有实际权力。其实太阳系舰队本身也是名义上的，人类太空武装力量的实际权力由三大舰队的统帅部掌握。好，参加今天的会议，您知道这些已经差不多了，这次听证会就是由太阳系舰队联席会议召开的，他们是面壁计划的继承者。”

这时，全息图像中出现一个显示窗口，希恩斯和山杉惠子的图像出现于其中，他们看上去毫无变化。希恩斯微笑着向罗辑问好，山杉惠子则面无表情地坐在旁边，对罗辑的致意只是微微颔首作答。

希恩斯说：“我也是刚刚苏醒，罗辑博士，很遗憾地得知，在五十光年远的那个位置，您诅咒的那颗行星还围绕着那颗恒星在运行。”

“呵呵，确实是笑话，古代的笑话。”罗辑摆摆手自嘲地说。

“但比起泰勒和雷迪亚兹来，您还是幸运的。”

“看来您是唯一成功的面壁者了，也许您的战略计划真的提升了人类的智力。”

希恩斯也露出了罗辑刚才那种自嘲的笑容，他摇摇头说：“没有，真的没有。我现在得知，在我们进入冬眠后，人类思维的研究很快就遇到了不可克服的障碍，因为再深入下去，就要涉及大脑思维机制的量子层次，这时，同其他学科一样，他们碰到了不可逾越的智子壁垒。我们没有提升人类的智力，如果说真做了什么，那就是增强了一部分人的信心。”

罗辑进入冬眠时，思想钢印还没有出现，所以他不是太明白希恩斯最后一句话的含义，但他注意到希恩斯这么说时，一直冷若冰霜的山杉惠子的脸上掠过一丝神秘的笑容。

显示窗口消失了，这时罗辑看到会场已经坐满了人，与会者大部分都穿着军装，军装的模式变化并不大，所有与会者的衣服上都没有图像装饰，但他们的领章和肩章都发着光。舰队联席会议的主席仍为轮值，而且是一个文职官员。看着他，罗辑想起了伽尔宁，意识到他已经是两个世纪前的古人了，与那无数湮没于时间长河中的同时代人相比，无论如何自己都是幸运的。

在宣布会议开始后，主席首先发言："各位代表，在这次会议上，我们将对本年度第47次联席会议提出的649号提案进行最后表决，该提案是由北美舰队和欧洲舰队联合提交的。我首先宣读提案内容。

"在三体危机出现后的第二年，联合国行星防御理事会制定了面壁计划，并取得了各常任理事国的一致通过，于次年开始执行。面壁计划的核心内容，是由经过各常任理事国选定和推举的四位面壁者进行完全封闭的个人思考，制定并执行对抗三体世界入侵的战略计划，以避开智子对人类世界无所不在的监视，从而实现战略的隐蔽性。联合国推出了相应的面壁法案以保证面壁者制定和执行计划的特权。

"面壁计划至今已经进行了二百零五年，其间，有过长达一个多世纪的停顿期。在这期间，计划的领导权由原行星防御理事会移交到现太阳系舰队联席会议。

"面壁计划的产生有特定的历史背景。当时，三体危机刚刚出现，面对这个人类历史上史无前例的毁灭性危机，国际社会陷入了空前的恐惧和绝望中，面壁计划正是在这样的状态下诞生的，它不是理智的选择，而是绝望的挣扎。

“历史事实证明，面壁计划是一个完全失败的战略计划。毫不夸张地说，它是人类社会作为一个整体，有史以来所做出的最幼稚、最愚蠢的举动。面壁者被赋予空前的、不受任何法律监督的权力，甚至被赋予欺骗国际社会的自由，这违背了人类社会最基本的道德和法律准则。

“在面壁计划的执行过程中，大量的战略资源被没有意义地消耗，面壁者弗雷德里克·泰勒的蚊群计划已被证明没有任何战略意义，而面壁者雷迪亚兹的水星坠落连锁反应计划，即使以目前人类的能力也根本无法实现。同时，这两个计划都是犯罪，泰勒企图攻击并消灭地球舰队，雷迪亚兹的企图则更加邪恶，竟然把整个地球生命世界作为人质。

“另外两位面壁者也同样令人失望。面壁者希恩斯的思维提升计划目前还没有暴露出其真实的战略意图，但其初步阶段的成果——思想钢印，在太空军中的使用也是犯罪，它严重地侵犯了思想自由，而后者是人类文明存在和进步的基础。至于面壁者罗辑，他先是不负责任地用公共资源为自己营造享乐生活，其后又以可笑的神秘主义举动哗众取宠。

“我们认为，随着人类力量的决定性增强和对战争主动权的把握，面壁计划已经没有意义，现在是结束这一历史遗留问题的最佳时间。我们建议舰队联席会议立刻终止面壁计划，同时废除联合国面壁法案。

“特此提交本提案。”

主席把提案文本缓缓放下，扫视了一下会场说：“现在开始对太阳系舰队联席会议 649 号提案进行表决。”

所有的代表都举起了手。

这个时代的表决方式仍是这么原始，有工作人员在会场中穿行，郑重地核实着表决票数。当他们把汇总结果提交主席后，主席宣布：“649 号提案获得全票通过，并从此时开始生效。”主席抬起头来，罗辑不知道他是不是在看自己或希恩斯，同一百八十五年前那次远程参加听证会一样，罗辑仍然不知道自己和希恩斯的影像在会场的什么位置显示，“现在，面壁计划已经终止，同时废除联合国面壁法案。我代表太阳系舰队联席会议通知面壁者比尔·希恩斯和面壁者罗辑，你们的面壁者身份已经终止，由联合国面壁法案赋予你们的一切与面壁计划有关的特权，以及相应的法律豁免权都不再有效，你们将恢复自己所在国家的普通公民身份。”

主席宣布会议结束，乔纳森站起身来关掉了全息图像，也关掉了罗辑长达两个世纪的噩梦。

“罗辑博士，据我所知，这正是您想要的结果。”乔纳森微笑着对罗辑说。

“是的，正是我想要的，谢谢您，特派员先生，也谢谢舰队联席会议恢复了我的普通人身份。”罗辑以发自内心的真诚说。

“会议很简短，就是提案表决，我已被授权同您谈更具体的事项，您可以先谈自己最关心的事。”

“我的妻子和孩子呢？”罗辑迫不及待地问出了苏醒后一直折磨他的问题，事实上他在会议开始前刚见到乔纳森时就想问的。

“请您放心，她们都很好，都在冬眠中，我会给您她们的资料，您可以随时申请苏醒她们。”

“谢谢，谢谢。”罗辑的眼眶又湿润了，他再次有了那种来到天堂的感觉。

“不过，罗辑博士，我有一个个人建议，”乔纳森在沙发上向罗辑靠近了些说，“作为冬眠者，适应这个时代的生活并不容易，我建议您自己的生活稳定下来之后再苏醒她们，联合国支付的费用还可以再维持她们二百三十年的冬眠时间。”

“那，我个人到外面怎么生活呢？”

对罗辑的这个问题特派员一笑置之，“这个您不用担心，可能对时代不适应，但生活没有问题，在这个时代，社会福利很完善，一个人即使什么都不做，也能过相当舒适的生活。您过去工作过的大学现在还在，就在这个城市，他们答应考虑您的工作问题，过后他们会与您联系的。”

罗辑突然想到了一件事，这几乎让他打了个寒战，“我出去后的安全问题呢？ETO一直想杀我！”

“ETO？”乔纳森大笑起来，“地球三体组织早在一个世纪前就已被完全剿灭，现代世界已经没有他们存在的社会基础，当然有这种思想倾向的人还是存在的，但已经不可能形成组织了，您在外部世界是绝对安全的。”

临别时，乔纳森放下了官员的姿态，他的西装也闪耀起来，映出了夸张变形的星空，他笑着对罗辑说：“博士，在我见过的所有历史人物中，您是最幽默的。咒语，对星星的咒语，哈哈哈哈……”

罗辑独自一人站在接待室中，寂静中细细咀嚼着眼前的现实，在做了两个世纪的救世主之后，他终于变回到普通人了，新生活在他的前面展开了。

“你变成普通人了，老弟！”罗辑的思想被一个粗哑的声音大声说出，他回头一看，史强走了进来，“呵呵，我听刚离开的那小子说的。”

重逢的欢喜中，他们交换了自己的经历。罗辑得知史强是两个月前苏醒的，他的白血病已经治好了，医生还发现他的肝脏病变的概率很高，可能是喝酒的原因，也顺便处理好了。其实，在他们的感觉中，两人分别的时间并不是太长，就是四五年的样子，冬眠中是没有时间感的，但在两个世纪后的新时代相遇，还是多了一层亲切感。

“我来接你出院，这儿没什么好待的。”史强说着从随身带的背包里拿出一身衣服，让他穿上。

“这……也太大了吧？”罗辑抖开那件夹克款式的上衣说。

“看看，晚醒两个月，你在我面前已经是土老帽儿了，穿上试试。”

罗辑穿上衣服，听到一阵细微的嗞嗞声，衣服慢慢缩到合身的尺度，穿上裤子后也一样。史强指着上衣胸前的一个胸针样的东西告诉罗辑，衣服的大小还可以调。

“我说，你不会是穿着两个世纪前的那一身吧？”罗辑看着史强问，他记得清楚，大史现在身上的皮夹克真的与最后一次见他时一样。

“我的东西在大低谷时丢了一些，但那身衣服人家倒还真给我留着，可是不能穿了，你那时的东西也留下了一些，等安顿下来再去取吧。我说老弟，你看看那些东西变成了什么样儿，就知道这将近二百年可是一段不短的时间呢。”史强说着，在夹克的什么地方按了一下，整件衣服变成了白色，原来皮革的质感只是图像，“我喜欢和过去一样。”

“我这件也能这么弄吗？还能像他们那样现出图像？”罗辑看着自己的衣服问。

“能，得费劲儿输入什么的。我们走吧。”

罗辑和大史一起，从树干的电梯直下到地面一层，穿过这棵大树宽阔的大厅，走进了新世界。

在特派员关闭听证会全息图像时，会议并没有结束。其实当时罗辑已经注意到，在主席宣布听证会结束时，突然响起了一个人的声音，是一个女声，他没有听清楚说的是什么，但会场中的所有人都朝一个方向看。这时乔纳森关闭了图像，他一定也注意到了这个，不过当主席宣布会议结束后，罗辑已经失去了面壁者身份而成为普通公民，即使会议继续，他也没有资格参加了。

说话的是山杉惠子，她说："主席先生，我还有话要说。"

主席说："山杉惠子女士，您不是面壁者，仅由于您的特殊身份才被允许列席今天的会议，您没有发言权。"

这时，会场上的代表们也都表示对山杉惠子不感兴趣，正在纷纷起身离去，其实，现在面壁计划对他们而言，整个儿就是一件不得不花一些精力来处理的历史遗留琐事，但惠子接下来的话让他们都停了下来——她转身对希恩斯说：

"面壁者比尔·希恩斯，我是你的破壁人。"

希恩斯也正要起身离去，听到山杉惠子的话，他两腿一软，跌坐回椅子上。会场中，人们面面相觑，接着响起了一阵低语声，而希恩斯的脸则渐渐变得苍白。

"我希望各位还没有忘记这个称呼的含义。"山杉惠子转向会场冷傲地说。

主席说："是的，我们知道破壁人是什么，但你的组织早已不存在。"

"我知道，"山杉惠子显得十分冷静，"但作为地球三体组织最后的成员，我将为主尽自己的责任。”

“我早就该想到了，惠子，这我早就该想到了。”希恩斯说，他声音发颤，显得很虚弱。他早就知道妻子是蒂莫西·利里[1]思想的信奉者，也看到她对使用技术手段改变人类思维的狂热向往，但他从没有把这些与她深深隐藏着的对人类的憎恶联系起来。

“我首先要说明的是，你的战略计划的真实目的并非提升人类的智能。你比谁都清楚，在可以想见的未来，人类的技术根本不可能实现这个目标，因为你是大脑量子机制的发现者，知道对思维的研究必然进入量子层次，在基础物理学被智子锁死的情况下，这种研究是无源之水，不可能取得成功。思想钢印并非是思维研究偶然的副产品，它一直是你想要的东西，是这种研究的最终目标。”山杉惠子转向会场，“各位，现在我想知道，在我们进入冬眠后的这些年中，思想钢印都发生了些什么？”

“它的历史并没有持续太长时间，”欧洲舰队代表说，“当时，在各国太空军中，前后有近五万人自愿接受了思想钢印所固化的胜利信念，以至于在军队中形成了一个特殊的阶层，被称作钢印族。后来，大约是你们进入冬眠后的十年左右吧，思想钢印的使用被国际法庭判定为侵犯思想自由的犯罪行为，信念中心里仅有的一台思想钢印被封存了。这种设备在全世界范围内被严禁生产和使用，其严

①蒂莫西·利里（Timothy Francis Leary，1920—1996），美国心理学家，主张用LSD致幻剂控制人类思想，进而达到灵魂的拯救，在20世纪中期有大批心理学界和文化界的追随者。

历程度与控制核扩散差不多。事实上，思想钢印比核武器更难得到，主要是它所使用的电脑。在你们冬眠时，计算机技术已经基本停止进步，思想钢印所使用的电脑，在今天仍是超级计算机，一般的组织和个人很难得到。”

山杉惠子说出了第一个有分量的信息：“你们不知道，思想钢印不是只有一台，它一共制造了五台，每台都配备了相应的超级电脑。另外四台思想钢印，由希恩斯秘密移交给了已经被钢印固化信念的人们，也就是你们所说的钢印族，在当时他们虽然只有三千人左右，但已经在各国太空军中形成了一个超国界的严密组织。这件事希恩斯没有告诉我，我是从智子那里得知的，主对于坚定的胜利主义者并不在意，所以我们没有对此采取任何行动。”

“这意味着什么呢？”主席问。

“让我们一起来推测吧。思想钢印并不是连续运行的设备，它只在需要时才启动，每台设备可以使用很长时间，如果得到适当的维护，它使用半个世纪是没有问题的。如果四台设备轮流使用，一台完全报废后再启动另一台，那么它们可以延续两个世纪。也就是说，钢印族并没有自生自灭，它可能一代接一代地延续到今天，这是一种宗教，所信仰的就是思想钢印所固化的信念，入教的仪式就是自愿在自己的思想中打上钢印。”

北美舰队代表说：“希恩斯博士，现在您已经失去了面壁者身份，也就没有了欺骗世界的合法权利。请您对联席会议说实话：您的妻子，或者说您的破壁人，说的是真的吗？”

“是真的。”希恩斯沉重地点点头。

“这是犯罪！”亚洲舰队代表说。

“也许是……”希恩斯又点点头，“但我和你们一样，也不知道钢印族是否延续到了今天。”

“这并不重要，”欧洲舰队代表说，“我认为下一步要做的只是找到可能遗留至今的思想钢印，封存或销毁它们。至于钢印族，如果他们是自愿被打上思想钢印，那似乎不违反现有的任何法律；如果他们给别的自愿者打思想钢印，则是受到自己已经被技术手段所固化的信念或信仰的支配，也不应该受到法律制裁。所以只要思想钢印被找到，也许根本没有必要再去追查钢印族的情况。”

“是的，太阳系舰队中有一些对胜利拥有绝对信念的人，并不是坏事，至少不会产生什么损害，这应该属于个人隐私，没必要知道他们是谁。尽管现在自愿打上思想钢印有些不可理解，因为人类的胜利已经是很明显的事了。”欧洲舰队代表说。

山杉惠子突然冷笑起来，露出一种这个时代很少见到的表情，让与会者们联想到在某个古老的年代，草丛中蛇的鳞片反射的月光。

“你们想得太简单了。”她说。

“你们想得太简单了。”希恩斯附和着妻子，又深深地低下了头。

山杉惠子再次转向她的丈夫，“希恩斯，你一直在对我隐藏自己的思想，即使在成为面壁者之前。”

“我怕你鄙视我。”希恩斯低着头说。

“多少次，在京都静静的深夜里，在那间木屋和小竹林中，我们默默地对视，从你的眼中我看到了一个面壁者的孤独，看到了你向我倾诉的渴望。多少次，你几乎要对我道出实情了，你想把头埋在我的怀中，哭着把一切真相都说出来，获得彻底的解脱，但面壁者的职责阻止了你。欺骗，即使是对自己最爱的人的欺骗，也是你责任的一部分。于是，我也只能看着你的眼睛，希望从中寻找到你真实思想的蛛丝马迹。你也不知道我度过了多少个不眠的夜晚，在熟睡的你的身边等待着，等待着你的梦呓……更多的时间我是在细细地观察着你，研究你的一举一动，捕捉你的每一个眼神，包括你第一次冬眠的那些年，我都一次次回忆你的每一个细节，不是为了思念，只是想看透你真实的思想。在相当长的时间里，我失败了，我知道你一直戴着面具，我对面具下的你一无所知。一年又一年过去，终于到了那一天，当你第一次苏醒后，穿过大脑神经网络的图像走到我身边时，我再次看到你的眼睛，终于领悟了。这时我已经成长和成熟了八年，而你还是八年前的你，所以你暴露了自己。

“从那一刻起，我知道了真实的你：一个根深蒂固的失败主义者，一个坚定的逃亡主义者，不管是在成为面壁者之前还是之后，你的唯一目标就是实现人类的逃亡。与其他面壁者相比，你的高明之处不在于战略计谋的欺骗，而在于对自己真实世界观的隐藏和伪装。

“但我还是不知道，你如何通过对人类大脑和思维的研究来实现这个目标，甚至在思想钢印出现后，我仍然处于迷惑之中。直到进入冬眠前的那一刻，我想起了他们的眼睛，就是那些被打上思想钢印的人的眼睛，就像对你那样，突然读懂了那些一直令我困惑的目光，这时我完全识破了你的真实战略，但已经来不及说了。”

北美舰队代表说：“山杉惠子女士，我感觉这里面应该没有更诡异的东西吧，我们了解思想钢印的历史，在第一批自愿打上钢印的五万人中，对每个人的操作都是在严格监督下进行的。”

山杉惠子说：“不错，但绝对有效的监督只是对信念命题的内容而言，对思想钢印本身，监督就困难得多了。”

“可是历史文献表明，当时对思想钢印在技术细节上的监督也十分严格，在正式投入使用前进行了大量实验。”主席说。

山杉惠子轻轻摇摇头，“思想钢印是极其复杂的设备，任何监督都会有疏漏的，特别是对几亿行代码中的一个小小的正负号而言，这一点，甚至连智子都没有察觉到。”

“正负号？”

“在发现了对命题判断为真的神经回路模式时，希恩斯同时也发现了对命题判断为伪的模式，后者正是他所需要的。他对包括我在内的所有人都隐瞒了这个发现，这并不难，因为这两种神经回路的模式十分相似，在神经元传输模式中表现为某个关键信号的流向；而在思想钢印的数学模型中，则只由一个正负号决定，正者判断为真，负者判断为伪。希恩斯用极其隐蔽的手段操纵了思想钢印控制软件中的这个符号，在所有五台思想钢印中，这个符号都为负。”

死一般的寂静笼罩了会场，这种寂静曾经在两个世纪前的那次行星防御理事会的面壁计划听证会上出现过，当时，雷迪亚兹展示了手腕上的“摇篮”，并告诉与会者，接收它的反触发信号的装置就在附近。

“希恩斯博士，看看你做了什么？”主席怒视着希恩斯说。

希恩斯抬起头，人们看到他苍白的脸又恢复了常态，他的声音沉稳而镇静，“我承认，自己低估了人类的力量，你们取得的进步真是令人难以置信。我看到了，相信了，我也相信这场战争的胜利者将是人类，这种信念几乎与思想钢印一样坚固，两个世纪前的失败主义和逃亡主义真是很可笑的东西。但，主席先生，各位代表先生，我要对全世界说：在这件事上让我忏悔是不可能的。”

“你还不该忏悔吗？”亚洲代表愤怒地质问。

希恩斯仰起头说：“不是不该，是不可能，我给自己打上了一个思想钢印，它的命题是：我在面壁计划中所做的一切都是正确的。”

人们互相交换着惊奇的目光，甚至连山杉惠子也用这样的目光看着自己的丈夫。

希恩斯对山杉惠子微笑着点点头，“是的，亲爱的，请允许我仍这么称呼你，只有这样做，我才能获得把计划执行下去的精神力量。

是的，我现在认为自己做的都是正确的，我绝对相信这一点，而不管现实是什么。我用思想钢印把自己改造成了自己的上帝，上帝不可能忏悔。”

“当不久的将来，三体入侵者向强大的人类文明投降的时候，您仍然这么想吗？”主席问，与刚才不同，他这时表现出来的更多是好奇。

希恩斯认真地点点头，“我仍然这么想，我是正确的，我在面壁计划中做的一切都是绝对正确的。当然，在事实面前我要受到地狱般的折磨。”他转向山杉惠子，“亲爱的，你知道我已经受过一次这种折磨了，那时，我坚信水是剧毒的。”

“还是让我们回到现实中来吧。”北美舰队代表打断了人们低声的议论，“钢印族延续至今只是一个猜测，毕竟已经过去一百七十多年了，如果一个持有绝对失败主义信念的阶层或组织存在，为什么到现在为止还没有一点迹象呢？”

“这有两种可能，”欧洲舰队代表说，“一种是钢印族早就消失了，我们确实是虚惊一场……”

亚洲代表替他说出了后面的话：“在另一种可能中，到现在还没有迹象，正是这件事情的可怕之处。”

罗辑和史强行走在地下城市中。在他们的上方，树形建筑遮天蔽日，天空的缝隙中穿行着飞车的车流，但由于城市建筑都是悬在空中的“树叶”，地面的空间十分宽阔，只有间距很远的巨树树干，使得城市已经没有了街道的概念，只是一片其间坐落着树干的连绵的广场。地面的环境很好，有大片的草地和真正的树林，空气清新，一眼望去像是美丽的郊野，行人们穿着闪亮的衣服，像发光的蚂蚁般穿行其间。这种把现代的喧嚣和拥挤悬在高空，让地面回归自然的城市设计，让罗辑赞叹不已。这里丝毫看不到战争的阴影，只有人性化的舒适和惬意。走了不远，罗辑突然听到一个柔美的女声：“是罗辑先生吗？”他四下一看，发现声音是从路边草坪上的一个大广告牌上发出的，广告牌上的大幅动态图像中，一个身穿制服的漂亮姑娘正看着他。

“我是。”罗辑点点头说。

“您好，我是总体银行系统 8065 号金融咨询员，欢迎您来到这个时代，现在向您通报您目前的财政状况。”咨询员说着，她的旁边映出了一个数据表格，“这是您在危机第九年的财政数据，其中包括当时在中国工商银行和中国建设银行的存款情况，还有当时的有价证券投资情况，后面一项的信息在大低谷时代可能部分丢失。”

“她怎么知道我在这儿？”罗辑低声问。

史强说：“你的左手臂里植入了一块什么芯片，不要紧张，现在每个人都有，类似于身份证吧，所以广告牌能认出你来。现在的广告都是对着个人了，不管走到哪里，广告牌上的东西都是为你显示的。”

咨询员显然听到了大史的话，她说："先生，这不是广告，而是总体银行系统的金融服务。"

"我现在在银行里有多少存款？"罗辑问。

一个十分复杂的表格在咨询员旁边出现了，"这是从危机九年一月一日至今天您的所有存款的计息情况，比较复杂，以后您可以从自己的信息区中调阅。"另一个比较简明的表格随即也跳了出来，"这是您目前在总体银行系统的各个分系统的财政情况。"

罗辑对那些数字并没有概念，他茫然地问："这……有多少呢？"

"老弟，你是有钱人了！"史强猛拍了罗辑一下说，"我虽不如你，可也算有钱了，呵呵，两个世纪的利息，真正的长线投资，穷光蛋也富了。真后悔当时没有多存些。"

"这……有些不对吧？"罗辑怀疑地问。

"嗯？"咨询员漂亮的大眼睛从广告牌上探询地看着罗辑。

"一百八十多年了，这中间没有通货膨胀什么的？金融体系也能一直平稳延续下来？"

"还是你想得多。"大史摇摇头说，从口袋中掏出一盒烟来，罗辑现在知道烟这东西也延续下来了，只是大史从盒中抽出一根，不用点就开始吞云吐雾了。

咨询员回答："大低谷时代发生过多次通货膨胀，金融和信用体系也曾接近崩溃，但按照现有法律，对冬眠苏醒者存款的计息有特殊的计算方法，排除了大低谷时间段，在存款额上直接平移到大低谷后的金融水平，并从那时开始计息。”

“竟有……这样的优惠？”罗辑惊叹道。

“老弟，这是个好时候。”大史吐出一口白烟说，然后举起仍然带有火的香烟，“就是烟难抽了。”

“罗辑先生，这次我们只是认识一下，在您方便的时候，我们再讨论您的个人财政安排和投资计划，如果没有其他的问题就再见了。”咨询员微笑着对罗辑挥手告别。

“有一个问题。”罗辑急忙说。他不知道现在对年轻女性如何称呼，叫“小姐”有些冒险，在自己那个时代这个称呼的含义已经变了，现在更不知变成什么了；叫女士也不太对，这应该是对上年纪女性的称呼，罗辑只好把称呼免去了，“我对现实不太了解，要是这个问题冒犯了你，请多多原谅。”

咨询员微微一笑说：“没有关系，我们的责任就是帮助你们尽快熟悉这个时代。”

“你是真人还是机器，或者是一个程序？”

这个问题似乎并没有让咨询员吃惊，她回答道：“我当然是真人，电脑怎么能够处理这么复杂的业务？”

同广告牌上的美人告别后，罗辑对史强说：“大史，有些事情真的不好理解，这是一个发明了永动机并且能够合成粮食的时代，可是计算机技术好像并没有进步多少，人工智能连处理个人金融业务的能力都没有。”

“永动机是啥？永远能动的机器？”大史问。

“是啊，标志着无限能源的发现。”

大史四下看看，“哪里有这玩意儿？”

罗辑指着空中的车流说：“看那些飞车，它们耗油或用电池吗？”

大史摇摇头，“都不用的，地球上的石油早抽完了，那些车也不用电池，就那么着不停地飞，永远不会没有电，很带劲儿的东西，我正打算买一辆。”

“这就是你对技术奇迹的麻木了，人类有了无限的能源，这简直是和盘古开天地一样的大事！到现在你也没意识到这是个多么伟大的时代！”

大史把烟蒂扔掉，想了想又觉得不妥，就又把扔到草坪上的烟蒂拾起来，扔到不远处的垃圾箱里。“我麻木？是你这知识分子想象得太远了，这技术，其实我们那时就已经有了。”

“你开玩笑吧？”

“要说技术我是不懂，但具体对这事儿多少还是明白一些，因为碰巧我曾使过一种警用窃听器，它不用电池，而且电也像这样用不完，知道是怎么整的吗？从远处发射微波给它供电。现在也就是这么回事儿，供电方式与我们那时不同而已。”

罗辑站住了，呆呆地看了大史半天，又抬头看看空中的飞车，再想想那个电热杯，终于明白了：不过是无线供电而已，电源用微波或其他形式的电磁振荡来发射电能，在一定的空间范围形成供电场，这个范围内的任何用电设备都可以用天线或电磁共振线圈来接收电能。正如大史所说，即使在两个世纪前，这也是一项很普通的技术，之所以在当时没有普遍使用，是因为这种供电方式损耗太大，发射到空间中去的电能只有一小部分被接收使用，大部分都散失了。而在这个时代，由于可控核聚变技术的成熟，能源已经极大地丰富了，无线供电所产生的损耗变得可以接受。

“那合成粮食呢，他们不是可以合成粮食吗？”罗辑又问。

“这我不是太清楚，但现在的粮食也是种子长出来的，只不过是在工厂的什么培养槽里生长的。庄稼都基因改造过，据说那麦子只长穗没有秸秆，而且长得贼快，因为那里面有很强的人造阳光，还有催长的强辐射什么的，麦子稻谷一星期就能收一季，从外面看就像生产线上产出来的一样。”

“哦——”罗辑长长地沉吟一声，他眼前许多绚烂的肥皂泡破裂了，现实露出了真面目，他现在知道，就在这个伟大的新时代，智子仍然无处不在地飘荡着，人类的科学仍被锁死着，现有的技术，都不可能越过智子划定的那条线。

“飞船达到光速的百分之十五，这个……”

“这倒是真的，那些战舰发动起来像天上的小太阳。还有那些太空武器，前天电视上看到亚洲舰队演习的新闻，那个激光炮，对着像航母那么大的靶船扫了一下，那个大铁家伙就像冰块儿似的给蒸发了一半，另一半变成亮晶晶的钢水儿炸开了，像焰火似的。还有电磁炮，每秒钟能发射上百个钢球，每个有足球那么大，出膛速度每秒几十公里，无坚不摧，几分钟就扫平了火星上的一座大山……现在，你说的永动机什么的是没有，但就凭这些技术，人类收拾三体舰队已经绰绰有余了。”

大史递给罗辑一支烟，教他拧了一下过滤嘴部分把烟点着，他们各抽一口，看着雪白的烟雾袅袅上升。

“不管怎么说，老弟，这是个好时候。”

“是啊，是个好时候。”

罗辑话音未落，大史就向他猛扑过来，两人一起滚倒在几米远处的草坪上。紧接着一声巨响，一辆飞车正撞在他们两人刚才站的位置上！罗辑感到了气浪的冲击，金属碎片从他们上方嗖嗖飞过，那个广告牌被飞起的碎片击碎了一半，看上去像透明玻璃管的显示材料哗哗落了一地。被摔得头晕目眩眼睛发黑的罗辑还没恢复过来，大史就一跃而起，向坠地的飞车跑去。他看到圆盘状的车体已经完全破碎变形，但由于车内没有燃油，所以没起火，只有噼啪作响的电火花在那团绞扭的金属中窜动。

“车里没有人。”大史对一瘸一拐走过来的罗辑说。

“大史啊，你又救了我一命。”罗辑扶着史强的肩膀，揉着摔痛的腿说。

“我以后还不知道要救你几命呢，可你自个儿也得多长个心眼多长只眼睛。”他指指撞毁的飞车，“这个，没让你想起什么？”

USS TRYKHOW
NCC-1686

罗辑想起了两个世纪前的那一幕，不由得打了个寒战。

有许多行人围拢过来，他们的服装都映出表现惊恐的图像，闪成一片。有两辆警车鸣着警笛自天而降，几名警察走下车，在残车周围拉上隔离线，他们的警服像警灯一样狂闪着，亮度盖过了周围市民的服装。一名警察向大史和罗辑走来，他的警服炫得两人睁不开眼。

“坠车的时候你们就在旁边，没受伤吧？”警察关切地问，他显然看出了两人是冬眠者，也吃力地说着“古汉语”。

不等罗辑回答，大史就拉着问话的警察走出隔离绳和人圈，一来到外面，警察的服装就停止了闪烁。

“你们好好调查一下，这可能是一起谋杀。”大史说。

警察笑笑说：“怎么会呢？就是一起交通事故。”

“我们要报案。”

“确定吗？”

“当然，我们报案。”

“这是小题大做，您可能是受惊了，真的是一起交通事故，不过按照法律，如果你坚持要报案的话……”

“我们坚持。”

警察在衣袖上的一块显示区按了一下，那里立即弹出一个信息窗口，警察看了看窗口说：“已经立案。以后四十八小时要对你们进行警务跟踪，但这需要得到你们的同意。”

“我们同意，我们可能还会有危险。”

警察又笑笑，“其实这是很常见的事。”

“常见的事？那我问你，这座城市里平均每月发生多少起这样的交通事故？”

“去年一年就有六七起呢！”

“那我告诉你，警官，在我们那时，这座城市每天发生的车祸都要比这多。”

“你们那时的车都在地上走，还那么危险，真难想象。好了，你们已在警务系统的监控之中，案件的进展会通知你们的，不过请相信我，这就是一般的交通事故而已，不管是否报案，你们都会得到赔偿的。”

离开了警察和事发现场后，大史对罗辑说：“咱们最好赶快回我的住处去，在外面我总是觉得不放心。住处并不远，我们还是走着回去吧，出租车都是无人的，也不保险。”

“可是，地球三体组织不是已经被消灭了吗？”罗辑四下看看说。远处，那辆坠车已经被一辆大型飞车吊走，围观者散去，警车也离开了，一辆市政工程车降落下来，有几名工人下车收拾散落的碎片，并开始修理被撞坏的地面。小小的骚动后，城市又恢复了怡人的平静。

“也许吧，但老弟，你要相信我的直觉。”

“我已经不是面壁者了。”

“那辆车好像不那么想……走路的时候注意着点天上的车。”

他们尽量在树形建筑的“树荫”下行走，遇到开阔地就快跑过去。很快，他们来到一个宽阔的广场边，大史说：“就在对面，绕过去太远了，咱们快点儿跑过去。”

“这是不是有点疑神疑鬼？也许那真是交通事故。”

“不还是‘也许’吗？小心点儿总没坏处……看到广场中心那堆雕塑了吗？有事儿的话那里可以躲。”

罗辑看到广场中心有一块正方形的沙地，好像是沙漠的微缩景观，大史说的雕塑就在沙地中央，是一群黑色的柱状物，每根两三米高，从远处看去像一片黑色的枯树林。

罗辑跟着大史跑过广场，在接近沙地时，他听到大史喊：“快，钻进去！”他被大史拉着脚下打滑地跑过沙地，一头钻进了“枯树林”雕塑群，躺在林中温暖的沙地上，看着周围那黑色的柱子伸向天空。这时，罗辑看到一辆俯冲的飞车低低地掠过“枯树林”，急速拉起，升上去飞走了，它带起的一阵疾风把林间的沙子吹起来，打在柱子上哗哗作响。

“也许它不是冲着我们来的。”

“哼，也许吧。”大史坐在那儿倒着鞋里的沙子说。

“咱们这样会不会让人笑话？”

“怕个鬼啊，谁认识你？再说了，咱们是二百年前来的，就是一本正经地行事，人家看着也照样儿可笑。老弟，小心不吃亏，那玩意儿要是真冲你来的呢？”

这时，罗辑才真正注意到他们置身其中的雕塑群，他发现那些柱状物并不是什么枯树，而是一只只从沙漠中向上伸展的手臂，这些手臂都瘦得皮包骨头，所以初看上去像枯树干，顶上的那些手都对着天空做出各种极度扭曲的姿态，像是表达着无尽的痛苦。

“这是什么雕塑？”罗辑置身于这群对天挣扎的手臂中，虽然出了一身汗，还是感到阵阵寒意。在雕塑群的边缘，罗辑看到了一块肃穆的方碑，上面刻着一行金色的大字：

给岁月以文明，而不是给文明以岁月

“大低谷纪念碑。”史强说，他显然没有兴趣进一步解释，拉起罗辑向外走去，快步穿过了另一半广场。

“好了，老弟，我就在这棵树上住。”史强指着前方的一棵巨树建筑说。

罗辑边走边抬头看，突然听到地上哗地响了一声，接着脚下一空身体向下坠去。旁边的史强一把抓住了他，这时他的胸部以下已经在地下了，大史使劲把他拖了出来，两人呆呆地看着地上的那个洞，这是一个下水道口之类的洞口，就在罗辑踏上去之前，盖板滑开了。

“哦，天啊！先生您没事吧?！真是危险！”这声音是从旁边的一块小广告牌上发出的，这个广告牌贴在一个饮料售货机之类的小亭子上，说话的是一个身穿蓝色工装的小伙子，他的脸色发白，好像比罗辑还害怕，“我是市政三公司疏排处的，那块盖板自动打开，可能是软件系统故障。”

“常出这事儿？”大史问。

“不不，反正我是第一次遇到。”

大史从路旁的草坪中捡了一小块卵石，从洞口扔下去，好一会儿才听到响声，“这他妈的有多深?!”他问广告牌上的人。

“三十米左右吧，所以我说真危险！我考察过地面的排水系统，你们那时的下水道好像都很浅。事故已经记录，您……”他说着看了一眼自己的衣袖，“哦，罗先生，您会得到第三市政公司的赔偿的。”

他们终于走进了史强居住的1863号树的树干大厅，史强说他住在接近树顶的106枝，他建议先在下面吃了饭再上去。他们走进大厅一侧的餐厅，除了三维动画般的洁净外，这个时代的另一个特色在这里表现得比罗辑在苏醒中心第一次看到的更明显：到处都是动态的信息窗口，墙壁上、桌面上、椅子上、地板和天花板上，甚至一些小的物品，如餐桌上的水杯和餐巾纸盒上，都有操作界面、滚动文字或动态图像显示，仿佛整个餐厅就是一个大的电脑显示屏，显现出一种纷繁闪耀的华丽。

就餐的人不多，他们选择一张靠窗的桌子坐下，史强在桌面上点了一下，激活了一个操作界面，在上面点起菜来，“洋文不认识，我就只点汉字的啊。”

“这个世界，好像就是用显示屏当砖头建起来的。”罗辑感慨地说。

“是啊，只要光滑点的地方就能点亮。”大史说着掏出那盒烟递给罗辑，“看这个，就一盒很便宜的烟。”罗辑刚把烟盒拿到手中，就看到上面开始显示动态图像，是几幅缩略图，好像是一个选择界面。

“这……也就是一种能显示图像的贴膜吧。”罗辑看着烟盒说。

“什么贴膜？用这玩意儿就可以上网！”大史说着，伸手在烟盒上随便点了一下，一块缩略图像按钮一样下陷了，接着被选择的广告画面占满了整个烟盒。罗辑看到了一个一家三口坐在客厅里的画面，这图像显然来自过去，一个尖细的声音从烟盒上响起：

“罗辑先生，这就是你曾生活过的那个时代，我们知道，在那时，拥有一套首都的住房是每个人最华丽的梦想，现在，绿叶集团能够帮助您实现它。您看到了，这个美好的时代，房子已经变成树上的叶子，绿叶集团为您提供各种叶子。（图像上出现了向巨树的树枝上挂装叶子的画面，接着出现了令人眼花缭乱的各种悬挂型成品房间，甚至有一套全透明的，里面的家具好像是悬在空中。）当然，我们也可以为您在地面上建造传统住房，让您回到黄金时代的温馨之中，为您建造一个温暖的——家……”（画面上出现了草坪和别墅，可能也是过去的图像，广告播音员说着流利的“古汉语”，但在说“家”这个词的时候他停顿了一下，加重了语气，这毕竟是一个他们已经没有、只属于过去的东西。）

大史从罗辑手中拿过烟盒，取出了里面的最后两支烟，递给罗辑一支，然后把空烟盒团成一团扔到桌子上，在那皱纸团中，图像仍在闪亮着映出，但声音消失了。“每到一个地方，我第一件事就是把眼前和周围的这些玩意儿都关上，看着麻烦，”大史说着，手脚并用，把桌上和脚下地板上的显示窗口依次关闭，“但他们离不开这个。”他指指周围，“这时候已经没有电脑这东西了，谁想上网什么的，找个平点儿的地方直接点就行了，还有衣服、鞋子，都能当电脑用。不管你信不信，我还见过能上网的手纸。”

罗辑把餐巾纸抽出一张，倒是不能上网的普通纸，但放纸巾的盒子被激活了，一个漂亮女孩儿在上面向罗辑推销创可贴，她显然通过他今天的经历，推测他胳膊腿上可能有擦伤。

“天啊。”罗辑感叹道，把纸塞回盒子里。

“这他妈才叫信息时代，咱那会儿，有点儿原始了。”大史笑着说。

在等待上菜的空当，罗辑问起大史现在的生活，这时才问起这个，他有种愧疚感，但回想这一天，他就像一个上了发条的机器，一直被推着走，这才有了一点空闲时间。

“他们让我退休，待遇也不错。”史强简单地说。

“是公安局，还是你后来的那个单位？它们都还在？”

“都在，而且公安局还叫公安局，公共安全事务局，但在冬眠前已经和我没关系了。我后来的单位现在属于亚洲舰队，你知道，舰队本身就是一个大国，那我现在是外国人了。”大史说着，长长地吐出一口烟，两眼盯着上升的烟雾，像是在努力解开一个谜团。

“国家已经不是以前的意义了……这世界变化得，真是让人困惑。不过大史，好在你我都属于那类没心没肺的人，怎么着都能过下去而且过得好。”

“罗老弟，说句实话，有些事情我还真没你豁达，没你看得开，我要是像你这么历练上一遭，可能早散架了。”

罗辑拿起桌上那个揉成团的烟盒，展开来，发现上面的图像还能显示，只是有些变色，正在重播绿叶集团的广告。罗辑说：“不管是当救世主还是成了难民，我总能利用现有的资源尽量过得快活，你可以认为我自私，但说实话，这是我唯一看得上自己的一点。大史，我可要说你一句：你这人看上去大大咧咧，骨子里还是个重责任的人，现在把责任彻底扔了吧，看看这个时代，谁还用得着我们？及时行乐就是我们最神圣的责任。”

“要那样，你现在可是吃什么都不香了。”大史把烟蒂扔进桌子上的烟缸，激活了烟缸的香烟广告。

罗辑自觉失言，“哦，大史，你对我的责任当然是要尽的，我离了你活不了，你今天已经救了我……一二三，三次命了，至少两次半！”

“不能见死不救是不是？我就这个命，救你命的命。”大史不以为意地说，同时眼睛四下瞄着，可能是想找个卖烟的地方，然后他把目光收回来，探头低声对罗辑说，“不过老弟，你当救世主，还真有一阵儿当真了呢。”

“谁在那个位置上也不可能心智健全，好在我恢复正常了。”

“你怎么会想到对星星发咒语呢？”

“我那时已经是一个严重的妄想症患者了，不堪回首啊。大史，不管你信不信，我敢肯定，在苏醒前他们不但治好了我的病，还在睡眠状态下对我进行过精神治疗。真的，现在的我与那时根本就不是一个人，我怎么会傻到有那种想法，那种妄想？”

“什么妄想？说说看。”

“一两句说不清，再说，也没什么意思。你在以前的工作中肯定也遇到过妄想症患者，比如总觉得有人要杀他，听这种人的话，有意思吗？”罗辑说着，把手中的烟盒慢慢撕碎，这次显示被破坏了，但碎纸片仍在闪烁，成了光怪陆离的一堆。

“好吧，说件喜事儿：我儿子还活着。”

“什么？”罗辑吃惊得差点儿跳起来。

“我也是前天才知道，是他找到我，还没见他的面儿，只通了电话。”

“他不是……”

“我也不知道他在监狱里待了多长时间，后来也冬眠了，说是要到未来来看我，谁知道这小子哪儿来那么多钱。他现在在地面上，说好明天过来。”

罗辑兴奋得一下站了起来，把闪光的纸片扔了一地，“啊，大史，这简直是……我们得好好喝两瓶。”

“喝吧，这时候的酒太难喝，但劲儿可没减小。”

这时，菜上来了，罗辑一样都没认出是什么，大史说：“好吃不了，倒是有供应传统农产品的饭店，但那都是很高档的地方，等晓明来了我们就去那里吃。”

但罗辑的注意力已经转移到服务员身上了，这个女孩儿，无论是相貌还是身材，都美得有些不真实，罗辑还发现，餐厅中在席间袅袅穿行的其他服务员也都是这种天仙般的形象。

“嗨嗨，别盯着它傻看，假的。”大史头也不抬地说。

“机器人？”罗辑问，这个未来总算有了一样他儿时在科幻小说中看到的东西。

“算是吧。”

“怎么叫算是呢？”

大史指指机器服务员说：“傻妞一个，就会上菜，它们走的路线都是固定好的，傻到什么程度？我见过一次饭桌临时挪了地方，它们照样往原地儿放盘子，结果噼里啪啦都摔了。”

机器人服务员上完了菜，露出甜美的笑容说：“请二位慢用。”它的声音不是机器腔，十分柔美。接着，它伸出一只纤纤素手拿起了史强面前的一把餐刀……

大史的眼睛闪电般地从服务员拿餐刀的手上移到对面的罗辑身上，他敏捷地跳起来，探身越过桌面，把罗辑从椅子上猛地拉下来。几乎与此同时，美女机器人挥刀刺去，餐刀刺在原来是罗辑心脏的位置，有力地穿透了椅背，椅子被激活的信息界面闪亮起来。机器人抽回刀，另一只手仍拿着托盘站在桌旁，那甜美的笑还留在它那美得不真实的脸蛋儿上。惊慌失措的罗辑挣扎着站起来，朝大史身后躲，史强摆摆手说："别怕，它没那么灵活。"

果然，机器美女站着没动，继续持刀微笑，再次用柔美的声音说："请二位先生慢用。"

周围被惊动的食客们纷纷围拢过来，吃惊地看着这怪异的场面，闻讯赶来的值班经理听大史要控告餐厅的机器人杀人时，连连摇头道："先生，不可能的！它的视觉看不到人，只能看到桌子和椅子上的传感器！"

"我证明，它是拿餐刀刺杀这位先生的，我们都亲眼看见了！"一个人大声说，围观的人们也纷纷做出证明。

就在值班经理仍想否认时，机器人美女再次挥刀向椅背刺去，餐刀精确地穿进上次刺出的洞，引来一片惊呼声。

"二位先生请慢用。"机器美女微笑着说。

餐厅里又有几个人过来了，其中就有他们的工程师，他在美女的后脑部按了一下，美女的表情变得严肃起来，说："强制关机，断点资料已备份。"然后就僵直在那里不动了。

“可能是软件故障。”工程师擦着冷汗说。

“常见的事吗？”大史讥笑着问。

“不不，我发誓，这事儿我听都没听说过。”工程师说着，指挥两名侍者把机器人搬走。

值班经理则极力对食客们解释，说在故障原因查清之前将用真人来服务，但餐厅里的人还是走了一大半。

“先生，你们的反应真快。”一个旁观者敬佩地说。

“冬眠者，他们那个时代，人们对这类突发事件都有足够的应对能力。”另一个人说，他的衣服上映出一个武侠剑客。

值班经理对罗辑和史强说：“二位先生，这真的是……不过我保证，你们会得到赔偿的。”

“那好，我们接着吃吧。”大史招呼罗辑又在饭桌旁坐下来，真人服务员把刚才弄撒的菜又重新端上来一份。

罗辑坐在那里，惊魂未定，椅子靠背上的洞让他后背很不舒服，“大史，好像这整个世界都在和我过不去……本来，我对这个世界印象挺好的。”

大史看着菜盘沉思着说：“关于这事，我有了一些想法……”他抬起头给罗辑倒酒，“先别管它，回去再和你细说吧。”

“来，及时行乐，活一天算一天，活一小时算一小时。”罗辑举起酒杯，“祝贺你还有儿子！”

“你真的没事儿？”大史笑望着罗辑说。

“我救世主都当过了，还怕什么。”罗辑耸耸肩说，然后喝干了一杯，酒的味道让他咧嘴皱眉，“这好像是火箭燃料。”

“我就服你这一点，老弟，我一直就服你这一点。”大史竖起拇指说。

史强住的叶子位于这棵树的顶部，是一套很宽敞的房间，生活设施齐全舒适，有健身房，甚至还有一个带喷泉的室内花园。

史强说：“这是舰队给我的临时住所，他们说我可以用退休金买一片更好的叶子。”

“现在人们都住得这样宽敞吗？”

“应该是吧，这种建筑能最好地利用空间，一片大叶子就顶我们那时的一幢楼呢，不过主要还是因为人少了，大低谷以后，人少了很多。”

“大史，你的国家可是在太空中。”

“我不会去那儿，我不是已经退休了嘛。”

罗辑在这里感到眼睛舒服了许多，主要是因为史强把房间里的大部分信息窗口都关上了，但还是有零星的几个在墙面和地板上闪动着。史强用脚点着地板上的一个操作界面，把一堵墙全部调成透明的，夜色中的城市在他们面前展开，是一片璀璨的巨型圣诞树的森林，飞车流的光链穿行其间。

罗辑走到沙发前，它摸着像大理石般坚硬。“这是坐的吗？”他问。得到大史肯定的回答后，他小心地坐了上去，感觉却像陷到一块软泥里，原来沙发的坐垫和靠背能够自动适应人体的形状，给坐在上面的人形成一个与其身体表面完全贴合的模子，使压强最小。

两个世纪前他在联合国大厦默思室中那块铁矿石上的幻觉变成了现实。

“有安眠药吗？”罗辑问，来到这个他认为安全的空间里，疲惫才向他袭来。

“没有，在这儿就可以买。”大史说着，又在墙上操作起来，“这里，非处方安眠药，这个，梦河。”

罗辑以为他又要看到什么网络传输硬件之类的高技术，但事情比他想的简单，几分钟后，一辆小型送货飞车悬停在透明的墙壁外，用一只细长的机械手把药从透明墙上刚出现的圆洞中递进来。罗辑接过大史递来的药，这倒是一个传统的包装盒，没有什么显示被激活，他看到说明是每次一粒，就拆开包装拿出一粒，伸手去拿茶几上的水杯。

“你等等。”大史从罗辑手中拿过药盒，细细看了看，又递给罗辑，“这上面写的是什么？我要的药名叫梦河。”

罗辑看到那是一长串很复杂的英文药名，“我也不认识，不过肯定不是什么梦河。”

史强在茶几上激活了一个窗口，开始在上面寻找医疗咨询。在罗辑的协助下，他终于找到了一家，一位穿白衣的咨询医生看了看药盒，把眼睛转向拿药盒的大史，目光有些异样。

“这是哪儿来的？”医生警觉地问。

“买的，就在这里买的。”

“不可能，这是一类处方药，只能在冬眠中心内部使用。”

“这……和冬眠有什么关系？”

“这是短期冬眠药物，可以使人进入十天至一年的冬眠期。”

“吃了就行吗？”

“不，在服药后要有一整套系统在体外维持人体的内循环功能，才能实现短期冬眠。”

“要是只吃药呢？”

“那你死定了，但死得很舒服，所以这东西常被用来自杀。”

史强关闭了窗口，把药盒扔到茶几上，与罗辑对视良久后说：“妈的。”

“妈的。”罗辑说着躺回沙发上——

当罗辑的头靠到沙发靠背上时，坚硬的靠背迅速适应他后脑勺的形状，开始为他的那个部位形成印模，但这个过程没有停止，罗辑的头和颈部一直陷下去，然后，靠背在颈部两侧的部分形成了一双触手，死死地卡住了罗辑的脖子，他甚至没来得及叫出声，只能张大嘴，眼睛凸出，两手乱抓。

大史见状猛地跳起来冲进厨房，拿来一把刀，向那双触手两边猛捅了几下，然后用手把它们从罗辑的脖子上用力分开。罗辑离开沙发，向前扑倒在地板上，沙发表面则闪亮起来，显示出一大片错误信息。

“老弟，今天这是我第几次救你的命了？”大史搓着手问。

“好像……第……六次。”罗辑喘息着说完，就在地板上呕吐起来，吐完后他无力地靠到沙发上，随后又立刻触电似的离开，他的两只手甚至都不知往哪儿放了，“什么时候，我才能学成你那么机灵，能救自己的命？”

“大概永远不行。”大史说。一台类似于吸尘器的机器滑过来开始清理地板上的呕吐物。

“那我就死定了，这个变态的世界。”

“没那么糟，我对这整个事件总算有个概念了。第一次谋杀不成功，又接连干了五次，这不是专业行为，是犯傻，肯定是有什么地方弄错了……我们得马上联系警方，等着他们破案怕是不行了。”

“什么地方，谁弄错了？大史，已经过了两个世纪，别拿你那时的思维来套。”

“一样，老弟，这种事情，在什么时代都有一样的地方。至于说谁弄错了，我真不知道，我甚至怀疑这个‘谁’是不是真的存在……”

这时门铃响了，史强打开门，看到门外站着几个人，他们都穿着便装，但没等为首的亮出证件，他已经看出了他们的身份。

“哇，原来这个社会还有活着的捕快……警官们请进。”

有三个人进了屋，另外两人警惕地守在门外。为首的警官看上去三十岁左右，他打量着房间，同大史和罗辑一样，他衣服上的显示全部关闭，还有让两人感到舒服的一点是，他说话不带英文词，讲一口流利纯正的“古汉语”。

“我是市公安局数字现实处的郭正明，我们来晚了，真是对不起，这确实是工作上的疏忽。这类案件最近一次发生也是半个世纪前了。”他向大史深鞠一躬，“向前辈表示敬意，您的这种素质，在现在的警务人员中已经很难看到了。”

在郭警官说话时，罗辑和大史注意到房间里的所有信息窗口都熄灭了，显然，这片叶子已与外部的超级信息世界断开了。另外两名警察在忙活着，罗辑从他们手中看到了一件久违的东西：笔记本电脑，只是那台电脑薄得像一张纸。

“他们在为这片叶子安装防火墙。”郭警官解释说，“请放心，你们现在是安全的，另外我保证，你们会得到政府公共安全系统的赔偿。”

“我们今天，”大史扳着指头数了数，“已经获得四次赔偿了。”

“我知道，而且还有许多部门的许多人要为你们这事儿丢掉职位，所以恳请二位协助，以便使我不包括在内。先谢谢了。”郭警官说着，向罗辑和大史鞠了一躬。

大史说：“理解理解，我以前也有你这种时候，需要我们介绍情况吗？”

“不用，其实对你们的跟踪一直在进行，只是疏忽了。”

“那能说说是怎么回事吗？”

“KILLER 第 5.2 版。”

“什么？”

“一种计算机网络病毒，地球三体组织在危机一个世纪左右首次传播的，以后又有多次变种和升级。这是一种谋杀病毒，它首先识别目标的身份，有多种方式，包括通过每人体内的身份芯片。一旦发现和定位了目标，KILLER 病毒就操纵一切可能的外部硬件进行谋杀，具体表现就是你们今天经历的，好像这世界上的所有东西都想杀你，所以当时有人把这东西叫现代魔咒。有一段时间 KILLER 软件甚至商业化了，从网络黑市买来后，只要输入目标的身份特征，把病毒放到网上，那这人就是逃脱一死，在社会上也很难生活下去。”

“这个行当已经进化到这种程度了，高！”大史感叹道。

“一个世纪前的软件现在还能运行？”罗辑感到很不可思议。

“可以的，计算机技术早就停止进步了，一个世纪前的软件现在的系统都能兼容。KILLER 病毒在刚出现时杀死了不少人，包括一位国家元首，但后来被杀毒软件和防火墙抑制住了，渐渐消失。可这一版 KILLER 是专为攻击罗辑博士编制的，由于目标一直处于冬眠状态，所以它从来没有机会进行显性的动作和表现，一直处于潜伏状态，没有被信息安全系统发现和记录。直到罗辑博士今天在外界出现，KILLER5.2 才激活了自己并完成使命，只是，现在它的创造者已经灭亡了一个世纪。”

“直到一个世纪前，他们还在追杀我？”罗辑说，已经消失的某种思绪又回来了，他极力摆脱了它。

“是的，关键是这个版本的KILLER病毒是为您专门编制的，从未被激活过，所以才能潜伏到今天。”

“那我们以后怎么办？”大史问。

“正在全系统清理KILLER5.2，但这需要时间，完成之前有两个选择：一是暂时给罗辑博士一个虚假的身份，但这并不能绝对保证安全，还可能造成其他更严重的后果。因为ETO的软件技术十分高明，KILLER5.2有可能已经记录了目标更多的特征。一个世纪前曾经有过一个轰动一时的案例：在被保护人使用假身份后，KILLER进行模糊识别，同时杀死了包括目标在内的上百人；另一个选择是我建议的：你们到地面上去生活一段时间，在那里，KILLER5.2没有硬件可以操纵。”

大史说：“同意，即使没有这事，我也想到地面上去。”

“地面上有什么？”罗辑问。

大史解释说：“冬眠苏醒者大部分都生活在地面上，在这里很难适应的。”

“是这样，至少应该去过渡一段时间。”郭警官说，“现代社会的方方面面，政治、经济、文化、生活习惯和两性关系等等，与两个世纪前相比已经变化很大，我们很难一下子适应的。”

“可你适应得很好。”大史打量着郭警官说，他和罗辑都注意到了他说“我们”。

“我是因白血病冬眠的，苏醒的时候年龄小，才十三岁。”郭正明笑笑说，“不过后来的难处别人也很难体会，仅仅精神治疗我就不知道经历过多少次。”

“在冬眠者中，像你这样真正适应现代生活的人多吗？”罗辑问。

“多，不过地面上也可以过得很好。”

“增援未来特遣一队指挥官章北海报到！”章北海敬礼说。

在亚洲舰队司令官的背后，灿烂的星河浩荡流过。木星轨道上的舰队司令部时刻处于旋转状态，以产生人工重力。章北海发现，这里的室内照明都比较暗，窗子却很宽大，似乎尽力使内部环境与外部的太空融为一体。

司令官向章北海还礼，“前辈，你好！”他看上去很年轻，东方人的脸庞被肩章和帽徽发出的光芒照亮。在苏醒后的第六天，当章北海领到舰队的军装时，他在帽檐上看到了熟悉的太空军军徽：主体是一颗发出四道光芒的银星，那四道光芒又是四柄利剑的形状。两个世纪过去了，军徽的变化不大，但此时舰队本身已经成为一个独立的大国，它的最高领导人是总统，司令官仅负责军事。

章北海说：“不敢，首长，我们现在是一切都要学习的新战士。”

司令官微笑着摇摇头，“不要这么说，这里的一切你们都能学会，而你们所具有的某些素质，我们是永远学不到的，这也是现在苏醒你们的原因。”

“中国太空军司令员常伟思将军托我向您问好。”

章北海这话触动了司令官心中的什么东西，他转身面对着窗外的星河，仿佛在眺望时间长河的上游。“他是一名卓越的将帅，是亚洲舰队的奠基人之一，现在的太空战略，仍然在他两个世纪前创立的框架之内，真希望他能看到今天。”

“今天的成就已经远远超出了他的梦想。”

“但这一切都是从他那时……从你们那时开始的。”

这时，木星出现了，先是一个弧形的边缘，很快占满了窗子的全部视野，整间办公室全部沉浸在它发出的橘黄色光芒中，在那广阔的氢氦大气海洋中，呈现着梦幻般的花纹，总体构图的宏大令人窒息，局部的细密又使人迷惑。大红斑缓缓移入窗口，这个可以容纳两个地球的超级龙卷风，此时看上去像是这个迷离世界的一只没有瞳仁的巨眼。三大舰队都把木星作为主要基地，是因为其氢氦海洋中有取之不尽的核聚变燃料。

章北海被木星的景象迷住了，这无数次在梦中见到的新疆域，此时真实地呈现在眼前。直到木星缓缓移出窗口，他才开口说话：“首长，正是这个时代的伟大成就，使我们的使命变得没有必要了。”

司令官转过身来说：“不，不能这样说，增援未来计划是一个高瞻远瞩的举措。在大低谷时代，太空武装力量已经到了崩溃的边缘，在那时，增援特遣队对稳定局势发挥了巨大的作用。”

“可我们这一支却来晚了。”

“很抱歉，情况是这样的。”司令官说，这时他脸上的线条变得很柔和，“在你们之后，又派出了多批增援未来特遣队，最后派出的被最先唤醒。”

“首长，这是可以理解的，这样他们的知识结构与当时更接近一些。”

“是的，当冬眠中的特遣队只剩你们一支时，大低谷已经过去很久，世界进入高速发展期，失败主义几乎消失了，唤醒你们也就没有必要，当时，舰队曾做出决定：让你们直达末日之战。”

“首长，这确实是我们每个人的愿望。”章北海激动地说。

“也是所有太空军人最高的荣誉，他们清楚这点，才这样决定。但现在情况发生了彻底的变化，你当然已经知道，”司令官指指他身后流动的星河，“末日之战可能根本就不会发生了。”

“这很好，首长，与人类即将迎来的伟大胜利相比，作为军人的这点儿小小的遗憾真算不了什么。只是希望能答应我们一个请求：让我们到舰队的最基层去做普通士兵，干自己力所能及的工作。”

司令官摇摇头，“从苏醒之日起，特遣队所有人员的军龄将继续，军衔在原有基础上提升一至两级。”

“首长，这样不行，我们不想在机关里了却残生，只想到舰队的第一线。在两个世纪前，太空舰队就是我们每个人的梦想，离开它，生活就没有意义了。但即使在现有的军阶上，我们也无法胜任舰队的工作。”

“我没有说让你们离开舰队，恰恰相反，你们都将在战舰上工作，完成一个极其重要的使命。”

“谢谢首长，但，现在我们还能有这样的使命吗？”

司令官没有回答，像突然想起来似的说：“一直这样站着能适应吗？”司令部的所有办公室中都没有椅子，办公桌的高度也是为站着使用设计的，司令部旋转产生的重力只有地球重力的六分之一，站立和坐着感觉差别不大。

章北海笑着点点头，“没问题，我在太空中也待过一年的时间。”

“那语言呢？同舰队的人交流有困难吗？”

现在司令官在讲标准的汉语，但三大舰队已经形成了自己的语言，与地球上的现代汉语和现代英语都有些相似，只是把这两种语言更均匀地融合了，词汇中汉、英各占一半。

“开始有些不适应，主要是分不清汉英词汇，但很快就能听懂了，表达要困难些。”

“没关系，你们就直接说汉语或英语，我们都能理解。这么说，参谋部已经同你们充分交流了。”

“是的，到基地后的这些天，他们向我们全面介绍了情况。”

“那你一定了解思想钢印的事。”

“是的。”

“最近的调查，仍然没有发现钢印族的任何迹象，对此你怎么看？”

“我认为，一种可能是钢印族已经消失，另一种可能是他们隐藏得很深。如果一个人只是有一般的失败主义思想，他是会对别人倾诉的；但这种被技术固化的信念，是百分之百的坚定不移，这样的信念必然产生相应的使命感。失败主义与逃亡主义是紧密相连的，如果钢印族真的存在，那么他们必然把实现宇宙逃亡作为自己的终极使命，而为了实现这个目标，必须深深地隐藏自己的真实思想。”

司令官赞许地点点头，“分析得很好，这也是总参谋部的看法。”

“首长，后一种情况很危险。”

“是的，尤其是在三体探测器已经逼近太阳系的时候。目前，以指挥系统的类型来分，舰队的战舰分为两大类：一类是分散型指挥系统，这是一种传统的结构，与你指挥过的海上舰艇类似，舰长的命令是由各级操作人员执行的；另一类是集中型指挥系统，舰长的命令由飞船的计算机系统自动执行，后期建造和正在建造中的先进的太空战舰都属于这种类型。思想钢印所产生的威胁，主要是针对这一类型的战舰，因为在这种指挥系统中，舰长拥有极大的权力，他可以单独控制战舰的起航和停泊，控制航向航速，也可以控制很大一部分武器系统的使用。在这种指挥系统中，可以说，战舰就像是舰长身体的一部分。目前，在舰队所拥有的 695 艘恒星级战舰中，集中型指挥系统的有 179 艘，这些战舰上的指挥官，将是重点审查对象。本来，在审查过程中，所涉及的战舰都应处于停泊封存状态，但从目前情况看做不到这一点，现在，三大舰队都在积极准备对三体探测器的拦截行动，这是太空舰队对三体入侵者的第一次实战，所有战舰必须随时处于待命状态。”

“那么，首长，这期间必须把集中型指挥系统的舰长权限交给可靠的人。”章北海说，他一直在猜测自己的任务，但还没猜出来。

“谁可靠呢？”司令官问道，“我们不知道思想钢印的使用范围，更没有钢印族的任何信息，在这种情况下，谁都不可靠，包括我。”

这时，太阳在窗外出现了，虽然从这里看，它的亮度比在地球要弱许多，但当日轮经过司令官身后时，他的身体还是隐没于泛出的光芒中，只有声音传了过来：

“但你们是可靠的，在你们冬眠时，思想钢印还不存在。而你们在两个世纪前被选中，很重要的因素就是忠诚和信念，你们是舰队中目前唯一能找到的可信赖的群体了。所以，舰队决定，把集中型指挥系统的舰长权限交给你们，你们将被任命为执行舰长，原舰长对战舰的所有指令，都要通过你们来向指挥系统发出。”

章北海的眼睛中，有两个小太阳在燃烧，他说：“首长，这恐怕不行。”

“接到任务先说不行，这不是我们的传统吧。”

司令官话中的“我们”和“传统”这两个词让章北海有一种温暖的感觉，他知道，两个世纪前那支军队的血脉仍在太空舰队中延续。

“首长，我们毕竟来自两个世纪前，放到我在海军的那个时候，这就等于让北洋水师的管代来指挥二十一世纪的驱逐舰。”

“你是不是认为邓世昌和刘步蟾真的就不能指挥你们的驱逐舰？他们都有文化，英语很好，可以学习嘛。现在，太空战舰舰长的指挥工作是不涉及技术细节的，只发出宏观命令，战舰对他们是一个黑箱状态。再说，你们作为执行舰长期间，战舰只是停泊在基地，并不起航，你们的任务就是向控制系统传达原舰长的命令，在这之前判断这些命令是否正常，这个通过学习应该能做到。”

“那我们掌握的权限也太大了，可以让原舰长仍掌握这些权限，我们对他们的命令进行监督。”

“仔细想想你就知道这不行，如果钢印族真的存在并占据了关键战位，他们可以采用各种手段避开你们的监督，包括刺杀监督者。你要知道，一艘处于待命状态的集中型指挥系统的战舰，使它起航只需三个命令，到时候一切都来不及的。所以，必须让指挥系统只承认执行舰长的命令。”

交通艇飞过亚洲舰队木星军港，章北海感到自己是飞行在重峦叠嶂的群山之上，每一道山脉就是一艘停泊的太空战舰。军港此时正运行在木星的背阴面，在行星表面发出的磷光和上方木卫二发出的银白色月光中，这钢铁的群山静静沉睡着。不一会儿，一团耀眼的白光从山脉尽头升起，一瞬间把停泊的舰队照得清晰无比。章北海感觉自己在目睹群山上的日出，舰队甚至在木星汹涌的大气层上投下了一个移动的阴影。直到第二个光团在舰队另一侧升起，章北海才知道它们不是太阳，而是两艘正在入港的军舰，减速时它们的核聚变发动机正对着港口方向。

据送章北海赴任的舰队参谋长介绍，现在港内停泊着四百多艘战舰，相当于亚洲舰队战舰总数的三分之二，亚洲舰队在太阳系内外围空间巡航的其余舰只也将陆续回港。

陶醉于舰队壮观景象中的章北海不得不回到现实中来，“参谋长，这样召回所有舰只，会不会刺激和迫使可能存在的钢印族立即行动？”

“哦，不，命令所有战舰回港是基于另一个理由，这理由是真实的，不是借口，但说起来有些可笑。最近你没看新闻吧？”

“没有，我一直在看‘自然选择号’的资料。”

“不用这么急，从前一段的基础培训看，你们都掌握得很好。下面对工作的熟悉到舰上后按部就班地进行就可以，没你们想的那么难……现在三大舰队都力争承担拦截三体探测器的任务，吵成一团，在昨天的联席会议上总算达成一个初步协议：各舰队的所有战舰全部回港集结，并有一个专门委员会监督这一行动的执行，以免某一舰队擅自出动舰只实施拦截行动。”

“为什么要这样呢？如果任何一方拦截成功，得到的情报和技术信息应该是共享的。”

“不错，这只是一个荣誉问题。同三体世界进行首次接触的舰队，在政治上能得分不少。为什么我说可笑呢？这是一件毫无风险的便宜事，最大的失败也不过是探测器在拦截过程中自毁，所以大家都抢着做这件事。如果这是同三体主力舰队的战斗，各方大概都会想尽办法保存实力，所以说现在的政治，与你们那时也差不多……看，那就是'自然选择号'。"

在交通艇飞向"自然选择号"的过程中，这座钢铁山峰的巨大渐渐显现出来，这时，章北海的脑海中浮现出"唐号"的影子。"自然选择号"的外形与那艘两个世纪前的海上航空母舰完全不同，前者圆盘形的主舰体与圆柱形的发动机形成两个完全分离的部分。当"唐号"夭折时，章北海仿佛失去了一个精神家园，尽管那个家园他从未入住过。现在，这艘巨型宇宙飞船又给了他家园的感觉，在"自然选择号"伟岸的舰体上，他那流浪了两个世纪的心灵找到了归宿，他像一个孩子一样扑向某种巨大力量的怀抱。

"自然选择号"是亚洲舰队第三分舰队的旗舰，无论是在吨位还是性能上，它都是舰队首屈一指的。它拥有最新一代的无工质聚变推进系统，全功率推进时，可以加速到光速的百分之十五。它的舰内生态循环系统十分完美，能够进行超长时间续航。事实上，这套生态系统的实验型号七十五年前就在月球上开始了试运行，到目前为止仍未出现任何大的故障和缺陷。"自然选择号"的武器系统也是舰队里最强大的，它那由伽马射线激光、电磁动能炮、高能粒子束和星际鱼雷所构成的四位一体的武器系统，能够单独摧毁一个地球

大小的行星的表面。

现在，“自然选择号”已占据了全部视野，从交通艇上只能看到它的一部分，章北海看到，飞船的外壁如镜面般光滑，完美地映出木星的大气海洋，从这个广阔的镜面上，也能看到渐渐驶近的交通艇的映像。

飞船外壁上出现了一个椭圆形的入口，交通艇径直飞入，并很快减速停下，参谋长打开舱门率先出艇。这时章北海略略紧张了一下，因为他意识到交通艇并没有经过过渡舱，但他立刻感到从门外涌入的清新空气。有气压的舱室直接向太空开口，却能够避免舱内空气外泄，这是一种他尚不知晓的技术。

章北海和参谋长身处一个巨大的球体内，最大直径处有足球场大小。太空飞船的舱室普遍采用这种球形结构，飞船加速、减速和转向时，球体的任何一处都可能成为甲板或天花板，而在失重状态下，球体的中心是人员的主要活动空间。在章北海所来自的时代，太空舱室仍然仿照地球建筑结构，所以他对这种全新的太空舱室结构很不适应。参谋长告诉他，这里是飞船上歼击机的机库，但现在这里没有一架星际歼击机，在球形中央的空间中，悬浮着由“自然选择号”两千名官兵组成的方阵。

早在章北海冬眠前的时候，各国太空军就开始在太空失重状态下进行队列操练，并制定了相应的规范和操典。然而实施起来十分困难，在舱外，人员只能借助航天服上的微型喷汽推进器移动，在舱内则没有任何推进设备，只能通过推舱壁和划动空气来移动和定位，在这种情况下，排成一个整齐的队列是很困难的。现在，看到两千多人在毫无依托的空间中排列成如此严整的悬浮方阵，章北海很是惊讶。现在，人员在失重的舱内移动主要是借助磁力腰带，这种腰带由超导体制成，内部有环形电流，所产生的磁场能够与飞船船舱和廊道中无所不在的磁场相互作用，通过握在手中的一个小小的控制器，就可以在飞船内部自如地移动。章北海自己现在就系着一条这样的腰带，但要掌握它还需要学习技巧。

章北海看着方阵中的太空战士们，他们都是在舰队中成长的一代人，身材修长，没有在地球重力下长大的人的强壮和笨拙，却充满了太空一族的轻灵和敏捷。在方阵前面有三名军官，章北海的目光最后落在中间的那位美丽的年轻女性身上，她的肩上有四颗星在闪亮，应该是“自然选择号”的舰长。她是太空新人类的典型代表，比起身材高大的章北海来还要高出不少，她从方阵前轻盈地移过来，那高挑苗条的身材像飘浮在空间中的一个飘逸的音符。当她在章北海和参谋长面前停下时，本来飘在后面的秀发很有弹性地在白皙的颈项旁跳动着，她的眼睛充满清澈的阳光和活力，章北海立刻信任了她，因为钢印族不可能有这样的目光。

“我是‘自然选择号’舰长东方延绪。”她向章北海敬礼说，眼睛中露出一种俏皮的挑战，“我代表全舰官兵送给前辈一件礼物。”她向前伸出双手，章北海看到了她拿着的那件东西，外形虽变化很大，但他仍能认出那是一支手枪，“如果真发现我有失败主义思想和逃亡企图，前辈可以用它杀了我。”

到地面去很容易，每一棵巨树建筑的树干就是一根支撑地下城市穹顶的支柱，从树干中乘电梯就可直达地面，其间要穿过三百多米的地层。当罗辑和史强走出电梯时，有种怀旧的感觉，产生这种感觉的原因是：出口大厅的墙壁和地板上没有被激活的显示窗口了，各种信息显示在悬挂于天花板上的真正的显示屏上。这里看上去像以前的地铁站，人不多，大部分人的衣服都不闪亮。

当他们走出大厅的密封门时，一阵热风扑面而来，带着尘土的气息。

“那是我儿子！”大史指着一个正在跑上台阶的男人喊道。罗辑远远地只能看出那人四十多岁的样子，大史这么肯定让他有些惊奇。史强迎着那人快步走下台阶，罗辑没有看他们父子团聚，他的注意力集中在眼前的地面世界上。

天空是黄色的，现在罗辑知道为什么地下城的天空影像要从万米高空拍摄了，从地面看天，只能见到一轮边缘模糊的太阳。沙土覆盖着地面的一切，当车辆从街道上驶过时，都拖着长长的尘尾。现在罗辑又看到了一样过去的东西：在地面上行驶的车。这些车显然不是用汽油驱动的，它们形状各异，有新有旧，但都有一个共同点：车顶上都装着一块像遮阳篷似的片状物。在街道对面，罗辑看到了过去的楼房，它们的窗台上都积满了沙土，大部分窗子不是被封死就是成了一个没有玻璃的黑洞，但有些房间里显然是住着人的，罗辑看到了晾在外面的衣服，甚至还看到了有的窗台上放着的几盆花草。他向远处看，虽然浮着沙尘的空气能见度不高，但他还是很快看到了两个熟悉的建筑轮廓，于是知道这确实是自己两个世纪前度过半生的城市。

罗辑走下台阶，来到那两个激动得互相拥抱捶打的男人旁边，他走近一看这个中年人的样子，就知道史强没有认错人。

“爸，算起来我现在只比你小五岁了。”史晓明说，一边擦去眼角的泪水。

“还不错，小子，我他妈真怕一个白胡子老头叫我爹呢。”史强大笑着说，然后把罗辑介绍给儿子。

“啊，您好，罗老师，您当初可是世界大名人啊！”史晓明瞪眼打量着罗辑说。

他们三人向停在路边的史晓明的车走去，上车前，罗辑问车顶上那一大片东西是什么。

“天线呗，地面上只能取人家地下城市里漏出来的那点儿电，所以天线就得大些，就这动力也只够在地上跑，飞不起来。”

车开得不快，不知是因为动力不足还是行驶在沙地上的缘故。罗辑看着车窗外沙尘中的城市，有一肚子的问题想问，但史晓明和他父亲说个没完，他插不上嘴。

……

“妈是危机 34 年去世的，当时我和你孙女都在她身边。”

“哦，挺好……没把我孙女带来？”

“离婚后跟了她妈，我也查了档案，这孩子是在危机 105 年去世的，活了八十多岁呢。”

“可惜没见过面儿……你是哪年刑满出来的？”

“19 年。”

“以后干了什么？”

“什么都干，开始没出路，继续招摇撞骗呗，后来也干了点儿正经买卖，有了些钱。看到大低谷的苗头后，就冬眠了。那时也没想到后来能好起来，只是想来看看你。”

“咱家的房子还在吗？”

“七十年后又续了产权，但接着住了不长时间就拆迁了，后来买的那一套倒是还在，我也没去看过。”史晓明指指外面，“现在城里的人口还不及我们那时的百分之一，知道这里最不值钱的是什么？就是爸你一辈子供的房子，现在都空着，随便住了。”

……

罗辑好不容易抓住了一个两人谈话的间隙，问：“苏醒的冬眠者都住在旧城里吗？”

“哪儿啊，都住在外面，城里风沙太大，主要也是没什么事情干。当然也不能住得离地下城太远，否则就取不上电了。”

“你们还能干什么事儿？”史强问。

“你想想，这年头我们能干孩子们不能干的是什么？种地呗！”同其他冬眠者一样，不管法律年龄如何，史晓明还是习惯把现代人叫“孩子们”。

车出了城市，向西驶去，沙尘小了些，公路露了出来，罗辑认出这就是当年的京石高速公路。现在，路两旁都是漫漫黄沙，过去的建筑还都屹立在沙中，但真正使沙化的华北平原显出生机的，是一处处由稀疏的树林围起来的小绿洲，据史晓明说，这些地方就是冬眠者的居住点。

车驶入了一个绿洲，这是被防沙林围起来的一个居民小区，史晓明说这儿叫新生活五村。一下车，罗辑就有时光倒流的感觉，他看到了一排排熟悉的六层居民楼，楼前的空地上，有坐在石凳上下棋的老人和推着婴儿车的母亲，在从沙土中长出的稀疏的草坪上，有几个孩子在踢足球……

史晓明家住在六楼，他现在的妻子比他小九岁，是危机21年因肝癌冬眠的，现在十分健康，他们有一个刚满四岁的儿子，孩子叫史强祖爷爷。

为史强和罗辑接风的午宴很丰盛，都是地道的农产品，还有附近农场产的鸡和猪肉，甚至酒都是自酿的。邻居的三个男人也被叫过来一起吃，他们和史晓明一家一样，都是较早的几批冬眠者。那时冬眠是一件十分昂贵的事，所以这些人当初都是很富有的社会上层人士或他们的子女，但现在，跨越了一百多年的岁月相聚在此，大家都是普通人了。史晓明特别介绍一位邻居，说他叫张延，是当年被他骗过的张援朝的孙子。

“您不是让我把骗人家的钱都还上吗？我出去后就开始还了，因此认识了延子，当时他刚大学毕业。我们受了他们家两个老邻居的启发，做起了殡葬业务，我们的公司名字叫高深公司。高是指太空葬，除了送骨灰出太阳系，后来发展到可以把整个遗体发射出去，当然价钱不低；深是指矿井葬，开始用的是废矿井，后来也挖掘新的，反正都是防三体人掘墓呗。”

被史晓明叫作延子的人看上去有些老了，五六十岁的样子，晓明解释说延子中间苏醒过三十多年，之后才再次冬眠。

“你们这里在法律上是什么地位呢？”罗辑问。

史晓明说：“与现代人居住区完全平等的地位，我们算城市的远郊区，有正规的区政府。这里住的也不全是冬眠者，也有现代人，城里也常有人到这里来玩儿。”

张延接着说：“我们都管现代人叫点墙的，因为他们刚来时总不由自主地向墙上点，想激活些什么。”

“这里日子过得还可以吗？”史强问。

几个人都说还不错。

“可我路上看到你们种的地，庄稼长成那德行，能养活人？”

“怎么不能？现在在城市里，农产品都属于奢侈品……其实政府对冬眠者还是相当不错的，就是什么都不干，靠国家给的补贴也能过舒服日子。但总得找点儿事干，要说冬眠人会种地那是瞎说，当初谁也不是农民，但我们也只有这个可干了。”

谈话很快转移到前两个世纪的近代史上。

“大低谷是怎么回事？”罗辑问出了他早想问的问题。

人们的面容一下子都凝重起来，史晓明看看饭快吃完了，才把话题继续下去：“你们这些天来多少也知道一些吧，这说起来话长了。你们冬眠后的十几年里，日子过得还行，但后来，世界经济转型加速，生活水平一天天下降，政治空气也紧张起来了，真的感觉像是战争时期了。”

一个邻居说：“不是哪几个国家，全球都那样儿，社会上很紧张，一句话说不对，就说你是ETO或人奸，搞得人人自危。还有黄金时代的影视，开始是限制，后来全世界都成禁品了，当然东西太多也禁不住。”

“为什么？”

“怕消磨斗志呗。”史晓明说，“不过只要有饭吃，还能凑合着过，但后来，事情不妙了，全世界都开始挨饿，这大概是罗老师他们冬眠后二十多年的事吧。”

“是因为经济转型？”

“是，但环境恶化也是重要原因。当时的环保法令倒还都有，但那正是悲观时期，人们普遍都有一个想法：环保有屁用？就算把地球保成一个花园儿，还不是留给三体人？到后来，环保甚至与 ETO 画上等号，成了人奸行为，像绿色和平组织这类的，都给当作 ETO 的分支镇压了。太空军工使得高污染重工业飞速发展，环境污染是制止不了了，温室效应，气候异常，沙漠化……唉。"

"我冬眠以前正是沙漠化开始时。"另一个邻居说，"不是你们想象的那样儿，沙漠从长城那边儿向这边儿推进，不是！那叫插花式侵蚀，内地好好的一块块地方，同时开始沙化，从各个点向外扩散，就像一块儿湿布被晒干那样。"

"然后是农业大减产，储备粮耗光，然后……然后就是大低谷了。"

"生活水平倒退一百年的预言真成了现实？"罗辑问。

史晓明苦笑三声，"我的罗老师啊，倒退一百年？您做梦吧！那时再往前一百年就是……二十世纪三十年代左右吧，与大低谷相比那是天堂了！大低谷不比一九三几年，人多啊，八十三亿！"他说着指指张延，"他见过大低谷，那时他苏醒过一阵儿。"

张延喝干了一杯酒，两眼发直地说："我见过饥饿大进军，几千万人逃荒，大平原上沙土遮天，热天热地热太阳，人一死，立马就给分光了……真他妈是人间地狱，影像资料多的是，你们可以自己看，想想那个时候都折寿啊。"

"大低谷持续了半个世纪吧，就这么五十来年，世界人口由八十三亿降到三十五亿，你们想想吧，这是什么事儿！"

罗辑站起身走到窗前，从这里可以越过防沙林带眺望外面的沙漠，黄沙覆盖的华北平原在正午的阳光下静静地向天边延伸，时间的巨掌已经抚平了一切。

“后来呢？”大史问。

张延长出一口气，好像不用再谈那一段历史让他如释重负似的，“后来嘛，有人想开了，越来越多的人想开了，都怀疑即使是为了末日战争的胜利，付出这么多到底值不值。你们想想，怀里快饿死的孩子和延续人类文明，哪个重要？你们现在也许会说后者重要，但把你放到那时就不会那么想了，不管未来如何，当前的日子才是最重要的。当然，在当时这想法是大逆不道，典型的人奸思想，但越来越多的人都这么想，很快全世界都这么想了，那时流行一句口号，后来成了历史的名言……”

“‘给岁月以文明，而不是给文明以岁月。’”罗辑接下来说，他仍看着窗外没有回头。

“对对，是这个，给岁月以文明。”

“再后来呢？”史强又问。

“第二次启蒙运动，第二次文艺复兴，第二次法国大革命……那些事儿，你们看历史书去吧。”

罗辑惊奇地转过身来，他向庄颜预言过的事竟然提前两个世纪变成现实了。“第二次法国大革命？还在法国？”

“不不，只是这么个说法，是在全世界！大革命后，新上来的各国政府都全部中止了太空战略计划，集中力量改善民生。当时出现了一个很关键的技术：利用基因工程和核聚变的能量，集中大规模生产粮食，结束了靠天吃饭的日子，这以后全世界才不再挨饿。接着一切都恢复得很快，毕竟人少了，只用了二十多年时间，生活就恢复到了大低谷前的水平，然后又恢复到黄金时代的水平。人类铁了心地沿着这条舒服道儿走下去，再也不打算回头了。"

"有一个说法罗博士一定感兴趣。"一个邻居凑近罗辑说，他在冬眠前是一名经济学家，想问题也深些，"叫文明免疫力，就是说人类世界这大病一场，触发了文明机体的免疫系统，像前危机时期[①]那样的事儿再也不会发生了，人文原则第一，文明延续第二，这已是当今社会的基础理念。"

"再后来呢？"罗辑问。

"再后来，邪门儿的事儿发生了。"史晓明兴奋起来，"本来，世界各国都打算平平安安过日子，把三体危机的事儿抛在了脑后，可你想怎么着？一切都开始飞快进步，技术进步最快，大低谷前太空战略计划中的那些技术障碍竟然一个接一个都突破了！"

"这不邪门儿，"罗辑说，"人性的解放必然带来科学和技术的进步。"

"大低谷后大约过了半个世纪的平安日子吧，全世界又想起三体入侵这回事了，觉得还是应该考虑战争的事，况且现在人类的力

① 指三体危机出现后至大低谷结束的时期。

量与大低谷前不可同日而语。于是又宣布全球进入战争状态，开始建造太空舰队。但这次和以前不一样，各国都在宪法上明确：太空战略计划所消耗的资源应限制在一定的范围内，不应对世界经济和社会生活产生灾难性的影响。太空舰队就是在这一时期成为独立国家的……”

“其实你们现在不用考虑那么多的事儿，”经济学家说，“只想着怎么把今后的日子过好就行，那句革命中的名言，其实是套用帕斯卡的一句话：给时光以生命，而不是给生命以时光。来，为了新生活！”

他们喝干了最后一杯酒，罗辑向经济学家致意，认为这话说得很好，他现在心里所想的，只有庄颜和孩子，他要尽快安顿下来，再去苏醒她们。

给岁月以文明，给时光以生命。

在进入“自然选择号”后，章北海才发现现代指挥系统的演进已超出他的想象。这艘太空巨舰，体积相当于三艘二十一世纪海上最大吨位的航空母舰，几乎是一座小城市，但既没有驾驶舱和指挥舱，也没有舰长室和作战室，事实上，任何特定功能的舱室都没有，舰上的舱室几乎都一样，都是规则的球形，只是大小不同。在舰上的任何位置，都可以用数据手套激活全息显示屏，这在已经超信息化的地球世界都很少见，因为在那里，全息显示也是很昂贵的东西。

同时，在任何位置，只要拥有相应的系统权限，就可以调出完整的各级指挥界面，包括舰长指挥界面，也就是说，舰上的任何地方都可以成为驾驶舱、指挥舱、舰长室或作战室，甚至包括廊道和卫生间！在章北海的感觉中，这很像二十世纪末计算机网络系统的演变，那是由客户/服务器模式，向浏览器/服务器模式的转变，前者只能在安装了特定软件的计算机上才能对服务器进行存取，而后者，用户可以在网络任何位置的计算机上访问服务器，只要有相应的权限就行。

现在，章北海和东方延绪就同在一间普通舱室中。与其他地方一样，这里没有任何仪表和屏幕，只是球形舱，舱壁在平时是白色的，置身其中仿佛处于一个大乒乓球里。当飞船加速产生重力时，球形舱壁的任何一处都可以变形适应身体的形状而成为座椅。

这是章北海看到的另一个以前很少有人想象到的现代技术特色——去设施倾向。这种倾向在地球上还只是初露端倪，但“去设施化”已成为比地球世界更先进的舰队世界的基本结构。这个世界到处都是简洁空旷的，几乎见不到任何设施，只有在需要时，设施才会出现，而且是在任何需要的位置出现。世界在被技术复杂化后，正在重新变得简洁起来，技术被深深地隐藏在现实的后面。

“现在我们来上你在舰上的第一课。”东方延绪说，“当然课不应该由我这个接受审查的舰长来讲，但舰队中别的人也不比我更可靠。我们今天演示如何启动‘自然选择号’，使其进入航行状态，其实你只需要记住今天看到的，就封死了钢印族的主要出路。”她说着，用数据手套在空中调出了一幅全息星图，“它与你们那时的空间图相比可能有了些变化，但仍是以太阳为坐标原点的。”

“在培训中学过，我基本能看懂。”章北海说，看到星图，二百年前与常伟思站在那幅古老的太阳系空间图前的情形仍历历在目，现在的这幅星图，精确地标注了以太阳为中心半径一百光年范围内的所有天体位置，空间范围是当年那幅图的上百倍。

“其实不需要看懂，目前情况下，向图中的任何位置航行都是不允许的……如果我是钢印族，企图劫持‘自然选择号’向宇宙中逃亡，那我首先需要选择一个方向，就是这样……”东方延绪把星图上的某一点激活为绿色，“当然我们现在处于模拟状态，我已经没有这个权限，你即将获得舰长权限。我就要通过你来进行这个操作，但如果我真的提出了这个操作要求，那就是一个危险的举动，你应该拒绝，并可以报警了。”

在航行方向被激活后，空中出现了一个操作界面。在以前的培训中，章北海早已把这个画面和相应的操作烂熟于心，但他还是耐心地听着东方延绪的讲解，看她如何把这艘巨舰由全关闭状态提升至休眠状态，然后进一步提升至待命状态，最后进入“前进一”状态。当他和特遣队的其他成员看到这一界面时，最令他们感到惊异的是它的简洁，其中没有任何技术细节。

“现在，如果是真实操作，‘自然选择号’就起航出港了。怎么样，比你们那时的飞船操作简单吧？”

“是的，简单多了。”

“一切都是自动操作，技术过程对舰长全部隐藏起来。”

“这里只显示简单的总体参数，那你们如何知道飞船的运行状况呢？”

“运行状况由下面各级军官和军士来监视，他们的显示界面要复杂些，级别越向下，所面对的界面越复杂。作为舰长和副舰长，我们必须集中注意力思考我们应该思考的事……好，我们继续：如果我是钢印族……我又这样假设了，你对这个假设看法如何？”

“以我的身份，对这个问题不管怎么回答都是不负责任的。”

“好吧，如果我是钢印族，我会把推进功率直接设定为‘前进四’，舰队中的任何其他舰只，都不可能追上在‘前进四’状态下加速的‘自然选择号’。”

“但你做不到，即使有权限好像也不行，只有检测到全体乘员都处于深海状态时，系统才会进入‘前进四’推进。”

当处于最高推进功率时，飞船的加速将达到120G，所产生的超重是正常状态下人体承受极限的十多倍，这时就要进入深海状态，即在舱室中注满一种叫“深海加速液”的液体，这种液体含氧量十分丰富，经过训练的人员能够在液体中直接进行呼吸，在呼吸过程中，液体充满肺部，再依次充满各个脏器。这种液体早在二十世纪上半叶就有人设想过，当时的主要目的是实现超深潜水，当人体充满深海加速液时，与深海中的压力内外平衡，就具备了深海鱼类那样的超级承压能力。在飞船超高加速的过载状态下，充满液体的舱室压力环境与深海类似，这种液体现在被用于作为宇宙航行超高加速中的人体保护液，所谓“深海状态”也就由此得名。

东方延绪点点头说：“但你们也一定知道，有办法绕过这种检测。只要把飞船设定为遥控状态，系统就会认为舰内没有人，也就不进行这样的检测了，这种设定也属于舰长权限。”

“我做一下，你看对不对。”章北海也在自己面前激活了一个界面，开始进行设定飞船遥控状态的操作，这过程中他不时看看手上的一个小本子。

“现在有更高效率的记录方法。”东方延绪看着那个小笔记本笑着说。

“呵，我习惯这样，尤其对最重要的事，总感觉这样记下来比较踏实。现在找不到笔了，我在冬眠之前带了两支，可现在就那支铅笔还能用。”

“不过你学得很快。”

“那是因为指挥系统中保留了许多海军的风格，这么多年了，甚至有些名词都没变，比如设定推进功率是‘前进几’等等。”

“太空舰队就是起源于海军……好了，你将很快被授予‘自然选择号’执行舰长的系统权限，战舰也将进入A级待命状态，用你们那时的话来说，升火待发。”东方延绪伸出修长的手臂在空中转了一圈，章北海一直都没有学会用超导腰带做这个动作。

“我们那时已经不升火了，不过看得出来，你对海军的历史很了解。”章北海尽力避开这个容易使她对自己产生敌意的敏感话题。

“一个浪漫的军种。”

“太空舰队不是继承了这种浪漫吗？”

“是的，不过我就要离开它了，我打算辞职。”

“因为审查？”

东方延绪转头看着章北海，她那浓密的黑发又在失重中弹跳起来，“你们那时经常遇到这种事儿，是吗？”

“也不一定，但如果遇到，每个同志都会理解的，接受审查也是军人职责的一部分。”

“两个世纪已经过去，这不是你们的时代了。”

“东方，不要有意拉大代沟，我们之间总是有共同之处的，任何时代，军人都需要忍辱负重。”

“这是在劝我留下吗？”

“不是。”

“思想工作，是这个词吧，这不曾经是你的职责吗？”

“现在不是了，我有新的职责。”

东方延绪在失重中轻盈地围着章北海飘浮着，似乎在仔细研究他，“是不是在你们眼里，我们都是孩子？半年前我到过地球一次，在一个冬眠者居住区，一个六七岁的男孩儿叫我孩子。”

章北海笑了笑。

“你这人几乎不笑，也许正是因为这样，笑起来时很有魅力……我们是孩子吗？”

“在我们那时，辈分是很重要的，在当时的农村，也有大人依照辈分把孩子叫大伯大姑的。”

“但你的辈分在我眼中不重要。”

“这我从你眼里看出来了。”

“你觉得我的眼睛好看吗？”

“像我女儿的眼睛。”章北海不动声色的回答迅速而从容，令东方延绪很吃惊。他并没有把目光从东方身上移开，她身处洁白的球体中，仿佛整个世界都因她的美丽而隐去了似的。

“你女儿，还有妻子，没陪你来吗？据我所知，特遣队的家属都可以冬眠。”

“她们没有来，也不想让我来，你知道，按当时的趋势，未来的前景是很黑暗的，她们责备我这样做不负责任。她和她母亲都不回家住了，可就在她们离开后的第二天深夜，特遣队出发的命令下来了，我都没来得及同她们最后见上一面。那是个冬天的深夜，很冷，我就那么背着背包离开了家……当然，我没指望你能理解这些。”

“理解……她们后来呢？”

“我妻子是在危机 47 年去世了，女儿在 81 年去世了。”

“都经历了大低谷。”东方延绪垂下眼睛，沉默了一会儿后，她在面前激活了一个全息显示窗口，把整体显示模式调到外部状态。

白色的球形舱壁像蜡一样消融了，“自然选择号”本身也消失了，他们悬浮在无际的太空中。面对着银河系迷雾般的星海，他们变成了宇宙中两个独立的存在，不依附于任何世界，四周只有空间的深渊，同地球、太阳和银河系一样悬浮于宇宙中，没有从哪里来，也不想到哪里去，只是存在着……章北海有过这种感觉，那是一百九十年前，他穿着航天服只身悬浮于太空中，握着装有陨石子弹的手枪……

“我喜欢这样，飞船和舰队什么的，都是外在的工具，在精神上都是可以省略的。”东方延绪说。

“东方。”章北海轻轻地唤了一声。

“嗯？”美丽的舰长转过身来，她的双眸中映着银河系的星光。

“如果有一天我不得不杀了你，请原谅。”章北海轻声说。

东方延绪对这话付之一笑，“你看我像钢印族吗？”

章北海看看她，在从五个天文单位外照来的阳光中，她像是一根飘浮在星海背景上的轻盈的羽毛。

“我们属于大地和海洋，你们属于星空。”

“这样不好吗？”

“不，这样很好。”

“三体舰队探测器熄灭了！”

得到值勤军官的这个报告，肯博士和罗宾逊将军万分震惊，他们也知道，这个消息一旦发布，将在地球国际和舰队国际中掀起巨大波澜。

肯和罗宾逊现在正在林格－斐兹罗监测站中，这个监测站处于小行星带外侧的太阳轨道上。在距监测站五公里处的太空中，飘浮着太阳系中最怪异的一个东西，那是一组六个的巨型透镜，最前面的一个直径达一千二百米，后面的五个尺寸要小一些，这就是最新一代的太空望远镜。与以前的五代哈勃望远镜不同，这个太空望远镜没有镜筒，甚至六个巨型镜片之间也没有任何连接物，它们各自独立飘浮着，每个镜片的边缘上都装有多台离子推进器，它们可以借助这些推进器精确地改变彼此的相对距离，以及整个透镜组的指向。林格－斐兹罗监测站是太空望远镜的控制中心，但即使从这样近的距离上，也几乎看不到透明的透镜组。不过在进行维护工作时，工程师和技师会飞到透镜之间，这时他们就发现两侧的宇宙发生了怪异的扭曲，如果一侧透镜处于合适的角度，镜面的防护虹膜反射阳光，巨型透镜就完全可见了，这时它那弧形的表面看上去像是一个布满妖艳彩虹的星球。这一代太空望远镜不再以哈勃命名，而是叫林格－斐兹罗望远镜，以纪念首次发现三体舰队踪迹的那两个人，尽管他们的发现没什么学术意义，但三大舰队联合建造的这座巨型望远镜，主要用途还是监视三体舰队。

望远镜的负责人一直沿用着林格和斐兹罗这样的组合：首席科

学家来自地球，军事负责人则来自舰队。每一届组合都有着与林格和斐兹罗之间相似的争论。现在，肯博士总是想挤出观测时间来进行自己的宇宙学研究，而罗宾逊则以维护舰队的利益为由极力阻止。他们还有一些其他方面的争议，比如肯总是回忆当年以美国为首的各地球大国曾经多么出色地领导世界，现在的三大舰队又是多么的官僚和低效率，而罗宾逊则每次都无情地戳穿肯博士那可笑的历史幻觉。不过最激烈的争议还是在监测站的自转速度上，将军坚持只产生低重力的慢速旋转，甚至干脆不自转，让站内处于美妙的失重状态；而肯则坚持要产生标准地球重力的自转速度。

现在发生的事情压倒了一切。所谓探测器熄灭，是说它的发动机关闭了。远在奥尔特星云之外，三体舰队探测器就开始减速，减速时它的发动机对着太阳方向启动，太空望远镜就是根据探测器发动机发出的光来对其进行跟踪，而发动机的光芒一旦熄灭，这种跟踪就不可能进行了，因为探测器本身实在太小了，从它穿越星际尘埃时产生的尾迹形态推测，它可能只有一辆卡车大小，这样小的一个物体现在处于遥远的柯伊伯带外围，本身停止发光，而那一带远离太阳，只有微弱的阳光，探测器的反光更弱，即使是林格–斐兹罗这样强大的望远镜，也不可能从那个遥远的黑暗太空看到这么小的一个暗物体。

“三大舰队成天就知道争名夺利！现在可好，目标弄丢了……”肯气愤地说，他没注意到目前监测站已经处于失重状态，他剧烈的肢体动作几乎使自己在空中翻了一个跟头。

罗宾逊将军第一次没有为舰队辩解。本来，亚洲舰队已经派出了三艘轻型高速飞船去对探测器进行近距离跟踪，但三大舰队随之爆发了拦截权之争，后来联席会议又做出了所有战舰回港的决议。尽管亚洲舰队反复解释，说这三艘飞船都是歼击机级别的，为了尽快加速，拆除了所有的武器和外部设施，每艘船上只有两名乘员，只能跟踪目标，根本不可能进行拦截行动，但欧洲和北美两大舰队还是不放心，坚持已起航的跟踪飞船必须全部撤回，改由第四方地球国际派出三艘跟踪飞船。如果不是这样，现在跟踪飞船已经与探测器近距离接触并进行跟踪了。而地球上由欧洲联合体和中国后来派出的跟踪飞船，现在还没有飞出海王星轨道。

“也许……它的发动机还会启动的，”将军说，“它的速度现在仍然很快，如果不减速就无法泊入太阳轨道，会掠过太阳系。”

“你以为你是三体司令官吗？那个探测器也许根本没打算停留，就是要掠过太阳系的！”

肯说着，突然想到了一点，“发动机停了，它就不可能再改变轨道！让跟踪飞船在计算好的位置等它不就行了？”

将军摇摇头，“精度不够！你以为那是大气层内地球空军的空中搜索吗？稍微一点点的轨道误差就有几十万甚至上百万公里，在那么大的空间范围内，一个这么小这么暗的东西，跟踪飞船很难找到目标……唉，总得想出些办法呀！”

“我们能有什么办法？让舰队去想吧。”

将军又变得强硬起来，“博士，你要对目前的局面有一个正确的理解：虽然这件事我们没有责任，但媒体不管这个，林格－斐兹罗系统毕竟是负责对探测器进行深空跟踪的，到最后相当一部分脏水还得泼到我们头上。”

肯没有说话，身体与将军垂直，想了一会儿，他问：“海王星轨道外面现在还有些什么可利用的东西？”

“舰队方面大概什么也没有了，地球方面……”将军转向值勤军官，向他们询问。他很快得知，在海王星有四艘联合国环境保护组织的大型飞船，从事“雾伞”工程的前期开发，即将担任跟踪探测器任务的三艘小型飞船就是从这些飞船上派出的。

“它们是去开采油膜矿吗？”肯问道，他马上得到了肯定的回答。油膜矿是在海王星的星环中发现的一种物质，它能够在高温下变成迅速扩散的气体，然后在太空中冷凝成微小的纳米颗粒，形成太空尘埃。之所以叫这个名称，是因为这种物质蒸发后的气体在太空中扩散性很强，少量物质就可以形成大片尘埃，其过程与小小的油滴在水面扩散成大片分子厚度的油膜相似。油膜物质所形成的太空尘埃还有另一特性：与其他的太空尘埃不同，“油膜尘埃”很难被太阳风所驱散。正是由于油膜物质的发现，使“雾伞”计划成为可能，这个计划是用核爆炸在太空中蒸发和扩散油膜物质，在太阳与地球之间形成一团“油膜尘埃”，降低太阳对地球的辐射，达到缓解地球温室效应的目的。

“我记得，海王星轨道附近应该还有前战争时期的恒星型核弹吧？”肯又问。

“有的，‘雾伞’工程的飞船也装载了一些，在海王星环和卫星上爆破用，具体数目不清楚。”

“好像一颗就够了。”肯兴奋起来。

两个世纪前面壁者雷迪亚兹的战略计划中所研制的恒星型氢弹，后来共制造了五千多颗。虽然这种武器在末日之战中作用有限，但正如雷迪亚兹所言，各大国主要是为可能爆发的人类之间的行星际战争准备的，核弹主要在大低谷时期制造，那时由于资源匮乏，国际关系极其紧张，人类自身的战争一触即发。进入新时期后，这些骇人听闻的武器成了危险的鸡肋，虽然其所有权都属于地球国家，但还是被送入太空存贮，少部分已经用于行星工程的爆破，还有一部分送入太阳系外围轨道。曾有人设想将核弹中的聚变材料作为远程飞船的燃料补充，但由于核弹的拆解很困难，这个设想一直没有真正实现。

“你觉得能行？”罗宾逊两眼放光地问道，他后悔这么简单的事自己怎么没想到，一个载入史册的机会让肯抢去了。

“试试吧，只有这一个办法了。”

“如果行，博士，以后林格–斐兹罗监测站将永远按产生1G重力的速度旋转。”

“这可是人类造出来的最大的东西了。”“蓝影号”飞船的指令长看着舱外漆黑的太空说，他极力想象自己能看到尘埃云，但确实什么都看不到。

“为什么它不能被阳光照出来呢？就像彗星的尾巴那样……”飞船驾驶员说，“蓝影号”上只有他和指令长两个人。他知道，尘埃云的密度确实像彗尾一样稀薄，几乎和地球上实验室中造出的真空差不多。

“可能是阳光太弱吧。”指令长回头看看太阳，在这海王星轨道和柯伊伯带之间的冷寂空间，太阳看上去只是一颗刚能看出圆盘形状的大星星，阳光倒是还可以在舱壁上照出亮影，但已经十分微弱了。“再说，彗尾也要在一定的距离外才能看到，我们可是就在云的边缘。”

驾驶员在脑子里极力想象着这个巨大但稀薄的存在。几天前，他和指令长目睹了这团巨云压缩成固体时的大小。当时，来自海王星的巨型飞船“太平洋号”停泊在这片太空，放下了它运载的五件货物。首先放置的是来自前战争时期的一颗恒星型氢弹，它是一个长五米、直径一点五米的圆柱体；随后，飞船的机械臂从舱内取出了四个大球体，它们的直径从三十米到五十米不等，这四个球体被放置在氢弹周围几百米处，它们都是采自海王星星环的油膜物质。“太平洋号”飞离后，氢弹爆炸，所形成的小太阳把光和热量疯狂地倾泻到这寒冷的太空深渊中，周围的球体瞬间汽化，油膜气体在氢弹辐射的飓风中迅速扩散，随后在冷却中化为无数微小的颗粒，尘埃云形成了。这团云的直径达两百万公里，超过太阳的直径。

尘埃云形成的位置，是三体探测器预计将要通过的区域，这是按三体探测器的发动机停机前所观测到的轨道计算出来的。肯博士和罗宾逊将军的这个计划，是期望通过三体探测器在人造尘埃云中留下的尾迹精确测定它的轨道和位置。

“太平洋号”完成了造云作业后就返回海王星，留下了三艘小型飞船，在探测器显示尾迹后对其进行近距离跟踪，“蓝影号”就是其中一艘。这种高速小飞船被称作太空赛车，其唯一的有效载荷就是一个仅能容纳五人的小舱，其余部分全是聚变发动机，具有极高的加速能力和机动性。尘埃云形成后，“蓝影号”曾穿过整个云区，以实验是否能在云中留下尾迹，结果是令人满意的。当然，尾迹只能由一百多个天文单位外的太空望远镜观测到，在“蓝影号”上无论是尘埃云还是自己的尾迹，什么都看不到，周围的太空空寂依旧。不过在穿过云团后，太阳处于云后，这时驾驶员坚持说看出太阳变暗了一点点，而且它原来清晰的边缘变得模糊了，仪器的观测也证明了这一点，这是这个巨大的人造物留给他们的唯一视觉印象。

“只剩下不到三小时了。”指令长看看表说。尘埃云实际上就是一颗围绕着太阳运行的稀薄的巨型卫星，它的位置在运行中不断移动，一段时间后就会移出探测器可能通过的区域，那时就要在另一个更靠后的位置再造一团尘埃云。

“你真的希望我们跟上它？”驾驶员问。

“为什么不呢？我们在创造历史！”

“那东西不会攻击我们吗？你我都不是军人，这事本来应该由舰队来干！”

正在这时，飞船收到了来自林格—斐兹罗监测站的信息，报告三体探测器已经进入尘埃云并留下尾迹，它的精确轨道参数已经测定出来，命令“蓝影号”立刻起航与目标会合，进行近距离跟踪。虽然监测站距“蓝影号”有一百多个天文单位之遥，信息传到这里有十多个小时的时滞，但现在就像钥匙已经在印泥上按了模，轨道的计算连稀薄尘埃云的影响都考虑进去了，会合只是时间问题。

“蓝影号”按照探测器的轨道参数设定航向，再次进入看不见的尘埃云，向三体探测器飞去。这次飞行的时间显得很长，十多个小时过去了，指令长和驾驶员都很困倦，但与目标不断缩小的距离还是令他们紧张起来。

“看到它了！我看到它了！”驾驶员大喊起来。

“你胡说什么？还有一万四千多公里呢！”指令长训斥道，即使在全透明的太空中，肉眼也不可能看到一万四千公里外的一辆卡车。但很快，他自己也看到了，在轨道参数所指示的方向，在静止的星空背景上，有一个亮点在移动。

经过短暂的思考，指令长明白了：这团比太阳还大的尘埃云是白造了，三体探测器又启动了它的发动机，继续减速，它不打算掠过太阳系，它将留在这里。

由于只是临时措施，与亚洲舰队的其他战舰一样，“自然选择号”的舰长权限交接仪式简短而低调，在场的只有舰长东方延绪、执行舰长章北海、第一副舰长列文和第二副舰长井上明，还有来自总参谋部的一个特别小组。

在这个时代，技术的极致发展并未能掩盖基础理论的停滞，“自然选择号”对权限的识别仍然采用章北海在过去的时代就熟悉的瞳孔、指纹和口令的三位一体，太空战舰的人工智能仍然无法识别出一个人的面容。

总参特别小组完成了系统中舰长权限识别的瞳孔和指纹数据的重新设定，然后东方延绪向章北海交出了她的口令：

“Men always remember love because of romance only.①”东方延绪说出口令后，用挑战的目光看着章北海。

“你好像不抽烟。”章北海从容应对。

“而且这个牌子已经在大低谷时消失了。”东方延绪带着一丝失望垂下眼睛说。

“不过这个口令真的很好，在那时也没有多少人知道。”章北海说。

① 传说中万宝路的英文含义。

舰长和副舰长都离开了，章北海将独自修改舰长的口令，最后取得对“自然选择号”的舰长控制权。

“他真的很聪明。”当球形舱的门消失后，井上明说。

“古代的智慧。”东方延绪说，她盯着舱门消失的地方，像要把那里看透似的，“他从两个世纪前带来的东西，我们永远学不会；可他却能学会我们的。”

然后三人沉默了，静静地等待着。五分钟过去了，对于重置口令的操作，这时间显然太长了，而即将成为舰长的章北海，是培训后的特遣队成员中对战舰指挥系统操作最熟练的人。又过了五分钟，两名副舰长不耐烦地在廊道里浮游起来，只有东方延绪仍静静地站立不动。

终于，门又在舱壁上出现了。三人惊奇地发现，球形舱里变黑了，章北海调出了星图的全息显示，并屏蔽了图上所有的标度线，只留下闪亮的星星，以至从门这边看去，他仿佛悬浮于飞船外的太空中，与他一起悬浮着的还有一块亮着的操作界面。

“我做完了。”章北海说。

“怎么用了这么长时间？”列文不满地问。

“你是在享受得到‘自然选择号’的快感吗？”井上明问。

章北海没有说话，他的眼睛也没看操作界面，而是遥望着星图上远方的星辰，东方延绪注意到，在他注视的方向，有一个绿色光点在闪动。

“要是那样就太可笑了。”列文接过井上明的话说，“我需要提醒你，舰长仍是东方大校，执行舰长不过是一道防火墙而已，这样说不怎么好听，但最接近实情。”

井上明接着说：“而且这种状态不会持续太长的，对舰队的调查已经接近尾声，基本证明了钢印族并不存在。”

井上明还想说什么，但被舰长的一声低低的惊呼打断了，“哦，天啊。”东方延绪说，两位副舰长顺着她的目光望去，看到了章北海面前的操作界面，因而也看到了“自然选择号”太空战舰目前所处的状态。

战舰已被设定为无人遥控状态，因而绕过了四级加速前对乘员深海状态的检测，战舰与外界的通信也被完全切断，最后，战舰完成了进入最高推进功率的绝大部分舰长设定，只需再按动一个按钮，“自然选择号”就将以最大的加速度驶向星图上已经设定的目标。

“不，别这样。”东方延绪说，声音低得只有自己能听到，这话是说给她前面呼唤过的那个“天”听的，以前，她自己并不相信它的存在，而现在，她的祈祷是真诚的。

“你疯了？”列文喊道，与井上明一起向舱内冲去，但立刻撞在舱壁上，门并没有出现，只是那一个椭圆形区域的舱壁变得透明了。

“‘自然选择号’将进入‘前进四’，全舰人员立刻进入深海状态。”章北海说，他的声音冷峻而沉稳，每一个字都长久地浮在空气中，像立在寒风中的古老铁锚。

“这不可能！”井上明说。

“你是钢印族吗？”东方延绪问，她飞快地使自己冷静下来。

“你知道我不可能是。”

“ETO？”

“也不是。”

“那你是谁？”

“一个尽责任的军人，为人类的生存而战。”

“为什么这样做？”

“加速完成后再解释，再说一遍：全舰人员进入深海状态。”

“这不可能！”井上明重复道。

章北海转过头来，他没有看两位副舰长，目光直视东方延绪，这目光立刻使东方想起了太空军的军徽，星星和剑都在其中。

“东方，我说过，如果不得不杀了你，我很抱歉。时间不多了。”他说。

这时，在章北海所在的球形舱内，深海加速液开始出现，它们在失重中形成一个个球体，每个球体上，都有章北海、操作界面和星图的变形映像。液球飘浮着，开始相互组合成更大的球。两位副舰长都看着东方延绪。

“照他说的做，全舰进入深海状态。”舰长轻声说。

两位副舰长凝视着她，他们都知道“前进四”时未处于深海保护状态下的人是什么下场：身体被超过自身重量一百二十倍的过载

紧贴在舱壁上，先迸射出的是血液，超重下摊成极薄的一层，血渍的面积大得不可想象并呈放射状；然后挤出的是内脏，也很快被压成薄薄的一层，与被压成一片的身体一起，构成一幅丑陋的达利风格的画……他们同时转身离去，向全舰发出进入深海状态的命令。

“你是一个合格的舰长。”章北海对着东方延绪点点头，“这就是成熟。”

“我们要去哪里？”东方延绪问。

“不管去哪里，都是一个比留在这里更负责任的选择。”

章北海说完，就被深海加速液完全淹没了，东方延绪只能透过已充满球形舱的液体看到他模糊的身影。

章北海悬浮在半透明的液体中，想起了他两个世纪前在海军服役时深度潜水的经历。当时，他没有想到海洋中的几十米深处已经是那么黑，悬浮在那个世界中，很有后来身处太空的感觉，海洋是太空在地球上的缩影。他试着在液体中呼吸了一下，神经反射使他剧烈地咳嗽起来，咳出的液体和残留气体产生的反冲力使他的身体倾斜了，但想象中的窒息并没有出现，清凉的液体充满了肺部，其中富含的氧继续融进他的血液，他能够像鱼一样自由呼吸了。

章北海看着悬浮在液体中的显示界面，看到深海加速液依次充满飞船上各个有人的舱室，这个过程持续了十多分钟。渐渐地，他的意识开始模糊，呼吸液中开始注入催眠成分，以使飞船上的所有人进入睡眠状态，避免四级加速时的高压和相对缺氧对大脑的损害。

章北海感到父亲的灵魂从冥冥中降落到飞船上，与他融为一体，他按动了操作界面上那个最后的按钮，心中默念出那个他用尽一生的努力所追求的指令：

"'自然选择'，前进四！"

木星轨道上突然出现了一颗小太阳，它强烈的光芒使得行星上大气层中的磷光黯然失色。拖着这颗小太阳的"自然选择号"恒星级战舰缓缓驶出亚洲舰队的军港，然后急剧加速，把舰队中其他战舰的影子投到木星表面，每个影子的大小都可以容下一个地球。十分钟后，一个更大的影子投向木星，仿佛给这颗巨行星的表面拉上一块幕布，这是"自然选择号"正掠过木卫一。

直到这时，亚洲舰队统帅部才确认了这个令人难以置信的事实："自然选择号"叛逃了！

欧洲和北美舰队向亚洲舰队提出抗议和警告，它们最初认为这可能是亚洲舰队擅自拦截三体探测器的行动，但很快就从"自然选择"的航向上发现不是这么回事，它的航向与三体入侵的方向相反。

各个系统向"自然选择号"的呼叫因得不到回答而渐渐平息下来，追击和拦截行动开始部署。但统帅部很快发现，目前对叛舰几乎无事可做。在木星的众多卫星上，有四颗卫星的火力可以摧毁"自然选择号"，但这是一个不可能采取的行动，实施叛逃行动的应该只是舰上的极少数甚至一个人，两千多名在深海状态中的官兵都是人质。所以，在木卫二上伽马射线激光武器的基站中，指挥官们只能看着那颗小太阳掠过天空飞向外太空，在它的光芒下，木卫二的广阔冰原上像是撒满了燃烧的白磷。

“自然选择号”依次穿过木星的十六颗大卫星的轨道，在穿越木卫四轨道时已经达到了木星的逃逸速度。从亚洲舰队基地看去，那颗小太阳渐渐缩小，变成一颗明亮的星星，但在以后长达一个星期的时间里，这颗星星仍依稀可见，在群星中隐现着亚洲舰队无尽的伤痛。

由于需要进入深海状态，追击舰队在“自然选择号”离去后四十五分钟才起航，木星系统再一次被六个太阳照耀。

在已经停止旋转的亚洲舰队司令部里，舰队司令默默地面对着处于黑夜一面的巨大的木星，在他下方一万公里的大气层中，出现了一片闪电，刚刚离去的“自然选择号”和追击舰队的聚变发动机向木星发出了强大的辐射，使大气电离引发了闪电。这个距离上只能看到被每一次闪电所照亮的周围大气的光晕，不同位置的光晕转瞬即逝，使得木星的这一片区域像滴落着荧光雨点的池塘。

“自然选择号”在沉默中持续加速到光速的百分之一后，它的聚变燃料的消耗已经越过折返点，凭自己的动力已经不可能返回太阳系，它成了一艘永远在外太空流浪的孤舟。

亚洲舰队司令遥望星空，试图看到那颗星星，但没有找到，那个方向上，只有追击舰队的聚变发动机发出的六点暗弱的星光。他很快得到报告，“自然选择号”已经停止加速。稍后，“自然选择号”与舰队的通信恢复了。以下是通话记录，由于飞船的位置已在五百万公里之外，对话有十多秒钟的时滞。

“自然选择号”：“‘自然选择’呼叫亚洲舰队！‘自然选择’呼叫亚洲舰队……”

亚洲舰队：“‘自然选择号’，亚洲舰队已收到你的呼叫，请报告舰上情况。”

“自然选择号”：“我是执行舰长章北海，要直接同舰队司令官对话。”

舰队司令：“我在听着。”

章北海：“我对‘自然选择号’的脱离航行负完全责任。”

舰队司令：“还有别人需要负责吗？”

章北海：“没有，只有我一人，这次事件与‘自然选择号’上的其他成员没有任何关系，东方延绪舰长在关键时刻做出了正确的决定。”

舰队司令：“我要与她通话。”

章北海：“现在不行。”

舰队司令：“目前舰上情况如何？”

章北海：“一切良好，除我之外的所有舰上人员仍在深海状态中，动力系统和生态系统运转正常。”

舰队司令：“你叛逃的原因？”

章北海：“逃离是事实，但我没有背叛。”

舰队司令：“原因？”

章北海：“在这场战争中，人类必败。我只是想为地球保存一艘恒星际飞船，为人类文明在宇宙中保留一粒种子、一个希望。”

舰队司令：“这么说，你是逃亡主义者。”

章北海：“我只是一名尽自己责任的军人。”

舰队司令：“你接受过思想钢印吗？”

章北海：“您知道这不可能，我冬眠时这种技术还没有出现。”

舰队司令：“那你的这种异常坚定的失败主义信念让人不可理解。”

章北海：“我不需要思想钢印，我是自己信念的主人。这种信念之所以坚定，是因为它不是来自我一个人的智慧。早在三体危机出现之初，父亲和我就开始认真思考这场战争最基本的问题。渐渐地，父亲身边聚集了一批有着深刻思想的学者，他们包括科学家、政治家和军事战略家，他们称自己为未来史学派。”

舰队司令：“这是一个秘密组织吗？”

章北海：“不是，他们研究的问题很基础，讨论从来都是公开进行的，甚至还由军方和政府出面，召开了几次未来史学派的学术研讨会。正是从他们的研究中，我确立了人类必败的思想。”

舰队司令:“可是现在,未来史学派的理论已被证明是错误的。”

章北海:“首长,您低估了他们,他们不但预言了大低谷,也预言了第二次启蒙运动和第二次文艺复兴,他们所预言的今天的强盛时代,几乎与现实别无二致,最后,他们也预言了末日之战中人类的彻底失败和灭绝。”

舰队司令:“可是,你现在身处的飞船,能够以光速的百分之十五航行。”

章北海:“成吉思汗的骑兵,攻击速度与20世纪的装甲部队相当;北宋的床弩,射程达一千五百米,与20世纪的狙击步枪差不多;但这些仍不过是古代的骑兵与弓弩而已,不可能与现代力量抗衡。基础理论决定一切,未来史学派清楚地看到了这一点。而你们,却被回光返照的低级技术蒙住了眼睛,你们躺在现代文明的温床中安于享乐,对即将到来的决定人类命运的终极决战完全没有精神上的准备。”

舰队司令:“你来自一支伟大的军队,他们曾战胜了装备远比自己先进的敌人,甚至仅凭缴获的武器就打胜了一场世界罕见的大规模陆战。你的行为,辱没了这支军队的荣耀。”

章北海:“尊敬的司令官,我比您更有资格谈论那支军队,因为我家祖孙三代都在其中服役。我的爷爷曾在朝鲜战场用手榴弹攻击美军的‘潘兴’坦克,手榴弹砸到坦克上滑下来爆炸,目标毫发未损,爷爷在被坦克上的机枪击中后,又被履带轧断双腿,在病榻上度过了后半生，但比起同时被轧成肉酱的两名战友来，他还算幸运……正是这支军队的历程，使我们对战争中与敌人的技术差距刻骨铭心。你们所知道的荣耀是从历史记载中看到的，我们的创伤是父辈和祖辈的鲜血凝成的，比起你们，我们更知道战争是怎么回事。”

舰队司令：“叛逃计划是什么时候产生的？”

章北海：“我重申：自己没有背叛，但逃亡是事实。这个计划从见父亲最后一面时就产生了，他用最后的目光告诉了我该怎样做，我用了两个世纪来实施这个计划。”

舰队司令：“为此你把自己伪装成一个坚定的胜利主义者，你的伪装很成功。”

章北海：“但常伟思将军几乎识破了我。”

舰队司令：“是的，他敏锐地意识到自己从未看清你的胜利主义信念的基础，你后来对能够进行恒星际航行的辐射推进型飞船的不正常的热衷，更加剧了他的怀疑。他一直反对你进入增援未来特遣队，但无法违背上级的指示。在给我们的信中，他提出了警告，但却是以那个时代所特有的含蓄方式提出的，结果被我们忽略了。”

章北海：“为了得到能够进行星际逃亡的飞船，我杀了三个人。”

舰队司令：“这我们不知道，可能谁也不知道，但有一点应该肯定：那时所确定的研究方向对后来的宇航技术发展是至关重要的。”

章北海：“谢谢你告诉我这个。”

舰队司令:“我还要告诉你,你的计划失败了。”

章北海:“也许会,但现在还没有。”

舰队司令:“‘自然选择号’在起航时只加注了五分之一的聚变燃料。”

章北海:“但我只能立刻行动,以后就没有机会了。”

舰队司令:“这样,你只能加速到光速的百分之一,你不敢过多消耗燃料,因为飞船的生态循环系统需要能量来维持运转,这段时间少则几十年,多则几个世纪。而以这样的速度航行,追击舰队能够很快追上你们。”

章北海:“我仍控制着‘自然选择号’。”

舰队司令:“不错,你当然知道我们的担心:追击会使你继续加速,耗尽燃料,没有能量的生态系统将停止转动,‘自然选择号’将变成一艘接近绝对零度的死船。所以追击舰队暂时不会与‘自然选择号’近距离接触,我们很有信心地认为,‘自然选择号’上的指挥官和士兵会解决自己战舰的问题。”

章北海:“我也相信一切问题都会解决的,我将负自己应该负的责任,但目前我仍坚信,‘自然选择号’处在正确的航向上。”

当罗辑从睡梦中惊醒时,他知道还有一样东西从过去流传到了现在,那就是鞭炮。从窗口望出去,天刚蒙蒙亮,沙漠在初露的天光中泛出一片白色,爆竹和烟花的闪光不时映照其上。这时传来一阵急促的敲门声，史晓明不等主人开门就闯了进来，脸上发着兴奋的红光，只让罗辑快看新闻。

罗辑最近很少看电视，进入新生活五村后，他真的回到了过去的生活中，在经历过刚苏醒时新时代的冲击后，他很珍惜这种感觉，暂时不希望被现代的信息所干扰。更多的时候，他是沉浸在对庄颜和孩子的思念中，她们苏醒的手续已经办好，但由于政府控制冬眠苏醒人口的流量，所以她们的苏醒时间被排到两个月以后了。

电视新闻的内容是这样的：五个小时前，林格－斐兹罗望远镜观察到三体舰队再次穿过一片星际尘埃云，这是它们在起航后的两个世纪中第七次因穿越尘埃云而现形，舰队已失去了严整的队形，“刷子”的形状与第一次穿越尘埃云时相比早已面目全非。不过，这次与第二次穿越时相似，首先观察到的是一根前出的“刷毛”，但与那次不同的是，从轨迹形态判断，这根刷毛不是探测器，而是舰队中的一艘战舰。在向太阳系的航程中，三体舰队已经完成了加速和巡航期。早在十五年前，已经观测到三体战舰陆续开始减速，十年前，绝大部分战舰都进入减速状态。不过现在知道，这艘战舰一直没有减速，从它在尘埃云中的轨迹看，依然处于加速状态，按目前的加速率，它将比舰队提前一个半世纪到达太阳系。这样一艘孤单的飞船，独自闯入拥有强大舰队的太阳系疆域，如果是入侵则无异于送死，所以只能得出一个结论：它是来谈判的。通过对三体舰队长达两个世纪的观察，已经确定了每艘飞船的最大加速能力，照此推算，这艘前出的飞船缺少足够的减速能力，一百五十年后必然会掠过太阳系，那么就存在两种可能：其一是三体人希望地球世界协助减速，其二是飞船在掠过太阳系前会放下一个容易减速的小艇，上面运载着三体世界的谈判代表团。后一种可能性要大得多。

“可他们如果有谈判的愿望，为什么不通过智子通知人类呢？”罗辑问道。

“很好解释！”史晓明兴奋地说，“这是因为思维方式的不同，三体人是全透明思维，他们以为自己想的东西我们已经知道了！”

尽管这个解释不是那么有说服力，罗辑还是有了同史晓明一样的感觉，感到外面的太阳提前升起来了。

当太阳真正升起时，狂欢达到了高潮。这里只是世界的一个小角落，狂欢的中心是在那些地下大城市中，在那里，人们都走出巨树，街道和广场上人山人海，每个人的衣服都调到了最大亮度，构成一片闪耀的光海；天穹上绽放着虚拟的焰火，有时一朵焰火能覆盖整个天空，即使与太阳为伴，仍然显得明亮而绚丽。

新的消息不断传来。政府开始时很谨慎，发言人反复声明还没有确切证据最后表明三体世界有谈判意向；但与此同时，联合国和舰队联席会议都召开紧急峰会，开始拟定谈判程序和条款……

在新生活五村，狂欢中出现了一个小小的插曲：一名城市议员来此发表演讲，他是一名阳光计划的狂热支持者，想趁此机会使自己得到冬眠者社区的支持。

阳光计划来自一个联合国提案，其主旨是：人类一旦取得末日之战的胜利，就应该在太阳系为战败的三体文明提供生存空间。计划有多种版本，主要有：弱生存方案，把冥王星和海王星的卫星作为三体文明保留地，只接纳战败的三体舰队成员。这个方案中保留地的生存条件很差，只能依靠核聚变的能源，在人类社会的支持下才能维持下去；强生存方案，把火星作为三体文明的寄居星球，除舰队成员外，还接纳所有三体世界的后续移民。这个方案可为三体文明提供太阳系中除地球之外最好的生存条件。其余的众多方案大都居于这两者之间，但也有一些很极端的想法，比如接纳三体文明进入地球社会等。阳光计划获得地球国际和舰队国际的广泛支持，并且已经展开大量的前期研究和规划，在两个国际中都出现了众多的推进该计划的民间力量。但同时，阳光计划也遭到了冬眠者社会的强烈反对，冬眠者甚至给计划的支持者们起了一个外号，叫“东郭族”。

议员的演讲刚一开始，就遭到了听众强烈的反对，人们纷纷向他们抛掷西红柿。议员躲避着说：“我请大家注意，这是第二次文艺复兴后的人文主义的时代，这个时代对各个种族的生命和文明给予最大的尊重，你们就沐浴在这个时代的阳光中！不是吗？冬眠者在现代社会享有完全平等的公民地位，没有受到任何歧视，这个原则不仅在宪法和法律上得到确认，更重要的是得到了所有人发自内心的一致认同，这些我想你们都能感觉到。三体世界也是一个伟大的文明，他们的生存权应该得到人类社会的承认，阳光计划不是慈善事业，是文明人类对自身价值的一次确认和体现！如果我们……我说你们这些混蛋，把注意力集中到工作上来！”

议员的最后一句话是对他的随行团队说的，他们正忙着收集散落在地上的西红柿，这在地下城毕竟是很贵的东西。看到这一幕，冬眠者们又开始向讲坛上扔黄瓜土豆什么的，使得这一次小小的冲突最终在双方共同的欢乐中结束。

中午，家家摆宴庆贺，还在小区的草坪上为乘兴而来的城里人——包括东郭族议员和他的团队——摆上了丰盛的纯农产品大餐。下午，狂欢在一片醉意中继续，直到夕阳西下。今天的黄昏格外美丽，小区外的沙原在橙红的夕阳下显得如奶油般柔软细腻，连绵的沙丘像睡卧的女性胴体……

入夜，一个新闻把人们已经有些疲惫的神经再次刺激到极度兴奋的状态：舰队国际已经做出决议，亚洲舰队、欧洲舰队和北美舰队的所有恒星级战舰，共二千零一十五艘，将组成联合舰队，统一出击，拦截已经越过海王星轨道的三体探测器！

这个消息把狂热推向新的高潮，焰火再次布满了夜空，但也引起了一片不屑和嘲笑。

“就为一个小小的探测器出动两千多艘战舰？”

“这是用两千把宰牛刀杀一只鸡！”

“就是，两千门大炮打一只蚊子！这算什么嘛！”

“各位各位，应该理解舰队国际，要知道，这可能是他们与三体世界唯一的一次作战机会了。”

“是啊，要是这也算作战的话。”

“也好，就当作人类文明的一次示威阅兵吧，这样一支超级舰队是什么劲头？吓不死它们！把它们的尿都吓出来，如果它们有尿的话。”

“哈哈哈哈……”

时近午夜，新的消息传来：联合舰队已经从木星基地起航！人们被告知：在南半球用肉眼就可以看到舰队。狂欢的人群第一次安静下来，所有人都在夜空中搜寻着木星，这并不容易，但在电视中专家的指点下，人们很快在西南天空中找到了那颗星星。这时，联合舰队的光芒正在穿越五个天文单位的距离飞向地球。四十五分钟后，夜空中木星的亮度骤然增加，很快超过天狼星而成为夜空中最亮的星体。接着，一颗灿烂的亮星从木星分离出来，仿佛是它的灵魂脱离了躯体，木星又恢复到本来的亮度，而那颗亮星则缓缓移动，渐渐拉大与木星的距离，那就是起航的联合舰队。

几乎与此同时，发自木星基地的实况图像也到达了地球，人们从电视中看到，在漆黑的太空中，突然出现了两千个太阳！它们排成一个长方形的严整阵列，赫然出现在永恒的宇宙之夜中，让人们不约而同地想起了一句话：上帝说要有光，于是有了光。在两千个太阳的照耀下，木星和它的卫星都像在燃烧，木星大气层被辐射电离，引发的闪电布满了行星面向舰队的半个表面，构成了一张电光闪烁的巨毯。舰队开始加速，但阵列丝毫不乱，这堵太阳的巨墙以雷霆万钧的气势向太空深处庄严推进，向整个宇宙昭示着人类的尊严和不可战胜的力量。两个世纪前被三体舰队出发的影像所压抑的人类精神，终于得到了彻底的解放。这一时刻，银河系的星海默默地收敛了自己的光芒，大写的“人”与上帝合为一体，傲然独步于宇宙间。

所有的人都在欢呼中热泪盈眶，许多人因激动而号啕大哭，在历史上从来没有这样一个时刻，每个人都为自己是人类的一员而感到如此幸运和自豪。

但冷静的人还是有的，罗辑就是一个，他的目光越过狂热的人群，发现了另一个更冷静的人：史强独自靠在大屏幕全息电视的一侧，抽着烟，无动于衷地看着狂欢的人群。

罗辑走过去问：“你怎么……”

“啊，老弟你好，我有责要负。”大史指指沸腾的人群说，“乐极容易生悲，这会儿最容易弄出事儿来，就说上午东郭族演讲的时候，要不是我叫人及时调来西红柿什么的，他们就用石头干上了。”

史强最近被任命为新生活五村的警务长官，这在冬眠者看来多少有些奇怪：因为大史属于亚洲舰队，按照国籍他已经不是中国人了，却成为国家政府的正式官员。不过，居民们对他的工作能力都有口皆碑。

“再说我这个人，从不会得意忘形，”大史接着说，同时拍拍罗辑的肩膀，“老弟你也是。”

“我是，”罗辑点点头，“我本来就是一个只看重现世及时行乐的人，未来与我无关。可两百年前，他们突然逼我当救世主，我现在这样，也算是对这种伤害的一种补偿。我去睡觉了，大史，不管你信不信，今夜我真能睡得着。”

“见见你的这位同事，他刚来，人类的胜利对于他也不见得是件好事。”

罗辑听到这话愣了一下，再看大史所指的人，吃惊地发现竟是昔日的面壁者比尔·希恩斯！他脸色苍白，神思有些恍惚，他一直在离大史的不远处站着，发现罗辑后，他们拥抱着互相问候，罗辑感觉希恩斯的身体虚弱得一直在发颤。

“我是来找你的，只有我们这两个历史的垃圾能互相理解，不过现在，恐怕你也不理解我了。”希恩斯对罗辑说。

“山杉惠子呢？”罗辑问。

“你还记得联合国会议厅里的那个叫默思室的地方吗？”希恩斯答非所问地说，“那地方后来荒废了，只有游客偶尔去……还记得里边那块铁矿石吗？她就在那上面剖腹自杀了。”

“哦……”

“她死前诅咒我，说我这辈子也会生不如死，因为我打上了失败主义的思想钢印，而人类胜利了。她说得对，我现在真的很痛苦，我当然为胜利而高兴，却又不可能相信这一切，意识中像有两个角斗士在厮杀，你知道，这比相信水能喝难多了。”

……

同史强一起安顿好希恩斯后，罗辑回到自己房间里很快睡着了，他又梦见了庄颜和孩子。醒来时，阳光已经照进窗来，外面的狂欢仍在继续。

“自然选择号”以百分之一的光速航行在木星与土星轨道之间，从这里看去，后面的太阳已经变得很小，但仍是最亮的一颗星星，前方的银河则发出更加灿烂的光芒。飞船的航向大约指向天鹅座方向，在这无垠的外太空，它的速度丝毫显现不出来，如果附近有一个观察者，就会看到“自然选择号”仿佛静止地悬浮于深邃的空间中。其实，从这个位置上看，整个宇宙中的运动都被距离抹去了，远去的太阳和飞船前方的银河系星海也处于永恒的静止中，时间似乎停止了流动。

“你失败了。”东方延绪对章北海说，除他们两人之外，飞船上的其他成员都处于深海状态的睡眠中。章北海仍把自己关在那间球形舱中，东方延绪无法进入，只能通过内部通话系统与他对话。透过舱壁那片仍处于透明状态的区域，她能看到这个劫持了人类最强大战舰的人静静地悬浮在球形舱正中，低头聚精会神地在笔记本上写着什么，他的面前，仍悬浮着那个操作界面，从界面上看出，飞船处于四级加速前的待命状态，只需按动一个按钮即可进入“前进四”。他的周围，仍然飘浮着几个液球，那是没有排尽的深海加速液，但他的军装已经干了，皱巴巴的，使他看上去苍老了许多。

章北海没有理会东方延绪，仍低头在本子上写着。

“追击舰队距‘自然选择号’只有一百二十万公里了。”东方延绪接着说。

“我知道。”章北海说，没有抬头，“你让全舰保持深海状态是很明智的。”

“只能这样，否则情绪激动的士兵和军官会攻击这个舱，而你随时可能使‘自然选择号’进入‘前进四’，杀死所有的人。追击舰队没有靠近，也是这个原因。”

章北海没有说话，把笔记本翻过一页，继续写着。

“你不会这么做，是吗？”东方延绪轻声问。

“你当初也不可能想到我会做现在的事。”章北海停了几秒钟，补充说，“我们时代的人有我们的思维方式。”

“可我们不是敌人。”

“没有永恒的敌人或同志，只有永恒的责任。”

“那你对战争的悲观完全没有道理，现在，三体世界已经表露了谈判的迹象，太阳系联合舰队已经起航去拦截三体探测器，战争就要以人类的胜利结束了。”

“我看过传来的新闻了……”

“你仍坚持自己的失败主义和逃亡主义？”

“是的。”

东方延绪无奈地摇摇头，“你们的思维方式真的与我们不同，比如，你在开始时就知道自己的计划不可能成功，‘自然选择号’只加装了五分之一的燃料，肯定会被追上。”

章北海停下手中的笔，抬头看着舱外的东方延绪，他的目光平静如水，“同为军人，知道我们之间最大的区别在哪里吗？你们按照可能的结果来决定自己的行动；而我们，不管结果如何，必须尽责任，这是唯一的机会，所以我就做了。”

“是为了给自己一个安慰吗？”

“不，本性而已，东方，我不指望你能理解，毕竟我们相隔两个世纪了。”

“那现在你已经尽到你所说的责任了，你的逃亡事业已经没有任何希望，投降吧。”

章北海对东方延绪笑笑，低头继续写，“还不到时候。我要把自己所经历的这一切写下来，相隔两个世纪的这一切，都写下来，在以后的两个世纪中，这也许对一些头脑清醒的人会有帮助的。”

“你可以口述，电脑会记下来。”

“不，我习惯用笔写，纸会比电脑保存得更久。你放心，我会承担一切责任的。”

丁仪透过“量子号”的宽大舷窗向外望去，尽管球形舱内的全息影像可以提供更好的视野，他还是喜欢像这样用自己的眼睛直接看。他看到，自己所在的位置处于一个由两千颗耀眼的小太阳构成的大平面上，它们的光芒使他的满头白发像燃烧起来似的。联合舰队起航后几天来，对这景象他已经很熟悉，但每次还是被其壮丽所震慑。其实，舰队采用这种矩形平推的编队队形，并非只是为了展示威严和气势，如果采用海军舰队传统的纵队，即使是交错纵队，每艘战舰发动机产生的强辐射都会对后方的舰只产生影响。在这样的矩形编队中，战舰之间的间隔约为二十公里，虽然每艘战舰的平均体积为海军航空母舰的三到四倍，但在这个距离上看也几乎只是一个点，所以战舰在太空中能显示自己存在的就是聚变发动机发出的光芒。

联合舰队的编队十分密集，这种队形密度只有进行检阅时才采用过。按照正常的巡航编队，战舰之间的间距应该在三百到五百公里，二十公里的舰距，几乎相当于海洋中的贴舷航行。三大舰队中都有很多将领对这种超密集的队形提出异议，但采用常规队形却遇到棘手的问题。首先就是参战机会的公平性原则，如果以常规队形接近探测器，即使逼近到最小的距离，编队边缘的战舰距目标仍有几万公里之遥，如果在对探测器的捕获行动中发生战斗，那么相当多的战舰就不能算作是参战舰了，这将在历史上留下永远的遗憾。而三大舰队都不能拆散自己的编队，那么哪个舰队位于总编队中最有利的位置就无法协调，只能把编队压缩到超密集的检阅队形，使所有战舰都处于作战距离之内。采用检阅队形的另一个原因是：舰队国际和联合国都希望编队能够产生强烈的视觉震撼，这与其说是对三体世界的力量显示，不如说是做给人类公众看的，这种前所未有的视觉冲击，对两个国际都具有重大的政治意义。目前，敌人主力仍在遥远的两光年之外，舰队的密集编队当然不会有什么危险。

“量子号”位于矩形编队的一角，所以丁仪从这里可以看到舰队的大部分。在越过土星轨道后，舰队开始减速，所有的聚变发动机都朝向前进方向。现在，舰队已经接近三体探测器，而速度已经减到负值，向太阳方向返回，正在把与目标之间的相对速度调整为零，以便实施拦截。

丁仪把烟斗放到嘴里，在这个时代他找不到烟丝，只能叼着空烟斗。两个世纪后的烟斗居然还残留着烟味，只是很淡，隐隐约约，像过去的记忆。

丁仪是七年前苏醒的，一直在北京大学物理系任教。他去年向舰队提出请求，希望在三体探测器被拦截后成为第一个零距离考察它的人。丁仪虽然德高望重，但他的请求一直被拒绝，直到他声称要死在三大舰队司令面前，舰队方面才答应考虑这事。其实，第一个接触探测器的人选一直是个难题，首次接触探测器就等于首次接触三体世界，按照拦截行动中的公平原则，三大舰队中任何一方都不可能被允许单独享有这个荣誉，而如果让三方派出的人员同时接触，在操作上也有难度，容易横生枝节，所以只有让一个舰队国际之外的人承担这个使命，丁仪当然是最合适的人选。而丁仪的请求最后被批准，还有一个不能明说的原因。其实，对于最后能否得到探测器，无论是舰队还是地球国际都没有信心，它在被拦截中或拦截后有很大可能要自毁，而在它自毁前如何从中得到尽可能多的信息，零距离观察和接触是不可替代的手段，丁仪作为发现宏原子和发明可控核聚变途径的资深物理学家，是最具备这方面素质的人。反正生命是他自己的，以他八十三岁的年龄和无人能比的资历，自然有权利拿这条老命干他想干的事。

在拦截开始前“量子号”指挥系统的最后一次会议上，丁仪见到了三体探测器的影像，三大舰队派出的三艘跟踪飞船已经代替了来自地球国际的“蓝影号”飞船，影像是由舰队跟踪飞船在距目标五百米处拍摄的，这是迄今为止人类飞船与探测器最近的距离。

探测器的大小与预想的差不多，长三点五米，丁仪看到它时，产生了与其他人一样的印象：一滴水银。探测器呈完美的水滴形状，头部浑圆，尾部很尖，表面是极其光滑的全反射镜面，银河系在它的表面映成一片流畅的光纹，使得这滴水银看上去简洁而唯美。它的液滴外形是那么栩栩如生，以至于观察者有时真以为它就是液态的，根本不可能有内部机械结构。

看过探测器的影像后，丁仪便沉默了，在会上一直没有说话，脸色有些阴沉。

“丁老，您好像有什么心事？”舰长问。

“我感觉不好。”丁仪低声说，用手中的烟斗指指探测器的全息影像。

“为什么？它看起来像一件无害的艺术品。”一名军官说。

“所以我感觉不好。”丁仪摇摇花白的头说，“它不像星际探测器，却像艺术品。一样东西，要是离我们心中的概念差得太远，可不是好兆头。”

“这东西确实有些奇怪，它的表面是全封闭的，发动机的喷口呢？”

“可它的发动机确实能发光，这都是曾经观测到的，只是当时‘蓝影号’在它再次熄火前没来得及拍下近距离的影像，不知道那光是从哪里发出来的。”

“它的质量是多少？”丁仪问。

“目前还没有精确值，只有通过高精度引力仪取得的一个粗值，大约在十吨以下吧。”

“那它至少不是用中子星物质制造的了。”

……

舰长打断了军官们的讨论，继续会议的进程，他对丁仪说：“丁老，对您的考察，舰队是这样安排的：当无人飞船完成对目标的捕获后，对其进行一段时间的观察，如果没有发现异常，您将乘穿梭艇进入捕获飞船，对目标进行零距离考察，您在那里停留的时间不能超过十五分钟。这位是西子少校，她将代表亚洲舰队全程陪同您完成考察。”

一名年轻的女军官向丁仪敬礼，同舰队中的其他女性一样，她身材颀长苗条，是典型的太空新人类。

丁仪只瞥了少校一眼，就转向舰长，“怎么还有别人？我一个人去不就行了？”

“这当然不行，丁老，您对太空环境不熟悉，整个过程是需要人辅助的。”

“要这样，我还是不去的好，难道还要别人跟着我……”丁仪没有说出“送死”两个字。

舰长说：“丁老，此行肯定有危险，但也并不是绝对的。如果探测器要自毁，那多半是在捕获过程中发生，在捕获完成两小时后，如果考察过程中不使用破坏性的仪器设备，它自毁的可能性应该是很小的了。”

事实上，地球和舰队两个国际决定尽快派人与探测器直接接触，主要目的不是为了考察。当全世界第一次看到探测器的影像时，所有人都陶醉于它那绝美的外形。这东西真的是太美了，它的形状虽然简洁，但造型精妙绝伦，曲面上的每一个点都恰到好处，使这滴水银充满了飘逸的动感，仿佛每时每刻都在宇宙之夜中没有尽头地滴落着。它给人一种感觉：即使人类艺术家把一个封闭曲面的所有可能形态平滑地全部试完，也找不出这样一个造型。它在所有的可能之外，即使柏拉图的理想国中也没有这样完美的形状，它是比直线更直的线，是比正圆更圆的圆，是梦之海中跃出的一只镜面海豚，是宇宙间所有爱的结晶……美总是和善连在一起的，所以，如果宇宙中真有一条善恶分界线的话，它一定在善这一面。

于是很快出现了一个猜测：这东西可能根本就不是探测器。进一步的观察在某种程度上证实了这种猜测。人们首先注意到，它的表面有着极高的光洁度，是一种全反射镜面，舰队曾经动用大量的监测设备做过一次实验，用不同波长的高频电磁波照射它的所有表面，同时测量电磁波的反射率。结果惊讶地发现：它的表面对于包括可见光在内的高频电磁波，几乎能够百分之百地反射，观察不到任何吸收。这就意味着它无法在高频波段进行任何探测，通俗地说它是个瞎子。这种自盲的设计肯定有重要的含义，最合理的推测是：它是三体世界发往人类世界的一个信物，用其去功能化的设计和唯美的形态来表达一种善意，一种真诚的和平愿望。

于是，人们给探测器换了个称呼，形象地叫它“水滴”。在两个世界中，水都是生命之源，象征着和平。

舆论认为应该派出人类社会的正式代表团与水滴接触，而不是由一名物理学家和三名普通军官组成的考察队，但出于谨慎的考虑，舰队国际决定维持原计划不变。

“那就不能换个人去吗？让这么个女孩子……”丁仪指着西子说。

西子对丁仪微笑着说:“丁老，我是‘量子号’上的科学军官，负责航行中的出舰科学考察，这是我的职责。”

“而且，舰队中有一半是女孩子。”舰长说，“陪同您的共有三个人，另外两名是欧洲和北美舰队派出的科学军官，他们很快就要到本舰报到了。丁老，这里要重申一点：按照舰队联席会议的决议，第一个直接接触目标的一定是您，然后才能允许他们接触。”

“无聊。”丁仪又摇摇头，“人类在这方面一点儿没变，热衷于追逐虚荣……不过你们放心，我会照办的。其实我只是想看看而已，我真正感兴趣的是这些超技术后面的超理论，不过此生怕是……唉。”

舰长飘浮到丁仪面前，关切地对他说:“丁老，您现在可以去休息了，捕获行动很快就要开始，在出发考察前，您一定要保持足够的精力。”

丁仪抬头看着舰长，好半天才悟出来他走后会议还要继续进行。他转头再次细看水滴的影像，这才发现它浑圆的头部映着一片排列整齐的光点，这些光点往后面才渐渐变形，与银河系映出的光纹汇合在一起，那是舰队的映像。他再看看悬浮在自己面前的“量子号”的指挥官们，他们都很年轻，在丁仪眼中，这些人还都是孩子。他们看上去都是那么高贵和完美，从舰长到上尉，眼中都透出神灵般睿智的亮光。舰队的光芒从舷窗射入，透过自动变暗的玻璃后，变成晚霞般的金色，他们就笼罩在这片金辉中，身后悬浮着水滴的影像，像一个超自然的银色符号，使这里显得空灵而超脱，他们看上去，像奥林匹斯山上的神祇……丁仪内心深处的什么东西被触动了，他变得激动起来。

“丁老，您还有什么要说的吗？”舰长问。

“哦，我想说……”丁仪的两手不知所措地乱舞着，任烟斗飘在空中，“我想说，孩子们啊，这些天来，你们对我都很好……”

“您是我们最尊敬的人。”一位副舰长说。

“哦……所以，我真的有些话想说，只是……一个老东西的胡言乱语，你们也可以不把它当真。不过，孩子们，我毕竟是跨过两个世纪的人了，经历的事儿也多一些……当然，我说过，也不必太当真……”

“丁老，有什么话您就直说吧，您真的是我们最尊敬的人。”

丁仪缓缓地点点头，向上指指，“这艘飞船，要达到最高的加速度，这里面的人好像都得……都得浸在一种液体里。”

“是的，深海状态。”

“对对，深海状态。”丁仪又犹豫起来，沉吟了一会儿才下决心说下去，“在我们出发去考察后，这艘飞船，哦，‘量子号’，能不能进入深海状态？”

军官惊奇地互相对视着，舰长问：“为什么？”

丁仪的两手又乱舞起来，头发在舰队的光芒中发出白光，正像一上舰时就有人发现的那样，他真的很像爱因斯坦。“嗯……反正这样做也没什么大的损失，对吧……你们知道，我感觉不好。”

丁仪说完这话就沉默了，两眼茫然地看着无限远方，最后伸手把飘浮的烟斗抓过来装到衣袋中，也不道别，笨拙地操纵着超导腰带向舱门飘去。军官们一直目送着他，当他的半个身体已经出门时，又慢慢地转过身来：

“孩子们，你们知道我这些年都在干什么吗？在大学里教物理，还带博士生。”他遥望着外面的星河，脸上露出莫测的笑容，军官们发现，那笑容竟有些凄惨，“孩子们啊，我这两个世纪前的人了，现在居然还能在大学里教物理。”他说完，转身离去。

舰长想对丁仪说什么，但见到他已经离去就没有说出来，神色严峻地思索着。军官们中有人看着水滴的影像，更多的人把目光聚集在舰长身上。

“舰长，你不会拿他的话当真吧？”一名上校问。

“他是个睿智的科学家，但毕竟是个古人，思考现代的事儿，总是……”有人附和道。

“可是在他的领域里，人类一直没有进步，还停留在他的时代。”

“他提到直觉，想想他的直觉都发现过些什么吧。”说话的军官语气里充满着敬畏。

“而且……”西子脱口而出，但看看周围军衔比她高的一群人，把话又咽了回去。

“少校，说吧。”舰长说。

“而且像他说的，也没什么损失。”西子说。

“可以从其他方面想想……”一位副舰长说，“按目前的作战计划，如果捕获失败，水滴意外逃脱，舰队部署的追踪力量只有歼击机，但如果长途追踪就必须依靠恒星级战舰，舰队中应该有舰只做好这方面的准备，这应该看作计划的一个疏漏。”

“向舰队打一个报告吧。”舰长说。

舰队很快批复：在考察队出发后，“量子号”和在编队中与其相邻的“青铜时代号”两艘恒星级战舰进入深海状态。

在捕获水滴的过程中，联合舰队的编队与目标的距离保持在一千公里，这是经过审慎计算后确定的。对于水滴可能的自毁方式有多种猜测，所能设想的产生最大能量的自毁就是正反物质湮灭，水滴的质量小于十吨，那么在留有充分冗余量的情况下，所需考虑的最大的能量爆发就是由质量各为五吨的正反物质湮灭产生的。如果这样的湮灭发生在地球上，足以毁灭这颗行星表面的所有生命，但在太空中发生，其能量全部以光辐射的形式出现，对于拥有超强防辐射能力的恒星级战舰来说，一千公里的距离是足够安全的。

捕获行动是由一艘叫“螳螂号”的小型无人飞船完成的，“螳螂号”以前主要用于在小行星带采集矿物标本，它的最大特点就是有一只超长机械臂。

行动开始后，“螳螂号”越过了之前为监视飞船设定的五百公里距离线，小心翼翼地向目标靠近。它飞行的速度很慢，且每前进五十公里就悬停几分钟，由密布在后方的监视系统对目标进行全方位扫描，确定没有异常后再继续靠近。

在距目标一千公里处，联合舰队已与水滴在速度上同步。大部分战舰都关闭了聚变发动机，静静地飘浮在太空深渊之上，巨大的金属舰体反射着微弱的阳光，像一座座被遗弃的太空城，整个舰队的阵列像是一片沉默的远古巨石阵。舰队中的一百二十万人屏住呼吸，注视着“螳螂号”这段短短的航程。

舰队看到的图像，要经过三个小时才能以光速传回地球，传到同样屏息注视的三十亿人眼中。这时的人类世界几乎停止了一切活动，巨树间的飞车流消失了，地下大都市都笼罩在一片寂静之中，甚至连诞生后繁忙了三个世纪的全球互联网也变得空旷起来，所传输的数据大部分是来自二十个天文单位外的影像。

“螳螂号”走走停停，用了一个半小时才飞完了这段在太空中连一步之遥都不到的路程，最后悬停在距目标五十米的地方，这时，从水滴的水银表面上可以清晰地看到“螳螂号”变形的映像。飞船所携带的大量仪器开始对目标进行近距离扫描，首先证实了之前的一个观测结果：水滴的表面温度甚至比周围太空的温度还低，接近绝对零度。科学家们曾认为水滴内有强力的制冷设备，但同以前一样，“螳螂号”上的仪器也无法探知目标的任何内部结构。

“螳螂号”向目标伸出了它的超长机械臂，在五十米的距离上也是伸伸停停，但密集的监视系统没有发现目标的任何异常。这个同

样折磨人的过程持续了半个小时，机械臂的前端终于到达目标所在的位置，接触到这个来自四光年外，在太空中跋涉了近两个世纪的物体。当机械臂的六指夹具最后夹紧了水滴时，舰队百万人的心脏同时悸动了一下，三小时后这同样的悸动将在地球上的三十亿颗心脏上出现。机械臂夹着水滴静静地等待了十分钟，目标仍然没有任何反应和异常，于是机械臂开始拉着它回收。

这时，人们发现了一个奇异的对比：机械臂显然是一个在设计上只重功能的东西，钢骨嶙峋，加上那些外露的液压设备，充满了繁杂的技术秉性和粗陋的工业感；而外形完美，晶莹流畅的固态液滴——水滴，则用精致的唯美消弭了一切功能和技术的内涵，表现出哲学和艺术的轻逸和超脱。机械臂的钢爪抓着水滴，如同一只古猿的毛手抓着一颗珍珠。水滴看上去是那么脆弱，像太空中的一只暖瓶胆，所有人都担心它会在钢爪下破碎。但这事终于没有发生，机械臂开始回缩了。

机械臂的回收又用了半个小时，水滴被缓缓地拉入“螳螂号”的主舱，然后，两片张开的舱壁缓缓合上了。如果目标要自毁，这是可能性最大的时刻。舰队和后面的地球世界静静地等待着，寂静中仿佛能听到时间流过太空的声音。

两个小时过去了，什么都没有发生。

水滴没有自毁这一事实，最后证实了人们的猜测：如果它真是一个军事探测器的话，在落入敌手后肯定要自毁，现在可以确定它是三体世界发给人类的一件礼物，以这个文明很难令人类理解的表达方式发出的一个和平信号。

世界再次欢腾起来，但这一次的欢庆不像上次那么狂热和忘情，因为战争的结束和人类的胜利已经不再是一件让人感到意外的事。退一万步说，即使即将到来的谈判破裂，战争继续下去，人类仍将是最后的胜利者，联合舰队在太空中的出现，使公众对人类的力量有了一个形象的认识。现在，地球文明已经拥有了坦然面对各种敌人的自信。

而水滴的到来，使人们对三体世界的感情开始发生微妙的变化，越来越多的人开始意识到：那个正在向太阳系跋涉的种族是一个伟大的文明，他们经历了两百多次灾难的轮回，以令人类难以置信的顽强生存下来，他们历尽艰辛跨越四光年的漫漫太空，只是为了寻找一个稳定的太阳，一处生息延续的家园……公众对三体世界的感情，开始由敌视和仇恨转向同情、怜悯甚至敬佩。人们同时也意识到这样一个事实：三体世界的十个水滴在两个世纪前就发出了，而人类直到现在才真正理解了它们的含义，这固然因为三体文明的行为过分含蓄，也从另一个方面反映了人类被自己的血腥历史所扭曲的心态。在全球网上的公民投票中，阳光计划的支持率急剧上升，且有越来越多的人倾向于把火星作为三体居留地的强生存方案。

联合国和舰队加快了和平谈判的准备工作，两个国际开始联合组建人类代表团。

这一切，都是在水滴被捕获后的一天内发生的。

而最令人们激动的还不是眼前的事实，而是已经现出雏形的光明未来：三体文明的技术与人类的力量相结合，将使太阳系变成怎样一个梦幻天堂？

在太阳另一侧几乎同样距离的太空中，"自然选择号"静静地以光速的百分之一滑行着。

"刚收到的消息：水滴被捕获后没有自毁。"东方延绪对章北海说。

"什么是水滴？"章北海问，他和东方延绪隔着透明的舱壁对视着，他的脸色有些憔悴，但身上的军装很整齐。

"就是三体探测器，现在已经证明，它是一件送给人类的礼物，是三体世界祈求和平的表示。"

"是吗？那真的很好。"

"你好像并不是太在意这事。"

章北海没有回答东方的话，双手把那个笔记本拿到面前，"我写完了。"说完，他把笔记本放到贴身的衣袋中。

"那么，你可以交出'自然选择号'的控制权了？"

"可以，但我首先需要知道，你在得到控制权之后打算干什么。"

“减速。”

“与追击舰队会合吗？”

“是的。‘自然选择号’的聚变燃料已经在折返容量以下，必须补充燃料后才能返回太阳系，而追击舰队也没有足够的燃料给我们补充。那六艘战舰的吨位都只有‘自然选择号’的一半，追击中曾加速到百分之五光速，然后又经历了同样强度的减速，燃料都刚够自己折返。所以‘自然选择号’上的人员只能搭乘追击舰队返回，以后会有飞船携带足够的燃料追上‘自然选择号’，使其返回太阳系，但这需要很长时间，我们在离开前尽可能减速，就能缩短这段时间。”

“东方，不要减速。”

“为什么？”

“减速将耗尽‘自然选择号’的剩余燃料，我们不能成为一艘没有能量的飞船，谁也不知道将会发生什么，作为舰长你应该想到这点。”

“能发生什么？未来已经很清晰了，战争将结束，人类将胜利，而你被证明完全错了！”

章北海对激动的东方笑了笑，似乎是想平息她的情绪，这时，他看她的眼光变得从未有过的柔和，这使得东方的心绪一阵波动。尽管她一直认为章北海的失败主义思想不可思议，一直怀疑他的叛逃有别的目的，甚至怀疑他精神有问题，但不知为何，仍对他生出一种依恋感。她在很小的时候就离开了父亲——当然对这个时代的孩子来说这是正常的事，父爱已经是一种很古老的东西了，现在她却从这位来自二十一世纪的古代军人身上体会到了这种东西。

章北海说："东方，我来自一个坎坷的时代，是个现实的人，我只知道敌人还存在着，还在向太阳系逼近，作为军人，知道这一点，就只能后天下之乐而乐了……不要减速，这是我交出控制权的条件，当然，我也只能得到你人格上的保证了。"

"我答应，'自然选择号'不会减速。"

章北海转身飘到悬浮的操作界面前，调出了权限转移界面，并输入自己的口令，经过一连串的点击后，他关闭了界面。

"'自然选择号'的舰长权限已经转移给你，口令还是那个'万宝路'。"章北海头也不回地说。

东方在空中调出界面，很快证实了这一点。"谢谢，但请你暂时不要走出这个舱，也不要开门，舰上人员正在从深海状态中苏醒，我怕他们会对你有过激行为。"

"让我走跳板吗？"看着东方迷惑的样子，章北海又笑了笑，"哦，这是古代海船上执行死刑的一种方法，如果真流传到现在，应该是让我这样的罪犯直接走到太空中去吧……好的，我真的也想独自待着。"

穿梭艇驶出了"量子号"，与母舰相比，它显得很小，如同一辆从城市中开出的汽车，它的发动机的光芒只照亮了母舰巨大舰体的一小部分，像悬崖下的一支蜡烛。它缓缓地从“量子号”的阴影里进入阳光中，发动机喷口像萤火虫般闪亮着，向一千公里外的水滴飞去。

考察队由四人组成，除丁仪和西子外，还有两名来自欧洲舰队和北美舰队的军官，分别是一名少校和一名中校。

透过舷窗，丁仪回望着渐渐远去的舰队阵列。位于阵列一角的“量子号”这时看起来仍很庞大，但与它相邻的下一艘战舰“云号”，小得刚能看出形状，再往远处，阵列中的战舰只是视野中的一排点了。丁仪知道，矩形阵列的长边和宽边分别由一百艘和二十艘战舰组成，还有十余艘战舰处于阵列外的机动状态。但他沿长边数下去，只数到三十艘就看不清了，那已经是六百公里远处。再仰头看与之垂直的矩形短边也是一样，能看清的最远处的战舰只是微弱阳光中一个模糊的光点，很难从群星的背景中把它们分辨出来，只有当所有战舰的发动机启动时，舰队阵列的整体才能被肉眼看到。丁仪感到，联合舰队就是太空中的一个 100×20 的矩阵，他想象着有另一个矩阵与它进行乘法运算，一个的横行元素与另一个的竖行元素依次相乘生成一个更大的矩阵，但在现实中，与这个庞大矩阵相对的只有一个微小的点：水滴。丁仪不喜欢这种数学上的极端不对称，他这套用于镇静自己的思维体操失败了。当加速的过载消失后，他转头与坐在旁边的西子搭讪。

“孩子，你是杭州人吗？”他问。

西子正凝视着前方，好像在努力寻找仍在几百公里远处的“螳螂号”，她回过神来后摇摇头，“不，丁老，我是在亚洲舰队出生的，名字与杭州有没有关系我也不知道，不过我去过那儿，真是个好地方。”

“我们那时才是好地方，现在，西湖都变成沙漠中的月牙泉了……不过话说回来，虽然到处是沙漠，现在这个世界还是让我想起了江南，这个时代，美女如水啊。”丁仪说着，看看西子，遥远的太阳的柔光从舷窗透入，勾勒出她迷人的侧影，“孩子，看到你，我想起一个曾经爱过的人，她也是一名少校军官，个子不如你高，但和你一样漂亮……”

“丁老，外部通信频道还开着呢。”西子心不在焉地提醒道，双眼仍盯着前方的太空。

“没什么，舰队和地球的神经已经够紧张了，我们可以让他们转移和放松一下。”丁仪向后指指说。

“丁博士，这很好。”坐在前排的北美舰队的中校转过头来笑着说。

“那，在古代，您一定被许多女孩子爱上过。”西子收回目光看着丁仪说，一直处于高度紧张的她感到自己也确实需要转移一下注意力了。

“这我不知道，对爱我的女孩子我不感兴趣，感兴趣的是我爱上的那些。”

“这个时代，像您这样什么都能顾得上又都做得那么出色的人真是不多了。”

“哦……不不，我一般不会去打扰我爱的那些女孩子，我信奉歌德的说法：我爱你，与你有何相干？”

西子看着丁仪笑而不语。

丁仪接着说：“唉，我要是对物理学也持这种态度就好了。我一直觉得，此生最大的遗憾就是被智子蒙住了眼睛，其实，豁达些想想：我们探索规律，与规律有何相干？也许有一天，人类或其他什么东西把规律探知到这种程度，不但能够用来改变他们自己的现实，甚至能够改变整个宇宙，能够把所有的星系像面团一样捏成他们需要的形状，但那又怎么样？规律仍然没变，是的，她就在那里，是唯一不可能被改变的存在，永远年轻，就像我们记忆中的爱人……”丁仪说着，指指舷窗外灿烂的银河，“想到这一点，我就看开了。”

中校对话题的转移失望地摇摇头，“丁老，还是回到美女如水上来吧。”

丁仪再没有兴趣，西子也不再说话，他们都陷入沉默中。很快，“螳螂号”可以看到了，虽然它还只是两百多公里外的一个亮点。穿梭机旋转了一百八十度，发动机喷口对着前进方向开始减速。

这时，舰队处于穿梭机正前方，距此约八百公里，这是太空中一段微不足道的距离，却把一艘艘巨大的战舰变成了刚刚能看出形状的小点，只有通过其整齐的排列，才能把舰队阵列从繁星的背景上识别出来。整个矩形阵列仿佛是罩在银河系前的一张网格，星海的混沌与阵列的规则形成鲜明对比——当距离把巨大变成微小，排列的规律就显示出其力量。在舰队和其后方遥远的地球世界，看着这幅影像的很多人都感觉到，这正是对丁仪刚才那段话的形象展示。

当减速的过载消失后，穿梭机已经靠上了“螳螂号”的船体，这过程是那么快捷，在穿梭机乘员们的感觉中，“螳螂号”仿佛是突然从太空中冒出来一样。对接很快完成，由于“螳螂号”是无人飞船，舱内没有空气，考察队四人都穿上了轻便航天服。在得到舰队的明确指示后，他们在失重中鱼贯穿过对接舱门，进入了“螳螂号”。

“螳螂号”只有一个球形主舱，水滴就悬浮在舱的正中，与在“量子号”上看到的影像相比，它的色彩完全改变了，变得黯淡柔和了许多。这显然是由于外界的景物在其表面的映像不同所致，水滴的全反射表面本身是没有任何色彩的。“螳螂号”的主舱中堆放着包括已经折叠的机械臂在内的各种设备，还有几堆小行星岩石样品，水滴悬浮在这个机械与岩石构成的环境中，再一次形成了精致与粗陋、唯美与技术的对比。

“像一滴圣母的眼泪。”西子说。

她的话以光速从“螳螂号”传出去，先是在舰队，三小时后在整个人类世界引起了共鸣。在考察队中，中校和西子，还有来自欧洲舰队的少校，都是普通人，因意外的机遇在这文明史上的巅峰时刻处于最中心的位置。在这样近的距离上面对水滴，他们都有一个共同的感觉：对那个遥远世界的陌生感消失了，代之以强烈的认同愿望。是的，在这寒冷广漠的宇宙中，同为碳基生命本身就是一种缘分，一种可能要几十亿年才能修得的缘分，这个缘分让人们感受到一种跨越时空的爱。现在，水滴使他们感受到了这种爱，任何敌意的鸿沟都是可以在这种爱中消弭的。西子的眼睛湿润了，三小时后将有几十亿人与她一样热泪盈眶。

但丁仪落在后面，冷眼旁观着这一切，“我看到了另外一些东西，”他说，“一种更大气的东西，忘我又忘他的境界，通过自身的全封闭来包容一切的努力。”

“您太哲学了，我听不太懂。”西子带泪笑笑说。

“丁博士，我们时间不多的。”中校示意丁仪走上前来，因为第一个接触水滴的必须是他。

丁仪慢慢飘浮到水滴前，把一只手放到它的表面上。他只能戴着手套触摸它，以防被绝对零度的镜面冻伤。接着，三位军官也都开始触摸水滴了。

“看上去太脆弱了，真怕把它碰坏了。”西子小声说。

“感觉不到一点儿摩擦力，”中校惊奇地说，“这表面太光滑了。”

“能光滑到什么程度呢？”丁仪问。

为了解答这个问题，西子从航天服的口袋中拿出了一个圆筒状的仪器，那是一架显微镜。她用镜头接触水滴的表面，从仪器所带的一个小显示屏上，可以看到放大后的表面图像。屏幕上所显示的，仍然是光滑的镜面。

“放大倍数是多少？”丁仪问。

“一百倍。”西子指指显微镜显示屏一角的一个数字，同时把放大倍数调到一千倍。

放大后的表面还是光滑的镜面。

“你这东西坏了吧？”中校说。

西子把显微镜从水滴上拿起来，放到自己航天服的面罩上，其他三人凑过来一起看着显示屏，只见被放大一千倍的面罩表面那肉眼看上去与水滴一样光洁的面，在屏幕上变得像乱石滩一样粗糙。西子又把显微镜重新安放在水滴表面上，显示屏上再次出现了光滑的镜面，与周围没有放大的表面无异。

“把倍数再调大十倍。”丁仪说。

这超出了光学放大的能力，西子进行了一连串的操作，把显微镜由光学模式切换到电子隧道显微模式，现在放大倍数是一万倍。

放大后的表面仍是光滑镜面。而人类技术所能加工的最光滑的表面，只放大上千倍后其粗糙就暴露无遗，正像格利弗眼中的巨人美女的脸。

“调到十万倍。”中校说。

他们看到的仍是光滑镜面。

“一百万倍。”

光滑镜面。

“一千万倍！”

在这个放大倍数下，已经可以看到大分子了，但屏幕上显示的仍是光滑镜面，看不到一点儿粗糙的迹象，其光洁度与周围没有被放大的表面毫无区别。

“再把倍数调大些！”

西子摇摇头，这已经是电子显微镜所能达到的极值了。

两个多世纪前，阿瑟·克拉克在他的科幻小说《2001：太空奥德赛》中描述了一个外星超级文明留在月球上的黑色方碑，考察者用普通尺子量方碑的三道边，其长度比例是 1∶3∶9，以后，不管用何种更精确的方式测量，穷尽了地球上测量技术的最高精度，方碑三边的比例仍是精确的 1∶3∶9，没有任何误差。克拉克写道：那个文明以这种方式，狂妄地显示了自己的力量。

现在，人类正面对着一种更狂妄的力量显示。

“真有绝对光滑的表面？”西子惊叹道。

“有，”丁仪说，“中子星的表面就几乎绝对光滑①。”

“但这东西的质量是正常的②！”

丁仪想了一会儿，向周围看看说：“联系一下飞船的电脑吧，确定一下捕获时机械手的夹具夹在什么位置。”

---

① 中子星的原子核都被压在一起，排列很整齐。

② 中子星物质的比重相当于水的 10^{14} 倍。

这事情由舰队的监控人员做了，“螳螂号”的电脑发出了几束极细的红色激光束，在水滴的表面标示出钢爪夹具的接触位置。西子用显微镜观察其中一处的表面，在一千万倍的放大倍率下，看到的仍是光洁无瑕的镜面。

“接触面的压强有多大？”中校问，很快得到了舰队的回答：约每平方厘米两百公斤。

光洁的表面最易被划伤，而水滴被金属夹具强力接触的表面没有留下任何划痕。

丁仪飘离开去，到舱内寻找着什么，回来时手里拿着一把地质锤，可能是有人在舱内检测岩石样品时丢下的，其他人来不及制止，他已用力把地质锤砸到镜面上！他只听到叮的一声，清脆而悠扬，像砸在玉石构成的大地上，这声音是通过他的身体传来的，由于是真空环境，其他三人听不到。丁仪接着用锤柄的一端指示出被砸的位置，西子立刻用显微镜观察那一点。

一千万的放大倍数下，仍是绝对光滑的镜面。

丁仪颓然地把地质锤扔掉，不再看水滴，低头深思起来，三位军官的目光，还有舰队百万人的目光，都集中到他身上。

“只能猜了。”丁仪抬头说，“这东西的分子，像仪仗队一样整齐地排列着，同时相互固结，知道这种固结有多牢固吗？分子像被钉子钉死一般，自身振动都消失了。”

“这就是它处于绝对零度的原因[①]！”西子说，她和另外两位军官都明白丁仪的话意味着什么：在普通密度的物质中，原子核的间距是很大的，把它们相互固定死，不比用一套连杆把太阳和八大行星固定成一套静止的桁架容易多少。

“什么力才能做到这一点？”

“只有一种：强互作用力。”透过面罩可以看到，丁仪的额头上已满是冷汗。

“这……不是等于把弓箭射上月球吗[②]?!”

“他们确实把弓箭射上月球了……圣母的眼泪？嘿嘿……”丁仪发出一阵冷笑，听起来有种令人胆寒的凄厉，三位军官也同样知道这冷笑的含义：水滴不像眼泪那样脆弱，相反，它的强度比太阳系中最坚固的物质还要高百倍，这个世界中的所有物质在它面前都像纸片般脆弱，它可以像子弹穿透奶酪一样穿过地球，表面不受丝毫损伤。

“那……它来干什么？”中校脱口问道。

“谁知道？也许它真是一个使者，但带给人类的是另外一个信息……”丁仪说，同时把目光从水滴上移开。

“什么？”

---

①物体的温度是分子振动引起的。

②强互作用力是自然界所有力中最强的一种，强度为电磁力的一百倍，但只能在原子核内部的极短距离上起作用，原子核的尺度与原子相差很大，如果原子是一个剧场大小，原子核只有核桃大，所以，原子的尺度远超过强互作用力的作用范围，在原子间和分子间起作用的主要是电磁力。

“毁灭你，与你有何相干？”

这句话带来一阵死寂，就在考察队的另外三名成员和联合舰队中的百万人咀嚼其含义时，丁仪突然说：“快跑。”这两个字是低声说出的，但紧接着，他扬起双手，声嘶力竭地大喊：“傻孩子们，快——跑——啊！”

“向哪儿跑？”西子惊恐地问。

只比丁仪晚了几秒钟，中校也悟出了真相，他像丁仪一样绝望地大喊：“舰队！舰队疏散！”

但一切都晚了，这时强干扰已经出现，从“螳螂号”传回的图像扭曲消失了，舰队没能听到中校的最后呼叫。

在水滴尾部的尖端，出现了一个蓝色的光环，那个光环开始很小，但很亮，使周围的一切笼罩在蓝光中，它急剧扩大，颜色由蓝变黄最后变成红色，仿佛光环不是由水滴产生的，而是刚从环中钻出来一样。光环在扩张的同时光度也在减弱，当它扩张到大约是水滴最大直径的两倍时消失了，在它消失的同时，第二个蓝色小光环在尖端出现了，同第一个一样扩张、变色、光度减弱，并很快消失了。光环就这样从水滴的尾部不断出现和扩张，频率为每秒钟两三次，在光环的推进下，水滴开始移动并急剧加速。

考察队的四个人没有机会看到第二个光环的出现，还在第一个光环出现后，在近似太阳核心的超高温中，他们就都被瞬间汽化了。

“螳螂号”的船体发出红光，从外部看如同纸灯笼里的蜡烛被点

燃了一样，同时金属船体像蜡一样熔化——但熔化刚刚开始，飞船就爆炸了。爆炸后的“螳螂号”几乎没有留下固体残片，船体金属全部变成白炽的液态在太空中飞散开来。

舰队清晰地观察到了一千公里外“螳螂号”的爆炸，所有人的第一反应是水滴自毁了，他们首先为考察队四人的牺牲而悲伤，然后对水滴并非和平使者感到失望。不过对即将发生的事情，全人类都没有做好最起码的心理准备。

第一个异常现象是舰队太空监测系统的计算机发现的，计算机在处理“螳螂号”爆炸的图像时，发现有一块碎片不太正常。大部分碎片是处于熔化状态的金属，爆炸后都在太空中匀速飞行，只有这一块在加速。当然，从巨量的飞散碎片中发现这一微小的事件，只有计算机能做到，它立刻检索数据库和知识库，抽取了包括“螳螂号”的全部信息在内的巨量资料，对这一奇异碎片的出现做出了几十条可能的解释，但没有一条是正确的。

计算机与人类一样，没有意识到这场爆炸所毁灭的，只是“螳螂号”和其中的四人考察队，并不包括其他的东西。

对于这块加速的碎片，舰队太空监测系统只发出了一个三级攻击警报，因为它不是正对舰队而来，而是向矩形阵列的一个角飞去，按照目前的运行方向，将从阵列外掠过，不会击中舰队的任何目标。在“螳螂号”爆炸同时引发的大量一级警报中，这个三级警报被完全忽略了。但计算机也注意到了这块碎片极高的加速度，在飞出三百公里时，它已经超过了第三宇宙速度，而且加速还在继续。于是警报级别被提升至二级，但仍被忽略。碎片从爆炸点到阵列一角共飞行了约一千五百公里，耗时约五十秒钟，当它到达阵列一角时，速度已经达到 31.7 公里 / 秒，这时它处于阵列外围，距处于矩形这一角的第一艘战舰“无限边疆号”一百六十公里。碎片没有从那里掠过阵列，而是拐了一个三十度的锐角，速度丝毫未减，直冲“无限边疆号”而来。在它用两秒钟左右的时间飞过这段距离时，计算机居然把对碎片的二级警报又降到了三级，按照它的推理，这块碎片不是一个有质量的实体，因为它完成了一次从宇航动力学上看根本不可能的运动：在两倍于第三宇宙速度的情况下进行这样一个不减速的锐角转向，几乎相当于以同样的速度撞上一堵铁墙，如果这是一个航行器，它的内部放着一块金属，那这次转向所产生的过载会在瞬间把金属块压成薄膜。所以，碎片只能是个幻影。

就这样，水滴以第三宇宙速度的两倍向“无限边疆号”冲去，它此时的航向延长线与舰队矩形阵列的第一列重合。

水滴撞击了“无限边疆号”后三分之一处，并穿过了它，就像毫无阻力地穿过一个影子。由于撞击的速度极快，舰体在水滴撞进和穿出的位置只出现了两个十分规则的圆洞，其直径与水滴最粗处相当。但圆洞刚一出现就变形消失，因为周围的舰壳都由于高速撞击产生的热量和水滴推进光环的超高温而熔化了，被击中的这一段舰体很快处于红炽状态，这种红炽由撞击点向外蔓延，很快覆盖了“无限边疆号”的二分之一，这艘巨舰仿佛是刚刚从煅炉中取出的一个大铁块。

穿过“无限边疆号”的水滴继续以约每秒三十公里的速度飞行，在三秒钟内飞过了九十公里的距离，首先穿透了矩形阵列第一列上与“无限边疆号”相邻的“远方号”，接着穿透了“雾角号”“南极洲号”和“极限号”，它们的舰体立刻都处于红炽状态，像是舰队第一队列中按顺序亮起的一排巨灯。

“无限边疆号”的大爆炸开始了。与其后被穿透的其他战舰一样，它的舰体被击中的位置是聚变燃料舱，与“螳螂号”在高温中发生的常规爆炸不同，“无限边疆号”的部分核燃料被引发核聚变反应，人们一直不知道，聚变反应是被水滴推进光环的超高温还是被其他因素引发。热核爆炸的火球在被撞击处出现后，迅速扩张，整个舰队都被强光照亮，在黑天鹅绒般的太空背景上凸现出来，银河系的星海黯然失色。

核火球也相继在“远方号”“雾角号”“南极洲号”和“极限号”上出现。

在接下来的八秒钟内，水滴又穿透了十艘恒星级战舰。

这时，膨胀的核火球已经吞没了“无限边疆号”的整个舰体，然后开始收缩。同时，核火球在更多被击穿的战舰上亮起并膨胀。

水滴继续在矩形阵列的长边上飞行，以不到一秒的间隔，穿透一艘又一艘恒星级战舰。

这时，在第一个被击穿的“无限边疆号”上，核聚变的火球已经熄灭，被彻底熔化的舰体爆发开来，百万吨发着暗红色光芒的金属液放射状地迸射，像怒放的花蕾，熔化的金属在太空中毫无阻力地飞散，在所有的方向上形成炽热的“金属岩浆”暴雨。

水滴继续前进，沿直线贯穿更多的战舰，在它的身后，一直有十个左右的核火球在燃烧，在这些炽热的小太阳的光焰中，整个舰队阵列也像被点燃了一般熠熠闪耀，成为一片光的海洋。在火球队列的后方，熔化的战舰相继迸射开来，金属液炽热的波涛在太空中汹涌扩散，如同在岩浆的海洋中投入了一块块巨石。

水滴用了一分钟十八秒飞完两千公里的路程，贯穿了联合舰队矩形阵列第一队列中的一百艘战舰。

当第一队列的最后一艘战舰“亚当号”被核火球吞噬时，在队列的另一端，迸射的金属岩浆已经因扩散和冷却变得稀疏。爆发的核心，也就是一分多钟前“无限边疆号”所在的位置，几乎变得空无一物了。“远方号”“雾角号”“南极洲号”“极限号”……都相继化为飞散的金属岩浆消失了。当这个队列中最后一个核火球熄灭后，太空再次黑暗下来，飞散中渐渐冷却的金属岩浆本来已经看不清，在太空暗下来后，它们暗红色的光芒再次显现，像一条两千公里长的血河。

水滴在击穿了第一队列最后一艘战舰“亚当号”后，向前方空荡的太空飞行了约八十公里的一小段，再次做出了那个人类宇航动

力学无法解释的锐角转向，这一次转向的角度比上一次更小，约为十五度，几乎是突然掉头反向飞行，同时保持速度不变，然后再经过一次较小的方向调整，航向与舰队矩形阵列的第二列（如果考虑刚刚完成的毁灭，这已经是第一列了）直线重合，以30公里/秒的速度向该队列这个方向的第一艘战舰“恒河号”冲去。

直到这时，联合舰队的指挥系统还没有做出任何反应。

舰队的战场信息系统忠实地完成了自己的使命，通过庞大的监测网完整地记录了前一分十八秒的战场信息，这批信息数量巨大，在短时间内只能由计算机战场决策系统来进行分析，最后得出了这样的结论：

在附近空间出现了强大的敌方太空力量，并对我方舰队发起攻击，但计算机没有给出这种力量的任何信息，能确定的只有两点：一、敌太空力量处于水滴所在方位；二、这种力量对我方所有探测手段都是隐形的。

这时，舰队的指挥官们都处于一种震颤麻木状态中，在过去长达两个世纪的太空战略和战术研究中，设想过各种极端的战场情况，但目睹一百艘战舰像一挂鞭炮似的在一分钟内炸完，还是超出了他们的心理承受能力。面对着从战场信息系统潮水般汹涌而来的信息，他们只能依赖计算机战场决策系统的分析和判断，把注意力集中到对那个并不存在的敌方隐形舰队的探测上，大量的战场监测力量开始把视线投向远方的太空深处，而忽略了眼前的危险。甚至还有相当多的人认为，这个强大的隐形敌人可能是人类与三体之外的第三方外星力量，因为三体世界在他们的潜意识中已经是一个弱小的失败者了。

舰队的战场监测系统没有尽早发现水滴的存在，主要原因在于水滴对所有波长的雷达都是隐形的，因而只能从对可见光波段的图像分析中才能发现它，但在太空战场的监测信息中，可见光图像信息远不如雷达信息受重视。攻击发生时，太空中飞散着暴雨般的爆炸碎片，这些碎片大多是核爆高温中熔化的液态金属，它们从爆炸中飞出的时候大部分也呈液滴状，每艘战舰毁灭时熔化的金属达百万吨，形成巨量的液态碎片，其中相当一部分的大小和形状都与水滴相当，所以计算机图像分析系统很难把水滴从巨量碎片中分辨出来，更何况几乎所有指挥官都认为水滴已经在“螳螂号”中自毁，并没有发出专门的指令让系统做这样的分析。

与此同时，另外的一些情况也加剧了战场的混乱。第一队列战舰爆炸迸射出的碎片很快到达第二队列，各舰的战场防御系统随即做出了反应，开始用高能激光和电磁炮拦截碎片。飞来的碎片主要是被核火球烧熔的金属，它们大小不一，在飞行途中已经被太空中的低温部分冷却，但冷却变硬的只是一层外壳，里面还是炽热的液态，被击中后像焰火一样灿烂地飞散。很快，在第二队列和已经毁灭的第一队列留下的黯淡“血河”之间，形成了一道平行的焰火屏障，它疯狂地爆发着翻滚着，像是从那看不见的敌人的方向涌来的火海大潮。飞散的碎片如冰雹般密集，防御系统并不能完全拦截它们，相当一部分碎片穿过拦截火力并击中了战舰，这些固液混合的金属射流具有相当的冲击力和破坏力，第二队列中一部分战舰的舰壳受到严重损伤，甚至被击穿，减压警报凄厉地响起……与碎片的炫目的战斗吸引了相当的注意力，这种情况下，指挥系统的计算机和人都难以避免一个错觉：舰队正在和敌方太空力量激烈交火，没有人和电脑注意到那个即将开始毁灭第二队列的小小的死神。

所以，当水滴冲向“恒河号”时，第二队列的一百艘战舰仍然排成一条直线，这是死亡的队形。

水滴闪电般冲来，在短短的十秒钟内，它就击穿了“恒河号”“哥伦比亚号”“正义号”“马萨达号”“质子号”“炎帝号”“大西洋号”“天狼号”“感恩节号”“前进号”“汉号”和“暴风雨号”十二艘恒星级巨舰。同第一队列中的毁灭一样，每艘战舰在被穿透后先是变成红炽状态，然后被核聚变火球吞噬，火球熄灭后，被熔化的战艘便化作百万吨发着暗红色光芒的金属岩浆爆发开来。在这惨烈的毁灭中，直线排列的战舰队列就像一根被点燃的长达两千公里的导火索，在剧烈的燃烧后，留下一条发着暗红色余光的灰烬带。

一分二十一秒后，第二队列的一百艘战舰也被全部摧毁。

在击穿第二队列的最后一艘战舰“明治号”后，水滴冲过队列的末端，又以一个锐角回转冲向第三队列的队首“牛顿号”。在第二队列被毁灭的过程中，爆炸碎片向第三队列汹涌而来，这道碎片浪潮中，包括第二队列爆炸后仍处于熔融状态的金属液和从第一队列飞来的大部分已经冷凝的金属碎块，在防御系统启动的同时，第三队列中的大部分战舰已经启动发动机，开始机动。所以在这时，与被毁灭前的第一、二队列不同，第三队列已经不是一条直线，但这个队列的一百艘战舰大体上仍排成一列。水滴穿透了“牛顿号”后，急剧调整方向，瞬间飞越二十公里的距离穿透了与“牛顿号”错开三公里位置的“启蒙号”，从“启蒙号”穿出的水滴再次急转，冲向已经机动到队列主线另一侧的“白垩纪号”并穿透了它。水滴就这样沿一条折线飞行，击穿第三队列中一艘又一艘战舰，在折线飞行中水滴的速度丝毫不减，仍为约每秒三十公里。后来的分析者在察看这条航线时震惊地发现，水滴的每一次转向都是一个尖锐的折角，而不是像人类的太空飞行器那样成一段平滑曲线，这种魔鬼般的飞行展示了一种完全在人类理解力之外的太空驱动方式，这种驱动之下的水滴仿佛是一个没有质量的影子，像上帝的笔尖一样可以不理会动力学原理随意运动。在毁灭第三队列的过程中，这种急剧的转向以每秒钟两到三次的频率进行，水滴就像一枚死神的绣花针，灵巧地上下翻飞，用一条毁灭的折线把第三队列的一百艘战舰贯穿起来。

水滴毁灭第三队列用了两分三十五秒。

这时，舰队中所有战舰的发动机都已启动，矩形阵列已经完全打乱，水滴仍继续攻击开始疏散的战舰，毁灭的速度慢了下来，但每时每刻都有三到五个核火球在舰群中燃烧，在它们的死亡光焰下，战舰发动机的光芒黯然失色，像一群惊恐的萤火虫。

直到这时，舰队指挥系统对攻击的真实来源仍然一无所知，只是集中力量搜寻想象中的敌方隐形舰队。但正确的分析已经开始出现，在后来对舰队传出的浩如烟海的巨量信息的分析中，人们发现最早的接近真相的分析是由亚洲舰队的两名低级军官做出的，他们是“北方号”战舰目标甄别助理赵鑫少尉和“万年鲲鹏号”电磁武器系统中级控制员李维上尉。以下是他们的通话记录：

赵鑫：北方TR317战位呼叫万年鲲鹏EM986战位！北方TR317战位呼叫万年鲲鹏EM986战位！

李维：这里是万年鲲鹏EM986战位，请注意，这个级别信息层的跨舰语音通话是违反战时规程的。

赵鑫：你是李维吧？我是赵鑫！我就是找你！

李维：你好！知道你还活着我很高兴！

赵鑫：上尉，是这样，我有一个发现，想上传到指挥共享层次，但权限不够，你帮帮忙吧！

李维：我权限也不够，不过现在指挥共享层次的信息肯定够多的了，你想传什么？

赵鑫：我分析了战场可见光图像……

李维：你应该在忙着分析雷达信息吧？

赵鑫：这正是系统的谬误所在，我首先分析了可见光图像，只抽取速度特征，你知道发现了什么？你知道现在发生的是什么事儿吗？

李维：好像你知道？

赵鑫：你别以为我疯了，我们是朋友，你了解我。

李维：你是个冷血动物，肯定是后天下之疯而疯，说吧。

赵鑫：告诉你，舰队疯了，我们在自己打自己呀！

李维：……

赵鑫："无限边疆号"击毁"远方号"，"远方号"击毁"雾角号"，"雾角号"击毁"南极洲号"，"南极洲号"……

李维：你他妈真的疯了！

赵鑫：就这样A攻击B，B被击中后在爆炸前攻击C，C被击中后在爆炸前攻击D……每一艘被击中的战舰就像受了传染似的攻击队列中的下一艘，他妈的，死亡击鼓传花，真疯了！

李维：用的是什么武器？

赵鑫：我不知道，我从图像中抽取出了一种发射体，贼小贼快，比你的电磁炮弹都他妈快，而且很准的，每次都击中燃料箱！

李维：把分析信息传过来。

赵鑫：已经传了，原始数据和向量分析，好好看看吧，这真活见鬼了！

（赵鑫少尉的分析结论虽然荒唐，但已经很接近真相了。李维用了半分钟时间研究赵鑫发来的资料，这段时间里，又有三十九艘战舰被毁灭。）

李维：我注意到了速度。

赵鑫：什么速度？

李维：就是那个小发射体的速度，它比每艘战舰发射时的速度稍低一些，然后在飞行中加速到每秒三十公里，击中下一艘战舰，这艘战舰在爆炸前发射的这东西速度又低了一些，然后再加速……

赵鑫：这没什么吧……

李维：我想说的是……这有点儿像阻力。

赵鑫：阻力？什么意思？

李维：这个发射体在每次穿透目标时受到阻力降低了它的速度。

赵鑫：……我注意到你的话了，我不笨，你说这个发射体，你说穿透目标……发射体是同一个？

李维：还是看看外边吧，又有一百艘战舰爆炸了。

……

这段对话用的不是现代舰队语，而是二十一世纪的汉语，从说话方式中也能听出他们都是冬眠者。在三大舰队中服役的冬眠者数量很少，且都是在岁数很小时苏醒的，即使这样，他们对知识的接受能力也不如现代人，所以大多在舰队中担任较低的职务。人们后来发现，在这场大毁灭中，在最早恢复冷静并做出正确判断的指挥官和士兵中，冬眠者占了很大的比例。以这两名军官为例，以他们的级别甚至无权使用舰上的高级分析系统，却做出了如此卓越的分析判断。

赵鑫和李维的信息并没有上传到舰队指挥层，但指挥系统对战场的分析也在走向正确的方向，他们首先意识到，计算机战场决策系统所推测的敌方隐形力量并不存在，便集中力量对已采集到的战场信息进行分析，在对巨量的战场图像资料进行检索和匹配后，终于发现了水滴的存在。在被图像分析软件抽取出的图像中，除了尾部的推进光环，水滴没有什么变化，仍是完美的液滴外形，只是它的镜面在高速运动中映射着核火球和金属岩浆的光芒，强光和暗红频繁交替，仿佛是燃烧的血滴。进一步的分析描绘出了水滴的攻击路线。

在两个世纪的太空战略研究中，人们曾设想过末日之战的各种可能。在战略家的脑海里，敌人的影像总是宏大的，人类在太空战场上所面对的是浩荡的三体主力舰队，每艘战舰都是一座小城市大小的死亡堡垒。对敌人所有可能的极端武器和战术都有构想，其中最令人恐惧的莫过于三体舰队可能发动的反物质武器攻击，一粒步枪子弹大小的反物质就足以毁灭一艘恒星级战舰。

但现在，联合舰队却面对这样一个事实：唯一的敌人就是一个小小的探测器，这是从三体实力海洋中溅出的一滴水，而这滴水的攻击方式，只是人类海军曾经使用过的最古老最原始的战术——撞击。[①]

从水滴开始攻击到舰队统帅部做出正确判断，大约经过了十三分钟时间，面对如此复杂严酷的战场环境，这是相当迅速的了，但水滴的攻击更为神速。在二十世纪的海战中，当敌方舰队出现在海天一线时，甚至有时间把所有舰长召集到旗舰来开一次会，但太空战场是以秒来计时的，就在这十三分钟里，已有六百多艘战舰被水滴消灭。直到这时人们才明白，太空战争的指挥远非人力所能及，而由于智子的阻碍，人类的人工智能不可能达到指挥太空战争的水平，所以，仅从指挥层面上看，人类也可能永远不会具备与三体力量进行太空战的能力。

由于水滴攻击的迅猛和对雷达隐形，被攻击的战舰的防御系统一直没有做出反应。但随着战舰间距的拉开，水滴的攻击距离也随之加长，同时所有战舰的防御系统也根据水滴的目标特征进行了重新设定，在"纳尔逊号"受到攻击时，该舰首次对水滴实施了拦截。为了提高对小型高速目标的打击精度，拦截使用了激光武器。当被多道激光击中时，水滴发出超强的光芒。舰载激光武器均发射伽马射线激光，这种激光在视觉上是看不到的，但水滴在反射时却把它

①人类在海战中最后一次成功使用战舰直接撞击战术是在1811年的里萨海战中，在后来甲午海战中"致远号"的悲剧后，这种战术被完全淘汰。

变成了可见光。人们对水滴的雷达隐形一直迷惑不解，因为它拥有全反射的表面和完美的散射形状，也许，这种对电磁波的变频反射能力就是它隐形的秘密。水滴被击中时发光的亮度甚至使周围的核火球也变得黯淡，所有监视系统都为避免光学部分被强光损坏而调暗了图像，肉眼直视水滴会造成长时间的失明。当超强的光芒降临时，也就与黑暗无异。水滴就带着这吞没一切的光芒穿透了“纳尔逊号”，当它的光芒熄灭时，太空战场似乎陷入漆黑之中。稍后，核聚变的火焰才再次显示它的威力。从“纳尔逊号”中穿出的水滴仍完好无损，径直冲向八十多公里外的“绿号”。

“绿号”的防御系统改变了拦截武器，使用电磁动能武器向来袭的水滴射击。电磁炮发射的金属弹具有巨大的破坏力，由于其高速所带的巨大动能，每颗金属弹在击中目标时都相当于一颗重磅炸弹，在对行星的地面目标进行连发射击时，很快就能扫平一座山峰。由于与水滴的相对速度叠加，金属弹具有更大的动能，但在击中水滴时，只是减慢了它的速度。水滴立刻调整推进力，很快恢复速度，顶着密集的弹雨向“绿号”飞去并穿透了它。这时，如果用超高倍数的显微镜观察水滴表面，看到的仍是绝对光洁的镜面，没有一丝划痕。

强互作用力构成的材料与普通物质在强度上的差别，就如同固体与液体的差别一样，人类武器对水滴的攻击，如同海浪冲击礁石，不可能对目标造成任何破坏，水滴在太阳系如入无人之境，这个世界没有任何东西可以摧毁它。

刚刚稳定下来的舰队指挥系统再次陷入混乱，这次是由于所有作战手段失效产生的绝望所引发的崩溃，很难再恢复了。

太空中的无情杀戮在继续，随着舰群间距的拉大，水滴迅速加速，很快把自己的速度增加了一倍，达到60公里/秒。在不间断的攻击中，水滴显示了它冷酷而精确的智慧。在一定的区域内，它完美地解决了邮差问题[①]，攻击路线几乎不重复。在目标位置不断移动的情况下做到这一点，需要全方位的精确测量和复杂的计算，而这些，水滴都在高速运动中不动声色地完成了。但有时，它也会从一个区域专心致志的屠杀中突然离开，奔向舰群的边缘，迅速消灭已经脱离总舰群的一些战舰，在这样做的同时，会把舰群朝这个方向逃离的趋势遏止住。由于已经来不及进入深海状态，所有战舰只能以“前进三”的加速度疏散，舰群不可能很快散开，水滴不时地在舰群边缘的不同位置进行这样的拦阻攻击，就像一只迅猛的牧羊犬奔跑着维持羊群的队形。

在被水滴击穿的战舰中，以穿孔为中心的一段舰体会立刻处于红炽状态，但也只是二至五秒的时间，核燃料的聚变爆炸很快发生，在被核火球吞没的战舰中，一切生命都在瞬间汽化。但这只是就攻击中的一般情况而言，水滴一般都能准确地击中战舰的燃料舱，它是靠实时检测燃料舱的位置，还是本身就存贮着由智子提供的所有

① 数学上用不重复路径联结多个点的问题。

战舰的结构数据库，不得而知。但对于大约十分之一的目标，水滴并没有击中燃料舱，在目标毁灭的整个过程中，核燃料不会发生聚变，战舰由红炽状态到发生常规爆炸要经历相当长的一段时间，这是最残酷的情况，战舰内部的人员会在高温中挣扎，直到被烤焦后死亡。

舰队的疏散并不顺利。这时，空间中已经充满了冷凝后或仍处于熔融状态的碎片，以及大块的舰体残骸，战舰在飞行中，舰上防御系统要用激光或电磁动能弹不停地摧毁航行方向上的这些东西，由于碎片都是在距战舰大致相同的距离上被击中，就在前方形成了一个由闪光和焰火构成的弧面，战舰仿佛顶着一个灿烂的华盖在飞行。但总是有相当数量的碎片漏过防御系统直接撞击战舰，对舰体造成严重损伤，甚至使一些战舰失去航行能力，与大块残骸的相撞更是致命的。

舰队的指挥系统虽然处于崩溃状态，统帅部对舰队的疏散仍进行着统一的指挥，尽管如此，由于初始队形密集，仍然发生了多起战舰相撞事故。在“喜马拉雅号”与“雷神号”这样的高速迎头相撞中，两舰在瞬间化为碎片完全毁灭；而“信使号”与“创世纪号”发生追尾相撞，两舰的舰体都被撕裂，外泄空气形成呼啸的飓风，把舰内人员同其他物品一起吹到太空中，两艘巨舰的残骸就拖着一条这样的尾迹飘行着……

最为惨不忍睹的状况发生在“爱因斯坦号”和“夏号”上，两舰舰长竟然用遥控状态绕过系统保护，使战舰进入“前进四”！这时舰上人员均未处于深海保护状态。从“夏号”传出的图像中，人们看到了一个歼击机机库，库中的战机已经清空，但其中仍有上百人，加速开始后，这些人全部被超重压到停机坪上，从这时俯拍的影像中人们看到，在足球场大小的洁白广场上，鲜红的血花一朵朵地迸放开来，超重中的血摊成极薄的一层膜，扩散至很大的面积，最后这些血花都连成一片……最为恐怖的是球形舱中的情形：在超重开始时，舱中所有的人都被滑挤到球形的底部，然后，超重的魔鬼之手把他们的身体像揉一堆湿泥人般揉成一团，没有人来得及发出惨叫，只能听到血液内脏被挤出和骨骼被压碎的声音，后来，这一堆骨肉被血淹没了，超重快速沉淀了血液中的杂质，使其变得异常清澈，强大的重力使血泊的液面像镜面般平整、纹丝不动，像是固态，其中已经完全看不出形状的一堆骨肉和内脏仿佛被封在晶莹的红宝石中……

后来，人们起初认为“爱因斯坦号”和“夏号”进入前进四是慌乱中的失误，但进一步的资料分析否认了这种看法。在进入四级加速前，战舰的控制系统均有严格的检测程序，在确认舰上人员全部进入深海状态后才会执行加速指令，只有使战舰进入遥控状态后才能绕开这种检测直接进入“前进四”，这需要一系列复杂的操作，不太可能是失误。人们还从两舰发出的信息中发现，在进入“前进四”之前，“爱因斯坦号”和“夏号”一直都在使用舰上的小型飞船和歼击机向外运送人员，直到水滴逼近，两舰附近的战舰纷纷爆炸，它们才进入“前进四”，显然是想借助最高加速摆脱水滴，为人类把完整的战舰保存下来。“爱因斯坦号”和“夏号”最终也未能逃脱水滴的魔掌，这个敏锐的死神很快发现了这两艘大大超出舰群平均加速度的战舰，迅速追上并摧毁了它们那内部已经没有生命的舰体。

但另外两艘进入“前进四”的战舰却成功地逃脱了水滴的攻击，它们是“量子号”和“青铜时代号”。在捕获行动开始前，“量子号”就接受了丁仪的建议，同“青铜时代号”一起进入了深海状态。早在第三队列被毁灭时，两舰就进入了“前进四”，向同一方向紧急加速，由于它们本身的位置处于矩形阵列的一角，与水滴隔着整个编队，因此，它们有充分的时间脱离舰群，冲入太空深处。

这时，已经有一千余艘战舰被摧毁，在二十分钟的攻击中，联合舰队已经毁灭过半。

太空中充满了碎片，形成了一团直径达十万公里、仍在迅速膨胀的金属云，云中战舰爆炸的核火球把云团苍白的轮廓一次次显现出来，像宇宙暗夜中时隐时现的一张阴沉的巨脸。在火球出现的间隙，金属岩浆的光芒则使云团变成如血的晚霞。

残余的舰群已经很稀疏了，它们中的绝大部分仍处于金属云内部，大部分战舰的电磁动能弹已经耗尽，只能用激光在金属云中打开通路，而高能激光也由于能量损耗而力量不足，战舰只能降低速度在碎片中艰难地航行，大部分的战舰航速降到几乎与云团的膨胀速度相当，这样，金属云成了舰队的陷阱，疏散和逃脱已不可能。

水滴的速度已经超过了第三宇宙速度的十倍，即每秒钟一百七十公里左右。它沿途猛烈撞击着碎片，被撞击的碎片再次熔化并高速飞溅，与其他碎片产生次级撞击，在水滴后面形成灿烂的尾迹。尾迹最初像一颗怒发冲冠的彗星，但很快拉长，变成一条上万公里长的银光巨龙。整个金属云团都映照着巨龙发出的光芒，它在云中上下翻飞，仿佛沉浸在自己疯狂的舞动中。被龙头穿透的一艘艘战舰，在龙体中部爆炸开来，巨龙的身上每时每刻都点缀着四五颗核聚变的小太阳。再往后面，被烧熔的战舰化作百万吨金属岩浆爆发开来，把龙尾染成妖艳的血色……

三十分钟后，灿烂的巨龙仍在飞翔，但龙身上的核火球已经消失了，龙尾也不再有血色。这时，金属云团中已没有一艘战舰存在。

巨龙向金属云团外飞去，在云团的边缘，它从头到尾消失了。水滴开始清除云团外舰队的残余，只有二十一艘战舰冲出了云团，它们中的大部分都因在云中的高速飞行而受到严重损伤，只有很低的加速度或无动力匀速滑行，所以很快被水滴追上并摧毁。这些爆炸的战舰在太空中形成的一朵朵金属云，很快与膨胀的大云团融合在一起。水滴消灭剩下的五艘较为完好的战舰费了些时间，因为它们都已经具有了较高的速度，且逃离的方向不同。水滴追上并摧毁最后一艘战舰“方舟号”时，距云团已经相当远了，“方舟号”爆炸的火球在太空深处孤独地亮了几秒钟后就熄灭了，像一盏消失在旷野风中的孤灯。

至此，人类的太空武装力量全军覆没。

水滴接着向“量子号”和“青铜时代号”逃遁的方向加速追击，但很快它就放弃了。这两个目标已经太远且都达到了相当高的速度。于是，“量子号”和“青铜时代号”成了这场大毁灭中仅有的幸存者。

水滴离开它的杀戮战场，掉头朝太阳方向飞去。

除两艘完整的战舰外，舰队中还有少数人从大毁灭中生还，他们主要是在母舰被击毁前乘舰上的小型飞船或歼击机逃离的，水滴当然可以毫不费力地消灭他们，但它对这些小型航天器没有兴趣。对这些航天器最大的威胁是高速飞行的金属碎片，小型航天器自身没有防御系统，也经不起撞击，所以一部分脱离母舰后都被碎片击毁了。在攻击开始时和接近结束时逃离母舰，生还的可能性最大，因为开始时大团金属云还没有形成，而结束时金属云团因自身的膨胀已变得稀薄了许多。那些幸存下来的小型飞船和歼击机在天王星轨道之外的太空中漂流了几天，最后被在这个空间区域航行的民用飞船所救。幸存者的总人数为六万左右，他们中包括最早对水滴的攻击做出正确判断的两名冬眠者军官：赵鑫少尉和李维上尉。

那片太空沉寂下来，金属云团中的一切都在宇宙的寒冷中失去了光亮，整个云团隐没于黑暗之中。后来，在太阳引力的作用下，云团停止了膨胀，开始拉长，最后变成漫长的条带，在漫长的岁月中，它将变成环绕太阳的一圈极其稀薄的金属带，就像那百万个不能安息的灵魂一样，永远飘浮在太阳系冷寂的外围空间。

毁灭人类全部太空力量的，只是三体世界的一个探测器，同样的探测器，还有九个将在三年后到达太阳系，这十个探测器加在一起，大小也不及一艘三体战舰的万分之一，而这样的三体战舰还有一千艘，正在夜以继日地向太阳系飞来。

毁灭你，与你有何相干？

从长长的睡眠中醒来，章北海一看时间，居然睡了十五个小时，这可能是他除了长达两个世纪的冬眠外睡得最长的一觉了。此时，他有一种新生的感觉，仔细审视自己的内心后，他发现了这种感觉的来源。

他现在是一个人了。

以前，即使独自悬浮在无际的太空中，他也没有一人独处的感觉，父亲的眼睛在冥冥之中看着他，这种目光每时每刻都存在，像白昼的太阳和夜里的星光，已成为他的世界的一部分，而现在父亲的目光消失了。

该出去了。章北海对自己说，同时整理了一下军装，他是在失重中睡眠的，衣服和头发丝毫没乱。最后看了一眼这间自己已经待了一个多月的球形舱室后，章北海打开舱门，飘了出去，他已经准备好平静地面对狂怒的人群，面对无数谴责和鄙夷的目光，面对最后的审判……面对自己不知道还有多长的余生，作为一名已经尽责的军人，不管将遇到什么，这余生肯定是平静的。

廊道中空无一人。

章北海慢慢前行，两边的舱室一间间向后移去，它们全都大开着门。所有的舱室看起来都是一模一样的球形空间，舱壁是雪白的，像没有瞳仁的眼球。环境很洁净，没有看到一个打开的信息窗口，舰上的信息系统可能已经被重新启动并初始化了。

章北海想起了自己早年看过的一部电影，影片中的人物身处一个魔方世界，这世界由无数间一模一样的立方体房间构成，但每一间中都暗含着不同的致命机关，他们从一间进入另一间，无穷无尽……

他突然对自己思想的信马由缰感到很惊奇，以前这是一种奢侈，但现在，长达两个世纪的人生使命已经完成，思想可以悠闲地散步了。

到了转弯处，前面是更长的一段廊道，仍然空空如也，舱壁均匀地发着乳白色的柔光，一时间竟让人失去了立体感，感觉世界好生简洁。两侧的球形舱还是全部大开着门，仍是一模一样的白色球形空间。

“自然选择号”似乎被遗弃了，而此时在章北海的眼中，他置身于其中的这艘巨舰更像是一个巨大而简洁的符号，隐喻着某种深藏在现实后面的规律。章北海有一种错觉：这些一模一样的白色球形空间充满了周围无限延伸的太空，宇宙就是无限的重复。这时，一个概念突然在他的脑海中出现：全息。

在每一个球形舱中，都可以实现对“自然选择号”的全部操纵和控制，至少从信息学角度看，每一个舱就是“自然选择号”的全部，所以，“自然选择号”是全息的。

这艘飞船本身则像一粒金属的种子，携带着人类文明的全部信息，如果能够在宇宙的某处发芽，就有可能再次成长出一个完整的文明。部分包含着全部，所以，人类文明可能也是全息的。章北海失败了，他没能把这粒种子撒出去，他感到遗憾，但并不悲伤，这不仅仅是因为自己尽了责任。他已经获得自由的思想在飞翔，他想到，宇宙很可能也是全息的，每一点都拥有全部，即使有一个原子留下来，就留下了宇宙的一切。他突然有了一种包容一切的寄托感，十多个小时前，当他还在睡梦中时，在太阳系遥远的另一端，丁仪踏上他前往水滴的最后的航程，也有过这种感觉。

章北海来到了廊道的尽头，打开门，进入了战舰上最大的球形大厅。三个月前，他就是从这里第一次进入“自然选择号”的。现在同那时一样，在球形中央的空间中，悬浮着由舰队官兵组成的方阵，但人数比那时要多几倍。方阵分为三层，“自然选择号”的两千人队列处于中央一层，但章北海看出，只有这一层方阵是真实的，上下两层都是全息图像。他细看后辨认出来，全息图像方阵是由追击舰队四艘战舰的官兵组成的。在三层方阵的正前方，包括东方延绪在内的五名大校军官站成一排，其中四名是追击舰队的舰长。章北海看出里面除了东方延绪外也都是全息图像，这些图像显然是从追击舰队传来的。当章北海飘进球形大厅时，五千多人的目光会聚在他身上，这显然不是看叛逃者的目光，舰长们依次向他敬礼：

“亚洲舰队‘蓝色空间号’！”

“北美舰队‘企业号’！”

“亚洲舰队‘深空号’！”

“欧洲舰队‘终极规律号’！”

东方延绪最后一个向章北海敬礼：“亚洲舰队‘自然选择号’！前辈，您为人类保存下来的五艘星际战舰，也是现在人类太空舰队的全部，现在接受您的指挥！”

“崩溃了，都崩溃了，集体的精神崩溃。”史晓明摇头叹息着说，他刚从地下城归来，“整个城市都失控了，乱成一团。”

这是小区政府的一次会议，区行政官员都到了，冬眠者约占三分之二，其余是现代人。现在可以很清楚地把他们区分开来：虽然都处于极度的抑郁状态，但冬眠者官员都在低沉的情绪中保持着常态，而现代人则都或多或少地表现出崩溃的迹象，会议开始以来，他们的情绪已多次失控，史晓明的话再次触碰了他们脆弱的神经。区最高行政长官泪痕未干，又捂着脸哭了起来，引得另外几名现代人官员同他一起哭；主管地区教育的官员则歇斯底里地大笑，还有一个现代人痛苦地咆哮起来，向地上摔杯子……

“你们安静。”史强说，他声音不高，但充满了威严，现代人官员们都安静下来，行政长官和几个同他一起哭的人则极力忍住抽泣。

“真是一群孩子。”希恩斯摇摇头说，他是作为居民代表来参加会议的，也可能是唯一一个从联合舰队毁灭中受益的人——现在，现实与他的思想钢印一致了，他也就恢复了正常。在这之前，面对那看起来已经近在眼前的无比真实的胜利，他终日被思想钢印折磨着，精神几乎被撕裂了。他被送到市里的大医院，那里的精神医学专家对他也无能为力，但却对送他去的郊区官员和罗辑等人出了一个很奇怪的主意：就像左拉的《柏林之围》和一部黄金时代的老电影《再见列宁》中那样，为病人制造一个人类失败的虚假环境。他们回去后真的这么做了，好在现代虚拟技术已经发展到顶峰，制造这样一个环境并不难。希恩斯在他的住处每天都可以看到专为他播出的新闻，伴有栩栩如生的三维影像。他看到，三体舰队的一部分加速航行，提前到达太阳系；在柯伊伯带战役中，人类联合舰队遭受重创，接着海王星轨道失守，三大舰队只得退守木星轨道进行艰难的抵抗……负责制作这个虚假世界的小区卫生官员对这项工作兴致勃勃。结果当真实的惨败发生后，该官员却最先精神崩溃，此前，为了满足希恩斯的需要并给自己带来最大的乐趣，这位故事大王穷尽了自己的想象力，把人类的失败描述得尽可能惨重，但现实的残酷还是远远超出了他的想象。

当舰队毁灭的影像从二十个天文单位外经过三小时传回地球时，公众的表现就像一群绝望的孩子，世界变成了被噩梦缠绕的幼儿园，群体的精神崩溃现象迅速蔓延，一切都失去了控制。

史强所在的小区里，比他级别高的行政官员要么辞职，要么在崩溃中无所作为，上一级政府紧急任命他接替小区最高行政长官的职务。虽然不是多大的官，但这个冬眠者小区在这场危机中的命运就掌握在他的手中，好在与城市相比，这里的冬眠者社会仍保持着稳定。

“我请大家注意现在的形势，”史强说，“地下城的人工生态系统一旦出了问题，那儿就成了地狱，里面的人都会拥到地面上来，那样的话这里就不适合生存了，我们应该考虑迁移。”

“向哪儿迁呢？”有人问。

“向人口稀少的地方，比如西北，当然要先派人去考察一下。现在谁也说不好世界会变成什么样，会不会再来一次大低谷，我们得做好完全靠农业生存的准备。”

“水滴会攻击地球吗？”又有人问。

“操那份闲心干什么？”大史摇摇头说，“反正现在谁也拿它没办法，在它把地球撞穿之前，日子还得过，是不是？”

“说得对，操闲心是没用的，我对这点是再清楚不过了。”一直沉默的罗辑说。

人类仅存的七艘太空战舰都在飞离太阳系，它们分成两部分：一部分是“自然选择号”和追击它的舰队，共五艘战舰；另一部分是从水滴大毁灭中幸存的“量子号”和“青铜时代号”。这两支小舰队分别处于太阳系的两端，它们隔着太阳，沿着几乎相反的方向飞向茫茫太空，渐行渐远。

在“自然选择号”上，当章北海听完联合舰队全军覆没的过程汇报后，脸上的表情没有变化，目光仍平静如水，只是淡淡地说了一句：“密集编队是个不可原谅的错误，其他的，都在预料之中。”

“同志们，”章北海的目光越过五位舰长，扫视着由五舰战舰的官兵排成的三层队列，“我对你们用这个古老的称呼，是想说我们所有人今后必须拥有同一个志向。每个人应该明白我们所面对的现实，也应该看到我们将要面对的未来：同志们，我们回不去了。”

是的，回不去了，毁灭了联合舰队的水滴还在太阳系中，另外九个水滴也将于三年后到达，对于这支小舰队，曾经的家园现在是一个死亡陷阱。同时，回去已经没有意义，地球世界的末日已经不远，从收到的信息看，人类文明可能等不到三体主力舰队到达就会全面崩溃，这五艘飞船必须承担起延续文明的责任，能做的只有向前飞，向远飞，飞船将是他们永远的家园，太空将是他们最后的归宿。

这五千五百人就像刚刚割断脐带的婴儿，被残酷地抛向宇宙的深渊，像婴儿一样，他们只想哭。但章北海沉稳的目光像一个强劲的力场维持着阵列的稳定，使人们保持着军人的尊严。对于被抛弃在无边暗夜中的孩子们，最需要的就是父亲，现在，同东方延绪一样，他们从这名来自古代的军人身上感受到了父亲的力量。

章北海接着说：“我们永远是人类的一部分，但现在已经是一个独立的社会，必须摆脱对地球世界的精神依赖，现在，我们应该为自己的世界起一个名字。”

“我们来自地球，也可能是地球文明唯一的继承者，就叫星舰地球吧。”东方延绪说。

“很好。”章北海向东方投去赞许的目光，然后再次转向队列，“从此以后，我们每个人都是星舰地球的公民了，这一刻，可能是人类文明的第二个起点。我们有很多事情要做，现在，请每个人都回到自己的岗位上去。”

两个全息影像方阵消失了，“自然选择号”的方阵也开始散开。

“前辈，我们四艘舰是不是靠过来？”“深空号”的舰长问，他们的影像还没有消失。

章北海坚决地摇摇头，“没有必要，你们与‘自然选择号’目前相距约二十万公里，虽很近，但靠过来也是要消耗聚变燃料的，能源是我们生存的基础，现在已经所剩不多了，能省一点就省一点。我们是这片太空中仅有的人类，我理解你们想聚靠在一起的心情，但二十万公里并不算遥远。从现在起，我们必须从长远考虑了。”

“是啊，必须长远考虑了。”东方延绪轻轻地重复着章北海的话，双眼茫然地平视着，像是在遥望横亘在前面的漫漫岁月。

章北海接着说:“要尽快召开公民大会,把星舰地球的基本事务确定下来,然后尽早使大部分人进入冬眠,让生态循环系统在最小模式运行……不管怎么说,星舰地球的历史开始了。”

父亲的目光又在冥冥中出现了,像是来自宇宙边缘的穿透一切的射线,章北海感到了他的注视,他在心里说:是啊,爸爸,您真的不能安息,没有结束,一切又都继续下去了。

第二天(星舰地球仍采用地球计时),星舰地球召开了第一次全体公民大会,大会由各舰的五个分会场用全息影像联成一个主会场,到会的公民有三千人左右,其余无法离开岗位的人则通过网络参加。

会议首先确定了一件迫在眉睫的事:星舰地球的航行目标。会上一致通过保持现有航向不变。这是章北海在起航时就为“自然选择号”设定的目标,航向指向天鹅座方向,精确目标是NH558J2恒星,这是距太阳系最近的带有行星的恒星之一,它带有两颗行星,都是类似于木星的气液态行星,不适合人类生存,但可以为飞船补充核聚变燃料。现在看来,选择这个目标是经过深思熟虑的,因为在不同方向有另一颗带行星的恒星,据观测,其中一颗行星的自然环境与地球类似,而距离与前一个目标相比只远了一点五光年。但这颗恒星只带有一颗行星,如果这个世界并不适合人类生存(可生存的世界条件十分苛刻,且跨越光年的观测总是有偏差),那星舰地球就失去了补充燃料的机会。而到达 NH558J2 后，补充了燃料的飞船能以最高航速更快地前往下一个目标。

NH558J2 距太阳系十八光年，按照现在的航速，再考虑到航程中的各种不确定因素，星舰地球可能在两千年后到达。

两千年，这个冷酷的数字再一次使现实和未来清晰起来。即使考虑到冬眠因素，现在星舰地球的大部分公民也不可能活着到达目的地，他们的人生之路只能是这二十个世纪的漫长航程中的一段。而对于那些到达目的地的后代来说，NH558J2 不过是一个中转站，谁也不知道下一个目的地在哪里，更不知道什么时候星舰地球能找到真正适合生存的家园。

其实，章北海的思考是异常理智的，他清楚地球之所以如此适合人类生存，并不是巧合，更不是什么人择原理的作用，而是地球生物圈与自然环境长期相互作用的结果，这种结果，在其他遥远恒星的行星上不太可能完全重复，他飞向 NH558J2 的选择蕴含了一种可能：可生存世界可能永远也找不到，新的人类文明将是永远在航行之中的星舰文明。

但章北海没有明确表达自己的想法，真正能够接受星舰文明的，可能是星舰地球的下一代人了，这一代人只能把一个想象中的像地球一样的行星家园作为人生的寄托。

这一次公民大会还确定了星舰地球的政治地位，会议认为，五艘飞船永远属于人类世界，但在目前情况下，星舰地球在政治上已经不可能属于三大舰队和地球世界，而是一个完全独立的国家。

这个决议被发向太阳系，联合国和舰队联席会议沉默了许久才回信，没有表态，只有作为默许的祝福。

于是，人类世界现在分为三个国际：古老的地球国际、新时代的舰队国际和飞向宇宙深处的星舰国际。最后一个国际只有五千多人，却携带了人类文明的全部希望。

第二次公民大会开始讨论星舰地球的各级领导机构的问题。

在会议开始时，章北海说："我认为这个议程早了些，我们必须首先确定星舰地球的社会形态，之后才能决定需要什么样的领导机构。"

"就是说，我们首先需要制定宪法。"东方延绪说。

"至少是宪法的基本原则吧。"

于是，会议在这个方向上展开讨论。大多数人的思想倾向是：星舰地球处于严酷的太空环境中，自身的生态系统又十分脆弱，在这样的条件下生存，必须建立一个纪律严明的社会，必须保证统一行动的意志。于是有人提出：应该保留现有的军队体制。这个想法得到了多数人的赞同。

"就是说，一个专制社会。"章北海说。

"前辈，应该有个好听些的名称吧，我们本来就是军队。""蓝色空间号"舰长说。

"我认为不行。"章北海决然地摇摇头，"仅靠生存本身是不能保证生存的，发展是生存的最好保障。在航程中，我们要发展自己的科学技术，也要扩展舰队的规模。中世纪和大低谷的事实都证明，专制制度是人类发展的最大障碍，星舰地球需要活跃的新思想和创造力，这只有通过建立一个充分尊重人性和自由的社会才能做到。”

“如果前辈指的是建立一个现代地球国际那样的社会，星舰地球可是有先天的条件。”一名下级军官说。

“是的。”东方延绪对发言者点点头，“星舰地球的人数很少，且有极其完善的信息系统，任何问题，都可以很便捷地由全体公民讨论和表决，我们可以建立人类历史上第一个真正的民主社会。”

“也不行。”章北海又摇摇头，“正像前面那些公民所说，星舰地球航行在严酷的太空中，威胁整个世界的灾难随时都可能发生。人类社会在三体危机的历史中已经证明，在这样的灾难面前，尤其是当我们的世界需要牺牲部分来保存整体的时候，你们所设想的那种人文社会是十分脆弱的。”

所有与会者都面面相觑，他们的目光中流露出同一个意思：那该怎么办呢？

章北海笑了笑说：“我想得太简单了，这个问题在整个人类历史上都没有答案，怎么可能在一次会议上解决呢？我想，需要经历一个漫长的实践和探索的过程才能为星舰地球找到合适的社会模式，会后，全体公民应该对此展开充分的讨论……请原谅我干扰了会议的议程，还是按原来的议题进行吧。”

东方延绪从来没有见到章北海有那样的笑容，他很少笑，偶尔笑起来有一种自信和宽容，但他现在却表现出一种从来没有过的羞涩的歉意。虽然会议的这段插曲没有什么结果，但章北海是一个思维极其缜密的人，像这样提出欠思考的意见又收回的事是绝无仅有的，东方延绪从中看出了一种漫不经心，这次会议上他也没有做记录，而以往会议上他做记录都很认真，舰上只有他一个人还在使用古老的纸和笔，这成为他的一个标志。

那现在是什么占据了他的思想呢？

会议转而讨论舰队领导机构的事，公民们倾向于认为：目前还不具备举行选举的条件，应该维持各舰的指挥系统不变，舰长为各舰的领导者，同时，由五位舰长组成星舰地球的权力委员会，对重大事务共同讨论做出决定。而章北海则被所有与会者一致推选为权力委员会的主席，掌握星舰地球的最高权力。随后，对这一决议举行了全体公民投票，百分之百通过。

但章北海拒绝了这个使命。

“前辈，这是你的责任！”“深空号”舰长说。

“在星舰地球，只有你拥有统领各舰的威信。”东方延绪说。

“我想我已经尽了责任，现在累了，也到了退休的年纪。”章北海淡淡地说。

散会后，章北海叫住了东方延绪，这时人们都已散去。

章北海说：“东方，我想恢复自己‘自然选择号’执行舰长的位置。”

“执行舰长？”东方延绪吃惊地看着他说。

“是的，重新给我对战舰的最高操控权限。”

“前辈，我可以把‘自然选择号’舰长的位置让给你，我说的是真心话，而且，权力委员会和全体公民肯定都不会反对的。”

章北海笑着摇摇头，“不，你仍然是舰长，拥有舰长的一切指挥权，请相信，我不会对你的工作有任何干涉。”

“那你要执行舰长的权限干什么？现在这个岗位还有必要吗？”

“我只是喜欢这艘飞船，这可是我们两个世纪前的梦想，你也知道，为了有一天能造出这样的飞船，我都做过些什么……”

章北海看着东方延绪，以前他目光中的某种坚如磐石的东西消失了，只透出疲惫的空白和深深的悲哀，这使他看上去仿佛变了一个人，不再是那个冷静又冷酷、深思熟虑行动果敢的强者，而是一个被往昔的沉重岁月压弯了腰的人。看着他，东方延绪生出了从未有过的关切和怜悯之情。

“前辈，你不要再去想那些事。对你在二十一世纪的行为，历史学家们有公正的评价：选择辐射驱动的研究方向，是人类宇航技术朝正确的方向迈出的关键一步，也许在当时，那……那是唯一的选择，就像现在‘自然选择号’的逃亡是唯一的选择一样。而且，按照现代法律，那件事的追诉时效早就过去了。”

“但我身上的十字架是卸不掉的，这你很难体会……所以，我对飞船有感情，比你们更有感情，总觉得我是它的一部分，我不可能离开它。再说，我以后总得干些什么，有事情干，心里总是安定些。”

章北海说完后转身离去，他那疲惫的身影渐渐飘远，成为巨大的白色球形空间中的一个小黑点。东方延绪看着他消失在一片洁白中，一种从未有过的孤独感从四面八方的白色中涌出来，淹没了她。

以后又接连召开了几届公民大会，星舰地球的人们沉浸于创造新世界的激情中。他们热烈地讨论这个世界的宪法和社会结构，制定各种法律，筹划第一次选举……不同军阶的军官和士兵之间，不同的战舰之间都有了充分的交流。人们也在展望这个世界的走向，期待星舰地球成为未来文明雪球的一个内核，随着舰队到达一个又一个的行星系，这个雪球会不断扩大。越来越多的人把星舰地球称为第二个伊甸园，这里将是人类文明的第二个起源地。

但这样美好的状况并没有持续很长时间，因为，星舰地球真的是伊甸园。

蓝西中校是“自然选择号”上的首席心理学家，他领导的第二战勤部是一个由心理学专业军官组成的重要机构，负责战舰在远程太空航行和作战中的心理工作。当星舰地球开始她的不归航程时，蓝西和部下就像面对强敌进攻的战士一样高度紧张起来，按照过去演习过多次的预案，随时准备应付舰上各种可能出现的心理危机。

他们一致认为，目前最大的敌人无疑是“N问题”，即

Nostalgia，思乡病。这毕竟是人类历史上第一次永不回归的航行，“N 问题”可能导致群体性的心理灾难。蓝西指挥第二战勤部做好了一切应对的准备，包括建立与地球和三大舰队交流的专用通信频道，舰上的每个人都可以与地球和舰队的亲友保持不间断的联系，收看两个国际的大部分新闻和其他电视节目。虽然目前星舰地球距太阳已经有七十个天文单位，通信有九小时的时滞，但与地球和舰队的通信质量还是很好的。第二战勤部的心理军官们除了对有“N 问题”迹象的对象进行积极心理辅导和调节外，还准备了应付大规模群体性心理灾难的极端措施：对失控的人群进行强制冬眠隔离。

后来的事实证明，这一切担心都是多余的，虽然“N 问题”在星舰地球中广泛出现了，但远未达到失控的程度，甚至未达到以前的常规远航时的程度。蓝西开始时对此很困惑，但很快找到了原因：人类的主力舰队覆灭后，地球世界便失去了一切希望，虽然距最后的末日还有两个世纪（这是最乐观的估计），但从收到的新闻中看到，那个在大失败的沉重打击下陷入混乱的世界已经充满了死亡的气息。对于星舰地球来说，不可能在太阳系的地球上寄托太多的东西了，因此，对于这样一个家园的思念自然也是有限的。

但敌人还是出现了，而且比“N 问题”更为凶险，当蓝西和第二战勤部意识到时，他们的阵地已经失陷。

从以往太空远航的经验中蓝西知道，“N 问题”总是首先在士兵和下层军官中出现，因为与高层军官相比，他们因工作和责任所占用的注意力较少，自我心理调节能力也较弱。所以第二战勤部从一开始就把主要的注意力放在下层，而阴影却是从上层开始出现的。

蓝西首先注意到一个奇怪的现象。星舰地球领导机构的第一次选举即将开始，这次选举是面向全民的，对于高层指挥官们来说，他们中的大部分人将面临从军官向政府官员的转变，他们的位置也将重新洗牌，其中很多人将被来自下层的竞争者代替。蓝西惊奇地发现，在“自然选择号”的高级指挥层，竟然没有人对这次将决定他们今后人生的选举给予太多的注意，他没有看到高层军官中的任何人进行过最起码的竞选活动。谈到选举，他们都没有兴趣，这不由使蓝西想起了第二次公民大会上章北海的心不在焉。

在中校以上军衔的人群中，心理失衡的症候开始出现。他们中的大部分人开始变得越来越内向，长时间地独处沉思，人际交流急剧减少，他们在各种会议上的发言也越来越少，很多人选择了完全沉默。蓝西看到，阳光正在从他们的眼睛中消失，他们的目光都变得阴沉起来，同时，每个人都害怕别人注意到自己目光中的阴霾，不敢与人对视，在偶尔的目光相遇时，会像触电似的立刻把视线移开……级别越高的人，这种症候越严重，同时还有向低层人群扩散蔓延的迹象。

心理咨询无法进行，所有人都坚决拒绝同心理军官谈话，第二战勤部不得不动用自己的特别权力进行强制咨询，但谈话对象依然大都保持沉默。

蓝西决定必须与最高指挥官谈话，于是去找东方延绪。本来，在“自然选择号”乃至整个星舰地球，章北海拥有至高无上的威望和地位，但他放弃了一切，把自己当成一个普通人，退出竞选，只是履行执行舰长的职责，把舰长的指令传达给飞船控制系统。其余时间，他便在“自然选择号”的各处流连，向各级军官和士兵了解飞船的详情，每时每刻都表露着对这艘太空方舟的感情。除此之外，他的心情平静淡然，丝毫未受舰上群体性心理阴影的影响。这固然与他使自己置身事外有关，但蓝西知道还有另一个重要的原因：古人的心理远不如现代人敏感，在目前的情况下，这种麻木是一种良好的自我保护机能。

同“自然选择号”上的许多男人一样，美丽的舰长一直是蓝西中校暗恋的对象，当他看到眼中失去阳光的东方延绪显得那么脆弱和无助时，心中不由得涌起一阵痛楚。

“舰长，对眼前发生的事，你至少应该给我一些提示吧。”蓝西说。

“中校，应该是你给我们提示。”

“你是说，对自己的状态，你什么都不知道？”

东方延绪黯淡的双眸中突然涌出无尽的忧伤，“我只知道，我们是第一批进入太空的人类。”

“你说什么？”

“这是人类第一次真正进入太空。”

“哦……我明白你的意思：以前，不管人类在太空中飞多远，只是地球放出的风筝，有一根精神之线将人类与地球连在一起，现在这根线断了。”

“是的，线断了，最实质的变化在于：不是因为拉线的手松开了，而是那手消失了，地球世界正在走向末日。事实上，在我们的精神中她已经消亡，我们这五艘飞船与任何世界都没有联系，我们周围除了太空深渊，什么都没有了。”

“这确实是人类从未面对过的心理环境。”

“是的，在这种环境下，人类的精神将发生根本的变化，人将变成……”东方延绪突然失语，眼中的忧伤消失了，只留下灰暗，就像雨后仍被阴云覆盖的天空。

“你是说，这种环境下，人将变成新人？”

“是新人吗？不，中校，人将变成……非人。”

东方说出的最后两个字让蓝西打了个寒战，他抬头看着她，她的目光并没有回避，但一片空白，蓝西只看到一扇对外界紧闭的心灵之窗。

“我是说，不是以前那种概念的人了……中校，我能说的只有这些，你尽自己的努力就行了，而且……”东方接下来的话像是在梦呓，“也快轮到你了。”

情况继续恶化，在蓝西与东方延绪谈话后的第二天，“自然选择号”上发生了一起恶性伤害事件，导航系统的一名中校开枪击伤了同住一个舱室的另一名军官。据受害者回忆，那名中校在半夜突然醒来，发现受害者也醒着，就指责他在偷听自己的梦话，争执之中情绪失控，于是就开了枪。蓝西立刻见到了被拘禁的那名中校。

“你怕他听到的是什么梦话？”蓝西问。

“这么说他真的听到了？”袭击者一脸恐惧地问。

蓝西摇摇头，“他说你当时根本没有说梦话。”

“就算说了又怎么样？你们怎么能把梦话当真？我心里不是那么想的！我当然不会因为一句梦话下地狱！”

蓝西最终也没有问出袭击者想象中的梦话的内容，于是就问他是否介意接受催眠治疗。没想到这竟使得袭击者的情绪再次失控，他突然跃起死死扼住蓝西的脖子，直到宪兵进来才把他们拉开。走出拘禁室后，一名听到刚才谈话的宪兵军官对蓝西说：“中校，不要再提什么催眠治疗，否则第二战勤部将成为全舰最痛恨的地方，你们都活不长的。”

蓝西只好与“企业号”战舰的心理学家斯科特上校联系，斯科特同时也是“企业号”上的随舰牧师（亚洲舰队的战舰上大都没有这个职位）。现在，“企业号”和原追击舰队的其他三艘战舰仍在二十万公里之外。

“你那儿怎么这么暗？”蓝西看着从“企业号”上传来的图像问。斯科特所在舱室的球形舱壁被调得只发出黯淡的黄光，同时舱壁上还映着外部的星空图像，斯科特仿佛置身于一个弥漫着昏暗雾霭的宇宙中，他的面孔隐藏在阴影里，即使这样，蓝西还是能感觉到他的目光从自己的注视中迅速移开了。

“伊甸园正在暗下来，黑暗将吞噬一切。”斯科特用疲惫的声音说。

蓝西之所以找斯科特，是觉得他身为“企业号”的牧师，很可能有人在忏悔中向他吐露了实情，他也许能给自己一些提示，但听到这话，又看到上校阴影中若隐若现的眼神，蓝西知道什么都问不出来了。于是，他把要问的话压下去，换了一个连他自己都吃惊的问题：“第一个伊甸园发生过的事，都要在第二伊甸园里重复吗？”

“不知道，反正毒蛇已经出现了，第二伊甸园的毒蛇正在爬上人们的心灵。”

“这么说，你已经吃了智慧果？”

斯科特缓缓地点点头，然后低下的头再也没有抬起来，像是在极力隐藏那出卖自己思想的目光，“算是吧。”

“被逐出伊甸园的将会是谁？”蓝西的声音有些发颤，手心里渗出了冷汗。

“有很多人，但与上次不同，这次可能有人留下。”

“谁？谁留下？”

斯科特长叹一声，“蓝中校，我说得够多了，你为什么不自己去找智慧果？反正人人都要走这一步，不是吗？”

“去哪儿找？”

“放下你的工作，多想想，多感受一下，你就找到了。”

与斯科特谈话后，心绪纷乱的蓝西停止了忙碌，听从上校的劝告开始静心思考。比他想象的还要快，伊甸园冰凉湿滑的毒蛇也爬进了他的意识，他找到了智慧果并吃下了它，心灵中的最后一缕阳光永远消失了，一切没入黑暗之中。

在星舰地球中，一根无形的弦在悄悄绷紧，已经到了断裂的边缘。

两天后，“终极规律号”的舰长自杀了。

当时，他只身站在舰尾的平台上，平台在一个透明球形罩内，使得这里像暴露在太空中一样。

舰尾正对着太阳系方向，这时的太阳，只是一颗稍亮些的黄色星体，而这个方向是银河系旋臂外围，星星稀疏，太空肆意彰显着它的深邃和广漠，让人的眼睛和心灵都没有依托。

“黑，真他妈的黑啊。”舰长自语道，然后开枪自尽了。

在得知“终极规律号”舰长自杀后，东方延绪预感到最后的时刻就要来了，她紧急召集两位副舰长在歼击机库的球形大厅会面。

在前往大厅的廊道中，东方延绪听到有人在后面叫她，回头一看是章北海，由于沉浸在阴郁的心境中，她这两天几乎把他忘了。他打量着东方延绪，目光中充满着父辈的关切，这目光让东方感到从未有过的舒适，因为现在在星舰地球中，很难再见到这样一双没有阴影的眼睛了。

“东方，我觉得你们最近的状态有些不对，虽然我不知道原因，但你们心里好像都藏着什么事儿似的。”

东方延绪没有回答他的问题，只是反问：“前辈，你最近还好吗？”

“好，很好，到处参观、学习。我现在正在熟悉‘自然选择号’的武器系统，当然，只搞懂些皮毛，不过很有意思，想想哥伦布参观航空母舰时的感觉吧，我就是那样。”

现在看到章北海这样一个平静悠闲的人，东方延绪甚至感到一丝嫉妒：是的，他已经完成了自己伟大的事业，有权享受这样的平静。现在，他从一个创造历史的伟人回归为无知的冬眠者，他需要的只是保护了。想到这里，东方延绪说：“前辈，不要再向别人问你刚才的那个问题，不要问这一切都是为什么。”

“为什么？为什么不能问呢？”

“问这些很危险，而且，你真的不需要知道，相信我。”

章北海点点头，“好吧，那我不问了，很感谢你能把我当成一个普通公民，我就希望这样。”

东方延绪匆匆地道了别，自顾自飘去，她听到星舰地球的创立者在后面说：“东方，不管是什么事情，顺其自然吧，一切都会好起来的。”

在球形大厅的中央，东方延绪见到了两位副舰长。之所以选择在这里会面，是因为大厅空间开阔，有身处旷野的感觉，另外他们三人在这里好像处于一个洁白世界的中心，仿佛宇宙中除了他们之外空无一物，这都会令谈话时有一种安全感。

他们三人看着三个不同的方向。

“我们必须把事情明确了。”东方延绪说。

“是的，每拖一秒钟都很危险。”副舰长列文说，然后，他和井上明都转身看着东方延绪，意思很明白：你是舰长，你先谈。

但东方延绪没有这个勇气。

这是第二个人类文明的拂晓，这时发生的任何事情，都可能成为新的《荷马史诗》或《新圣经》的内容。犹大之所以成为犹大，就是因为他最先吻了耶稣，与第二个吻的人有本质的区别。现在也一样，第一个谈这件事情的人将是第二文明史上的一个里程碑，他（她）有可能成为犹大，也有可能成为耶稣，不管是哪种可能，东方延绪都没有这个勇气。

但她必须承担自己的使命，于是做出了一个聪明的选择：没有回避两位副舰长的目光。这个时候，语言已经没有必要，眼睛就能进行所有的交流，他们相互对视着，交错的目光像高速信息通道，把三个心灵联结起来，一切都在对视中飞快地交流着。

燃料。

燃料。

燃料。

航线上的情况还不明了，但已经探明的至少有两片星际尘埃。

阻力。

当然，穿越之后，飞船的速度将被尘埃阻力降至光速的千分之零点三。

这时距目标星系NH558J2还有十多光年，最后到达需要六万年左右。

那就是永远到不了。

飞船也许能到，但船上的生命到不了，即使冬眠系统也维持不了那么长时间。

除非……

除非在尘埃中保持速度，或在穿越后加速。

可是燃料不够。

聚变燃料是飞船的唯一能源，还有其他地方要用：飞船的生态循环系统、可能的航向修正……

还有到达目标星系时的减速，NH558J2星比太阳的质量小得多，仅靠引力减速不能泊入轨道，要消耗大量燃料减速，否则就掠过了目标星系。

星舰地球的所有燃料，基本上够两艘飞船的。

但要保险些，就只够一艘飞船了。

燃料。

燃料。

燃料。

“还有配件问题。”东方延绪说。

配件。

配件。

配件。

特别是关键系统的配件：聚变发动机、信息和控制系统、生态循环系统。

不像燃料那么紧急，但却是长远生存的基础。NH558J2没有适合生存的行星，不能定居和建立工业，也没有相应的资源，只有在补充燃料后飞向下一个星系才有可能建立生产配件的工业。

“自然选择号”的关键配件只有两份冗余。

太少了。

太少了。

除聚变发动机外，星舰地球的所有飞船上的关键配件大部分都可以通用。

发动机配件在改装后也可以使用。

“往一到两艘舰上集中人员？”东方延绪又说，这时，有声语言的作用只是引导目光交流的方向。

不可能。

不可能。

不可能，人太多了，生态循环系统和冬眠系统都容纳不了，现有的容量即使再增加一点人都是灾难性的。

“那么，现在明确了？”东方延绪的声音又在空旷的白色空间中响起，像是沉睡中的人偶尔发出的梦呓。

明确了。

明确了。

一部分人死，或者所有人死。

这时，目光也沉默了，三个人仿佛被来自宇宙深处的雷霆所震慑，心灵在恐惧中颤抖，每个人都有把目光移开的强烈欲望，但东方延绪首先使自己的目光稳定下来。

“别这样。”她说。

别这样。

别放弃。

不放弃？

不放弃！因为别人不会放弃，我们放弃了，就会被逐出伊甸园。

为什么是我们？

当然也不应该是他们。

谁都不应该是。

但总要有人被逐出，伊甸园只能容下数量有限的人。

我们不想离开伊甸园。

所以不要放弃！

三道即将离散的目光又重新交织在一起。

次声波氢弹[①]。

次声波氢弹。

次声波氢弹。

每艘舰都装备了。

用隐形导弹发射，很难防御[②]。

三人的目光暂时分开了，他们的精神此时都已到了崩溃的边缘，需要休息。当三双眼睛再次互相对视时，目光又变得飘忽不定了，像三点在风中摇曳的烛火。

太邪恶了！

太邪恶了！

太邪恶了！

我们变成魔鬼了！

我们变成魔鬼了！

我们变成魔鬼了！

“可……他们怎么想呢？”东方延绪轻声问，在两位副舰长的感

①一种太空核武器，用于打击对常规辐射有良好屏蔽的飞船目标，能够以空气中的次声波的频率连续发生多次核爆炸，每次核爆都产生强烈的电磁辐射，电磁辐射与目标飞船的金属外壳相互作用，将电磁能量转化为飞船内部空气的声能，产生超强次声波，杀死飞船内部的一切宏观生命，但对于飞船的设施基本没有损坏。

②由于次声波氢弹是通过电磁脉冲产生杀伤，故不需要直接命中目标，在距目标相当远的距离爆炸就能杀伤目标内部的人员。而对于雷达隐形的导弹，只有接近目标时才能被包括可见光观测在内的其他探测手段发现。

觉中，这声音虽然细小，却像蚊鸣般在白色的空间里萦绕不绝。

是啊，我们不想成为魔鬼，可是不知道他们怎么想。

那我们还是魔鬼，否则怎么能无端地把别人想成魔鬼？

那好，我们就不把他们想成魔鬼。

“问题没有解决。”东方延绪轻轻摇摇头。

是的，虽然他们不是魔鬼，问题也没有解决。

因为他们也不知道我们怎么想。

那么，假设他们也知道我们不是魔鬼。

问题仍在。

他们不知道我们是怎样想他们。

他们不知道我们是怎样想他们怎样想我们。

再往下，这是一个无限的猜疑链：他们不知道我们是怎样想他们怎样想我们怎样想他们怎样想我们怎样……

怎么样打断这条猜疑链呢？

交流？

在地球上可以，但在太空中不行。一部分人死，或者所有人死。这是太空为星舰地球设定的生存死局，一堵不可逾越的墙，在它面前，交流没有任何意义。

只剩一个选择，只是谁来选的问题。

黑，真他妈的黑啊。

“不能再拖了。”东方延绪决然地说。

是不能拖了，在这片黑暗的太空中，决斗者都在凝神屏息，那根弦就要绷断了。

每一秒，危险都在以指数增长。

既然谁先拔枪都一样，不如我们先拔。

这时，一直沉默的井上明突然说话："还有一个选择！"

我们自愿牺牲。

为什么？

为什么是我们？

我们三人当然可以，但我们有权替"自然选择号"上的两千人做出这种选择吗？

三个人此时都站在一道锋利的刀刃上，被痛苦地切割着，而无论向刀刃的哪一侧跳都是坠入无底深渊，这是太空新人类诞生前的阵痛。

"这样好不好？"列文说，"先锁定目标，再接着考虑吧。"

东方延绪点点头，列文立刻在空中调出了武器系统控制界面，打开次声波氢弹和相应运载导弹的操控窗口，在以"自然选择号"为原点的一个球面坐标系上，二十万公里外的"蓝色空间号""企业号""深空号"和"终极规律号"显示为四个光点，

距离隐去了目标的结构，太空尺度上的一切都是点而已。

但这四个光点分别被四个红色的光环套住了，那是四圈死亡的绞索，表示这些目标已经被武器系统锁定！

被惊呆了的三人互相看看，同时摇摇头，表示这不是自己所为。

除了他们，拥有武器系统目标锁定权限的还有武器控制和目标甄别军官，但他们的锁定操作都要得到舰长或副舰长的授权。那么只剩下一个人拥有直接锁定目标并发起攻击的权限。

我们真傻，他毕竟是一个两次改变历史的人！

他是最早想到这一切的人！

没人知道他是什么时候想到的，可能是在星舰地球成立时，甚至更早，在得知联合舰队毁灭时……他真的是先天下之忧而忧，像那个时代的父母一样，一直在为孩子们操着心。

东方延绪以最快的速度飞过球形大厅，两位副舰长紧跟着她。他们出门后又穿过长长的廊道，来到章北海的舱室门前，看到他的面前也悬浮着他们刚才看到的同一个界面。他们想冲进去，但“自然选择号”起航逃亡时的那一幕又出现了：他们撞在舱壁上，没有门，只是那一个椭圆形区域的舱壁变得透明了。

“你干什么？”列文大喊。

“孩子们。”章北海说，他第一次对他们用这个称呼，虽然只能看到背影，但能够想象出他那平静如水的目光，“这事就由我来做吧。”

“你不下地狱谁下地狱，是吗？”东方延绪大声说。

“从成为军人的那一刻起，我就准备好了去任何地方。”章北海说着，继续进行武器发射前的操作，外面的三人都看到，他虽然很不熟练，但每一步都正确。

泪水从东方的双眼涌出，她喊道："我们一起去好吗？让我进去，我们一起下地狱！"

章北海没有回答，只是继续操作。他设定了导弹的手动自毁功能，可以在飞行途中由母舰操控自毁，完成这一步后他才说："东方，你想想，我们以前可能做出这种选择吗？绝不可能，但现在我们做出了，太空使我们变成了新人类。"他把导弹战斗部距目标最近的爆炸距离设为五十公里，这样可以尽量避免对目标内部设施的破坏，但即使再远些，也处于对目标内部生命的杀伤距离之内，"新的文明在诞生，新的道德也在形成。"他拆除了氢弹战斗部三道保险锁中的第一道，"未来回头看看我们做的这一切，可能是很正常的事，所以，孩子们，我们不会下地狱的。"第二道保险锁也被拆除。

突然，警报声响彻飞船，如同来自黑暗太空的万鬼哭号，显示界面从半空中像雪片般疯狂地跳出，显示着已经突破"自然选择号"防御系统的来袭导弹的大量信息，但没有人来得及看了。

从警报响起到来袭的次声波氢弹爆炸，只间隔了四秒钟。

从"自然选择号"最后传回地球世界的影像看，章北海可能只用了一秒钟就明白了一切。他本以为自己在两个多世纪的艰难历程中已经心硬如铁，但没有发现心灵最深处隐藏着的那些东西，在做出最后决断前他曾犹豫过，曾经努力抑制住心灵的颤抖，正是心中这最后的柔软杀了他，也杀了"自然选择号"上的所有人，在长达一个月的黑暗对峙中，他只比对方慢了几秒钟。

三颗小太阳亮起，照亮了这片黑暗的空间，它们成一个等边三角形把“自然选择号”围在正中，平均距离飞船约四十公里。核聚变火球的持续时间为二十秒，这期间火球在以次声波频率闪烁，但肉眼是看不出来的。

从传回的影像上看，在剩下的三秒钟时间里，章北海转向东方延绪方向，竟笑了一下，说出了几个字：“没关系的，都一样。”

对这几个字有猜测的成分，他没来得及说完，强大的电磁脉冲已经从三个方向到达，“自然选择号”巨大的舰体像蝉翼般振动起来，振动的能量转化为次声波，影像中，迷漫的血雾笼罩了一切。

攻击来自“终极规律号”，它向星舰地球的其他四艘飞船发射了十二枚装载着次声波氢弹弹头的隐形导弹，向二十万公里外的“自然选择号”发射的三枚比其他九枚提前了一段时间，以使其和向附近三艘飞船发射的导弹同时到达起爆位置。“终极规律号”上接任自杀舰长的是一位副舰长，但究竟是谁做出了这个终极抉择并首先发动攻击的却不得而知，也永远不可能知道了。

“终极规律号”并没有成为伊甸园最后的幸运儿。

在追击舰队其他三艘战舰中，“蓝色空间号”做好了应对意外事变的准备，在受到攻击前，它的内部已被抽成真空，所有人员都穿上了航天服。由于真空条件下不可能产生次声波，所以没有任何人员伤亡，只是舰体在超强的电磁脉冲中受到了轻微损伤。

当核弹的火球刚刚亮起时，“蓝色空间号”就开始了反击。首先

使用反应速度最快的激光武器射击，“终极规律号”立刻被五束高能伽马射线激光击中，舰体被灼出了五个大洞，内部迅速被火焰吞没，并发生了局部爆炸，丧失了一切作战能力。“蓝色空间号”更为猛烈的攻击接踵而至，在连续的核导弹和暴雨般的电磁动能弹攻击下，“终极规律号”发生了剧烈爆炸，其中人员无一生还。

几乎在星舰地球发生这场黑暗战役的同时，在太阳系遥远的另一侧也发生了同样的惨剧：“青铜时代号”对“量子号”发起突然攻击，同样使用次声波氢弹杀死了目标飞船内的全部生命，但保存了目标完整的舰体。由于这两艘飞船传回地球的资料比较少，人们不清楚两舰之间发生了什么。虽然都在大毁灭中进行过剧烈的加速，但两艘飞船都没有像追击舰队那样进行过减速推进，所以它们存留的燃料应该比星舰地球充裕。

无际的太空就这样在它黑暗的怀抱中哺育出了黑暗的新人类。

在“终极规律号”爆炸形成的不断扩散的金属云中，“蓝色空间号”靠近已经没有任何生命迹象的“企业号”和“深空号”，收集了它们的所有聚变燃料，随即开始拆卸各种部件，之后，“蓝色空间号”又飞到二十万公里之外的“自然选择号”旁边，做了同样的事情。这期间，星舰地球就像一个太空中的大工地，在三艘已经死亡的巨舰的舰体上，点缀着无数的激光焊花，如果章北海还活着，此景一定会让他想起两个世纪前的“唐号”航空母舰。

“蓝色空间号”把已被切割成多段的三艘战舰的残骸围成巨石

阵的形状，构建了一处太空陵墓，在这里，为黑暗战役中的全体死难者举行了葬礼。

“蓝色空间号”身着航天服的一千二百七十三人组成的方阵悬浮在陵墓的中央，他们是星舰地球现存的全体公民。在他们周围，飞船巨大的残骸像山峰般围成一圈，残骸上被切割的裂口像漆黑的大山洞，四千二百二十七名死者的遗体就放在这些残骸中，活着的所有人都处于残骸的阴影里，仿佛置身于深夜中的山谷，只有残骸间的缝隙透进银河系冰冷的星光。

葬礼上，所有人的心情都是平静的，太空新人类已经度过了婴儿期。

一盏小小的长明灯亮了起来，它是一个只有五十瓦的小灯泡，旁边还有一百个备用灯泡，可以自动替换损坏的灯泡，长明灯的电源来自一个小型核电池，可以连续亮几万年。它那黯淡的光亮好似山谷中的烛光，在残骸黑暗的高崖上投下一小圈光晕，那片被照亮的钛合金壁上镌刻着所有死难者的名字，没有墓志铭。

一小时后，太空陵墓被“蓝色空间号”加速的光芒最后一次照亮，陵墓将以光速的百分之一滑行，几百年后，将在星际尘埃中被减速至光速的千分之零点三，在六万年后到达NH558J2，而在这五万多年前，“蓝色空间号”已经从这里飞向下一个星系。

“蓝色空间号”驶向太空深处，它携带着充足的聚变燃料，以及八倍冗余的关键配件。飞船内部不可能放下如此多的物品，人们就在船体上附加了几个外部存贮舱，使得这艘飞船变得面目全非，成为一个非常庞大粗陋的不规则体，但更像一个远行者了。

一年前，在太阳系的另一端，“青铜时代号”也加速离开了“量子号”的废墟，飞向金牛星座方向。

“蓝色空间号”和“青铜时代号”来自一个光明的世界，现在却变成了两艘黑暗之船。

宇宙也曾经光明过，创世大爆炸后不久，一切物质都以光的形式存在，后来宇宙变成了燃烧后的灰烬，才在黑暗中沉淀出重元素并形成了行星和生命。所以，黑暗是生命和文明之母。

在地球世界，对“蓝色空间号”和“青铜时代号”的谩骂和诅咒排山倒海般涌向外太空，但两艘飞船没有任何回应，它们切断了与太阳系的一切联系，对于这两个世界来说，地球已经死了。

两艘黑暗之船与黑暗的太空融为一体，隔着太阳系渐行渐远。它们承载着人类的全部思想和记忆，怀抱着地球所有的光荣与梦想，默默地消失在永恒的夜色中。

“这就对了！”

这是罗辑在得知太阳系两侧发生的黑暗战役时说的第一句话，然后，他丢下一脸茫然的史强，独自跑出房间，狂奔穿过小区，面对着华北沙漠站住了。

“我是对的！我是对的！”他对着天空喊道。

这时正是深夜，可能因为刚下过雨的缘故，今天大气的能见度很好，能看到星星。然而星空远没有21世纪那么清澈，只能看到最亮的星辰。星空显得稀疏了许多，但罗辑还是找回了两个世纪前那个寒冷的深夜他在冰湖上的感觉。这时，作为普通人的罗辑消失了，他再次成为一个面壁者。

"大史，我手里有人类胜利的钥匙！"罗辑对跟过来的史强说。

"哦？呵呵……"

史强略带嘲讽的笑让罗辑从亢奋中冷静下来，"我知道你不相信。"

"那现在该做什么呢？"史强问。

罗辑坐到沙地上，他的情绪飞快地跌到了谷底。"做什么？好像什么也做不了。"

"至少你可以把想法向上面反映一下。"

"我不知道有没有用，但试试吧，就算是尽到面壁者的责任。"

"需要找哪一级？"

"最高层。联合国秘书长，或者舰队联席会议主席。"

"这怕是不容易，咱们现在都是老百姓……不过总得试试吧，你只能……嗯，先去市政府，找市长。"

"那好，我这就去市里。"罗辑站起身来。

"我和你一起去吧。"

"不用，我自己去。"

“我大小是个政府官员，要见市长比你容易些。”

罗辑仰头看看天空问：“水滴什么时候到地球？”

“新闻上说再有十几个小时就到了。”

“知道它是来干什么的吗？它的使命不是毁灭联合舰队，也不是攻击地球，它是来杀我的，我不想到时候你和我在一起。”

“呵呵……”大史又发出了那种嘲讽的笑声，“不是还有十几个小时吗？到时候我离你远点儿就是了。”

罗辑苦笑着摇摇头，“你根本不拿我说的当回事，那干吗要帮我？”

“老弟，信不信你那是上边的事，我这人做事总是稳妥起见。既然两百年前从几十亿人里把你选出来，总是有些道理的吧？如果在我这儿耽搁了，那我不成千古罪人了？要是上边也不把你当回事，那我也没什么损失，不就进一次城嘛。不过有一点：说现在飞向地球的那个玩意儿是来杀你的，我是无论如何也不信，杀人的事儿我熟悉，就算凶手是三体人，这也太离谱了。”

罗辑和大史两人在凌晨到达旧城中的地下城入口时，看到入城的电梯还在正常运转。从地下城中外出的人很多，且都携带着大量的行李，但下去的人很少，在电梯中除了他们之外只有两个人。

“是冬眠者吧？都在向上走，你们下去干什么？城市里很乱。”其中一个年轻人问，他的衣服上不断有火球在黑色的背景上闪耀，仔细一看，原来是联合舰队毁灭时的影像。

“那你下去干什么？”史强问。

“我在地面上找好了住处，下去拿些东西。”年轻人说，对他们点点头，“你们地面上的人就要发财了，我们在地面没有房子，上面房子的产权大部分是你们的，我们上去后只好从你们手中买。”

“地下城一旦崩溃，那么多的人都要拥到地面上，那时大概没什么买卖之说了。”史强说。

缩在电梯一角的那个中年人听着他们的话，突然把手捂在脸上伤心地叫道：“噢，不，噢——”然后蹲下去哭了起来。他的衣服上映着一幅很古典的《圣经》画面：赤裸的亚当和夏娃站在伊甸园的树下，一条妖艳的毒蛇在他们之间蠕动着，不知是不是象征着刚刚发生的黑暗战役。

“他这样的人很多。”年轻人不屑地指指哭泣者说，“心智不健全。”他的双眼亮了起来，“其实，末日是一段很美的时光，甚至可以说是最美的时光。这是历史上唯一一次的机会，人们可以抛弃一切忧虑和负担，完全属于自己。像他这样子真是愚蠢，这时最负责任的生活方式就是及时行乐。”

电梯到达后，罗辑和史强走出出口大厅，立刻嗅到空气中有股怪味，是燃烧发出的。与以前相比，地下城里的光线亮了些，但这是一种让人烦躁的白光。罗辑抬头看看，从巨树的缝隙中看到的不是清晨的天空，而是一片空白，地下城穹顶上映出的外部天空影像消失了，这空白让他想起曾在电视新闻中看到的飞船上的球形舱。草坪上散落着纷乱的碎片，都是从巨树建筑上掉落下来的。不远处有几辆坠毁的飞车残骸，在一辆正在燃烧的残骸旁边围了一圈人，不断地把从草坪上拾到的其他可燃物扔进火里，有人还把自己闪亮着图像的衣服扔了进去。一处破裂的地下管道喷出高高的水柱，一群浑身湿透的人在周围孩子般地嬉戏，不时齐声发出兴奋的尖叫，四散开来躲避从巨树上落下来的碎片，然后又聚集起来狂欢。罗辑再次抬头观望，发现巨树上有几处闪着火光，消防飞车尖啸着警笛，吊着从树上拆下的失火的树叶从空中飞过……他发现，在街上遇到的人分为两类，电梯中遇到的那两个人就是他们的代表。一类人情绪低落，目光呆滞地走过或一动不动地坐在草坪上，忍受着绝望的煎熬，现在，绝望的原因已经从人类的失败转移到目前面临的生活困境；另一类人则处于一种疯狂的亢奋状态，用放荡不羁来麻醉自己。

城市交通已陷入混乱，罗辑和史强等了半个小时才叫到一辆出租车，当无人驾驶的飞车载着他们穿行于巨树间时，罗辑又想起了在这座城市中的恐怖经历，感到像坐过山车般的紧张，好在飞车很快就到达了市政厅。

史强以前因工作关系来过几次市政厅，对这里比较熟悉。经过再三的联系，终于得到了市长接见的许可，但要等到下午才行。费此周折是在罗辑的预料之中，市长答应接见倒使他有些意外：在这样的非常时期，他们又是这样的小人物。吃午饭时史强告诉罗辑，这位市长是昨天新上任的，他原来是市政府主管冬眠者事务的官员，可以算是史强的上级，与他比较熟。

“他是咱们老乡。”史强说。

在这个时代，老乡这个词的含义由地理变成时间，并不是所有的冬眠者都能相互用这个称呼，只有在相近的时间进入冬眠的人才算老乡。在跨越漫长岁月之后相聚，时间老乡之间比以前的地理老乡更亲密了一层。

一直等到下午四点半，他们才见到了市长。这个时代的高级官员一般都有明星气质，只有英俊漂亮的人才能当选，但现任市长长相平平。他的年龄和史强差不多，只是瘦了许多，有一个特点让人一眼就看出他是冬眠者：他戴着一副眼镜，肯定是两百年前的老古董，因为即使是隐形眼镜，也早就消失了。但以前戴眼镜的人一旦不戴了，总感觉自己的相貌有问题，所以很多冬眠者即使视力恢复了，也戴着平光眼镜。市长看上去一脸疲惫，从椅子上站起时都显得吃力。当史强抱歉打扰并祝他高升时，他摇摇头说：“这个不堪一击的时代，我们这些皮实的野蛮人又能派上用场了。”

“您是地球上职位最高的冬眠者了吧？”

“谁知道呢？随着形势的发展，我们可能还有老乡升到更高的位置。”

“前任市长呢？精神崩溃了？”

“不不，这个时代也有坚强的人，他一直很称职，但两天前在骚乱地区的一次车祸中遇难了。”

市长看到史强身后的罗辑，立刻把手伸向他，“啊，罗辑博士，你好！我认识你，两个世纪前我还是你的崇拜者呢，因为在那四个人中你最像面壁者，当时真猜不透你想干什么。”接着他说出了一句让两人心凉了半截的话，“你是我在这两天里接待的第四个救世主了，还有几十个在外面等着，但我实在没有精力见他们了。”

“市长，他和他们不一样，两个世纪前……”

“两个世纪前他从几十亿人中被选出来，正因为如此我才打算见你们，当然，”市长指指史强，“我找你还有其他事，咱们完了再谈。现在说你们的事吧，不过我有一个小小的请求：能不能先别谈你们的救世方案，那一般都很长，先说你们想让我做什么。”

罗辑和史强说明来意后，市长立刻摇摇头，“就是我想帮你们也做不到，我自己目前都有一大堆事情要向高层反映，这个高层比你们想见的要低，只是省和国家的领导人，但连这都很困难，你们应该知道，现在最高层在处理更大的麻烦。”

罗辑和史强一直在关注新闻，当然知道市长说的更大的麻烦是什么。

在联合舰队全军覆没后，沉寂了两个世纪的逃亡主义迅速复活。欧洲联合体甚至制定了一个初步的逃亡方案，用全民抽签方式决定首批十万名逃亡人选，这个方案居然在全民投票中被通过了。但在抽签结果出来后，大多数没有抽中的人都反悔了，因此发生了大规模的骚乱，公众转而一致认为逃亡主义是反人类的罪恶。

当外太空中幸存的战舰之间的黑暗战役发生后，对逃亡主义的指控又有了新的内容：事实证明，当与地球世界的精神纽带剪断后，太空中的人在精神上将会发生彻底的异化，即使逃亡成功，那么幸存下来的也不再是人类文明，而是另一种黑暗邪恶的东西，和三体世界一样，这东西是人类文明的对立面和敌人，它还得到了一个名称——负文明。

随着水滴向地球的逼近，公众对逃亡主义的敏感也达到了顶峰，舆论警告说很可能有人在水滴攻击地球前出逃。所有太空电梯的基点和航天发射基地周围都有大量的人员在聚集，扬言要关闭所有进入太空的通道。他们确实有这个能力，这个时代全球公民都有拥有武器的自由，民用武器大部分是小型激光枪。一支激光手枪当然不会对太空电梯的运载舱和起飞中的航天器构成威胁，但与传统枪支不同的是，大量的激光枪可以使光束在一个点上聚集，一万支手枪如果同时照射一点，将无坚不摧。聚集在太空电梯基点和航天基地周围的人少则几万，多则上百万，他们中至少有三分之一携带了武器，当发现运载舱上升或航天器起飞时，这些人会不约而同一起拔枪照射，因为激光的直线弹道使瞄准很精确，所以大部分的光束都会聚集在目标上并将其摧毁。在这种情况下，地球与太空的交通联系几乎中断了。

骚乱在发展，近两天，攻击的目标转向了同步轨道上的太空城。因为网上有大量谣言，说某某太空城正在被改造成逃亡飞船，于是，它们便受到地球民众的集体攻击，不过由于距离遥远，激光束到达时已经发散减弱，加上太空城都处于旋转中，并没有造成实质性伤害。而这项活动已成为末日时代全人类的一项集体娱乐。在当天下午，欧联的三号太空城“新巴黎”同时受到北半球上千万支激光手枪的照射，导致城中的气温急剧上升，不得不疏散居民。这时从太空城中看去，地球比太阳还亮。

罗辑和史强都没有再说什么。

“在冬眠移民局的时候，我对你的工作印象很深。”市长对史强说，“还有郭正明，你好像认识他吧，他刚升任市公共安全局局长，他也向我推荐你，我希望你能到市政府来工作，现在很需要你这样的人。”

史强略一思索，点点头，“等我把小区的事安顿一下就过来，现在城市的情况怎么样了？”

“情况在恶化，不过还在控制之中，现在重点维持供电感应场的运行，感应场一旦停止，城市就彻底崩溃了。”

“这种骚乱和我们那时可不一样啊。”

“是不一样。首先根源不一样，这是由对未来彻底的绝望引起的，十分难办；同时，我们能用的手段比那时也少得多。”市长说着，从墙上调出一幅画面，“这是现在的中心广场，从一百多米的高度俯拍的。”

罗辑知道，中心广场就是大低谷纪念碑所在的地方，他和大史曾在躲避被KILLER病毒控制的飞车时去过那里，现在俯视那里，纪念碑和周围的那一小片沙漠都看不见了，整个广场上白花花的一片，那些白色的颗粒蠕动着，像一锅煮着的大米粥。

“那都是人吗？”罗辑疑惑地问。

“裸体的人，这是超级性派对，现在人数已过十万，还在增加。”

这个时代两性关系和同性关系的发展已远远超出罗辑的想象，对一些事现在也见怪不怪了，不过这个情景还是令他和大史极为震撼，罗辑不由得想起《圣经》中人类接受十诫前的堕落场面，典型的末日景象。

“这种事，政府怎么就不制止？”史强质问道。

“怎么制止？他们完全合法，如果采取行动，犯罪的是政府。”

史强长叹一声，“是，我知道，这个时候警察和军队也干不了什么。”

市长说：“我们翻遍了法律，也找不到能够应付目前局势的条文。”

“城市变成这样，真不如让水滴把它撞掉算了。”

大史的话提醒了罗辑，他急忙问：“水滴还有多长时间到地球？”

市长把那幅壮观的淫乱画面切换成另一个实时新闻频道，上面显示了一幅太阳系的模拟图，一条醒目的红线标示了水滴的航迹。那是一条类似于彗星轨道的陡峭轨道，末端已经接近地球。右下角有一个走动的倒计时，显示水滴如果不减速，将在四小时五十四分钟后到达地球。同时在其下方还有滚动的文字新闻，正在显示有关专家对水滴的分析。与笼罩全球的恐慌不同，科学界是最先从大失败的震撼中恢复理智的，这种分析十分冷静。分析认为，尽管人类目前对水滴的驱动方式和能量来源一无所知，但种种迹象表明，这个装置目前也遇到了能量消耗问题，在完成了对联合舰队的毁灭性打击之后，它朝太阳方向的加速十分缓慢。它曾近距离掠过木星，但对处于木星轨道的三大舰队的基地完全不予理会，而是借用木星的引力进行加速，这一举动更明确地证实了水滴的能量有限且已经过量消耗的猜测。科学家们都认为，有关水滴要撞穿地球的说法是无稽之谈，但它来干什么，谁也不知道。

罗辑说："我必须走了，否则这座城市真的要毁灭了。"

"为什么？"市长问。

"因为他觉得水滴是来杀他的。"史强说。

"呵呵呵……"市长的笑容很僵硬，显然他很长时间没笑了，"罗辑博士，你是我见过的最自作多情的人。"

从地下城上到地面后，罗辑和史强便立刻驾车离去，由于地下城的居民大量拥出，地面的交通也变得拥挤起来，他们用了一个半小时才开出旧城区，驱车沿着高速公路全速向西行驶。

从车上的电视机中看到，水滴以每秒七十五公里的速度接近地球，没有减速的迹象，按这样的速度，将在三小时后到达。

随着地下城供电感应场强度的减弱，车速慢了下来，开车的史强用上蓄电池才保持了车速，他们驶过包括新生活五村在内的大片冬眠者居住区，继续西行。一路上，两人沉默着，很少说话，注意力都集中在电视中的实时新闻上。

水滴越过月球轨道没有减速，按现在的速度，将在一个半小时后到达地球，由于不知道它以后的动向，更是为了避免恐慌，新闻中没有预报撞击位置。

罗辑痛下决心，迎来了那个他一直想推迟的时刻，他说："大史，就到这儿吧。"

史强停了车，他们都下了车，已接近地平线的夕阳把两个男人的影子长长地投在沙漠上。罗辑感到脚下的大地同他的心一起变软了，他有种在虚弱中站不住的感觉。

罗辑说："我尽量向人烟稀少的地方开，前面有城市，我要朝那个方向拐，你想办法回去吧，离那方向越远越好。"

"老弟，我就在这儿等你，完事后我们一起回去。"大史说着，从口袋里掏出烟来，在掏打火机的时候他才想起来现在的烟不用点，罗辑注意到，就像他从遥远的过去带来的其他东西一样，他这个习惯动作一直没有改过来。

罗辑有些凄惨地笑了笑，他倒是希望史强真这样想，这至少使分别变得稍微容易承受些，"你要愿意就等吧，到时候最好到路基另一边去，我也不知道撞击的威力有多大。"

史强笑着摇摇头，"你让我想起两百多年前遇到的一个知识分子，也是你这熊样儿，一大早坐在王府井教堂前面哭……但他后来挺好的，我苏醒后查了查，活到快一百岁了。”

“你怎么不提那个第一个摸水滴的人呢？丁仪，你好像也认识的。”

“他那是找死，没办法。”大史看着布满晚霞的天空，好像在回忆着物理学家的样子，“不过那真是个大气之人，像那样能把什么事都看开的，我这辈子还只见着他一个，正儿八经的大智慧啊，老弟，你得向他学。”

“还是那句话：你我都是普通人。”罗辑说着看看表，知道时间不能再耽搁了，就向史强伸出手，“大史，谢谢你这两个世纪做过的一切，再见，也许咱们真能在什么地方再见面。”

史强没有去握罗辑的手，把手一摆说：“别扯淡了！老弟，信我的，什么事儿都不会有，走吧，完事后快点来接我，晚上喝酒的时候别怪我笑话你啊。”

罗辑赶紧转身上车，不想让史强看到他眼中的泪，他坐在车里，努力把后视镜中大史变形的影像刻在心中，然后开动了车子。

也许真能在什么地方再见面，上次跨越了两个世纪的时光，这次要跨越什么呢？罗辑这时突然像两个世纪前的吴岳一样，悔恨自己是个无神论者。

夕阳完全落下去了，路两侧的沙漠在暮色中泛出一片白色，像雪。罗辑突然想起，两个世纪前，他开着那辆雅阁车，带着想象中的爱人，就是沿着这条路出游的，那时华北平原上覆盖着真的雪。他感到她的长发被风吹起，一缕缕撩到他的右面颊上，怪痒痒的。

“不不，别说在哪儿！一知道在哪儿，世界就变得像一张地图那么小了，不知道在哪儿，感觉世界才广阔呢。”

“那好，咱们就努力迷路吧。”

罗辑一直有一种感觉：庄颜和孩子是被他的想象带到这个世界上来的，想到这里他的心中一阵绞痛，在这个时刻，爱和思念无疑是最折磨人的东西。泪水再次模糊了视线，他努力使自己的大脑一片空白，但庄颜那双美丽的眼睛还是顽强地从空白中浮现，伴着孩子醉人的笑声。罗辑只好把注意力集中到电视新闻上。

水滴越过拉格朗日点[①]，仍以不变的速度向地球扑来。

罗辑把车停到了一个他认为很理想的地方，这是平原和山区的交界处，目力所及之处没有人和建筑，车停在一个三面有山的U形谷地中，这样可以消解一部分撞击的冲击波。罗辑把电视机从车上拿下来，带着它走到空旷的沙地上坐了下来。

水滴越过三万四千公里的地球同步轨道，近距离掠过了“新上海”太空城，城中的所有人都清晰地看到了那个从他们的天空中飞速划过的耀眼光点，新闻宣布，撞击将在八分钟后发生。

新闻终于公布了预测的撞击点的经纬度，在中国首都的西北方向。

① 地球和月球的引力平衡点。

对此罗辑早就知道了。

这时暮色已重，天空中的亮色已经在西天缩成一小片，像一个没有瞳仁的白眼球，漠然地面对着这个世界。

也许只是为了打发剩下的这点儿时间，罗辑开始在记忆中回放自己的一生。

他的人生分成泾渭分明的两部分，成为面壁者后是一部分，这部分人生虽然跨越了两个世纪，但在感觉上紧凑而致密，就像是昨天的一天。他把这部分飞快地倒过去了，因为这部分不像是自己的人生，包括那铭心刻骨的爱情，都像一场转瞬即逝的梦，而他也不敢再想起爱人和孩子了。

与他期望的不同，成为面壁者之前的人生在记忆中也是一片空白，能从记忆之海中捞出来的都是一些碎片，而且越向前，碎片越稀少。他真的上过中学吗？真的上过小学吗？真的有过初恋？支离破碎的记忆中偶尔能找出几道清晰的划痕，他知道有些事情确实发生过，细节历历在目，但感觉已消失得无影无踪了。过去就像攥在手中的一把干沙，自以为攥得很紧，其实早就从指缝中流光了。记忆是一条早已干涸的河流，只在毫无生气的河床中剩下零落的砾石。他的人生就像狗熊掰玉米，得到的同时也在丢弃，最后没剩下多少。

罗辑看看周围暮色中的大山，想起了两百多年前他在这些山中度过的那个冬夜。这是几亿年间站累了躺了下来的山，“像坐在村头晒太阳的老头儿们。”他想象中的爱人曾这样说。当年遍布田野和城市的华北平原已变成了沙漠，但这些山几乎没有什么变化，仍是那种平淡无奇的形状，枯草和荆条丛仍从灰色的岩缝中顽强地长出来，不比两个世纪前茂盛，但也不比那时稀疏多少。这些岩石山要发生看得出来的变化，两个世纪太短了。

在这些山的眼中，人类世界是什么样的呢？那可能只是它们在一个悠闲的下午看到的事：有一些活着的小东西在平原上出现了，过了一会儿这些小东西多了起来，又过了一会儿它们建起了蚁穴般的建筑，这种建筑很快连成片，里面透出亮光，有些冒出烟；再过一会儿，亮光和烟都消失了，活着的小东西也消失了，然后它们的建筑塌了，被沙埋住。仅此而已，在山见过的无数的事儿中，这件事转瞬即逝，而且未必是最有趣的。

终于，罗辑找到了自己最早的记忆，他惊奇地发现，自己能记住的人生也是开始于一片沙滩上。那是自己的上古时代，他记不清是在哪儿，也不记得当时有谁在旁边，但能记清那是一条河边的沙滩，当时天上有一轮圆月，月光下的河水银波荡漾。他在沙滩上挖坑，挖一个坑坑底就有水渗出，水中就有一个小月亮；他就那样不停地挖，挖了好多个坑，引来了好多个小月亮。

这真的是他最早的记忆，再往前就是一片空白了。

夜色中，只有电视机的光亮照着罗辑周围的一小片沙滩。

罗辑竭力保持着大脑的空白状态，他的头皮发紧，感到上方出现了一只覆盖整个天空的巨掌，向他压下来。

但接着，这只巨掌慢慢抽回了。

水滴在距地面两万公里处转向，径直飞向太阳，并且急剧减速。

电视中，记者在大喊："北半球注意！北半球注意，水滴减速时亮度增强，现在你们用肉眼能看到它！"

罗辑抬头仰望，真的看到了它，它并不太亮，但由于其极快的速度，能够轻易分辨出来，它像流星般划过夜空，很快消失在西天。

水滴与地球的相对速度减到零，同时，它把自己调整到太阳同步轨道上，也就是说，在未来的日子里，水滴将始终处于地球与太阳之间，与地球的距离约为四万公里。

罗辑预感可能还有事情要发生，就坐在沙地上等候着，那些老人般的岩山在两侧和身后静静地陪着他，使他有一种安全感。新闻中一时间没有重要消息，世界并不能确定已经逃脱了这一劫难，都在紧张地等待着。

十多分钟过去了，什么事情也没有发生，从监测系统中看到，水滴静静地悬浮在太空中，尾部的推进光环已经消失，浑圆的头部正对着太阳，反射着明亮的阳光，前三分之一段像在燃烧。在罗辑的感觉中，水滴与太阳之间似乎在发生着某种神秘的感应。

电视中的图像突然模糊起来，声音也变得嘶哑不清，同时，罗辑感到了周围环境的一些骚动：群鸟从山中惊飞，远处传来狗叫声，不知道是不是错觉，他的皮肤上有轻微的瘙痒感。电视图像和声音在抖动了几下后又清晰起来，后来知道，干扰依然存在，这是全球通信系统中的抗干扰功能发挥作用，滤除了突然出现的杂波。但新闻对这一事件的反应很迟缓，因为有大量的监测数据需要汇总分析，又过了十多分钟才有了确切信息。

水滴向太阳不间断地发出了强烈电磁波，波的强度超过了太阳的放大阈值，频率则覆盖了能够被太阳放大的所有波段。

罗辑痴笑起来，直笑得喘不过气。他确实自作多情了，他早该想到这一切：罗辑并不重要，重要的是太阳，从此以后，人类不可能通过太阳这个超级天线向宇宙中发送任何信息了。

水滴是来封死太阳的。

“哈哈，老弟，什么事儿也没有吧！真该和你打个赌的！”大史不知道什么时候来到罗辑身边，他是截了一辆车赶过来的。

罗辑像被抽去了什么，软瘫地躺到沙地上，身下的沙带着阳光的余温，令他感到很舒适。

“是啊，大史，我们以后可以好好活了，现在，真的是一切都完了。”

“老弟，这可是我最后一次帮你做面壁者的事了。”在回去的路上史强说，“这个职业肯定要把人的脑子弄出问题的，你又犯了一次病。”

“我倒真希望是这样。”罗辑说。外面，昨天还能看到的星星又消失了，黑乎乎的沙漠和夜空在地平线处连为一体，只有前面的一段公路在车灯的照耀下延伸。这个世界很像罗辑现在的思想：到处都是一片黑暗，只有一处无比清晰。

“其实，你要恢复正常也容易，应该轮到庄颜和孩子苏醒了吧。现在到处都很乱，不知苏醒是不是冻结了，就是那样时间也不会太长的，我想局势很快会平稳下来的，毕竟还有几代人的日子要过嘛，你不是说可以好好活了吗？”

“我明天就去冬眠移民局打听一下她们。”大史的话提醒了罗辑，他那灰暗的心中终于有了一点亮色，也许，与爱人和孩子重逢是拯救自己的唯一机会。

而人类，已经无人能救了。

在接近新生活五村时，大史突然放慢了车速。“好像有点儿不对劲。”他看着前方说。罗辑看到，那个方向的空气中有一片光晕，是被下方的光源照亮的，由于路基较高，看不到发光的地方，那光晕晃动着，看上去不像是居民区的灯光。当车拐下高速公路时，他们面前展现出一幅壮观的奇异景象：新生活五村与公路间的沙漠变成了一张璀璨的光毯，密密麻麻地闪烁着，仿佛是萤火虫的海洋。罗辑好一阵才反应过来，这是一大片人群，都是城里的人，发光的是他们的衣服。

车慢慢地接近人群，罗辑看到前面的人纷纷抬手遮挡车灯的强光，史强关了灯，于是他们面对着一道光怪陆离的人墙。

“他们好像在等谁。”大史说，同时看看罗辑，那眼光让罗辑顿时紧张起来。车停了，史强又说，“你在这儿别动，我下去看看。”说着跳下车，向人群走去。在发光人墙的背景上，史强粗壮的身躯成了一个黑色的剪影。罗辑看他走到了人群前，好像同人们简单地说了两句什么，很快又转身走了回来。

“果然是在等你，过去吧。”史强扶着车门说。看着罗辑的神色，他又安慰道，“放心，没事儿的。”

罗辑下了车，向人群走去，虽然早已熟悉了现代人的信息服装，但在这荒凉的沙漠上，他还是有走向异类的感觉，当他近到可以看清那些人的表情时，心跳骤然加快了。从冬眠中苏醒后，他知道的第一件事情就是每个时代的人都有各自的表情，跨越时间来到相隔遥远的时代，这种差异就很明显了，因此可以轻易地分辨现代人和苏醒不久的冬眠者。可是罗辑现在看到的这些人的表情，既不是现代的，也不是二十一世纪的，他不知道这种表情来自哪个时空，恐惧使他几乎站住，但对大史的信任推动他机械地迈步前行。当与人群的距离进一步缩短时，他终于还是站住了，因为他看清了人们衣服上的图像。

他们的衣服上显示的都是罗辑，有静止的照片，有活动的影像。

罗辑成为面壁者后，几乎没有在媒体前露过面，所以留下的影像资料是很少的，可是这些影像现在都很齐全地显示在不同的人的衣服上，他甚至还从几个人的身上看到了自己成为面壁者之前的照片。人们的衣服都是联网的，那么现在他的影像应该已经在全世界流传了。他还注意到这些影像都是原态，没有经过现代人喜欢的艺术变形，说明它们都是刚在网上出现的。

看到罗辑停下，人群便向他移动过来，在距他两三米处，前排的人极力阻挡住后面人群的推进，然后跪了下来，后面的人也相继跪下，发光的人群像从沙滩上退去的海浪般低了下去。

“主啊，救救我们吧！”罗辑听到一个人说，他的话引起了一阵嗡嗡的共鸣。

“我们的神，拯救世界吧！”

“伟大的代言人，主持宇宙的正义吧！”

“正义天使，救救人类吧！”

……

两个人向罗辑走来，其中一人的衣服不发光，罗辑认出他是希恩斯；另一个是军人，肩章和勋章发着光。

希恩斯庄重地对罗辑说：“罗辑博士，我刚刚被任命为联合国面壁计划委员会与您的联络人，现在奉命通知您：面壁计划已经恢复，您被指定为唯一的面壁者。”

军人说：“我是舰队联席会议特派员本·乔纳森，您刚苏醒时我们见过面，我也奉命通知您：亚洲舰队、欧洲舰队和北美舰队都认同重新生效的面壁宪章，并承认您的面壁者身份。”

希恩斯指指跪在沙漠上的人群说：“在公众眼中，您现在有两个身份：对于上帝的信仰者，您是他的正义天使；对于无神论者，您是银河系正义的超级文明的代言人。”

接着是一片寂静，所有的目光都聚集在罗辑身上，他想了半天只想到一个可能。

“咒语生效了？”他试探着问。

希恩斯和乔纳森都点点头，希恩斯说：“187J3X1恒星被摧毁了。”

“什么时候？”

“五十一年前，一年前被观测到，但今天下午观测信息才被发现，因为以前人们都没有再注意那颗恒星。舰队联席会议中有几个对局势绝望的人，想从历史中找到些什么，他们想起了面壁计划和您的咒语，于是观测了187J3X1，结果发现它已经不存在了，那个位置只剩一片残骸星云。他们接着调阅恒星扫描观测系统的观测记录，一直追溯到一年前，检索到了187J3X1爆炸时的所有观测数据。”

“怎么知道它是被摧毁的？”

“您知道，187J3X1正处于像太阳一样的稳定期，是绝对不可能成为爆发新星的。而且我们观测到了它被摧毁的过程：一个接近光速的物体击中了187J3X1，那东西体积很小，他们把它叫光粒，它穿过恒星外围气层的那一瞬间才从尾迹被观测到，光粒虽然体积小，但由于十分接近光速，它的质量被相对论效应急剧放大，击中目标时已经达到 187J3X1 恒星的八分之一，结果立刻摧毁了这颗恒星，187J3X1 的四颗行星也在爆炸中被汽化。”

罗辑抬头看看，今天的夜空漆黑一片，几乎一颗星都看不到。他向前走去，人们站起身来，默默地给他让开路，但人群立刻在他身后合拢，每个人都想挤到前面来离他近些，像寒冷中渴望得到阳光一样，然而还是敬畏地给他留出一圈空间，形成了荧光海洋中一个台风眼般的黑斑。有一个人扑进来伏在罗辑前面，使他只得停下脚步——那人竟去吻他的脚。随即又有几个人也进入圈里来做同样的事，眼看局面就要失控之际，从人群中响起了几声呵斥，那几个人慌乱地起身缩回人群中去了。

罗辑继续向前走，这才发现自己也不知道要去哪儿，于是又站住了，抬头在人群中找到了希恩斯和乔纳森，向他们走去。

“那我现在该做什么？”罗辑来到两人面前问。

“您是面壁者，当然可以做面壁法案允许范围内的任何事。”希恩斯向罗辑鞠躬说，“虽然仍有法案原则的限制，但您现在几乎可以调动地球国际的一切资源。”

“包括舰队国际的资源。”乔纳森补充说。

罗辑想了想说：“我现在不需要调动任何资源，但如果我真恢复了面壁法案赋予的权力的话……”

“这毫无疑问！”希恩斯说，乔纳森跟着点点头。

“那就提出两项要求：第一，所有城市恢复秩序，恢复正常生活。

这要求没什么神秘之处，大家都能理解吧。”

所有人都连连点头，有人说：“我的神，全世界都在听着呢。”

“是的，全世界都在听着。”希恩斯说，“恢复稳定需要时间，但因为有您在，我们相信能做到的。”他的话也引起了人们的纷纷附和。

“第二，所有人都回家吧，让这里安静下来。谢谢！”

听到罗辑这句话，人们都沉默了，但很快响起一阵嗡嗡声，他的话开始从人群中向后传。人群散开了，开始散得很慢很不情愿，但渐渐快了起来，一辆又一辆车开上了高速公路，向城市方向开去，还有许多人沿着公路步行，在夜色中像一长串发光的蚁群。

沙漠变得空旷了，在留着纷乱脚印的沙地中，只剩下罗辑、史强、希恩斯和乔纳森。

“我真为以前的自己感到羞耻。”希恩斯说，“人类文明只有五千年历史，我们对生命和自由就如此珍视，宇宙中肯定有历史超过几十亿年的文明，他们拥有怎样的道德，还用得着怀疑吗？”

“我也为自己感到羞耻，这些天来，竟然对上帝产生了怀疑。”乔纳森说，看到希恩斯要说什么，他抬手制止了对方，“不不，朋友，我们说的可能是一回事。”

两个人拥抱在一起，泪流满面。

“我说先生们，”罗辑拍拍他们的后背说，“你们可以回去了，如果需要，我会同你们联系的，谢谢。”

罗辑看着他们像一对幸福的情侣一样相互扶持着走远，现在，这里只剩下他和史强两人了。

“大史，你现在想说什么？”罗辑转向史强面带笑容说。

史强呆立在那里，像刚看完一场惊心动魄的魔术表演似的目瞪口呆，“老弟，我他妈真糊涂了！”

“怎么，你不相信我是正义天使？”

“打死我也不信。”

“那超级文明的代言人呢？”

“比天使稍微靠谱点儿，但说实话，我也不信，总觉得不是那么回事嘛。”

“你不相信宇宙中有公正和正义？”

“我不知道。”

“你可是个执法者。”

“说了嘛，我不知道，我真的糊涂了！”

“那你就是最清醒的人了。”

“那你能不能给我讲讲这宇宙的正义？”

“好的，跟我走。”罗辑说完径直朝沙漠深处走去，大史紧跟着他。他们沉默着走了很长的一段路，穿过了高速公路。

“这是去哪儿？”史强问。

“去最黑的地方。”

两人走到了公路的另一侧，这里，路基挡住了居民区的灯光，四周漆黑一片，罗辑和史强摸索着坐在沙地上。

“我们开始吧。”罗辑的声音在黑暗中响起。

“你讲通俗点儿，我这文化水平，复杂了听不懂。”

“谁都能懂，大史，真理是简单的，它就是这种东西，让你听到后奇怪当初自己怎么就发现不了它。你知道数学上的公理吗？”

“在中学几何里学过，就是过两点只能画一根线那类明摆着的东西。”

“对、对，现在我们要给宇宙文明找出两条公理：**一、生存是文明的第一需要。二、文明不断增长和扩张，但宇宙中的物质总量保持不变。**”

“还有呢？”

“没有了。”

“就这么点儿东西能推导出什么来？”

“大史，你能从一颗弹头或一滴血还原整个案情，宇宙社会学也就是要从这两条公理描述出整个银河系文明和宇宙文明的图景。科学就是这么回事，每个体系的基石都很简单。”

“那你推导一下看看？”

“首先我们谈谈黑暗战役的事，如果我说星舰地球是宇宙文明的缩影，你相信吗？”

“不对吧，星舰地球缺少燃料和配件这类资源，但宇宙不缺，宇宙太大了。”

“你错了，宇宙是很大，但生命更大！这就是第二条公理所表明的。宇宙的物质总量基本恒定，但生命却以指数增长！指数是数学中的魔鬼，如果海中有一个肉眼看不到的细菌，半小时分裂一次，只要有足够的养料，几天之内它的后代就能填满地球上所有的海洋。不要让人类和三体世界给你造成错觉，这两个文明是很小，但它们只是处于文明的婴儿阶段，只要文明掌握的技术超过了某个阈值，生命在宇宙中的扩张是很恐怖的。比如说，就按人类目前的航行速度，一百万年后地球文明就可以挤满整个银河系。一百万年，按宇宙尺度只是很短的时间啊。”

“你是说，从长远来看，全宇宙也可能出现星舰地球那样的……他们怎么说来着，生存死局？”

“不用从长远看，现在整个宇宙已经是一个生存死局了！正像希恩斯所说，文明很可能几十亿年前就在宇宙中萌发了，从现在的迹象看，宇宙可能已经被挤满了，谁也不知道银河系和整个宇宙现在还有多少空地方，还有多少没被占用的资源。”①

“这也不对吧？宇宙看上去空荡荡的，除了三体，没有看到别的外星生命啊？”

“这是我们下面要说的，给我一支烟。”罗辑摸索了半天才从大史手中拿到烟，再听到罗辑说话时，史强发现他已经坐到离自己有

① 不同生命性质的文明间需占有不同的资源，所以宇宙间文明的资源分配可能分成相互平行的很多层次，从碳基生命、硅基生命直至恒星生命和电磁生命，所需的资源基本囊括了宇宙间的所有物质形态，各层所涉及的资源大部分互不干扰，但也有重叠。

三四米远的地方了，“我们得拉开点距离，才更有太空的感觉。”罗辑说，然后，他拧动香烟的过滤嘴部分，把烟点燃了，同时，史强也点上了一支。黑暗中，两颗小火星遥遥相对。

“好，为了说明问题，现在我们需要建立一个最简洁的宇宙文明模型：这两个火星就代表两个文明星球，整个宇宙只由这两个星球组成，其他什么都没了，你把周围的一切都删除。怎么样，找到这个感觉了吗？”

“嗯，这感觉在这种黑地方比较好找。”

“现在我们分别把这两个文明世界称作你和我的文明，两个世界相距遥远，就算一百光年吧。你探测到了我的存在，但不知道更详细的情况，而我完全不知道你的存在。”

“嗯。”

“下面要定义两个概念：文明间的善意和恶意。善和恶这类字眼放到科学中是不严谨的，所以需要对它们的含义加以限制：善意就是指不主动攻击和消灭其他文明，恶意则相反。”

“这是最低的善意了吧？”

“你已经知道了我这个文明在宇宙中的存在，下面就请考虑你对于我有什么选择。请注意，这个过程中要时刻牢记宇宙文明公理，还要时刻考虑太空中的环境和距离尺度。”

“我选择与你交流？”

“如果这样做，你就要注意自己付出的代价：你暴露了自己的存在。”

“是，这在宇宙中不是一件小事。”

“有各种程度的暴露：最强的暴露是使我得知你在星际的精确坐标，其次是让我知道你的大致方向，最弱的暴露是仅仅让我得知你在宇宙中的存在。但即使是最弱的暴露也有可能使我搜索并找到你，既然你能够探知我的存在，我当然也有可能找到你，从技术发展角度看，这只是个时间问题。”

“可老弟，我可以冒一下险与你交流，如果你是恶意的，那算我倒霉；如果你是善意的，那我们就可以进一步交流，最后联合成一个更大的善意文明。”

“好，大史，我们到了关键之处。下面再回到宇宙文明公理上来：即使我是善意文明，我是否能够在交流开始时就判断你也是善意的呢？”

“当然不行，这违反第一条公理。”

“那么，在我收到你的交流信号后，我该怎么办？”

“你当然应该首先判断我是善意还是恶意，如果是恶意，你消灭我；如果是善意，我们继续交流。”

罗辑那边的火星升了起来并来回移动，显然是他站起身来开始踱步了，“在地球上是可以的，但在宇宙中不行。下面我们引入一个重要概念：猜疑链。”

“挺怪的词儿。”

“我开始仅得到这么一个词，她没有解释，但我后来终于从字面上推测出了它的含义。”

“他？他是谁？”

“……后面再说吧，我们继续：如果你认为我是善意的，这并不是你感到安全的理由，因为按照第一条公理，善意文明并不能预先把别的文明也想成善意的，所以，你现在还不知道我是怎么认为你的，你不知道我认为你是善意还是恶意；进一步，即使你知道我把你也想象成善意的，我也知道你把我想象成善意的，但我不知道你是怎么想我怎么想你怎么想我的，挺绕的是不是？这才是第三层，这个逻辑可以一直向前延伸，没完没了。”

“我懂你的意思。”

“这就是猜疑链，这种东西在地球上是见不到的。人类共同的物种、相近的文化、同处一个相互依存的生态圈、近在咫尺的距离，在这样的环境下，猜疑链只能延伸一至两层就会被交流所消解。但在太空中，猜疑链则可能延伸得很长，在被交流所消解之前，黑暗战役那样的事已经发生了。”

大史抽了一口烟，他沉思的面容在黑暗中显现了一下，“现在看来黑暗战役真的能教会我们好多事。”

“是的，星舰地球的五艘飞船仅仅是五个‘类宇宙文明’，还不是真正的宇宙文明——因为它们都是由人类这同一物种组成的，相互间的距离也很近——尽管这样，在生存死局下，猜疑链还是出现了。

而在真正的宇宙文明中，不同种族之间的生物学差异可能达到门甚至界一级[①]，文化上的差异更是不可想象，且相隔着无比遥远的距离，它们之间猜疑链几乎是坚不可摧的。”

“这就是说，不管你我是善意文明还是恶意文明，结果都一样？”

“是的，这就是猜疑链最重要的特性：与文明本身的社会形态和道德取向没有关系，把每个文明看成链条两端的点即可，不管文明在其内部是善意的还是恶意的，在进入猜疑链构成的网络中后都会变成同一种东西。”

“可是如果你比我弱小很多呢，对我没有威胁，这样我总可以和你交流吧？”

“也不行，这就要引入第二个重要概念：技术爆炸。这个概念她也没来得及说明，但推测起来比猜疑链要容易得多。人类文明有五千年历史，地球生命史长达几十亿年，而现代技术是在三百年时间内发展起来的，从宇宙的时间尺度上看，这根本不是什么发展，是爆炸！技术飞跃的可能性是埋藏在每个文明内部的炸药，如果有内部或外部因素点燃了它，轰一下就炸开了！地球是三百年，但没有理由认为宇宙文明中人类是发展最快的，可能其他文明的技术爆炸更为迅猛。我比你弱小，在收到你的交流信息后得知了你的存在，

①在生物学上，生物分类分为界、门、纲、目、科、属、种，阶层越是往下，彼此之间特征就越相似。地球人类的种族之间在生物学上的差异也就局限于种这一层级，如果考虑到非碳基生物的存在，外星种族的差异可能超越了界一级。

我们之间的猜疑链也就建立了，这期间我随时都可能发生技术爆炸，一下子远远走在你的前面，变得比你强大。要知道在宇宙尺度上，几百年只是弹指一挥间，而我得知你的存在和从交流中得到的信息，很可能是技术爆炸最好的导火线。所以，即使我仅仅是婴儿文明或萌芽文明，对你来说也是充满危险的。”

史强看着远处罗辑那边黑暗中的火星想了几秒钟，又看看自己的烟头，“那，我只能保持沉默了。”

“你想想这对吗？”

他们都抽着烟，随着火星不时增亮，两个面容在黑暗中交替浮现，仿佛是这个简洁宇宙中两个深思的上帝。

史强说：“也不行，如果你比我强大，既然我能发现你，那你总有一天能搜寻到我，这样我们之间就又出现了猜疑链；如果你比我弱小，但随时可能发生技术爆炸，那就变成第一种情况了。总结起来：一、让你知道我的存在；二、让你存在下去，对我来说都是危险的，都违反第一条公理。”

“大史，你真的是个头脑很清楚的人。”

“这一开始我的脑瓜还是能跟上你的。”

罗辑在黑暗中沉默了很长时间，他的脸在火星的微光中浮现了两三次后才说：“大史，不是什么开始，我们的推论已经结束了。”

“结束？我们什么也没弄出来呀？你说的宇宙文明图景呢？”

“你在得知我的存在后，交流和沉默都不行，你也只剩一个选择了。”

在长时间的沉默中，两粒火星都熄灭了，没有一丝风，黑暗在寂静中变得如沥青般黏稠，把夜空和沙漠糊成一体。最后，史强只在黑暗中说出一个字：

“操！”

“把你的这种选择外推到千亿颗恒星中的亿万文明上，大图景就出来了。”罗辑在黑暗中点点头说。

“这……也太黑了吧……”

“真实的宇宙就是这么黑。”罗辑伸手挥挥，像抚摸天鹅绒般感受着黑暗的质感，“宇宙就是一座黑暗森林，每个文明都是带枪的猎人，像幽灵般潜行于林间，轻轻拨开挡路的树枝，竭力不让脚步发出一点儿声音，连呼吸都小心翼翼……他必须小心，因为林中到处都有与他一样潜行的猎人。如果他发现了别的生命，不管是不是猎人，不管是天使还是魔鬼，不管是娇嫩的婴儿还是步履蹒跚的老人，也不管是天仙般的少女还是天神般的男孩，能做的只有一件事：开枪消灭之。在这片森林中，他人就是地狱，就是永恒的威胁，任何暴露自己存在的生命都将很快被消灭。这就是宇宙文明的图景，这就是对费米悖论的解释。”

大史又点上了一支烟，仅仅是为了有点光明。

“但黑暗森林中有一个叫人类的傻孩子，生了一堆火并在旁边高喊：我在这儿！我在这儿！”罗辑说。

“有人听到了吗？”

“被听到是肯定的，但并不能由此判断这孩子的位置。到目前为止，人类还没有向宇宙中发送过地球和太阳系位置的确切信息，从已经发送的信息中能够知道的，只是太阳系与三体世界的相对距离，以及这两个世界在银河系中的大致方向，但这两个世界的确切位置还是秘密。要知道，我们处于银河系边缘的蛮荒地带，相对安全一些。”

“那你的咒语是怎么回事呢？”

“我通过太阳发送到宇宙间的那三张图，每张上面有三十个点，代表着三十颗恒星在三维坐标系相应平面的位置投影。把这三张图按照三维立体坐标组合起来，就构成了一个立方体空间，那三十个点分布在这个空间中，标示出了187J3X1与它周围三十颗恒星的相对位置，同时用一个标识符注明了187J3X1。

“你仔细想想就能明白：一个黑暗森林中的猎手，在凝神屏息的潜行中，突然看到前面一棵树被削下一块树皮，露出醒目的白木，在上面用所有猎手都能认出的字标示出森林中的一个位置。这猎手对这个位置会怎么想？肯定不会认为那里有别人为他准备的给养，在所有的其他可能性中，非常大的一种可能就是告诉大家那里有活着的、需要消灭的猎物。标示者的目的并不重要，重要的是黑暗森林的神经已经在生存死局中绷紧到极限，而最容易触动的就是那根最敏感的神经。假设林中有一百万个猎手（在银河系上千亿颗恒星中存在的文明数量可能千百倍于此），可能有九十万个对这个标示不予理会；在剩下的十万个猎手中，可能有九万个对那个位置进行探测，证实其没有生物后也不予理会；那么在最后剩下的一万个猎手中，肯定有人会做出这样的选择：向那个位置开一枪试试，因为对技术发展到某种程度的文明来说，攻击可能比探测省力，也比探测安全，如果那个位置真的什么都没有，自己也没什么损失。现在，这个猎手出现了。”

“你的咒语再也发不出去了，是吗？”

“是，大史，再也发不出去了。咒语必须向整个银河系广播，而太阳被封死了。”

“人类只晚了一步？”史强扔掉烟头，那粒火星在黑暗中划了一个弧形落下，暂时照亮了一小圈沙地。

“不不，你想想，如果太阳没有被封死，我对三体世界威胁要发出针对它的咒语，会怎么样？”

“你会像雷迪亚兹那样被人群用石头砸死，然后世界会立法绝对禁止别人再有这方面的考虑。”

“说得对，大史，因为太阳系与三体世界的相对距离和在银河系中的大致方向已经公布，暴露三体世界的位置几乎就等于暴露太阳系的位置，这也是同归于尽的战略。也许确实晚了一步，但这是人类不可能迈出的一步。”

“你当时应该直接向三体发出威胁。”

“事情太诡异，当时我没法确定，必须先证实一下，反正时间还多。其实真正的原因在内心深处，我真的没有那个精神力量，我想别人也不会有。”

“现在想想，我们今天不该去见市长的，这个事，让全世界都知道了就更没希望了，想想那两个面壁者的下场。”

“我只是想尽责任而已。你说得对，真的是这样，希望我们都不要说出去，但你要说也行，就像她所说的：不管怎样，我都尽了责任。”

“老弟放心，我绝不会说的。”

“无论如何，希望已经不存在了。”

两个人走上路基，来到黑暗稍微淡些的公路上，远方居民区稀疏的灯光刺得他们都眯起了眼。

“还有一件事，你说的那个……他？”

罗辑犹豫了一下说：“算了，只需要知道，宇宙文明公理和黑暗森林理论不是我想出来的。”

“我明天就要去市政府工作了，以后有什么需要帮忙的，尽管说话。”

“大史，你帮我够多的了，明天我也要去市里，去冬眠移民局，联系庄颜她们娘儿俩苏醒的事。”

出乎罗辑的预料，冬眠移民局承认庄颜和孩子的苏醒仍被冻结着，局长明确告诉他，面壁者的权限在这里不起作用。罗辑找到了希恩斯和乔纳森，他们也不清楚这件事的细节，但告诉他，新修订的面壁法案有一项条款：联合国和面壁计划委员会可以采取一切措施保证面壁者专注于自己的工作。就是说，在两个世纪以后，联合国再一次拿这件事作为要挟和控制他的工具。

罗辑提出要求，让这个冬眠者居住区保持现状，禁止外界骚扰。这个要求被忠实地执行了，新闻媒体和朝圣的民众都被挡在了远处，新生活五村的一切都恢复了平静，仿佛什么都没有发生过一样。

两天后，罗辑参加了面壁计划恢复后的第一次听证会，他没有去处于北美洲地下的联合国总部，而是在新生活五村自己俭朴的居所中，通过视频连接参加了会议，会场画面就出现在房间里的那台普通电视机上。

“面壁者罗辑，我们本来准备面对您的愤怒的。”委员会主席说。

“我的心已是一堆燃烧过后的灰烬，没有愤怒的能力了。”罗辑靠在沙发上懒洋洋地说。

主席点点头，“这是一种很好的状态，不过委员会认为您应该离开那个小地方，那里不应该成为太阳系防御战争的指挥中心之一。”

“知道西柏坡吗？离这儿不远，那是一个更小的村庄，两个多世纪前，这个国家的创始人曾在那里指挥过全国的战争，那些战役的规模世界罕见。”

主席又摇摇头，“看来，您仍然没有什么改变……那好吧，委员会尊重您的习惯和选择，您应该尽快开始工作了，您不会像那时一样，声称自己一直在工作中吧？”

“我现在没有工作，因为工作的前提条件不存在：你们能够以恒星级功率向宇宙广播我的咒语吗？”

亚洲舰队的代表说：“您知道这不可能，水滴对太阳的电波压制一直在持续，而且我们预期在两三年内都不会停止，而到那时，另外九个水滴也到达太阳系了。”

“那我什么也做不了。”

主席说：“不，面壁者罗辑，您还有一件重要的事没有做：对联合国和舰队联席会议公布咒语的秘密，您是如何通过它摧毁一颗恒星的？”

“这不可能。”

“如果是作为您的爱妻和孩子苏醒的条件呢？”

“这么卑鄙的话你居然也能在这里说出来。”

“这是秘密会议，再说，面壁计划这种事，本来也是不能被现代社会所容忍的。既然面壁计划已经恢复，那么两个世纪前联合国面壁计划委员会所做出的决议仍然有效，而按照当时的决议，庄颜和你们的孩子应该在末日之战时苏醒。”

“刚刚发生的不是末日之战吗？”

“两个国际都不这么认为，毕竟三体主力舰队还没有到达。”

“我保守咒语的秘密是在尽面壁者的责任，否则，人类将丧失最后的希望，虽然现在看来这希望已经不存在了。”

在会议后的几天里，罗辑闭门不出，整天借酒浇愁，大部分时间都处于醉态中。偶尔人们看到他出门，也是衣冠不整，胡子老长，像个流浪汉。

第二次面壁计划听证会召开，罗辑仍在他的居所参加会议。

“面壁者罗辑，您的状态看起来很让我们担心。”主席在视频中见到蓬头垢面的罗辑时说，他移动罗辑房间中的摄像头，与会代表们看到散落一地的酒瓶。

“即使为了自己恢复正常的精神状态，您也应该工作。”欧联代表说。

“你们知道怎样才能使我恢复正常。”

“关于您妻子和孩子苏醒这件事，其实没有那么重要。”主席说，“我们不想借此控制您，也知道控制不了您，但有以前委员会的决议，所以解决这个问题还是有一定难度的，至少，要有一定条件的。”

“我已经拒绝了你们的条件。”

“不不，罗辑博士，条件变了。”

主席的话让罗辑的眼睛亮起来，一下在沙发上坐正了，“现在的条件是？”

“很简单，不能再简单了：您必须做一些事情。”

“只要不能向宇宙发出咒语，我就什么都做不了。”

“您必须想出一些事情来做。”

“就是说，没有意义的也行？”

“只要在公众看来有意义就行，在他们眼中，您现在是宇宙公正力量的代言人，或者是上帝派到人间的正义天使，您这样的身份至少能够起到稳定局势的作用。可如果您长时间什么都不做，那就会失去公众的信仰。”

“用这种方式取得稳定很危险，后患无穷。”

“但目前我们需要世界局势的稳定，九个水滴即将在三年后到达太阳系，我们必须做好应对的准备。”

“我真的不想浪费资源。”

“如果是这样，可以由委员会为您提供一个任务，一个不浪费资源的任务。下面请舰队联席会议主席为您介绍。”主席说着，对也是通过视频参加会议的舰队联席会议主席示意了一下，后者显然正在一座太空建筑中，群星正从他身后宽大的窗户外缓缓移过。

舰队联席会议主席说：“九个水滴到达太阳系的时间，只是根据它们在四年前通过最后一片星际尘埃时的速度和加速度估算的，这九个水滴同已经到达太阳系的一号水滴不同，它们的发动机在启动时不发光，也不发出任何可供定位的高频电磁辐射，这很可能是在一号水滴被人类成功跟踪后它们做出的自我调整。在外太空中搜寻和跟踪这样小的不发光物体是很难的，现在我们失去了它们的踪迹，我们无法判断它们到达太阳系的时间，甚至它们到达后我们都无法觉察到。”

“那我能做什么呢？”罗辑问。

“我们希望您能领导雪地工程。”

“什么？”

“就是用恒星型氢弹和海王星的油膜物质制造太空尘埃云，以便在水滴穿过时显示其踪迹。”

“开什么玩笑？要知道，我对太空中的事并不完全是外行。”

“您曾经是一名天文学家，这也使您更有资格领导这项工程。”

“上次制造尘埃云跟踪成功，是因为知道目标的大致轨道，现在可什么都不知道……如果那九个水滴能在不发光的情况下加速和变轨，那它们也可能从太阳系的另一侧进入！这尘埃云该在哪儿造？”

“在所有方向上。”

“您是说制造一个尘埃球把太阳系包住？要是那样，您可真的是被上帝派来的。”

“尘埃球不可能，但能够制造一个尘埃环，在黄道面上[①]，位于木星和小行星带之间。”

“可如果那些水滴从黄道面外进入呢？”

“那就没有办法了。但从宇航动力学角度看，水滴编队要接触太阳系各个行星，最大的可能就是从黄道面内进入，一号水滴就是，这样尘埃就能捕捉到它们的尾迹，只要捕捉到一次，太阳系内的光

① 地球围绕太阳运行的平面。

学跟踪系统就能锁定它们。”

“那又有什么意义呢？”

“我们至少知道水滴编队进入了太阳系，它们可能攻击太空中的民用目标，那时就需要召回所有飞船，或至少是水滴航向上的飞船，并把太空城中的所有居民撤回地球，这些目标太脆弱了。”

“还有更重要的一点，”面壁计划委员会主席说，“要为可能撤向太空深处的飞船确定安全的航线。”

“撤向太空深处？我们不是在谈逃亡主义吧。”

“如果你非要用这个名称也可以。”

“那为什么不现在就开始逃亡呢？”

“现在的政治条件还不允许，但在水滴编队逼近地球时，有限规模的逃亡也许能够被国际社会所接受……当然这只是一种可能，但联合国和舰队必须现在就为此做好准备。”

“明白了，可雪地工程并不需要我啊？”

“需要，即使只造一个木星轨道内的尘埃环，也是一项浩大的工程，要部署近万颗恒星型氢弹，需要上千万吨油膜物质，这要组建一个庞大的太空船队。如果在三年内完成工程，就必须借助您目前的地位和威信，来对两个国际的资源进行组织和协调。”

“如果我答应承担这项使命，什么时候能够苏醒她们？”

“等工程全面启动就可以，我说过这不是什么重要问题。”

但雪地工程从来未能全面启动。

两个国际对雪地工程不感兴趣，公众们期待面壁者提出救世战略，而不是一个仅仅能够告知敌人到达的计划，况且他们知道，这不是面壁者的想法，只是联合国和舰队联席会议借助他的权威推行的一个计划而已。而且，与联合国预料的不同，随着水滴编队的逼近，逃亡主义在公众眼中变得更邪恶了。全面启动雪地计划将导致整个太空经济的停滞，因而也会带来地球和舰队经济的全面衰退，两个国际都不愿为此计划付出这样的代价。所以，无论是前往海王星开采油膜物质的太空船队的组建，还是恒星型氢弹的制造（雷迪亚兹的计划所遗留下来的五千多枚氢弹中，在两个世纪后只有不到一千枚还能使用，对于雪地工程而言，这数量远远不够），都进展迟缓。

罗辑倒是全身心地投入了雪地工程。最初，联合国和舰队联席会议只是想借助他的威信调集工程所需的资源，但罗辑完全把自己陷入工程的细节之中，废寝忘食地同技术委员会的科学家和工程师们搅在一起，对工程提出了自己的许多设想，例如他提出在每颗核弹上安装小型星际离子发动机，使其能够在轨道上有一定的机动能力，这样可以按照需要及时调整不同区域尘埃云的密度，更重要的是，可以把氢弹作为直接的攻击武器，他把这称为太空地雷。他认为，尽管已经证明恒星型氢弹不可能摧毁水滴，但从长远考虑，却可能用于攻击三体飞船，因为目前没有任何证据证明，敌人的飞船也是用强互作用力材料制造的。他还亲自确定了每一颗氢弹在太阳轨道上的部署位置。虽然从现代技术观点看来，罗辑的许多设想都充满了二十一世纪的幼稚和无知，但由于他的威望和面壁者的权力，这些意见还是大部分被采纳了。罗辑把雪地工程当作一种逃避的方式，他知道要想逃避现实，最好的方式就是深深介入现实之中。

但罗辑对雪地工程越是投入，世界就对他越是失望。人们知道，他投身于这个没有多大意义的工程只是为了尽快见到自己的爱人和孩子，而世界所盼望的救世计划一直没有出现，罗辑多次对媒体声称，如果不能以恒星级功率发出咒语，他对一切都无能为力。

雪地工程进行了一年半后陷入停顿，这时，从海王星只采集到一百五十万吨的油膜物质，加上原来雾伞计划中采集的六十万吨，距工程所需的数量相去甚远。最后，只在距太阳两个天文单位的轨道上部署了三千六百一十四颗包裹油膜物质的恒星级氢弹，不到计划数量的五分之一。这些油膜氢弹如果引爆，完全无法形成连续的尘埃云带，只能形成许多围绕太阳的相互独立的尘埃云团，所能起到的预警作用大打折扣。

这是一个失望和希望来得一样快的时代，在焦虑地等待了一年半后，公众终于对面壁者罗辑失去了耐心和信心。

在国际天文学联合会大会上——这个会议上一次引起世界关注是在2006年，那次年会上冥王星被取消了行星的资格——有许多天文学家和天体物理学家认为，187J3X1恒星的爆炸只是一次偶然事件。罗辑作为一名天文学者,很可能在二十一世纪就发现了该恒星爆发的某些迹象。尽管这种说法有很多漏洞,但还是被越来越多的人相信,这加速了罗辑地位的衰落。他在公众眼中的形象由一个救世主渐渐变成普通人,直至变成大骗子。之后,虽然罗辑还拥有联合国授予的面壁者身份,面壁法案也仍然有效,但他已经没有什么实际权力了。

危机纪年第 208 年

三体舰队距太阳系 2.07 光年

在一个冷雨霏霏的秋天的下午，新生活五区的居民代表会议做出了一个决定：将罗辑驱逐出小区，理由是他影响了该区居民的正常生活。在雪地工程期间，罗辑常常外出参加会议，但大部分时间还是在小区里度过的，他就在自己的居所中同雪地工程的各个机构保持联系。罗辑恢复面壁者身份后，新生活五区就处于戒严之中，居民的生活和工作都受到影响。后来，随着罗辑地位的衰落，对小区的戒严也渐渐松懈下来，但情况更糟：不时有城里来的人聚集在罗辑所住的楼下，对他起哄嘲骂，还向他的窗子扔石块，而新闻媒体对这景象也很感兴趣，往往来的记者和抗议者一样多。但罗辑被驱逐的真正原因，还是冬眠者们心中对他彻底的失望。

会议结束时已是傍晚，居委会主任去罗辑的住处向他通报会议决定。她按了好几次门铃后，自己推开了虚掩着的门，屋里混合着酒气、烟味和汗味的空气令她窒息。她看到，屋里的墙壁都被改造成城市里的信息墙，到处都可以点击出信息界面。纷乱的画面布满了所有的墙壁，这些画面上大部分显示着复杂的数据和曲线，一幅最大的画面则显示着一颗悬浮在太空中的球体，这就是已经包裹着油膜物质的恒星级氢弹。油膜物质呈透明状，可以清晰地看到其内部的氢弹，主任觉得它看上去像自己来自的那个时代孩子们玩的玻璃弹球。球体缓缓转动，在转轴的一极有一个小小的凸起，那是等离子发动机，光洁的球面上映着一轮小小的太阳。无数的画面令人眼花缭乱地闪烁着，使房间变成了一个光怪陆离的大盒子，房间里没有开灯，只由墙上的画面来照亮，一切都溶解在迷离的彩光之中，一时分不清哪是实体哪是影像。眼睛适应了之后，主任看到这里像一个吸毒者的地下室，地上到处散落着酒瓶和烟头，成堆的脏衣服上落满了烟灰，像一个垃圾堆。她好不容易才从这个垃圾堆中找到了罗辑，他蜷缩在一个墙角，在画面的背景上显得黯黑，像一根被遗弃在那里的枯树干。开始主任以为他睡着了，但很快发现他的双眼木然地看着堆满垃圾的地面，其实是什么都没看。他眼中布满血丝，面容憔悴，身体瘦得似乎无法支撑起自己的重量。听到主任的招呼，他缓缓地转过脸来，同样缓慢地对她点点头，这使她确信他还活着。但两个世纪的磨难这时已经在他身上聚集起来，把他完全压垮了。

面对着这个已经耗尽了一切的人，主任并没有丝毫的怜悯。和那个时代的其他人一样，她总觉得不管世界多么黑暗，总在冥冥之中的什么地方存在着终极的公正，罗辑先是证实了她的感觉，然后又无情地打碎了它，对他的失望曾令她恼羞成怒，她冷冷地宣布了会议决定。

罗辑再次缓缓点头，然后用因嗓子发炎而嘶哑的声音说："我明天就走，我是该走了，如果做错了什么事，请大家原谅。"

两天后，主任才明白他最后那句话的真正含义。

其实罗辑打算当天晚上就走，目送居委会主任出门后，他摇晃着站起来，到卧室里找了一个旅行袋，往里面装了几件东西，包括从贮藏室里找出的一把短柄铁锹，铁锹柄的三角把手从旅行袋上露了出来。然后，他从地板上拾起一件已经很脏的外套穿上，背起旅行包走出门去，任身后一屋子的信息墙继续闪亮着。

楼道里空荡荡的，只是在出楼梯口时遇到一个可能是刚放学回家的孩子，那孩子用陌生而复杂的眼光盯着他，目送他出了楼门。到外面之后，罗辑才发现仍在下雨，但他不想回去拿伞了。他没有去找自己的车，因为开车会引起警卫的注意。他沿着一条小路走出了小区，再没有遇到什么人。穿过小区外围的防护林带，他来到沙漠上，细雨洒在脸上，像一双冰凉的小手轻抚着他。沙漠和天空都在暮色中迷蒙一片，像国画中的空白，罗辑想象着这空白中加上自己这个人影的画面，这就是庄颜最后留下的那幅画了。

他走上高速公路，等了几分钟后拦住了一辆车，车里是一家三口，他们很热情地让他搭上了车。这一家子是返回旧城的冬眠者，孩子还小，母亲也很年轻，他们三个人挤在前座上窃窃私语，那孩子不时把脑袋钻到妈妈怀中，每到这时三人就一起笑起来。罗辑陶醉地看着，他听不清他们说什么，因为车里放着音乐，是二十世纪的老歌，一路上罗辑听了五六首，其中有《喀秋莎》和《红莓花儿开》，于是他满心希望能听到《山楂树》，这是两个世纪前他在那个村前的大戏台上为想象中的爱人唱过的，后来，在那个北欧的伊甸园中，在倒映着雪山的湖边，他也和庄颜一起唱过这首歌。

这时，一辆车迎面开来，车灯照亮了后座，孩子无意中回头看了一眼，然后盯着罗辑叫道："呀，他好像是面壁者呀！"于是孩子的父母也都回头看他，他只好承认自己就是罗辑。

这时，车内响起了《山楂树》。

车停了下来，"下去。"孩子的父亲冷冷地说，母亲和孩子看他的眼光也如外面的秋雨般冰凉。

罗辑没有动，他想听那首歌。

"请下去。"那男人又说，罗辑读出了他们目光中的含义：没有救世的能力不是你的错，但给世界以希望后又打碎它则是一种不可饶恕的罪恶。

罗辑只好起身下车，他的旅行包随后被扔了出来，车启动时他跟着跑了几步，想再听听那首歌，但《山楂树》很快就消失在冰冷的雨夜中。

这里已是旧城边缘，过去的高层建筑群在远方出现，黑乎乎地立在夜雨中，每幢建筑上只零星地亮着几点灯火，像一只只孤独的眼睛。罗辑找到一个公交车站，在避雨处等了近一个小时，才等到一辆开往他要去的方向的无人驾驶公交车。车是半空的，坐了六七个人，看上去也都是旧城的冬眠者居民。车里的人们都不说话，默默地感受着这秋夜的阴郁。一路上很顺利，但一个多小时后还是有人认出了罗辑，于是车里的人一致要求他下车。罗辑争辩说自己已经输入信用点买了票，当然有权坐车。有一个头发花白的老者拿出两枚现在已经很不常见的现金硬币扔给了他，他还是被赶下了车。

“面壁者，你背把铁锹干什么？”车开时有人从车窗探出头问。

“为自己挖墓。”罗辑说，引起了车里的一阵哄笑。

没人知道他说的是真话。

雨仍在下着，现在已经不可能再有车了，好在这里离目的地已经不远，罗辑背起背包向前走去。走了约半小时后，他拐下公路，走上了一条小路。远离了路灯，四周变得很黑，他从背包中取出手电照着脚下的路。路越来越难走，湿透的鞋子踏在地上咕咕作响，他在泥泞中滑倒了好几次，身上沾满了泥，只好把背包中的铁锹取出来当拐杖，前方只能看到一片雨雾，但他知道自己的大方向是没有错的。

在雨夜中步行了一个小时后，罗辑来到了那片墓地。墓地的一半已经被埋在沙下，另一半由于地势较高，仍露在外面。他打着手电在一排排墓碑间寻找，略过了那些豪华的大碑，只看那些简朴的小墓碑上的碑文。雨水在石碑上反着光，像闪动的眸子一般，罗辑看到，这些墓都是二十世纪末和二十一世纪初危机出现前建的，这些已经在时光中远去的人们很幸运，他们在最后的时刻，肯定认为自己生存过的这个世界将永恒地存在下去。

罗辑对找到自己想找的墓碑并没抱太大希望，但他竟很快找到了。他没看碑文就认出了它，时间已过去了两个世纪，这真是件很奇怪的事。也许是雨水冲刷的缘故，墓碑并没有显出时间的痕迹，上面“杨冬之墓”四个字像是昨天才刻上去的。叶文洁的墓就在她女儿的墓旁边，两个墓碑除碑文外一模一样，叶文洁的墓碑上也是只有姓名和生卒年月，这让罗辑想起了红岸遗址的那块小石碑，它们都是为了忘却的纪念。两块墓碑静静地立在夜雨中，仿佛一直在等待着罗辑的到来。

罗辑感到很累，就在叶文洁的墓旁坐了下来，但他很快在夜雨的寒冷中颤抖起来，于是他拄着铁锹站了起来，在叶文洁母女的墓旁开始挖自己的墓穴。

开始时，湿土挖起来比较省力，但再往下，土就变得坚硬了，还夹杂着很多石块，罗辑感觉自己挖到了山体本身。这让他同时感到了时间的无力和时间的力量：也许在这两个世纪中就沉积了上面这薄薄的一层沙土；而在那漫长的没有人的地质年代里，却生成了承载墓地的这座山。他挖得很吃力，只能干一会儿休息一会儿，夜就

在不知不觉中流逝着。

后半夜雨停了，后来云层也开始散开，露出了一部分星空。这是罗辑来到这个时代以后看到过的最明亮的星星，二百一十年前的那个黄昏，就在这里，他和叶文洁一起面对着同一片星空。

现在他只看到星星和墓碑，但这却是最能象征永恒的两样东西。

罗辑终于耗尽体力，再也挖不下去了。看看已经挖出的坑，作为墓穴显然浅了些，但也只能这样了。其实他这样做，无非是提醒人们自己希望被葬在这里，但他最可能的归宿是在火化炉中变成灰烬，然后骨灰被丢弃在一个不为人知的地方，不过这真的都无所谓了，很可能，就在这之后不久，他的骨灰会同这个世界一起在一场更为宏大的火化中变成离散的原子。

罗辑靠在叶文洁的墓碑上，竟然很快睡着了。也许是寒冷的缘故，他又梦到了雪原，在雪原上他再次看到了抱着孩子的庄颜，她的红围巾像一束火苗。她和孩子都在向他发出无声的呼唤，而他则向她们拼命喊叫，让她们离远些，因为水滴就要撞击这里了！但他的声带发不出声音，似乎这个世界已经被静音了，一切都处于绝对的死寂中。但庄颜似乎明白了他的意思，抱着孩子在雪原上远去了，在雪地上留下的一串脚印，像国画中一道淡淡的墨迹，雪原只是一片空白，只有这道墨迹才能显示大地甚至世界的存在，于是，一切又变成庄颜的那幅画了。罗辑突然悟出，她们走得再远也无法逃脱，因为即将到来的毁灭将囊括一切，而这毁灭与水滴无关……他的心再次在剧痛中撕裂，他的手在空中徒劳地抓着，但在雪原形成的一片空白中只有庄颜渐远的身影，已变成一个小黑点。他向四周看看，想在空白世界中找到一些实在的东西，真的找到了，是在雪地上并排而立的两块黑色墓碑。开始它们在雪中很醒目，但碑的表面在发生变化，很快变成了全反射的镜面，像水滴表面那样，上面的碑文都消失了。罗辑伏到一块碑前想通过镜面看看自己，但自己在镜中没有映像，镜子所映出的雪原上也没有了庄颜的身影，只有雪地上那一行淡淡的脚印。他猛回头，看到镜像外的雪原只是一片空白，连脚印都消失了，于是他又回头看墓碑的镜面，它们映射着空白的世界，几乎把自身隐形了，但他的手还是能感觉到它们那冰冷光滑的表面……

罗辑醒来时天已经蒙蒙亮，在初露的晨曦中，墓场清晰起来，从躺着的角度看周围的墓碑，罗辑感到自己仿佛置身于上古的巨石阵中。他在发着高烧，牙齿在身体的剧烈颤抖中格格作响，他的身体像一根油尽的灯芯，在自己燃烧自己了。他知道，现在是时候了。

罗辑扶着叶文洁的墓碑想站起来，但碑上一个移动的小黑点引起了他的注意。在这个季节的这个时间，蚂蚁应该很少出现了，但那确实是一只蚂蚁，它在碑上攀爬着，同两个世纪前的那个同类一样，被碑文吸引了，专心致志地探索着那纵横交错的神秘沟槽。看着它，罗辑的心最后一次在痛苦中痉挛，这一次，是为地球上所有的生命。

“如果我做错了什么，对不起。”他对蚂蚁说。

罗辑艰难地站了起来，在虚弱的颤抖中，他只有扶着墓碑才能站住。他腾出一只手来，整理了一下自己满是泥浆的湿衣服和蓬乱的头发，随后摸索着，从上衣口袋中掏出一个金属管状物，那是一支已经充满电的手枪。

然后，他面对着东方的晨光，开始了地球文明和三体文明的最后对决。

“我对三体世界说话。”罗辑说，声音并不高，他本想重复一遍，但是没有，他知道对方能听到。

一切没有变化，墓碑静静地立在凌晨的宁静中，地上的水洼映着正在亮起来的天空，像一片片镜子，这给人一个错觉：似乎地球就是一个镜面球体，大地和世界只是附着于其上的薄薄一层，现在由于雨水的冲刷，球体光滑的表面一小片一小片露出来了。

这个仍未醒来的世界，不知道自己已被当作一场豪赌的筹码，放到了宇宙的赌桌上。

罗辑抬起左手，露出了戴在手腕上的手表大小的东西说：“这是一个生命体征监测仪，它通过一个发射器与一套摇篮系统联结。你们一定记得两个世纪前面壁者雷迪亚兹的事，那就一定知道摇篮系统是什么。这个监测仪所发出的信号通过摇篮系统的链路，到达雪地工程部署在太阳轨道上的三千六百一十四枚核弹，信号每秒钟发射一次，维持着这些核弹的非触发状态。如果我死去，摇篮系统的维持信号将消失，所有的核弹将被引爆，包裹核弹的油膜物质将在爆炸中形成围绕太阳的三千六百一十四团星际尘埃，从远方观察，在这些尘埃云团的遮挡下，太阳将在可见光和其他高频波段发生闪烁。太阳轨道上所有核弹的位置都是经过精心布置的，这将使得太阳闪烁形成的信号发送出三张简单的图形，就像我两个世纪前发出的那三张图一样，每张上面有三十个点的排列，并标注其中一个点，它们可以组合成一张三维坐标图。但与那次不同的是，这次发送的，是三体世界与周围三十颗恒星的相对位置。太阳将变成银河系中的一座灯塔，把这咒语发送出去，当然，太阳系和地球的位置也会同时暴露。从银河系中的一点看，图形发射完成需要一年多的时间，但应该有很多技术发展到这样程度的文明，可以从多个方向同时观测太阳，那样的话，只需几天甚至几个小时，他们就能得到全部信息。”

随着天光渐明，星星在一颗颗消失，仿佛无数只眼睛渐次闭上；而东方正在亮起的晨空，则像一只巨大的眼睛在慢慢睁开。蚂蚁继续在叶文洁的墓碑上攀爬着，穿行在她的名字构成的迷宫中。早在这个靠碑而立的豪赌者出现前的一亿年，它的种族已经生活在地球上，这个世界有它的一份，但对正在发生的事，它并不在意。

罗辑离开墓碑，站到他为自己挖掘的墓穴旁，将手枪顶到自己的心脏位置，说："现在，我将让自己的心脏停止跳动，与此同时我也将成为两个世界有史以来最大的罪犯。对于所犯下的罪行，我对两个文明表示深深的歉意，但不会忏悔，因为这是唯一的选择。我知道智子就在身边，但你们对人类的呼唤从不理睬，无言是最大的轻蔑，我们忍受这种轻蔑已经两个世纪了，现在，如果你们愿意，可以继续保持沉默，我只给你们三十秒钟时间。"

罗辑按照自己的心跳来计时，由于现在心跳很急促，他把两次算一秒钟，在极度的紧张中他一开始就数错了，只好从头数起，所以当智子出现时他并不能确定到底过了多少时间，客观时间大约流逝了不到十秒钟，主观时间长得像一生。这时他看到世界在眼前分成了四份，一份是周围的现实世界，另外三份是变形的映像。映像来自他前上方突然出现的三个球体，它们都有着全反射的镜面，就像他在最后一个梦中见到的墓碑那样。他不知道这是智子的几维展开，那三个球体都很大，在他的前方遮住了半个天空，挡住了正在亮起来的东方天际，在球体映出的西方天空中他看到了几颗残星，球体下方映着变形的墓地和自己。罗辑最想知道的是为什么是三个，他首先想到的是三体世界的象征，就像叶文洁在最后一次 ETO 的聚会上看到的那个艺术品；但看到球体上所映照的虽然变形但异常清晰的现实图像时，他又感觉那是三个平行世界的入口，暗示着三种可能的选择；接下来看到的又否定了他的这种想法，因为三个球体上都出现了两个相同的字：

住手!
住手!
住手!

住手！

“我可以谈谈条件吗？”罗辑仰头看着三个球体问。

你先把枪放下，然后我们可以谈判。

这些字仍是在三个球体上同时显示的，字迹发出红色的光芒，极其醒目，罗辑看到字行在球体上没有变形，是整齐的一行，以至于看上去既像在球体表面，又像在它们的内部，他提醒自己，这是在看高维空间在三维世界中的投影。

“这不是谈判，是我继续活下去的要求，我只希望知道你们答应还是不答应。”

说出你的要求。

“让水滴，或者说探测器，停止向太阳发射电波。”

已经按你说的做了。

球体的回答快得出乎预料，罗辑现在并没有什么办法去核实，但他感到周围的空间有了一些微妙的变化，就像某种因持续存在而不为人察觉的背景音消失了，当然，这也许是幻觉，人是感觉不到电磁辐射的。

“让正在向太阳系行进的九个水滴立刻改变航向，飞离太阳系。”

这一次三个球体的回答稍微延迟了几秒钟。

已经按你说的做了。

“请给人类核实的手段。”

九个探测器都将发出可见光，你们的林格-斐兹罗望远镜就能观测到它们。

罗辑仍然不可能核实这些，但这个时候，他相信三体世界。

“最后一个条件：三体舰队不得越过奥尔特星云。”

舰队现在已处于最大的减速推进功率，不可能在奥尔特星云外侧把与太阳的相对速度减到零。

“那就像水滴编队一样转向，使航线偏离太阳系。”

向哪个方向转向都是死路，这样会使舰队掠过太阳系进入荒凉太空，到时无论是返回三体世界还是寻找其他可生存星系，都要相当长的时间，舰队生态循环系统维持不了那么长时间。

“也不一定是死路，也许以后人类或三体世界的飞船能够追上并营救他们。”

这需要最高执政官的指令。

“转向毕竟是一个很长的过程，先做起来吧，给我和别的生命一个活下去的机会。”

一段长达三分钟的沉默，然后：

舰队将在地球计时十分钟后开始转向，大约转向开始三十分钟后，人类太空观测系统就能觉察到航向的改变。

“好，对我来说这就够了。”罗辑说，同时把手枪从胸口移开，他的另一只手扶着墓碑，尽力不让自己倒下，“你们早就知道宇宙的黑暗森林状态吗？”

是的，早就知道，你们这么晚才知道倒是一件很奇怪的事……你的健康状况让我们担忧，这不会意外中断摇篮系统的维持信号吧？

“不会，这套装置比雷迪亚兹的要先进许多，我只要活着信号就不会中断发射。”

你最好还是坐下来，这样会对你的状况有所改善。

“谢谢。”罗辑说，靠着墓碑坐了下来，“不要担心，我死不了的。”

我们正在和两个国际的最高层取得联系，要不要为你叫一辆救护车？

罗辑笑着摇摇头，“不用，我不是救世主，只想像一个普通人那样离开这里回家，我休息一会儿就走。”

三个球体中的两个消失了，剩下的一个显示的字迹也不再发光，显得黯淡阴郁：

我们还是失败在计谋上。

罗辑点点头，“用尘埃云遮挡太阳向星际发送信息并不是我的发明，早在20世纪就有天文学家提出过这个设想。其实你们有过多次识破我的机会。比如在雪地工程的全过程中，我一直对核弹在太阳轨道上的精确位置那么在意。”

你还在长达两个月的时间里，一个人待在控制室中，遥控核弹上的离子发动机对它们的位置进行微调，我们当时对这些都没有在意，以为你只是通过无意义的工作来逃避现实。我们从来就没有想

到这些核弹的间距有什么意义。

“还有一个机会，那时我向一个物理学家小组咨询智子在太空中展开的问题[①]。如果 ETO 还在，他们早就识破我了。”

是的，抛弃他们是一个错误。

“还有，我要求在雪地工程中建立这样奇怪的摇篮触发系统。”

这确实使我们想起了雷迪亚兹，但没有由此想更多，两个世纪前的雷迪亚兹对我们是无害的，另外两个面壁者对我们也是无害的，我们把对他们的轻视也转移到你身上。

“对他们的轻视是不公平的，那三位面壁者都是伟大的战略家，他们看清了人类在末日之战中必然失败的事实。”

也许我们可以开始谈判了。

“那不是我的事情了。”罗辑说完长长地出了一口气，感到了如新生一般的轻松和惬意。

是的，你已经完成了面壁者的使命，但总能提一些建议吧？

“人类的谈判者肯定首先提出，要你们帮助建立一个更完善的信号发射系统，使人类掌握随时向太空发射咒语的能力。即使水滴解除对太阳的封锁，现在的系统也实在太原始了。”

我们可以帮助建立一个中微子发射系统。

①罗辑曾怀疑在尘埃云团形成后，智子可以在云团的间隙进行二维展开，也对太阳进行遮挡，进而干扰信息的发送，但他随后得知，智子在二维展开后没有任何空间机动和定位能力，只能以行星的引力为骨架保持形状，如果在太空中展开，将很快在太阳风等因素的作用下失去平面形状折叠团皱起来，这就是二维展开后的智子只能在包裹三体行星的情况下才能保持形状进行电路蚀刻的原因。

“据我所了解的情况，他们可能更倾向于引力波。在智子降临后，这是人类物理学向前走得比较远的领域，他们当然需要一个自己能够了解其原理的系统。”

引力波的天线体积很巨大的。

“那是你们和他们的事。奇怪，我现在感觉自己不是人类的一员了，我的最大愿望就是尽快摆脱这一切。”

接下来他们会要求我们解除智子封锁，并全面传授科学技术。

“这对你们也很重要，三体世界的技术是匀速发展的，直到两个世纪后仍未派出速度更快的后续舰队，所以，要救援偏航的三体舰队，只能靠未来的人类了。”

我要离开了，你真的能够自己回去吗？你的生命关系到两个文明的生存。

“没问题，我现在感觉好多了，回去后我就立刻把摇篮系统移交出去，然后，我就与这一切无关了，最后只想说：谢谢。”

为什么？

“因为你们让我活下来了，其实，只要换个思考方式，我们都能活下来。”

球体消失了，回到了十一维度的微观状态。太阳已经从东方露出一角，把金辉洒向这个从毁灭中幸存的世界。

罗辑慢慢站起身，最后看了一眼叶文洁和杨冬的墓碑，沿着来时的小路蹒跚走去。

那只蚂蚁已经爬到了墓碑顶端，骄傲地对着初升的太阳挥舞两只触须，对于刚才发生的事，仅就地球生命而言，它是唯一的目击者。

五年以后。

罗辑一家远远地就看到了引力波天线，但车行驶了半小时才到它旁边，这时，他们才真正感受到它的巨大。天线是一个横放的圆柱体，有一千五百米长，直径五十多米，整体悬浮在距地面两米左右的位置。它的表面也是光洁的镜面，一半映着天空，一半映着华北平原。它让人想起几样东西：三体世界的巨摆、低维展开的智子、水滴。这种镜面物体反映了三体世界的某种至今也很难为人类所理解的观念，用他们的一句名言来讲就是：通过忠实地映射宇宙来隐藏自我，是融入永恒的唯一途径。

天线周围有一大片翠绿的草地，形成了华北沙漠上的一块小小的绿洲。这片草地并不是专门种植的，引力波系统建成后，一直在不间断地发射，只是发出的波没有被调制，与超新星爆发、中子星或黑洞发出的引力波无异，但密集的引力波束却在大气层中产生了奇特的效应，大气中的水汽在天线上方聚集，使得天线周围经常降雨，有时，降雨的区域仅有三四公里半径，一块圆形的雨云像晴空中的巨型飞碟般悬在天线上方，从雨中可以看到周围灿烂的阳光。于是，这一区域长出了丰茂的野草。但今天罗辑一家并没有看到这种奇

观，只见到天线上空聚集的一片白云，云被风吹到波束范围外后就消散了，但新的云仍不断在波束内产生，使得那一片圆形的天空像是通向另一个云雾宇宙的时空蚀洞，孩子看到后说它像一位巨人爷爷的白头发。

罗辑和庄颜跟着在草地上奔跑的孩子，来到了天线下面。最初的两个引力波系统分别建在欧洲和北美，它们的天线采用磁悬浮，只能从基座上悬起几厘米；而这个天线采用反重力，如果愿意，它可以一直升到太空中。三人站在天线下方的草地向上望，巨大的圆柱体从他们头顶向前方延伸，像是从两侧向上卷曲的天空。由于半径很大，底面弧度很小，上面的映像并不失真。这时夕阳已经照到天线下面，罗辑在映像中看到庄颜的长发和白裙在金色的阳光中飘动，像一个从天空俯视地面的天使。罗辑把孩子举起来，她的小手摸到了天线光洁的表面，她使劲向一个方向推着。

“我能让它转起来吗？”

“如果你推的时间足够长，它会转的。”庄颜回答，然后微笑着看着罗辑问，“是吗？”

罗辑对庄颜点点头，“如果时间足够长，她能推动地球呢。”

像已经无数次发生过的那样，他们的目光又交织在一起，这是两个世纪前在蒙娜丽莎的微笑中那次对视的继续。他们发现庄颜设想的目光语言真的变成了现实，或者说相爱的人类早就拥有了这种语言。当他们对视时，丰富的含义从目光中涌出，就像引力波束形成的云之井中涌出的白云一般，无休无止。但这不是这个世界的语言，它本身就构筑了一个使自己有意义的世界，只有在那个玫瑰色的世界中，这种语言的所有词汇才能找到对应物。那个世界中的每一个人都是上帝，都能在瞬间数清沙漠中的每一粒沙并记住它们，都能把星星串成晶莹的项链挂到爱人的颈上……

这就是爱吗？

这行字显现在他们旁边一个突然出现的低维展开的智子上，这个镜面球体仿佛是上方的圆柱体某处融化后滴下的一滴。罗辑认识的三体人并不多，不知道现在与他对话的是谁，不知道这个外星人是在三体世界还是在日益远离太阳系的舰队中。

“应该是吧。”罗辑微笑着点点头。

罗辑博士，我是来向你抗议的。

“为什么？”

因为在昨天晚上的演讲中，你说人类迟迟未能看清宇宙的黑暗森林状态，并不是由于文明进化不成熟而缺少宇宙意识，而是因为人类有爱。

“这不对吗？”

对，虽然“爱”这个词用在科学论述中含义有些模糊，但你后面的一句话就不对了，你说很可能人类是宇宙中唯一拥有爱的种族，正是这个想法，支撑着你走完了自己面壁者使命中最艰难的一段。

“当然，这只是一种表达方式，一种不严格的……比喻而已。”

至少我知道三体世界也是有爱的，但因其不利于文明的整体生存而被抑制在萌芽状态，但这种萌芽的生命力很顽强，会在某些个体身上成长起来。

“请问您是……”

我们以前不认识，我是两个半世纪前曾向地球发出警告的监听员。

“天啊，您还活着？”庄颜惊叫道。

也活不了多长时间了，我一直处于脱水状态，但这么长的岁月，脱水的机体也会老化。不过我真的看到了自己想看的未来，我感到很幸福。

“请接受我们的敬意。”罗辑说。

我只是想和您讨论一种可能：也许爱的萌芽在宇宙的其他地方也存在，我们应该鼓励她的萌发和成长。

“为此我们可以冒险。”

对，可以冒险。

“我有一个梦，也许有一天，灿烂的阳光能照进黑暗森林。”

这时，这里的太阳却在落下去，现在只在远山露出顶端的一点，像山顶上镶嵌着的一块光灿灿的宝石。孩子已经跑远，同草地一起沐浴在金色的晚霞之中。

太阳快落下去了，你们的孩子居然不害怕？

“当然不害怕，她知道明天太阳还会升起来的。”

跋

人类应该向刘慈欣致敬

■韩　松

一口气读完“地球往事”系列第二部《黑暗森林》，我在床上怔怔地坐了半天。再去看窗外的夜空，感觉已然不同。像小说中的主人公罗辑一样，我知道自己也害上了星空恐惧症。世界再也不像以前想象的那样了。一百五十亿光年的范围内突然充满了重重杀机。那是一个捉摸不透的黑暗森林，而且是一个无比真实的原始丛林。这一瞬间我几十年来关于宇宙的看法都被彻底颠覆了，而以前从来没有任何人告诉我宇宙可能是这样子的。这是《黑暗森林》给我的最震撼的感受，它超出了“地球往事”系列第一部《三体》带给我的惊奇。

我想，这恐怕也就是科幻小说所独具的强大思想魅力。《黑暗森林》很重要的一点，在于表现了普通人难以企及的思想深度，这至少是它感动我的所在。在与三体文明的战斗中幸存下来的人类太空舰的互相残杀与其说表现的是一个震慑的场面，不如说表达的是一个重大的思想。独到、批判和创造力，温家宝总理希望每个人拥有的这三种精神，在《黑暗森林》中都具备着而且不是一般地具备着。这种思想的力量也就是当初爱因斯坦设想自己与一束光一起前进时会看到什么的那种力量，它极有可能遍布于宇宙中的各个文明，而刘慈欣向我们展示了这种力量是如何的可畏。

同时我也觉得，刘慈欣对人类的批判的深刻性已经超出了许多主流小说。他是把人类文明的发展当作一个整体的过程置于宇宙的背景下来对待的，这在《黑暗森林》中达到了全新的高度。这里我只拣一条来说，也就是这种批判是从规则层面上来加以讨论的。刘慈欣在“地球往事”系列中为文明制定了三条规则，从而使得宇宙成了一个怎么逃也逃不脱的罗网，令人深深地窒息。小说中任何出人意料、令人震惊的情节发展，在规则的设定前提下，都成了必然的与合理的。一切均受规则支配，最高级的想象来自约束。因此，写作科幻大概需要很好的逻辑思维能力，类似于编制程序的能力。这简直是要求作者必须拥有一个计算机那样的大脑。科幻写作将越来越成为少数专业背景人的专利吗？至少在“地球往事”系列这样的主流科幻领域是这样的吗？当然，规则是人定的，因此完全也可以设定成另外一种。我们没有必要争论在外星文明那里究竟是爱更多一些还是恨更多一些，零道德究竟是不是宇宙的主题，如此高技术的三体文明究竟有没有必要向地球移民，等等，重要的是，刘慈欣向我们描绘出了一个在他的规则下能够自圆其说的世界。他在这一过程中表现出了大胆、尖锐、沉着和缜密。

《黑暗森林》是我们期盼已久的那种令人着迷的、产生阅读快感的科幻小说，它是对中国科幻的巨大贡献。它体现了科幻小说疏离化的创作原则，为我们全方位地描述了未来社会的一种可能以及种种可能。从宏观尺度上，它展示了宇宙级别社会的复杂结构，叙述了全人类为迎战三体人而做出的各种努力，预言了太空舰队将成为国家形态；从中观尺度上，它虚构了“面壁计划”这样一个了不起的独特情节；从微观尺度上，它描述了诸如太空舰的操纵方式、未来的政治思想工作以及蜻蜓式的自行车这样的细节。小说之所以能始终吸引人津津有味地看下去，还在于刘慈欣不断地在行文中“欺骗”读者，设立一个接一个的“圈套”给读者钻，带领读者走入宇宙这座巨型迷宫，让读者跟着他去猜测宇宙的可能性，然后给出谁也料想不到的答案结局。而在此之前，作者就先把读者能设想到的所有可能性给排除掉了。在《黑暗森林》中，每一个情节，每一个圈套，大层次下的小层次，都足以展开成为一部长篇小说。比如，罗辑之外其他三个面壁人那令人喘不过气来的、充满惊心动魄的悬念的故事进程。

这一切都需要海量而深入的知识储备。科幻小说的想象力是建立在牢固的、全面而综合的知识大厦上的。《黑暗森林》是一场现代知识和文化的盛宴，从物理学到宇宙学，从脑科学到信息学，从生态学到文化学，从军事学到社会学，从数学到心理学，从文学到哲学……书中大量的知识细节十分真实和严密，许多的技术表述都需要用一篇学术论文来支撑。天哪，刘慈欣是怎么做到的？这里我尤其想要说明的是，在我看来，《黑暗森林》不仅具有自然科学的内核，还更具有人文科学的内核，使作品雄峙起来的，是基于社会科学的一些重要推论，从而使它超越了一般的硬科幻，使之厚重、深沉而耐人寻味。人性（或生命性、文明性）成了《黑暗森林》的重大主题，成为它极为耀眼的光芒。同时，值得称道的是众多的人物都栩栩如生，像作者借主人公之口所说的，“十分钟的行为可能是十年经历的反映”。作者写出了“这一个”罗辑，写出了“这一个”章北海，而哪怕是那个可怜地为寻找信仰而来、最后消失在信念碑阴影下的前太空军人吴岳，哪怕是那个跟随丁仪去完成侦测三体探测器任务的西子姑娘的短暂出场，都给人留下了深刻的印象。当然，对于真正的主人公三体人的刻画，更是有如神来之笔（仅一个“水滴”的侧面描写就不得了）。

不过仍然要着重强调的是，贯穿《黑暗森林》的还是那强烈的技术逻辑，一切归根到底可以站在技术的立场来考虑甚至解决，包括充斥着《黑暗森林》全篇的那些最沉重的道德问题、责任问题、情感问题、理想问题、信仰问题、政治问题、存在问题……离开了科学技术去谈人文、谈社会，那么科幻小说就成了无根之木，就失去了它的应有之义。这一点我们始终不能忘记。

那么，作者之所以能做到这些，是因为他有巨大的勇气。什么勇气呢？那就是怀疑一切的勇气，在重重的迷雾中探寻真相，不仅仅像屈原那样提出“天问”，而更还要通过实证的方法去求解答案。科幻就是这样一种艰苦而不懈的探索。

所有这一切归纳起来，我认为，只有真正无私的宇宙真相探索者，才能写出《黑暗森林》这样的优秀巨著。科幻在这里成了手段也成了目的，成了无助的人类（整体及个体）从迷津中解脱的一条途径。没有坚定信念和强烈责任感的作者是做不到这一点的。

读完《黑暗森林》，我也感到了一种深深的遗憾。那就是由于中国历史、文化和现实的原因，中国的优秀科幻还无法向外部世界进行真正的传播。像《黑暗森林》这样的好作品还暂时不能成为世界科幻、世界文化宝库中的财富，不能为全球更多的读者享受。我在想，如果刘慈欣像阿西莫夫那样，早年即移民美国，那么，他是否会做出更大的成就、做出更大的对整个人类文明的贡献呢？因为对科幻的热爱及敏感是一种天赋，一个人只要拥有了，放在任何一个文化环境中都是能生根发芽和茁壮成长的。因此相信刘慈欣不仅在中国，他要在世界的任何一个地方，在宇宙的任何一个地方，也都会发出强光异彩的。

发自内心地说，人类是应该向刘慈欣致敬的。